Leif Davidsen

La femme de Bratislava

Une enquête du commissaire Per Toftlund

Traduit du danois par Monique Christiansen

Gallimard

Titre original :

DE GODE SØSTRE

Leif Davidsen, né en 1950, est danois. Après avoir sillonné l'Europe (grand reporter dans les pays de l'Est pour Radio Danemark), il s'est consacré pleinement à l'écriture de thrillers aux intrigues basées sur son excellente connaissance des pays de l'ex-URSS. Gaïa Éditions a déjà publié en France sept de ses romans dont *Le Danois serbe, La photo de Lime* ou, plus récemment, *L'ennemi dans le miroir*.

C'est peut-être étrange et c'est peut-être irrationnel, mais l'histoire a une extrême importance, surtout en un lieu comme les Balkans.

VELJKO VUJACIC

Prologue

L'histoire qui va suivre a fini par être régulièrement racontée par les enseignants habilités Secret Défense de la section civile du FET[1], les officiers d'un certain grade et les collaborateurs de confiance du PET[2] lorsqu'ils devaient mettre les volontaires au courant des conditions spéciales d'opération, dans la réalité post-communiste. Ainsi, d'entrée de jeu, l'importance du secret professionnel et de l'inviolabilité des lois concernant les archives devenait évidente pour ces jeunes candidats un peu embarrassés, qui attendaient toujours impatiemment le cours consacré à ce qu'on appelait tout simplement *l'affaire*. Une histoire, par conséquent, qu'ils ne devraient pas répéter sur l'oreiller, pour employer une expression politiquement correcte. Les historiens, avec leur irrespect inné envers les renseignements datant de moins de 75 ans, trouvaient l'affaire d'actualité, alors que les nouveaux candidats considéraient plutôt qu'elle relevait d'un passé

1. Forsvarets Efterretningstjeneste : Service de Renseignements de la Défense danoise. *(Toutes les notes sont de la traductrice.)*
2. Politiets Efterretningstjeneste : Services de Renseignements de la Police danoise.

étrange. Peu à peu, leur sphère temporelle s'était rétrécie au laps de temps qui séparait deux journaux télévisés. En tout cas, il ne remontait guère au-delà du temps des hippies, de l'occupation allemande du Danemark et de l'époque — ces curieuses années 1970 — où les étudiants aspiraient à une révolution socialiste. Pour les jeunes, la chronologie était souvent assez floue. Quant aux vieux, ils déploraient éternellement, à la cantine, le manque de connaissances historiques des jeunes. Il était donc inévitable que les enseignants aient tendance à glisser subrepticement quelques artifices littéraires dans leurs exposés à la section civile du FET ou aux futurs analystes du PET. À l'université, ces ficelles auraient immédiatement fait baisser la cote des enseignants, mais pour les futurs commandants et agents du contre-espionnage, c'étaient précisément ces moyens littéraires qui ajoutaient de l'intérêt à l'histoire. Disons, brièvement, que les futurs espions étaient plus attentifs.

Comme les détails de l'affaire n'étaient connus que d'un cercle restreint d'initiés et qu'ils devaient rester bloqués dans les archives pendant encore 75 ans, en vertu du bon sens coutumier des Danois, seules les personnes les plus expérimentées, vraiment compétentes, étaient autorisées à la citer dans leurs cours. C'était la raison principale pour laquelle *l'affaire*, justement, jouissait d'un tel prestige. Sans parler de la bizarrerie de l'alliance en question. L'idée que des idéologies aussi opposées puissent cohabiter ! Mais si l'on présentait *l'affaire* aux futurs agents des services d'espionnage et de contre-espionnage, c'était d'abord pour souligner le fait qu'il existait des espions depuis des âges prébibliques et qu'il y en aurait ad vitam aeternam. *L'affaire* prouvait, de surcroît, que les revendications budgétaires des services impliqués étaient justifiées. Mur de Berlin ou pas. Qu'il y a les traîtres et les gens loyaux. Des gens qui, quotidiennement, ont à faire un choix. Que l'homme est un être facile à séduire. L'espionnage est un job où l'on ne connaît pas le chômage. Là était le message qu'il fallait faire passer. Il s'agissait de faits concrets. Et pourtant, même les enseignants habilités du PET et du FET ne pouvaient se défendre d'introduire, dans leur présentation, une certaine fiction créative. Cela stimulait toujours l'intérêt. En fait, sans s'en rendre réellement compte, ils avaient souvent recours, en guise d'introduction, à l'exposé de la situation en nouvelle république démocratique d'Estonie. Même quand on a affaire à de jeunes volontaires décidés à accepter les contraintes des services du renseignement, un ou deux adjectifs colorés et sentimentaux ne pouvaient rien enlever au sérieux avec lequel Vuldom, chef et gourou de la police secrète, entamait son sermon, quand elle quittait sa prison administrative pour aller donner un cours aux futurs protecteurs des secrets du royaume.

Elle avait surmonté la plupart des crises, se montrait capable de guider les politiciens, était l'amie de ses hommes et l'avocate toujours loyale et pédagogue de son service vis-à-vis des médias ignorants et gloutons. Vuldom commençait souvent son baptême des néophytes en s'octroyant le droit d'interpréter l'image, apparemment innocente, de ce qu'on appelle la situation actuelle et « en temps normal ». Elle commençait alors par raconter l'histoire du point de vue de Teddy, comme on dit dans les temples de la dramaturgie, quand elle jugeait les nouvelles recrues danoises, hommes et femmes, assez mûrs pour entrer dans la fratrie spéciale des services secrets. À ces futurs agents qui auraient à interpréter les mobiles des marchands de renseignements dans le monde du secret et la nature toujours double de la trahison, elle tenait à donner une compréhension préalable de la personnalité du professeur Theodor Nikolaj Pedersen et de son rôle ambigu, ainsi que du rôle de l'histoire et de la famille. Peut-être voulait-elle aussi souligner discrètement que la collecte des informations, et surtout leur interprétation, comportent toujours un haut degré de subjectivité. C'était de l'imprévisibilité de l'être humain qu'il s'agissait en dernier ressort. Voilà le genre de termes qu'employait Vuldom, bien que sa mission ait été d'enseigner aux candidats la manière de prévoir les nombreuses faiblesses de l'être humain. Au lieu de cela, elle laissait errer son regard au-dessus du groupe des élus réunis au Centre de cours de la Police danoise, à Avnø, non loin de la pointe sud-ouest de l'île de Seeland. Les candidats, bloc-notes sur le pupitre et stylo à bille ou feutre levé, attendaient impatiemment les sages paroles de Vuldom et les graphiques pédagogiquement affichés par le rétro-projecteur. Vuldom avait rarement recours à cette facilité. À la place, elle commençait souvent par décrire une photo :

Un petit groupe est réuni dans un bois, à l'ouest de Narva, dans l'Estonie libérée. Nous sommes début juin. Tout est reverdi et beau, on n'entend que le chant des oiseaux. Il a plu pendant la nuit et sur chaque feuille et chaque tige, des gouttes d'eau forment de jolies petites perles. Six hommes et une femme sont debout, immobiles. Ils contemplent un bloc de granit. L'un des hommes doit s'appuyer sur une canne. Il a les larmes aux yeux. Il pourrait avoir près de quatre-vingts ans, avec son haut front dénudé et ses petits yeux enfoncés. Il a la peau fine et sillonnée de rides, comme prête à se fendiller si on la grattait. Mais il se tient toujours droit. Les autres hommes, qui ont la cinquantaine, illustrent les différents stades de décrépitude des hommes d'âge moyen. Les uns sont chauves, les autres bedonnants, mais certains sont restés fermes, ils ont l'air d'avoir fait un long voyage et d'être enfin arrivés au but. La femme se distingue des autres. Elle a environ soixante ans, mais si son corps est aussi marqué par l'âge, son élégant tailleur-pantalon en dissimule les effets. Elle a des cheveux courts grisonnants, très peu teintés, de belles lèvres charnues soulignées de rouge et des yeux verts perçants, harmonieusement placés dans un visage très légèrement gauchi, mais bien proportionné malgré tout. Elle est mince et ne penche que très peu la tête. Elle a un bouquet de roses à la main. On n'entend pas un bruit. Seulement le chant des oiseaux et le frottement des pas sur l'herbe mouillée. Au loin, le ronronnement d'un avion, quelque part dans le ciel bleu où de rares nuages blancs moutonnent dans la stratosphère. Alors, la femme fait un pas en avant pour déposer le bouquet délicatement, comme s'il était en porcelaine, au pied du bloc de granit grossier et brunâtre. Les roses rouges se détachent sur l'herbe verte, à côté des restes de terre noire entassés après la pose de la pierre. Elle fait un pas en arrière comme pour graver dans sa mémoire l'écu du Dannebrog, relire le texte et en garder un souvenir éternel. Pourtant, elle le connaît. J'imagine que son visage reflète enfin la paix, pendant qu'elle le lit en silence, en aparté, comme un enfant qui vient de découvrir la magie des lettres, mais qui, pour les comprendre, est obligé de se les lire à haute voix, pour lui seul.

« Frikorps Danmark. Croatie-Russie. Estonie-Lettonie. Courlande-Poméranie-Berlin. À la mémoire de ceux qui ont participé », lit-elle à haute voix sans bouger les lèvres.

Ensuite, ils attendent un moment. Un groupe de gens bien vêtus, modernes, réunis dans un bois non loin de Narva, en Estonie.

« Et voilà », dit l'homme le plus âgé.

« Et voilà », répond la femme. « Ce n'était pas trop tôt. »

« Et voilà », répète le plus âgé en mettant l'accent sur la première syllabe : « *Et* voilà. »

Alors, de nouveau, on n'entend plus que le silence et les oiseaux, et un instant plus tard ce bruit de pas dans l'herbe mouillée, quand ils font demi-tour, comme à l'appel, et quittent ce bois estonien.

Ensuite, on passait à une autre photo. Vuldom prenait une feuille de papier et regardait son auditoire par-dessus ses étroites lunettes de lecture avant de baisser les yeux sur le papier blanc qu'elle tenait à la main et de lire à haute voix comme une mère à ses enfants qui l'écoutent passionnément.

Cette photo représente une maison blanche. Une grande maison entourée de hêtres et d'ormes. Le toit de tuiles est rouge. Car c'est une vue aérienne, ce qui n'empêche pas de distinguer nettement les murs, éclairés d'une lumière délicate. Il s'agit d'une photo commandée par un propriétaire fier de sa maison. Nous sommes en été ; une camionnette Ford noire est garée dans la cour. Pas d'autres voitures, mais dans le champ attenant, des chevaux attelés à une moissonneuse-lieuse. La photo a été prise quelques années après la guerre ; le Danemark est encore un pays à traction chevaline, les tracteurs sont encore rares. L'avion a dû passer au-dessus de la maison par une journée d'août. On sent et on voit que le soleil brille. Le morceau de ciel sur la photo est bleu. Les couleurs sont restées vives, bien que le temps les ait pâlies et leur ait ajouté un soupçon de patine bien assorti à cette époque frugale. Devant la maison il y a une cour, et derrière un grand jardin. Il semble qu'il y ait des arbres fruitiers entourés d'une haie verte bien taillée. Cinq personnes sont sur la photo, qui a été encadrée comme une peinture à l'huile. Un homme et une femme. L'homme est en blanc et porte une haute toque de boulanger. La femme, les bras croisés, est en robe à fleurs. Ses cheveux noirs brillent au soleil. L'homme et la femme ont le visage tourné vers l'appareil photo du pilote. Ils ont attendu longtemps qu'il survole le foyer dont ils ont fièrement pris possession. Derrière eux, un adolescent, en habit de boulanger lui aussi, mais tête nue. À côté de lui, une fille à peu près du même âge en robe claire. Elle a les bras nus et de longues tresses brunes. Ces deux-là se ressemblent comme frère et sœur. Ils regardent l'avion qui tourne au-dessus d'eux, on distingue presque les traits de leurs visages, tant est nette cette photo aérienne. La photo montre aussi un petit garçon. Debout près de sa mère, il regarde l'avion. Il lui fait signe. Il a des cheveux frisés, presque blancs, et l'on aperçoit ses genoux nus sous son pantalon court. C'est une photo très danoise. Une photo qui respire le confort et la sécurité. Qui proclame que la prospérité est imminente. C'est moi, le petit garçon de la photo. Cette photo est la seule chose qui me reste de la première maison où j'ai vécu ; sans elle, je n'aurais aucun souvenir de cette maison blanche. J'avais presque quatre ans quand la photo a été prise, dans un accès d'outrecuidance de mon père. L'hiver suivant, il a dû mettre la clé sous la porte et fermer sa boulangerie lorsque *l'affaire* a émergé et que ses clients ont appris son passé. On me l'a dit, mais je ne m'en souviens pas. Je me souviens uniquement de l'odeur de la farine et du sifflet du chauffeur, quand il grimpait dans la voiture de livraison pour porter le pain blanc aux clients. Ou encore, de temps à autre, de la forte odeur des rôtis de canard ou d'oie qui remplissaient le vaste four noir de mon père, la veille de la Saint-Martin ou du jour de Noël, quand les villageois apportaient leur rôti à faire cuire dans le four du boulanger. Les petits fours des cuisinières à charbon n'étaient pas assez grands pour les viandes du festin de Noël. À part cela, j'ai tout oublié et mes souvenirs ne s'éclairent qu'après notre installation dans cette ville de province jutlandaise. Mon père ne faisait plus partie de notre vie. Je n'ai de lui que des idées vagues. Et je ne sais si j'ai vécu moi-même ce dont je me souviens, ou si ces souvenirs sont nés des anecdotes et des rares photos de famille. Honteux de ne pouvoir nourrir convenablement sa famille, il l'a quittée, et il est mort deux ans plus tard, selon la légende, dans un bouge de Hambourg. Mais le passé n'est pas mort avec lui.

Le passé a survécu et il a tiré ses ficelles jusqu'à la fin du siècle, ce siècle que l'on ne peut qualifier que de siècle des victimes. Était-il victime ou bourreau ? Ou les deux ? Sa famille a dû s'en accommoder pendant les années qui ont suivi. Dans l'ensemble, cela ne me concernait pas, mais cette situation a modelé de façon décisive la vie de ses deux autres enfants. Pour eux, cette histoire est devenue le véritable secret de leur vie, qu'ils ont gardé plus jalousement que la liaison amoureuse la plus secrète. Tandis que le Danemark se modernisait et que la plupart des gens oubliaient, certains gardaient leurs souvenirs si intensément vivaces que leur violence a fini par les dévorer de l'intérieur.

Qui suis-je ? disait alors Vuldom de sa voix calme, légèrement enrouée par la cigarette et plutôt sexy.

Qui suis-je dans cette histoire ? Qui est le « je » de n'importe quelle histoire ?

Ils pourraient y réfléchir pendant la pause café.

PREMIÈRE PARTIE

LA VIE DE TEDDY, UNIVERSITAIRE

Oh, sister, when I come to lie in your arms,
You should not treat me like a stranger.
Our Father would not like the way that you act,
And you must realize
The danger.
Oh, sister, am I not a brother to you
And one deserving of affection ?

BOB DYLAN

Oh, ma sœur, lorsque je suis dans tes bras,
Ne me traite pas en étranger.
Notre père n'aimerait pas cette façon d'agir
Et tu dois avoir conscience
Du danger
Oh, ma sœur, ne suis-je pas un frère pour toi
et quelqu'un qui mérite de l'affection ?

BOB DYLAN

1

J'avais remarqué cette femme à Varsovie, elle a réapparu à Prague dans une ou deux assemblées, mais ce n'est qu'à Bratislava qu'elle s'est fait connaître et je peux aussi bien commencer cette histoire par ma rencontre avec elle que par n'importe quoi d'autre. Elle était là, debout devant ma porte, porteuse de son secret stupéfiant, à un mauvais moment parce que je commençais à cuver un excès d'alcool et ne pensais qu'à m'apitoyer sur moi-même.

J'avais trop bu et quand je me soûlais, je regrettais l'Union soviétique aussi douloureusement qu'un amant éconduit peut regretter son amie infidèle. Je ne buvais d'ailleurs plus autant et finalement, je m'enivrais rarement. D'une part, parce que cela ne me procurait aucun plaisir. L'alcool me valait surtout de la fatigue. D'autre part, parce qu'après le quatrième whisky, je repensais souvent à ma troisième femme et que cela me déprimait, car à ma façon, maladroitement, je l'aimais vraiment, tout en craignant qu'elle ne soit en train de s'éloigner de moi. Je fais partie d'une génération qui dit « je » aussi facilement que nos parents employaient un « on » discret, et l'analyse est mon gagne-pain. Pourtant, en ce froid printemps de guerre de la dernière année du millénaire, je ne parvenais pas à analyser pourquoi je me surprenais de plus en plus souvent à être jaloux et à avoir peur de la perdre. Or l'analyse est importante pour moi. Outre la particularité d'être mon gagne-pain, cette faculté de trouver des contextes nous distingue décisivement des animaux. Et s'il me faut être tout à fait honnête — et pourquoi ne le serais-je pas ici ? — la faculté de réflexion distingue aussi les intellectuels des autres, de ceux qui, au lieu d'agir, laissent simplement la vie *être* la vie. En ce dernier printemps de mon arrogance, je me considérais comme un homme qui souhaitait sincèrement se comporter dignement, mais non sans fermeté, dans toutes les phases de la vie. Ainsi m'étais-je toujours vu moi-même. Quelqu'un qui savait vivre sa vie. À la fois professionnelle et privée, même si les deux étaient objectivement désordonnées. Je me considérais volontiers comme un homme décontracté, tout en étant bien vêtu. Sans être d'une importance prédominante, les plis de mon pantalon — les plis imaginaires y compris — n'étaient pas à négliger. Ces deux plis-là, au fil des ans, se froissaient de plus en plus. La faculté de se duper et de se voir sous un jour trompeur est assez humaine. Une reconnaissance de soi exagérée peut conduire au suicide. Un autre effet secondaire irritant de l'abus de boisson était tout simplement la fréquence des taches sur mes vêtements et trop de désordre dans ma vie. Je n'avais pas voulu me soûler et je n'avais pas voulu, au fond, l'effondrement de l'Empire soviétique, et d'une façon ou d'une autre, ces deux facteurs étaient liés.

Disons-le franchement : j'étais couché tout habillé sur un lit, dans un hôtel moderne tout neuf de Bratislava, en Slovaquie, l'État le plus jeune d'Europe, et la guerre froide et le grand Empire me manquaient. Je regrettais les bons vieux mots de Politburo, Comité central, États satellites, Rideau de fer, Est-Ouest, Réarmement, Fusées de moyenne distance, Réunions au sommet, mur de Berlin. Cela me manquait d'être l'une des rares personnes capables d'interpréter la *Pravda* entre les lignes et que l'on m'invite à le faire à la télévision. La faucille et le marteau me manquaient, les pavés de la place Rouge, au moment où le Kremlin était un centre du pouvoir, et je regrettais la neige sur les canaux gelés, dans une belle ville tombant en ruine qui autrefois s'appelait Leningrad. Quand la vie consistait à poser de grandes questions existentielles, à la différence d'aujourd'hui où les trois sujets principaux, pour les médias et les gens que vous fréquentez, ne sont que la préretraite, le plan d'épargne complémentaire et la lutte contre le tabac. Cette dernière étant débattue avec une passion qui vous ramène au passé, au temps où l'on parlait de la nécessité de la révolution et de la proche victoire de la classe ouvrière. Le monde n'était plus compréhensible et personne ne s'intéressait plus à ma science. J'étais comme un sculpteur qui autrefois a remporté le premier prix pour son talent soviétique à extraire un beau Lénine du marbre froid. Les choses que je savais et celles dont j'étais capable étaient devenues inutiles.

À l'université, seuls les petits groupes qui avaient encore le courage d'étudier l'histoire de l'Union soviétique restaient intéressés d'apprendre qui étaient

Malenkof, ou Béria, ou Brejnev. Qui aurait envie, de nos jours, de se mettre au courant du 22e plan avorté de Gosplan ou de me demander avec intérêt ce que je savais du 26e congrès du Parti ? Le grand capital avait gagné la bataille. La marche victorieuse des forces du marché n'invitait ni à des utopies ni à des choix décisifs. Et les fruits de la victoire étaient aussi amers qu'un citron moisi par un jour sombre de novembre, autrefois, dans le Moscou qui me rappelait une ville du tiers monde, avec ses pubs de Coca-cola, ses hommes Marlboro, cet idiot de radoteur de Eltsine, les nouveaux riches de la mafia et les petits garçons qui mendiaient. On aurait tout aussi bien pu être au Brésil. Ou en Haute Volta. Seules les armes nucléaires faisaient la différence. Sinon, rares étaient ceux qui s'intéressaient encore à la Russie. Il n'y avait rien de spécial, rien qui gronde dangereusement à Moscou ou chez l'ours russe. Rien que du désordre, et le monde s'en moquait vraiment éperdument.

J'en avais assez de l'ordre intégré et j'en avais assez de moi-même. J'étais dans un grand lit, dans un hôtel moderne de la capitale pauvre de la Slovaquie, et je savais très bien pourquoi je m'apitoyais à ce point sur mon sort. Pourquoi j'étais resté à traîner au bar après le dîner pour prendre d'abord du cognac, puis du whisky. C'était la rencontre, à Prague, deux jours auparavant, avec l'ancien président du Conseil tchèque, qui avait démoli mon voyage. J'avais mal aux dents, et cela n'arrangeait pas non plus mon humeur. Ma dernière molaire me faisait mal. Ce qui me rappelait constamment que ma carcasse était un peu usée. Que de toutes les manières possibles, j'étais en train de redescendre la pente. Moins de cheveux, moins de cellules grises, de plus mauvaises dents, le souffle court quand je montais les escaliers, la libido sur le retour. Mais je devais admettre que c'était l'ancien président du Conseil tchèque qui avait eu raison des restes de ma bonne humeur.

J'étais là, souffrant d'une dent, et je réentendais sans cesse la méchanceté volontaire avec laquelle le chef de la délégation m'avait présenté. En quelques mots bien choisis, il s'était vengé de ce que j'aie remporté, il y a douze ans, une subvention du Conseil de la Recherche. Les universitaires n'oublient jamais les humiliations.

Il avait dit dans son mauvais anglais :

« Et voici M. Theodor Nikolaj Pedersen. L'un de nos premiers experts et chercheurs dans le domaine des affaires soviétiques. Surtout pour les années de Brejnev. »

L'ancien président du Conseil, avec ses cheveux parfaitement coupés et son complet irréprochable, m'avait regardé de son regard de poisson bleu glacé :

« Combien d'informations inutiles vous avez en tête ! » Puis il avait tourné son regard de radiologue vers la jeune Lena, pourvue de longues jambes et d'un diplôme utile sur « Les problèmes de transition posés par le passage de l'économie planifiée au marché mondial. Une étude d'options. »

« Des connaissances très utiles — pour nous aussi », avait déclaré ce salaud arrogant en retenant et la main et les yeux de Lena juste un peu trop longtemps. Puis il avait lâché sa main pour jeter un coup d'œil à ce que son soutien-gorge dissimulait et révélait à la fois, de sorte que Lena, d'ordinaire si tranchante, avait rougi jusque derrière les oreilles. Le pouvoir est un puissant symbole sexuel, et de surcroît, ce Tchèque était injustement bien conservé.

Merde à eux tous ! Merde au monde moderne ! C'est clair. Comme aurait dit l'un de mes nombreux enfants. Mais j'étais en passe de rougir moi-même jusqu'aux oreilles, car il avait touché un point sensible. J'essayais de me conforter dans ma certitude d'avoir fait une belle carrière universitaire, et ça, ils ne pourraient pas me l'enlever. J'avais mon doctorat d'histoire. Ma thèse avait été qualifiée de brillante étude des phénomènes de la stagnation à l'époque de Brejnev. Elle avait été largement citée dans les périodiques d'histoire internationaux et m'avait valu d'être invité à faire une conférence aux États-Unis, à Harvard, l'année précédant la mort de ce vieux salopard. Malheureusement, ma thèse débouchait sur la conclusion que la force du système soviétique dépassait ses faiblesses structurelles. Une réforme était possible. L'Union soviétique entrerait renforcée dans le prochain millénaire. Le monde bipolaire avec ses deux grands joueurs, les États-Unis et l'Union soviétique, était né pour rester.

Gorbatchev m'avait valu quelques bonnes années, mais sa chute avait marqué la fin des invitations par les grandes universités américaines et européennes. Je n'étais plus tous les jours dans le studio bleu du journal télévisé pour donner des réponses brèves et précises aux questions soigneusement préparées des animateurs. Car toute cette saloperie s'était effondrée ! Je m'étais tout simplement trompé. Et mes collègues le savaient bien, même si les journalistes ne lisaient pas consciencieusement une thèse de doctorat qui s'achevait par une conclusion erronée. Ces mêmes collègues ont une mémoire d'éléphant, ils me l'avaient rappelé par leur ricanement mal réprimé, méprisant, quand l'ancien président du Conseil tchèque m'avait gratifié de son commentaire venimeux. Ils savaient que je savais ; lorsque j'avais soutenu la thèse qui m'autorisait à porter le titre de Docteur ès lettres, j'étais trop jeune, et de plus, aucune chaire de professeur n'était libre, et aujourd'hui, c'était trop tard. Mon savoir était périmé. Jamais je ne pourrais me parer du titre convoité de professeur. Pendant le restant de mes jours, jusqu'à ma confortable retraite, il me faudrait me contenter de me parer de celui de maître de conférences en histoire. Descendre chaque jour dans l'enfer bétonné de l'université de Copenhague, à Amager, où les pensées qui s'y concoctaient volaient souvent aussi bas que les plafonds de ces affreux locaux. Tenez, voilà Teddy, comme tout le monde m'appelait du bas en haut de la hiérarchie, Teddy qui s'apitoie sur son sort, alors qu'il ne savait pas ce qui allait se passer, naturellement. Teddy essayait d'enseigner et de faire de la recherche, sans trop y croire, pour pouvoir publier un article scientifique au moins une fois de temps en temps. Tenez, voilà Teddy qui guidait les générations futures pour leur permettre de prendre à leur tour les bastions du pouvoir. Tenez, voilà Teddy, un vestige universitaire que la société continuait de rétribuer, et même largement, pour une étrange raison.

Étendu sur le lit, j'écumais de rage, et l'alcool stimulait suffisamment ma faculté déjà bien développée de m'observer moi-même et de considérer ma propre vie comme un martyre pour lui donner libre cours.

Alors que j'aurais dû, en réalité, être le chef de cette délégation, je n'étais qu'un simple participant qui payait le voyage de sa poche, mais qui trouverait bien une astuce pour que l'Institut lui rembourse une bonne partie de ses frais.

Nous étions environ quarante membres de la Société danoise de Politique étrangère. La plupart étaient des accros de la baignade âgés qui s'octroyaient, de cette façon, un voyage en Europe centrale dans des conditions culturelles de tout repos. Ce n'étaient quand même pas des passagers charters ordinaires. Quand ils voyageaient, c'était pour en savoir davantage. Nous étions six à devoir faire des conférences au cours des différents colloques et réunions prévus avec des politiciens, des journalistes et des fonctionnaires. Nous devions parler du dixième anniversaire de la mutation de l'Europe de l'Est et de l'Europe centrale, mais comme les avions de l'OTAN avaient bombardé la Yougoslavie quelques jours avant notre départ, nos conversations tournaient souvent autour de la guerre, qu'il ne fallait pas qualifier comme telle. Au fond, nous étions réellement d'accord pour penser que les mesures prises par l'OTAN étaient la seule chose logique à faire. Uniquement pour être dans l'opposition, j'affirmais, entêté, qu'il était amoral de ne pas y envoyer des troupes terrestres. La preuve du profond égoïsme et du caractère gâté des Occidentaux, c'était que nous nous intéressions plus au fait de ne pas mourir qu'à celui d'infliger la mort à autrui. Notre guerre s'inscrivait dans la logique de notre civilisation. La sécurité des pilotes nous importait plus que les souffrances des Albanais du Kosovo. Nous ne supportions pas les morts. Nos hommes politiques refusaient d'accepter la mort de soldats occidentaux et refusaient que les médias en prennent des photos. Nous voulions une guerre de bandes dessinées. Une version live de *Star Wars*. En réalité, je n'avais pas envie de discuter. Milosevic était un bandit parmi les innombrables bandits de l'histoire. Il aurait mieux valu étudier Staline, comme mon ami et collègue Lasse. Comme il disait très justement : La méchanceté profonde et les efforts pour la comprendre ne seront jamais périmés. Lasse n'était que maître de conférences, lui aussi, mais avec toutes les archives datant de l'époque de Staline auxquelles on venait de donner accès, il était au septième ciel. Il avait de quoi s'occuper pour le restant de ses jours. Et tout en étant quelqu'un de bien, c'était aussi un véritable chercheur qui adorait son sujet. Je l'enviais beaucoup. Il était resté marié avec la même femme. Il n'avait d'enfants qu'avec elle. Ils se portaient bien et même en m'y efforçant, je n'arrivais pas à le convaincre qu'il n'était pas heureux. Il avait, comme moi, passé le cap de la cinquantaine, mais comme il avait fêté quelque chose d'aussi rare, dans notre milieu, que ses noces d'argent avec Lisbeth et qu'il avait la perspective de ces archives qu'il vénérait, on pouvait difficilement le convaincre que la plupart du temps, la vie se révélait ressembler à un mauvais film. Autre chose qui m'énervait chez lui : son refus de regarder en face le fait que l'homme moderne, au fond, se sent affreusement mal dans sa peau.

Nous avions commencé notre voyage à Varsovie. La capitale polonaise était froide et claire dans la lumière printanière. La ville avait changé en dix ans. Staline avait gratifié les malheureux Polonais d'une couronne de gratte-ciel jaunes qui rappelait tous les jours à la population quels étaient ses dirigeants, mais maintenant que la ville était enveloppée de gratte-ciel modernes en verre et en béton, le cadeau de Staline ne dominait plus. Varsovie regorgeait de voitures et de téléphones mobiles, de boîtes de nuit et de mendiants. On trouvait de tout. La puanteur de la vodka avait disparu. Des jambons danois et des fromages français importés remplaçaient le salami mou du communisme. Les marchés de dupes de la démocratie remplaçaient les mensonges du Parti. La Pologne était un pays ordinaire qui se réjouissait d'être membre de l'OTAN et espérait que la Russie allait disparaître, quelque part derrière l'Oural, dans cette Asie dont elle faisait partie, même si les Polonais se rendaient bien compte que ce ne serait pas si facile. Nous avions rencontré tous les gens qu'il fallait, tout le monde disait ce qu'il fallait et les accros de la baignade prenaient des notes et posaient des questions prudentes. Mais pendant ces longues réunions fastidieuses, je pensais aux seins de Lena sans que rien de tout cela ne m'excite le moins du monde, pas plus les premières que les seconds.

Le chef de la délégation, Klaus Brandt, nous houspillait comme des écoliers en excursion. Il nous faisait des remontrances quand nous arrivions en retard au car et avait l'air frustré si nous ne clamions pas notre enthousiasme devant l'organisation de son programme. Il ressemblait à une mère qui n'est pas en colère, mais déçue, quand nous ne venions pas écouter un de ces bureaucrates qui devait faire un discours ennuyeux. Lasse et moi avions décidé, un après-midi, de flâner un peu en ville, d'aller voir le monument à la mémoire du courageux soldat polonais, et de descendre dans la vieille ville au lieu d'écouter parler des tracasseries internes du gouvernement. La vieille ville, totalement nouvelle et reconstruite après la guerre et qui aurait dû s'appeler la nouvelle vieille ville, était tout à fait séduisante, sous le soleil, avec ses maisons ocre fraîchement restaurées. Quantité de piétons déboutonnaient leurs manteaux et faisaient ce que font tous les Nordiques dès qu'ils voient pointer le printemps : ils levaient la figure vers le soleil béni.

Nous avions pris un copieux déjeuner dans un petit restaurant. Ce déjeuner aurait coûté plus du salaire d'une journée à un universitaire polonais, mais nous avions dégusté le rôti de sanglier sans mauvaise conscience et avec grand plaisir, en l'arrosant de vin de Californie et en prenant, comme pousse-café, de la becerovka tchèque, et la joie sincère de Lasse à la pensée que tout s'était passé si tranquillement et si bien, dix ans plus tôt, avait déteint sur moi. Que les Polonais, pour la première fois de leur histoire, aient eu l'occasion de saisir leur chance, de diriger seuls leur destin. Lasse n'avait jamais flirté avec le socialisme ni le marxisme. Il avait trop bien étudié son Staline. Cela l'avait vacciné contre toute foi en une utopie. De plus, une année d'études à l'université de Moscou lui avait ôté toute illusion sur les bienfaits possibles de ce qu'on appelait le socialisme qui existe réellement. D'ailleurs, je n'en avais jamais eu non plus, mais j'avais été gauchiste dans ma jeunesse. Parce que c'était le plus facile, tout simplement, bien que j'aie également passé mon année obligatoire à Moscou, dans des conditions qui auraient incité à la révolte tous les étudiants danois, mais c'était plus facile quand même, d'aller dans le sens du courant. Pour Lasse, cela n'avait pas été aussi facile. Qualifié de bourgeois, il s'était retrouvé sur une voie de garage, donnant ses cours dans des salles à moitié vides. On l'avait boycotté pendant un certain temps parce qu'il avait déclaré à un journaliste venu l'interviewer que d'un point de vue esthétique, au fond, le nazisme et le communisme revenaient au même. On ne disait pas ce genre de choses sans être puni, il y a vingt ans. À présent, il était très reconnu et les étudiants se bousculaient pour lui demander d'être leur directeur de thèse. Il était cette chose si rare, dans le milieu universitaire, un être loyal et sans ordres du jour cachés. Il n'avait pas besoin, comme nous autres, de signer un article scientifique pour dissimuler sa paresse et le tarissement évident de son inspiration. Pendant des années, j'avais cru qu'il jouait la comédie, qu'il avait choisi un rôle, mais j'avais compris peu à peu qu'il était cette rareté : un brave homme. Cet homme, je me le gardais comme ami.

Nous avons commandé une deuxième becerovka et un expresso, et goûté cette boisson au parfum de cannelle. Le restaurant était presque vide, les touristes n'étaient pas encore arrivés et les Polonais manquaient de moyens. De rapides petites serveuses s'affairaient pour ôter les miettes des nappes à carreaux bleus. Cela sentait le chou rouge et le canard d'Europe centrale. Je me suis penché vers mon ami pour l'observer. Il portait bien son âge. Grand et un peu voûté, il était vêtu comme de coutume de sa triste veste de tweed gris. Mince de visage, il avait conservé tous ses cheveux, mais ils étaient devenus gris. Il portait de fines lunettes et sa bouche un peu féminine paraissait douce et allongée. Il avait des dents très blanches. J'ai allumé une cigarette.

« Tu ne devrais pas arrêter ? m'a-t-il demandé pacifiquement.

— Si », répondis-je en soufflant la fumée dans sa direction. Il la chassa, irrité, de ses mains fines où l'on voyait les premières taches brunes.

« Pourquoi es-tu venu faire ce voyage avec nous ? questionnai-je.

— J'avais un peu de temps libre. Et envie de voir comment cela s'est passé. De sortir de mes archives. De regarder la vie au lieu de ses vestiges. D'élargir mon horizon empirique. Et puis, Lisbeth est à New York. »

Lisbeth travaillait dans le vaste univers de la technologie informatique. Une mine d'or. Institutrice de formation, elle avait contracté la maladie des ordinateurs comme les virus qu'elle était experte à combattre. L'approche du changement de millénaire donnait l'impression, aux gens comme elle, qu'ils imprimaient leur propre monnaie. Les spécialistes en technologie informatique étaient les croisés modernes qui s'en allaient de par le monde pour libérer les propriétaires d'entreprises inquiets de l'arrivée de leurs ennemis païens, imaginaires ou réels, appelés virus. Elle gagnait au moins le double de Lasse. Cela non plus ne le gênait pas, pensai-je avec irritation.

« Et qu'as-tu vu, avec tes yeux usés par les archives ?

— Surtout des choses positives. C'est très sain d'arriver dans un pays comme la Pologne. Ici, on parle sans trembler de démocratie et de liberté. On s'en réjouit, tout simplement. En fait, c'est un peu ridicule puisque nous sommes tous libres. Cela va de soi, n'est-ce pas, mais pas ici. Ils ne le prennent pas pour un dû.

— Non, mais ça viendra sûrement.

— Il faut l'espérer. C'est à ça qu'il faut arriver, me répondit-il en prenant une gorgée de becerovka.

— De plus, je me régale et je passe du temps avec toi, ajouta-t-il.

— Notre ange gardien ne sera pas content.

— Tant pis, grand bien lui fasse. Nous sommes quand même des adultes.

— Tu l'es en tout cas.

— Qu'est-ce que tu veux dire, Teddy ? »

Je l'observai en fumant.

« Combien de femmes as-tu réellement connues dans ta vie ? »

Il me regarda, stupéfait. Quand quelque chose l'étonnait, une ride horizontale se dessinait entre ses yeux. Il avait traversé la vie avec étonnement, car cette ride était devenue permanente ; simplement, elle devenait plus distincte quand soudain quelque chose l'étonnait.

« C'est quand même une drôle de question, combien en as-tu connues, toi ?

— À part mes trois épouses, sincèrement, je n'ai pas fait le compte.

— Et tu en es fier ? Comme si tu étais un chasseur de grand gibier ?

— Non. C'est ma verge qui a pensé plus vite que ma tête, c'est tout. » Ma réponse le fit sourire, puis il reprit son sérieux.

« Sept, dit-il.

— Tu peux être aussi précis ?

— Je me souviens de chacune d'elles. Toi, tu ne te souviens pas de toutes. Qu'est-ce qui vaut le mieux ? L'expérience particulière ou toutes les expériences superficielles ?

— Encore un bon mot, Lasse. Je m'étonnais en pensant à toi et à Lisbeth, simplement. À votre fidélité. Plus de vingt-cinq ans avec la même. Comment fais-tu pour conserver ta vitalité intacte, bon Dieu ? Tu arrives à ne pas regarder les nénés de Lena ? À ne pas penser à elle toute nue dans ton grand lit à l'hôtel ?

— J'ai connu les sixième et septième après Lisbeth. »

À mon tour d'être stupéfait.

« Elle le sait ?

— Elle a connaissance de la septième. Cela a duré quelques mois. La sixième, cela s'est borné à une seule fois, fit-il tranquillement en buvant son café, comme si nous ne faisions que discuter de combien de millions de personnes Staline avait laissées mourir de faim.

« Quand était-ce ?

— Il y a quinze ans de ça.

— Et alors ? »

Il me regardait tranquillement de ses yeux bruns : « On en a parlé. Et j'ai fait un choix. C'était ou bien Lisbeth et nos enfants ou bien l'autre, ou d'autres. Et ce choix, je ne l'ai jamais regretté.

— À t'entendre, le choix a été facile.

— Personne n'a dit que ça a été facile.

— À t'entendre, c'est un choix existentiel.

— Tu n'as pas besoin de prendre ce ton ironique. Le choix n'a pas été facile, mais je n'ai jamais regardé en arrière. Peut-être que ma libido n'est pas très développée, c'est tout.

— Je ne m'en étais pas aperçu, bon Dieu.

— Non, me répondit-il avec ce sourire qui faisait fondre de reconnaissance ses étudiantes de 3e cycle. Je ne parle pas autant que toi. Tu n'avais qu'à parler pour avoir de bonnes notes et entrer dans le lit des filles. Ce don-là, je ne l'ai pas.

— Je me demande si Majken savait quelque chose, murmurai-je presque à part moi.

— Je crois que c'est elle qui l'a dit à Lisbeth.

— Maudite solidarité féminine.

— Ça s'est bien terminé, Teddy, fit-il simplement.

— Et Lisbeth ?

— Quoi, Lisbeth ?

— Elle t'a...

— Si elle m'a trompé ? C'est ce que tu veux savoir ? »

Je voyais qu'il commençait à se mettre en colère. Nous étions amis et nous parlions de beaucoup de choses, mais là, j'étais en train d'aborder des sujets un peu trop intimes.

« Je n'en sais rien. Je ne le lui ai jamais demandé. Je n'ai pas de raison de le faire. »

J'éteignis ma cigarette et j'en allumai une nouvelle. Comme il était intelligent, il me demanda :

« Ce ne serait pas, par hasard, parce qu'un de tes mariages est encore en train de capoter, que tu me poses ces questions ?

— Je n'ai pas de liaison en dehors.

— C'est pourtant ton habitude, mais je ne parle pas de ça. Parce que tu n'es pas seul. »

Non, il y avait Janne, ma femme actuelle, chargée de cours dans mon Institut. J'étais tombé amoureux fou d'elle cinq ans plus tôt, quand elle était étudiante et que je commençais à me lasser de la vie de célibataire. Mariée à ce moment-là, ayant juste trente ans passés, elle avait quitté son mari et amené dans ma vie deux petits enfants de son premier mariage. Ça n'avait pas été si facile. À mon sens, j'avais déjà eu les petits enfants qui m'étaient dus. Les siens remplissaient tout l'appartement, prenaient ma liberté, mais si je la voulais, il fallait que j'accepte sa progéniture par-dessus le marché. Et j'étais amoureux. Amoureux, en tout cas, de l'idée d'être retombé amoureux. De vivre la grande passion. C'était sûrement dû, aussi, à l'âge de la panique. Ce n'est pas facile quand la cinquantaine se profile à l'horizon. En un sens, je l'aimais toujours, mais je ne pouvais appeler ça de la passion. Les jours s'écoulaient avec des habitudes, de la froideur et des disputes. Je trouvais donc agréable, en fait, de pouvoir faire ce voyage, bien qu'elle ait mentionné des problèmes de garde d'enfants, et le fait que la vie quotidienne dépende toujours d'elle. Elle avait aussi ses recherches. Je m'étais attendu à ce qu'elle se plaigne, mais pas à ce qu'elle renonce aussi vite, en se bornant à me dire que dans ce cas, il valait mieux que je parte. Cela m'avait tout de suite fait penser qu'elle pouvait avoir rencontré quelqu'un. Ce à quoi il n'y avait peut-être rien à redire. Notre soi-disant vie commune fonctionnait grâce à la routine, si elle fonctionnait...

« Tu as entendu ce que je viens de dire, Teddy ?

— Je ne sais pas du tout si ça va tenir, Janne et moi. »

Je n'ai rien dit d'autre et j'ai vu que cela ne l'étonnait pas. Ce n'était d'ailleurs pas un secret, entre nous, que Janne et Lisbeth s'entendaient plutôt mal. Elles se comportaient en personnes civilisées, sans plus. Majken, ma deuxième femme, et Lisbeth avaient le même âge et continuaient à se voir. Elles étaient amies. Ma première femme, un amour de jeunesse, et moi, nous nous étions mariés pour avoir un appartement. Cinq ans et deux enfants plus tard, c'était fini. Nous nous étions séparés sans coups de théâtre ni méchancetés. Nous pouvons nous rencontrer aujourd'hui et nous saluer dans l'indifférence la plus totale. Je crois que nous nous demandions, chacun de notre côté, ce que nous avions bien pu voir l'un chez l'autre. Les enfants nous liaient un peu. Adultes et mariés, ils nous avaient livré des petits-enfants. Nous les recevions chacun de notre côté et nous nous rencontrions extrêmement rarement. Majken et moi, par contre, avions été mariés pendant près de douze ans, mais notre divorce avait été très dur. Elle avait un enfant de son premier mariage. Nous en avions eu trois nous-mêmes coup sur coup, avant que notre couple périclite. C'était moi qui la trompais, et elle avait fini par le découvrir. Et elle et les enfants étaient furieux, et ni elle ni eux ne me l'avaient jamais vraiment pardonné. Je crois que nous vivons à une époque où nous ne pouvons plus avoir mal à l'âme, mais où les infidélités et les ruptures font aussi mal qu'elles l'ont toujours fait. Notre cadet venait d'avoir dix-huit ans et nous conversions poliment, mais on ne m'avait pas encore pardonné. Ce qui m'irritait le plus, c'était que cela m'irritait et m'influençait davantage que je ne voulais me l'avouer. Majken s'était remariée, elle avait eu un dernier enfant, sur le tard. Son nouveau mari avait amené deux gosses avec lui. Heureusement pour Majken, elle était mathématicienne, car il fallait le cerveau et l'esprit systématique des mathématiciens, ainsi qu'un agenda de taille, pour arriver à faire coïncider les anniversaires, Noël et le Nouvel An, en tenant compte à la fois de nos propres enfants et des pièces rapportées qui venaient de tous les côtés. Nous appartenions à une génération qui n'avait pas traversé la vie calmement et sans nous faire remarquer. Sans doute avions-nous toujours pensé d'abord à nous-mêmes, en réalité.

« Veux-tu vraiment que ça tienne ? questionna Lasse.

— Bien sûr. Mais parlons plutôt de la Pologne, ou de Staline ou de l'OTAN ou d'un autre sujet rationnel. »

Il se moqua de moi.

« C'est toi qui as commencé. Pour ce déjeuner, c'est moi qui t'invite — avec toutes les pensions alimentaires que tu as à payer.

— Heureusement que ceux qui sont de moi ont plus de dix-huit ans », ai-je répliqué, maussade. Nous nous sommes remis à rire tous les deux, peut-être pour cacher un embarras naissant, et cela m'a fait du bien.

Nous avons traversé à pied les ruelles étroites comme deux gentlemen, avec nos manteaux ouverts et en balançant légèrement les bras. Il ne nous manquait qu'un chapeau haut de forme à chacun et quelqu'un à saluer en le soulevant, et nous aurions pu figurer dans une opérette. Les sabots des chevaux claquaient sur les pavés, mais les cochers n'avaient pas encore beaucoup de clients dans leur voiture. Devant le vieil hôtel de ville, où se trouvait — absence de goût étrange — un vendeur de saucisses dont la voiture répondait au nom suggestif de Dania, Lasse s'arrêta soudain pour me prendre par le bras.

« Ne te retourne pas trop brusquement. Rappelle-toi à Moscou autrefois... »

Comprenant son allusion, je me baissai et fis semblant de renouer mes lacets pour jeter un coup d'œil derrière moi. Il y avait une dizaine de personnes.

« Tu vois cette femme, me dit Lasse. Manteau bleu, cheveux châtains, chaussures confortables. Une dame bien, d'un peu plus de soixante ans. Peut-être un peu plus jeune. Bien conservée, mais quand même... »

Je la cherchai des yeux et je l'aperçus. Elle ne bougeait pas et se hâta d'étudier une vitrine d'équipements de sports, puis elle regarda de notre côté, tourna les talons et disparut à pas rapides dans une rue latérale.

Je me redressai.

« Qu'est-ce qu'elle a ?

— Je ne peux pas me débarrasser de mes habitudes, dans cette partie du monde, bien qu'ils soient membres de l'OTAN et qu'ils fassent bientôt partie de l'UE. Je ne peux pas m'empêcher de regarder derrière moi. Tu sais bien autrefois, à Moscou, on sentait toujours, certains jours, qu'on était suivi, tout simplement. »

Je fis un signe d'approbation. Je m'en souvenais bien. Nous n'étions pas toujours restés plongés dans les livres poussiéreux des interminables salles de lecture du palais jaune de la bibliothèque Lénine. Nous avions aussi rencontré des gens. Nous allions voir les Russes hospitaliers, en sachant qu'ils savaient que l'on surveillait les dangereux étrangers capables de répandre ces idées empoisonnées sur la démocratie et la liberté.

« Qu'est-ce qu'elle a ? » lui ai-je redemandé.

Lasse la chercha des yeux, mais elle avait disparu depuis longtemps. Alors il me dit, me prenant par le bras pour me guider :

« Elle était assise au dernier rang, à l'Institut des Études Économiques, pendant ta conférence d'hier. Cela m'est revenu quand je l'ai vue ce matin au premier rang à l'Institut des Études Historiques, où tu devais parler des phénomènes de stagnation.

— Peu importe. Ils ont dormi pendant toute la séance.

— Ne sois pas si dur avec toi-même. Tu es un bon conférencier et les étudiants en histoire ont besoin de tes connaissances.

— Ne te fais pas de souci », lui dis-je pendant que nous marchions sous le soleil un peu plus frais de fin d'après-midi. Nous n'étions qu'en mars, ce n'était certainement qu'un faux printemps.

« Elle était dans le hall de l'hôtel, et la voilà ici. Le hasard fait un peu trop bien les choses.

— Tu as des visions. La guerre froide est finie depuis belle lurette. Nous l'avons gagnée, tu le sais. Les Polonais ont vaincu.

— Tu as sûrement raison, ce n'est sûrement qu'une touriste. Il n'y a pas tellement de choses à voir. Mais je trouve quand même ça bizarre. On dirait que c'est une professionnelle. On a l'impression qu'elle nous file depuis longtemps et que tout à coup, elle a décidé de nous montrer qu'elle le fait. Comme le KGB autrefois.

— Cette époque est révolue », répliquai-je.

Mais elle avait réapparu à Prague. Pendant le colloque de l'université Charles où, sur le podium du grand auditorium, nous nous ennuyions mutuellement et ennuyions nos auditeurs. Je somnolais pendant que Lena « professait » et que Brandt, le chef de la délégation, se lançait dans de longues explications embrouillées. Elle avait de nouveau pris place à l'un des derniers rangs, loin tout en haut. Lasse et moi l'avons aperçue presque en même temps. Elle portait une simple robe bleue et un collier blanc seyant. Elle suivait apparemment la conférence avec attention. Prenait des notes et avait l'air d'une femme cultivée d'un certain âge qui s'était tardivement inscrite à un quelconque cours du troisième âge. Son mari n'est plus là. Les enfants ont quitté la maison. C'est le moment d'élargir ses connaissances et sa culture. Pendant la pause, je me hâtai de descendre pour me confronter avec elle, mais elle avait disparu. Aussi mystérieusement qu'elle était apparue. Car je ne l'avais pas vue entrer et je ne la vis pas repartir.

Ensuite, il y avait eu la réception au ministère des Affaires étrangères et l'ex-Premier ministre avait fait sa remarque et gâché ma soirée. J'avais trop bu au bar, mais j'étais quand même monté dans ma chambre. J'avais téléphoné à la maison, personne n'avait répondu, et je dormais avec, dans la bouche, un mauvais goût qui aurait résisté à tous les dentifrices.

Le lendemain matin, le chef de la délégation nous avait pressés comme des enfants et j'avais vu monter sa tension quand j'étais volontairement arrivé en retard et que j'avais attendu d'avoir fini ma cigarette pour monter dans le car qui devait nous conduire à Bratislava. Incitant d'autres fumeurs à descendre.

L'anarchie menaçait et cela m'avait mis d'un peu meilleure humeur de voir, en montant dans le car, la figure rouge de colère du chef de la délégation. Naturellement, Lasse avait remarqué l'incident.

« Infantile », dit-il quand je m'assis à côté de lui.

Mais la méchante remarque du politicien tchèque me rongeait. En tout cas, j'étais de mauvaise humeur, ce qui m'empêchait d'apprécier les prémices du printemps de la Bohême avec ses meules de foin aplaties. Le paysage et les petites fermes me rappelaient le Danemark des années cinquante. Il avait quelque chose de vieillot. Nous fîmes la queue à la frontière slovaque et le chef de la délégation m'irrita encore plus en interpellant coquettement Lena :

« Eh bien, Lena, voilà que nous quittons la protection de l'OTAN. J'espère que tu n'es pas inquiète.

— Qui est-ce qui est infantile ? » demandai-je à Lasse.

Cela ne pouvait que mal se passer et cela se passa mal, après les réunions beaucoup trop fastidieuses du lendemain. C'était le soir, après un dîner trop arrosé et trop de verres successifs. De plus, je commençais à avoir mal aux gencives, comme me l'avait dit le dentiste. Attention qu'elles ne pourrissent pas, avait dit cet aspirateur de gros sous sans cœur. Je m'étais disputé avec Klaus, le chef de la délégation, en défendant l'opinion que nous aurions mieux fait de permettre à Gorbatchev de réformer le socialisme graduellement, au lieu de cet effondrement soudain. En fait, je ne le pense pas. C'est une bonne chose que le régime pourri du communisme soviétique se soit effondré comme le mauvais château de cartes ridicule qu'il était, mais je savais bien ce qui le fâchait. Nous étions donc restés à nous disputer comme des cons d'adolescents, tandis que les gens raisonnables de la délégation allaient se coucher. Pour finir, Klaus était parti en tapant des pieds de colère et j'étais resté seul, comme l'idiot que j'avais été.

J'étais donc sur le lit, pris dans le carcan de mon apitoiement sur moi-même et de mes maux de dents, en train de cuver une cuite qui tournait à la gueule de bois, quand on a frappé à ma porte, bien après minuit. Je me suis levé pour regarder à travers le judas. La femme était dehors. Je me suis d'abord demandé si j'allais la laisser dehors, mais j'ai ouvert. Elle m'a regardé. Je l'ai regardée à mon tour. Un instant, j'ai pensé que j'avais des visions. Elle ressemblait à ma grande sœur. Elles avaient les mêmes oreilles et le même nez et les mêmes yeux vert foncé. Les mêmes traits, que l'on trouve sur les rares photos de notre père.

« Yes », ai-je dit, irrité.

Elle a eu un très léger sourire, comme intimidé, elle m'a tendu la main et m'a dit dans un danois lent, bourré d'accent mais distinct :

« Bonsoir, Teddy. Je m'appelle Maria Bojic. J'ai pris mon courage à deux mains. Je n'osais pas vraiment venir, mais j'avais tellement envie de dire bonjour à mon frère. »

2

D'abord je n'ai pas compris ce qu'elle me disait. J'étais encore un peu gris. D'ordinaire, ce sont des putains qui frappent à la porte au milieu de la nuit, en Europe centrale, mais elle n'avait pas l'air d'en être une puisqu'elle me rappelait de façon stupéfiante ma grande sœur Irma. De deux ans plus jeune qu'elle, peut-être. C'étaient surtout la bouche et ces yeux perçants, verts, avec lesquels Irma peut clouer les étudiants. Je m'écartai et la priai d'entrer. Minuit avait sonné depuis longtemps, mais elle semblait alerte et d'allure presque jeune, avec son teint clair, des rides normales pour son âge, ni trop apparentes, ni invisibles. Comme il faut. Il faut que l'on puisse voir sur une personne qu'elle a vécu. Elle avait les cheveux presque noirs, coupés court, avec des boucles et des ondulations. Ne se les teignait-elle pas ? Elle portait une jupe élégante, un chemisier et un petit collier de perles. À la main, une serviette de jolie grandeur en beau cuir de veau. On l'aurait presque prise pour une femme d'affaires moderne, qui a du succès, comme on peut en rencontrer dans l'avion du matin pour Århus, mais pas tout à fait quand même. Car il y avait un vide dans son regard, une froideur et une douleur qui n'étaient pas immédiatement discernables. Je la fis entrer dans la grande chambre de l'hôtel comme si j'avais été un domestique. Le lit était en désordre, mais après avoir ôté quelques journaux, je pus lui offrir un fauteuil.

Elle secoua la tête. Nous nous faisions face au milieu de la pièce, mal à l'aise devant cette situation.

« Enfin, qu'est-ce que ça veut dire, bon Dieu ? » lui demandai-je d'un ton irrité.

Elle me regarda droit dans les yeux.

« Ne pourrions-nous pas parler en russe ou en anglais ? » s'enquit-elle en russe. Elle le parlait couramment et presque sans accent, pour autant que je puisse en juger. Mon russe est très bon, bien que je le lise mieux que je ne le parle.

« Pour moi, pas de problème », répondis-je en anglais.

Mais elle se débrouillait aussi en anglais sans problème.

« Qui es-tu ? demandai-je.

— Je peux m'asseoir ? »

Du doigt, je lui indiquai l'un des fauteuils et elle s'assit sur le bord du siège, sa serviette sur les genoux. Elle faisait penser à une femme qui venait à un entretien d'embauche.

« Je dois d'abord te présenter mes condoléances pour le décès de ton... de notre père.

— Arrête, l'interrompis-je. Qu'est-ce que tu racontes ? Mon père est mort il y aura bientôt cinquante ans. Je ne l'ai jamais vraiment connu. Il nous a quittés quand j'étais tout petit. Il y a un siècle. C'était à une autre époque. »

Ouvrant son sac avec de petits gestes efficaces, elle en sortit une grande enveloppe jaune dont elle tira une photo en noir et blanc qu'elle me tendit. Sur la photo, un jeune homme souriait, de ce sourire qu'Irma et Fritz partageaient avec lui. Il avait les cheveux noirs, était rasé de près, avait un petit menton triangulaire et un beau front haut sous une casquette militaire allemande. Sur la casquette et sur la veste d'uniforme noire démodée, on distinguait nettement les runes des S.S. Je ne suis pas un spécialiste des grades S.S., mais il me sembla qu'avec ces distinctions, l'homme de la photo devait être un Sturmbannführer. Mon père biologique en major de la Waffen-S.S. Cela ne coïncidait pas. Le visage appartenait de toute évidence à ce père dont je ne me souvenais pas, mais dont j'avais vu des photos. L'uniforme des S.S. me bouleversa un instant. Je me mis à transpirer. La femme me regarda attentivement et me tendit une autre photo.

Une photo en couleurs. Du même homme. Plus âgé d'un bon nombre d'années. Avec des cheveux poivre et sel mais toujours épais. Il tenait enlacée une petite femme un peu rondelette, en robe d'été à grosses fleurs. Derrière eux, une maison jaune. On devinait les sarments d'une treille. Un pan de ciel bleu. Une profusion de fleurs bigarrées dans des pots et des vases. Une autre femme plus jeune s'appuyait contre lui. Le vent qui soulevait un peu sa robe jaune toute simple découvrait une partie de ses jambes nues bronzées. C'était, en plus jeune, la personne assise en face de moi à l'hôtel, à Bratislava. Elle avait été extraordinairement belle. C'était une très jolie photo estivale et idyllique. Sans un mot, je la lui rendis et toujours sans un mot, elle m'en tendit une autre.

Aussi en couleurs. C'était le même homme sur son lit de mort. Ses cheveux étaient rares et blancs, ses traits fortement marqués et sa peau si fine qu'elle donnait l'impression d'être transparente et de laisser voir les os de son crâne. Revêtu d'une chemise blanche, il avait les yeux fermés, les mains jointes sur sa poitrine amaigrie. La mort avait emporté cet homme fort dont la femme qui me faisait face affirmait qu'il avait été notre père à tous les deux.

Je n'y comprenais rien. Toute famille a ses mythes et ses légendes, ses secrets et ses refoulements et la mienne n'en manquait pas. L'histoire de la famille était une tragédie, mais aussi un succès. La boulangerie de mes parents avait fait faillite parce que les gens s'étaient mis à jaser. « On disait que le boulanger avait été du mauvais côté pendant la guerre. Il valait mieux que les gens bien trouvent un autre endroit pour acheter leurs petits pains du matin. » Mais quand j'étais petit, on ne m'avait jamais dit précisément ce qu'il avait fait. Je croyais savoir qu'il était parti travailler en Allemagne, mais enfin, ils étaient cent mille à l'avoir fait. Sinon, ils perdaient leur indemnité. Je savais qu'il était dans le fichier de Bovrup. Qu'il avait été membre de la DNSAP. Mais enfin, ils étaient quarante mille à l'avoir été. Rien d'illégal à cela, mais un stigmate fatal, naturellement, juste après la guerre. Enfant, je n'y pensais pas beaucoup. J'étais le petit dernier, très gâté par ma mère, mon beau-père, ainsi que par Irma et Fritz. J'étais d'ailleurs trop petit pour bien comprendre les ruptures qui avaient suivi cette déroute sociale. Je savais qu'elle avait été très traumatisante pour mes frère et sœur aînés. Ils n'aimaient pas le nouveau mari de maman alors que je l'avais considéré comme mon père et ce, jusqu'à sa mort, il y avait cinq ans. Nous avons tous les trois fait carrière, deux à l'université. J'étais historien, ma sœur aussi ; elle, en plus, professeur de littératures comparées, spécialiste du féminisme, évidemment. Fritz, artisan boulanger au départ, avait lancé sa propre entreprise et produisait à la chaîne plusieurs sortes de petits pains, vendus dans les supermarchés comme du pain artisanal, bien que toute sa production ait été industrialisée. Il avait découvert de bonne heure l'importance de l'image de marque. Ce qu'une bonne campagne publicitaire est capable de faire bouger. Que nous n'achetons pas des objets, mais des aventures, des histoires, il le savait d'instinct, avant que les chercheurs en communication ne l'aient formulé. Il avait également découvert la vague écologique, avait sauté dessus et il était celui de la famille qui avait de l'argent. Arrivés à l'âge adulte au début de l'avènement de la consommation, nous n'avions pas de soucis matériels. De ce point de vue, c'est une histoire très normale quand on la raconte brièvement.

J'étais probablement resté plongé dans mes pensées car apparemment, elle répéta une question :

« Pourrais-je avoir un verre d'eau ?

— Pardon », lui dis-je comme si j'avais été un mauvais hôte qui traitait impoliment une invitée et non une femme étrange, qui frappait à ma porte en pleine nuit, à Bratislava. « Je ne pourrais pas t'offrir autre chose ? Il y a du vin dans le minibar.

— Oui, ça me ferait plaisir. »

Le minibar renfermait une petite bouteille de vin rouge français de qualité douteuse, et d'ailleurs assez froid, mais j'en remplis néanmoins deux verres et les posai à côté des fauteuils, sur la vilaine petite table moderne à carreaux de faïence. Je ne sentais plus les effets de l'alcool que j'avais déjà bu ce soir-là. J'étais las, mais j'avais la tête claire. Je crois que dès ce moment-là, j'avais inconsciemment accepté son récit, bien que mon surmoi enclin à l'analyse considère toujours toute cette histoire comme une invention et des sornettes.

Je lui tendis mes cigarettes et elle en prit une.

« J'avais arrêté, en fait, commenta-t-elle.

— Nous l'avons tous fait, n'est-ce pas ? » répliquai-je en allumant sa cigarette avant la mienne. Je pris le verre de vin rouge et le levai ironiquement vers elle.

« À quoi allons-nous trinquer, madame ? À la mort ? »

Une crispation passa sur ses traits, mais ses yeux demeurèrent presque inexpressifs. Des yeux étranges. Verts comme un lac au soleil, mais du vert glacé des lacs de montagne.

« Je l'aimais beaucoup, en fait.

— O.K., j'ai été trop désinvolte. À la vie, alors ? Ou au passé ?

— Au passé, pour qu'il ne détruise pas la vie. »

Nous avons trinqué, puis reposé délicatement les verres.

« Alors, pourrais-tu me raconter cette histoire depuis le début », la priai-je, de ma plus belle voix de chargé de cours d'université.

Elle me la raconta donc. Elle racontait sobrement,

s'en tenant aux faits, comme si elle faisait une conférence ou livrait un rapport de police, mais on comprendra que cela prit quand même quelque temps. À mon âge, on n'a pas le courage d'interrompre les gens en disant des « non, c'est vrai ? » quand on est étonné, et son histoire m'étonna sans me bouleverser réellement. Je l'ai dit, je ne connaissais pas mon vrai père. Si elle avait parlé de mon beau-père, Poul, ça aurait peut-être été tout à fait différent, son histoire aurait peut-être soulevé en moi des vagues d'émotion plus fortes qu'elles ne le furent précisément à ce moment-là.

« Mon père est arrivé en Croatie au début de septembre 1943. À ce moment-là, il n'était que Unterscharfürher dans le Régiment Danemark. Ils ont dressé leur camp dans le village de Sisak, à une cinquantaine de kilomètres de Zagreb. Ma mère m'a raconté qu'ils étaient sur les nerfs, amaigris et épuisés. Ils ont trop bu de la bonne eau-de-vie croate, comme si l'alcool pouvait chasser les souvenirs. Le Régiment Danemark se composait entre autres de soldats de Frikorps Danmark, que les S.S. avaient dissous en même temps que les autres légions étrangères. Ils étaient furieux de cette décision, mais s'ils buvaient, c'était pour chasser les souvenirs de leurs terribles combats en Russie, dans un lieu qu'ils appelaient la cuvette de Demjansk. Ainsi que les souvenirs d'une permission au Danemark, où les Danois, loin de les recevoir en héros, leur avaient craché dessus en les qualifiant de traîtres. Ma mère avait vingt ans, elle était secrétaire à la mairie de l'endroit. La Croatie était libre, mais peut-être fasciste. C'est ce qui se disait après la guerre, en tout cas. La Croatie n'était pas occupée, mais elle collaborait avec l'Allemagne pour rester une nation souveraine. Nous appelions nos soldats les Oustachis. Ils se battaient contre les partisans de Tito, qui étaient partout. En fait, le Régiment Danemark devait simplement rester quelques mois en Croatie, avec les autres soldats de la Division Nordland, pour y être formés, mais ils sont tout de suite entrés en guerre contre les partisans de Tito. Une guerre qui a été atroce. Sans merci de chaque côté. On pendait un partisan à chaque réverbère. Qu'un soldat allemand soit fait prisonnier et on le tuait et le châtrait. Cela n'a pas amélioré les nerfs de mon père. Une seule chose soutenait les soldats : l'abondance des vivres en Croatie. Nous sommes bénis par le Seigneur, de ce côté-là. Ils adoraient les légumes et les fruits. Et ils adoraient danser, le samedi, sur la place de Sisak. Ce qui arrivait quelquefois, malgré la guerre. Dans la chaleur de l'été, les soldats allaient avec les filles du pays et c'est comme ça que mon père et ma mère se sont rencontrés. En dansant dans la douce obscurité d'une soirée croate, en pleine guerre. On oublie quelquefois que c'est lorsque la guerre est le plus brutale que l'on s'amuse le plus intensément. Quand les femmes de Sarajevo ont-elles été le plus belles ? Quand leur maquillage a-t-il été le plus parfait ? Quand leurs robes ont-elles été le plus élégantes ? Sous les pires bombardements. Je suis toujours stupéfiée par la capacité des êtres humains à survivre. C'est une histoire banale, en un sens. À une époque où la mort et le viol étaient aussi sûrs que le soleil se lève à l'est, ils sont tombés amoureux l'un de l'autre. Ils nous ont raconté toute leur vie durant, à nous, leurs enfants, combien ils avaient vécu un amour heureux malgré les détonations des fusils dans la nuit, malgré les horreurs indescriptibles qu'ils voyaient et le sang que notre père a dû avoir sur les mains. J'ai une photo d'eux. Ils ont l'air heureux. Mon père était un homme imposant, ma mère une belle jeune femme. Le Régiment Danemark a été transféré sur le front russe en novembre. J'étais le petit fruit grandissant de leur amour. »

J'attendais la suite. J'avais plusieurs questions à poser, mais cette histoire me fascinait, même si c'était, somme toute, une histoire de guerre tout à fait banale. Des milliers de gens pourraient sûrement raconter la même. Une si vieille histoire que, personnellement, elle ne me touchait presque pas. Elle me demanda une deuxième cigarette, but une gorgée de vin et poursuivit de la même voix basse. Elle touchait souvent le lobe de son oreille droite, lorsque des passages de son histoire semblaient l'affecter, sinon, elle paraissait contrôler ses sentiments et les moyens dont elle voulait se servir.

« L'issue du conflit était sûre. L'Allemagne a perdu. Tito a gagné et la Croatie a été intégrée à la Yougoslavie socialiste. Certains disaient que Tito, le Croate, avait trahi son propre pays. Mais peut-être que cela valait mieux, en fin de compte. Pendant quelques années en tout cas. Mais ce n'était pas drôle d'être du côté des perdants. Ma mère ne faisait pas directement partie des Oustachis, mais quand même. Elle avait été secrétaire et était allée avec un soldat de la Waffen-S.S. Ils l'ont internée quelque temps, mais bien que la brutalité soit indissociable des Balkans, ils ne l'ont pas maltraitée. Peut-être ont-ils été séduits par le fait qu'elle allaitait son bébé. Moi. Qu'en sais-je ? Peut-être ne m'a-t-elle jamais dit la vérité. Elle était sans nouvelles de mon père. Il lui avait écrit plusieurs fois du front de l'Est, des lettres tendres, mais dont même la censure ne pouvait effacer le désespoir et la certitude que la guerre était perdue. Ma mère s'est laissé protéger, comme on dit, par un des nouveaux fonctionnaires socialistes qui s'installaient. On lui a donné un nouveau job, elle lui a donné son corps. Pendant quelques années, ça a été un bon marché. Je ne me souviens pas de lui. Il a peut-être été purgé tandis que ma mère était disculpée. Ou oublié. Son nouveau job ressemblait à l'ancien, mais les maîtres étaient nouveaux. Je ne me souviens pas de cette époque-là, j'étais trop petite, mais à partir de 1949, quand Tito a rompu avec Moscou, il a été possible d'être à la fois socialiste et nationaliste. Les Croates, les Serbes et les Bosniaques devaient s'unifier pour résister aux plans d'invasion de Staline. On n'oublie jamais le passé, dans les Balkans. L'histoire est vivante en chaque habitant. Pendant certaines périodes, ils savent la refouler. Alors, on croit qu'elle n'a pas d'importance, mais ce n'est jamais vrai. En 1953, l'année de la mort de Staline, mon père a réapparu. Soudain, un jour, il s'est trouvé là. Nous vivions à la périphérie de Zagreb, en contrebas, vers le fleuve. C'était un jour de grand soleil et on sentait l'été embaumer comme il n'embaume qu'en Croatie. Un grand homme fort avec un grand sourire. On aurait dit que ma mère avait vu un fantôme. Je n'avais pas plus de sept ans, mais je m'en souviens comme si c'était hier. Il m'a prise dans ses bras et m'a serrée très fort. Ma petite fille, ma belle, me disait-il en allemand. C'est ma mère, plus tard, qui m'a raconté ce qu'il m'avait dit. Je me sentais merveilleusement bien. Je n'ai pas douté une seconde que c'était bien mon père. Être orpheline de père, je partageais ce destin avec des millions d'enfants dans le monde de l'après-guerre. Mais je crois que tous les enfants rêvaient qu'il revienne un jour, seul entre tous, pour les prendre dans ses bras. Ma mère s'est mise à pleurer et s'est approchée de nous. Et il s'est assis tranquillement et nous a tenues toutes les deux serrées contre lui. C'est la toute première fois, dans mon enfance, où je me rappelle avoir connu un bonheur sans mélange. Mon père était rentré à la maison. »

Elle s'arrêta, finit son vin, et je versai dans son verre les dernières gouttes de la petite bouteille.

« Et alors ? ai-je demandé.

— Alors quoi ?

— Qu'est-ce qui s'est passé ?

— Alors a commencé la vie quotidienne, si ordinaire qu'il est difficile de la traduire par des mots. »

Je la regardais fixement. Cette demi-sœur qui émergeait du passé ; nous devions donc avoir des gènes en commun, quelque part, ce qui était une pensée étrange. Ce qui n'empêchait pas que j'avais du mal à décanter cette histoire. Et peut-être du mal à la comprendre. Ou alors, elle n'entrait pas vraiment dans ma tête. Je lui dis :

« Parle-moi un peu de cette vie quotidienne. De quoi vivait-il par exemple ?

— Du pain, naturellement. Puisqu'il était boulanger, il l'a été jusqu'à sa retraite. C'était un bon boulanger.

— Pourquoi l'a-t-on autorisé à rester ? Un ancien

nazi. Et un S.S. On les a bien condamnés comme criminels de guerre à Nuremberg, nom de Dieu !

— Pour plusieurs raisons. En Croatie, même sous Tito, tout le monde ne considérait pas les Allemands et les Oustachis comme des fascistes. Beaucoup voyaient en eux des combattants de la liberté qui luttaient pour une Croatie libre. Pour la culture et la nation croates. Ce n'était pas aussi simple que la propagande le montrait. Bien entendu, certains ont été punis. D'autres ont pris le pouvoir, mais dans l'ensemble, c'étaient les Croates d'abord et les socialistes après. Pense à notre président, Franco Tudjman, n'a-t-il pas été socialiste autrefois ? N'a-t-il pas fondé la nouvelle Croatie indépendante cinquante ans plus tard ? Qui sait ce qu'il a pensé, au plus profond de lui-même, pendant toutes les années où il a servi le socialisme et la Yougoslavie. De plus, papa est arrivé sous un autre nom. Plus tard, il est devenu croate, ou citoyen yougoslave. Il a appris notre langue, il était comme nous tous.

— Comment a-t-il pu arranger cela ? »

Elle m'a regardé un moment, de ses drôles d'yeux inexpressifs et glacés, avant de me répondre :

« Il ne l'a jamais dit. C'étaient ses anciens camarades qui avaient arrangé l'affaire, disait-il simplement. Les perdants s'étaient entraidés après la guerre pour se faire une nouvelle vie. »

Le vieux réseau des S.S., sur lequel on a tant écrit, pensai-je. Cette confrérie mystérieuse d'anciens nazis et de soldats du front qui procurait discrètement un visa, du travail, des logements. Je n'y avais jamais vraiment cru. Que les perdants aient été en mesure de tirer les ficelles dans l'Europe dévastée, après la guerre, cela me paraissait un peu exagéré. Avec le boom de la prospérité des années soixante, personne ne pensait plus à l'ancienne guerre, à part peut-être de vieux résistants ou des anciens combattants nostalgiques.

Mais on ne sait jamais.

Mon vrai père avait peut-être eu sa première boulangerie au Danemark. Je m'étais demandé quelquefois comment lui et ma mère avaient eu les moyens de s'établir. Ma mère m'avait dit qu'ils avaient emprunté pour le faire. Ce qui expliquait qu'ils aient fait faillite aussi vite. Ils manquaient de réserves. Mais si les profiteurs de guerre lui avaient avancé des fonds ? La situation avait été très trouble, juste après la guerre. Ces cinq années ne représentaient pas la période la plus glorieuse de l'histoire du Danemark. Pas plus que la suivante, du reste.

« Ai-je d'autres frères et sœurs ? demandai-je alors.

— Tu en as eu, dit-elle, et ses yeux se creusèrent un peu. Mon père et ma mère ont eu des jumeaux. Deux garçons. Ils sont nés en 1956. Et morts en 1995. À deux jours d'intervalle, à Krajina, quand l'armée croate a chassé les Serbes.

— Je suis désolé, lui dis-je, sincèrement.

— Les Balkans sont désolants », répondit-elle simplement, et de nouveau, nous restâmes silencieux. L'hôtel était calme. Dans la rue, nous entendîmes le bruit d'une voiture et un cri plaintif, qui mourut aussi soudainement qu'il était né, comme si un être désespéré se délivrait un instant de sa douleur en l'exprimant par un cri.

« Et toi, as-tu des enfants ? questionnai-je.

— J'ai deux filles, heureusement. Elles ont échappé

à la guerre. J'ai deux petits-enfants. En bonne santé tous les deux. Comparée à tant d'autres, j'ai eu de la chance. L'un de mes gendres passera le restant de ses jours avec une seule jambe, mais on peut vivre avec. Cette mine serbe a épargné sa virilité. L'une de mes filles est de nouveau enceinte. Je me suis tirée à bon compte de cette dernière décennie de guerre dans mon pays. Une guerre qui continue. Au Kosovo maintenant. Maintenant, c'est ton pays, l'ancienne patrie de mon père, qui est en guerre contre la Yougoslavie.

— Contre la Serbie. Je croyais que tu étais croate. »

Ses traits se crispèrent brièvement, comme si elle s'était dévoilée.

« J'ai grandi en Yougoslavie. Je suis heureuse de notre indépendance, mais j'ai travaillé pendant de nombreuses années à Belgrade et j'ai beaucoup d'amis et de collègues serbes. J'ai du mal à m'habituer au fait que nous sommes ennemis, à présent.

— Quel travail avais-tu ?

— J'ai déplacé des papiers dans un ministère. Maintenant, je déplace des papiers dans un autre ministère.

— Pourquoi faut-il que je sache tout cela ? lui demandai-je sur un ton dont la véhémence m'étonna moi-même.

— C'est le dernier souhait de ton père. Pour moi aussi, l'essentiel de cette histoire est nouveau. Cet amour né en 1943 a toujours fait partie du mythe bienfaiteur de ma famille, ce n'est que récemment que j'ai appris le reste de l'histoire, avec l'autre famille au Danemark. C'était le dernier souhait de notre père. Je pense qu'il faut exaucer le dernier souhait d'un mourant.

— On n'a pas besoin de tout savoir, bon Dieu. Pourquoi faut-il que les gens confessent toujours leurs péchés ? Les choses qu'on ignore ne font pas souffrir.

— Je comprends que cela te fasse mal.

— Je ne crois pas que tu comprennes quoi que ce soit. » Je ne le comprenais pas moi-même, en tout cas. Je me demandais ce que j'allais raconter à Fritz et à Irma et à notre vieille mère, certainement trop sénile pour comprendre que son mari fugitif n'était pas mort, en 1952, dans un bouge de Hambourg, mais qu'il avait mené, bigame, en Croatie, une vie bourgeoise productive et apparemment heureuse. Que toute cette histoire, dans sa banalité révoltante, tournait autour de l'amour. Que mon père, amoureux, avait aimé une jeune femme dans un village de Yougoslavie. Et que son amour avait été si fort qu'il avait tout surmonté. Qu'il avait vécu heureux le temps d'une vie d'homme avec cette femme-là. Tous les êtres modernes s'efforcent, en un sens, d'atteindre le même bonheur banal. Ils espèrent rencontrer l'être unique. Sans jamais le trouver. Quand nous sommes seuls dans la nuit noire, nous rêvons tous de l'amour inconditionnel. On en rêve sans compter l'atteindre, mais on en rêve. C'est cet amour-là que l'on cherche, chaque fois que l'on regarde un autre être dans les yeux. À la lumière du jour, on reconnaît la stérilité de ce rêve, mais la nuit, on en rêve de nouveau.

Je me sentais vraiment fatigué maintenant, et ma dent et ma tête me faisaient mal. Je n'avais plus de place pour rien d'autre. Je voulais dormir. Partir pour Budapest le lendemain et faire le point de la situation et de ce qu'elle signifiait pour moi. C'était ma force intellectuelle, pensais-je. J'étais capable de réfléchir, nom de nom. De tout analyser, des sentiments à la politique mondiale, mais là, de nuit, dans cette chambre d'hôtel, tout cela me donnait le tournis.

« J'aimerais que tu t'en ailles à présent », lui dis-je.

Elle parut blessée, d'une certaine manière, mais il y avait toujours ces yeux inexpressifs qui rendaient difficile de juger de son véritable état d'esprit. Ce devait être une excellente joueuse de poker.

« Je voudrais te montrer encore des photos. Et des lettres que ton père a écrites sans jamais les envoyer. Il avait mauvaise conscience d'avoir quitté sa famille au Danemark. Surtout son dernier fils.

— Mon père s'appelait Poul. Il était instituteur et il m'a élevé comme son propre fils, avec amour. Il m'a adopté. Le fantôme du passé que tu fais revivre, je ne peux pas le considérer comme mon père. Il est possible qu'il m'ait transmis un paquet de gènes, mais les sentiments n'ont rien à voir avec le sperme. Ils naissent de la vie commune. Et maintenant, j'aimerais rester un peu seul. »

En fait, j'étais stupéfait de pouvoir formuler aussi clairement ma pensée compte tenu à la fois de l'heure et de mon état, mais elle ne se laissa pas impressionner.

« Il a demandé que tu lui pardonnes.

— Et mes frère et sœur ? »

Sans un mot, elle sortit encore une photo de l'enveloppe jaune. C'était une photo couleurs ordinaire, prise par un amateur, mais suffisamment nette. Une photo de groupe prise à un enterrement. Les assistants, tête nue sous un grand soleil de printemps, regardaient une simple bière de sapin descendre dans la nuit de la tombe. Cette photo me bouleversa plus que tous ses discours jusque-là. Car parmi tous les gens qui ressemblaient, par ailleurs, à n'importe quel cortège d'enterrement balkanique, je reconnaissais ma sœur Irma, la tête baissée, accompagnée de quatre hommes d'un certain âge. La photo avait été prise de trop loin pour me permettre de distinguer l'expression de sa figure, mais il ne me semblait pas douteux qu'il s'agissait d'Irma. Je regardai de nouveau. Ce devait être Irma. C'était son maintien, ses cheveux courts, coupés presque comme ceux d'un garçon, et son nez pointu.

« Il a aussi pensé à eux, mais c'est à toi qu'il pensait le plus. Peut-être parce que tu étais le petit. Il t'a demandé de lui pardonner.

— Et mon grand frère ?

— Je crois que c'est lui qui a pris la photo.

— Quand a-t-elle été prise, cette photo ?

— Le 17 février de cette année. Il n'est pas arrivé à vivre un dernier printemps.

— Pourquoi est-ce que personne ne m'a rien dit ?

— Tu n'étais pas impliqué de la même manière. Tu n'es pas un enfant de la guerre.

— Alors, pourquoi m'impliquer maintenant ? demandai-je, furieux.

— Est-ce si étrange qu'un homme qui cherche à être en paix avec Dieu cherche aussi à l'être avec les hommes ? À obtenir le pardon qu'on nous apprend à donner, à nous autres chrétiens.

— Je ne peux pas te le donner maintenant. » Ç'aurait été facile à faire, et j'aurais sûrement été débarrassé d'elle sans plus de discussion. Mais je refusais de lui accorder cette victoire, de l'accorder à mes frère et sœur et à mon vrai père. J'allais les laisser mijoter dans leur jus de traîtres.

« Va-t'en s'il te plaît, dis-je, sur un ton de prière bien exagéré, au lieu de la jeter simplement dehors.

— Naturellement », répondit-elle cérémonieusement en se levant, elle me tendit la main et je la pris. Je sentais la mienne sale et froide, la sienne était sèche et fraîche.

« Pourrions-nous nous rencontrer demain ? demanda-t-elle en me lâchant la main.

— Nous partons pour Budapest. Mieux vaut se téléphoner. Il me faut du temps pour réfléchir à ce que tu m'as dit.

— O.K., I am sorry.

— Yeah », répliquai-je sobrement.

Elle replaça soigneusement la photo dans l'enveloppe jaune qu'elle posa sur la table carrelée.

« Regarde-la quand tu auras digéré tes réflexions. J'ai aussi mis mon adresse et mon numéro de téléphone à Zagreb, et des lettres de papa. Ses réflexions à ton sujet et à propos du passé. »

Elle se dirigea vers la porte. Elle avait l'air déçue de mon rejet et du fait que je ne lui aie donné ni numéro de téléphone, ni adresse, ni tout le reste. Du fait que je me contente de la mettre à la porte. Mais je n'étais vraiment pas preneur. Elle m'avait suivi dans la plus grande partie de l'Europe centrale. Si elle en voulait davantage, elle n'avait qu'à me suivre jusqu'à Budapest. Je ne savais pas si j'aurais envie de reparler avec elle. Je ne savais qu'une chose : je ne voulais pas discuter davantage cette nuit-là. Sur le pas de la porte, elle se retourna comme pour ajouter quelque chose, mais je fermai la porte, tournai le second verrou et mis fermement et bruyamment la chaîne de sécurité. Avait-elle bien compris maintenant ?

J'allai à la salle de bains et je m'assis sur le siège des W.-C. La douleur fondit sur moi sans prévenir, un couteau s'était planté dans ma hanche droite et tournait. Jamais je n'avais senti une douleur pareille. Je ne savais pas qu'on pouvait avoir aussi mal. Un brasier blanchâtre traversait mon dos, montait jusqu'à ma nuque, et je crus ma dernière heure arrivée. Je ne mourrais pas tranquillement dans mon lit, mais enfermé dans des W.-C., à Bratislava, après avoir appris sur mon passé des choses que j'aurais préféré ignorer.

3

La nuit fut atroce, la matinée pire encore. Il n'y a guère de mal aussi ridicule qu'un point dans le dos. Et j'en avais un. Un point dans le dos tout à fait banal, mais qui ne fut pas sans importance, on s'en doute. Comment je me mis au lit, je m'en souviens à peine. Les douleurs me piquaient les reins comme une ceinture de barbelés, mais le plus insupportable, c'était l'impuissance, le fait que les mouvements tout à fait quotidiens soient devenus pour ainsi dire impossibles. Je réussis à me brosser les dents, à me déshabiller et à m'étendre dans le lit, où je me mis à regarder le plafond en m'apitoyant sur mon sort. J'aurais dû penser à l'histoire qu'on venait de me raconter, mais je n'avais de place pour rien d'autre que pour mes douleurs. C'est idiot de dire qu'on ne peut pas avoir mal à deux endroits à la fois : j'avais mal à la fois aux dents et aux reins.

Je me réveillai, comme d'habitude, à six heures et demie et pendant un instant de bonheur, je crus que tout cela avait été un cauchemar, mais mon soulagement ne dura qu'un instant. Je voulus, comme d'habitude, balancer mes jambes pour sortir du lit, mais j'en fus incapable. Couché en slip sous le drap et la couverture, je n'arrivais pas à me lever. Le bruit typique de la circulation matinale en Europe centrale montait de la rue. Je n'étais pas seul au monde. Les autres avaient de la chance. Ils avaient leur liberté de mouvements. Ils allaient à leur travail sans penser au privilège dont ils jouissaient. Le grand maître de conférences qui avait écrit des manuels universitaires et séduit des femmes magnifiques se retrouvait comme un bébé. Incapable de sortir de son lit. Sans rien pouvoir faire d'autre que de se voir à la troisième personne, comme s'il jouait dans un mauvais film.

Comment j'y réussis, je m'en souviens à peine. Je me souviens uniquement de la douleur, mais je saisis la tête du lit et je tirai pour m'asseoir, tandis que trois ou quatre bourreaux qui avaient appris leur métier chez les grands maîtres de la Gestapo et du KGB me plantaient des stylets de glace dans le dos. Cela me prit plusieurs minutes et je restai encore quelques instants les pieds par terre, en reprenant le contrôle de ma respiration. Je me sentais parfaitement ridicule. J'avais envie d'appeler Lasse, mais ce serait encore pire. Aucun homme adulte n'a envie de montrer qu'il n'arrive plus à prendre un bain et à s'habiller tout seul, et puis, comme une évidence, à faire sa valise et à prendre l'autocar pour Budapest. C'était trop bête, tout simplement.

Prêt à pleurer de colère et d'humiliation, la station debout me fit du bien, et le massage de mes reins par l'eau chaude de la douche aussi. Mon humiliation devant mon impuissance reparut quand je dus m'habiller. Surtout en mettant mes chaussettes. On n'imagine pas à quel point les pieds peuvent être loin, même quand on est assis. Je réussis par miracle à revêtir mon uniforme : pantalon, chemise, cravate, veste dans les tons gris. Mr good old-fashioned Tweed. Le maître de conférences en histoire russe prêt à fournir le travail de la journée.

Je me penchai lentement en avant pour pouvoir atteindre le téléphone et je formai le numéro de la maison. J'imaginais l'appareil qui sonnait dans notre bel appartement de cinq pièces, chic, bien proportionné, dans le quartier d'Østerbro à Copenhague, la bonne ville de la reine de Danemark. Il y régnait le désordre matinal que j'abhorrais d'ordinaire, mais qui, ce matin-là, me manquait si sincèrement que j'en fus surpris malgré mes douleurs. Le grand rituel danois du matin, quand les familles qui ont des enfants doivent se brosser les dents, s'habiller, prendre leur petit déjeuner et sortir à peu près en bon ordre et dans le calme. Je laissais ce soin à Janne, le matin. Je restais dans la cuisine et je lisais *Politiken* en peignoir, en prenant un café et en fumant une cigarette, en m'efforçant d'ignorer l'inexplicable chaos que les enfants en bas âge arrivent à provoquer. Comment peut-on se disputer en avalant des cornflakes ? Janne était d'aussi méchante humeur que moi le matin — ou aussi muette, comme elle disait —, mais comme elle était leur mère, elle s'agitait, remplissait les assiettes et les tasses, préparait les sandwiches, pressait et disputait les enfants, et je me demandais pourquoi diable ils ne se levaient pas un peu plus tôt. Je l'avais dit carrément deux mois après que nous nous étions mis en ménage. Janne ne m'avait pas parlé pendant deux jours. « Pourquoi n'aides-tu pas, au lieu de critiquer ? » avait-elle rétorqué. « Ça ne fait pas partie du contrat, lui avais-je répondu, j'ai déjà donné avec les miens. » Ce qui n'était pas très intelligent de ma part.

Miraculeusement, chaque matin, l'opération réussissait et l'on conduisait les petits à l'école avec tous les autres malheureux. Certains jours, Janne revenait chez nous après les avoir escortés à travers les dangers de la circulation. Elle s'asseyait, prenait son café et sa section du journal et nous prenions un petit déjeuner tranquille ensemble. J'étais maître de conférences et je gagnais plus que Janne qui était simplement assistante mais elle avait en revanche davantage d'obligations à l'université. Mes cours, avec les classes que j'avais, n'exigeaient pas un travail énorme. Alors, elle devait souvent sortir la première pour partager la migration quotidienne de la plupart des salariés, tandis que je reprenais une tasse de café avant de m'asseoir devant mon bureau pour écrire ou m'adonner à mes recherches. En réalité, ces dernières années, je passais souvent mon temps à contempler par la fenêtre un grand peuplier. C'est incroyable le temps qu'on peut consacrer à observer attentivement un petit écureuil qui va et vient sur des branches dépouillées, en remettant de s'atteler à un projet auquel on ne croit pas vraiment. Mais il fallait que j'écrive, si je voulais que mes collègues du Conseil de la Recherche délient leur bourse pour moi au lieu de favoriser leurs amis.

Avec ce dos en lambeaux, mes matinées danoises me manquaient. Quel bonheur de sentir sur mes reins une main affectueuse, de recevoir un baiser et un peu de consolation. Quel bonheur d'écouter le chaos de la vie normale, au lieu de cette solitude dans une chambre d'hôtel moderne, dans une ville que la majorité des gens ne sauraient pas situer sur la carte. Le téléphone a sonné jusqu'à ce que j'entende ma propre voix sur le répondeur. J'ai reposé l'écouteur sans laisser de message. Pourquoi n'étaient-ils pas à la maison ? Où était donc ma famille, sacré bon Dieu ? Pris d'une colère peut-être irrationnelle, je me disais qu'ils auraient dû être là, puisque j'avais besoin d'eux. Comme si j'étais absent lorsqu'ils avaient besoin de moi. D'ailleurs, qu'auraient-ils pu faire ? Me consoler. Me dire qu'ils m'aimaient. N'est-ce pas l'objet de nos rapports avec autrui ? Arriver à l'amour ? Être aimé ?

Je fis des yeux le tour de cette chambre moderne. J'étais à Bratislava. J'aurais pu être n'importe où dans le monde, où s'établissent des chaînes d'hôtels, avec leur sourire professionnel, leurs architectes d'intérieur et leurs décorateurs efficaces. Des couleurs insipides. Des meubles insipides. Une seule chose n'était pas neutre : l'odeur. La Slovaquie s'éloignait peut-être de son passé, mais ici, cela sentait toujours comme autrefois. Cette marque commémorative pesait sur la ville en rappelant, de toute sa monstruosité réal-socialiste, la libération de la Tchécoslovaquie par feu l'Union soviétique. Encore un pays qui n'existait plus. Sinon, Bratislava présentait tout ce qui subsistait du désordre, dans son état de transition entre le communisme et la démocratie. De vieilles maisons meurtries, en béton, voisinaient avec des McDonald's et des voitures occidentales volées. Des maisons récemment restaurées aux beaux murs ocre fraîchement repeints qui ne se souciaient pas des façades gris noirâtre des maisons voisines, reflets symboliques de la saleté physique du communisme pendant une génération. Ainsi couraient mes pensées, allant de mon dos souffrant au désordre de Bratislava, en passant par mes matinées à Copenhague. Parce que j'avais si mal que je n'arrivais pas à me ressaisir. Debout devant le téléphone, je tâchais de me représenter mes options. De prendre cette maudite matinée en main. Si j'y parvenais, je ne serais plus jamais mécontent.

Tout traînait dans la chambre. Vêtements, livres, cendriers pleins, verres vides, vieux journaux. Une valise non défaite qui, à moitié ouverte, me paraissait faire la grimace. L'épaisse enveloppe jaune était restée là où elle l'avait posée. Ma soi-disant demi-sœur qui prétendait s'appeler Maria Bojic. Existait-elle réellement ? Ou n'était-ce qu'une vision bizarre ? Une image psychédélique, le signal mental qui nous prévient que quelque chose de dangereux et de désagréable est sur le point d'arriver. Ton dos est la première pièce de ta machine de plus de cinquante ans d'âge qui abandonne la partie, mais ce n'est qu'un début. À dater d'aujourd'hui, cela ne fera que rétrograder, monsieur le professeur. Une réflexion idiote elle aussi, bien entendu. L'enveloppe était là. Je m'en approchai d'un pas raide, la main sur les reins, et la pris pour la regarder. C'était vrai. Elle contenait bien les photos, quelques lettres manuscrites, quelques coupures de journaux et quelques pages dactylographiées. Je n'aurais pas dû faire ce mouvement du poignet, si délicat fût-il. Les bourreaux revinrent enfoncer leurs couteaux ardents dans mon dos, si bien que je lâchai l'enveloppe comme si elle était en feu et qu'elle m'avait brûlé la main. Autant renoncer, ce que je fis en appelant Lasse avant que mon apitoiement sur moi-même n'ait totalement paralysé ma volonté d'agir.

Le brave homme arriva tout de suite ; il fit rapidement le tour de la situation de son ami invalide et se montra à la fois efficace et un peu consolant, sans pouvoir dissimuler malgré tout ce que nous ressentons tous devant un homme adulte qui souffre d'une blessure invisible. Lasse voyait bien que je souffrais le martyre, mais ça ne pouvait pas me faire aussi mal que ça, je voyais qu'il le pensait. Lasse n'avait jamais souffert d'autre chose que d'une légère grippe et je savais qu'il nous considérait comme plus ou moins hypocondriaques, nous autres, à qui l'âge commençait à donner de petits signaux d'avertissement. Les gens sains qui ne font rien pour être sains, mais qui le sont tout court, sont généralement insupportables. Lasse appartenait à cette race. Il était en bonne santé, tout simplement, sans rien faire de particulier pour le rester. Mais c'était quand même un copain. J'avais mal, un point c'est tout, et je me plaignais moi-même. Mes femmes n'ont pas été d'accord sur grand-chose, dans l'ensemble, mais elles se sont toutes mises d'accord pour proclamer que si les martyrs avaient fondé un club, j'aurais été tout désigné pour en être le président.

Lasse fit ma valise d'une main exercée et sûre, tandis que je restais assis bien droit sur la chaise à haut dossier posée devant un petit bureau. Je ne lui soufflai mot de mon étrange visiteuse nocturne et quand il souleva l'enveloppe, je me bornai à lui indiquer ma valise. Il la posa sur son contenu. Je lui fis aussi ajouter d'autres papiers et mes livres pour avoir le moins possible à porter dans mon bagage à main. J'eus toutes les peines du monde à me lever et mes douleurs reprirent. La dernière goutte qui fit déborder le vase. J'avais pris ma décision et quand il eut fini, je lui dis :

« Je n'irai pas avec vous à Budapest.

— Oh, fit ce salaud sans pitié. Ça va passer.

— Je souffre, Lasse. Je ne supporte pas la perspective de rester assis dans un car pendant des heures pour aller passer plusieurs jours à écouter des cours assis sur de mauvaises chaises.

— Ça ne ferait que deux nuits.

— Je réserve une place dans l'avion pour rentrer, alors laisse ma valise ici, je demanderai de l'aide à l'hôtel.

— Ça m'ennuie bien, mais c'est peut-être le plus sage. Et ça fera plaisir à Janne et aux enfants, n'est-ce pas. Ils ne te plaignent pas ?

— Je n'arrive pas à les joindre.

— Ah. Où sont-ils ?

— Ça, je l'ignore, tu penses bien ! répliquai-je, en m'énervant inutilement.

— Du calme, Teddy.

— Bon, bon, excuse-moi. Mais tu penses bien que j'aurais voulu parler avec Janne.

— Tu les appelles souvent, d'habitude ?

— Et toi ?

— Tous les jours. Quand Lisbeth est à la maison, s'entend.

— Tous les jours ! J'ai appelé une seule fois. Tous ces appels, c'est au-dessus de mes moyens. »

Il rit et me tapa sur l'épaule par vieille habitude, mais pour moi, ce fut comme un coup de pied dans le dos et je jurai si fort qu'il eut l'air tout effrayé.

« Pardon, Teddy. Je ne l'ai pas fait exprès.

— Ça n'a pas d'importance. Viens, descendons déjeuner », répliquai-je en essayant de faire quelques pas hésitants tout en conservant une certaine dignité. Il me prit prudemment par le bras pour me soutenir.

« Pourquoi n'achetez-vous pas un portable ? m'a-t-il demandé.

— Janne dit que ce n'est pas nécessaire. De toute façon, les gens ne s'en servent que quand ils sont au supermarché, pour demander s'il y a assez de lait dans le frigo.

— C'est quand même bien agréable d'en avoir un », répondit cet homme pratique, et je descendis en boitant jusqu'au buffet surabondant, bus quelques tasses de café et un peu de jus de fruits, mais je ne touchai pas à mon assiette. Trop courageux, je l'avais remplie d'œufs brouillés, de bacon et de petites saucisses. Je mange toujours peu le matin, mais on dirait qu'on a besoin de remplir son assiette de toutes espèces de choses, uniquement parce que le petit déjeuner est compris dans le prix de la chambre. Lasse mangeait avec beaucoup d'appétit : des œufs, du bacon, du pain et de petites saucisses qu'il n'aurait jamais touchés normalement, tout en lisant le *Herald Tribune* de la veille auquel l'hôtel était abonné, ainsi qu'à toutes sortes d'autres journaux occidentaux. CNN dans la chambre. Le *Herald Tribune* à la réception. Aucune raison de regretter le passé, l'époque où les mensonges du communisme étaient tout ce qu'on pouvait nous offrir, en plus du régal d'un exemplaire vieux de quinze jours de *Land & Folk*[1].

1. *L'Humanité* danois.

J'eus de nouveau des problèmes pour me lever. Il fallut que je prenne mon courage à deux mains rien que pour essayer. Quand je restais absolument sans bouger, je ne souffrais pas, mais je savais que debout, la douleur recommencerait. Le pire n'était pas la douleur, mais la peur et la certitude qu'elle recommencerait. Et que des mouvements tout à fait quotidiens étaient soudain devenus une épreuve presque insurmontable. Je voyais mes compagnons de voyage jeter des regards dans ma direction. Je ressemblais à un type qui avait une gueule de bois carabinée, qui ne se levait que très lentement et qui devait s'accrocher au dossier de la chaise rien que pour pouvoir rester debout. Mais je m'en fichais. Je serais heureux d'être débarrassé à la fois de mes collègues et des accros de la baignade cultivés ainsi que de leurs efforts permanents pour entamer une conversation distinguée qui prouverait qu'ils étaient au fait des dernières nouveautés.

Naturellement, Brandt, le chef de la délégation, fut fâché et irrité. Il détestait que ses projets ne soient pas exécutés à la lettre. Il aurait été à son aise dans l'ancien Gosplan de Moscou, où tout était comptabilisé, des centrales atomiques jusqu'à la plus petite chaussette d'enfant. Que cela tombe toujours à l'eau, les planificateurs s'en moquaient, bien sûr. Ils ne faisaient que déplacer des chiffres et des lettres.

« Enfin, Teddy. Je ne peux te rembourser ni ton billet ni ta chambre d'hôtel. Tout a été payé d'avance, dit Brandt irrité.

— Je ne te l'ai pas demandé non plus, Brandt.

— Eh bien, il n'y a aucune raison de se lamenter », fit alors cet idiot, si bien que sans répondre, je me tournai délibérément vers Lasse pour lui dire au revoir en lui serrant démonstrativement la main.

« Prends soin de toi.

— Toi de même. À dans quelques jours au Danemark. Donne le bonjour à Janne. »

Brandt me regarda d'un œil torve. J'avais ruiné son édifice. Désormais, quand il compterait ses participants, à la façon d'un instituteur qui compte ses élèves, après chaque pause cigarette ou pipi, sur les longues routes nationales d'Europe centrale, il ne devrait pas oublier qu'il en avait un de moins. Comme une poule rassemblant ses poussins, il mit le groupe en branle en parlant et en gesticulant. Les participants saisirent leurs valises pour se diriger sans se presser vers l'autocar qui les attendait. Une jeune femme vint à moi. Je crois qu'elle s'appelait Charlotte. Elle accompagnait son père, que je connaissais très bien. Mon aîné de cinq ans, il avait pris sa retraite relativement tôt, après une longue carrière dans des organisations internationales, qui lui avait permis d'échapper à la gourmandise du fisc danois et d'économiser de quoi prendre une retraite précoce. Pourtant, il n'avait pas payé une chambre à sa fille pendant ce voyage. Ils partageaient une pièce à deux lits pour faire des économies.

« Teddy, me dit-elle, je regrette que tu ne viennes pas à Budapest. J'ai entendu que Klaus te disait que la chambre était payée d'avance, alors, je me demandais...

— Je te souhaite une agréable nuit dans la mienne à Budapest.

— Mille mercis. J'en ai tellement marre que Niels m'empêche de fumer.

— Fume tant que tu voudras dans la tienne. »

Elle me remercia encore et partit en balançant de la croupe. Certains ont la faculté de se réjouir de petites choses. Un don enviable si ce n'était le signe d'un manque d'intelligence et d'imagination. Gentiment, je fis un signe d'adieu au car en le regardant manœuvrer pour sortir de la foule des requins du marché noir, des putains du matin, des curieux ordinaires et des taxis garés n'importe comment qui font partie du spectacle, devant un hôtel international, dans cette partie de notre cher monde post-communiste. Le car tourna devant le palais du président, vide parce que les Slovaques, comme tant d'autres, ne pouvaient pas se mettre d'accord sur grand-chose, et à mon grand soulagement, mes collègues disparurent pour prendre la route de Budapest, tandis que j'allais prendre celle de Copenhague.

Il y avait une agence de voyages à l'hôtel. Je leur tendis ma Mastercard et formulai mes souhaits. Miraculeusement, il n'y eut aucun problème d'aucune sorte. Un avion pour Vienne décollait en début d'après-midi et de là, j'avais une correspondance pour Copenhague. Et beaucoup de place dans les deux avions. Je pourrais être au Danemark dans la soirée. Je ne regrettais pas toutes les difficultés inhérentes au moindre déplacement sans des semaines de préavis, que l'on considérait comme une loi naturelle dans les anciens régimes communistes. Tout ce qui me restait à faire, c'était de rester debout, d'essayer une fois de plus de joindre Janne, de payer le repas, les boissons et le téléphone à l'hôtel et de rentrer chez moi pour me mettre au lit, et demain peut-être, de prendre rendez-vous chez un bon kinésithérapeute.

Je ne pouvais pas rester en place. En fait, cela me faisait du bien de marcher un peu, je franchis donc une petite porte ancienne pour descendre dans la vieille ville. Il faisait beau mais froid, par cette journée de printemps. Les maisons semblaient bien entretenues, mais je dus menacer de la main un groupe d'enfants tziganes qui s'avançaient en me tendant des mains sales. Un agent aperçut leur troupe déguenillée et il lui suffit de commencer à bouger sa graisse pour qu'ils s'élancent dans une rue transversale et disparaissent comme s'ils n'avaient jamais existé. Je portai la main à un chapeau imaginaire pour remercier l'agent, qui détourna la tête avec indifférence. Un mendiant sur une chaise roulante était plongé dans sa lecture, indifférent aux passants qui lançaient des pièces dans le petit chapeau posé devant sa chaise. Un autre jouait sur son accordéon une lente complainte tzigane qui m'attrista. Il y a toujours de la musique dans les rues d'Europe de l'Est, certainement jouée par des musiciens des orchestres symphoniques autrefois payés par l'État et obligés, à présent, de gagner leur vie de cette manière. Nulle part ailleurs dans le monde, la musique de rue n'atteint une telle qualité. Je mis quelques pièces dans son chapeau. On rencontre toujours un mendiant cul-de-jatte, une vieille femme enveloppée de châles ou un infirme aux plaies suintantes. Les communistes les cachaient. Le capitalisme les a poussés en avant, dans toute leur misère pathétique. C'est facile, dans le monde post-communiste d'aujourd'hui, d'avoir des sentiments socialistes, ou plutôt sociaux-démocrates, dus-je admettre à part moi. Je votais pour les socialistes, sans le dire à personne. Je n'étais qu'un gauchiste modéré, comme je l'avais toujours été, sauf pendant les deux années obligatoires de mes études, où les socialistes de gauche m'avaient inculqué la nécessité de la révolution. Mais cette histoire était si vieille, et cela ne signifiait plus rien aujourd'hui.

Les gens qui arpentaient les étroites rues pavées ne paraissaient pas pressés. Les jeunes cancanaient dans leur portable, qui représentait de toute évidence le nouveau signe extérieur de richesse. Je passai devant un café du nom de The Dubliner, qui aurait aussi bien pu se trouver à Copenhague ou à Stockholm, mais surtout pas en Irlande. Une imitation du style irlandais de A jusqu'à Z. Je m'installai au bar et commandai une *pint*. Je n'avais nulle envie de m'asseoir, puisque j'aurais toutes les peines du monde à me relever. Nous n'étions qu'au milieu de la matinée, mais les rues fourmillaient de piétons, des Slovaques et de jeunes étrangers qui parlaient de leurs petites amies et d'intrigues personnelles. Tous vêtus très élégamment, mieux que moi et plus modernes alors que je venais du riche Occident, mais je n'avais plus besoin de faire étalage de ma richesse. Perchées sur de hauts talons, les serveuses portaient des minijupes blanches et des tee-shirts rouges, une tenue peu seyante pour leurs jambes épaisses de Slovaques. On lisait sur leur tee-shirt, au-dessus de la poitrine : « Food only. » Une offre d'emploi collée sur la porte annonçait : « Food Waitress with experience wanted. » Un jour, le monde entier parlerait cette sorte d'anglais. Une vieille femme au dos courbé passa devant la porte ouverte, emmitouflée dans un manteau râpé et un grand châle, malgré le soleil printanier. Elle sortit sa main crochue, aux veines apparentes, pour interpeller un jeune homme qui avait son portable à l'oreille. Il passa sans faire attention à elle. Quand le portable d'un autre jeune, assis à côté de moi, sonna, se mit à jouer une petite ritournelle et que le jeune se mit aussi à bavarder, j'en eus assez. Je payai quelques couronnes et repris le chemin de l'hôtel en passant par les rues silencieuses. J'appelai Janne encore une fois, mais de nouveau, j'eus le répondeur. J'enregistrai un message irrité pour demander où elle pouvait bien être, donner l'heure de mon arrivée ce soir et suggérer qu'elle vienne me chercher, puisqu'elle avait la voiture, bon Dieu. J'appelai son Institut, mais on me répondit qu'on ne l'avait pas vue depuis deux jours. Elle s'était mise en congé maladie, me dit la secrétaire avec un malin plaisir mal dissimulé. Elle allait vraiment avoir une histoire à raconter pendant le déjeuner.

J'étais donc de très mauvaise humeur en traversant, en taxi, les banlieues staliniennes en béton gris-brun de Bratislava, où je m'attendais à chaque instant à voir surgir une cimenterie proclamant fièrement qu'elle continuait à donner le meilleur d'elle-même pour honorer le plan quinquennal génial du Parti, en soutenant sur toute la ligne l'amitié indéfectible qui la liait à l'Union soviétique. Mais je voyais, à la place, des publicités pour Sony et Marlboro.

L'aéroport, désert, rappelait un triste aéroport de province dans un coin perdu du globe, plutôt que celui d'une capitale. Le sol de faux marbre, l'absence presque totale de passagers, les rares départs annoncés sur le tableau des informations et l'odeur de feu l'URSS révélaient que la Slovaquie restait une enclave marginale. La compagnie Slovak Airservices faisait concurrence à l'Aeroflot russe dans cette guérilla publicitaire. Il n'y avait personne, ni à l'enregistrement ni dans le petit bureau qui affichait fièrement : *Informacie*. À part mon départ pour Vienne, l'aéroport de Bratislava annonçait un départ pour Prague, un pour Kiev, et curieusement, un avion en fin de soirée pour Tunis. Aucun autre avion ne décollait de la capitale de la plus jeune nation d'Europe. Dans un minuscule bureau de poste, un homme âgé regardait droit devant lui sans rien voir. Au kiosque à journaux, je trouvai *Die Welt*, que j'achetai. Je fis les cent pas en attendant ; enfin, un jeune homme qui parlait l'anglais apparut et enregistra mon billet ainsi que celui d'une poignée d'autres passagers qui arrivaient au compte-gouttes dans la salle des départs. Je me réjouissais comme un gamin de rentrer chez moi.

Je changeai d'avion à Vienne et atterris à l'heure à Copenhague. Oubliant toute vergogne, je demandai à l'hôtesse de m'aider à me lever. À Vienne, cela m'avait fait si mal de le faire que j'aurais pu crier, mais quand on est un homme, on se retient malgré tout. Je souffrais atrocement. La police vérifia nos passeports à la descente de l'avion et les revérifia au guichet d'entrée dans les bras sécurisants de ma patrie. Le groupe des habituels malheureux battait déjà la semelle devant le contrôle de police, sans avoir une seule chance d'entrer dans le paradis de l'UE, tandis que mon superbe passeport couleur betterave rouge me permit de passer sans m'arrêter. Je souffrais à trois endroits à présent, dans l'ordre suivant : mon dos, ma molaire et ma tête.

J'attendis une éternité, mais ma valise ne vint pas. Après avoir longuement tapoté sur un ordinateur, une femme souriante me dit que tout portait à croire qu'elle se trouvait quelque part au-dessus de l'Atlantique, en route pour Los Angeles. Une petite erreur avait apparemment eu lieu à l'aéroport de Vienne. Pourquoi le personnel des aéroports trouve-t-il toujours qu'il s'agit d'une petite erreur quand votre valise disparaît ? C'est tout de même sérieux pour ceux qui en sont victimes. De même que pour le passager de l'avion des États-Unis qui se réjouissait de jouir du soleil de Californie en profitant de son nouveau costume de plage, qui se trouvait malheureusement à Copenhague. Si ma valise ne contenait ni drogues ni autres produits litigieux, on me l'enverrait. Voudrais-je avoir l'amabilité de signer ? Volontiers, pourvu que je puisse rentrer chez moi.

Pas de Janne dans le hall d'arrivée, où les passagers plus heureux que moi étaient reçus avec des fleurs et des baisers. Je sortis pour appeler un taxi. Le printemps, paniqué par les latitudes, avait provisoirement quitté le Danemark et sous un épais crachin, le chauffeur du taxi écoutait Gustav Winckler. Selon moi, ma situation ne pouvait guère être pire.

Pourtant si. L'appartement était noir et silencieux. Les journaux et le courrier de deux jours m'attendaient et quand j'entrai dans la cuisine après avoir allumé, je vis les plantes vertes les plus délicates placées autour et dans l'évier, comme une petite forêt vierge tropicale. Le répondeur clignotait gaiement et je me servis un whisky en commençant à écouter le message laissé par ma propre voix maussade.

4

J'entendis la clé tourner dans la serrure et ma vieille habitude me poussa à me lever, mais en vain. Je restai couché sur le dos, aussi fermement que si j'avais été cloué au matelas. L'idée de la souffrance que j'endurerais si j'essayais de faire le moindre mouvement m'était tout à fait insupportable. Je restai sans bouger et j'entendis les pas familiers de Janne dans notre long couloir. Apparemment, elle avait déjà déposé les enfants. Je tournai prudemment la tête pour regarder le réveil électronique : huit heures et demie. J'avais dormi un peu plus longtemps que d'habitude. Je m'étais mis au lit avec un somnifère en m'apitoyant sur mon sort, et le cachet avait fait effet. Je fis le bilan de mon état en entendant les pas approcher. Mal au dos, mal à la dent, mais le sommeil avait au moins eu raison de mon mal de crâne. C'est alors que Janne apparut à la porte de la chambre à coucher. Elle me fixa, de la mauvaise conscience plein les yeux. Bien fait pour elle.

Elle avait quand même fière allure, ma Janne. Grande et mince, avec des cheveux mi-longs seyants. De petits yeux bleus bien assortis à son visage un peu mince, avec son front haut et pur. J'avais toujours beaucoup aimé ses petites oreilles. Je les avais embrassées pour la première fois dans le petit intervalle qui sépare le cou. Elle avait coquettement relevé ses cheveux, pendant le déjeuner de Noël de l'Institut, alors, tout naturellement, je l'avais fait tourner en dansant et mes lèvres avaient fugitivement effleuré sa peau fine et délicate. Un coup de chance : j'avais trouvé une de ses zones érogènes mal connues, ou c'était elle qui m'avait trouvé. Ce petit coin invitait aux baisers. Pour l'heure, elle me regardait, son trousseau de clés à la main.

« Pourquoi es-tu déjà rentré ? Et que fais-tu au lit ?

— Salut Janne. Moi aussi, je suis drôlement content de te voir.

— Pourquoi es-tu déjà rentré ? Dépêche-toi de te lever, mon vieux ! »

C'était affreux de la regarder en restant couché. Elle paraissait soudain si grande et si dominatrice. Un angle de vue bizarre pour contempler sa femme.

« Je suis incapable de me lever, bon Dieu !

— Arrête de dire des âneries !

— J'ai un point dans le dos. Je suis incapable de me lever, bon Dieu. Tu ne pourrais pas m'aider ? »

Elle dut voir à mon expression que je ne jouais pas la comédie. J'essayai de m'asseoir, mais je compris, en sentant mes reins douloureux, que si je poursuivais l'opération, ça allait me faire mal pour de bon. Elle fourra le trousseau de clés dans la poche de son élégant jean, se pencha sur moi et me prit par les épaules, alors je poussai un cri, comme les cochons que mon oncle égorgeait dans la cour de sa ferme, quand je passais les vacances chez lui, tout petit.

« Qu'est-ce que tu as, Teddy ? » Elle était sérieusement inquiète.

« J'ai affreusement mal à mon putain de dos, je te l'ai dit. Prends-moi par la main ! »

Je lui tendis la main et elle la prit. Elle avait des mains fines et fortes, et je sentis qu'elle portait toujours son alliance. Je lui demandai de tirer. Elle semblait un peu effrayée, maintenant, se demandant apparemment si elle devait prendre le risque d'y mettre toutes ses forces. Mais à nous deux, nous y arrivâmes. Elle me mit debout en deux temps. D'abord je m'assis. Les quatre tortionnaires de Bratislava m'avaient apparemment accompagnés au Danemark. Ils faisaient parfaitement leur travail. La première fois, quand je m'assis au bord du lit, et la deuxième fois, quand je me levai, ils enfoncèrent dans mon dos leurs stylets, leurs coutelas et autres instruments médiévaux. Enfin, quand je fus debout, mes douleurs s'atténuèrent un peu. Janne garda ma main dans la sienne en me regardant, vraiment inquiète et compatissante. Elle voyait bien que son vieil hypocondriaque de Teddy ne simulait pas, qu'il souffrait très sérieusement. Je restai un moment sans bouger, sa main dans la mienne.

« Ça va ? questionna-t-elle.

— Mieux, merci. Ça va mieux debout.

— Qu'est-ce que tu as fait ? Comment est-ce arrivé ? Tu as soulevé quelque chose ?

— Non. Je voulais simplement aller aux W.-C. C'est complètement ridicule. »

De nouveau, nous demeurâmes un moment silencieux en nous tenant par la main. Un charmant spectacle, à coup sûr. Ma jolie femme élégamment vêtue, bien lavée et bien coiffée et le vieux Teddy en short mi-long un peu froissé et les cheveux hérissés.

« Pardon, fit-elle alors. Tu n'as quand même pas mérité ça. »

Je crus d'abord qu'elle pensait à mon dos, mais je ne fus pas long à comprendre que ce dont elle s'excusait, c'étaient des fleurs dans l'évier de la cuisine, des journaux, du courrier et de tout ce qui signalait que, maintenant, Teddy était cocu. Je lâchai sa main.

« Il faut que j'aille prendre un bain », lui dis-je pour rompre le silence. Tout à coup, nous étions comme des étrangers et dans l'état où je me trouvais, je n'avais pas envie de me montrer à des étrangers.

« Je prépare un petit déjeuner.

— Ça serait bien que tu me fasses un café », et je continuai, comme si tout était normal :

« Tu vas à l'Institut ? Ou tu es toujours en arrêt maladie ?

— Teddy. Je t'ai demandé pardon. Tu n'as pas mérité que ça se passe de cette façon.

— Qui est-ce ?

— Va prendre un bain. Tu y arriveras tout seul ? Va prendre un bain, on parlera après. »

Ce que nous fîmes. Le bain me fit du bien et le café aussi, mais ce qu'elle avait à me dire n'avait rien de bien, dans toute sa banalité. Elle avait quelqu'un d'autre, comme on dit. Elle avait un bon ami, comme on dit dans la langue enfantine qu'est le nouveau danois. Cela durait depuis quelque temps. Elle s'était pratiquement installée chez lui. Elle aurait voulu me le dire à mon retour, calmement et sans histoires, devant un verre de vin. Elle n'aurait pas voulu que je m'en aperçoive de cette façon. Je ne répondais pas, j'étais sans doute comme pétrifié, mais mes sentiments étaient assez mitigés. J'étais en colère et ennuyé, mais aussi étrangement absent. Comme si je résistais à la nouvelle. Comme si j'avais su, en réalité, que cela allait arriver. La seule question avait été de savoir quand. Assis sur ma chaise de cuisine, je tâchais de ne pas bouger le dos. Ma dent me faisait de nouveau souffrir et j'avais vraiment pour de bon pitié de moi.

« Qui est-ce ?

— Peter.

— Peter ! Mais ce n'est qu'un malheureux maître de conférences ! Tu retombes trop bas, Janne. Tu ne pourrais pas monter dans la hiérarchie et harponner un professeur ? Puisque que tu avais mis le grappin sur un maître de conférences.

— Ce que tu peux dire comme bêtises, bon Dieu.

— Peter ! » Il avait environ trente-cinq ans, une calvitie précoce qu'il portait bien, malheureusement. La mode actuelle l'avantageait. Le crâne rasé de près, assorti avec sa barbe rasée d'aussi près. Sportif. Il adorait la marche dans les montagnes norvégiennes. Avait participé au marathon de Copenhague. Ambitieux et compétent, malheureusement. Comme Lena, il faisait des recherches sur les phénomènes de transition dans les pays post-communistes, notamment sur les problèmes des nouveaux pays candidats à l'entrée dans le club des riches, l'Union européenne. On lui refilait sans arrêt des subventions et il devait participer à l'un des nouveaux projets de DUPI. Il y avait des postes et de l'argent dans ce qu'ils entreprenaient, alors qu'on nous faisait tirer la langue. C'était horripilant et extrêmement blessant. Tout à coup, je les imaginai au lit tous les deux et un instant, ma jalousie fut telle que j'en oubliai mon dos et ma dent. Qu'est-ce qu'ils s'imaginaient ? Si l'un de nous deux devait tromper l'autre, c'était moi. Si l'un de nous deux devait partir, c'était moi. Et pourtant, nous étions là, dans la cuisine, à court de mots, comme deux gosses de quatorze ans.

« Il adore les enfants, dit-elle alors sans raison.

— Ce n'est pas plus important qu'il t'aime ? répliquai-je hargneusement.

— Il m'aime aussi.

— C'est tellement banal.

— Tu sais bien qu'il n'y a plus rien entre nous. Ou bien tu es de mauvaise humeur ou bien tu n'es pas là, ou les deux.

— Et Peter n'est pas comme ça ?

— Peter est toujours là quand j'ai besoin de lui.

— Et moi non. »

Elle posa sa main sur la mienne et me regarda dans les yeux. Il y avait une trace d'humidité dans les siens.

« Teddy, tu as toujours du charme, tu es toujours un gentil garçon, mais tu es en train de devenir un vieux grognon. Arrête ça. Il y a un tas de bonnes choses en toi. Mais je ne suis plus capable de les faire sortir. Si je l'ai jamais été. Avec Peter, je me sens vivre. Les enfants sont tellement contents, quand nous sommes avec lui. Ils disent que c'est comme une famille. Pourquoi est-ce que Teddy est toujours si grognon ? Ils m'ont souvent posé la question depuis un an. Teddy. Écoute-moi. C'est le mieux. Pour nous tous. Tu l'admettras au bout d'un certain temps. »

Mon dos et ma dent me faisaient mal, mais aussi ma poitrine. Mon café me brûla l'estomac et je fus pris d'une violente nausée. Cela me soulagea de vomir, mais quand je me penchai sur les toilettes, les tortionnaires m'assaillirent de nouveau avec toute leur batterie d'instruments de torture. Qu'elle me quitte, cela me faisait assez souffrir, mais qu'elle me regarde avec pitié, c'était presque pire. Elle me considérait comme un malheureux et elle avait peut-être raison.

Je revins à la cuisine. Heureusement, elle ne dit rien. Je me versai un verre de lait et restai debout, le verre à la main. Pourquoi est-on aussi civilisé, nom de Dieu ? Pourquoi ne casse-t-on pas les assiettes ? C'était peut-être ce qu'elle voulait dire, en réalité ? Que j'avais toujours la peau dure concernant mes sentiments. Que rien ne passait à travers la cuirasse où je m'enfermais. Qu'au fond, j'étais un diable d'égoïste qui maniait l'ironie comme une arme mortelle faite pour dissimuler que j'étais un raté, scientifiquement et humainement.

Debout devant la table de la cuisine, je réfléchissais quand j'entendis le bruit de ses pas diminuer dans le couloir et le petit claquement de la porte d'entrée qui soulignait que Nora avait quitté la Maison de poupée, comme dans la célèbre pièce d'Ibsen, en laissant Helmer dédaigné derrière elle. Dieu merci, nous avons des lettres. Les universitaires sur le retour, comme moi, peuvent toujours se reposer là-dessus. Rien de tel qu'une bonne citation cachée pour chasser les démons, ou tout au moins permettre de les comprendre dans l'abstrait. Mais maintenant, ma situation était assez claire. Teddy avait des comptes à rendre à tous les égards.

Je refoulai la tempête de mes sentiments en donnant des coups de téléphone pratiques. Un rendez-vous chez le docteur, un rendez-vous chez le dentiste qui me prendrait entre deux clients, un coup de fil à mon avocat — Janne m'avait demandé de m'en trouver un, elle avait pris celui de Peter — et un coup de fil à la SAS. De toute évidence, ma valise avait décidé de devenir globe-trotter. Elle se trouvait apparemment en route pour Tombouctou ou pour une autre destination lointaine. En tout cas, la gentille dame de l'aéroport pouvait me dire qu'elle ne se dirigeait pas vers le Danemark. Pour l'instant, selon ses propres termes. Cette valise ne manquait pas de sagesse. Je regardai par la fenêtre. Il pleuvait des seaux et comme il ventait en même temps, la pluie frappait les piétons à l'horizontale. Les voitures naviguaient à travers les flaques et éclaboussaient de cascades brunâtres les malheureux qui s'étaient risqués à sortir dans ce printemps danois précoce. Enfin, j'appelai ma sœur. C'était toujours sur elle que la famille se reposait quand il y avait des problèmes. Elle n'était pas chez elle. À l'université de Roskilde, on me dit qu'elle participait à un colloque à Lund, en Suède. Elle serait de retour demain. Je laissai un message et chez elle et sur son portable, puis je me rendis chez le médecin et le dentiste. J'aurais peut-être aussi dû prendre rendez-vous chez un psychologue, mais ç'aurait sans doute été trop demander au système des soins médicaux danois pour une seule journée. J'avais beau essayer de refouler cette vision, elle ne cessait de ressurgir : Peter et Janne au lit ensemble, nus, minces, passionnés. Le pire, c'était la figure de Janne, elle irradiait le bonheur, ce bonheur qu'elle n'avait pas pu me cacher, quand nous nous faisions face à la cuisine et qu'elle avait pitié de Teddy sans doute, mais qu'elle était contente, en fait, que l'esprit soit sorti de la bouteille et que soit révélé un secret vieux de quatre mois.

Le docteur me tapota si bien le dos que je faillis sauter au plafond, et il me dit qu'il ne s'agissait sûrement pas d'une hernie discale mais d'un banal étirement musculaire. Un bon vieux point dans le dos. Que cela allait passer tout seul. Sinon, je reviendrais pour faire des radios. Il me prescrivait des cachets d'aspirine. Et du repos. Le dentiste me dit que c'était de la parodontose. Il me conseilla de me servir plus souvent du fil dentaire pendant un certain temps, sinon, il serait obligé de m'enlever un morceau de gencive, mais il n'en avait pas le temps aujourd'hui. Il lui fallut m'aider à me relever de son siège. Une fois couché, je ne pouvais plus me redresser. Je crois qu'il m'a trouvé un peu ridicule. Un type un peu douillet, comme me disait toujours mon dentiste, lequel avait mon âge, était bronzé et jouait au golf, alors que moi, pour les soins, je lui demandais de m'endormir.

Je luttai contre la pluie pour rentrer, fis quelques courses, retournai dans l'appartement vide, me fis quelques sandwiches et un œuf au plat. Janne avait pris la voiture. Elle avait les enfants malgré tout. Cela ne me gênait pas. Avant Janne, je n'avais jamais eu de voiture. Les voitures sont encombrantes, en ville. Je la lui laisserais donc volontiers, bien que je l'aie payée de mes deniers. L'appartement sentait le vide, mais il me fallait bien m'y accoutumer. Les jouets et les livres des enfants, traînant par-ci par-là, me firent regretter ces petites brutes et leur sempiternel désordre. Les vêtements de Janne occupaient toujours son côté de la garde-robe. Je mis le nez sur son chemisier, si imprégné de son odeur que je refermai tout de suite la porte et me traînai jusque dans le séjour. Je garderais l'appartement. J'avais appris quelque chose de mes deux autres divorces, somme toute. Le deuxième m'avait coûté cher. Elle m'avait soutiré la moitié de ma pension et la maison. Cette fois-ci, nous étions mariés sous le régime de la séparation des biens. Même amoureux, je n'avais pas été totalement idiot.

Je n'arrivais pas à me calmer. Pourquoi Irma ne me rappelait-elle pas ? J'avais besoin de parler avec ma grande sœur, cette femme sage et mûre. De la vie en général, mais aussi de cette femme mystérieuse de Bratislava. Je n'arrivais pas à me ressaisir assez pour lire. Même pas le journal. Ce ne fut que vers 21 h que je retrouvai un peu de calme ; je me fis du café et je l'emportai dans le séjour pour regarder les infos à la télévision. Les bagatelles qui passent pour être des informations, au Danemark, m'apaisèrent. Mais la télé faisait aussi une bonne couverture des bombardements de la Yougoslavie par l'OTAN et des photos déchirantes des Albanais du Kosovo en fuite vers l'Albanie, le pays le plus pauvre d'Europe. Quand les malheurs d'autrui vous assaillent ainsi, ils éclipsent vos propres problèmes. Soudain, je repensai aussi à une vieille chanson de Dylan qui datait du milieu des années soixante-dix et que j'avais toujours sur l'un de mes vénérables 33 tours. « *Didn't seem like much was happening', so I turned it off and went and grabbed another beer*[1]. » Mais je n'éteignis pas ma télé et au milieu de la météo, on sonna à la porte.

1. « Il ne se passait pas grand-chose, apparemment, alors j'ai éteint et attrapé une autre bière. »

Deux hommes m'attendaient sur le palier, le premier allait sur ses quarante ans, le second avait la cinquantaine passée. Le plus jeune me présenta sa carte d'identité en me disant :

« Police. Un certain Theodor Nikolaj Pedersen est enregistré à cette adresse.

— C'est exact.

— Savez-vous où il est ?

— Juste devant vous. »

Ils me regardèrent.

« C'est donc vous, Theodor Nikolaj Pedersen ? répéta le plus jeune.

— Les forces de l'ordre sont-elles toujours aussi bêtes ? Je viens de vous le dire. Teddy pour les amis. À votre service.

— Vous ne devriez pas être à Budapest ?

— Comment le savez-vous, bon Dieu ?

— Vous permettez que nous entrions un instant ? demanda le plus âgé.

— Pourquoi ? Il est arrivé quelque chose ?

— C'est que nous avons reçu un message de nos collègues de Budapest. Ce soir même. Un peu plus tôt, c'est l'ambassade qui nous avait appelés. Pour nous dire qu'un citoyen danois du nom de Theodor Nikolaj Pedersen avait été trouvé assassiné. Mais nos collègues hongrois nous donnent le nom d'un autre Danois. Niels Lassen. Vous nous permettez d'entrer ?

— Naturellement », répondis-je, plus ébranlé que je ne le leur laissais voir. Cette journée n'était vraiment pas la plus ordinaire dans la vie de Teddy, universitaire, une vie normalement si bien réglée.

5

Ils s'assirent sur le bord du canapé. Je restai debout. Je leur offris du café. Ils acceptèrent. J'allai donc chercher deux tasses et je les remplis en leur disant de me tutoyer et de m'appeler Teddy, sans cérémonies, puisque de toute façon tout le monde le faisait. Ils se présentèrent. Celui qui était entre deux âges s'appelait Bjerregaard. Il portait le même genre de veste que moi, une cravate, une chemise et un pantalon gris. Très conservateur mais seyant. Le plus jeune s'appelait Per Toftlund. Du genre sportif, il dégageait une aura de boxeur ou de soldat, cheveux coupés court, veste de cuir foncé, chemise blanche, cravate et jean délavé. Il faisait aussi penser à un agent de Police-secours. Mais il me semblait l'avoir déjà vu. Dans les médias, lors d'une affaire sanglante à propos de Sara Santanda, la femme écrivain victime d'une fatwa [1]. Sans me souvenir des détails, il me semblait que c'était Toftlund que les médias avaient pas mal fustigé pour son incapacité à prévenir l'attentat

1. Allusion au *Danois serbe*, précédent roman de Leif Davidsen (Gaïa, 2001).

perpétré contre elle à Flakfortet. Et pour la fuite de l'auteur de l'attentat, mais à l'évidence, Toftlund faisait toujours partie de la police, peut-être avait-il échappé au licenciement ? Ou simplement été muté des services secrets à la PJ ou à Interpol ?

« Vous ne voulez pas vous asseoir ? me demanda Bjerregaard, comme s'il avait été le maître de maison.

— Non, merci, répliquai-je en me tenant théâtralement les reins. J'ai un tour de reins.

— Vous avez essayé les extensions ? s'enquit Toftlund. Couchez-vous par terre, je vais vous étirer.

— Non, merci », répondis-je, d'une voix plus terrorisée que je ne l'aurais voulu, mais j'imaginais sans peine ce que ses mains solides et ses bras musclés pourraient faire à mon dos. À côté de lui, les tortionnaires de Bratislava feraient figure d'amateurs.

« Pourtant, ça fait du bien.

— On ne pourrait pas plutôt parler de cette affaire. Qu'est-il arrivé à Niels ?

— Vous étiez bons amis ? s'enquit Toftlund.

— Non. Une connaissance. Le milieu universitaire est réduit, dans ce pays minuscule. Tout le monde se connaît. Mais comment va sa fille, Charlotte ?

— Comment ça ?

— Elle voyageait avec lui », rétorquai-je, énervé par toute cette situation.

Toftlund posa délicatement sa tasse de café. Il avait des gestes tranquilles, presque élégants, malgré ses mains solides.

« En fait, nous ne savons pas grand-chose. Nous avons reçu deux télécopies de Budapest. C'est uniquement parce que vous y étiez mentionné que nous sommes ici. Peut-être pourriez-vous nous aider. Pourquoi êtes-vous rentré au Danemark ?

— Non, bon Dieu. Pas question. Je veux savoir ce qui s'est passé !

— Pendant la nuit, un ou plusieurs malfaiteurs inconnus ont pénétré dans la chambre d'hôtel de Niels Lassen à Budapest. La chambre avait été retenue à votre nom. Ils l'ont tué en l'étranglant ou en lui fracassant le crâne. Ce n'est pas très clair, mais nos collègues nous écrivent que le crime a été perpétré de manière très professionnelle. Ensuite, ils ont passé la pièce au peigne fin et ils ont disparu. Personne ne les a vus ni arriver ni partir. Pour autant que nous le sachions.

— Merde alors, dis-je bêtement. Pauvre Charlotte.

— Oui, pauvre Charlotte », répéta Toftlund d'une voix teintée de sarcasme. Son arrogance et sa froideur me déplaisaient réellement, mais je leur dis tout de même ce qu'il en était. L'histoire de mon dos, le fait que j'étais rentré au Danemark, que les chambres étaient payées d'avance et que Charlotte m'avait demandé si elle pouvait utiliser la mienne puisqu'elle était libre. Ils avaient apparemment fait l'inverse, mais Brandt s'était probablement trompé en intervertissant les clés. J'omis volontairement de parler de ma visiteuse, dans ma chambre de Bratislava. Ça ne regardait pas la police. Mon récit achevé, je me rendis compte de l'étendue de ma chance. Quelle veine incroyable d'avoir eu un tour de reins et d'être rentré au Danemark ! Toftlund vit sur moi à quoi je pensai, apparemment.

« Oui, Teddy Pedersen. Le sort t'a été favorable.

— Ça n'arrange pas tellement les choses. À vous entendre, on croirait que c'est de ma faute.

— Absolument pas, mais je me demande si les malfaiteurs ont choisi une chambre au hasard ou s'ils avaient une idée derrière la tête ? »

Il laissa la phrase en suspens. Bjerregaard restait simplement penché en avant, sa tasse de café à la main, arrêtée dans sa course, comme le personnage d'un petit tableau qui aurait pu s'intituler : « Portrait d'un agent en civil avec une tasse de café, sur le canapé de Teddy. »

Je pressai mes mains sur mes reins qui me martelaient gaiement en disant :

« Je ne vois absolument pas ce que vous voulez dire.

— Bien sûr que si. Qu'est-ce qu'ils pouvaient chercher ?

— Aucune idée. Je ne fais pas de contrebande, ni d'alcool ni de drogue. Même quand je n'ai que quatre cigarettes de trop, je sais que je transpire la mauvaise conscience.

— C'est tout de même un curieux hasard, reprit Toftlund.

— Justement. Un hasard. Savez-vous de combien la criminalité a augmenté dans cette partie du monde, depuis la chute du communisme ? Cela fait partie de leur style de vie, derrière l'ancien rideau de fer. Le capitalisme leur a donné la liberté, la pauvreté et la mafia.

— N'empêche, insista Toftlund. Vous avez peut-être des ennemis là-bas. Puisque vous y êtes souvent allé. »

Comment pouvait-il le savoir, me demandai-je. Ils avaient dû faire une enquête quelque part, avant leur petite visite à l'improviste. Je figurais sûrement dans diverses archives du PET, quand on pensait à tous les voyages que j'avais faits dans les pays communistes au fil des années. Je n'avais pourtant pas l'impression d'avoir quelque chose à cacher, mais je me tenais au courant en lisant la presse. On menait une sorte de chasse aux sorcières dans le but de trouver d'anciens espions de la Stasi, depuis que les Américains avaient livré les bandes contenant les vrais noms des milliers d'agents et d'informateurs de la Stasi qui avaient opéré sous des noms d'emprunt. Tout cela avait quelque chose de tragi-comique. Dix ans après la chute du Mur, plusieurs de mes collègues tremblaient à la pensée des renseignements les concernant qui étaient conservés dans les archives. Peut-être avaient-ils fait des déclarations trop amicales ? Reçu un ou deux cadeaux de trop ? Dit quelque chose qu'on pouvait lire dans ces papiers jaunis, pépites d'or pour le Service des Renseignements ? Le problème était que les agents principaux et les autres avaient eu intérêt à exagérer l'importance de ce qu'on leur disait, et que d'une certaine manière, il n'existait aucun tribunal d'appel. On était coupable jusqu'à ce qu'on puisse prouver le contraire. J'avais bien fait de ne pas me mouiller. Ce n'était pas en parcourant les pays de l'Est, pendant cette maudite époque révolue, qu'on devenait communiste.

« J'ai bien assez d'ennemis au Danemark.

— Et qui est-ce ? s'enquit Bjerregaard, en posant enfin sa tasse sur la table.

— Mes collègues universitaires et mes concurrents. Tous ceux qui se sont retrouvés le bec dans l'eau, quand mes recherches étaient subventionnées, plus ceux qui siègent au sein de divers conseils et comités et à qui j'ai refusé des subventions parce que je n'ai pas reconnu le bien-fondé de leurs projets. Nous nous faisons des sourires et nous nous félicitons mutuellement, en nous souhaitant in petto d'échouer et de se retrouver professeur de lycée, au fin fond du Jutland. Mais c'est avec des mots que nous nous battons, pas avec des couteaux. En tout cas, les coups que l'on reçoit dans le dos sont symboliques », répondis-je.

Toftlund rit. Il avait un rire grave, très gentil, même le rigide Bjerregaard fit un sourire, et je ris un peu aussi, pour alléger mon incertitude et le désagrément réel de la situation.

— O.K., dit Toftlund en se levant. Nous pourrons peut-être revenir ?

— Cela va de soi. Mais dites-moi... Est-ce que le reste du groupe est retenu là-bas ? Ou est-ce qu'ils vont rentrer ?

— Ils vont rentrer, pour autant que je sache. Ils ont subi des interrogatoires de routine, j'imagine, mais on dirait que nos collègues de là-bas ont la même idée que vous : que c'était un crime crapuleux. Nous parlerons avec sa fille quand elle reviendra avec... le défunt. »

C'est sur ce mot sinistre et après une poignée de main qu'ils s'en furent. Et je tournai en rond dans l'appartement, en me tenant les reins comme si j'étais au neuvième mois, en réfléchissant à la chance que j'avais eue. Je retéléphonai à Irma, mais tombai une fois de plus sur son répondeur. Alors, je pris un whisky et un somnifère, je me servis du fil dentaire, comme on me l'avait prescrit, et je faillis me fendre la gencive jusqu'à l'os, puis je m'endormis comme une masse. Les deux jours suivants, jusqu'à la fin du week-end, je me soignai. Je restai chez moi. D'une part, c'était quand je restais immobile que mon dos me faisait le moins souffrir, de l'autre, la pluie et le vent tapaient contre les carreaux. Je lus les journaux périmés, un nouveau livre sur Stalingrad envoyé par un collègue allemand, je regardai un film à la télé, je bus un peu de vin et j'allai me coucher de bonne heure. Janne et les gosses me manquaient plus que je ne l'avais cru possible ; je soulevai le combiné une ou deux fois pour l'appeler chez lui, chez « l'autre » — j'étais aussi banal que ça — mais je m'abstins quand même et cultivai, à la place, mon martyre. Ça, je l'ai toujours bien fait. Ce qui me faisait le plus souffrir, c'était la porte du frigo. Je vins la regarder à plusieurs reprises, les yeux humides. C'était là qu'on avait collé tous les petits pense-bêtes quotidiens, les copies des emplois du temps scolaire. Des rappels à propos des leçons de natation et de l'entraînement de hand. Des photos des enfants. Une carte postale ou deux, une invitation à un anniversaire. Fixés avec de petits aimants. Des cœurs, des chiens, une vache, un chat et une pomme rouge qui brillait. Des petits aimants qui assuraient la pérennité de la vie quotidienne, sur la porte blanche d'un frigo. Titre possible de ce tableau : « Teddy abandonné de tous. »

Le lundi matin, le soleil tardif de mars brillait miraculeusement et Copenhague était redevenue la capitale que j'aimais, avec ses tours et ses toits, ses femmes à bicyclette, ses chiens et ses grands autobus jaunes qui roulaient presque silencieusement, comme s'ils flottaient. Partout, les gens levaient la tête vers le ciel bleu, comme pour se gorger de lumière. Le soleil entra par la fenêtre de la cuisine pendant je faisais du café et je considérai comme une victoire d'avoir réussi à sortir tout seul de mon lit, sans être obligé de passer par les trois stades des jours précédents : m'asseoir, sortir les jambes du lit et finalement me mettre debout. J'avais toujours atrocement mal, mais à beaucoup d'égards, j'avais pardonné à mon dos qui m'avait sauvé la vie. Quand Janne m'appela, je l'étonnai et m'étonnai moi-même en étant aimable et civil et en acceptant de fixer un jour où nous pourrions parler des détails pratiques. Nous étions civilisés, n'est-ce pas, mais la conversation écorna quand même mon humeur, si bonne par ailleurs.

Car une ou deux affaires essentielles, datant de ces jours derniers, commençaient à bousculer mon aptitude si développée à refouler les choses désagréables, surtout dans le domaine des sentiments. La première était la fuite de Janne. J'allais de nouveau être seul. Bien des choses portaient à croire que c'était un fait. Avais-je réellement envie de l'être ? J'étais forcé d'admettre que ce ne serait certainement pas aussi facile qu'au bon vieux temps de mettre le grappin sur une étudiante. Celles des dernières promotions ne me suivaient que rarement des yeux avec l'air chaviré. Peut-être serait-ce plus problématique que je ne l'imaginais, dans l'ensemble, de me remettre à vivre seul. La seconde, naturellement, était l'apparition de cette femme étrange, à Bratislava. Qui était-ce ? Et que me voulait-elle ? Si son histoire n'était pas inventée de toutes pièces. Qu'Irma ne m'ait pas encore rappelé m'irritait. J'avais besoin de parler avec ma sœur si sage, qui avait en général une bonne explication pour la plupart des choses. Elle pouvait être dure, c'est vrai, mais elle savait aussi consoler, quand elle estimait qu'on en avait besoin.

Je décidai d'aller à l'université de Copenhague-Amager, où j'ai mon petit bureau, dans le monstrueux édifice qu'un architecte insensé avait réussi à coller dans ce quartier au début des années soixante-dix. Construire cette horreur en béton digne de la RDA spécialement pour les humanités, et s'attendre à ce que les gens qui y travaillent et y étudient accouchent de grandes idées sur le sens de la vie et enseignent aux jeunes la langue, l'histoire et la littérature ! Les choses sérieuses de la vie... C'était peut-être pour cette raison que la majorité de ces idées étaient chétives et bousculées. Les gens vivaient leur propre vie derrière les murs de l'université, sans se soucier de celle qui les entourait, de ceux qui réglaient la facture. Je n'étais pas le seul à être resté en panne, dans le monde universitaire. Seul un petit débat dans les journaux, de temps à autre, parvenait à nous rendre visibles. Toutes les tentatives pour faire démolir cette horreur avaient échoué et je m'étais finalement résigné à conclure que cet affreux bâtiment allait nous survivre, à moi et à la génération suivante. Mais quoi, pour le travail limité qu'on exigeait de nous, j'avais des honoraires convenables et j'aurais une bonne retraite. À la cantine, nous nous surpassions mutuellement pour proclamer que nous étions surchargés de travail. Que tous les rendez-vous de notre emploi du temps étaient un esclavage infernal. Que la recherche était exigeante. Mais les maîtres de conférences vieillissants que nous étions ne disaient rien de la nouvelle génération qui nous rattrapait à grands pas, ni de ces jeunes, à la fois ambitieux et compétents. Heureusement qu'on nous avait nommés titulaires, à l'époque où l'on embauchait par fournées, au début des années soixante-dix, sans regarder les résultats des examens. Quant à l'éventualité d'être licencié pour incompétence ou paresse, notre imagination n'allait pas jusque-là.

À mon arrivée, je ne vis qu'une ou deux personnes dans mon institut. Je bavardai un peu avec elles sans aborder la question brûlante : si elles savaient que je savais que Janne m'avait quitté.

Signe, comme la plupart d'entre nous, avait la cinquantaine passée. Aigrie, elle se comportait constamment comme si le monde ne concevait pas son génie. Le peu de mascara qu'elle mettait sur ses cils était la seule acceptation qu'elle tolérait des changements de la société. Spécialiste de la littérature féminine considérée du point de vue de l'oppression masculine, son cours avait attiré des élèves pendant les années soixante-dix et un peu moins pendant les années quatre-vingt, mais depuis, comme le mien, il n'attirait plus grand monde. Là n'était pourtant pas le motif de son amertume. Elle haïssait le monde pour deux raisons : la première était qu'un autre ancien marxiste qu'elle avait réussi à décrocher la rédaction d'une grande histoire de la littérature pour les éditions Gyldendal. Comme ces marxistes étaient aussi endurcis l'un que l'autre, l'injustice résidait surtout dans le fait que son concurrent venait d'une université aussi provinciale que celle du Sud-Jutland. La seconde était que Signe rêvait de devenir critique littéraire au quotidien *Politiken*, bien qu'elle le qualifie toujours de journal crypto-bourgeois. Or, lors de la chute du quotidien communiste *Land og Folk*, au même moment que celle du mur de Berlin et de ma petite spécialité universitaire, *Politiken* n'avait pas voulu d'elle. Sa faculté de juger la littérature du point de vue « Pas de lutte des femmes sans lutte des classes. Pas de lutte des classes sans lutte des femmes », n'était pas tout à fait ce que *Politiken* recherchait après la chute du Mur. Elle avait donc échoué à *Information* qui est O.K., mais pas ce qu'elle voulait, les lecteurs de ce petit quotidien étant trop peu nombreux. Assez aigrie, par conséquent, elle avait fait partie d'un groupe de base avec Irma et se montrait en général un peu plus tolérante envers moi qu'envers d'autres hommes, mais dans le fond, elle avait toujours trouvé que j'étais un coureur sans profondeur, qui ne comprenait pas l'oppression particulière subie par les femmes. Son amant du moment, Jeppe, qui hocha la tête pendant toute notre conversation, n'était qu'un idiot. Tout en faisant comme si notre enseignement et nos recherches avaient la plus grande importance, nous évitions sagement de parler boutique.

Nous commentâmes, à la place, la nouvelle que la défense aérienne yougoslave avait réussi à abattre un bombardier américain camouflé. Comme la plupart des universitaires gauchisants, ils s'opposaient aux bombardements de l'OTAN. Ils les trouvaient immoraux, peut-être parce que l'OTAN essayait d'éviter des pertes dans ses propres rangs. Peut-être parce que la campagne de bombardements avait grossi le flot des réfugiés qui passaient en Albanie. Peut-être parce que, instinctivement, ils haïssaient l'OTAN et les États-Unis comme étant des vestiges de l'ingérence américaine au Chili et de la guerre du Vietnam. Ils se posaient les questions que se posent toujours les intellectuels danois quand ils doivent s'engager vraiment : allaient-ils organiser une pétition contre la guerre et pour la paix, pétition qu'ils comptaient bien que *Politiken* accepterait d'imprimer. Ce que la paix entraînerait, cela n'entrait pas en ligne de compte. La plupart d'entre nous étions trop rassis pour aller manifester. Comme elle me demandait de soutenir cette déclaration, je me défilai en me prétendant trop occupé. Ils m'accusèrent de me dérober à une confrontation difficile. Mais au fond, à mon avis, cela suffisait, et Milosevic méritait d'être tabassé, parce que l'Europe d'aujourd'hui ne pouvait pas autoriser les purges ethniques. Les pétitions n'y feraient pas grand-chose. Quelques missiles auraient peut-être plus d'effet. Elle me dit que j'étais naïf et que la guerre ferait empirer le mal. Qu'il subsistait encore des possibilités de négociations.

J'entrai dans mon bureau en secouant la tête et je passai deux heures à répondre à mon courrier électronique et à lire une partie de mon courrier sur papier. Quelques messages professionnels, les autres à mettre au rebut. Enfin, un courrier de la faculté des lettres qui me demandait de signer une protestation contre la guerre de l'OTAN. Il atterrit dans la corbeille à papier. J'appelai de nouveau Irma. Sa secrétaire me dit qu'elle ne comprenait pas pourquoi elle n'était pas encore arrivée, mais qu'ils l'attendaient aujourd'hui. Son portable était débranché. Je lui adressai un e-mail dans lequel je parlais de la femme de Bratislava. Je lui donnai la plupart des détails en exigeant une explication, nom de Dieu. Je pensai un instant à appeler Fritz, mais nous ne communiquions pas particulièrement bien. Nos conversations étaient toujours interrompues par de longues pauses bizarres. Mon grand frère était un homme terre à terre, qui produisait une chose aussi nécessaire et vitale que du pain, il avait souvent de la peine à prendre au sérieux mes considérations académiques plus éthérées. Son univers était infiniment éloigné du mien. D'ailleurs, il était tellement plus âgé que moi. Nous n'avions jamais eu grand-chose en commun. Je savais aussi ce qu'il me dirait si je lui racontais cette histoire : il vaut mieux que tu en parles avec Irma.

Je me demandais si j'allais éteindre mon ordinateur et repartir, au lieu de contempler mon tapis de sol en feutre électrifié et mes murs de béton, dont la tristesse était égayée par quelques belles affiches anciennes de propagande soviétique. L'une d'elles représentait un travailleur musclé et une femme blonde. L'ouvrier, en survêtement, fixait d'un regard d'acier l'horizon socialiste en saisissant un marteau de sa poigne puissante, l'ouvrière blonde et brave le regardait avec admiration, ses cheveux d'or encadrés par une faucille.

Avec les mots suivants, en beaux caractères cyrilliques : « Nous marchons ensemble vers le socialisme. Le Parti nous montre la voie. » Le monde avait tellement changé qu'il y avait de quoi pleurer à chaudes larmes.

Je pris le risque de former le numéro de Lasse au bureau et par miracle, il répondit. Rentré dimanche après-midi, ce travailleur scrupuleux comme une abeille était naturellement passé par le bureau tôt le lundi matin pour s'assurer qu'il n'avait pas manqué à ses étudiants. Quelques-uns voulaient le voir, mais il me rencontrerait volontiers plus tard, après leur avoir parlé, les avoir rassurés à propos de leur mémoire, et renvoyés chez eux en leur donnant la certitude que jamais l'université n'avait encore engendré de personnage plus grand qu'eux. Il avait ce talent-là.

« J'ai un tas de choses à te dire », me confia-t-il, comme un globe-trotter revenant de pays lointains.

Deux heures plus tard, il faisait son entrée, avec ses longues jambes, ses longs bras et son sourire tranquille, dans l'un de mes refuges favoris de la capitale danoise, le petit Restaurant de l'Arbre vert, de Gammel Torv, l'une des vieilles places de Copenhague. Devant un schnaps, une grande pression et la perspective d'un sandwich au hareng et d'un autre au rosbif, le monde semblait soudain tout à fait solide. La petite salle basse de plafond sentait bon la cuisine et le tabac des clients qui ronronnaient presque à la perspective d'un bon repas encore autorisé par les fanatiques de l'hygiène alimentaire. Assis à une table devant la fenêtre, à droite de la porte, j'observais la pâleur printanière des Copenhagois qui traversaient la place en se hâtant. Pourtant, cette lumière de mars était belle, grise peut-être, mais avec des touches dorées qui laissaient deviner qu'avril guettait au coin de la rue. Un éclair sur les rayons d'une bicyclette que l'on venait de briquer faisait penser à PH [1] et les plus optimistes marchaient à grands pas, le manteau déboutonné. Les bourgeons prêts à s'ouvrir du malheureux arbre qui poussait devant le restaurant me firent penser à l'érotisme qui avait disparu de ma vie.

1. Poul Henningsen, architecte, essayiste et humoriste danois, créateur de luminaires, les « lampes PH », célèbres en Scandinavie.

Mon dos ne m'obéissait pas, mais malgré tout, cela allait un peu mieux. J'avais fait des progrès et si le monde n'était pas jeune et beau, il paraissait un peu moins usé qu'hier.

Nous nous serrâmes la main. Lasse s'assit et je lui commandai une pression et un schnaps, bien qu'il refuse d'un hochement de tête. Et la même chose pour moi une seconde fois. On peut quand même se permettre quelques plaisirs, quand on est abandonné par sa femme et qu'elle a gardé la voiture.

Le séjour à Budapest avait été assez dramatique. Niels n'étant pas descendu pour le petit déjeuner, Charlotte avait été dépêchée pour le réveiller. Ses cris avaient retenti tout le long de l'escalier qui débouchait dans la salle du restaurant. Lasse était remonté avec elle et avait trouvé Niels par terre, la tête fracassée. La chambre semblait avoir été dévastée par un ouragan. Tout était sens dessus dessous. Les choses avaient donc été plutôt chaotiques. Le médecin et la police avaient interrogé tout le monde, mais personne ne pouvait dire quoi que ce soit. Ils avaient eu une réunion le soir même avec le ministre de l'Intérieur, avaient pris un verre au bar et étaient allés se coucher un peu avant minuit.

Les employés du service de nuit de l'hôtel, rentrés chez eux dès l'arrivée de l'équipe de jour, avaient été réveillés et priés de venir. Le portier de nuit n'avait rien vu, si ce n'était, selon son expression si diplomatique, la circulation ordinaire des jeunes dames qui montaient dans la chambre de messieurs solitaires, mais il les connaissait toutes. On les interrogerait néanmoins.

« C'était plutôt confus, Teddy », me dit Lasse entre

deux bouchées. De mon côté, j'appréciais la consistance particulière et le goût légèrement vinaigré de mon hareng frit, si bien assorti avec celui des oignons cuits à point et avec la fraîcheur de la bière. « Ils ont posé quelques questions un peu dans tous les sens, mais on avait l'impression que c'était presque de la routine, qu'un client étranger soit assassiné en pleine nuit, dans un hôtel chic de Budapest. C'est quand même curieux.

— C'est le nouvel ordre du monde, répliquai-je en levant mon verre de schnaps. À la vie !

— Tu es trop morbide, parfois.

— C'aurait pu être moi ? Tu y as pensé ? »

À sa tête, je vis que non. Il se tut et nous restâmes un moment sans parler, à digérer cette idée. Il ne voulait pas me le dire directement, bien sûr, mais je voyais sur lui qu'il était heureux que la victime ait été Niels et pas moi. Éthiquement, c'était mal de ma part, mais cela me fit plaisir qu'il me confirme ainsi, indirectement, qu'il m'aimait bien. Parce que je l'aimais bien aussi.

Nous repassâmes toute l'affaire en revue en achevant notre repas, avant de prendre le café. Nous avions pitié de Charlotte et naturellement, c'était bizarre de penser que Niels n'était plus, comme on dit, mais nous ne le connaissions pas tellement. Et il n'était pas le seul de notre cercle de connaissances à avoir disparu, encore un euphémisme qui permet de mieux accepter la mort. Nos collègues s'étaient mis à succomber à des crises cardiaques à une vitesse effrayante. Nous commencions à payer ce qu'il en coûtait d'avoir vécu. Nous finîmes par tomber d'accord sur le fait qu'il s'agissait sûrement d'un cambriolage qui avait mal tourné. Au café, je lui racontai l'histoire regrettable, banale et ennuyeuse de nos rapports, à Janne et à moi. Il n'en fut pas surpris.

« Peut-être que ce n'est qu'un intermède. »

Je secouai la tête :

« Je ne crois pas aux intermèdes, en amour. En fait, je crois que Janne est amoureuse de ce salaud. En tout cas, elle est amoureuse du désir qu'il a d'elle.

— Tu n'as pas l'habitude de pouvoir te passer des femmes. Serais-tu devenu plus sage ?

— Selon mes femmes, c'est tout à fait impossible. »

Nous éclatâmes de rire tous les deux, heureux d'être ensemble.

Ayant repris le dessus, je payai la note. Nous nous quittâmes devant le restaurant et il partit à grands pas nonchalants en direction de la station de Nørreport. Je décidai d'aller place de l'Hôtel-de-Ville pour me dérouiller le dos. Il faisait beau, les moineaux pépiaient comme s'ils avaient été payés pour ça et je jouissais de ma légère ivresse qui faisait danser la lumière sur les visages des passants. Place de l'Hôtel-de-Ville, je jetai un coup d'œil au journal lumineux de *Politiken*. Après une publicité, cette information : *Danois incarcéré pour espionnage au profit de la Stasi*. Encore un, pensai-je simplement, en continuant mon chemin sous ce beau soleil. J'avais le sentiment d'avoir du temps à revendre et pas très envie de rentrer trop tôt dans mon appartement vide, je fis donc un crochet par Gammel Strand et je longeai le canal. Le soleil faisait des ricochets sur l'eau les fenêtres des maisons se renvoyaient leurs reflets. Je poursuivis ma route vers Østerbro en sentant une fatigue physique agréable gagner mes jambes. Marcher était bon pour le dos.

Quand j'arrivai chez moi, extrêmement satisfait de moi-même, je trouvai l'appartement embrasé par le soleil couchant. Je vis le voyant rouge du répondeur téléphonique clignoter avec ardeur. Posant mon manteau sur une chaise, j'allumai une cigarette et écoutai les messages. Le premier venait de la SAS qui m'annonçait qu'hélas, ma valise voyageuse avait définitivement disparu. Si je voulais les contacter, nous pourrions nous entendre pour une indemnité. Il y avait aussi un message de Janne qui me demandait si je pouvais garder les enfants jeudi soir, parce qu'elle avait un problème. Non, pas possible, pensai-je. Qu'est-ce qu'elle s'imaginait ? Que j'allais faire le baby-sitter parce qu'elle sortait avec son amant ? Ma tolérance avait quand même des limites. Ma bonne humeur déclinait un peu, mais je m'obligeai à être adulte et à faire bonne contenance. Comme je recommençais à avoir faim, après ma longue marche en ville, je me préparai deux sandwiches, je fis du café et je lus les deux journaux étrangers achetés en rentrant chez moi. Puis ce fut l'heure du journal télévisé. Encore un reportage sur les camps de réfugiés d'Albanie. Si l'OTAN avait espéré mettre fin à l'afflux des réfugiés avec ses bombardements, l'alliance s'était terriblement trompée. Le spectacle de ces gens gelés, affamés, mouillés, qui traversaient la frontière à Kukkes, était déchirant. Nous nous étions habitués à voir ce genre de photos depuis que la Yougoslavie avait entamé son lent effondrement suicidaire, il y aurait bientôt dix ans de cela. Je n'arrivais toujours pas à accepter ces visages pétrifiés et désespérés. Ils arrivaient à pied ou sur leurs petits tracteurs pathétiques, tout ce qu'ils possédaient entassé sur leurs petites remorques. Un gouffre séparait les réfugiés des pilotes bien nourris et en bonne santé dont le journal télévisé donnait aussi des nouvelles, en mentionnant surtout le fait que les chasseurs danois F-16 n'étaient pas encore allés au combat, mais qu'ils sortaient tous les jours en mission pour soutenir les autres avions de l'OTAN. Puis nous revînmes en Albanie où un reporter danois dépêché sur place montrait un camp de réfugiés aménagé dans les locaux d'une vieille usine. De nouveau, ces images déchirantes de gens couchés dans la boue, sous des morceaux de plastique primitifs. Il pleuvait à verse et on voyait une fillette de dix ans, dans la boue jusqu'aux genoux, porter une pile de pains mouillés. « Give me back the Berlin Wall », chantonnai-je en repensant à Leonard Cohen, mais au fond, sans réelle conviction. La fillette, qui avait des cheveux noirs emmêlés et un petit visage de chat avec de grands yeux inexpressifs, tendait les pains à une femme qui les prenait avec un sourire. La caméra fit alors un gros plan du visage de cette femme et avant la photo du reporter qui suivait, je la reconnus sans problème, bien qu'elle se soit coupé les cheveux très court et qu'elle ait mis un bonnet rouge. C'était la femme de l'hôtel de Bratislava. Vêtue d'un imperméable jaune, elle portait un insigne, à droite, sur la poitrine. Je n'eus par le temps de voir ce que représentait cet emblème avant que la tête danoise du reporter bien nourri et pétant de santé ne m'apprenne ce qu'il fallait penser de toute la situation. Mais c'était elle. Un instant, je restai paralysé. En un sens, j'avais commencé à douter de son existence. Et si ma valise s'était envolée, les preuves concrètes qu'elle m'avait données à Bratislava avaient aussi disparu. Assis devant la télé, je laissai les autres informations entrer dans une oreille et sortir par l'autre. Ce tableau aurait pu porter la légende : « L'univers de Teddy se désagrège. » Et l'image que je regardais comme de l'extérieur aurait très bien pu s'intituler : « La vie quotidienne de Teddy se craquèle. » Je fus arraché à mon immobilité par la sonnerie du téléphone qui me fit sursauter.

C'était Fritz, mon grand frère. Ce brave boulanger n'avait pas sa voix ordinaire. Son accent fionien ressortait encore plus qu'à l'ordinaire, mais sa voix s'éleva au moins d'une octave quand il me dit :

« Teddy, c'est à propos d'Irma. Ils l'ont arrêtée... qu'est-ce qu'il faut faire ?

— Fritz ! Qu'est-ce que tu dis, nom de Dieu ? Où est-elle ?

— La police a téléphoné. Ils la gardent à vue à la Police centrale, à Copenhague. Qu'est-ce qu'il faut faire ?

— Calme-toi, Fritz. Qui est son avocat ?

— Je n'en sais rien, Teddy. Que faut-il que je fasse, ici, en Fionie ? Je ne peux rien faire, tu sais. Qu'est-ce que c'est que cette histoire ? Irma n'a rien fait.

— Calme-toi, Fritz. » J'essayais de réfléchir tout en me sentant sombrer dans le coma.

« Pourquoi l'ont-ils arrêtée ?

— Ils n'ont rien voulu dire.

— Ils ont bien dû laisser entendre quelque chose.

— Ils prétendent que c'est une espionne, dit alors mon grand frère. Qu'est-ce que ça signifie, Teddy ? »

Teddy n'en savait rien, à coup sûr, mais il était parfaitement évident que Fritz comptait sur Teddy pour résoudre ce problème.

6

Les deux jours qui suivirent l'appel de Fritz furent chaotiques. Bien entendu, ils ne devaient pas communiquer le nom d'Irma à la presse. Comme elle avait été mise au secret et que l'affaire devait être jugée à « double huis clos[1] », les médias ne devaient pas publier non plus le motif de son inculpation. Il s'agissait de l'application du grave décret sur l'espionnage contenu dans la loi pénale, un décret que l'on ne prescrit pas pour un oui pour un non. Mais les médias détenaient néanmoins une série de renseignements. Ils écrivaient donc à qui mieux mieux, en se demandant si l'on avait affaire au gros poisson que tout le monde attendait depuis la chute du Mur. Ils se référaient, dans leurs articles, à son nom d'emprunt, qui était apparemment Edelweiss. Le soir même, le journal télévisé de 21 heures présentait un grand reportage. Et les quotidiens du matin publiaient de longs articles sur cette affaire. Ils avaient eu accès à une partie des documents qu'Edel-

1. « Dobbelt lukkede døre », huis clos spécifiquement danois, appliqué aux affaires mettant gravement en cause la sécurité de l'État.

weiss avait transmis à la Stasi, à Berlin Est. Lesquels remontaient au début des années soixante-dix et allaient jusqu'au début de 1988. Surtout des banalités concernant la politique pétrolière danoise ou la conception danoise de la politique sécuritaire dans la Baltique. Mais aussi des affaires sérieuses, comme des cartes géographiques des dépôts danois et des plans de pose des mines de l'OTAN. Les journaux disaient aussi qu'Edelweiss avait fait des rapports sur des réunions confidentielles de l'OTAN. Mais comment Irma avait-elle pu y accéder ? Irma avait passé toute sa vie dans sa serre d'intellectuelle, sans guère se préoccuper du monde réel. Elle n'avait eu qu'une seule fois un job d'étudiante au ministère des Affaires étrangères. Jamais elle n'avait eu accès à ce genre de documents. À supposer qu'elle ait fait la demande d'un poste à l'OTAN, jamais elle ne l'aurait obtenu. Elle était révolutionnaire, plus rouge que les rouges, et affichait ses convictions en publiant tous ses articles sur la nécessité de la révolution dans d'obscurs périodiques gauchistes et dans *Information*. Elle était restée inscrite à divers partis politiques d'extrême gauche jusqu'à ce que l'âge (et la chute du mur de Berlin) l'ait assagie. Mais je n'avais jamais vu en elle un partisan de feu la RDA. Dans sa jeunesse, elle s'enthousiasmait surtout pour des gens comme le Président Mao et même Pol Pot, ma parole ! Et à l'heure actuelle, elle était professeur d'université au centre universitaire de Roskilde. Le Danemark est un petit pays tolérant et qui pardonne les erreurs. Les mots n'y signifient pas grand-chose.

La lecture des journaux m'apprit peu de chose, malgré leurs gros titres. Les gens du centre universitaire de Roskilde savaient parfaitement qu'il s'agissait d'Irma, mais ses collègues gardaient un profil particulièrement bas, ce qui en dit long sur la façon dont le monde a changé. Pas question de protester ni d'écrire au courrier des lecteurs. Le vent de droite soufflait dur et fort sur le Danemark et les anciens gauchistes s'abritaient de la tempête. Personne n'avait envie de faire du grabuge dix ans avant de toucher sa retraite. Ils savaient bien qu'il suffisait d'avoir participé, pendant la guerre froide, à une manifestation pour la paix ou au voyage d'une délégation à Moscou avec déjeuners gratuits, pour être condamné comme espion, ou comme laquais à la solde des communistes, par les quotidiens conservateurs *Fyllands Posten* ou *Ekstra Bladet*. Même s'ils avaient eux-mêmes oublié toutes les nuances, en leur temps, quand ils parlaient de la corruption de la société capitaliste. À présent, les vainqueurs de la droite leur rendaient la monnaie de leur pièce avec la même absence de nuances. Je n'avais pas pitié d'eux, en fait, mais j'avais du mal à composer avec le ton fanfaron et pharisien de ces attaques. Mais ils auraient tout de même pu éviter de déjeuner avec Pol Pot et d'écrire des articles à la gloire de la révolution culturelle. Presque tout le monde est rattrapé par son passé.

Ainsi réfléchissais-je, en essayant d'imaginer ce que je pouvais faire pour ma grande sœur et pourquoi ils l'avaient emprisonnée.

L'avocat désigné d'office pour la défendre avait protesté pour la forme et sans succès auprès de la Cour d'appel contre les quatre semaines de mise au secret, mais je contactai Kenneth Graversen. C'était l'un de ces avocats dans le vent qui savaient s'exprimer au tribunal et dans les médias, cette seconde grande salle moderne des audiences. Bien qu'il fût très sollicité, il accepta de se pencher sur cette histoire, qu'il connaissait déjà. En fait, je n'eus pas besoin de le persuader. J'eus l'impression qu'il humait déjà l'odeur des flashes et qu'il voyait se profiler à l'horizon les caméras enjôleuses de la télévision. Le jour où l'on révélerait l'identité d'Irma, cette affaire pouvait fort bien devenir un scoop. Graversen avait une voix agréable, basse et cultivée. Il m'appellerait quand il aurait rencontré sa nouvelle cliente, mais il me fit remarquer qu'il ne pourrait rien me dire sur le fond de l'affaire, puisque la Cour d'appel avait également maintenu le double huis clos. Il commettrait une infraction s'il bavardait, pour ainsi dire, avec ce vieux Teddy.

Je finis par mettre la main sur l'inspecteur de la sûreté qui, dans les médias en tout cas, commentait l'affaire avec pas mal d'assurance, comme si ma chère sœur était déjà condamnée. C'était un homme bien, entre deux âges, que j'avais souvent vu à la télé, pas un de ces alcooliques minables qui peuplaient les romans policiers que je m'amusais à lire de temps en temps. On lui aurait donné le bon Dieu sans confession. Sa voix me revint en mémoire, au téléphone, quand il finit par me rappeler, après que je lui ai laissé je ne sais combien de messages. J'étais peut-être injuste à ce propos, car en réalité, je pouvais être assez difficile à joindre. J'étais bien obligé, de temps à autre, de rassurer Fritz, de me disputer avec Janne parce que je ne pouvais pas garder les enfants, de parler avec des collègues curieux, de me faire consoler par Lasse et d'essayer une fois de plus de faire comprendre à maman que sa fille était en prison, sans croire que la nouvelle réussirait à percer le brouillard de sénilité qui l'isolait, dans sa maison de retraite fionienne. Dans la situation kafkaïenne où je me retrouvais soudain plongé, j'oubliais presque mon dos. Ma dent, en revanche, recommença à se manifester. Pas besoin d'être médecin pour comprendre que ces douleurs-là étaient symptomatiques d'un état de stress.

L'inspecteur de la sûreté, qui portait le nom on ne peut plus danois de Per Jensen, était l'amabilité même. Il ne voulut rien dire sur l'affaire et m'expliqua, comme s'il me prenait pour un journaliste stupide, ce que signifiaient le double huis clos et la mise au secret, cette arme effrayante détenue par le Danemark, ce petit État démocratique. Maintenir une personne totalement isolée. Seul son avocat avait la possibilité de communiquer avec elle. Je m'efforçai de lui dire qu'en tant que son frère cadet, j'avais un certain droit, mais il me fut impossible de le faire fléchir. Impossible pour le moment, comme il ne cessa de me le répéter. De plus, l'enquête était maintenant du ressort d'une autre instance. Laquelle ? Il ne pouvait le dire pour l'instant.

Il fallait également que je surveille les journaux télévisés. Je voulais voir si la femme de Bratislava reparaîtrait, mais ce ne fut pas le cas. Je trouvai sur Internet le reportage dont elle avait fait partie. Aucun doute, c'était elle. Lasse me suggéra de regarder toutes les informations de la chaîne TV 2, qui reprenait souvent des documents de cette même agence. Je regardais rarement les programmes de TV 2. J'avais grandi en écoutant Radio Danemark et je n'arrivais toujours pas à prendre vraiment au sérieux ces programmes concoctés à Odense. Leur façon de s'adresser à moi manquait trop de civilité. Je retournai sur Internet. Et Lasse avait raison. Elle avait participé à deux reprises. La première fois, elle semblait avoir eu une sorte de rôle officiel, en tout cas, elle montrait quelque chose du doigt, et deux hommes partaient dans la direction indiquée. Plus tard, les deux hommes, de retour, debout devant elle, paraissaient lui faire un rapport. Mais comme la scène avait été montée sans égard pour la chronologie, cela pouvait être l'inverse. Cette femme ne représentait qu'une toile de fond pour les clichés que débitait la journaliste à propos des malheureux réfugiés. Je crois que cette journaliste, dans sa tenue à la dernière mode, eut recours au moins huit fois à l'expression « catastrophe humanitaire ». Elle répéta presque autant de fois que l'Albanie était le pays le plus pauvre d'Europe. Elle présentait d'abord un reportage, puis elle restait devant la caméra tandis que l'animateur lui posait des questions idiotes, aux réponses évidentes, en se livrant à des spéculations infinies, mais c'était ça la télévision moderne.

J'appelai Fritz et je lui racontai toute l'histoire de la femme à Bratislava. Je l'entendais haleter, depuis la Fionie, et à sa respiration difficile, je compris que l'histoire l'étonnait sans le surprendre. C'était un homme pesant à tous égards et difficile à pénétrer. Je ne maîtrisais pas l'art de me faufiler sous la cuirasse de ses sentiments. Quand j'eus fini mon histoire, il me fit exactement la réponse prévue :

« Il vaut mieux que tu en parles avec Irma, Teddy. » Son dialecte fionien chantant ravalait tous les sujets, même les plus sérieux, au niveau de l'opérette. Mais j'entendais, à sa voix, que j'avais touché un point faible.

« Enfin, Fritz ! Irma est en prison, bon Dieu ! Elle est au secret. Tu sais bien que je ne peux pas l'appeler au téléphone, non ? ?

— Je trouve quand même que ça vaudrait mieux. »

La colère me prit :

« Réponds-moi. Est-ce que cette histoire est vraie ? Vous m'avez caché quelque chose ?

— Tu étais si petit, Teddy. Tu n'avais rien à voir avec cette époque. Tu n'étais même pas né.

— Avons-nous une demi-sœur là-bas ?

— Jusqu'à maintenant, on ne m'en a rien dit, répondit-il d'une voix qui manquait pour le moins de conviction.

— Alors, qu'est-ce qu'on t'a dit, Fritz ?

— Cette histoire de papa. C'est bien vrai...

— Quoi ?

— Papa est allé sur le front de l'Est. Il était aussi membre du parti. Eh bien, tu le sais, maintenant. »

Je restai un moment sans mot dire, sa lourde respiration dans l'oreille. C'est quand même une nouvelle de taille à recevoir en pleine figure, quand on est entre deux âges. Apprendre que son père a été nazi et S.S. À la bonne vôtre. Nombre de familles ont des squelettes dans les placards, c'est un cliché usé, mais celui-là, c'était du sérieux. Ce passé nazi, je l'avais subodoré, mais pour le reste, je n'en avais pas eu la moindre idée.

« Il n'est donc pas mort à Hambourg, comme vous l'avez toujours dit ?

— Je n'en sais rien, Teddy. Je le croyais, en fait. Pour moi, il est mort quand il a quitté la maison. Il vaut mieux que tu en parles avec Irma.

— Pourquoi ne m'a-t-on rien dit ?

— Tu étais si petit, Teddy, reprit-il. Tu n'étais même pas né. Tu n'avais rien à voir avec cette époque-là.

— Et c'est pour ça qu'on ne m'a pas fait part de ce traumatisme familial.

— Tu as un vocabulaire tellement recherché. Mais je ne suis pas bête. J'ai des dons sur d'autres plans que vous, Irma et toi, répliqua-t-il, sur un ton rapide, cette fois-ci.

— Pourquoi m'avez-vous exclu de ce drame familial ?

— Tu étais si petit. Ça n'avait rien à voir avec toi », répéta-t-il.

J'attendis un peu pour voir s'il allait continuer, ce qu'il ne fit pas, bien entendu, alors, je lui demandai :

« C'est pour ça que la boulangerie a dû fermer ?

— Les gens ont commencé à bavarder. Tu sais bien comment ça se passe.

— J'habite une grande ville. Ici, personne ne bavarde », répliquai-je selon ma vieille habitude sarcastique, tout en gardant l'écouteur à l'oreille et en contemplant la ville, qui semblait disparaître sous mes yeux et dont les contours s'estompaient. Le tableau aurait pu s'intituler : « Teddy, au téléphone, écoute l'histoire de son passé. »

Je le questionnai, mais il n'était pas particulièrement disert. Il voulut bien me dire que papa avait été S.S., soldat, commandant et officier. Qu'il avait été condamné à deux ans et demi de prison parce qu'il s'était laissé enrôler, mais qu'on l'avait libéré quelques mois plus tard. Que « quelqu'un » l'avait aidé à s'établir comme boulanger à son compte. Qu'il avait quitté le Danemark quand la vengeance, selon l'expression de Fritz, l'avait frappé, au début des années cinquante. Quant à une fille et une vie en Yougoslavie, ça, il valait mieux en parler avec Irma. Il n'aborderait certainement pas cette histoire-là. J'avais l'impression qu'il me cachait quelque chose, mais je savais aussi que je n'obtiendrais rien de plus de lui. Je changeai donc de sujet :

« J'ai engagé un très bon avocat, Kenneth Graversen...

— Je l'ai vu à la télé », répondit la voix, depuis la Fionie. C'était comme un label de qualité, même si Fritz ne connaissait pas réellement les acteurs du cirque médiatique quotidien, où tout le monde se connaissait et où les gens s'intéressaient à une seule chose : l'image, jamais la vérité.

« Il coûte cher », ajoutai-je alors.

Encore une de ces longues pauses pendant lesquelles je n'entendais que sa respiration, mais il finit par me dire :

« Ce n'est pas un problème. J'ai les moyens de cautionner.

— Je n'ai aucune idée de ce qu'Irma possède dans sa tirelire, mais moi, je n'ai rien.

— Ne t'en fais pas, je m'en occuperai », répliqua-t-il avec un certain contentement. Enfin une chose que le boulanger Fritz pourrait résoudre. Un domaine où il nous serait supérieur. Il avait une tirelire bien garnie, tout simplement, ou disons, un portefeuille de titres, pour être au goût du jour.

« Alors, je vais pouvoir rassurer ce scieur de long », mais il réagit :

« Je m'en chargerai », coupa-t-il avec une fermeté qui prouvait que justement, il avait de l'argent dans sa tirelire. Il n'était pas devenu riche en étant idiot. C'était exactement le contraire. « Donne-moi son numéro et je parlerai avec lui. On discutera de ces affaires. » Je compris ses intentions. Il voulait bien payer pour la défense d'Irma, mais il voulait d'abord en négocier le prix. Il ne voyait aucune raison de laisser gruger la famille par un avocat de Copenhague. Je trouvai le numéro et le lui dictai. Sur quoi il fit encore une de ses longues pauses. Je pensai qu'en réalité, nous étions comme deux étrangers. Si nous avions bien grandi ensemble pendant quelques années, plus tard, nous nous étions toujours rencontrés pour les cérémonies où les familles danoises se rencontrent : confirmation, mariage, enterrement. D'abord à l'église, puis à table pour le dîner. Mais je ne le connaissais pas. Il était né en 1943, Irma en 1940. Ce qui correspondait au mariage de nos parents, les choses s'étaient exactement passées selon les normes. Nos parents pouvaient enfin faire l'amour sans avoir peur. On pouvait presque invoquer une loi de la nature. En réfléchissant à l'histoire de l'Occupation, je calculai que Fritz et 1943 correspondaient à la première permission de papa. Les légionnaires de Frikorps Danmark s'étaient imaginés qu'en rentrant, ils feraient la conquête de leur patrie, mais la plupart des gens les avaient rejetés, à part la famille la plus proche, certainement. J'étais né en 1948. Cela correspondait à son retour à la maison. Ou au moment de sa libération en tout cas. Cet homme, c'était mon père. Un personnage que Teddy avait quelque peine à assumer. Si la femme de Bratislava était autre chose qu'un mirage dans un désert étrange, elle devait être née en 1944, ce qui corroborait la présence de notre père en Yougoslavie pendant le séjour de la division Nordland fin 1943. Le vieux avait eu une semence féconde. Pas comme les jeunes de nos jours. Le passé était à la fois un bâtard incompréhensible et une base de données tout à fait concrète, où les dates constituaient des bornes incontournables.

« Est-ce que papa a été en Yougoslavie ?

— Il a été sur le front de l'Est, répondit Fritz après une longue pause.

— C'est une notion très vaste, Fritz.

— Peut-être. Je pense qu'il faut que tu parles avec Irma.

— C'est impossible, bon Dieu. Réponds-moi tout de suite !

— Je crois bien que oui. »

Encore une longue pause. Les seules personnes qui adoreraient cette conversation seraient les agents des Telecom. Les minutes s'égrenaient et le compteur tournait tandis que j'écoutais sa respiration profonde. Je l'imaginais devant moi : un monsieur âgé, fortement charpenté, un peu trop bedonnant, debout dans la salle de séjour comme il faut de sa maison individuelle comme il faut, dans la petite ville côtière où il produisait ce pain qui avait fait de lui un homme aisé. Dorthe et lui avaient deux garçons, deux adultes en bonne voie, comme ils disaient. Hans-Peter, chauffeur-exportateur, transportait du poisson en Espagne et en Italie, ces pays qui importaient toutes les matières premières de qualité que nous refusions, au Danemark, de payer à leur prix réel. Niels, son petit frère, instituteur à Lemvig, avait épousé la femme pasteur de l'endroit. Ils vivaient loin des tracasseries de Copenhague et faisaient partie de ces provinciaux qui trouvaient incompréhensible que l'on habite la capitale de son plein gré. Pour eux, Copenhague était un lieu exotique, peuplé de gens agités et égarés ainsi que de Jutlandais et de Fioniens abandonnés, qu'un mauvais sort avait contraints à l'exil. Copenhague soutirait de la province du bel et bon argent honnêtement gagné. Cela, on devait l'accepter, mais vivre dans cette ville, c'était une autre affaire. Ça dépassait l'imagination des gens convenables.

« Restons en contact, lui dis-je pour rompre le silence.

— C'est clair. Ça finira bien par s'arranger. Nous connaissons Irma, n'est-ce pas, répondit-il avec ce doux accent fionien chantant qu'il avait si facilement retrouvé en retournant là-bas.

— Si seulement c'était aussi facile que ça. » Nous nous dîmes au revoir simultanément et je restai un moment debout, à contempler la rue et la circulation en pensant que Janne et les enfants me manquaient. C'est dans ce genre de situation qu'on a vraiment besoin d'être deux. Quelqu'un avec qui partager ses soucis. J'aurais pu l'appeler, bien entendu, mais je m'y refusais malgré tout. Janne était réellement une femme bonne, que j'aimais énormément et qui savait écouter, mais je ne voulais pas risquer de tomber sur *l'autre.*

Je me fis quelques sandwiches et les emportai devant la télé avec un carton de lait écrémé, pendant que le café passait à la cuisine. On nous montrait des reportages de la guerre aérienne menée par l'OTAN. Tout se passait pour le mieux, comme d'habitude. Pas de pertes, et des dégâts minimes chez les civils serbes, d'après un général américain en uniforme. Grâce à des bombardements systématiques, la Serbie régressait à l'âge de la pierre. Un officier danois expliqua pourquoi on avait dû, à un certain moment, envoyer des forces terrestres. Il y avait aussi des reportages sur la marée des réfugiés en Albanie. Encore des images désespérantes de gens qui souffraient et gelaient. Mais la femme de Bratislava ne reparut pas. Si les bombardements avaient eu pour but d'endiguer le flot des réfugiés, pour l'instant, cette mission était un énorme fiasco. Une phrase me revint à l'esprit, la phrase d'un officier américain à propos d'un petit village du Sud-Vietnam, pendant la guerre du Vietnam : « Pour libérer ce village, nous avons malheureusement été obligés de le détruire. » Il y avait longtemps de ça. Tout cela prenait un petit air de bande dessinée, à présent. Des avions à réaction à la technologie ultra-perfectionnée, qui restaient à haute altitude, lançaient des missiles et retournaient en Italie pour le café du soir. Comment cela se passait-il sur terre ? On ne le saurait probablement jamais. La guerre gagnée, les médias ne s'y intéresseraient plus, et les morts et les blessés seraient oubliés. Il ne resterait que la haine, chez les survivants.

Alors, le téléphone sonna. À l'autre bout du fil, une voix de basse, profonde, soignait exagérément sa prononciation :

« Teddy Pedersen ? Ici quelqu'un qui sait qui vous êtes. Je me demandais si nous pourrions nous rencontrer ? Il s'agit de votre sœur. »

La question resta en suspens. Au point où j'en étais, plus rien ne m'étonnait. Pourquoi un étranger ne m'aurait-il pas appelé pour me parler de ma sœur ?

Puisque rien, de toute façon, n'était comme seulement quinze jours plus tôt.

« Je n'ai rien à dire à la presse, répondis-je d'un ton cassant.

— Je ne suis pas journaliste. C'est un appel personnel.

— Je ne vous connais pas.

— Je crois que vous feriez bien de me rencontrer. Demain, peut-être ?

— À propos de quoi ?

— De votre sœur. Il s'agit d'Irma.

— J'avais compris. Mais de quoi s'agit-il ? Ma sœur est sous les verrous. Et comment vous appelez-vous, bon Dieu ?

— C'est sans importance.

— Pas pour moi. Je voudrais savoir à qui je parle.

— Je comprends. Mais je préfère ne pas parler de ça au téléphone », répondit-il de sa profonde voix de basse. Un paranoïaque, de toute évidence.

« Et où devrions-nous nous rencontrer ?

— Nous pourrions nous rencontrer sur le nouveau parking de Knudshoved. Juste après le pont côté fionien.

— Vous voudriez que j'aille jusqu'en Fionie et que je paie le péage du pont, alors que vous pourriez tout aussi bien me dire au téléphone de quoi il s'agit ? Mais vous êtes dingue !

— Il vaudrait mieux ne pas en parler au téléphone, selon moi, mais il s'agit d'une femme en Slovaquie. Elle vous a donné des papiers et vous a raconté une histoire. »

Maintenant, il avait toute mon attention. Car personne n'était au courant de cette histoire. À part le répondeur d'Irma, un e-mail et Lasse, que tout cela avait laissé sceptique.

« Qui vous l'a dit ?

— Je crois que nous devrions nous rencontrer.

— O.K., répliquai-je sans y réfléchir davantage. À quelle heure ?

— Disons vers 11 heures, demain matin. Garez-vous et entrez dans la cafétéria, quelqu'un vous contactera.

— Qui ?

— Nous vous reconnaîtrons. Nous sommes d'accord ?

— Je pense que oui. »

Parce qu'en plus, Teddy est curieux. Le gars coupa la communication. J'aurais bien voulu savoir de quoi il avait peur ? Que je sois sur écoute ? Le pire, maintenant, était d'appeler Janne pour lui demander la permission d'emprunter ma propre voiture. Elle prit la chose assez mal, bien que la voiture ait été payée par mes soins. Et nous n'avions pas fait bourse commune. Elle en avait justement besoin demain. Il fallait aussi qu'elle pense aux enfants. Ça ne pouvait pas attendre un ou deux jours ? Qu'est-ce que je voulais en faire ?

« Ça ne te regarde pas. Ce que je fais, c'est toi qui as décidé de ne pas t'en mêler. Et c'est ma voiture, bon Dieu, Janne ! J'en ai besoin demain, à 9 heures pile. Alors, tu me l'amènes, un point c'est tout ! » fit le gentil Teddy en raccrochant dans un geste théâtral. J'attendis une heure, mais elle ne rappela pas et je me mis au lit, renfrogné et de méchante humeur.

Évidemment, elle ne tenait pas à me rencontrer. En regardant par la fenêtre, à 8 heures le lendemain matin, je vis notre jolie Renault sagement garée au bord du trottoir. Salie par la boue printanière de Copenhague et le réservoir presque vide, quand je pris la direction de la Fionie à neuf heures et demie. Ma gorge se serra et j'envoyai au diable l'heure matinale et le temps gris et triste en apercevant l'une des petites peluches des enfants, sur le siège arrière, et en reconnaissant leur odeur ainsi que celle de Janne. Janne refusait fanatiquement que l'on fume dans la voiture, j'allumai donc une cigarette et je soufflai la fumée sur les sièges pour leur montrer qui en était le vrai propriétaire. Mais n'ayant plus l'habitude de fumer en voiture, je ne supportai pas la fumée. J'ouvris la vitre pour jeter ma cigarette et réussis à la refermer avant qu'une averse danoise ne balaie cette ville tourmentée. Légende possible de ce tableau : « Teddy se repent de ses actes. »

Je fis le plein et pris une tasse de café à la cafétéria. Nous n'étions que quelques clients et je fus tout ragaillardi quand une jeune fille me souhaita une bonne journée, même si ça ne la regardait pas, bon sang. Mais un rien d'amabilité facilite la vie à tout le monde. Le brouillard se leva un peu. Le soleil perça et de longs rayons scintillants balayèrent le paysage qui paraissait verdoyant et prêt à faire des farces, gonflé de sensations printanières. À part les longues files des poids-lourds, la circulation était clairsemée, en direction de Halskov. Je conduisais sagement, sans dépasser les 130 km/h mais j'étais constamment doublé par des voitures neuves rutilantes qui roulaient à une allure folle. Des gens apparemment pressés qui prenaient les limitations de vitesse pour de simples recommandations. Le grand pont apparut. Ses pylônes brillaient au loin, à l'horizon, sous le soleil printanier. De temps à autre, les ferries me manquaient, mais je ne les avais quand même pas empruntés tellement souvent et comme la plupart des Danois, j'étais vraiment impressionné par cette construction coûteuse. Personne ne se souciait plus de son prix, dans le fond. Le projet avait suscité une forte résistance, comme ceux de tous les autres ponts bâtis par les hommes, mais depuis son achèvement et la fin de tout ce branle-bas, c'était comme s'il avait toujours existé. Je l'avais franchi plusieurs fois, mais cela me coupait toujours le souffle de survoler le bleu du détroit et de sentir le vent secouer la voiture, au passage entre les grands ancrages. L'îlot de Sprogø disparut un instant tandis qu'une averse, surgie miraculeusement au-dessus des flots, dérivait vers l'île en produisant un arc-en-ciel qui reliait l'une de ses rives aux eaux du Grand Belt. Un grand coaster donna l'impression de traverser cette arche et de vibrer comme un mirage qui rappelait le Hollandais volant. Légende de ce tableau : « Teddy est le témoin d'un miracle de la nature », me dis-je avant de m'engager sur la deuxième partie du pont qui n'était autre, en revanche, qu'un morceau d'autoroute posé sur l'eau. Rien d'extraordinaire à raconter.

La cafétéria se trouvait dans l'ancien port des ferries, vide mis à part l'unique bateau rouge des secouristes et un petit bateau de bois couvert d'une bâche qui devait servir, selon moi, aux amateurs de pêche de l'endroit. Quand je sortis de ma voiture en boutonnant mon manteau pour me protéger du vent qui soufflait fort, et que le soleil n'arrivait pas à réchauffer, il n'y avait que quelques voitures sur le parking.

Je m'étirai et me massai les reins, j'allais mieux, mais une heure et demie de voiture n'était pas l'idéal. Je regardai autour de moi. Une voiture entra dans le parking mais se gara un peu en retrait, comme si le conducteur hésitait.

J'entrai à la cafétéria, je me payai une tasse de café et le journal *Ekstra Bladet* et je m'assis. J'avais bu la moitié de ma tasse et fini de feuilleter le journal quand un homme encore jeune vint à ma table et prononça mon nom. J'avais vu dans le journal un petit article intitulé « Edelweiss, l'espionne qui se tait », mais comme il s'agissait d'une nouvelle mouture d'une nouvelle précédente, il ne m'avait rien appris. Je reconnus la profonde voix de basse. Je croyais l'homme beaucoup plus vieux, mais il n'avait pas plus de trente ans et quelque.

« Finissez seulement votre café, mais il faut que nous partions, dit-il ensuite.

— Il est immonde », répondis-je en me levant pour me diriger vers la porte, mais il me prit amicalement mais fermement par le bras et me tira vers la porte de derrière ouvrant sur une terrasse qui faisait restaurant et café en été. Nous sortîmes et il me guida jusqu'au petit bateau de pêche.

« On part en bateau ?

— Nous allons simplement traverser le fjord.

— Pourquoi donc ? C'est tout de même trop con, tous ces secrets.

— Montez donc à bord », dit-il avec une dureté soudaine dans la voix.

Je descendis dans le bateau qui gémit et bougea, ce qui me provoqua un début de nausée.

« Je n'ai pas le pied marin. Je peux avoir le mal de

mer dans un ferry qui traverse le Grand Belt par temps calme.

— Ce n'est qu'une courte traversée », dit-il en m'indiquant une petite cabine contenant une table et des banquettes de chaque côté. Des rideaux de tissu cachaient les vitres et l'odeur d'essence et de poisson était pénétrante. Je regardai dehors à travers la porte basse qui a certainement un autre nom en jargon maritime, et je vis l'homme amener l'amarre et lancer le moteur qui démarra du premier coup avec un teuf-teuf au fond tout à fait rassurant. J'entendis une voiture accélérer, quelqu'un courir et un appel.

« Qu'est-ce que c'est ? lui criai-je.

— Quelqu'un qui vous filait. Nous nous y attendions, en fait, répondit-il d'une voix qui couvrait le bourdonnement tranquille et monotone du moteur.

— Et pourquoi est-ce que quelqu'un me filerait ? criai-je.

— À cause de votre sœur, naturellement. Sortez un peu prendre l'air, si ça peut vous aider à vous sentir mieux. Je m'appelle Karl Henrik Jensen. »

J'avais un début de nausée, mais malgré le vent, la mer était calme, même après que le bateau eut laissé derrière lui l'ancien bassin du ferry et mis le cap sur la petite pointe de terre qui s'avance dans le détroit. Nous fîmes le tour de la pointe et descendîmes de l'autre côté. Au bout de quelques minutes, il mouilla devant une passerelle. C'était un petit port de plaisance. Il me sembla totalement vide, en semaine et par cette froide journée printanière. Les mouettes voguaient en criant comme si elles cherchaient les ferries disparus. Je vis quelque chose qui ressemblait à un terrain de golf. Des drapeaux rouges flottaient au vent et un homme cherchait désespérément quelque chose. Karl Henrik Jensen m'aida à monter sur le pont et m'indiqua une voiture.

« Allez jusqu'à ce véhicule, je vous suis. » Je m'approchai d'une voiture particulière tout à fait ordinaire. Un jeune homme assis au volant tendit la main derrière lui et m'ouvrit la porte arrière.

« Bonjour, monsieur Pedersen. » Ils étaient d'une politesse insensée. Un instant plus tard, Karl Henrik Jensen s'assit sur le siège avant. Avant qu'il ne referme la portière, je réentendis le teuf-teuf d'un moteur de bateau. Ce qui signifiait qu'un troisième homme faisait disparaître l'embarcation. L'opération paraissait très élaborée.

« Qui est-ce qui me file ? Et pourquoi me filerait-on ? demandai-je, un peu tendu.

— Le PET ou la police judiciaire. En tout cas, on a vu une voiture arriver derrière vous pendant qu'une autre restait juste à la sortie, au cas où vous auriez eu l'idée de repartir.

— Je n'ai rien fait d'illégal.

— Nous non plus. Nous voulons simplement parler avec vous sans être dérangés et en privé. C'est la seule chose dont nous nous assurons. Avez-vous apporté les papiers ?

— Non. Ma valise a disparu. En fait, il faut que j'aille à la SAS. Je crois que j'ai droit à une indemnité. »

Il se tourna vers moi pour me dire de sa voix calme :

« C'est bien ennuyeux.

— Je n'y suis vraiment pour rien, répondis-je, grognon.

— Seulement, c'est bien ennuyeux. »

Nous prîmes la route de Nyborg, pour continuer en direction du sud, sur la route de Svendborg.

« Où allons-nous ?

— Nous arriverons dans moins d'une demi-heure. Alors, vous aurez réponse à tout. Faites seulement preuve d'un peu de patience, monsieur Pedersen, et profitez de la belle campagne fionienne. »

Il n'y avait rien d'autre à faire. Ils ne voulaient rien dire d'autre. C'était vrai que la Fionie était belle. Cela n'avait pas beaucoup de sens de kidnapper un maître assistant d'université en russe et en histoire. Je me calai donc sur mon siège et regardai défiler le joli paysage lilliputien, jusqu'au moment où, quittant la route nationale, nous prîmes une petite route transversale pour tourner brusquement et nous engager sur un chemin de gravier en direction d'une ferme au toit de chaume et blanchie à la chaux, blottie derrière une haie vive. Quand la voiture était garée devant la ferme, elle était invisible de la route.

Je m'extirpai de la voiture et m'étirai le dos. Un homme élancé d'environ soixante-cinq ans ouvrait la porte. Il avait des cheveux blancs et drus, un front haut et étroit et des bras solides qui sortaient de sa chemisette boutonnée jusqu'au cou. Son sourire, quand il s'avança vers moi, découvrait une rangée de dents toutes blanches, mais il me soupesa un peu trop du regard et sa solide poignée de main se prolongea un peu trop longtemps. Comme si nous étions de vieux amis qui se rencontraient miraculeusement après des années de séparation. Fritz sortit derrière lui et me regarda.

« Salut Teddy.

— Salut Fritz. Je pensais bien que tu trempais là-dedans.

— Il aurait mieux valu qu'Irma soit là », remarqua Fritz en s'essuyant les mains sur son pantalon. Il portait sa vieille veste de tweed grise, une chemise blanche, une cravate bien nouée et un pantalon bleu. Il tenait sa pipe éteinte à la main.

« Oui, mais Irma ne peut pas nous sauver cette fois-ci.

— Je suis content de te voir, Teddy. Je suis content de voir le frère d'Irma. Je crois que tu ressembles surtout à ta mère », dit l'homme élancé et âgé. J'ignore pourquoi je le considérais comme âgé puisque je lui donnais environ soixante-cinq ans. Dans ce cas, il n'aurait donc même pas quinze ans de plus que moi. Il avait peut-être soixante-dix ans ? En tout cas, il me tutoyait, alors que les jeunes vouvoyaient ce vieux Teddy.

« Je finis par être un peu intrigué, monsieur... ?

— Karl Viggo Jensen. Entre et viens prendre quelque chose. Et je te raconterai la vie secrète de ton père, du mien et d'Irma. »

7

Fritz sentit que je le regardais du coin de l'œil quand nous entrâmes par la petite porte dans une pièce basse de plafond. Un début de colère montait en moi. Pas tant à cause de ces étranges cachotteries d'aujourd'hui, mais parce qu'on m'avait caché pendant tant d'années d'importants aspects de la vie de ma famille. Que mon vrai père inconnu et ma mère si bonne, désormais totalement sénile, avaient eu une double vie, comme s'ils étaient les agents d'une nation ennemie. La pièce était petite et particulièrement confortable, meublée à l'ancienne de meubles massifs et ornée de tableaux naturalistes : le grand cerf et le pêcheur hâlé par le mauvais temps. Du kitsch petit-bourgeois classique, pensai-je, avec mon arrogance d'universitaire. Comme si mes affiches d'art abstrait, tout aussi convenables, reflétaient autre chose que ce que mes pairs et moi trouvions beau. N'étions-nous pas emprisonnés dans ce que nous jugions être le bon goût ? Il y avait pas mal de livres sur une solide étagère, surtout des ouvrages historiques sur la guerre et l'armée. Dans un coin, un fauteuil de cuir à côté d'une petite table ronde et d'un poêle noir ventru. Sur la table, trois livres d'où sortaient des marques soigneusement placées, des livres qui n'étaient pas là pour la galerie. Le maître de maison les lisait et en tirait profit. La pièce sentait bon la pipe et un peu le renfermé, comme chez un homme âgé, mais l'odeur n'était pas vraiment désagréable. Un peu blette, comme celle de pommes tombées, un parfum d'enfance qui me remémora la petite maison paysanne de mes grands-parents maternels, où je passais mes vacances tout petit. J'aperçus une cuisine d'autrefois où s'agitait une dame de l'âge de Karl Viggo Jensen. Elle me fit un bref signe de tête et s'essuya les mains à son tablier avant d'entrer dans la pièce pour me tendre la main. Elle avait la main humide et froide, mais une poignée de main franche et ses yeux gris étaient clairs dans son visage ridé.

« Karla Jensen, dit-elle. Tu dois avoir faim, maintenant qu'on ne peut plus manger à bord du ferry.

— Ce n'est pas de refus », répondis-je, captivé par cette ambiance et cet intérieur désuets. On oubliait cela à Copenhague. Qu'il existait toujours une vie rurale, au rythme et au ton différents. Où l'on employait les mots et les expressions d'autrefois, comme si la télé n'avait pas été inventée.

« Ça pourrait attendre un quart d'heure ? J'aimerais d'abord montrer le musée au petit frère d'Irma, dit Karl Viggo Jensen.

— Je n'y vois pas d'inconvénient. Ce n'est qu'un déjeuner léger. Il ne se gâtera pas en un quart d'heure, mais si cet homme a faim...

— Ça ira, intervins-je.

— Alors, je remets le schnaps au frais », dit-elle en retournant à sa cuisine, comme si le schnaps avait la priorité sur les parfums délicieux qui se mêlaient dans la maison.

Nous traversâmes une autre pièce où la table était dressée pour le déjeuner, puis le jardin pour gagner un bâtiment bas, blanchi à la chaux, qui avait sans doute été la porcherie. Nos pas bruissaient sur les feuilles mortes glissantes tombées du hêtre rouge l'automne dernier. Karl Viggo Jensen nous précédait, très droit, je le suivais d'un pas lourd et Fritz fermait la marche, en traînant les pieds et en soufflant un peu. Il n'était plus tout jeune et n'avait jamais économisé ses forces. Les poumons de mon frère commenceraient-ils à se ressentir un peu trop de son abus du cigare et de la pipe ? Cela me causa réellement du souci. La famille est une drôle de chose, souvent, elle irrite, mais c'est notre seule attache permanente, bien qu'on ne l'ait pas choisie soi-même.

Le local où nous entrâmes était sinistre, malgré sa ressemblance avec un petit musée historique local, à la façon dont il était aménagé, avec des photos sur les murs et de petites vitrines pour les objets exposés. C'étaient ceux-ci qui rendaient la pièce sinistre : une salle à la mémoire des S.S., avec des photos d'officiers en uniformes noirs, avec les runes sur le col, de grandes photos en noir et blanc de scènes de bataille, un drapeau danois avec l'inscription Frikorps Danmark. Des armes, des médailles, des lettres et des papiers défraîchis, quelque chose comme des agendas, des masques à gaz, des insignes militaires, des pièces d'uniforme, des plaques d'identité de chiens. Toute la saloperie qui parsème les champs de bataille. Des cartes représentant les batailles d'Ilmensøen, de Stalingrad et de Narva, soigneusement présentées dans des vitrines. Avec des flèches et de petites lettres indiquant l'appartenance des régiments. Comme si cela intéressait qui que ce soit d'autre que ceux qui y avaient participé. De plus, elles étaient incompréhensibles, même pour un historien comme moi. Un coup de sonde dans le magasin des broutilles d'un front terrible. Bien entendu, cette tranche du front, avec ses petites victoires et défaites, avait précisément de l'intérêt pour ceux qui y avaient participé. Pour le fantassin ordinaire, la guerre se réduit réellement au prochain fossé, à la prochaine haie protectrice et au prochain repas chaud. On trouvait là tout ce qu'un petit musée eût été fier d'exposer avec les moyens limités qu'ont toujours les structures locales, s'il n'avait pas glorifié les perdants, le Mal, dans ce cas-là. Karl Viggo Jensen ne dit rien ; il resta devant la porte pendant que je circulais en silence, en regardant. Fritz, debout dans un coin, regardait par terre en frottant ses pieds sur le plancher bien récuré. C'était toujours une porcherie, songeai-je, mais je ne dis rien. Peut-être avais-je un peu peur, tout simplement, peut-être voulais-je ménager les sentiments de Fritz. Je connaissais très bien certaines de ces photos. Les hommes de Frikorps Danmark en permission en 1942, par exemple. Autre motif connu : le chef des nazis danois, Fritz Clausen, en train de faire un discours. Von Schalburg et son petit garçon en uniforme de S.S. ne m'étaient pas inconnus non plus. Mais cette longue file de jeunes Danois tout à fait ordinaires, avec la croix gammée et le drapeau national, à différents endroits sur le front oriental, je la découvrais. Les historiens ne s'étaient pas beaucoup penchés sur le destin des perdants. Pendant des années, on n'avait consacré ni subventions ni postes de chercheurs à ce sombre chapitre de l'Occupation. Mais en circulant dans ce musée, je voyais qu'il manquait de réalisme, bien qu'il fût secret. C'était un mémorial entretenu avec soin, comme si tout cela faisait partie de la vie actuelle et ne se rapportait pas à une histoire de traîtres à la patrie qui remontait à bientôt soixante ans. Ces gens disaient : nous avons existé. Nous refusons d'être oubliés. Nous faisons partie de vous.

L'une des photos représentait un officier de la Waffen-S.S. qui ressemblait trait pour trait à Karl Viggo Jensen, mais en beaucoup plus jeune. Si c'était lui, je m'étais trompé du tout au tout sur l'âge de cet homme. Je reconnus comme étant mon père celui qui se trouvait à côté de lui.

« Oui, c'est moi et ton père, Teddy », dit Karl Viggo Jensen. Il était venu derrière moi sans que je l'aie entendu. Je fixai la photo avec autant de fascination que de répulsion. Les deux jeunes hommes, côte à côte, dans leur uniforme noir, riaient à gorge déployée sous leur béret posé en biais. Mon père portait une mitraillette sur la hanche, comme un chasseur de gros gibier qui avait abattu une bête sauvage. Mais derrière les deux hommes, on voyait un tas de cadavres alignés comme pour une parade de gibier.

« C'étaient des partisans russes. Ils avaient tué l'un des nôtres, un Danois du Himmerland, et ils lui avaient arraché les yeux. Alors, on est entrés dans le village et ils ont regretté ce qu'ils avaient fait. La guerre est une saloperie, je peux te le dire. »

Je ne répondis pas. Je commençais à avoir la nausée et cela empirait, mais je regardai la photo de mon père. Je ne l'avais jamais connu, mais je portais ses gènes en moi. Et même si je ne croyais pas que les enfants héritent des péchés de leur père, cela ne me laissait pas froid d'être confronté avec le fait que mon père avait participé à des crimes de guerre sur le front de l'Est.

« Alors, vous devez approcher des quatre-vingts ans, observai-je bêtement.

— Soixante-dix-huit. Ceux qui restent ne sont plus nombreux et la plupart sont de vieux débris séniles dans des maisons de retraite, mais Dieu m'a accordé une bonne santé.

— Alors, qui est Karl Henrik ? C'est impossible qu'il soit ton fils ?

— C'est mon neveu. C'est le secrétaire de l'Association. Mais on t'en parlera davantage plus tard. Son grand-père paternel est par là, viens... » Il m'indiquait un coin de la salle, mais en voyant mon expression, il s'abstint de me toucher le bras. Une série de photos étaient exposées à côté de deux livrets militaires ornés de la croix gammée et sur l'une d'elles, un homme qui avait une certaine ressemblance avec Karl Viggo Jensen était assis sur un véhicule blindé, une pipe à la bouche et son fusil sur les genoux.

« C'est Hans Peter. La photo a été prise en Yougoslavie, non loin de Zagreb, où se trouvait la division Nordland en 43. Hans Peter n'est jamais revenu. Il est tombé à Narva en 44. C'est là qu'il est enterré. Nous avons retrouvé ses restes il y a deux ans et nous lui avons donné des obsèques de chrétien. Les Estoniens ont une meilleure compréhension de notre action contre les Rouges que celle qui règne dans notre pays. Regarde l'autre photo. »

C'était mon père, de nouveau. Il avait le torse nu

et se savonnait, apparemment, avant de se rincer sous une douche de fortune accrochée à un arbre. Il était maigre mais il semblait musclé malgré tout. D'un côté de la photo, une jeune femme qui se cachait le bas du visage était visiblement morte de rire en entendant les plaisanteries que faisait apparemment le soldat S.S.

« C'est Andrea. Ton père était terriblement amoureux d'Andrea. Et elle de lui. C'était la fille d'un des commandants oustachis locaux, qui nous aidaient à désarmer ces poltrons d'Italiens et à chasser les démons de Tito... et regarde ici. »

Une petite photo en couleurs dans un cadre de bois clair prise un jour d'été dans une clairière représentait un groupe comprenant ma grande sœur Irma et mon grand frère Fritz entourant une stèle commémorative où l'on distinguait les mots : « Tombés au champ d'honneur pour le Danemark. » Dans le petit groupe, autour de la stèle, je reconnaissais aussi Karl Viggo et Karl Henrik Jensen.

« Je te l'ai dit, les nouveaux Estoniens comprennent ce que nous avons accompli. Nous nous battions contre ces païens de communistes. Nous nous battions contre Ivan. Cette photo date du 2 juin 1998. La stèle a été dressée le jour anniversaire de Christian Frederik von Schalburg. Nous avons trouvé cela convenable. C'était un soldat courageux et un bon Danois.

— Et un maudit nazi et antisémite ! » Je n'avais pas pu me retenir mais il continua calmement :

« Oui, comme moi. Mais c'est le passé. Le nazisme est mort à Berlin, dans un bunker, en 1945. Les jeunes ne le comprennent pas. Mais c'est une cause perdue, même si la juste raison du national-socialisme était la lutte contre le communisme et une garantie sociale contre le capitalisme. Mais c'est fini. Perdre la guerre, voilà la faute que nous avons commise. Le national-socialisme ne peut ni ne doit ressusciter. Ce n'est pas de ça qu'il s'agit.

— De quoi s'agit-il, alors ? » Ma voix vibrait de colère et d'impuissance, mais aussi d'humiliation.

« D'équité. Il s'agit d'équité, Teddy. »

Je ne pouvais plus supporter cet lieu. Répugnant dans sa noire esthétique et son apologie du mal. Je tournai donc les talons et sans un mot, passai devant Fritz pour sortir dans le jardin où je respirai profondément, comme si l'air frais pouvait purifier mon âme de l'image déformée d'une partie de ma famille que représentait cet endroit secret. J'allumai une cigarette et la fumai rageusement, la tête levée vers les branches nues du hêtre rouge. Légende du tableau : « Teddy, sous le choc, fume sous le hêtre rouge. » Et cette habitude de m'observer de l'extérieur et de me moquer de la situation me permit de me calmer un peu. Je n'avais pas connu mon père. J'avais hérité de ses gènes, mais cela ne voulait pas dire que j'avais hérité de ses opinions ni que j'en hériterais. J'étais Teddy, ce bon vieux Teddy ironique, ébloui par la distance. De plus, ces documents historiques pouvaient être soumis à une analyse froide et objective, aucune raison de paniquer, par conséquent. Ainsi raisonnais-je en fumant cette bonne cigarette dans le grand jardin et en tâchant de contrôler mon cœur galopant.

Il y avait du hareng, de la bière et du schnaps, de la saucisse roulée faite maison, du rôti de porc et des pommes au lard fumé, comme je n'en avais pas goûté depuis des siècles. Le parfum acidulé des pommes et du porc fumé me chatouillait les narines. Le hareng mariné avec la salade au curry avait exactement la consistance voulue. La couenne de lard était croquante à point. J'aurais juré avoir perdu l'appétit, mais Teddy apprécie la cuisine politiquement incorrecte et comme il venait de passer des années dans l'enfer des salades, du pain et des pâtes de Janne, il fit honneur à ce déjeuner, d'ailleurs fort bien accompagné de deux grands verres de schnaps et de deux canettes d'Albani, la bière que l'on fabrique en Fionie. La maîtresse de maison faisait le service, nous n'étions donc que quatre hommes autour de la table. L'ambiance était évidemment embarrassée au début, bien que tout le monde, Fritz y compris, mange de bon appétit, même si mon grand frère évitait de me regarder dans les yeux. Mais le vieillard aux yeux bleus et froids et à la peau parcheminée, mais lisse et stupéfiante dont seules les taches brunes révélaient l'âge, faisait semblant de rien et parlait à bâtons rompus d'événements quotidiens avec son neveu : une vache qui avait vêlé, un fils qui avait des problèmes, un mariage imminent et le nouveau pasteur qui venait d'Odense. Sans essayer de nous faire participer à leur conversation, ils faisaient en sorte de passer les plats au fur et à mesure que Mme Jensen les apportait et les remportait. J'avais encore des questions à poser à Fritz seul à seul, et avant tout à Irma, mais je ne tenais pas à inclure les deux étrangers dans notre drame familial. De plus, ce repas à l'ancienne mode était délicieux.

On servit le café et une bouteille de cognac, mais je refusai ce dernier. Je m'avisai que je devais reprendre le volant pour rentrer à Copenhague et je refusai aussi le cigare. Je préférais une cigarette. Ce ne fut que lorsque la table et la pièce basse de plafond, avec ses poutres noircies apparentes, furent baignées dans la fumée bleue que le vieil homme ouvrit le bal. Il m'expliqua, de sa voix de basse dont son neveu avait si largement hérité, qu'il ne regrettait rien, mais qu'il faisait partie des perdants. Il n'y avait rien à y faire. Il ne restait plus beaucoup de ces vieux grognards du front, mais ils se rencontraient quand même une fois par an, en Autriche, où l'on comprenait mieux leur croisade contre le bolchevisme. On pouvait pousser les anciennes chansons dans leurs cabarets, voir si les anciens uniformes vous allaient toujours, raconter les histoires de la guerre justifiée contre les juifs et les communistes. Je sentais que les pommes au lard devenaient acides et je voyais Fritz et Karl Henrik Jensen s'agiter avec inquiétude sur leur chaise. Le vieillard le sentit aussi, bien entendu ; il ajouta :

« Qui a dit que nous avons éliminé six millions de juifs ? Qui est-ce qui a compté tous ces cadavres, bon Dieu ?

— Il n'y a aucune raison de défendre ça, intervint Karl Henrik Jensen. On ne peut pas défendre les exterminations, quel qu'en soit le nombre, grand ou petit. On a toujours éliminé quelqu'un de trop. Ce n'est pas de ça qu'il s'agit.

— Bien parlé, Karl Henrik. Bien parlé. Je suis vieux. J'ai le droit d'emporter mes opinions dans ma tombe.

— De quoi est-ce qu'il s'agit exactement, Fritz ? » lui demandai-je, mais ce fut Karl Henrik Jensen qui me répondit. Il tenait son cigare devant lui en parlant comme s'il l'étudiait. Fritz appuya le bout de son cigare gris dans le cendrier, si fort qu'il l'éteignit.

« Il s'agit d'équité, dit Karl Henrik. Il s'agit de réhabiliter les Danois qui ont servi dans les rangs allemands sur le front de l'Est. C'est le but de l'association.

— Quelle association ?

— L'association des anciens combattants, dont je suis le secrétaire. Nous œuvrons dans le but de laver la réputation de ceux qui sont tombés, qui ont disparu, qu'on a condamnés, qui ont survécu...

— Papa en fait partie, ajouta Fritz.

— Je m'en moque ! » lançai-je durement, et il baissa de nouveau la tête, mais Karl Henrik poursuivit, tandis que le vieux nous regardait de ses yeux bleus glacés dans sa figure jaunie.

Karl Henrik se pencha vers moi :

« Nous ne sommes ni d'anciens ni de nouveaux nazis. Peut-être que mon oncle n'a jamais totalement abandonné sa foi, mais il vote depuis longtemps pour les Libéraux, et maintenant, je crois qu'il votera pour le Parti populaire danois.

— C'est plus que sûr, nom de Dieu. Ce ne sont plus les juifs qui constituent un danger pour l'identité danoise, à présent ce sont les musulmans qui abîment tout ce qu'il y a de bon dans ce pays et les vieux partis nous lâchent à nouveau, comme ils nous ont lâchés par le passé.

— Tais-toi donc et laisse-moi expliquer.

— Ce n'est pas nécessaire. Il va falloir que je rentre », intervins-je, mais Fritz mit sa main sur mon bras et me dit sur un ton à la fois de prière et de commandement :

« Écoute-le un peu, Theodor. Pour moi et pour Irma, au moins. »

Je me rassis et j'écoutai, en fumant rageusement encore une cigarette. C'était une nouvelle mouture de la vieille légende du coup de poignard. Karl Henrik racontait, ce qui est la vérité même, que douze mille jeunes Danois s'étaient enrôlés dans la Légion danoise et la Waffen-S.S. Six mille étaient allés sur le front de l'Est, trois mille étaient tombés ou avaient disparu. Le plus grand nombre de Danois enrôlés depuis 1864. Ils avaient participé aux premières victoires-éclair de l'Allemagne et les derniers étaient tombés en mai 1945, dans les monceaux de ruines de Berlin. Le gouvernement danois les avait expédiés avec sa bénédiction en 1941 et les mêmes politiciens les avaient condamnés en 1945, en promulguant des lois rétroactives. On les avait traités pendant des années comme des parias et des marginaux.

« Nous travaillons pour leur réhabilitation, pour qu'on leur présente des excuses pour l'injustice qu'ils ont subie après la guerre.

— C'était une injustice, dit le vieux.

— Ces excuses, vous ne les obtiendrez jamais, et j'en suis heureux, répondis-je. Ces braves se sont battus pour la machine de mort nazie dans une organisation S.S. qui a été condamnée collectivement, à Nuremberg, pour ses crimes contre l'humanité. Vous me dégoûtez ! »

Les yeux du vieux semblèrent flamber un instant et Fritz tripota nerveusement la nappe, mais Karl Henrik garda son calme et dit :

« Tu fais toi-même partie des leurs. Ton père a été injustement condamné.

— Oui, c'était un soldat, pas un criminel, ajouta le vieux.

— Je refuse d'en faire partie.

— Nous sommes plusieurs centaines maintenant à l'association des Anciens combattants, reprit Karl Henrik. Beaucoup de nouveaux membres se sont inscrits ces dernières années. La plupart sont des descendants des soldats du front ; ils ont compris l'injustice dont leurs parents ont été victimes. Nous nous soutenons. Nous nous aidons mutuellement, mais nous n'intégrons pas les nouveaux nazis, même s'ils nous l'ont proposé.

— Quel réseau ! ironisai-je, mais mon ironie resta sans effet et le vieux poursuivit :

— Nous voudrions t'offrir toute l'assistance dont nous sommes capables pour aider Irma. Il vaut mieux que cela passe par toi que par l'un de nous...

— Quel est le rôle d'Irma là-dedans, Fritz ? »

Fritz regarda les deux acolytes et répondit :

« Irma est membre de l'association depuis longtemps. Elle soutient notre action...

— Irma est marxiste, nom de Dieu, ou elle l'était, en tout cas...

— Nous ne parlons pas politique, dans l'association, Theodor. Il vaut mieux que tu parles avec elle. »

Je me bornai à le regarder et m'étonnai une fois de plus de ce qu'il ait réussi à gagner autant d'argent. Karl Henrik lui vint de nouveau en aide et j'entendis l'écho des paroles de ma grande sœur :

« Grâce à son analyse marxiste du capitalisme de crise des années trente, Irma est aussi arrivée à admettre que les volontaires du front de l'Est ont été des victimes autant que les résistants. Ils étaient plus nombreux, c'est tout. Les vrais salauds, ce sont les politiciens collaborateurs qui ont amené le Danemark dans la situation où il s'est trouvé. Et après la guerre, avec leur hypocrisie et leur duplicité sans limites, ils ont manœuvré pour mettre les résistants sur une voie de garage et condamné les volontaires sur des bases illégales. Ta sœur le sait. C'est justement parce qu'elle est socialiste qu'elle veut que justice soit pleinement faite. »

Je les félicitai ironiquement pour leur jolie petite association, en me disant que je ferais mieux de ne pas taper trop fort si je voulais éviter que l'atmosphère plutôt tendue ne devienne agressive.

« Écoutez », leur dis-je, comme si je m'adressais à des gamins mal élevés de l'école primaire : « Il se peut que ce soit banal, mais c'est également évident. Les gens font des choix. Certains ont fait le choix d'entrer dans la résistance. D'autres de rester passifs et de faire passer le temps le mieux possible. D'autres ont décidé de prendre un fusil en main et d'entrer dans les S.S. Mais ils ont franchi la limite tracée dans le sable. Ce n'était pas la faute de la société, bon Dieu. »

Karl Viggo Jensen répondit, en élevant un peu la voix :

« Ce n'était pas la même musique au moment de l'effondrement de l'Union soviétique. D'un coup, tout le monde a découvert le vrai visage du communisme. Si les Occidentaux avaient fait front commun contre Staline, le monde ne serait pas ce qu'il est. C'était un régime du mal. Nous nous sommes battus contre ce régime du mal qui a attaqué la petite Finlande et les pays Baltes. C'était notre devoir.

— Staline était un salaud », répliquai-je, sincèrement scandalisé. J'étais las de voir que tout finissait par se mélanger sur cette mauvaise pente immorale. Pas la peine de nous disputer là-dessus, mais les communistes n'ont jamais préconisé la supériorité d'une race sur une autre. Ils n'étaient pas racistes, bon sang. Au départ, c'étaient des idéalistes. Le communisme est une belle idée. Pas le nazisme, grand Dieu. Il existe des différences, même entre les régimes totalitaires. Les nazis étaient racistes. Ils se considéraient comme des surhommes.

Karl Henrik me regarda d'un air grognon :

« En histoire, je ne suis qu'un amateur, mais il y a des historiens reconnus, entre autres à l'université de ta sœur, qui voient cela d'un autre œil. L'histoire est sujette à une certaine révision, n'est-ce pas, ces temps-ci. On a une vision plus nuancée des années d'Occupation. Ce ne sont plus uniquement les opinions des résistants qui prévalent. Certains historiens sont quand même en train d'admettre que par esprit de vengeance, les résistants aussi ont commis des abus...

— Oui. Tu as malheureusement raison. Tous les Danois ont été des victimes. Certains ont été plus victimes que d'autres, c'est tout. Pourvu que ça ne se passe pas comme le disent les lycéens russes », et je déclamai, comme un mauvais comédien : « L'histoire de la Russie est difficile à apprendre, parce qu'ils la modifient sans arrêt. »

Ils ne trouvèrent pas ça drôle. Restant presque impassibles, ils se bornèrent à sourire poliment. J'étais leur invité et nous étions à la campagne, où l'on est plus cérémonieux. Le vieux me versa quand même un cognac et cette fois, je fus assez bête pour ne pas refuser, je le pris et le trouvai bon. Fritz, qui avait rallumé son cigare, dit soudain d'une voix forte :

« Tu ne sais pas ce que c'était de grandir comme étant le fils de papa. Ou sa fille. Ce qu'on a pu nous taquiner. Nous appeler des petits nazis jusqu'à ce qu'on déménage et que les gens oublient, lentement, quand les temps meilleurs ont commencé. On t'a gardé en dehors de ça. Tu étais le petit. Il fallait te protéger. Poul a défendu à ta mère de te parler du passé. Poul a trahi la mémoire de papa... »

Là, je me mis en colère. Je ne voulais pas qu'il dise du mal de mon beau-père, gentil, débonnaire et tendre :

« Laisse Poul tranquille, mon vieux. C'était mon père à moi, toi et Irma, vous pouvez vous garder votre sale nazi de père et de volontaire sur le front de l'Est. »

Je vis que j'avais mis Fritz en colère, et je me souvins soudain qu'il m'avait donné une ou deux raclées, quand j'étais petit. Il se trouvait un rien de violence, ou en tout cas d'agressivité, dans son caractère, qui l'avait peut-être servi dans le monde des affaires où il s'était enrichi, à moins qu'il ne soit simplement un bon boulanger et un bon commerçant.

« Tu devrais avoir honte, dit-il enfin.

— Oui. C'est vrai », admis-je de bon gré. « Je ne l'ai pas connu, mon vrai père. Tu sais bien que c'est vrai, n'est-ce pas. C'est Poul qui a été mon père, O.K. ?

— Papa était un brave homme.

— O.K., Fritz. Je ne l'ai pas connu. Alors, O.K., je suis peut-être allé trop loin.

— C'est bon », dit-il, mais je voyais bien que ça ne l'était pas. Nous restâmes sans rien dire un moment, sans doute pas plus d'une petite minute, mais cela me parut plus long. À la fin, le vieux reprit la parole :

« Tu as rencontré une femme, à Bratislava...

— Comment le sais-tu, bon Dieu ?

— C'est la fille d'Andrea. Je t'ai déjà dit que nous nous entraidons et que nous nous tenons les coudes. Au-delà des frontières. Pas pour prendre le pouvoir ou pour qu'on nous rende le nazisme, simplement pour nous entraider... Tu as rencontré Maria, n'est-ce pas ?

— Quelqu'un qui m'a dit qu'elle s'appelait Maria est venue me voir pour me raconter une histoire de fous selon laquelle elle serait ma demi-sœur. Et que mon vrai père n'était pas mort, il y a un siècle, dans un bouge de Hambourg, mais qu'il avait vécu heureux en Croatie jusqu'à la fin de ses jours. C'est ça que tu veux dire ?

— C'est ça que je veux dire. » Il croisa les mains sur la table devant sa tasse de porcelaine à motifs bleus et blancs. « C'est à cette histoire que je pense, et elle t'a montré des documents qui prouvent cette histoire.

— Parfaitement. Des textes et des photos. Très convaincants.

— Ces documents, tu les as certainement chez toi ?

— Non, je ne les ai pas chez moi.

— Est-ce que tu les aurais apportés ?

— Non. Je ne les ai plus. »

Le silence se fit autour de la table, jusqu'à ce que Karl Viggo et Karl Henrik Jensen me demandent d'une seule voix si je les avais jetés, détruits ou quoi ? Je leur racontai la vérité, que je les avais mis dans une valise qui avait disparu, comme tant d'autres valises qui vont d'une destination à l'autre. Que ma valise, selon les messages de la SAS, avait décidé presque d'elle-même d'aller voir une grande partie de notre charmant univers, pour finir par décider de terminer sa nouvelle vie de globe-trotter en disparaissant sans laisser de trace.

La façon dont je leur présentais ça ne les amusa pas, mais en fait, je m'en moquais. Ils avaient peut-être imaginé qu'ils allaient faire entrer ces lettres et ces photos dans leur petite chapelle S.S., mais que la valise ait disparu ou non, jamais je ne l'aurais permis. Au lieu de le leur dire, je les priai de me reconduire à ma voiture. Ils s'entre-regardèrent un instant, puis se levèrent.

Je restai un moment sans mot dire avec Fritz devant la maison. Il régnait une paix totale. Deux ou trois poules tournaient en rond et les oiseaux avaient commencé à chanter. On respirait, dans l'air, cette indéniable odeur de printemps dont on dirait qu'elle insuffle un surplus de lumière et d'ozone.

« Je ne veux pas faire partie de votre bande, Fritz. Et je trouve que tu devrais laisser toute cette vieille merde tranquille.

— Drôle d'opinion pour un historien.

— Ce n'est pas de l'histoire, ça, c'est du fétichisme. » Je lui tendis la main. « On s'appelle.

— J'ai eu l'avocat, et nous sommes d'accord. » Il me lâcha la main. « Il prend la défense d'Irma, mais il m'a dit que pendant les deux ou trois semaines qui viennent, il n'y aurait pas grand-chose à faire. Pas avant qu'elle ne comparaisse de nouveau devant le juge.

— O.K. Et merci.

— Il ne manquerait plus que ça, dit-il. Quand on a les moyens et qu'il s'agit de sa sœur...

— Quand même. »

Je ne sais pas combien de verres Karl Henrik avait bus, mais il me reconduisit tranquillement à Knudshoved où ma voiture m'attendait. Le jeune chauffeur avait apparemment disparu. Nous n'échangeâmes pas un mot durant tout le trajet. J'étais fatigué et j'avais mal à la tête. Mon dos faisait aussi des nœuds, mais à force c'était devenu une habitude, bien que ça reste douloureux. Je me demandai un instant si je n'irais pas prendre le train à Nyborg et laisser Janne venir chercher cette sale voiture, mais c'était quand même trop idiot ; je n'avais pas tellement bu, et j'avais mangé en même temps. Alors, peut-être que la plus grande partie de cet alcool s'était évaporée ?

J'accédai au pont bas, puis au pont surélevé et au guichet de l'autoroute. C'est sans doute là qu'ils réussirent à me rejoindre. On ne passe pas par les guichets sans être enregistré par vidéo, d'ailleurs, c'est un endroit d'où l'on note facilement les numéros minéralogiques, surtout un jour de semaine, où la circulation est négligeable.

La voiture de police me força à me garer juste avant Slagelse. L'agent en uniforme s'approcha et je baissai la vitre. Combien de verres avais-je bus ? Levant poliment le doigt à son képi, il me demanda mon permis.

« Avez-vous bu aujourd'hui, monsieur ?

— Une bière et un schnaps pour déjeuner.

— Ça pourrait être un peu plus », dit-il en avançant le nez pour renifler.

Les voitures nous dépassaient allègrement et je voyais des gens me lancer des regards soit compatissants, soit pleins d'une joie maligne. Il garda mon permis et me dit :

« Il y a une aire de repos à quelques kilomètres d'ici. Allez-y sans faire de vitesse.

— Pourquoi ?

— Parce que je vous le dis. » Et mon permis à la main, il s'en retourna vers son collègue qui l'attendait dans la voiture de police. Il n'y avait rien à faire. Teddy repartit donc, en observant les 110 km/h réglementaires et en regardant la voiture de police dans son rétroviseur jusqu'à la petite aire de repos. Il trouva des toilettes, un poids lourd et une Ford Escort bleue. La voiture de police me dépassa et se gara derrière la Ford bleue. Je restai dans ma voiture en essayant de calculer mon taux d'alcoolémie d'après ma consommation de schnaps et de bière et le temps qui s'était écoulé depuis. Ça se présentait plutôt mal. Mon taux d'alcool n'allait pas être astronomique, mais certainement supérieur au 0,5 % toléré. L'un des agents en uniforme sortit de la voiture, s'approcha de la Ford bleue et donna mon permis à un homme vêtu d'une veste de cuir noir usée. Puis il lui fit le salut militaire et à ma surprise, retourna à la voiture de police, prit place à côté de son collègue et ils partirent.

L'homme à la veste de cuir noir sortit de sa voiture. Il y avait une femme à côté de lui. Il s'approcha de moi. Je le reconnus. C'était le plus jeune des deux agents de la police judiciaire qui m'avaient interrogé dans mon appartement.

« Bonjour Teddy.

— Bonjour J'ai-oublié-votre-nom.

— Per Toftlund. De la police secrète.

— Ah, c'est vrai. Bonjour Per Toftlund. Qu'est-ce

que je peux faire pour le PET ? Parce qu'il s'agit sûrement de ma sœur ?

— Peut-être. Pour le moment, vous pouvez venir dans ma voiture et mon collègue vous reconduira à Copenhague. Nous avons pas mal de choses à nous dire.

— Et si je refusais ?

— Alors, vous soufflerez dans le ballon, et je parie que votre permis sautera, Teddy. Vous empestez autant que tout un café.

— C'est mon jour », dis-je en sortant de ma voiture. Je dus m'appuyer un instant au toit du véhicule. Il est possible que Per Toftlund ait attribué cela à l'ivresse. Je sentais un peu l'alcool, aucun doute à cela, mais c'était mon dos qui faisait des nœuds, comme il continuait à le faire lorsque j'étais resté sans bouger dans une voiture. Ce qui m'obligea à rester sans bouger un instant et à m'appuyer contre le toit avant de m'étirer pour sentir que j'avais retrouvé un équilibre. Même en n'ayant bu que du lait, j'aurais vacillé comme un ivrogne.

Titre de ce tableau : « Teddy arrêté sur une vilaine aire de repos, sur fond de toilettes et poids lourd », mais cette habitude d'ironiser ne me fut pas très utile. Un autre titre aurait sûrement mieux convenu : « Teddy s'apprête à nager dans des eaux où il n'a pas pied. »

DEUXIÈME PARTIE

LE BONHEUR DE PER

« Toute guerre est basée sur la trahison. »
SUN TZU, *500 ans av. J.-C.*

8

Au réveil, à cette époque-là, pendant un instant presque imperceptible, Per Toftlund se demandait avec inquiétude s'il était seul dans son lit. Ce n'est qu'après avoir tendu le bras pour sentir la cuisse chaude et nue de Lise, sous sa courte chemise de nuit, et qu'elle lui ait pris la main, à moitié éveillée et encore à moitié endormie, qu'il éprouvait un sentiment quotidien de bonheur qui le remplissait d'une satisfaction presque excessive. Excessive parce qu'un tel sentiment, éprouvé pendant les secondes qui séparaient le sommeil et la conscience, devait presque impliquer qu'il entraînerait un châtiment. Ce sentiment nord-européen et protestant de culpabilité s'évanouissait dès qu'il était bien réveillé, ce qui ne tardait pas. Depuis son séjour dans l'armée, il ne s'était jamais défait de l'habitude de se réveiller tôt et d'être immédiatement et entièrement présent.

Mais aujourd'hui, il restait un moment au lit et caressait le ventre gonflé de Lise pour l'entendre et la sentir gémir d'aise et avec un peu de chance, sentir bouger l'enfant qui vivait dans son ventre. Sa peau douce était chaude et moite, et son ventre lisse ressemblait à du velours. Ses seins nus sous la chemise de nuit se gonflaient, prêts à allaiter et il éprouva de nouveau ce dangereux sentiment de bonheur.

« Vous avez bien dormi ?

— Hmmm... bougonna-t-elle. Elle est grosse et elle fait trop de gymnastique, et je suis grosse comme une vache.

— Tu es belle. Vous êtes belles toutes les deux. » S'appuyant sur son coude, il repoussa une mèche sur son front.

« Je suis grosse. J'ai sommeil et je suis en congé.

— Tu es belle et adorable, répéta-t-il, comme s'il reprenait le refrain d'une chanson à succès. Et tu n'as plus que quatre semaines.

— Tu ne sais pas ce que ça veut dire, quatre semaines dans mon état. On dirait un siècle. Et je te répète que j'ai sommeil et que maintenant, je suis en congé. »

Il l'embrassa sur le front et la bouche et elle sourit en gardant les yeux fermés. Il se leva, ferma la fenêtre de la chambre, passa son short, son tee-shirt, son pantalon de jogging et sa veste, but un verre d'eau au robinet de la cuisine et sortit en courant de sa maison de Ganløse pour se diriger vers le bois situé au nord de l'agglomération. Le vent qui soufflait du sud-ouest annonçait la pluie. Il ne faisait que quelques degrés au-dessus de zéro et il sentit le sol durci sous ses baskets, même quand il atteignit le bois et prit les sentiers tracés au milieu des feuillus et des sapins. Il trouva rapidement son rythme et sa respiration posée et pensa à la journée qui l'attendait et à l'entrevue pour laquelle son ancienne patronne, Jette Vuldom, du PET, l'avait convoqué. Il ne savait pas ce qu'elle lui voulait, mais il se réjouissait. Sans se le formuler explicitement, il espérait qu'elle lui demanderait de revenir. Il avait des chances, mais peut-être pas tant que ça. Il ne s'agissait sûrement que de questions à éclaircir au sujet d'une de leurs éternelles enquêtes. Il savait qu'il s'en était relativement bien tiré, en étant muté à la police du port après la faute qu'il avait commise lorsqu'il devait protéger Sara Santanda, mais le PET lui manquait, avec le contre-espionnage et son travail aux confins de la légalité, dans un monde obscur où l'on respectait d'autres règles. Il courait ce matin-là, dans cette lumière de mars, en pensant que la guerre avait réapparu en Europe. L'OTAN s'était mise à bombarder la Yougoslavie et pour la première fois, le Danemark participait officiellement à une attaque contre une nation souveraine. Il s'imaginait sans peine que cela signifiait un renforcement du dispositif militaire et nourrissait vaguement l'espoir d'en faire partie. Malgré sa faute et la fuite de Vuk, le Danois serbe, cette affaire lui avait valu un cadeau : il avait rencontré Lise Carlsen qui s'était miraculeusement éprise de lui, elle aussi, ils s'étaient mariés et ils attendaient un enfant. Elle avait même accepté de quitter l'appartement qu'elle occupait à Copenhague, avec son mari assassiné, pour venir s'installer à Ganløse dans une maison neuve. La citadine invétérée était devenue banlieusarde — à cause de leur enfant.

Il courait avec légèreté et sans fatigue, vivant de la tête aux pieds, quand il fit le tour de la borne qu'il avait choisie, et qui indiquait qu'il avait fait ses 5 km, et prit au pas de course le chemin du retour. Il se libérait lentement le cerveau, se sentant simplement léger, vide et heureux dans cette belle lumière matinale qui scintillait entre les arbres dénudés. Avril serait bientôt là, on le sentait. Malgré ses quarante ans passés, il sentait qu'il avait toujours le contrôle de son corps. Et pour lui, c'était important. Per Toftlund était quelqu'un de très physique. Toute sa vie, il avait recherché des défis corporels, depuis son volontariat dans le corps des plongeurs sous-marins jusqu'à son entrée dans la police, parce que même avec son physique, il avait dû renoncer aux exigences des plongeurs sous-marins actifs et qu'en restant dans cette corporation-là, il voyait se profiler la perspective d'un emploi administratif d'instructeur. Il arriva à l'angle du nouveau quartier qu'ils devaient apprendre à appeler le leur et s'étira devant leur garage. Ils avaient choisi cette maison parce que sans être hors de prix, elle était toute neuve, et qu'ils pouvaient y emménager immédiatement. Les jardins n'étaient pas encore tracés. Des monticules de terre humide noire entouraient les petites maisons de brique rouge, mais le quartier deviendrait certainement joli. En outre, l'agent immobilier leur avait dit que plusieurs familles avec des enfants s'étaient déjà inscrites. Ce détail avait pris de l'importance, tout à coup, pour Per et Lise qui allaient être parents sur le tard et voyaient arriver la chose avec un mélange de ravissement et d'angoisse. Ils n'avaient pas de soucis d'argent. Lise avait reçu une somme rondelette de l'assurance-vie et bien vendu la clientèle de psychologue d'Ole, mais pour Per, cet argent lui appartenait en propre. Il s'était laissé convaincre d'investir les revenus de la vente de son appartement dans l'achat de la maison et dans leur future vie commune. Il ne voulait pas toucher à l'argent de Lise, bien qu'elle ne veuille pas entendre parler de la séparation de biens. Ils allaient, en tout cas, en mettre une partie de côté pour l'enfant. Per préférait ne pas penser à cet argent. Il fallait se débrouiller avec ce qu'on gagnait. Il avait toujours vécu comme ça. L'argent gagné facilement se dépensait souvent de la même façon.

Per prit une douche et une tranche de pain grillé avec du fromage. Il embrassa Lise, encore à moitié endormie, qui sentait le lit et le sommeil, et partit pour Borups Allé, où se trouvait le PET, dans un bâtiment bas de béton gris-brun. La circulation en direction de la ville était dense et lente. Le plus irritant pour Lise, dans la vie de banlieue, c'était la durée des transports. Elle qui avait eu l'habitude de prendre sa bicyclette devait maintenant faire la queue en voiture avec ses congénères quand elle avait une réunion le matin. Heureusement, c'était rare. Elle s'y habituerait bien. La lumière matinale luttait pour traverser la brume grise et le crachin qui se collaient sur la ville et la rendaient grise, sale et mouillée. Luisante, comme si l'on avait graissé les routes et les maisons.

En retrouvant ce vilain bloc de béton, avec ses fenêtres rouges, bâti le long d'une voie à grande circulation, avant le grand immeuble jaune de la Poste et des Télécom, il sentit qu'il était de retour chez lui. Il avait fait ici, dans la police, le meilleur de sa carrière. Ce bâtiment n'avait ni l'ambiance historique ni le style autoritaire spécifique du vieil Hôtel de Police, mais il abritait peut-être plus de secrets que tous les autres commissariats réunis. Il le connaissait et se sentait à l'aise dans ses couloirs fonctionnels, tirés au cordeau. Il monta à l'étage et salua familièrement la secrétaire de Jette Vuldom. Vuldom était la seconde femme qui dirigeait la police secrète. Jansen, qui l'avait précédée, avait été la première femme du monde à diriger des espions et le fait qu'une femme soit le chef d'un service secret restait une rareté dans la majeure partie du globe. Toftlund avait toujours eu de bons rapports avec Vuldom. Il la trouvait compétente et il n'avait rien contre les directrices pourvu qu'elles soient professionnelles. De plus, face aux médias et aux politiciens, elle savait manœuvrer dans le champ de tension politique qui distingue l'ouverture du secret. Conserver l'équilibre nécessaire entre la transparence démocratique et le maintien dans la confidentialité des renseignements secrets, au cœur de l'univers de miroirs qu'était la police secrète. Pour protéger la démocratie, il faut parfois enfreindre ses règles, comme Vuldom l'avait dit pendant l'un des séminaires, rares mais recherchés, qu'elle dirigeait au centre de cours d'Avnø.

Per frappa à la porte. Assise devant son bureau bien ordonné, elle prenait une tasse de café en fumant une cigarette. Il n'y avait qu'une ou deux chemises vertes à côté du téléphone et de l'interphone. Per retroussa le nez en sentant l'âpreté de la fumée. Il n'avait pas tout à fait réussi à faire arrêter Lise, malgré sa grossesse, mais sa consommation avait tout de même largement baissé, elle ne fumait presque plus jamais seule et l'autre jour, elle lui avait annoncé que cette fois, c'était tout à fait fini. Dans son royaume, Vuldom faisait comme bon lui semblait. C'était une femme d'un peu plus de cinquante ans, aux yeux vifs et intelligents dans un beau visage fin. Ses cheveux surmontaient un front droit. Son maquillage discret était assorti à sa tenue : une jupe sage, un chemisier et une veste presque masculine, mais son style révélait, dans l'ensemble, une femme indépendante qui rayonnait à la fois de féminité et d'efficacité. Lise l'avait qualifiée de modèle pour les femmes. L'art de conserver sa féminité tout en se taillant une carrière, dans un monde où les hommes restaient des chefs et où les femmes faisaient le café. Cela avait plu à Lise, qui voyait des injustices partout. Per réfléchissait rarement à l'existence dans l'abstrait. S'attaquer directement à un problème concret et le résoudre était plus dans ses cordes. Mais il voyait bien que Lise l'influençait, quoiqu'elle reste discrète à ce sujet, parce qu'elle avait démasqué son entêtement de Jutlandais. Il n'avait de leçons à recevoir de personne ! Mais il lisait d'autres livres, à présent, et n'était plus aussi sûr de devoir tirer à bout portant, quand on lui demandait son opinion, ni dire ce qu'il pensait sur des sujets auxquels il ne connaissait vraiment rien.

« Salut Per, fit Jette Vuldom, de sa voix sourde et grave de fumeuse. Asseyez-vous et prenez une tasse de café. Ça fait un bout de temps. »

Per s'assit devant le bureau. Vuldom versa le café.

« Il paraît que vous allez être papa. Ça alors.

— Vous pourriez me féliciter. »

Vuldom sourit :

« Félicitations. C'est que je n'aurais pas cru ça de vous.

— Pourquoi pas ? »

Elle haussa les épaules et trempa avec savoir-vivre ses lèvres dans son café :

« Oh, je ne sais pas. Le loup solitaire, et tout ce qui

s'ensuit. Comment va, à la Centrale ? » Elle fit un mouvement de tête dans une direction vague, comme s'ils pouvaient distinguer, au centre de Copenhague, l'Hôtel de Police, au voisinage du port, où Toftlund travaillait depuis deux ans, surtout dans la police portuaire de l'Aéroport, connue de la plupart des gens sous le nom de police des passeports. Un job ennuyeux et souvent déchirant puisqu'il fallait repousser des gens en fuite et les voir traités comme de petites poupées devant le guichet de contrôle des passeports. Ou aller jusqu'à l'avion et leur refuser l'accès à terre. Ou rester assis pendant des heures, à surveiller la rentrée des touristes des vols charter, bronzés et à moitié ivres, à entendre toujours les mêmes remarques sur le temps qu'il faisait là-bas comparé à celui du Danemark.

« C'est un job, dit Per Toftlund.

— Un job important. Important, c'est certain. Mais je devine un peu d'insatisfaction.

— Arrêtez cette comédie, Vuldom, l'interrompit-il d'une voix un peu plus forte. C'est là que j'ai été muté. Je m'en suis pas mal tiré, tout compte fait. Mais ce n'est pas un job que j'ai sollicité, bon Dieu !

— Du calme, du calme ! répliqua-t-elle d'une voix gaie. C'est vous qui avez trinqué, Per. C'est comme ça. Vous aviez fait une boulette, alors, c'était assez mérité...

— Et les politiciens ? Ils ont trinqué, eux ?

— Ça, c'est une autre affaire. Nous autres, loyaux fonctionnaires, nous n'avons pas à nous faire du souci pour ça, fit Vuldom en se penchant un peu vers Per. C'est de l'histoire ancienne, alors, laissons ça aux historiens. Notre affaire, ce sont les ordures quotidiennes. Quelquefois, c'est aussi de l'histoire. C'est un mélange. Dans lequel l'actualité prend soudain une signification toute nouvelle. Où le passé que tout le monde croyait enterré, oublié, périmé, surgit et prend des significations nouvelles grâce à ces hasards qui sont l'essence de tout le travail de la police secrète. »

Toftlund sourit :

« O.K., Vuldom. Vous voulez me débaucher ? »

Vuldom sourit aussi, mais son regard était, comme il s'en souvenait, froid et analytique :

« Vous accepteriez ?

— Je pourrais me laisser faire.

— C'est bien ce que je pensais.

— Mais mon infidélité ne plairait pas à mon chef de l'aéroport. Si vous voyiez les paperasses qu'il y a sur mon bureau. Des emplois du temps qui ne collent pas. Des montagnes de congés compensatoires. En plus de tous ceux qui affirment, d'un côté, qu'on laisse entrer trop de monde et de l'autre qu'on est trop restrictifs, ce n'est pas le travail qui manque.

— J'ai parlé avec Larsen.

— Vous étiez sûre de votre fait.

— Vous êtes né pour notre boulot, Toftlund. »

Per se cala sur sa chaise, la regarda de nouveau, but une gorgée de café et chassa la fumée devant lui.

« Et... l'affaire ? Est-ce que les hommes politiques accepteront mon retour ? Le bouc émissaire, c'était moi.

— Vous êtes resté assez longtemps à l'écart. De plus, les Danois ont la mémoire courte. Tout le monde a oublié ce qui s'est passé il y a plus d'une semaine, et les médias trouvent un autre sujet. Comme des enfants qui se concentrent sur une seule chose à un instant donné pour se lancer tout de suite après sur un nouveau jeu. Ce n'est pas de la surveillance que vous aurez à faire. De plus, en dehors de notre petite famille, personne ne le saura.

— Quand est-ce que je pourrai être muté ? »

Vuldom prit l'une des deux chemises vertes, en sortit une seule feuille de papier et la poussa vers lui. C'était le formulaire de mutation habituel des agents qui changeaient de service. Il était rempli, daté, etc. S'il y apposait sa signature, il aurait, en fait, été muté deux jours plus tôt.

« Tout de suite. Nous avons une affaire dont nous voudrions que vous vous occupiez tout de suite. Une affaire pressante, en quelque sorte.

— Et Larsen ?

— Larsen a rué dans les brancards, mais il s'est incliné devant les faits.

— C'est-à-dire ?

— Que le directeur général de la Police et ses supérieurs politiques ont pensé que c'était une bonne idée. Peut-être même importante pour la sécurité nationale. Vous aurez un nouveau poste et on vous versera les anciens suppléments correspondant à vos qualifications.

— Je suis impressionné, Vuldom, dit très sincèrement Per Toftlund. Le ministre de la Justice et moi. Ça alors. »

Vuldom prit le papier et le remit dans la chemise.

« Trêve de sarcasmes, coupa-t-elle, très femme d'affaires. Vous êtes parmi les meilleurs que nous ayons eus au PET et je veux avoir les meilleurs. C'est la première fois depuis 1864 que le Danemark participe à une guerre offensive. Il est possible que les hommes politiques appellent ça une action humanitaire, mais ça a des conséquences au niveau de la sécurité du royaume et par conséquent, sur notre charge de travail. Nous avons besoin de renforts. Le ministre l'a compris. En outre, plusieurs de vos anciennes affaires ont repris de l'actualité. Cela paraîtra dans la presse dans quelques jours et le ministre exigera, de notre part, une réponse qui montrera que nous — autrement dit lui —, avons mis tout en œuvre pour résoudre les énigmes du passé.

— Je reconnais mon erreur », répondit ironiquement Toftlund, qui ne pouvait se défendre de ressentir une satisfaction et une fierté enfantines. Comme un ado de quatorze ans qui aurait marqué un but au football. « Qui allez-vous me donner ?

— Bjerregaard et Charlotte Bastrup. Une nouvelle, que vous ne connaissez pas. Comme premiers collaborateurs. Elle a un peu plus de trente ans, est encore un peu jeune dans ce domaine, mais compétente. On vous a attribué le n° 28 comme salle d'opérations. Vous pouvez faire appel aux canaux habituels, naturellement. Si vous avez besoin de plus de moyens, vous n'aurez qu'à vous adresser à moi.

— O.K. » Il attendit. Vuldom éteignit sa cigarette et prit la seconde chemise, un plus épaisse, qu'il voyait remplie de rapports d'écoutes, de photos et de notes. Elle se mit à parler, à la manière sèche, mais toujours précise et fascinante qui était la sienne, que ce soit dans une salle d'audience ou quand elle exposait une affaire. Il écoutait, concentré, en sentant un fourmillement qu'il n'avait pas connu depuis longtemps. L'intuition du chasseur à qui l'on promet un gibier potentiel mais qui ne se laissera pas faire si le chasseur ne met pas en jeu toutes ses connaissances et toute sa sagacité.

Vuldom lui tendit une photo :

« Irma Pedersen, née en 1940, son père est mort depuis longtemps, boulanger en Fionie. Sa mère est en maison de retraite dans cette même île. Aujourd'hui, Irma est professeur d'histoire féminine à RUC. Très — j'insiste là-dessus — très radicalement gauchiste dans sa jeunesse. Faisait partie de ces gauchistes extrémistes partisans des bombes ou de la nécessité de la violence, comme ils disaient dans les années soixante-dix, ces chers petits. C'est pour ça qu'elle figurait dans nos archives. Mais comme la plupart, elle s'est bornée à en parler et à écrire quelques articles dans *Politisk Revy*. Divorcée. Sans enfants. »

Vuldom alluma une nouvelle cigarette, tandis que Per regardait la photo en couleurs. Irma avait un visage nettement dessiné et étonnamment lisse. Les cheveux coupés court, arrondis sur la nuque presque comme autrefois. Des lèvres fines et belles, un nez droit et des yeux verts lumineux. Un front haut sans qu'il domine le visage. Une peau claire dont on pouvait penser qu'au soleil, elle se couvrait de taches de rousseur. Per posa la photo sur le bureau.

« Une sympathisante des terroristes nommée professeur, avec la responsabilité de former les générations futures. Le Danemark est une société libérale, commenta-t-il.

— N'est-ce pas. Et voici sa famille... » Elle lui tendit deux autres photos. La première d'un homme âgé, la seconde d'un homme un peu plus jeune, mais de quelqu'un que Toftlund aurait qualifié d'entre deux âges malgré tout.

« Il n'est quand même pas si vieux », lança Vuldom, comme si elle lisait dans ses pensées, mais cela ne l'étonna pas. L'intuition de Vuldom était célèbre dans la boîte. « Le premier est son petit frère, Fritz, qui a suivi les traces de son père. Né en 1943, boulanger en Fionie. Ou plutôt aujourd'hui directeur d'entreprise. C'est lui qui fabrique tout le pain soi-disant artisanal, que l'on achète sous le label bio dans les supermarchés Netto et Irma. Nous n'avons absolument rien sur lui. Un contribuable solide, la même femme pendant toute sa vie, deux enfants en bonne voie, comme on dit à la campagne, membre du Rotary. Président du Conseil paroissial pendant un certain temps. Un bon Danois. Je crois qu'il sympathise avec le Parti du Peuple, mais il s'en est tenu au parti conservateur. Dont il est membre depuis des années. Pour faire comme les gens bien. »

Fritz était un homme massif qui paraissait plus vieux que son âge. De physique un peu rustre, avec un visage dominé par son grand front dégarni, des sourcils broussailleux, un nez fort et des bajoues.

L'homme entre deux âges sur la seconde photo portait une chemise un peu froissée et son nœud de cravate était desserré. Des yeux bleus et des cheveux blond foncé avec des mèches poivre et sel et un grand sourire qui éclairait son visage. Il avait l'air d'un farceur. Ou de quelqu'un qui possédait un charme désarmant. Per se dit qu'il l'avait déjà vu.

« C'est le petit dernier. Theodor Nikolaj Pedersen, Teddy pour les amis. Sur lui non plus, nous n'avons rien. Nous avons enquêté sur lui il y a deux ans, au moment où il a fait un cours à nos collaborateurs du Jutland sur les intentions de la nouvelle Russie. Si vous le reconnaissez, c'est que pendant un certain temps, il venait constamment à la télé expliquer aux simples mortels les intentions de Gorbatchev. Teddy est né en 1948. Aujourd'hui maître de conférences à l'université de Copenhague. Actuellement en voyage en Europe centrale avec la Société de Politique étrangère. Marié avec une femme un peu plus jeune, une touche qu'il a marquée à l'uni... »

Per ne put s'empêcher de sourire en entendant l'argot moderne de Vuldom. Marquer une touche ! Même quand il était jeune, on n'employait ce terme-là qu'en football. Elle continua sans faiblir : « ...mais elle s'amuse avec un autre en ce moment, Teddy est donc plutôt cocu. En fait, elle a emménagé chez son amant pendant que Teddy étudie le chaos post-communiste en Europe centrale. Je ne sais pas si ça va lui faire très mal. Notre Teddy est un peu coureur et même s'il ne ressemble pas à une star hollywoodienne, il a quelque chose qui fait qu'il manque rarement de compagnie féminine.

— Il n'a pas l'allure d'un chercheur d'aventures.

— Pourtant, c'en est un, Toftlund. »

Elle posa trois feuilles de papier devant lui.

« Et voilà les mandats du juge. Ils sont tous les trois sur écoutes. Sans beaucoup de résultats jusqu'à présent. Vous trouverez aussi leurs profils dans le dossier, leurs habitudes, leurs vices, leurs qualités. Vous connaissez la chanson — ou est-ce que vous avez oublié le métier ?

— Je tâcherai de me souvenir de ce que vous m'avez appris.

— Vous étiez bon élève, alors, je suis sûre que ça ira. »

C'était dit avec une pointe d'ironie, mais le compliment fit à Toftlund un plaisir étrangement enfantin. Vuldom rassembla les papiers dans la chemise verte, la poussa vers lui et se cala dans son fauteuil.

« Leurs biographies sont assez incomplètes, alors je vous conseille de commencer par les faire mettre à jour par Bastrup, dit Vuldom en continuant son exposé sur l'arrière-plan de cette nouvelle affaire dans son nouvel-ancien job :

« Vous savez une partie de tout cela à cause de vos affaires passées, alors je vous fais juste un résumé de ces derniers mois. Comme vous le savez, notre vieil ami Markus Wolf et ses acolytes ont réussi à détruire une grande partie des archives que possédait HVA, le service d'espionnage des Affaires étrangères, avant la chute du mur de Berlin. Mais vous savez que nous avons saisi les bandes de la SIRA qui contenaient les noms de centaines d'agents. Mais seulement leurs pseudonymes. Il y avait un désordre gigantesque, en RDA, pendant l'effondrement du régime, si bien que nos chers alliés de la CIA ont épinglé ce qu'on appelait la bande de Rosenholtz, qui fournit la clé des pseudonymes. Avec plus de dix ans de retard, il a enfin été possible de réunir ces deux archives, et ça a donné des résultats, Toftlund. Ça a donné des résultats, d'avoir la clé de cette serrure secrète. Il n'y a que quinze jours que nous avons déchiffré les premiers pseudonymes. Et le dernier, il y a quelques jours. »

Vuldom alluma une nouvelle cigarette en montrant la cafetière du doigt, et Toftlund versa du café dans les deux tasses et la laissa poursuivre sans l'interrompre :

« Les hommes politiques nous ont enfin donné le feu vert et les moyens de voir quels sont les bons Danois et Danoises qui se sont laissé embaucher par la Stasi, par idéalisme, par avidité, par ignorance, par idéologie, par naïveté ou par un mélange de tout ça. Cela n'a pris que dix ans. Mais quoi ? La plupart nous ont échappé à cause du délai de prescription. Et c'est certainement le plus commode, ici, dans notre pays pratique, où l'on n'a jamais envie de regarder le passé honnêtement dans les yeux. Mieux vaut tard que jamais. Je n'aime ni les factures impayées ni les vieilles dettes. J'ai envoyé des agents à Berlin ; de bonnes taupes qui ont creusé dans les monumentales archives de la Stasi et trouvé de la merde et de l'or. Je ne vais pas vous fatiguer avec toute cette histoire. Mais nous avions près de cinquante surnoms qui ont été étudiés de plus près. C'est un peu pour cela qu'on vous rappelle dans les rangs. Les sujets et les dates de leurs rapports étaient sur les bandes de la SIRA. Quand le code a enfin été déchiffré, nous avons pu trouver les rapports en question dans les archives. Mais uniquement sous des pseudonymes. Ça a été et c'est toujours un gros travail. La presse suit l'affaire et les politiciens aussi, du coup. Mais... parmi ceux que nous avons trouvés, il y avait une petite abeille diligente qui s'appelait Edelweiss. »

Toftlund fit un large sourire en entendant la métaphore composite de Vuldom.

« C'est quand même un beau pseudonyme.

— Avec tous les agents et informateurs qu'employait la Stasi, c'est à croire qu'ils avaient un service entier uniquement chargé d'inventer des pseudonymes. Mais continuons. Vous trouverez des copies dans cette chemise. » Elle la rouvrit et lui tendit la liste d'une série de sujets. « Ce ne sont que les titres de plus de quatre-vingts rapports que cette petite fleur a envoyés de 1971 et jusqu'à la chute du Mur, en trahissant sa patrie. Si c'est vrai, il n'y aura pas prescription. Une fois l'enquête terminée, c'est une affaire pour le procureur qui exigera l'application du décret le plus sévère. Jetez-y seulement un coup d'œil. »

Vuldom se cala en arrière, sa tasse à la main, et considéra Toftlund qui parcourait rapidement la longue liste des rapports qu'un agent danois, sous le pseudonyme d'Edelweiss, avait adressé pendant près de vingt ans au ministère de la Sécurité de l'État, sis à Berlin-Est, à Normannenstrasse, dans le grand complexe de la Stasi, durant la période où la ville était divisée en deux, l'Est et l'Ouest, et constituait par conséquent le front de la guerre permanente et secrète que se faisaient deux régimes. Une guerre brutale sur un front invisible, où l'on risquait sa vie et qui ne pouvait avoir qu'une seule fin : l'effondrement de l'un des deux régimes, parce qu'ils étaient incompatibles dans leur essence, leur nature et leur structure. À long terme, la dictature et la démocratie ne peuvent vivre côte à côte quand l'objectif final de la dictature est d'enterrer la démocratie.

Les premiers rapports d'Edelweiss venaient du ministère des Affaires étrangères. Ils semblaient être des copies de rapports confidentiels d'ambassades danoises de villes aussi différentes qu'Oslo, Moscou et Beyrouth. Il y avait des rapports plus innocents sur la politique pétrolière danoise, mais ils avaient de l'intérêt pour un grand producteur pétrolier comme l'URSS. L'attitude danoise vis-à-vis de l'implantation de nouvelles fusées américaines de moyenne portée en Europe était ultra-confidentielle. C'était ce qu'on appelait la double décision de 1979, au moment où l'OTAN voulait placer des missiles Pershing et des missiles de croisière nucléaires, afin de contrebalancer le vaste arsenal soviétique de fusées SS-20. Cela avait été un énorme dilemme politique. La décision avait été comme un coup de pied aux pacifistes qui sommeillaient.

L'appréciation danoise de Solidarité, le syndicat libre créé en Pologne en 1981, avait été lue aussi bien à Berlin-Est qu'à Moscou, où l'on tenait naturellement aussi à avoir accès aux documents de l'agent danois. Ensuite, les rapports changeaient de caractère. Il y était davantage question des relations au sein du Marché commun. De jugements économiques et politiques. Edelweiss, devenue plus ambitieuse, rapportait également, à présent, les intentions et la politique des grandes puissances, la France et la Grande-Bretagne. Ensuite venaient de nouveaux rapports du ministère des Affaires étrangères danois. Beaucoup de questions économiques, mais aussi des appréciations politiques du nouveau gouvernement conservateur danois. Et un rapport sur les bons résultats des efforts effectués en vue de modifier l'orientation de la politique de sécurité de la social-démocratie danoise. Des propositions en vue d'autres interventions. La nécessité d'infiltrer le mouvement en faveur de la paix, de manière à discréditer ou à diviser ces forces qui critiquaient le socialisme. Ensuite, la scène changeait une fois de plus et Edelweiss rapportait à nouveau des affaires de l'OTAN.

Une fois encore, il s'agissait de politique mais il y avait d'autres rapports qui semblaient montrer qu'à présent, Edelweiss avait atteint un très haut niveau de confiance dans la vérification des infos. Les renseignements contenus dans ses rapports sur la stratégie de l'OTAN étaient si confidentiels que même aujourd'hui, il avait été nécessaire d'en cacher certains passages.

Toftlund leva la tête :

« Eh bien. On m'a donné le gros poisson.

— Tu n'as pas encore vu le pire. »

Et en effet, l'un des rapports parut aussi très grave à Toftlund : il s'agissait de deux officiers danois arrêtés pour espionnage en Estonie en 1987. Le rapport révélait que l'on avait versé à Edelweiss un bonus supplémentaire de 25 000 marks allemands pour les renseignements qui avaient abouti à leur arrestation. Toftlund se rappelait l'histoire relatée par les médias. Faisant toujours partie des plongeurs sous-marins, à l'époque, il n'avait pas accès à des renseignements confidentiels sur l'affaire, que les médias danois avaient entièrement bagatellisée, alors que les deux officiers avaient risqué la peine de mort, ou en tout cas une peine de prison extrêmement longue. Les sociaux-démocrates et la gauche avaient exigé du gouvernement qu'il admette que ces deux agents étaient des espions envoyés par l'État danois, un aveu qui aurait été de la folie. Ces agents avaient opéré sans immunité diplomatique. Le ministre libéral des Affaires étrangères avait heureusement gardé son sang-froid, bien que la vie des agents ait été en jeu. Tant que l'on travaillait à les faire libérer, il n'avait naturellement pas voulu le confirmer. Finalement, ils avaient été relâchés contre une rançon. L'Union soviétique communiste marchandait ses otages comme n'importe quelle mafia. Les noms et les photos des agents avaient été publiés dans les journaux et à la télévision qui les recevait de la télévision estonienne, où l'accusateur militaire interrogeait les espions. Même s'ils avaient échappé au pire, leur vie avait été détruite, mais les médias n'avaient pas pu se pencher là-dessus. Pour eux, il ne s'agissait que d'un jeu, rien de sérieux.

On eût dit que pendant la guerre froide, le Danemark en tant que membre de l'OTAN riverain de la Baltique n'avait jamais pris ses obligations au sérieux, réfléchissait Toftlund in petto. Le Service des Renseignements de la Défense, qu'il s'agisse de la station d'écoutes de Bornholm ou de son réseau d'agents, jouait un rôle important, si on voulait découvrir ce qui se passait dans les dictatures fermées. Parce qu'en définitive, les entorses à la règle auraient pu être une question de guerre ou de paix. Peu de gens l'avaient compris. En RDA, en Pologne et dans les Pays Baltes, le Danemark avait mené une collecte de renseignements efficace et professionnelle. Étant donné sa situation géographique, il était tout naturel que le domaine de responsabilité du Danemark couvre ces pays-là. L'OTAN ne possédait pas de réseau central d'espionnage. Elle basait ses décisions sur les renseignements collectés par ses différents pays membres. Et là, le Danemark jouait un rôle important.

Toftlund leva les yeux et regarda Vuldom. Elle lui rendit son regard sans commentaire et il poursuivit sa lecture : une feuille jointe qui n'avait pas directement trait à Edelweiss. C'était un court rapport adressé directement au chef de la Stasi, Heinrich Mielke, dans lequel on lisait que les camarades soviétiques remerciaient pour l'aide fraternelle qu'ils avaient reçue pour démanteler un réseau d'espions impérialiste et contre-révolutionnaire, organisé au Danemark qui, une fois de plus, avait servi de base avancée pour les agressions de l'OTAN contre les pays socialistes pacifistes.

Toftlund releva la tête quand Vuldom lui dit :

« Trois condamnations à mort, toutes les trois prononcées dans le secret, et toutes exécutées. Aussi dans le secret. Deux ans seulement avant la chute du Mur. Deux condamnations à perpétuité et une à 25 ans de prison. Nous avons réussi à en faire sortir quatre avant qu'il ne soit trop tard. Ce n'est pas directement indiqué, mais c'est Edelweiss qui a fourni les renseignements. D'après ceux qui ont survécu en tout cas. Il n'y a pas beaucoup d'aide à attendre du FSB qui a succédé au KGB à Moscou. Ils n'ont pas ouvert leurs archives.

— Mais c'étaient des assassinats.

— Un acte de complicité en tout cas. Et il n'y a pas prescription, pour les assassinats. »

Per Toftlund ressortit de la chemise les trois photos de la famille Pedersen et les regarda.

« Il y a quelque chose qui ne colle pas, tout simplement, dit-il.

— Je pensais bien que tu le comprendrais rapidement.

— Aucun de ces trois-là ne peut avoir eu accès en aucune manière, même à une infime partie des documents en question. Un boulanger. Deux intellectuels universitaires. Ils n'y ont pas eu accès.

— Non, mais les archives de Rose affirment sans équivoque et sans laisser planer le moindre doute qu'Irma est Edelweiss ou qu'Edelweiss est Irma, comme tu préfères.

— Elle n'a pas eu ce poste de confiance. Elle ne s'en approche pas du tout.

— Non, mais il n'y a aucun doute. Nous connaissons depuis quelques années les mérites d'Edelweiss. Nous avions les rapports, mais pas de nom, n'est-ce pas. Nous avons fureté au ministère de la Défense et au ministère des Affaires étrangères pour voir si nous trouvions un profil convenable. Une carrière parallèle à celle des rapports. Sans succès, bien entendu. Ces gens-là se déplacent tout le temps, comme tu le sais. Mais c'est Irma qui est notre petite fleur. C'est comme ça, tout simplement. »

Toftlund se leva et fit les cent pas dans la pièce. Vuldom le regardait. Bien qu'il ait la quarantaine passée, c'était toujours un sportif bien entraîné, avec, dans ses mouvements, une agressivité à l'affût. Mais il avait quand même acquis plus de rondeur. Une rondeur qui n'était pas corporelle, en un sens, plutôt une douceur dans ses gestes et sa nature, qui lui manquait autrefois. Peut-être grâce à son mariage. Le mariage lui faisait peut-être du bien, alors qu'il y avait encore très peu de temps, elle aurait juré le contraire. Toftlund se retourna :

« Irma a écrit les rapports, mais...

— Mais un autre les lui a dictés, continua Vuldom. Ce doit être le cas, en effet.

— Elle a tenu à la fois la plume et l'homme ou la femme. La taupe, ce n'était pas elle, mais elle la contrôlait.

— Pourquoi employer l'imparfait ? Et pas le présent ? Qui te dit que l'opération s'est achevée à la chute du mur de Berlin ? Qui te dit que le KGB n'a pas repris l'affaire à son compte ? Et que le FSB a continué, puisque au sujet de l'OTAN, il est aussi hystérique que l'étaient les communistes. »

Toftlund se tourna vers elle :

« Alors, voilà ma mission ? Trouver la source d'Irma ?

— Très bien, mon garçon. Irma est à l'étranger, mais nous avons eu accès à son agenda. Elle rentre de Bruxelles en fin d'après-midi. Arrête-la. Nous l'emmènerons au tribunal et exigerons quatre semaines de mise au secret. Nous exigerons le double huis clos. Avec les documents qui sont devant toi, il n'y aura pas de problème. Ils iront sûrement en Cour d'appel, mais je suis certaine que nous aurons nos quatre semaines pour commencer.

— O.K.

— Et... Toftlund. Trouve ce salaud.

— O.K.

— Tu iras la trouver. Nuit et jour. Ne lui laisse pas de répit. Il nous faut ce nom.

— O.K.

— Et vite de préférence, n'est-ce pas ? Le Danemark est en guerre. Ce ne serait pas drôle qu'un Danois, posté quelque part dans le système de l'OTAN, soit plus dévoué aux puissances étrangères qu'à sa patrie.

— Il est certainement à la retraite aujourd'hui. Et il croit le passé oublié et disparu.

— Le passé ne disparaît jamais. Alors, bienvenue à bord. Et tiens-moi au courant. Fais des rapports réguliers. Ça me concerne aussi, cette affaire.

— O.K., répliqua Per Toftlund en pensant à ce que dirait Lise en voyant disparaître, pour la première fois depuis leur mariage, le temps des heures de garde fixes et des repas fixes. Il repoussa cette idée et sortit pour aller voir son nouveau bureau. Son cœur battait plus vite et il se sentait à son aise comme jamais depuis longtemps. Ce n'était pas le sentiment de bonheur qu'il éprouvait en se réveillant à côté de Lise, mais celui qu'il avait aussi éprouvé en se glissant subrepticement à terre pour poser ses mines et replonger sans être vu dans l'eau noire. Les soldats de la défense ou les agents de la défense passive ne s'étaient pas aperçus de son passage. Le contentement du chasseur quand il se met à traquer son gibier.

9

Per Toftlund s'étonnait de constater à quel point son ancien job lui avait réellement manqué. Il comprit qu'il avait refoulé l'importance que son métier revêtait pour lui, lorsqu'il s'y lança avec une énergie qui réjouit Vuldom, satisfaite d'avoir pris la décision de le récupérer. Lise tâcha de cacher la contrariété correspondante que lui causait son absence soudaine, physique et mentale. Du jour au lendemain, son mari, aussi ponctuel qu'un employé de banque et avec des heures de travail régulières, devint quelqu'un dont elle ne savait jamais où il était. Elle essaya de le dissimuler à Per. Elle s'était promis, il y avait des années, de ne pas être une de ces épouses mesquines qui freinaient leur mari et le monopolisaient. Pendant son premier mariage avec Ole, elle avait aussi préconisé l'égalité dans la vie du couple. Proclamé l'importance de permettre aux deux parties de vivre à fond leur travail et leur vie, tant qu'ils restaient loyaux l'un envers l'autre. Mais au fond d'elle-même, elle savait bien qu'elle ne pouvait pas cacher la frustration qu'elle éprouvait à constater que le travail de Per prenait tout à coup plus de place qu'elle dans sa vie, et que cela lui convenait à merveille. Elle se sentait aussi grosse qu'une vache. Son propre job lui manquait, bien qu'elle se soit réjouie d'entamer son congé de maternité. Elle craignait soudain que même leur fille, quand elle arriverait, ne réussisse pas à le retenir. Mais le pire, c'était qu'en fait elle le comprenait. Et elle lui enviait sa liberté. Ils avaient trouvé ensemble un rythme qu'il brisait comme un air de musique qui s'arrête brutalement au milieu d'une note suave. Ils avaient créé le cadre d'une vie commune. Ils avaient subi, tous les deux, un terrible choc sentimental, mais ils s'étaient trouvés, et ensemble, ils avaient bâti quelque chose de nouveau. Ils avaient réussi à revivre. Et ce cadre, voilà qu'il le changeait soudain de fond en comble. Elle le voyait si content. Il était sous pression. De toute évidence. L'affaire tournait constamment dans sa tête, mais il n'était pas stressé. La pression et le défi à relever lui allaient comme un gant, elle le sentait, et ses sentiments se compliquaient encore, car dans la façon dont il se comportait soudain, avec cette assurance nouvelle et endiablée, elle reconnaissait précisément l'homme dont elle était tombée amoureuse. Celui avec qui elle avait trompé son mari. Mais avoir une liaison avec un homme passionnant, différent des autres, est une chose. Souhaite-t-on réellement la même imprévisibilité de la part de son époux ? Était-ce là que le bât blessait ?

Il rentrait de son jogging tôt le matin, littéralement sur la pointe des pieds, brûlant d'énergie, avec ces pas de boxeur sexy, légers comme des plumes, et partait en sifflant au boulot alors qu'elle restait là, décoiffée, en se tenant les côtes, son ventre devant elle comme un ballon informe qui avait l'air d'encombrer toute la cuisine. Pourquoi se mettre en frais pour un corps comme ça ? Mais le pire de tout, c'était qu'il ne parlait pas de son travail avec elle. Comme avant leur mariage. Tout n'était que silences, cachotteries et méfiance très peu danois. Pourtant, elle avait été assez fatiguée d'entendre ses lamentations sans fin au sujet de la police des passeports — encore et toujours les mêmes histoires —, des lamentations qui lui manquèrent dès les tout premiers jours de la métamorphose de son Per, qui de chenille ennuyeuse, avec ses tours de garde, était devenu l'un des garçons de Vuldom. En plus, de Vuldom, dans son bureau directorial, jusqu'au plus petit coursier que l'on venait d'embaucher, tout le monde, là-bas, adorait ce jeu clandestin et idiot qui les poussait à chasser les fantômes du passé et les espions actuels.

Elle versait quelques larmes le matin, quand Per était parti. Il ne fallait pas qu'il s'aperçoive de son état d'esprit ; elle prenait son thé, lisait les journaux, enviait les articles de ses collègues et sentait les coups de pied de son bébé. Alors, cela allait mieux. Lise, reprends-toi ! Tu vas avoir un enfant ! Il faut que ça marche ! Elle se mettait à bâtir son nid : ranger les vêtements, faire le ménage, trier la layette lavée et parfumée offerte par sa famille et ses amis, la mettre soigneusement à sa place, regarder le berceau si joliment placé à côté de leur lit. Ils formeraient sûrement une bonne famille. Elle l'aimait tant. Et il était bon pour elle et avec elle. Naturellement, elle éclata en sanglots quand Per l'appela, en fin de matinée, pour lui faire savoir sans explications qu'il était à l'aéroport, en route pour Varsovie et peut-être aussi pour d'autres capitales. Cela allait sûrement durer un ou deux jours, elle n'avait donc pas à s'inquiéter. Ce n'était pas tellement le fait qu'il doive partir, mais qu'il le fasse avec autant de naturel. Qu'il ait emporté son passeport au bureau comme si cela allait de soi, qu'il soit prêt à l'idée de devoir partir à l'étranger. Qu'il n'ait même pas jugé important de le lui signaler, sans plus. Cela la rendit furieuse et la mit de mauvaise humeur. Qu'allait-il faire en Europe centrale, bon Dieu ? Avait-il la moindre pensée pour elle ?

Dans l'avion de la SAS qui l'emmenait à Varsovie, Toftlund pensait à l'affaire. Jusqu'à maintenant, ils avaient fait ce qu'ils voulaient. Ils avaient arrêté Irma à l'aéroport de Kastrup et obtenu du juge quatre semaines au secret et cela avait été confirmé par la Cour d'appel. Ils avaient également obtenu des autorisations de perquisition et d'écoute et ils détenaient les documents des anciennes archives de la Stasi, auxquels ils avaient confronté l'accusée, qui niait tout, naturellement. Elle ne connaissait aucune Edelweiss. Elle n'avait jamais espionné pour personne. Ceci était complètement ridicule. Qui donc se souciait, bientôt dix ans après la chute du mur de Berlin, de ce que quelqu'un avait dit ou fait pendant les années soixante-dix et même quatre-vingt ? C'était peut-être intéressant pour les historiens, mais pas pour la police. N'avaient-ils réellement rien d'autre à faire que de chasser les fantômes du passé ? De fouiller la guerre froide, finie depuis longtemps. Grands dieux. Le capitalisme avait été victorieux, comme chacun sait. Elle niait avoir la moindre connaissance d'une affaire d'espionnage dans la Baltique. Elle ne savait rien de plus là-dessus que ce qu'elle avait lu dans les quotidiens à l'époque. L'avocat d'Irma avait la même attitude. Il n'y avait rien à tirer de cette affaire, selon lui. Le juge avait cependant soutenu le procureur, tout en laissant entendre qu'il vaudrait mieux qu'ils trouvent des preuves plus tangibles, s'ils voulaient prolonger la détention.

C'était un travail infernal, bien que Vuldom lui ait donné davantage d'assistants. Ils s'étaient attelés à débrouiller le passé d'Irma. Ils s'étaient lancés à la recherche de la clé de toute enquête : trouver la relation, raccorder des hasards apparents pour en faire un tout auquel l'accusée pourrait être confrontée. Comme pour toute enquête, il leur fallait de la chance. Mais s'ils rencontraient leur chance, ils ne la reconnaîtraient pas sans cette étude approfondie des documents.

Quand l'avion eut décollé et que le signal « attachez vos ceintures » se fut éteint, Toftlund sortit un petit magnétophone de son sac. Il mit les écouteurs. Le siège, à côté de lui, était vide. Il n'y avait que quelques passagers en classe affaires, mais la classe touriste était bien garnie : un mélange de retraités en route pour de courtes vacances dans une grande ville et une classe de lycéens en voyage d'étude. La campagne des bombardements de l'OTAN avait incité pas mal de gens à rester à distance des nouveaux membres de l'alliance : la Tchéquie, la Hongrie et la Pologne, de crainte que les Serbes ne transfèrent la guerre dans le camp de l'ennemi.

Toftlund appuya sur *play* et réentendit la voix de Teddy Pedersen, claire et nette, à part ce léger bruissement toujours audible sur une ligne d'écoute. Il avait une bonne voix, profonde, agréable, non dénuée d'arrogance, malgré une certaine excitation :

« Irma, bon Dieu ! C'est encore Teddy. Mais où es-tu ? Écoute donc tes messages ! J'ai mal au dos et il faut que je te parle. Je viens de rentrer de Bratislava et on m'a raconté la plus sale histoire sur papa. Une femme s'amène au milieu de la nuit et elle prétend qu'elle est ma demi-sœur. Ça te dit quelque chose ? Est-ce que tu sais que papa aurait vécu pendant des années avec une femme en Croatie ? Est-ce que tu sais, ma vieille Irma, que papa aurait servi dans les S.S. en Croatie, justement, et sur le front de l'Est ? Elle avait des photos et des papiers qui prouvaient que c'était vrai, ma parole. Et elle m'a suivi, ma vieille. À Varsovie, à Prague, à Bratislava. Elle m'a dit qu'elle s'appelait Maria Bojic. Pour tes oreilles non slavophiles, ça s'écrit b-u-j-i-c, Bojic. Ce n'est pas curieux ? Et ces photos et ces papiers. Et voilà que ma valise s'est perdue, nom de Dieu. Qu'est-ce que c'est que ces squelettes dans les placards de notre petite famille harmonieuse ? Ma chère grande sœur ! Appelle-moi ou envoie un e-mail à ton petit frère. Tu connais notre boulanger de Fritz, toujours le même et fermé comme une huître. Alors, appelle-moi, bon sang ! »

Pour Vuldom, c'était sans intérêt, mais Per avait pour principe de suivre toutes les pistes, et il pensait que celle-ci pouvait avoir un lien. Que le crime de Budapest n'était pas un hasard, mais qu'il faisait partie d'un plan. Vuldom lui avait demandé d'un ton narquois sur quoi il basait cette opinion, et ri aux éclats quand il lui avait montré sa poitrine, en disant qu'il le sentait là. Une partie de l'enquête était assez facile, et la jeune femme inspecteur qu'on lui avait donné pour collaboratrice s'était révélée être une investigatrice efficace.

Il était certain, en tout cas, que le père figurait dans le fichier Bovrup des membres du parti nazi danois. Qu'il s'était enrôlé dans la légion Frikorps Danmark en 1941 et avait été sur le front de l'Est à Ilmensøen, où il avait été légèrement blessé. Sa collègue avait aussi fait vérifier qu'il était en Yougoslavie avec la Division Nordland, par un survivant S.S. qui se souvenait de lui. Qu'il était parti avec la Nordland pour Narva, en Estonie, et avait participé à la grande retraite sur Berlin. Il avait apparemment déserté en mars 1945. En tout cas, il avait fait surface au Danemark en octobre 1945. À ce moment-là, la plus grande soif de vengeance s'était apaisée. Il avait écopé de deux ans, mais on l'avait libéré quatre mois plus tard. Il avait été radié du fichier central de l'état civil danois en 1952 et déclaré mort en 1954, mais on n'avait pas d'acte de décès le concernant. Un jugement obtenu par sa femme statuait que, selon toute vraisemblance, il était mort à Hambourg, où son corps n'aurait jamais été identifié, mais des papiers auraient rendu vraisemblable que la personne décédée était lui. Sa femme pouvait se remarier. Ce qu'elle avait fait. Fin de l'histoire, sans la soudaine apparition de cette femme, à l'hôtel de Bratislava. Sans oublier que quelqu'un avait été assassiné. Et peut-être par erreur ? Ce fil-là, il trouvait valable de le suivre. Pour voir où il allait. C'était devenu plus facile, maintenant que les anciens ennemis étaient des alliés. On leur donnait le sexe, l'âge approximatif et un nom, et les ordinateurs se mettaient à ronronner en Tchéquie, en Hongrie, en Pologne et même dans la petite Slovaquie, qui n'était pas encore membre de l'OTAN. Mais comme un courtisan empressé qui fait tout pour obtenir les faveurs de celle qu'il courtise, la Slovaquie ferait tout pour aider un pays de l'OTAN. Son intuition ne l'avait pas trompé. Un ordinateur avait sorti le nom de Maria Bojic. Elle figurait dans le fichier de Varsovie. Bojic n'était que l'un des noms de cette ressortissante yougoslave. Le plus intéressant, c'était que la Sécurité polonaise l'avait aussi sous le nom à consonance scandinave de Katrine Ulfborg, entrée en Pologne en 1995 avec un passeport suédois. Qui était-ce ? Son collègue de Varsovie n'avait pas voulu en parler au téléphone, en lui disant qu'il le ferait volontiers en tête-à-tête à Varsovie. Toftlund avait immédiatement réservé un billet d'avion.

Il ne toucha pas au repas, se contentant d'une tasse de café. Autrefois, se rendre chez ce grand voisin du Danemark avait été un voyage laborieux. Un voyage dans un autre régime et un autre monde, où tout avait été bouleversé par le communisme. À moins d'une heure de vol de Copenhague, les gens menaient une existence qui aurait pu être celle des Danois si les Russes, et non les Britanniques, avaient libéré le Danemark en 1945. Toftlund n'y était allé qu'une fois du temps du communisme. Une seule chose lui en était restée : la grisaille de la pauvreté et l'impression constante d'être surveillé. Le mensonge et l'hypocrisie avaient été de fidèles compagnons de tous les êtres pensants. Le mur de Berlin ne lui manquait pas. Il ne pouvait manquer qu'à ceux qui avaient oublié le passé. Il sentit le changement de pression dans ses oreilles, quand l'avion amorça sa descente. Des champs plats, avec des maisons dispersées, apparurent quand ils émergèrent des nuages et se préparèrent à l'atterrissage. Le contrôle des passeports fut une formalité et il passa sans s'arrêter à la douane, avec son bagage à main.

Il jeta un regard circulaire dans la foule de ceux qui attendaient devant l'espace de la douane. Un homme d'environ trente ans brandissait un carton portant le nom de Toftlund. Per alla à lui. Il ressemblait à un flic, avec son anorak gris et un pantalon pas tout à fait assorti. Le visage plat et foncé, avec de petites cicatrices d'acné et un sourire qui fit apparaître trois dents en or. Il sentait le tabac, et quand il tendit la main, sa veste s'entrouvrit et Toftlund aperçut le pistolet dans sa gaine, sur sa hanche.

« Toftlund ? » dit lentement son collègue, comme s'il s'était exercé à prononcer son nom.

« Oui.

— Un peu l'anglais. Moi chauffeur. Vous conduire au patron.

— O.K. »

Il se dirigea vers la porte à pas rapides. L'air était humide et froid et un vent vif faisait onduler les arbres nus. Il avait garé sa voiture juste devant le hall d'arrivée. Une vieille Mercedes grise, mais le moteur ronronna quand le chauffeur s'engagea, à toute vitesse, sur la route du centre-ville.

Toftlund, assis à l'arrière, regardait défiler les blocs de béton gris et jaune. Partout de grands panneaux publicitaires, surtout pour des marques américaines. Dans la brume, tout paraissait un peu désolé et inachevé. Comme si on arrivait au milieu d'un processus tombé en panne. Ce qui était sans doute le cas, pensait Toftlund. On ne transforme pas, en dix ans, les vestiges de près de cinquante ans de communisme. Il régnait un curieux désordre. Au milieu de pâtés d'immeubles dont la peinture s'écaillait en grosses auréoles surgissait une station-service moderne. Un grand centre commercial, qui aurait aussi bien pu se trouver à la périphérie de Copenhague. Tout à coup, il se retrouva, sans risque d'erreur, en Europe centrale en apercevant, au bord de la route, une vieille femme derrière un petit étal de navets et de pommes de terre.

Ensuite, la ville les ingurgita et la circulation s'intensifia. Beaucoup de nouvelles voitures et des passants pour la plupart bien vêtus. Le chauffeur, qui ne disait pas un mot, se glissait rapidement et sûrement entre les tramways repeints de panneaux publicitaires. Ils passèrent devant un gratte-ciel dont Toftlund savait qu'il s'agissait d'un cadeau de Staline. Dans son souvenir, le bâtiment dominait le centre, dans son style réal-socialiste massif et monstrueux. À présent, il se cachait presque entre des tours de verre et de béton. Était-il à Varsovie ou à Francfort ? Prenant une rue transversale, ils longèrent un parc où les gens avançaient péniblement contre le vent. Les branches dépouillées se tendaient vers le ciel en montrant leurs petits bourgeons d'avril comme si elles priaient le printemps de ne pas tarder. Les passants étaient nombreux. Des mendiants, les yeux éteints, tendaient les mains le long des façades. Deux jeunes femmes passèrent, elles parlaient chacune dans leur portable. Le chauffeur prit une petite rue et entra dans une cour où étaient garées deux autres Mercedes. L'endroit était bien tenu. Toftlund remarqua le gardien en uniforme au portail, mais aucune pancarte n'indiquait qu'on se trouvait au siège de l'un des services, en tout cas, de la Sécurité de la Pologne démocratique.

Sans un mot, le chauffeur sortit et ouvrit la porte à Toftlund. Il lui tendit son petit sac de voyage et le pria de le suivre d'un signe de tête. Il y avait deux portes. L'escalier était large et venait d'être repeint. En entrant, il vit une femme assise devant une série de téléphones et un ordinateur. Toftlund remarqua aussi l'écran de télévision qui montrait, l'une après l'autre, les photos que prenaient les caméras de surveillance placées aux différentes entrées du bâtiment. Le chauffeur salua la femme de la tête, mais elle ne réagit pas. Elle avait la trentaine, de l'embonpoint, un rouge à lèvres très vif et se parfumait fortement. Cela n'avait pas changé. Beaucoup de femmes avaient l'habitude d'abuser d'une chose ou d'une autre. Comme si l'épaisseur de leur couche de rouge témoignait de leur féminité. Ils prirent l'ascenseur jusqu'au dernier étage, le huitième, et sortirent dans un couloir et Toftlund vit une série de portes de bureau, de part et d'autre de deux longs corridors. Le chauffeur frappa à la porte la plus proche et ils pénétrèrent dans une antichambre où se trouvaient deux jeunes secrétaires, chacune devant un ordinateur. Elles étaient élégantes, mais de style décontracté. Elles auraient pu être à la réception d'une agence publicitaire moderne, n'importe où dans le monde.

« Toftlund », dit le chauffeur avant de continuer en polonais. L'une des secrétaires se leva et alla frapper à une lourde porte. On entendit une voix et la femme fit signe à Toftlund qui se baissa un peu pour prendre son sac de voyage qu'il avait posé par terre.

« Vous pouvez laisser votre sac ici, dit la seconde secrétaire dans un très bon anglais.

— M. Gelbert est prêt à vous recevoir maintenant. » Elle prit le manteau qu'il portait sur le bras et le mit sur l'un des cintres d'un portemanteau. Le chauffeur fit un signe de tête à Toftlund et redit quelque chose en polonais avant de sortir sans bruit du bureau.

La porte s'ouvrit et Toftlund fut surpris de voir que l'homme qui sortait de son bureau avec un grand sourire et qui avait une solide poignée de main ne ressemblait pas à celui auquel il s'attendait : quelqu'un d'un peu plus âgé que lui, vêtu d'un costume gris mal coupé et portant une vilaine cravate. Cet homme avait le même âge que lui, des cheveux noirs crépus et des lèvres fines dans un visage pâle, presque féminin. Il portait une chemise beige à col ouvert et un jean signé par un designer dont le bas disparaissait dans une paire de bottes américaines pointues.

« Colonel Konstantin Gelbert, à votre service. Quel plaisir de rencontrer un collègue de Copenhague, dit-il dans un anglais d'Amérique sans accent. J'étais à Copenhague pas plus tard que le mois dernier. J'espère que Mme Vuldom va bien. C'est une femme formidable, si vous me permettez de le dire. Entrez donc.

— Merci », dit Toftlund en lui tendant la main. Il se sentait un peu à côté de la plaque avec son pantalon gris, sa veste chinée et sa cravate à petits motifs. Gelbert ressemblait à tout sauf à un colonel de la police secrète. Il ressemblait davantage à un universitaire ou peut-être à l'un de ces magiciens de l'électronique de notre temps, qui avait gagné son premier million avant d'avoir vingt-cinq ans.

Le bureau était grand et clair, dominé par une table brillante en acier et en verre. Il y avait l'ordinateur habituel et quatre téléphones modernes. Le long d'un mur, une table basse devant un canapé et trois fauteuils dont les hauts dossiers rigides signalaient que ce lieu n'avait pas été conçu pour le repos, mais pour les réunions. Les murs peints en blanc étaient ornés de trois reproductions de peintures d'Asger Jorn. Les grandes fenêtres donnaient sur une rue à grande circulation mais les vitres étaient si épaisses que l'on n'entendait même pas les gouttes de pluie qui, maintenant, frappaient rudement les vitres.

« Je suis un grand amateur du design scandinave, dit le colonel Gelbert. Je suis un grand amateur de l'art danois. Ce qui explique Jorn. J'aime votre ordre démocratique et votre bon sens terre à terre. Que vous puissiez, comme une tribu, vous asseoir autour de la table pour chercher un compromis. Les compromis sont nécessaires pour que la démocratie se porte bien. Les communistes détestaient l'art du compromis. Ils ne comprenaient que les commandos. »

Toftlund regarda la rue, sous la fenêtre. La circulation paraissait en panne. De longues files de voitures attendaient. Il s'imagina qu'elles klaxonnaient impatiemment, mais aucun son ne traversait la vitre, qui était certainement à l'épreuve des balles.

« Votre démocratie aura dix ans cet automne. Qui l'eût cru au printemps 1989 ? » remarqua Toftlund.

Gelbert se mit à rire. Il avait un rire fin, haut perché, comme s'il le retenait légèrement. Les mains dans les poches, il avait l'air d'un jeune étudiant, mais Toftlund voyait bien qu'il était plus âgé qu'il ne le croyait au début. La quarantaine. La peau du visage était lisse, mais des rides se formaient autour de ses yeux bruns intelligents.

« Non, répliqua Gelbert. J'étais parmi les participants de ce qu'on appelait les conversations de la table ronde, il y a dix ans. L'un de mes adversaires dans les négociations était notre président actuel. Il représentait les communistes. À l'époque, à Solidarité, nous aurions été satisfaits si on nous avait légalisés et peut-être autorisés à publier un journal. À avancer à petits pas. Mais avec Gorbatchev à Moscou, la crise économique ici et toute la faillite morale du parti communiste, tout à coup, la fenêtre des possibilités s'est ouverte. Un miracle pour l'histoire tourmentée de notre nation. Je me souviens encore de la nuit des élections. C'était la victoire. Et une grande victoire. Mais nous avions l'impression de ne pas y croire nous-mêmes.

— Et pas de retour en arrière possible ?

— Non. Pas ici, en Pologne. Nous ne sommes pas en Russie. Personne ne rêve du passé. La vérité, c'est que tout le monde, plus ou moins, vivait très mal. Mais il est clair, monsieur Toftlund, que si vous demandez à un mineur au chômage si cela va bien aujourd'hui, il vous mettra dehors. Si vous me demandez à moi, ou à un jeune pro des ordinateurs ou à un homme d'affaires à succès, comment cela va pour nous dix ans après, la réponse ne sera pas la même. La discussion sur la démocratie et l'économie de marché est un cliché, de nos jours. Tout le monde les accepte. La vérité, monsieur Toftlund, c'est que nous avons des problèmes.

Mais nos problèmes ressemblent aux problèmes de tous les autres pays capitalistes et démocratiques. Aux nôtres s'ajoute simplement l'héritage de l'idiotie du communisme, parce que nous sommes une société post-communiste et que cela va durer pendant une génération. Mais je suis optimiste. Vous ne voulez pas vous asseoir ? »

Toftlund s'assit en face de Gelbert qui s'installa sur sa chaise de bureau à haut dossier. Une chemise brune se trouvait devant lui. L'une des deux secrétaires apporta du café, du sucre et de la crème.

« Quelle est votre formation ? » demanda Toftlund, tandis que la secrétaire versait le café et tendait le sucre et la crème.

« Universitaire. J'enseignais l'anglais et la littérature américaine. J'ai été l'un des privilégiés qui ont bénéficié d'une année à Stanford, dans mes jeunes années. C'est peut-être un des rares avantages que l'on a eus en tant que juifs. La communauté juive des États-Unis est puissante et le régime d'ici avait sans doute besoin d'un peu de bienveillance et d'argent. De plus, mes parents et mes frères et sœurs restaient ici. Des otages qui devaient faire en sorte que je revienne. Je suis revenu et je me suis inscrit à Solidarité. Le tribunal militaire y a mis fin. J'ai été interné, comme tant d'autres, pendant quelques mois. Ensuite, j'ai eu des petits jobs de balayeur de rue, de laveur de vitres, dans les années quatre-vingt. » Il sourit en brassant le sucre dans son café. « La carrière normale d'un intellectuel de l'Europe de l'Est qui refusait de suivre les directives du parti. Puis j'ai été rédacteur d'un périodique juif, après 1989, jusqu'à ce qu'on vienne me chercher pour ce job-ci, quand Solidarité est revenu au gouvernement.

— Quand avez-vous obtenu ce rang ? »

Il repartit de son rire clair, haut perché.

« Le président pensait qu'il valait mieux que j'aie un rang. Un peu des vieilles habitudes qui perdurent, n'est-ce pas. Il m'a demandé : "Qu'est-ce que tu veux être ?

— Que dis-tu de colonel ?" ai-je répondu. Alors j'ai été nommé colonel.

— Les militaires de carrière que vous avez doublés n'ont sans doute pas apprécié ?

— Peut-être pas. Ma mission première est de mettre de l'ordre dans le service, balayer les péchés du passé, embaucher des gens prêts à vivre dans une démocratie, bref, de normaliser le service de façon qu'il s'adapte à la régie de l'OTAN et de l'Union européenne. De le démocratiser de façon que le personnel comprenne que nous ne servons pas seulement l'État, mais aussi le peuple. Et que nous sommes soumis au contrôle du parlement et que nous devons rendre des comptes à la fois sur notre budget et sur nos actions.

— Ça ne doit pas être agréable, commenta ironiquement Toftlund.

— Nous avons appris, comme d'autres, qu'on a aussi des secrets dans une démocratie, et qu'il n'est pas nécessaire de tout dire. J'ai embauché un certain nombre d'universitaires, des gens de la province et des gens des médias en qui j'ai confiance, mais j'ai dû conserver quelques-uns des anciens espions professionnels, cela va de soi. Maintenant, il faut qu'ils apprennent que l'ennemi n'est plus l'OTAN, que s'il y a un ennemi, il faut qu'ils regardent vers l'Est.

— La Russie ?

— Ce n'est pas bien vu de le dire tout haut, mais oui, les Russes sont très actifs dans notre pays, de même qu'en Tchéquie ou en Hongrie. Ils nous considèrent toujours comme leurs ouailles et à présent, en tant que membre de l'OTAN, comme un butin légitime. Et je dois admettre, monsieur Toftlund, qu'ils établissent plus facilement un réseau chez leurs anciens vassaux de Pologne qu'à Copenhague. Ils ont recours à des amis et à des connaissances d'autrefois. La situation se complique, naturellement, par le fait que douze jours seulement après notre entrée officielle dans l'OTAN, nous étions en guerre avec une nation souveraine, la Yougoslavie. L'une des amies de Moscou.

— Tout a un prix.

— C'est banal, mais vrai, bien entendu. Mais le prix a peut-être été un peu plus élevé que nous ne l'avions escompté. Nous soutenons, bien sûr, ce qu'on appelle l'intervention humanitaire, mais on ne nous a pas consultés, n'est-ce pas. Et le peuple polonais ne soutient pas cette guerre. Et Moscou est furieux contre nous. Nous voyons, tout simplement, comment ils ont accru leur activité de renseignements en Pologne. Ils ont un réseau ici. Cela ne fait aucun doute, mais vous pouvez compter sur moi pour le démanteler.

— Alors, il en naîtra un nouveau.

— N'est-ce pas le but de ce jeu ? Le jeu du chat et de la souris.

— Le grand jeu. Ça ne finira jamais.

— Non. Et ça passe dans le sang. »

Toftlund hocha la tête.

« C'est vrai. Alors, l'université attendra ?

— Pour le moment, oui. Si des élections nous

valent un nouveau gouvernement, ce sera de nouveau l'université ou un journal.

— Mais jusque-là...

— Jusque-là, je sers mon pays et j'essaie de le protéger contre ses ennemis. »

Il vida sa tasse de café, se pencha en avant et ouvrit la chemise qui contenait une série de feuillets A4 couverts de lignes serrées et des photos en noir et blanc.

« Comme notre amie commune par exemple. »

Gelbert lui tendit l'une des photos, prise au téléobjectif. La femme de la photo donnait l'impression d'être grande et mince. D'âge un peu indéfini, quelque part entre quarante et cinquante ans, peut-être davantage, mais elle était belle. Elle paraissait attendre à un coin de rue. Peut-être le passage d'un taxi. La photo avait été prise en été. Elle portait une jupe et un chemisier blanc. Le vent soulevait ses cheveux. Elle avait le visage fermé, sous ses lunettes noires.

« Maria Bojic, dit Toftlund.

— Ah oui, c'est le nom que vous lui donnez. Nous la connaissons aussi sous celui de Svetlana Ivanova, citoyenne russe qui représente une firme importatrice de parfums. Les femmes russes adorent le parfum. Et nous la connaissons naturellement aussi comme Suédoise, sous le nom de Katrine Ulfborg. Mon prédécesseur l'avait aussi à l'œil, mais ce n'est que depuis février de cette année que nous savons qui elle est en réalité.

— Il paraît qu'elle est croate.

— C'est possible, mais si nos renseignements sont exacts, elle s'appelle Ina Cukic. Et c'est l'un des meilleurs agents de Slobodan Milosevic.

— Une espionne serbe ? » demanda Toftlund, étonné.

Gelbert se renversa en arrière. Il avait quelque chose d'un comédien ou d'un conférencier, pensa Toftlund. Ou de Vuldom, quand elle était d'humeur à ça. Ils aimaient tous les deux sortir leurs traits d'esprit comme des astuces.

« Peut-être plus que ça. Regardez. »

Gelbert tendit une nouvelle photo à Toftlund. Également en noir et blanc. Il reconnut l'homme de la photo, qui avait un uniforme de camouflage avec un AK-47 sur la poitrine et un grand rire sur toute la figure. Derrière, on voyait quelque chose comme de la terre retournée. L'homme était Arkan, le chef de la milice tristement célèbre. À l'arrière-plan, on apercevait d'autres personnes en uniforme militaire, sans pouvoir distinguer leurs traits.

« Arkan ?

— En personne. La photo est prise à Srebrenica. Ai-je besoin d'en dire davantage ? Ce nom est le symbole du sang et du mal. L'un des plus grands massacres perpétrés sur le sol européen depuis la Seconde Guerre mondiale.

— Srebrenica », répéta Toftlund comme s'il cherchait le goût de ce mot et un relent amer lui monta à la bouche, comme une acidité d'estomac. Il avait vu les photos de tous ces cadavres qu'on avait déterrés plus tard. Mais pouvait-il avoir pitié d'eux ? Entendait-il les coups et les cris ? Ou était-ce impossible, pour un Danois, de concevoir l'explosion d'une telle méchanceté ?

Gelbert le laissa se remettre un moment et lui tendit une autre photo.

« Un de mes jeunes collaborateurs, que j'ai carrément kidnappé chez Microsoft-Pologne, s'est amusé par curiosité à mettre la photo dans son ordinateur, et voilà comment elle en est sortie. »

Toftlund regarda la photo que lui avait tendue Gelbert. C'était l'agrandissement de l'arrière-plan de la photo d'Arkan. La photo d'une femme, la même que celle de la photo de rue. Même sous son béret, ses belles lèvres et son nez droit la démasquaient. Le même torse, les épaules droites et les seins ronds, sous ses vêtements de couleur camouflage.

Toftlund regarda Gelbert, qui fit un signe affirmatif de la tête.

« Oui, monsieur Toftlund. Elle a du sang sur les mains, notre petite amie. Alors, si vous vous approchez d'elle, évitez de lui tourner le dos. Je ne sais pas exactement ce que vous lui voulez. Ce ne sont pas mes affaires non plus. Mais je crois que ceux de La Haye aimeraient bien lui parler, quand elle vous aura assisté dans votre enquête.

— Pourquoi s'adresse-t-elle à un maître de conférences danois ? Pourquoi inventer cette histoire et lui dire qu'elle est sa sœur ? »

Gelbert écarta les bras.

« Qu'en sais-je ? Mais nous savons bien, vous et moi, que dans notre branche, il s'agit en général d'informations et de vente d'informations. La grande question, naturellement, est de savoir ce qu'elle veut vendre et le prix que cela va coûter.

— Et pourquoi ?

— Cela aussi, monsieur Toftlund. Cela aussi. »

10

Per Toftlund consacra son après-midi à travailler avec deux des collaborateurs de Gelbert. Deux hommes encore jeunes qui parlaient très bien anglais. Gelbert leur trouva une pièce libre dont l'ameublement spartiate comprenait un bureau, un téléphone et une table de réunion où se trouvaient du café et de l'eau. Gelbert lui avait aimablement demandé s'il voulait qu'ils dînent ensemble ce soir-là et Toftlund avait accepté avec reconnaissance. Tout le dossier de MB était posé sur la grande table. Un dossier épais qui semblait être dans le meilleur ordre bureaucratique, mais les Polonais avaient aussi appris le métier auprès du KGB, en son temps. Avant que leurs alliés d'autrefois ne soient devenus leurs adversaires. Il s'agissait d'un fait historique, mais malgré tout, Toftlund trouvait cela un peu étrange. Il n'y avait pas si longtemps, le Danemark dépêchait ses agents en Pologne, et l'une de ses premières affaires alors qu'il était encore un jeune agent du PET avait été de trouver les Danois qu'un certain diplomate polonais rencontrait en dehors de son emploi du temps ordinaire. Maintenant, on eût dit que les Polonais voulaient tout faire pour montrer et prouver qu'ils étaient des amis et des partenaires efficaces, qui faisaient l'impossible pour rendre fraternellement service au Danemark.

Les Polonais avaient cette femme à l'œil depuis plusieurs années, sans l'arrêter, naturellement. Cela les intéressait davantage de savoir qui elle rencontrait que de l'expulser. La femme, que Toftlund et les deux agents polonais appelaient Maria pour plus de facilité, avait séjourné en Pologne deux fois par an depuis 1995, date où ils l'avaient remarquée pour la première fois. C'était l'un des résultats secondaires de la filature de l'attaché culturel de l'ambassade de Russie, que le contre-espionnage polonais soupçonnait de travailler pour le grand département des services secrets russes qui siégeait dans l'ancien étage blindé de la grande ambassade de Russie, à Varsovie. Ils se rencontraient devant la flamme qui brûlait éternellement, sur la place de la Victoire, en face de l'hôtel Victoria, et une seule fois, au bar de ce même hôtel. Il n'avait pas été possible de les approcher suffisamment pour effectuer une véritable écoute. Maria avait rencontré plusieurs personnes, certaines étaient identifiées, d'autres pas. Elle se conduisait en agent professionnel et avait peut-être une seule fois remarqué qu'elle était surveillée. Cette fois-là, en tout cas, elle avait quitté le pays par le premier avion sans rencontrer personne. Il allait de soi qu'elle était vraisemblablement revenue sans que les Polonais s'en soient aperçus. De nos jours, il n'était pas particulièrement difficile d'entrer sur ce territoire par le train ou en voiture. On continuait la surveillance de deux citoyens polonais, soupçonnés d'être les agents d'une puissance étrangère ou, peut-être plus vraisemblablement aujourd'hui, en cheville avec la criminalité organisée. Ou les deux. Les frontières entre l'espionnage et la mafia russes étaient de plus en plus floues. On n'avait pas réussi à établir de lien direct entre Maria et des citoyens danois.

C'était tout, en un sens, mais Toftlund avait toujours l'impression qu'il existait une relation. Au fond, il ne croyait pas aux liens dus au hasard, s'agissant de l'activité des agents doubles. Il savait que le hasard joue un rôle important pour débrouiller une opération de renseignements, le hasard et la chance, mais aussi le travail qui consiste à suivre soigneusement chaque petite piste. Et que si des gens de l'une de ces pistes se rencontrent, si ce sont des professionnels, il ne s'agit plus de hasard, mais d'un acte concerté. C'était sa ferme conviction, même si le tracé du dessin n'apparaissait pas au premier abord.

Les documents concernant Maria comportaient surtout des rapports des équipes qui l'avaient filée, et une série de photos prises à distance. On n'avait pas réussi à l'écouter, malgré une tentative, ce dont les deux agents polonais s'excusèrent à plusieurs reprises...

Le dépouillement de ces documents prit du temps. Les deux collègues polonais traduisaient patiemment, en essayant de répondre à ses questions. Une photo se distinguait un peu des autres. Maria était assise dans la vieille ville, à une terrasse de restaurant. Ce devait être la fin de l'été ou le début de l'automne, un jour où Varsovie jouissait d'une sorte d'été de la Saint-Martin. La lumière n'était pas vraiment estivale et bien que les clients de la table aient été en bras de chemise, on voyait leurs manteaux pliés sur le dossier de leur chaise. Comme s'ils avaient craint que le soleil ne disparaisse tout à coup pour faire place à des averses et au froid. Maria était accompagnée de trois hommes âgés, qui semblaient être des Occidentaux, sûrement des Danois, pensa Toftlund sans savoir précisément pourquoi il avait ce pressentiment, mais quelque chose dans la forme de leur tête, leurs vêtements, le fait que deux d'entre eux portaient un collier de barbe. On décelait presque toujours la nationalité des gens. C'était certainement devenu plus difficile, avec l'immigration qui avait déferlé sur l'Europe depuis vingt ans, mais malgré tout, chaque nation avait de petites caractéristiques qui la distinguaient des autres.

Il regarda longtemps la photo jusqu'à ce qu'il aperçoive ce qui l'avait inconsciemment alerté. On avait fait trois photos de cette scène. Une qui montrait le beau visage mûr de Maria avec ses yeux tristes, sous son haut front, une des trois hommes et de Maria penchée sur les verres de bière et la tasse de café, engagés dans ce qu'on pouvait prendre pour une conversation confidentielle. La troisième était une photo générale. La première, certainement, prise par le photographe pour situer la scène. Comme s'il était un photographe de presse ou un cadreur de cinéma.

« Avez-vous une loupe ? » s'enquit Toftlund.

Il vit qu'ils ne comprenaient pas le mot « loupe ».

« Un verre pour agrandir », expliqua-t-il.

Ils sourirent, soulagés, contents de pouvoir satisfaire leur hôte danois. L'un d'eux revint en apportant une vieille loupe de philatéliste. Toftlund posa la photo devant lui et la regarda de nouveau. Le grain de la photo se diluait pour former des dessins, on ne voyait rien nettement, mais il put déchiffrer le badge collé sur le sac posé contre un pied de table. Le badge était dominé par des rayures noires et blanches mais Toftlund imagina sans problèmes qu'en fait, elles étaient bleues et blanches. Car au-dessus de ces rayures, il lisait les deux initiales OB — Odense Boldklub (La Balle d'Odense).

« Avez-vous un rapport attaché à cette photo-là ? » demanda-t-il calmement, bien que son cœur batte plus rapidement, mais ils sentirent son excitation. En tout cas, ils firent tous les deux oui de la tête et sortirent le rapport de la pile des papiers. Il était, comme les autres, daté et dactylographié à l'aide d'une machine à écrire d'autrefois.

« Je vous prie de me le lire intégralement, dit Toftlund.

— 3 octobre 1998, 14 h 43 », traduisit le Polonais, dont Per n'avait pas réussi à saisir le nom. « Le sujet se rend de l'hôtel Victoria à la vieille ville, s'assied en terrasse, commande un café et lit l'*International Herald Tribune*. Dix minutes plus tard, trois hommes se joignent au sujet, des étrangers âgés d'environ soixante-dix ans. Bien vêtus. Il semble qu'ils demandent au sujet s'ils peuvent s'asseoir à sa table, bien qu'il y ait d'autres tables libres. Ils parlent une langue que l'agent de surveillance B., qui prend place à la table voisine, ne comprend pas. Il pense que c'est du hollandais ou du flamand. En tout cas, pas de l'allemand, bien que cette langue ait des consonances allemandes (B. comprend et parle l'allemand). Après plus mûre réflexion, B. pense qu'ils parlent danois. Le sujet et les trois hommes commencent à parler en anglais. B. ne parle ni ne comprend l'anglais. De plus, il ne peut rien entendre, un musicien de rues ayant commencé à jouer du violon non loin de la table. Rien ne figure donc dans le rapport sur le sujet de la conversation. Environ vingt minutes plus tard, le sujet se lève, quitte la table et rentre à son hôtel. Rien d'autre à remarquer.

— C'est tout ? demanda Toftlund sans pouvoir cacher son désappointement.

— Il y a un addenda, dit le Polonais, et il lut : “Addenda au rapport de filature nº 234/10/1998. Agent de surveillance T...” Excusez-moi. Il n'y a que l'initiale. C'est notre habitude, mais naturellement, je suis en mesure de trouver qui était notre collègue. Si vous le désirez ?

— C'est parfait. Continuez simplement à lire.

— L'agent de surveillance T fait savoir qu'une enquête parallèle a confirmé que les trois hommes rencontrés par le sujet n'ont rien à voir avec l'affaire. Ces trois hommes faisaient partie d'un groupe de chasseurs. Il n'existe aucun lien criminel ou de renseignements secrets avec ces trois hommes. La police des passeports nous fait savoir qu'ils sont entrés en Pologne pour aller à la chasse. Étant donné nos bonnes relations avec le Danemark et pour satisfaire aux exigences de la législation spéciale ayant trait à la sécurité des citoyens en prévenant les enregistrements illégaux, leurs noms ont été barrés.

— Il y a une date ?

— Le 14 octobre 1998.

— Les noms ne s'y trouvent donc pas ?

— Pas dans le rapport.

— Peut-on se les procurer ? »

Le Polonais hésita un peu et regarda son collègue qui hocha la tête.

« Peut-être. Cela prendra un peu de temps. Pour des gens comme nous, la démocratie n'incite pas toujours à une enquête efficace. Mais il va de soi que nous devons respecter la loi. Et la sécurité des citoyens, certaines choses étaient certainement plus faciles autrefois. Au dire de mes collègues plus âgés, en tout cas. Nous ne les avons pas, mais nous pouvons nous adresser aux services de l'immigration. Si ces hommes n'ont pas été en infraction avec la législation polonaise, ils ne seront plus dans l'ordinateur. Il y a longtemps que les Danois n'ont plus besoin d'un visa pour entrer dans notre pays. S'ils étaient venus ici régulièrement, il y aurait peut-être quelque chose qui daterait de l'ancien régime, mais j'en doute. Nous avons détruit beaucoup de choses.

— Voudriez-vous essayer malgré tout ?

— Naturellement.

— Puis-je avoir des copies des documents pertinents pour mes recherches ?

— Bien entendu. Je sais que vous devez dîner ce soir avec M. Gelbert. Il vous les apportera. »

Le reste des documents était sans intérêt pour Toftlund. Le chauffeur maussade le conduisit à l'hôtel Victoria, un grand hôtel moderne. Il pleuvait toujours, mais on eût dit que l'air se radoucissait malgré tout. Les passants se pressaient dans la rue, ombres mouillées qui bougeaient dans la pénombre. La plupart chargés de sac à provisions. Les tramways étaient bondés et les vitres embuées quand la vapeur dégagée par les usagers rencontrait l'air froid du dehors. L'hôtel donnait sur une vaste place ouverte, bordée sur trois côtés d'immeubles socialistes en béton. Sur le quatrième côté, deux soldats montaient la garde devant une stèle commémorative dont la flamme ondoyait au vent. Derrière se trouvait un parc avec des allées et des arbres dénudés.

Toftlund se fit enregistrer à la réception et prit une douche. Un instant, il se demanda s'il allait téléphoner à Lise, mais le temps lui manqua. Konstantin Gelbert l'appelait de la réception. Toftlund avait terriblement faim. Il était à jeun depuis le petit déjeuner, à Copenhague, qui paraissait soudain si lointaine.

Gelbert avait mis une cravate tout en gardant, par ailleurs, la même tenue décontractée. Quand Toftlund sortit de l'ascenseur, il l'attendait dans le grand hall haut de plafond, un imperméable de couleur claire sur le bras. Il lui serra cérémonieusement la main.

« J'espère que mes collaborateurs ont pu vous aider.

— Je vous remercie pour votre aide. C'était très bien.

— Parfait. Au cours de la soirée, l'un de mes collaborateurs vous remettra les copies que vous avez désirées. De la main à la main. Aucune raison de les laisser traîner à l'hôtel.

— O.K. »

Gelbert le prit doucement par le bras et lui proposa d'aller à pied jusqu'à la vieille ville, qui n'était qu'à un quart d'heure de marche. Il ne pleuvait plus et il faisait tout à fait doux pour la saison. Toftlund aurait préféré partir à toute vitesse dans une voiture de police pour être au restaurant le plus tôt possible, mais il accepta aimablement d'un signe de tête.

Il ne le regretta pas non plus. Gelbert lui tint une conversation amusante et intéressante pendant qu'ils traversaient la place de la Victoire en descendant vers la vieille ville. Les rues étaient noires et mouillées, ils entendaient les pneus des voitures siffler dans les flaques, et même si le vent était mordant, alors qu'ils arrivaient à un coin de rue, Toftlund déboutonna le haut de son manteau. Gelbert marchait vite, presque militairement, à petits pas et en agitant les bras, en racontant l'histoire de cette ville de plusieurs millions d'habitants dans cette langue américaine qui, pour une raison ou pour une autre, sonnait à la fois faux et juste dans sa bouche. Ils arrivèrent à la place du Château, avec le palais royal reconstruit sur la gauche, mais Toftlund était encore plus fasciné par la voiture danoise du marchand de saucisses, qui trônait avec ses panneaux Steff-Houlberg à côté du château massif.

« L'ancien et le moderne. »

Gelbert éclata de son rire de fausset.

« Ne vous fiez pas aux apparences, mon ami. Tout est nouveau ici. En 1945, tout ceci était un monceau de ruines. Des ruines sur des ruines. Mais nous avons tout reconstruit, pierre après pierre. Comme un phénix, la vieille ville a resurgi de ses cendres, mais elle n'est pas vieille. On nous a toujours bombardés et nous avons été occupés et divisés soit par les Allemands soit par les Russes. Ils ont essayé d'occuper nos cœurs et d'éliminer notre histoire. Mais toujours en vain. Chaque fois, nous renaissons de nos cendres. »

Une énorme statue de guerrier perchée sur un haut pilier dominait la place. Gelbert la montra du doigt :

« Notre grand roi Sigismond. Les Russes détestaient cette statue. Elle veille sur Varsovie, mais ils n'ont pas remarqué avant qu'il ne soit trop tard que nous avions tourné son épée vers l'Est et pas vers les capitalistes. C'était le bon choix. Aujourd'hui aussi. Les Allemands sont nos alliés maintenant. La Pologne n'a jamais été aussi sûre, au cours de son histoire, mais l'avenir, mon ami, nous autres Polonais avons appris à ne pas le considérer comme acquis. »

Toftlund s'arrêta pour contempler les beaux bâtiments restaurés, les piétons tranquilles, les jeunes gens en jeans et en vestes molletonnées, avec leurs téléphones portables qui n'arrêtaient pas de sonner, trois voitures à cheval qui transportaient quelques touristes gelés et le bruit de la circulation pesante, à l'arrière-plan. Malgré les pavés mouillés et luisants et le trafic sur la voie qui longeait le fleuve, il régnait un silence étrange.

« Cet endroit respire la paix et l'absence de danger, remarqua-t-il. La Russie est faible. Que peut-elle encore faire ? Ils peuvent à peine se nourrir eux-mêmes. Les Tchétchènes leur ont donné une correction. Leur armée se reforme. Ils n'ont pas pu empêcher l'élargissement de l'OTAN. Ils n'ont pas pu empêcher l'OTAN d'engager une guerre contre la Yougoslavie. C'est comme la Haute-Volta et les fusées atomiques. Jeltsin n'a les moyens de rien voir ni de rien entendre. De plus, ils sont obligés de se conduire convenablement. Ils n'ont pas les moyens d'autre chose.

— Vous oubliez l'histoire, monsieur Toftlund. C'est une erreur d'oublier l'histoire dans cette partie du monde. Elle nous accompagne toujours. Je sens l'odeur des cadavres de mes compatriotes du ghetto juif. Nous ne sommes que quelques rares survivants...

— Mais c'étaient les nazis.

— C'est exact. Mais qui y avait-il, à seulement quelques kilomètres de là, sur l'autre rive de la Vistule ? Joukov et sa puissante armée. Sont-ils venus à notre rescousse ? Non, il a laissé les nazis faire le sale boulot avant d'avancer. Il a laissé les nazis briser la résistance polonaise et éliminer le ghetto juif qui a été encerclé, mitraillé, gazé et pour finir totalement incendié. Non loin d'ici, mes frères juifs sont morts par millions à Auschwitz. Toute la culture juive a disparu à jamais de l'Europe centrale. Une vieille culture, grande et riche. Disparue à jamais. »

La voix de Gelbert avait gagné en intensité. Sa leçon irrita Toftlund. C'était de l'histoire ancienne. De plus, son estomac criait famine. Pourtant, il lui demanda :

« Alors, qu'est-ce que vous êtes aujourd'hui, M. Gelbert ? Juif ou Polonais ?

— Un juif polonais qui n'oublie pas l'histoire. Venez, allons-y. Vous devez avoir faim. Je suis un mauvais hôte. »

Il reprit sa marche rapide et Toftlund lui emboîta le pas.

« Vous avez dit que les Russes et les Polonais portent leur histoire. Comme un vieux manteau qu'ils ne peuvent pas se résigner à jeter. Que voulez-vous dire par là ?

— Nous avons une profonde méfiance les uns envers les autres. Ce n'est pas parce que nous sommes libres et que la Russie se bat pour créer une démocratie qu'elle disparaîtra. » Il se remit à rire et poursuivit : « C'est peut-être banal, néanmoins c'est un fait. Les Russes se souviennent que les Polonais ont occupé Moscou et le Kremlin au XVIIe siècle, quand nous étions une grande puissance. Les Russes se souviennent que l'armée polonaise a vaincu l'Armée rouge en 1920, quand elle marchait sur Varsovie. La Pologne était hostile à la Révolution. Nous, Polonais, nous souvenons qu'au cours des deux siècles derniers, nous avons été la plupart du temps occupés par la Russie. Cette occupation n'a pris fin qu'en 1989. Une occupation sanglante. Nous nous souvenons que c'étaient des forces soviétiques qui ont assassiné quinze mille officiers polonais à Katyn en rejetant la faute sur les Allemands. Pendant la plus grande partie de ma vie, il a été interdit de mentionner ce massacre. Nous le connaissions, naturellement. Tous les Polonais savaient que c'était un mensonge, que le régime niait l'histoire. L'histoire est vivante, ici. Bien entendu, nous devons améliorer nos relations avec la Russie, nous devons vivre avec cet ours, mais nous ne sommes pas obligés de nous fier à lui. Surtout s'il recommence à avoir faim. C'est dangereux de minimiser le nationalisme russe. »

Ils firent quelques pas en silence puis Toftlund remarqua :

« J'ai l'impression que les Polonais ressentent qu'ils ont toujours été victimes de la Russie et que les Russes ressentent que les Polonais ont toujours trahi une fraternité slave, ou quelque chose comme ça.

— C'est une observation fine et juste, monsieur Toftlund.

— Mais maintenant, l'histoire de la Pologne est

celle d'un succès et celle de la Russie un fiasco. Les rôles sont inversés, n'est-ce pas ? »

Gelbert fit halte de nouveau. Leur marche dans les ruelles les avait amenés sur une jolie petite place carrée entourée de belles maisons classiques, avec des magasins et des restaurants. Plusieurs voitures à cheval attendaient dans le noir, au milieu de la place. Il n'y avait pas de clients à cette heure-ci. Vêtus de grands manteaux, les cochers piquaient du nez et fumaient. Les chevaux avaient les naseaux enfouis dans leur musette. L'absence de toute voiture automobile rendait le silence encore plus perceptible. La brume enveloppait la scène d'une lumière magique qui estompait le fait que les maisons étaient bâties en béton moderne. Toftlund eut un frisson. Sans savoir pourquoi, il eut soudain une impression lugubre. Peut-être était-ce l'ambiance. Mais il lui semblait entendre distinctement des cris étouffés sortant des murs des maisons. Il comprit qu'ils marchaient sur des monceaux de squelettes. Que la ville reposait sur les cadavres de milliers de gens.

Gelbert perçut son état d'esprit :

« L'histoire est vivante, ici. Varsovie n'est qu'une ville parmi beaucoup d'autres qui font de ce siècle celui des victimes. Vous, Danois, vous vivez dans un nid douillet. Je vous l'envie. Que vous ignoriez ce que sont la souffrance et la mort, les gens des Balkans vous l'envient aussi, aujourd'hui. Mais cela vous fait souvent oublier l'histoire et ce qu'elle peut faire aux gens.

— Nous sommes habiles à nous tenir à l'écart des pires ennuis et à manœuvrer élégamment entre nos grands voisins, surtout l'Allemagne. »

Gelbert sourit :

« L'histoire vous l'a appris. Comme notre histoire nous a appris à ne pas prendre demain pour acquis. J'ai eu une réunion récemment avec mon collègue russe, une belle réunion diplomatique. Nous sommes des gentlemen, cela va de soi. Pourtant, il y avait des sous-entendus dans l'air. C'était peu de temps après l'annonce, par le ministère des Affaires étrangères, que deux soi-disant diplomates étaient persona non grata en Pologne. Notre future admission au sein de l'OTAN était devenue irréversible. Il le regretta, mais il me donnait l'impression de comprendre qu'alors que la Russie est faible en ce moment, la Pologne est forte parce que nous sommes maintenant protégés par la seule super-puissance de ce monde, les États-Unis. Quand nous nous sommes dit au revoir, il m'a tendu la main et il m'a dit : "Merci pour cette conversation, monsieur Gelbert. Puis-je vous demander de réfléchir à cela : lorsqu'un lion est malade, même un singe peut le battre. Mais qu'advient-il du singe, le jour où le lion recouvre la santé ?" C'était une menace élégamment formulée, mais une menace tout de même.

— Assortie d'une insulte élégamment formulée par-dessus le marché.

— Exactement. C'est ici que nous dînons. »

Nous entrâmes dans une salle bien chauffée et qui sentait bon. Presque toutes les tables étaient occupées. Les serveuses en chemisiers verts et en jupes courtes semblaient jouer dans une mauvaise opérette, mais la bière était fraîche et mousseuse. Toftlund laissa Gelbert passer la commande. Il avait si faim qu'en un sens ce qu'il allait manger lui importait peu. Le repas fut lourd, mais bon. Ils commencèrent par une solide soupe au choux, ensuite on leur servit un gros pavé de sanglier avec des croquettes de pommes de terre, de la choucroute et de la sauce. Cela rappelait la cuisine de grand-mère, pensa Toftlund. Il mangea de bon appétit et Gelbert fit de même. Cet homme devait brûler une quantité de calories, pour être mince comme il l'était. On leur servit une seconde grande chope de bière et pour finir, ils prirent du café. Ils parlèrent un peu de leur famille, mais surtout du sujet qui intéressait le plus de gens ce printemps-là : de la guerre de l'OTAN contre la Yougoslavie et des colonnes de réfugiés qui se déversaient sur l'Albanie et menaçaient de se disperser dans toute l'Europe.

Au café, Toftlund dit à Gelbert :

« C'était gentil à vous de m'inviter à dîner.

— Il ne manquerait plus que ça. Le Danemark est notre voisin. De plus, je considérerai toujours qu'il est de mon devoir d'aider les collaborateurs de Mme Vuldom. Une femme formidable, comme je vous l'ai dit. »

Toftlund trouvait intéressant d'entendre sa façon d'employer le mot « devoir », ainsi qu'en général, sa façon un peu périmée de s'exprimer. Au Danemark, l'emploi d'un mot comme devoir pouvait vite entraîner une remarque ironique ou sarcastique. Malgré sa langue anglo-américaine, Gelbert donnait l'impression d'être central-européen cent pour cent.

« Elle vous a peut-être aidés ?

— Vous êtes un fin observateur, monsieur Toftlund. Non seulement elle nous a aidés, mais elle nous aide. Pour quelqu'un comme moi, qui ai été recruté pour ce job, non pas à cause de mon expérience dans la police ou dans la justice, mais parce que l'on considère que j'ai l'esprit démocratique et un certificat de passé vierge, pour ainsi dire, les conseils d'une femme comme Mme Vuldom sont inestimables.

— Je comprends.

— Et encore un conseil avant que nous nous quittions. Vous permettez ?

— Bien entendu. Vous m'en voyez honoré. » La phrase fut prononcée sans que Toftlund y ait réfléchi plus avant. Il s'était mis à parler comme Gelbert. D'une façon un peu ancienne, cérémonieuse, qui lui rappelait les répliques d'un film danois d'autrefois, mais qui sonnaient justes, dans ce contexte.

« Votre affaire est certainement compliquée. Je crois que vous devez regarder le passé. Surtout le passé lointain...

— Pourquoi me dites-vous cela ? Cachez-vous quelque chose ? demanda Toftlund d'une voix plus coupante qu'il ne l'aurait voulu.

— Non. C'est une impression. Peut-être une réaction à notre conversation du début de soirée. Une impression qui repose sur le fait que Maria Bojic, comme vous l'appelez, rencontre des gens tellement différents et que ses rencontres se sont intensifiées ces dernières années.

— Il n'est nullement sûr qu'elle ait quelque chose à voir dans cette affaire. »

Gelbert vida sa tasse d'expresso et le regarda dans les yeux :

« Que vous dit votre instinct ?

— Qu'elle y est mêlée. Elle possède une clé quelque part. Seulement, j'ignore quelle est la serrure qu'ouvrira cette clé.

— Vous voyez bien. Encore un conseil ?

— Oui, merci.

— Il n'y a pas de problèmes chez nos alliés de Budapest et de Prague. Comme promis, nous leur avons envoyé les documents adéquats sur notre amie. Mais plus tard, à Bratislava, quand vous rencontrerez celui qui est pour ainsi dire mon homologue slovaque, vous ne devrez peut-être pas être aussi sincère avec lui que nous pouvons l'être l'un envers l'autre. Je ne crois pas qu'il parle souvent avec Mme Vuldom. Ce qui est une façon de parler.

— Konstantin, tu tournes autour du pot. »

Gelbert partit de son rire de fausset et tendit sa main par-dessus la table.

« O.K., Per. *Let's cut the bullshit*, comme ils disent aux États-Unis. Mon honoré collègue Eduard Findra sort du régiment de Meciar. Il n'est peut-être pas tout à fait loyal, ni envers le nouveau gouvernement de gauche ni envers l'OTAN, du reste. Il travaillait dans l'ancien service des Renseignements tchécoslovaque. S'il avait été tchèque, il serait à la retraite depuis longtemps. Les Slovaques ne sont pas tout à fait aussi délicats. Ils sont obligés de se servir des talents qu'ont les gens.

— Meciar ? Ce nom me dit quelque chose, mais je ne me souviens pas quoi.

— Non, pourquoi suivriez-vous la politique d'un pays lointain de l'Europe centrale, dit Gelbert sur un ton pointu. Meciar est un ancien boxeur, un bandit, président du conseil, nationaliste, ancien communiste et beaucoup trop populaire dans son pays. Depuis l'année dernière, la Slovaquie est dirigée par un gouvernement qui est une large coalition démocratique. Il tente maintenant d'engager une course contre le temps, de façon que la Slovaquie, avec le temps, reprenne un cours qui la mène vers l'Union européenne et l'OTAN, comme nous autres. Meciar a fait sortir la Slovaquie de la bonne compagnie. La Slovaquie doit avoir des élections présidentielles cet été. Meciar est toujours capable de tout bouleverser. M. Findra, qui dirige le service des renseignements des Slovaques, a été nommé par Meciar. Ses jours sont comptés, mais il est en vie. Je suis sûr qu'il fera son devoir de patriote, mais le devoir est une chose, la confiance amicale en est une autre.

— Je n'oublierai pas tes conseils, Konstantin.

— Alors, j'espère qu'ils ont été bons », répliqua-t-il en levant la main. La serveuse arriva sur-le-champ. Il était tout à fait clair, selon Toftlund, que Gelbert était un client aimé et respecté dans ce restaurant, où Toftlund pouvait voir, d'après les prix, que les Polonais ordinaires mangeaient rarement, avec leurs petits salaires.

Toftlund prit un taxi pour rentrer à l'hôtel. Son chauffeur du matin l'attendait dans le hall. Il avait eu une longue journée de travail. Sans un mot, il tendit une épaisse enveloppe jaune à Toftlund et lui souhaita brièvement bonne nuit.

Toftlund s'assit dans l'unique fauteuil de sa chambre après avoir pris un whisky dans le minibar. L'enveloppe contenait les photos et les rapports adéquats traduits en anglais. Ils avaient travaillé dur. Les documents, saisis sur ordinateur n'avaient pas les caractères dactylographiés des originaux. Une note manuscrite de Gelbert était épinglée dessus.

Gelbert écrivait en anglais, comme s'il avait orchestré d'avance toute la conversation de la soirée :

« Cher Per,

ci-joint les copies des documents promises. Nous garantissons naturellement l'authenticité des originaux. Si les demandes que tu feras à Bratislava entraînaient des complications, tu pourrais envisager de contacter Pavel Samson. C'était un collaborateur du service parallèle au nôtre, mais il a été mis à l'écart par la police de la sûreté de Meciar. Voici son numéro personnel. Il mérite notre confiance. Bonne chance à Bratislava et transmets mes meilleurs vœux de bonheur et de santé à monsieur Vuldom. Ton Konstantin. »

« Ça alors », s'exclama Per Toftlund avant de prendre son bloc A4 et de commencer, de sa grande écriture carrée et d'après ses notes scrupuleuses, à rédiger son rapport pour pouvoir le recopier sans tarder sur son ordinateur, le faire entrer dans les pièces du dossier, et surtout le présenter à Vuldom quand il rentrerait au Danemark. Il avait un avion le matin pour Budapest et si la journée se passait comme prévu, un avion le soir pour Bratislava, qui lui permettrait d'aller à son rendez-vous le matin avant de reprendre l'avion pour Prague.

Toftlund écrivait simplement, en s'en tenant aux faits et de façon compréhensible. Vuldom appréciait la clarté. Mais elle aimait aussi qu'on lui donne un sentiment ou une ambiance, un trait de visage et une impression. Cela pouvait donner du sens dans un rapport d'investigation à l'état brut, et on pouvait toujours l'éliminer par la suite, au moment de mettre le dossier aux archives pour les historiens ou les autres, que l'on autoriserait, dans soixante-quinze ans, à fureter dans ces papiers secrets. Mais on ne devait pas aller plus loin que ce que l'on jugeait plausible. Aucune raison de tout dire. Comme elle l'enseignait dans ses cours : le non-dit, dans un rapport, peut à la fois distraire et informer. Et c'est souvent dans ce paradoxe que repose la vérité sur une personne ou sur un événement.

11

Il pleuvait de nouveau au moment où Per Toftlund fit son jogging, tôt le matin, dans le parc voisin de l'hôtel de Varsovie, mais lorsque son avion atterrit à Budapest, à l'heure prévue, le soleil brillait dans la capitale hongroise, dans un ciel presque sans nuages. De nouveau, on vint le chercher à l'aéroport pour l'emmener en ville. Budapest paraissait plus aisée que Varsovie, mais c'étaient peut-être les nombreuses maisons anciennes du centre-ville qui donnaient cette impression. En venant de l'aéroport, ils avaient traversé des banlieues qui ressemblaient à toutes celles où avaient sévi les architectes et entrepreneurs communistes : de longues files de hauts immeubles en béton, dressés comme des soldats au garde-à-vous, qui symbolisaient le pouvoir absolu du parti et ses efforts constants pour rapetisser l'être humain, pensait-il dans la voiture qui l'amenait à toute vitesse en ville. Sinon, Toftlund n'avait aucune relation spéciale avec Budapest, ni avec la Hongrie. Il n'y était jamais venu et même si ce pays, membre du Pacte de Varsovie, avait fait partie des nations ennemies pendant la guerre froide, la Hongrie n'avait pas été du domaine des responsabilités du Danemark. Rien à voir avec la Pologne. La Pologne avait eu pour mission de faire débarquer des troupes sur les côtes de Seeland. La Pologne était une voisine. Des agents venus de ce pays avaient recruté une cinquième colonne danoise qui enterrait du matériel militaire et des appareils de communication dans les bois afin d'être prête, le jour de l'invasion programmée. Assis sur le siège arrière de la BMW, Toftlund se souvenait qu'il avait eu froid dans le dos en voyant pour la première fois l'ensemble de ces projets d'invasion, après la chute du communisme. Des projets détaillés qui impliquaient que les unités spéciales polonaises et est-allemandes, débarquées par des sous-marins ou parachutées, auraient pour mission initiale de liquider les officiers haut placés et les membres du gouvernement danois, de façon à paralyser le pays. En cas d'échec de l'invasion, on projetait d'utiliser pour la première fois des armes nucléaires tactiques. Peut-être pensait-il à cela à cause des commentaires de Gelbert sur l'histoire et sur la naïveté des Danois. Ces Danois qui d'une manière ou d'une autre comptaient toujours s'en tirer à bon compte, comme ils l'avaient fait pendant les Première et Seconde Guerres mondiales, en laissant toujours les autres payer la facture. Une fois de plus, cela s'était bien passé. Cela aurait pu terriblement mal tourner.

L'entrevue eut lieu dans un immeuble de bureaux modernes avec vue sur le Danube et sur le bâtiment imposant du Parlement. Deux gardes armés étaient postés devant l'entrée de la cour où il fut déposé et il passa devant un autre garde quand on le conduisit dans un bureau vide du dixième. Les eaux gris sale du fleuve coulaient sous les petites fenêtres. Une péniche arborant le drapeau russe glissait lentement ; une femme accrochait du linge à sécher devant le petit abri de navigation. Une autre péniche, un drapeau roumain flottant à la poupe, s'apprêtait à croiser le bâtiment russe. Une secrétaire entre deux âges, aux cheveux décolorés relevés très haut sur le crâne, qui dégageait un lourd parfum de jasmin, lui offrit du café et une eau minérale. Elle s'excusa en allemand de l'attente qui lui était malheureusement infligée, M. le Directeur, en effet assistait à une réunion qui se prolongeait. « *Der Krieg, wissen Sie, mein Herr. (La guerre, vous savez, Monsieur.)* » Pour le faire patienter, elle lui donna le *Herald Tribune* du jour. Le quotidien était marqué par la campagne des bombardements de l'OTAN qui se déroulait comme prévu, selon les porte-parole. Chaque jour, de nouvelles cibles étaient désignées et atteintes. Le temps leur jouait des tours. Mais il ne pouvait être question d'envoyer des forces terrestres. Ils essayaient de toute leur force d'éviter des pertes alliées. C'était une guerre technologique de pointe que l'on menait à distance. Les pertes civiles restaient rares, selon l'OTAN. Il lisait la phrase : *Minimum collateral damage*. D'autres articles, qui offraient une image moins rose, relataient la fuite de centaines de milliers d'Albanais du Kosovo. Que fuyaient-ils ? La purification ethnique intensive des Serbes ? Ou les bombes de l'OTAN ? Ils cherchaient refuge en Macédoine et en Albanie, qui croulaient sous le fardeau des réfugiés. Les parlements respectifs des riches pays européens discutaient pour savoir si l'on devait accepter mille ou peut-être deux mille réfugiés. Le monde tournait à l'envers, pensait-il, quand deux hommes entrèrent dans le bureau et se présentèrent.

« Colonel Karoly Karancsi, chef du service des Renseignements. Très honoré de vous rencontrer. Pouvons-nous parler allemand ?

— Volontiers », dit Toftlund. Heureusement qu'il avait passé son enfance à Tønder. « Per Toftlund. »

Karoly Karancsi était un petit homme vigoureux qui portait une fine moustache. Il rappelait un peu Chaplin âgé, mais il avait les cheveux noirs, comme s'ils étaient teints, des joues d'enfant, rondes et sans rides, légèrement rougies par le rasage soigneux du matin, des yeux bruns rapprochés sous un front bas. La poignée de main sèche et ferme. Son costume foncé bien coupé semblait sortir de chez le tailleur. Il portait une chemise bleu clair et une cravate foncée unie. Un bureaucrate qui savait s'habiller.

« Lazlo Krozsel, de la Police judiciaire », dit le second en tendant la main. Il portait un costume froissé et une cravate lâchement nouée. À trente-cinq ans environ, il était déjà chauve, avait une peau ridée, de petits yeux gris et des doigts jaunis par la nicotine. Il ressemblait à un flic qui a trop de travail sur son bureau et qui en voit arriver tous les jours. C'était lui, d'ailleurs, qui portait les dossiers. Le colonel n'avait à la main qu'une mince chemise grise marquée d'un cachet quelconque en hongrois, dont Toftlund pensa qu'il signifiait confidentiel ou classé, ou quelque chose de ce genre.

« Asseyons-nous, proposa Karancsi. Je regrette que vous ayez dû attendre. Mais il n'y a que quelques jours que la Hongrie est devenue membre de l'OTAN, qui est en guerre avec un pays voisin. Ce n'est pas une situation facile. Nous avons une forte minorité de Hongrois en Voïvodine. La guerre entraîne beaucoup d'insécurité. La population ne comprend peut-être pas très bien la décision de l'OTAN. Si nous autorisons des attaques de bombardiers à partir de notre territoire ou le passage de ravitaillement militaire, vous devinerez certainement les complications sécuritaires. Vous avez dû attendre, malheureusement, parce qu'on a exigé de moi que j'informe le cabinet.

— Je comprends. Nous vivons une époque difficile.

— Je vous remercie de votre compréhension, monsieur Toftlund, poursuivit le colonel. À présent, nous sommes des alliés qui combattons du même côté. Des pilotes danois participent même aux combats. Le peuple hongrois n'accepterait sans doute pas une action aussi drastique. Que des pilotes hongrois aillent bombarder des compatriotes qui ont fini par devenir des citoyens yougoslaves simplement à cause des hasards de l'histoire... Mais les fonctionnaires que nous sommes doivent laisser ces affaires-là aux hommes politiques. »

Ils s'assirent en face de Toftlund devant la table brune bien polie. Toftlund eut l'impression qu'ils allaient se mettre à négocier des ventes de beurre ou des quotas de pêche. Le colonel fit un signe de tête à l'agent de la Police judiciaire qui ouvrit l'une des chemises, mais Karancsi dit d'abord :

« Nous avons étudié les documents envoyés par le Danemark et la Pologne. Nous aimerions vous aider, naturellement, mais en fait, je ne crois pas que notre contribution puisse peser très lourd. Par contre, peut-être pourrez-vous contribuer à quelque chose ici.

Nous en reparlerons plus tard. Puis-je vous proposer de laisser Herr Krozsel vous présenter la partie de l'affaire qui concerne l'assassinat du ressortissant danois ? Herr Krozsel ? »

L'allemand de Krozsel était lent, mais compréhensible, et il présenta un rapport des faits que Toftlund coucha scrupuleusement sur son carnet de notes. Il se serait presque cru au commissariat de Middelfart, en train d'écouter un collègue danois l'informer d'une affaire courante. Le travail des inspecteurs de la PJ était apparemment à peu près le même partout en Europe. Ils parlaient, en tout cas, la même langue dépouillée et neutre. Ils savaient tout de la folie humaine. Leur mission se définissait sur le tas : trouver assez de preuves pour que l'affaire puisse tenir le coup au tribunal, etc., jusqu'à l'affaire suivante. Car il y avait toujours une nouvelle affaire en attente.

Le ressortissant danois Niels Lassen avait été trouvé dans la matinée, quand sa fille n'avait pas compris pourquoi il ne descendait pas prendre le petit déjeuner et ne répondait pas au téléphone quand elle appelait sa chambre. Il avait été tué par des coups répétés sur la tête avec un instrument contondant. Le premier coup avait entraîné la mort immédiate. Impassible, Krozsel tendit à Toftlund les clichés du photographe de la police. La nuque de Lassen était une masse de sang et de cheveux. Le cadavre gisait devant la fenêtre, recroquevillé dans une position fœtale, les yeux grands ouverts. Il ne portait qu'un caleçon. Par terre, à côté de lui, le peignoir de bain blanc de l'hôtel. D'autres photos montraient la chambre, une bonne chambre d'hôtel tout à fait ordinaire avec un lit, la télévision, une table et deux chaises.

La chambre avait été fouillée ; partout, c'était un fatras de vêtements, de journaux et de livres, de chaises renversées. L'édredon et les draps avaient été déchirés et le matelas éventré. Deux valises avaient été vidées et lacérées, elles aussi.

Toftlund rendit les photos.

« Comment l'agresseur ou les agresseurs sont-ils entrés ?

— Rien ne montre que la porte a été forcée, répondit Krozsel. Cela ne veut pas dire grand-chose, malheureusement. Les clients des hôtels ne sont pas aussi prudents qu'ils devraient l'être. Quand on frappe, la plupart ouvrent leur porte. De plus, il est facile de mettre la main sur le — comment dit-on — le passe-partout de l'hôtel. Le personnel du ménage et du service des chambres, vous savez. Puis-je continuer ? »

Toftlund fit oui de la tête et Krozsel poursuivit. Toftlund voyait qu'il avait envie de fumer, mais les vêtements du colonel ne sentaient pas le tabac, alors il était certain qu'il ne l'y autorisait pas. Ce qui convenait parfaitement à Toftlund.

La police judiciaire hongroise avait interrogé le personnel et les clients, surtout les Danois. Il avait été facile de reconstituer les faits et gestes de Lassen. Après une soirée à l'Opéra avec la délégation danoise, il était rentré à l'hôtel à 23 heures et avait pris un verre au bar.

Lassen était allé se coucher vers minuit. La plupart des autres clients danois avaient fait de même, mais quelques-uns étaient restés au bar une heure de plus, entre autres la fille de Lassen. Elle était passée devant la porte de la chambre de son père sans rien remarquer. L'enquête avait été un peu compliquée dès le début parce que la chambre de Lassen avait été réservée au nom de Theodor Nikolaj Pedersen, citoyen danois, et que sa fille, naturellement, avait été un peu hystérique. Brandt, le chef de la délégation, avait éclairci le malentendu. L'hôtel avait été réprimandé pour avoir manqué d'ordre dans l'enregistrement de ses clients. Le médecin légiste estimait que la victime était morte vers quatre heures du matin, au moment le plus calme à l'hôtel. Aucun signe n'indiquait que la victime ait opposé la moindre résistance. Ni restes de peau ni quoi que ce soit d'autre sous les ongles. Ils pensaient qu'elle avait ouvert la porte, fait deux pas en arrière ou avait été poussée et frappée violemment sur la nuque. Aucune autre empreinte digitale que celles du défunt n'avait été relevée ; une série d'autres empreintes s'étaient révélées être celles de l'une des femmes de ménage. La fille du défunt avait remarqué qu'il manquait des chèques de voyage, une carte Visa, de l'argent en espèces, un lecteur de CD, un portable et un ordinateur de la marque Compaq Presario. La police en avait conclu à un crime crapuleux, mais elle ne soupçonnait personne. Les interrogatoires effectués dans le milieu n'avaient rien apporté de nouveau.

Krozsel leva la tête et referma la chemise qui résumait une vie gaspillée, pensa Toftlund. Néanmoins, il demanda :

« Et la surveillance vidéo de l'hôtel ?

— Nous avons visionné les bandes qui couvrent le hall, l'entrée principale, le casino et le parking. Beaucoup de gens y circulent, naturellement, mais pas de vieilles connaissances. Ni de suspects, d'ailleurs. Je regrette.

— Ni celle-ci ? dit Toftlund en posant la photo de Maria sur la table devant Krozsel, qui y jeta un coup d'œil avant de regarder le colonel, lequel hocha imperceptiblement la tête.

— Avec votre permission, le colonel Karancsi voudrait revenir sur cette femme un peu plus tard, mais on m'a autorisé à vous dire qu'elle n'apparaît pas sur les bandes vidéo et nous n'avons aucun témoin qui l'ait située aux alentours de l'hôtel, ni même à Budapest. Nous ne voyons aucune relation avec cet assassinat. Je regrette. Nous maintenons qu'il s'agit d'un crime crapuleux, sans autres implications. Il est évident que vous serez prévenu si nous arrêtons le ou les assassins. Mais nos chances sont minimes, malheureusement. C'est l'envers de la liberté. La grande disparité entre les riches et les pauvres. La montée en flèche de la criminalité. Nous avons beaucoup de tziganes à Budapest. Nous sommes aux confins des Balkans, nous attirons beaucoup d'individus douteux. »

Krozsel s'adossa à son siège. Comme si l'affaire était terminée. Toftlund avait la même impression. L'affaire allait être, sinon officiellement classée, du moins rejoindre une pile qui grossissait régulièrement, dont la police surchargée de travail et sous-payée devait s'occuper tous les jours, en ces temps nouveaux.

« Peut-on entrer à l'hôtel sans passer devant les caméras de surveillance ? s'enquit Toftlund.

— C'est possible, oui.

— Comment ?

— La caméra qui contrôle l'entrée de service ne fonctionnait pas, malheureusement. Le chef de la sécurité avait cru pouvoir attendre le lendemain matin pour la faire réparer.

— Elle était en panne depuis longtemps ?

— On l'avait sabotée.

— Quand avez-vous découvert cela ?

— Seulement hier, hélas.

— Alors, le meurtre aurait été plus prémédité que ça ?

— C'est aussi notre conclusion. Malheureusement, monsieur Toftlund. Nos bandes de malfrats sont à la fois professionnelles et sans scrupule. Il y a beaucoup de vols dans les hôtels. Nous évitons de parler officiellement de cet état de choses par égard pour notre tourisme. »

Toftlund réfléchit un moment avant de dire :

« Une dernière question : d'autres chambres ontelles été cambriolées cette nuit-là ?

— Non.

— Cela ne vous étonne pas qu'on se prépare aussi minutieusement et qu'on se contente d'une seule chambre ? Grands dieux, quelques chèques de voyage et un ordinateur !

— Ce n'est pas rien, Herr Toftlund, dans cette partie du monde où une retraite n'atteint pas 100 Deutsche Mark. Mais nous croyons réellement que le meurtre de ce Danois n'était pas prémédité. L'assassin a été pris de panique et il a pris la fuite. Peut-être la victime n'a-t-elle pas voulu lui donner ses objets de valeur ? Elle a peut-être crié ?

— Et personne ne l'a entendue ?

— L'une des deux chambres voisines était vide.

Dans l'autre, le gentleman allemand qui s'y trouvait avait la visite d'une jeune femme. Il n'a rien remarqué. Il avait, pour ainsi dire, autre chose en tête. Comme il l'a dit non sans une certaine fierté : celle que j'avais dans mon lit criait comme un cochon qu'on égorge. »

Toftlund ne put s'empêcher de sourire. Et Krozsel lui rendit son sourire. Entre collègues. « Malheureusement, camarade, mais tu connais la routine. » Voilà, selon Toftlund, ce que signifiait le sourire de Krozsel qui rassembla ses papiers, se leva, lui serra la main et sortit. Il était évident qu'un simple inspecteur de la PJ ne devait pas participer à la suite. Elle était réservée au colonel.

Celui-ci se pencha en avant, posa les coudes sur la table et croisa les mains sous son menton. Une posture bouffonne qui avait pour but de signaler l'importance du colonel, d'après Toftlund. Rien n'autorisait ce soupçon, mais le colonel lui faisait l'effet d'avoir été nommé pour des raisons politiques, et non comme un professionnel des renseignements. Comme Gelbert en Pologne, mais avec la franchise en moins. Le second était l'opportuniste, qui levait le doigt pour sentir venir les vents nouveaux, le premier l'idéaliste, qui croyait qu'il allait faire la différence.

Le colonel Karancsi commença, lentement et sérieusement :

« La situation est compliquée, Herr Toftlund. Vraiment compliquée. J'ai l'honneur d'avoir reçu la mission de tâcher de protéger les intérêts de la sécurité de notre pays. En cette qualité, je suis naturellement prêt à collaborer à tous les niveaux avec un service allié, mais on m'a confié récemment un nouveau rôle qui n'est pas nécessairement transnational, si vous voyez ce que je veux dire ?

— Absolument pas.

— Non. Il faut dire que c'est compliqué. Regardez cette photo. »

Il tendit à Toftlund une photo en couleurs qu'il sortit de sa mince chemise, presque comme un prestidigitateur. La photo représentait une femme. Il était assez évident qu'il s'agissait de Maria Bojic, mais elle était entièrement différente. Ses cheveux blonds et bouclés retombaient sur son col et elle portait des lunettes ordinaires. Elle avait été prise debout devant une voiture et regardait le photographe en plissant les yeux, comme si elle se sentait épiée. Elle portait un jean bleu et une courte veste de cuir coûteuse.

— C'est celle que nous appelons Maria, déclara Toftlund.

— Oui et non.

— Là, je ne vous suis plus du tout. »

Karancsi s'éclaircit la gorge et de nouveau, il prit une pose affectée en joignant la pointe de ses doigts avant de poursuivre, dans son allemand laborieux :

« Nous la connaissons sous le nom de Svetlana Kreisler, citoyenne russe, mais d'origine allemande. Origine qui remonte à la Grande Catherine, vous savez. Une Allemande de la Volga. Ainsi, elle est aussi automatiquement citoyenne allemande. D'ailleurs, elle voyage avec un passeport allemand. Elle vient ici depuis ces quatre ou cinq dernières années, pour autant que nous le sachions. Nous ne pensons pas qu'elle soit en relations avec les services des renseignements d'un pays donné, par contre, nous croyons qu'elle l'est avec les mafias russe et hongroise. Et c'est là qu'intervient mon second rôle. »

Il fit une nouvelle pause oratoire. Toftlund attendait. Il valait mieux tenir sa langue, quelquefois, au cours d'un interrogatoire ou d'une situation équivalente. Laisser la pause se prolonger assez longtemps pour que l'adversaire se sente presque obligé de parler. Toftlund regarda par la fenêtre. Le fleuve coulait sous la fenêtre, tranquille et large. Les péniches se succédaient, mais il vit aussi un bateau de touristes. Karancsi s'éclaircit encore une fois la voix :

« J'ai été nommé chef d'un service qui est nouveau en Hongrie. Il correspond en partie à ce que les Américains appellent Internal Affairs — les Affaires intérieures. Le gouvernement et le parlement ont ordonné à ce service d'enquêter pour savoir si la police de l'État est corrompue. Je dois donc vous demander de considérer ce que je vais vous dire comme confidentiel. Comme une information personnelle fournie au représentant d'une nation amie. Sommes-nous d'accord ?

— Évidemment.

— Bien. Svetlana semble avoir servi d'intermédiaire dans ce que nous appelons ici la fraude du pétrole. Peut-être même de cerveau. C'était si simple que c'en est presque banal. Nos taxes d'importation sur le diesel sont élevées, alors qu'elles sont basses sur le mazout destiné au chauffage. Je crois que c'est tout à fait courant dans le monde libre. On achetait du diesel à l'étranger, on le colorait en rouge pour qu'il puisse passer à la douane comme du mazout et on le revendait ici comme du diesel. Des millions de dollars d'économie sur les impôts et des millions de dollars de profit. Le rêve de tous les fraudeurs. Cinq ans plus tard, nous n'avons pas encore fait le compte des sommes qui ont échappé ainsi aux caisses de l'État.

— Mais où est le rapport avec la division des Affaires intérieures ?

— On pourrait l'exprimer ainsi : tout cet argent a entraîné — comment dire — une hausse de la qualité du crime organisé en Hongrie. Cet argent a permis à nos bandes assez primitives de se structurer et d'essaimer. Dans les genres classiques que vous connaissez : la prostitution, la drogue, les voitures volées et le blanchiment d'argent. Mais aussi de s'infiltrer dans l'industrie et le commerce légaux. Nous estimons — mais sans pouvoir en être certains, n'est-ce pas — que cette fraude a coûté 400 millions de dollars à l'État hongrois. 400 millions de dollars qui sont tombés dans la poche de ce qu'on peut appeler la mafia.

— Et ce genre de fraude n'a pu avoir lieu que si la police et la douane fermaient les yeux ?

— Exactement. J'ai pour mission d'enquêter sur l'ampleur des pots-de-vin. Même si je dois aller jusqu'en haut de la hiérarchie. Il ne s'agit pas seulement de savoir si un officier ou un agent de police ordinaire ont reçu un pot-de-vin. Il faut aussi vérifier si, comme on le prétend, six sur dix des consciencieux agents de la PJ hongroise qui ont tenté d'aller au fond de cette affaire au cours des années se sont suicidés. » Il se racla la gorge, toussa discrètement. « Nous soupçonnons que les rapports des médecins légistes ont été falsifiés. Nos fonctionnaires publics n'ont pas des salaires princiers. Il en faut peu pour les tenter, malheureusement. Cela fait partie de notre réalité post-communiste. Comme vous le savez, la Hongrie a malheureusement l'un des taux de suicide les plus élevés du monde, alors il semble que cette coïncidence de hasards soit tout de même trop forte, n'est-ce pas ?

— Mais je ne vois aucun lien avec le citoyen danois Niels Lassen. Vous si ?

— Pas directement, non. Mais indirectement. Car cette fraude du pétrole et tout l'argent qu'elle a mis en circulation, il faut bien dire que cela a entraîné une promotion de la criminalité sous toutes ses formes, Herr Toftlund.

— Je comprends.

— J'en suis heureux. Alors, j'espère aussi que vous comprendrez que nous ne pouvons pas vous aider directement. Mais nous vous serions extrêmement reconnaissants, à vous et au Danemark, si vous réussissiez à mettre la main sur celle que vous appelez Maria Bojic. Il y a pas mal de choses dont j'aimerais discuter avec elle. »

Tout le monde aimerait, apparemment, discuter de pas mal de choses avec cette femme, réfléchit Toftlund après coup. En attendant son avion pour Bratislava à l'aéroport, il déjeunait d'une truite accompagnée d'un verre d'eau. L'eau était bonne. Il repassa ses notes sans trouver de lien entre la plupart d'entre elles, mais l'idée que cette femme jouait un rôle important ne le lâchait pas. En tout cas, il comprenait parfaitement le colonel hongrois. Toftlund aurait aussi aimé discuter de pas mal de choses avec cette femme mystérieuse aux multiples visages. Il remit son bloc dans son sac et commanda du café avant d'allumer son téléphone portable, pour la première fois depuis son départ.

Toftlund ne faisait pas confiance à ces engins. Il s'en servait volontiers pour de brèves communications au Danemark, au cours d'une opération. Là, il les préférait aux talkies-walkies que pouvaient écouter n'importe quel journaliste ou détective amateur, mais pour les conversations confidentielles, il se méfiait toujours. Les services secrets du monde entier, qui exploraient les fréquences, les avaient sur écoute. Les ordinateurs étaient programmés pour réagir à des codes spéciaux. Certains appelaient l'ensemble de ce système « Échelon ». Le nom qu'on lui donnait ne faisait ni chaud ni froid à Toftlund. Simplement, il était conscient de sa présence. S'il en avait eu les moyens, il y aurait fait appel, lui aussi.

Son portable émit des bips véhéments. Il y avait des messages sur son répondeur. Il les appela. Il y en avait deux de Lise. Le premier aimable et tendre. J'espère que tu vas bien. Le second plus froid. Elle se demandait s'il aurait le temps d'appeler à la maison. Il réfléchit un moment, le téléphone à la main. Il n'avait pas l'habitude de cette situation. Jamais il n'avait eu aucune raison d'appeler chez lui quand il était en mission, pendant son ancienne vie professionnelle. Il n'avait eu aucune raison de le faire lorsqu'il était à la police des passeports. On aurait pu régler sa montre sur ses heures de garde. Auparavant, au PET, il était célibataire. Toftlund n'allait pas en profondeur quand il s'analysait lui-même. Il avait le don de se concentrer sur une mission, mais pas celui d'approfondir ses motifs. De ses années dans le corps des plongeurs sous-marins, il avait retenu que si l'on veut survivre aux situations extrêmes et aux missions impossibles qu'on vous présentait d'abord pendant l'entraînement puis pendant les exercices, il était d'une nécessité primordiale de se concentrer et de refouler tout le reste. Si l'on permettait à des réflexions étrangères ou à des relations personnelles de troubler la solution du problème posé, on succombait un jour ou l'autre. Par nature et par entraînement, il avait trouvé plus facile pour son équilibre de compartimenter son cerveau. De prendre un problème à la fois. C'est pourquoi cela l'avait étonné, à l'aéroport, d'être effleuré par la mauvaise conscience. Et même plus qu'effleuré. Il aurait peut-être dû téléphoner. Mais cela n'avait aucun sens. Il faisait son travail. Si Lise restait sans nouvelles, c'était parce qu'il était trop pris et que les choses se passaient comme prévu. Pas de nouvelles, bonnes nouvelles.

Il but son café et regarda son petit portable. Une bénédiction et une malédiction. Puis il regarda sa montre et composa le numéro de la maison. Il attendit et interrompit la communication quand il entendit le répondeur. Il réfléchit un moment. Puis il appela le numéro direct de Lise à *Politiken*. Normalement, à cette heure de l'après-midi, elle devait être au travail à la rédaction culturelle du quotidien, et même en congé de maternité, il n'aurait pas été surpris qu'elle aille y faire un tour. Il l'entendait encore lui dire qu'en fait, il avait aussi le numéro de son portable. Encore une fois : une bénédiction et une malédiction. On n'était jamais hors de portée d'une communication, de nos jours. Mais le téléphone portable avait l'inconvénient de toujours révéler où l'on se trouvait. Il suffisait de consulter le mât de communications le plus proche, et c'était dangereux pour lui.

Cela l'étonna, malgré tout, qu'elle soit à son bureau.

« Lise Carlsen », répondit-elle et sa voix lui réchauffa tout le corps. Soudain, elle lui manqua si terriblement qu'il en fut tout étonné. Étonné d'être envahi par de tels sentiments alors qu'il était en mission. Il le ressentit comme une brisure des cloisons qui séparaient les compartiments.

« Salut, Lise, ma chérie. C'est moi. Tu me manques. Comment allez-vous ?

— Per. Où es-tu ?

— À Budapest.

— C'est une belle ville, remarqua-t-elle d'une voix pointue.

— Je ne vois que des aéroports et des bureaux, alors, ça ne me dit pas grand-chose.

— Merci de m'appeler », fit-elle alors, sur le même ton pointu et correct. Comme si elle répondait à un informateur qui avait eu l'amabilité de la rappeler.

« Je te croyais en congé maternité. Qu'est-ce que tu fais au boulot ?

— Je me suis sentie un peu seule à Ganløse. J'ai voulu savoir si mon bureau me convenait toujours. Et Pernille m'a invitée à dîner en ville. Elle a trouvé que c'était dommage de me laisser végéter à la campagne pendant que mon mari se promenait en Europe centrale et avait apparemment oublié sa femme. » Pernille, à la fois collègue et amie de Lise, était sûrement en train d'écrire un article avant de sortir en ville avec elle.

« Lise, nom de Dieu. J'ai eu à faire. C'est très compliqué, lança-t-il d'une voix plus irritée qu'il ne l'aurait voulu.

— Je n'en doute pas. Quand rentres-tu ?

— Dans un ou deux jours.

— C'est précis.

— Je ne peux pas discuter de ça au téléphone.

— Naturellement non.

— Tu es fâchée, Lise.

— Je suis lasse, je suis grosse, j'ai mal au dos et je transpire et j'en ai assez d'être enceinte et assez d'avoir un mari qui disparaît et qui n'a pas le courage d'appeler chez lui pour prendre des nouvelles de sa femme enceinte. Pour savoir si j'ai peut-être commencé à accoucher plus tôt que prévu. »

Le cœur de Per se mit à battre très fort. Comme après un jogging rapide et prolongé.

« Ça a commencé ? Qu'est-ce que tu dis ? Ça ne va pas ? »

Elle rit, et son rire le réchauffa. Il la retrouvait.

« Ah, ah, le courageux détective a eu les foies, hein ?

— Quelque chose qui ne va pas, Lise ?

— Per, vieil idiot. Je vais très bien. Je suis allée au contrôle hier. Tout est parfait. Si nous ne savions pas que c'est une fille, je croirais que c'est un garçon. Elle donne des coups de pied comme Preben Elkjær. Mais je me réjouis d'accoucher. Je voudrais bien avoir des nouvelles de mon mari, même s'il se promène dans le monde pour jouer les James Bond.

— O.K.

— Toi et tes O.K. Tu n'es plus célibataire. Et si j'avais commencé à accoucher ? Tu ne l'aurais pas su.

— Mais ce n'est pas le cas.

— Et si ça l'était ? répéta-t-elle, mais sur un ton qui disait qu'elle ne lui en voulait plus.

— Alors je serais rentré avec mon jet privé, tu sais, avec le caviar, le champagne et trois belles filles à bord.

— Essaie seulement.

— Je t'aime, Lise, s'exclama-t-il, en s'étonnant lui-même, mais il l'avait dit sans y penser.

— Moi aussi, je t'aime. Même si tu ne te conduis pas convenablement. Appelle-moi de temps en temps. Garde au moins ton portable ouvert. Les enfants, ça arrive plus tôt que prévu quelquefois, n'est-ce pas ?

— C'est entendu.

— O.K. mon chéri. Fais attention à toi.

— À dans un ou deux jours. J'appellerai ce soir de l'hôtel.

— Et ce sera où ? »

Il marqua une pause. Il entendait le bourdonnement de la communication qui montait des mâts jusqu'au satellite, et redescendait par d'autres mâts pour arriver à *Politiken*. Il y avait tant de possibilités de capter les phrases qui traversaient l'atmosphère, mais ça n'avait aucune importance, en réalité. Il avait simplement dans le sang de ne rien dire de plus que le strict nécessaire. Aucune raison de donner des informations superflues. C'était aussi une question d'entraînement. Si on en disait le moins possible au départ, au lieu d'en dire le plus possible, on avait moins de chances de se laisser avoir le jour où la situation était vraiment grave.

« À Bratislava, dit-il malgré tout.

— Ça t'a fait mal, hein, Per ! »

Elle rit, et il ne put s'empêcher de rire avec elle. Ils parlèrent un peu du jardin qui serait bientôt aménagé, cela faisait partie du contrat avec l'entrepreneur, et de l'enfant qu'elle portait. Ensuite, à l'aéroport, le portable à la main, il ressentit de nouveau ce curieux sentiment de bonheur qu'il éprouvait en se réveillant le matin à côté de Lise. Curieux parce qu'il le rendait heureux d'une façon étrangement inconnue tout en le remplissant d'une frousse épouvantable.

12

Per Toftlund était au même hôtel que Teddy quelques jours plus tôt. Le Forum se trouvait à la périphérie de la vieille ville, mais Per, à présent, éprouvait quelques difficultés à distinguer les unes des autres ces cités d'Europe centrale. Il y avait bien des différences, mais c'étaient les mêmes mendiants, les mêmes nouveaux riches crâneurs, les mêmes bips sortant des mêmes portables, les mêmes publicités pour le tabac, les mêmes McDonald's ou pubs irlandais bidon. Il avait l'impression que si l'on avait enterré la grisaille de l'affreux communisme, la brutalité du capitalisme qui l'avait remplacé était plus vulgaire que libre. Tout cela sentait le discount. De ce que l'on mangeait aux politiciens, en passant par les mendiants. Il ne savait pas vraiment d'où lui venaient ces idées, mais c'était son sentiment. Peut-être que Lise lui manquait, tout simplement. Peut-être qu'il était las de ces rencontres identiques. Peut-être qu'il était en colère et irrité de ce que personne ne soit venu le chercher à l'aéroport.

Il prit un taxi pour aller à l'hôtel, qui le surprit par son efficacité occidentale et son niveau international ;

c'était comme une île pour hommes d'affaires, au milieu de la pauvreté de l'Europe centrale. Les rues qui y menaient avaient été pleines de creux et de bosses. Il appela le numéro qu'il avait apporté du Danemark et demanda Eduard Finca. La ligne était très bruyante ; il eut l'impression qu'on le changeait plusieurs fois de poste. Il entendait des cliquetis très nets et une fois, une voix de femme qui dit quelque chose d'incompréhensible, vraisemblablement en slovaque. Enfin, la voix d'un homme jeune qui parlait l'anglais avec un fort accent lui parvint à travers le crépitement de la ligne :

« Monsieur Toftlund. So sorry. M. Finca est en voyage d'affaires.

— Nous avions rendez-vous.

— Je regrette. C'était extrêmement nécessaire. La guerre, vous savez.

— Puis-je parler à quelqu'un d'autre ?

— C'est une situation difficile. Demain, peut-être. Vous rappellerez demain, O.K. ?

— Quand rentrera votre chef ?

— Très difficile à décider. La guerre, vous savez.

— Vous ne faites pas partie de l'OTAN.

— La Slovaquie étant située où elle est.

— Oui, c'est vrai.

— Au revoir, monsieur Toftlund.

— Va te faire foutre », répliqua Toftlund en danois en raccrochant.

Il réfléchit un moment et appela Vuldom. Il se servit de nouveau du téléphone de la chambre d'hôtel, non pas parce qu'il le trouvait plus sûr, mais parce qu'une ligne terrestre valait mieux qu'un portable, qui pouvait être écouté à volonté par les oreilles vraiment grandes, celles qui détenaient la technologie la plus coûteuse et sophistiquée.

« Vuldom », sa voix agréable et sèche traînait un peu sur la voyelle, si bien que son nom devenait légèrement chantant.

« Toftlund », répondit-il et il commença son rapport, brièvement et précisément, mais sans mentionner de noms. Il savait que Vuldom n'aimait pas les bavardages, surtout pas au téléphone. Il relata ses entrevues sans entrer dans les détails et conclut :

« Notre amie est un curieux animal à têtes multiples. Je n'arrive pas vraiment à me faire une opinion sur elle, mais je crois qu'elle a de l'importance pour notre affaire. En rentrant, je passerai par Prague, où je crois que nous avons une très bonne source. Ici, en Slovaquie, je ne sais pas. »

La communication était excellente. Il entendait très distinctement la voix de Vuldom.

« O.K. Mais rentre aussitôt que possible. Notre ami polonais a appelé. Il pensait que tu ferais ton rapport ici. Il m'a dit de te donner le bonjour. Tu lui as fait bonne impression. Il m'a dit que tu pouvais tranquillement continuer. Tes hôtes refuseront quand même de parler avec toi. Et si c'est moi qui insiste un peu, ils te diront n'importe quoi.

— O.K.

— Mais notre ami polonais pense que tu dois contacter votre ami commun. Mais tu te méfieras, O.K. ?

— O.K.

— Et... Per ? Ne t'attarde pas. Ça devient tendu.

— Qu'est-ce que tu veux dire ?

— L'Europe de l'Est vit à notre époque, elle aussi. Regarde CNN et porte-toi bien.

— À bientôt », dit-il, mais elle avait déjà raccroché.

Il trouva la télécommande et alluma la grande télé de marque japonaise. C'était réellement une nouvelle époque. Il pouvait zapper d'un programme à l'autre et regarder aussi CNN, naturellement. Il arriva au milieu de l'émission, mais même s'il n'avait pas vu le début, on ne pouvait pas s'y tromper. Sous le titre hautain de *Breaking News*, CNN émettait en direct, interrogeait tour à tour ses correspondants, de Bruxelles à Washington, et passait à la base aérienne italienne d'où l'OTAN envoyait ses bombardiers survoler le Kosovo et la Yougoslavie. Toftlund n'en croyait pas ses yeux. La défense aérienne yougoslave avait réussi à descendre un bombardier Stealth, ce qui n'aurait pas dû être possible. La construction de cet avion devait le rendre invisible aux radars. Les Américains avaient remporté de grands succès, avec cet avion, pendant la guerre du Golfe où Saddam Hussein, même avec son système de défense anti-missiles bien développé, n'avait pas réussi à en toucher un seul. Comment les Yougoslaves avaient-ils réussi à l'abattre, bon Dieu ? Les explications des experts de CNN n'éclairèrent pas beaucoup sa lanterne. C'était comme d'habitude, en cas de crise quelconque. Que ce soit la télé danoise, allemande ou américaine. Une série d'esprits fumeux discouraient à perte de vue en faisant mille et une spéculations. La télé était bonne fille. On pouvait y dire n'importe quoi, soit les gens ne vous prenaient pas au sérieux, soit ils avaient oublié le lendemain. Et on pouvait recommencer à faire des spéculations. Il se demandait où ils trouvaient le courage de le faire. Les grands mots revenaient chaque fois. Ils qualifiaient tout de crise, de catastrophe, de confrontation, d'impasse. La question la plus courante des journalistes télé du monde entier était celle-ci : Et si telle et telle chose se passait ? Ce qui permettait de continuer à faire des spéculations sans fin.

On voyait des photos des débris de l'avion noir. Le pilote avait apparemment été sauvé par un hélicoptère de secours. À entendre CNN, il s'agissait d'une grande victoire. Toftlund s'étonnait. L'OTAN était en train de mener une guerre aérienne au cours de laquelle il importait qu'elle ne subisse pas de pertes, tandis que les Serbes continuaient leur cruel nettoyage ethnique et que les réfugiés déferlaient en Albanie et en Macédoine, et l'on avait perdu un Stealth.

Aucun doute que les Russes ne soient déjà sur place pour mettre la main sur l'équipement électronique de pointe et certaines parties du fuselage de façon à en analyser et en copier le matériau antiradar. Comment avait-on descendu cet avion, bon Dieu de bon Dieu ?

Toftlund alla prendre de l'eau minérale dans le minibar et resta le verre à la main à regarder le flot des nouvelles. Il faisait plus sombre dehors et le bruit de la circulation lui disait qu'il s'était mis à pleuvoir. Il se leva pour regarder par la fenêtre. Un petit palais se dressait de l'autre côté de la place animée. En bas, devant l'hôtel, quelques passants se secouaient et s'abritaient de la pluie sous la grande arche en béton de l'entrée. Plusieurs autobus et quelques taxis étaient à l'arrêt. À travers la pluie qui obscurcissait la vue, il aperçut une grande statue dressée sur le ciel noir, qui lui fit penser à une de ces horreurs guerrières de style social-réaliste. Il était de mauvaise humeur sans réussir à savoir pourquoi.

Toftlund sentit à quel point il détestait l'introspection et les réflexions négatives. Cette voie n'était pas praticable. Les problèmes, il les résolvait presque toujours physiquement. Il se déshabilla en ne gardant que son slip et il fit des pompes jusqu'à ce que sa vue se brouille, qu'il sente l'épuisement dans son ventre, ses bras et ses épaules, et qu'il ne respire plus que par petits halètements désespérés. Ensuite, il prit une douche et téléphona à Lise, mais elle ne répondit pas. Reposant furieusement le combiné sur son socle, il s'en voulut encore plus. Comment pouvait-il exiger qu'elle reste à la maison à l'attendre ? Elle était sans doute sortie avec Pernille.

Pour garder ce début de chaos à distance, il prit ses notes, mais cela ne lui apporta pas grand-chose. Il avait à la fois faim et pas faim. Il décida donc d'appeler le numéro que Gelbert lui avait donné à Varsovie. Une voix de femme répondit en slovaque et Toftlund demanda en anglais à parler avec Pavel Samson. Il entendit la femme appeler à la cantonade, ainsi que des voix d'enfants et le bruit d'une télévision en arrière-fond. L'agrément d'un foyer, par une soirée pluvieuse et froide à Bratislava. Il envia ces gens et se sentit loin de chez lui, mais il se secoua pour se débarrasser de ce sentiment enfantin.

« Samson, dit une voix grêle.

— Do you speak English ?

— I do.

— Je m'appelle...

— Je sais qui vous êtes.

— Pourrions-nous nous voir ?

— Pas ce soir.

— Demain ?

— Descendez dans la vieille ville par la porte de la ville, continuez tout droit. Vous verrez une statue qui ressemble à un homme sortant d'un égout. Attendez devant. Vers dix heures.

— Je veux simplement... » dit Toftlund, mais Pavel Samson avait raccroché.

Toftlund prit note de ses instructions, puis il descendit au restaurant de l'hôtel et prit une côte de porc accompagnée d'épaisses galettes de pommes de terre et de chou rouge. Ce n'était ni bon ni mauvais, il s'alimentait. Il but presque toute une bouteille d'un vin rouge corsé, retourna dans sa chambre et rappela chez lui. De nouveau, il ne trouva personne. Cette fois, il laissa un message sur le répondeur. Le cœur lui manqua quand il entendit la voix douce et sexy de Lise. Ce furent les mots qui lui vinrent à l'esprit : le cœur lui manqua. C'était le style ridicule des hebdomadaires, en fait, mais avec la pluie qui tapait aux carreaux, ces mots exprimaient exactement son état d'esprit. Il alluma la télé et trouva un film payant sur le programme vidéo de l'hôtel : *Die Hard 2*. Juste ce dont il avait besoin. Le film finissait à minuit. Il appela encore une fois chez lui et eut encore une fois le répondeur. D'abord, il s'inquiéta. Pourvu qu'elle ne soit pas à l'hôpital ? Mais il se dit qu'elle passait sûrement la nuit chez Pernille qui avait un appartement au centre-ville. Alors, il se mit au lit et à son habitude, il s'endormit immédiatement.

Toftlund se réveilla reposé. Il ne se souvenait pas de ce dont il avait rêvé. Juste avant d'émerger du sommeil et de redevenir vaguement conscient, il rêva brièvement de Lise et lui, debout, regardant leur enfant, devant un lac brillant et gris. Leur fille en robe blanche, déjà âgée de trois ans, s'approchait d'eux en marchant sur l'eau, un avion en papier à la main. Il se souvint, en se réveillant, de ses traits joyeux et d'un rire qui ricochait sur la surface lisse du lac. Le soleil brillait, ce qui ajouta à sa bonne humeur. De petits nuages moutonnaient dans le ciel, touches légères posées par un artiste peintre. L'affreux monument commémoratif de la guerre se détachait nettement dans la lumière matinale.

Il prit un solide petit déjeuner : bacon, œufs brouillés, saucisses, pain et fromage, en compagnie de clients qui pouvaient être des hommes d'affaires internationaux. Les voyageurs éternellement en route de la nouvelle économie planétaire, plus souvent en voyage que chez eux. Une sorte de pèlerins modernes, dont les seuls dieux étaient les contrats et l'argent. Tous avaient les mêmes yeux inexpressifs et las. Leur chemise blanche immaculée et leur cravate discrète et élégante ne réussissaient pas à dissimuler leur dégoût des voyages et la fatigue d'un petit déjeuner de plus, dans l'anonymat d'un restaurant d'hôtel.

Toftlund quitta l'hôtel à dix heures moins dix. Il avait vu sur le plan que « les nouvelles sculptures », selon l'expression du réceptionniste, n'étaient qu'à quelques minutes à pied. Il prit une rue transversale et passa par une ancienne porte d'enceinte pour entrer dans un réseau d'étroites rues pavées. Les passants étaient peu nombreux. Dès l'instant qu'il eut passé la porte de la ville pour entrer dans les ruelles, le bruit de la circulation s'éteignit. Le silence de la vieille ville l'enveloppa. Les bruits lui arrivaient, feutrés, une voix qui montait d'une octave, le rire clair d'une femme au soleil. Ce ne fut qu'en entendant la chansonnette d'un téléphone portable que le bruit sauta des murs légèrement noircis par la fumée. Il regarda un groupe de petits tziganes en haillons d'un air si menaçant qu'ils s'éloignèrent comme des poules apeurées. Continuant son chemin, il passa devant deux mendiants et un vieillard en manteau noir usé, qui jouait totalement faux une complainte sur son violon. Devant le musicien misérable, il y avait une casquette grasse. Deux modestes pièces renvoyaient au soleil un reflet mat. Un jour nouveau dans le nouvel ordre mondial commençait, dans la plus jeune nation de l'Europe.

Toftlund crut d'abord, à distance, que la statue ou la sculpture était réellement un homme, tant elle était ressemblante. Seule sa couleur gris argent révélait, quand on s'approchait suffisamment, qu'il s'agissait d'une œuvre naturaliste représentant un ouvrier casqué sortant d'un égout. Comme s'il venait de réparer un câble téléphonique en panne. Toftlund se posta devant la sculpture située à un croisement de rues. Il y avait pas mal de passants. Les jeunes prenaient une glace ou conversaient sur leur portable, ou les deux à la fois. Vêtus assez élégamment, ma foi, pensa-t-il. Ensuite, un tout autre monde passa devant lui : une vieille femme portant un châle sur son dos courbé et qui montrait une quantité de dents en or. Elle était empaquetée comme en plein hiver, loin de cette journée printanière étonnamment belle. Il vit deux hommes assez jeunes vêtus de l'uniforme classique de la mafia de l'est : jean bleu, veste de cuir et cheveux coupés très court, sur leurs grosses nuques de taureau. L'un des deux avait un nez tordu de boxeur et un petit anneau d'or à l'oreille. Ils le regardèrent, passèrent devant lui, s'arrêtèrent à un coin de rue et allumèrent des Marlboro sorties de leurs paquets rouges.

Toftlund attendit un quart d'heure. Il fit les cent pas, regarda la vitrine d'un magasin d'appareils radio, de télévisions et de téléphones portables. Celles d'un magasin d'instruments de musique et d'une librairie, où il ne pouvait même pas lire le titre des livres présentés. Chaque fois qu'il arrivait à une distance de cinquante à soixante-quinze mètres de la statue, il faisait demi-tour. Le capitalisme avait remporté la bataille, il le voyait sur les gens. Les grandes marques dictaient aux jeunes leur goût vestimentaire. Surtout aux jeunes femmes. Et pourtant, elles avaient quelque chose de l'Europe de l'Est, avec leurs jambes minces dans des chaussures aux semelles beaucoup trop épaisses, qui claquaient sur le trottoir. Naguère, les panneaux d'affichage auraient vanté un plan quinquennal quelconque, oublié depuis longtemps. Mais la vieille affiche qui pressait les gens à emboîter le pas au parti pour accéder au socialisme avait fait place à la pub d'un groupe d'assurances international. La faucille et le marteau au logo de Sony. La fière ouvrière à l'affiche érotique d'un nouveau téléphone portable. Naguère, les slogans communistes promettaient le bonheur éternel si l'on suivait les mots d'ordre du Parti. Maintenant, Ericsson promettait le plaisir sexuel si l'on achetait son nouveau gadget.

Un enfant tzigane en pantalon de cow-boy en lambeaux et à la chemise froissée, sous un anorak crasseux, s'approcha de lui. Il avait les pieds nus dans des chaussures de jogging qui paraissaient beaucoup trop grandes pour lui. Toftlund se prépara à lui adresser son regard de refus, son froid regard de flic, comme Lise le lui avait dit une fois où il s'était mis en colère contre elle et l'avait regretté cinq minutes plus tard. Mais quelque chose le retint, il préféra attendre un peu. Le gamin, auquel il manquait deux dents de devant, lui tendit sa main droite pour mendier en lui disant quelque chose en slovaque. Comme un prestidigitateur, il ouvrit et ferma rapidement sa main gauche pour permettre à Toftlund d'entrevoir un petit papier plié entre ses doigts. Fourrant la main dans sa poche, Toftlund en sortit un billet de dix dollars. Le gamin, à cet instant même, avait passé son papier de la main gauche à la main droite d'un mouvement si preste et si professionnel qu'on ne pouvait le suivre à l'œil nu. Car quand Toftlund mit les dix dollars dans sa main, il sentit que l'enfant, sans le regarder dans les yeux, pressait le petit papier plié dans la sienne. Puis le gamin s'éloigna, à pas rapides, presque dansants. Toftlund fourra le papier dans la poche de sa veste et garda sa main dans sa poche. Il vit l'un des deux gorilles de la mafia qu'il avait remarqués plus tôt se lancer à la poursuite du gamin, mais il était beaucoup trop lent, le petit détala dans une rue transversale, il en prit une autre et disparut avant que l'adulte massif ait pris de la vitesse.

Toftlund reprit le chemin de l'hôtel à pas lents, en flânant comme un touriste. L'homme en veste de cuir et anneau à l'oreille se campa ostentatoirement au milieu de l'étroite ruelle. Il avait une petite cicatrice au-dessus de l'œil gauche. Toftlund sortit sa main de sa poche et se mit à balancer les bras. Il s'équilibra en portant son poids un peu en avant. L'agent en uniforme présent sur les lieux auparavant avait disparu. Comme si quelqu'un lui avait glissé quelques billets en le priant d'aller boire une tasse de café, de préférence assez loin d'ici.

« Ce tzigane vous a embêté ? » demanda la veste de cuir. Il parlait l'anglais comme un bandit, dans un film de série B. Toftlund voulut le contourner, mais il fit un petit chassé et lui barra de nouveau la route. Le cœur de Toftlund se mit à battre plus vite. Il le mesura. Il était grand, mais n'avait pas l'air rapide. Il fallait régler cela avant le retour de son acolyte.

« Non, répondit Toftlund.

— Vous ne devriez rien donner aux mendiants.

— Pardon, fit Toftlund en faisant un pas de côté, mais la veste de cuir fit le même pas, comme s'ils dansaient ensemble.

— En tout cas, pas sans qu'on vous donne une compensation.

— Vous me barrez le chemin.

— Il vous a peut-être donné quelque chose que vous devez me rendre. »

Les passants qu'entendait Toftlund restaient à distance. On eût dit qu'il n'y avait personne à proximité. Que les gens de Bratislava savaient qu'il n'était pas raisonnable d'être témoin de certaines choses. Cependant, Toftlund sentait qu'il devait laisser l'autre faire le premier pas. Être le premier à l'attaquer. Mais le moment était venu de jouer franc-jeu et d'arrêter la comédie. Aucun doute, la veste de cuir savait qui il était.

« *Fuck you !* » dit Toftlund.

Cela suffit. Le type en veste de cuir était si sûr de lui qu'il fit un pas en avant, avança la poitrine, leva la main droite et saisit le bras gauche de Toftlund. Il avait l'habitude d'être obéi, l'habitude d'intimider. Les formalités, le patron saurait bien les arranger plus tard, avec les autorités. Cela le rendait imprudent et idiot. Comme l'éclair, Toftlund leva la main droite, attrapa l'anneau de son oreille et l'arracha en faisant jaillir le sang. Cela fit certainement mal, car le truand lâcha le bras de Toftlund pour appuyer sa main sur son oreille privée de lobe. Toftlund le frappa à la poitrine de son poing gauche, si fort que l'homme trébucha contre le mur, il lui jeta son anneau à la figure et se dirigea rapidement vers la porte de la ville. Un couple âgé se serrait sur le trottoir. Deux jeunes filles le regardaient d'un air effrayé, mais personne ne l'aborda et quand il se retourna, il vit la Veste de cuir, une main sur l'oreille, en train d'essayer, de l'autre, de taper un numéro sur son portable.

Son cœur battait, mais Toftlund n'avait pas peur. Pourtant, il fut heureux d'entrer dans le hall international de l'hôtel. Il alla au bar et commanda une tasse de café. Les grandes fenêtres panoramiques lui permettaient de voir l'autre truand qui l'observait à distance, mais qui n'entra pas. Il parlait aussi dans son portable et une BMW noire vint le chercher peu après. Toftlund sortit le papier de sa poche. Il était bien plié, comme une lettre d'amour qu'on envoie à une camarade à travers toute la classe. Il lut, en lettres majuscules très nettes : « Vous êtes suivi. Même jour demain. Mais à Prague, sur le pont Charles. »

Il alla à l'agence de voyages située à côté de la réception et du centre d'affaires, un centre ordinaire avec fax, téléphones, ordinateurs et connexion Internet, et poussa devant la secrétaire son paquet de billets d'avion.

« Je voudrais prendre le prochain avion pour Prague. Y a-t-il encore des départs aujourd'hui ?

— Plusieurs.

— Quand voulez-vous partir ?

— Dès que possible.

— Si vous voulez aller régler votre note, tout sera prêt quand vous reviendrez.

— Je n'ai pas de chambre d'hôtel à Prague avant demain. »

Elle lui sourit. Ce n'est qu'à ce moment-là qu'il remarqua qu'elle était jolie, surtout si elle avait consenti à alléger un peu son maquillage. Elle avait des cheveux noirs, ondulés, de grands yeux bruns et une petite bouche sensuelle, sous un nez retroussé.

« Si vous aviez l'amabilité de me donner votre réservation, je vous arrangerai aussi cela, dit-elle en lui faisant presque du charme.

— Quel service !

— On fait de son mieux, répliqua-t-elle en regardant son billet. On fait de son mieux, monsieur Toftlund. Nous voudrions tant faire partie de l'Europe.

— Vous y arriverez bien. »

Elle souleva le combiné pour commencer les formalités, lui adressa un petit sourire et répondit, presque résignée, l'air de dire qu'il ne comprenait pas, lui qui n'avait pas de soucis, les obstacles qu'elle prévoyait entre eux et cette Europe dont la génération de ses parents l'avait coupée pendant si longtemps :

« Peut-être. Si nous y travaillons. Mais les Slovaques ont appris à ne rien prendre pour acquis. Il y a toujours quelqu'un qui veut que les choses soient autrement. »

13

Toftlund faisait partie des Danois qui ne sont jamais allés à Prague. Pourtant, à la suite des lycéens amateurs de bière, ils s'étaient rendus par milliers dans la capitale de la Tchéquie depuis l'effondrement du communisme. La vie y était bon marché. Et les Danois visitent volontiers les pays où l'on boit et où l'on mange à bon compte. Et puis, au début en tout cas, Prague était un peu plus exotique que Majorque. Au premier abord, la ville ne dit rien à Toftlund. Certes, les bâtiments étaient beaux, mais tout lui faisait l'effet d'être entièrement axé sur le tourisme. Dans les rues étroites du centre, des jeunes gens vêtus de costumes folkloriques de confection moderne distribuaient des prospectus à un coin de rue sur deux. Nul ne pouvait ignorer, en tout cas, que Mozart avait séjourné à Prague. Les jeunes gens déguisés insistaient, agitaient leurs prospectus jaunes qui garantissaient tous de la musique du génie telle qu'on la jouait en son temps. Toftlund s'en moquait. Il ne s'intéressait pas plus à Mozart qu'aux autres compositeurs classiques. Il en était resté au rock de son enfance. En fait, il écoutait rarement une autre musique que celle que transmettait, au hasard, la radio de sa voiture et il ne comprenait pas vraiment que Lise puisse mettre un CD, chez eux, dans le séjour, simplement pour l'écouter. Sans rien faire d'autre. C'était une perte de temps. Pour lui, en ce moment, ces jeunes gens aussi perdaient leur temps. Les passants prenaient bien leurs prospectus, mais comme le vent les balayait, on eût dit que la plupart s'amassaient sans être lus sur les pavés bombés. Cela engendrait une masse de déchets épouvantable. Chose étrange, quand on se promenait dans les rues, presque tout le monde parlait une autre langue que le tchèque : danois, allemand, suédois, norvégien, américain, japonais. À un certain moment, il passa devant une quinzaine de jeunes gens bedonnants qui portaient d'affreux pantalons, sous leur doudoune identique. Dessous, on lisait sur leur tee-shirt blanc : Les Amateurs de bière danois. Insupportable. Prague attirait des amateurs de Mozart que l'on bernait, ainsi que des ressortissants de pays harcelés par le fisc qui avaient l'œil fixé sur les prix de la bière comme un requin de la Bourse sur les cours des valeurs. Il n'y avait que des touristes dans cette ville, pensa Toftlund en descendant vers le pont Charles, qu'il avait repéré sur son plan. Un bain de foule, par ce jour de printemps hâtif, froid et venteux, lui convenait très bien. Il entra dans un magasin et en ressortit. Traversa en diagonale une cour entourée de restaurants récemment restaurés et prit une grande avenue montante plantée d'arbres, dont les petits bourgeons étaient prêts à éclater. Dix ans après la chute du communisme, on sentait toujours les contrastes en observant les rangées de maisons. Un superbe palais récemment repeint s'appuyait sur un palais ancien dont le crépi et la peinture s'écaillaient. Toftlund était constamment confronté au caractère dérisoire du goût et des moyens des communistes. Il y avait de la pluie dans l'air, mais il ne pleuvait pas encore. Il étudia l'attirail bizarre d'un magasin porno, s'arrêta devant une belle bijouterie dont la vitrine venait d'être nettoyée. Les églises dressaient leurs clochers au-dessus de sa tête. Arrivé à la place de l'Hôtel-de-Ville, il était à peu près sûr que personne ne le suivait. Sinon, c'étaient des ultra-professionnels. Un groupe important regardait une horloge entourée de personnages de bois peint qui lui rappelèrent un peu les nains de jardin. Mais ce devait être quelque chose de particulier puisque tous ces gens, debout, avaient l'air d'attendre un miracle. Il se fondit dans la foule. Sur la place, quelques voitures à cheval attendaient. Sur les terrasses des cafés, sous les marquises et les lampes chauffantes, des touristes regardaient la place, des guides aux couleurs vives posés à côté de leur tasse de café. Comme s'ils ne savaient pas vraiment quoi faire. Il fallait voyager, mais arrivé à destination, quand on voyait tous ceux qui avaient eu la même idée, on en était à se demander ce qu'on faisait réellement là.

Toftlund resta sans bouger un moment, comme s'il regardait aussi le carillon. Il ne voyait personne ni rien d'extraordinaire. Personne, parmi les touristes en doudounes et les jeunes qui insistaient pour placer leurs prospectus de musique locale, ne lui faisait l'effet d'être déplacé ou de se distinguer des autres. Comme il avait mémorisé le plan, il descendit sur la gauche en direction du pont Charles. Il était 9 h 45 quand il vit le pont et ses grandes statues se dresser devant une tour massive. Il décida d'ignorer les mains tendues et leurs prospectus. Ce n'était pas comme en Inde où les gens mendiaient de l'argent. Ici, ils mendiaient en faisant de la publicité. Gagnaient-ils une couronne par prospectus distribué ? Juste avant une rue passante qui courait devant le pont, il remarqua une jeune fille vêtue d'une vieille veste. Elle écoutait de la musique sur son walkman et fumait, les yeux mi-clos. Elle tenait une canne qui portait l'affiche publicitaire d'un musée de la torture et d'un café internet. Toftlund se posta à côté d'elle. Il attendit que le tramway rouge, brinquebalant, soit pratiquement en face de lui puis traversa prestement et la rue et le troupeau des piétons qui attendaient patiemment devant le feu rouge, de l'autre côté de la rue. Il entendit le tintement coléreux de la cloche du tram et le son d'un klaxon, mais se hâta de tourner à droite, en direction d'une église ou d'une salle de concerts. Il se plaça derrière deux hommes de haute taille, en costume folklorique noir, qui agitaient leurs éternels prospectus. Le tram passa et rien ne se produisit. Personne ne le regardait. Et surtout, personne ne tentait de traverser le flot des voitures qui avançait lentement. Il se sentit donc tout à fait en sécurité. Personne ne le filait, il s'engagea sur le pont, lentement, en flânant, afin que Pavel Samson puisse le voir quand il se déciderait à le contacter. Toftlund laissa son regard errer sur la colline et autour de lui. Il observa les gens qui se pressaient sur le pont, malgré l'heure matinale, puis contempla la grosse tour du pont pour passer ensuite aux immeubles situés de l'autre côté du fleuve. Pavel Samson, armé de jumelles, pouvait se cacher ici ou là, n'importe où. Dans la lumière légèrement voilée, il vit le Château qu'il savait être le siège de la présidence. Le fleuve coulait silencieusement, boueux et brunâtre. Une sorte de bateau de plaisance tourna paresseusement devant le pont. Le long du fleuve aussi, on avait l'impression que les arbres bourgeonnants n'attendaient qu'un signe pour reverdir.

Rarement sensible à l'art d'ordinaire, Toftlund était fasciné par les statues. Ces étranges spectres noirs aux expressions tourmentées. Un mélange sans beauté de personnages diaboliques et chrétiens. Des rois et des esclaves. Des traîtres et des héros. Cela n'avait aucun sens. Mais ils avaient tous l'air soit de souffrir, soit de haïr. Leur seul trait commun était leur expression fascinante et les salissures des fientes des pigeons. On eût dit qu'ils se penchaient sur le pont tout en se renversant en arrière. Le pont Charles était réservé aux piétons, nota-t-il. Et aux escrocs ! Un marché ouvert aux pièges à touristes. Un lieu où les malins grugeaient les moins malins qu'eux. Où l'on tentait les touristes avec de fausses antiquités, des curiosités à deux sous, des aquarelles du Château peintes à la va-vite, des cartes postales banales, sans compter le risque d'être portraituré ou caricaturé par de jeunes étudiants des Beaux-arts. Et ce truc vieux comme le monde, mais qui marcherait sans doute éternellement, qui consistait à faire deviner à de pauvres idiots dans lequel de trois coquetiers on avait caché un petit pois. Comment les gens pouvaient-ils se laisser avoir ainsi ? Autre chose encore que Toftlund détestait : tous les dix mètres, un musicien de rue ou un groupe quelconque, la casquette posée devant eux, bramaient des airs de musique. Prague était peut-être la ville de Mozart, mais Mozart aurait eu une crise cardiaque en passant sur le pont Charles. Même sans avoir d'oreille, Toftlund, qui arpentait le pont d'un bout à l'autre et revenait sur ses pas, en était plus que sûr. Lise aurait enragé, en entendant cette musique-là. Si la musique n'était pas bien jouée, quand elle en écoutait en voiture par exemple, elle arrêtait la radio ou changeait de programme. Ça la rendait malade, tout simplement. Il eut un pincement de mauvaise conscience. Il ne l'avait pas appelée ce matin et il avait débranché son portable. Il se demandait où elle était allée hier soir. Il rejeta cette idée comme il rejeta un mendiant insistant qui n'arrêtait pas de le harceler, et se mit à rebrousser lentement chemin.

Il connaissait les règles du jeu. Le soupirant, c'était lui, mais dans ce jeu, c'était à la belle de se faire connaître. À condition qu'elle veuille bien être courtisée.

Il s'arrêta au milieu du pont. Une boîte avait été posée contre les pierres du parapet, au pied de l'une des statues. Une boîte peinte en noir, décorée d'étoiles naïves et dotée d'un microphone minuscule, placé sur son support. De la taille d'une poupée Barbie surdimensionnée. À côté du micro, il y avait un minipiano à queue noir. La boîte contenait aussi un squelette d'environ 50 cm de long, en matière synthétique mais expressif malgré tout, et coiffé d'un chapeau. Toftlund le regardait, fasciné, quand le squelette se mit à bouger. Un homme assez jeune, vêtu d'un costume qui, selon Toftlund, datait du début des années soixante, avait pris le micro en main et branché une grosse radiocassette. Il avait de longs cheveux gras et une barbe emmêlée, comme les garçons des photos en noir et blanc du début des années soixante-dix. Toftlund vit alors les minces ficelles qui reliaient l'homme au squelette. Ah oui, bien sûr. Prague est le paradis des théâtres de marionnettes ! Tous les jeunes qui distribuaient des prospectus en avaient aussi une quantité sur les théâtres de marionnettes. C'était plus ou moins une invention tchèque, il croyait se souvenir d'avoir entendu ça à l'école. De nos jours, en tout cas, ils faisaient l'article pour leurs marionnettes comme les trafiquants pour leur drogue. Et à en juger par le nombre des prospectus qu'ils essayaient de fourguer, ils devaient penser que ça intéressait les gens. Les théâtres de marionnettes et Mozart, voilà ce qui faisait la célébrité de Prague. Et aussi Kafka, se souvint soudain Toftlund. L'un des écrivains favoris de Lise. Il avait écrit un roman dont elle avait dit qu'il devrait le lire. Il comprendrait mieux ce qu'il avait vécu. C'était la description d'un être humain pris comme une mouche dans une toile d'araignée et réduit à l'impuissance parce que des forces invisibles l'accusent de choses contre lesquelles il est incapable de se défendre. Un monde dans lequel le seul fait d'accepter une accusation et de donner une première réponse vous rend déjà coupable, bien que l'on ne comprenne jamais, en fait, de quoi on est accusé. Le roman, dont il n'arrivait pas à se rappeler le titre, était resté sur sa table de nuit avec un signet à la page quatre. Mais c'était un début.

Le hippie ayant achevé ses préparatifs techniques, le squelette se mit à parler. Le hippie tirait les ficelles, de sorte que la bouche, avec ses grandes dents jaunâtres, s'ouvrait et se refermait en imitant la vie à la perfection, alors que c'était de la grosse radiocassette que venait le son.

« Hello », disait le squelette, dont le chapeau haut de forme noir se balançait d'avant en arrière. « How are you all today ? » Le squelette, qui parlait américain, se levait et allait et venait dans sa caisse en faisant l'article. Il avait du succès. Les gens s'arrêtaient devant cet étrange spectacle : ce squelette qu'on voyait à la fois vivant et en plastique. Il avait l'air de sortir d'un mauvais film d'horreur, mais la dangerosité qui émanait de lui stimulait et attirait à la fois. La profonde voix de basse qui sortait de la cassette avait un timbre sinistre parfaitement assorti aux mouvements des mâchoires du squelette, comme ceux des films soigneusement synchronisés des chaînes de télé allemandes de troisième ordre.

« Mesdames et messieurs, disait-il en dessinant des formes devant lui de ses longs doigts crochus, nous serons tous ainsi une fois morts. Et la mort ne va pas tarder. La mort est une compagne qui ne vous lâche pas, elle vous suit comme votre ombre. Vous vous retournez pour la chercher ? Elle se cache, mais ne vous leurrez pas. Elle est là. Alors, profitez de la vie pendant que vous l'avez. Votre passage sur terre sera bref, comparé au temps que vous passerez avec moi. »

Le squelette émit un rire enroué et s'assit devant le piano à queue pour faire durer l'ambiance ainsi créée, tandis que les haut-parleurs cachés diffusaient *First we take Manhattan* de Leonard Cohen, « *They sentenced me to twenty years of boredom for trying to change the system from within...* ». Le squelette chantait et jouait en même temps, si bien qu'un rire gêné s'empara des nombreux passants qui faisaient cercle, à présent, autour du spectacle du montreur de marionnettes. « *First we take Manhattan. Then we take Berlin.* » Au moment du refrain, le marionnettiste tira le grand squelette d'un mouvement souple et rapide de sa main gauche et trois autres squelettes vêtus de mini-bikinis sautèrent sur les planches de la caisse pour se mettre à chanter en chœur, de leurs bouches grotesquement peintes en rouge.

Spontanément, les gens se mirent à applaudir et les applaudissements crépitèrent quand le numéro atteignit son apogée : le squelette au piano, debout, tapait à tour de bras sur les touches et les choristes levaient la jambe et chantaient comme des Parisiennes dansant le french-cancan. La voix basse et suggestive de Cohen et la lumière sur le pont gris. Cela n'empêcha pas la plupart des touristes de s'éloigner sans laisser un peu d'argent dans le chapeau placé devant la boîte noire. Toftlund y déposa quelques coupures tchèques en regardant le marionnettiste replacer le squelette sur son canapé, dans le coin de la caisse, prêt pour la représentation suivante.

« L'un des meilleurs spectacles de rue, n'est-ce pas, monsieur Toftlund », entendit-il derrière lui. Toftlund se retourna. Pavel Samson ne ressemblait pas à son nom de famille. C'était un petit homme d'âge moyen, grassouillet, vêtu d'une veste dont le motif était laid et d'une chemise dans les tons verts ; son ventre débordait sur son pantalon gris. Son visage marqué par l'acné était presque rond, avec de petits yeux gris sous un front bas. Ses cheveux, implantés, avaient été semés en quelques fines rangées sur son crâne pâle, comme par un jardinier scrupuleux. Sa figure était rouge-brun. Il n'avait pas le teint d'un Tchèque ou d'un Slovaque qui aurait fréquenté l'un des nouveaux solariums, si tôt dans l'année. C'était le teint que vaut une fréquentation assidue de la bonne bière tchèque, de la vodka ou de la fine becerovka, au goût épicé de cannelle.

« Monsieur Samson ? » répondit Toftlund en lui tendant la main. Samson avait la poignée de main molle et un peu grasse, mais de l'intensité dans ses yeux gris éveillés.

« Pourrions-nous parler en allemand ? s'enquit-il.

— Volontiers en ce qui me concerne.

— Alors, marchons un peu », répliqua-t-il dans un allemand presque sans accent.

Ils marchèrent un peu en silence. Toftlund se laissait guider par Samson. Ils traversèrent le pont en direction du château. Sur l'autre rive, Samson tourna sur la droite et ils flânèrent le long du fleuve. Une péniche passait silencieusement et le bateau de touristes qu'il avait déjà remarqué tourna de nouveau dans le courant.

« J'ai vu que vous preniez vos précautions », dit Samson. Il avait une voix faible et douce, presque féminine. « Des précautions excellentes et vous n'avez pas été suivi.

— Qui pourrait bien me suivre, en fait ? »

Samson rit. Un petit rire de fausset :

« N'importe qui. Prague, Bratislava, Budapest. Ce sont de vrais nids d'espions. Comme dans un roman d'Eric Ambler. On retrouve beaucoup de l'ambiance des années trente, en ce moment, en Europe centrale. Avec la guerre, ils se marchent sur les pieds, les espions, les traîtres, les laissés-pour-compte qui veulent faire une bonne affaire, les pleutres, ceux qui sont arrivés trop tard la première fois. Ils sont tous ici : les Britanniques, les Allemands, les Américains, les Russes, les nôtres, les Serbes, sans parler des Croates. Nous sommes le point focal empoisonné de l'Europe. C'est ici que l'on vend et que l'on achète la loyauté et les informations. Tout le monde veut faire une affaire et beaucoup veulent se tirer avant qu'il ne soit trop tard. Dix ans après la chute du Mur, nous avons toujours des gens qui ont un pied dans l'ancien camp et l'autre dans l'OTAN ou l'UE. D'anciens agents et des bourreaux qui craignent que les archives ne crachent la vérité. Nous avons de tout. Le capitalisme au rabais et la liberté anarchique mêlée de velléités autoritaires. On appelle ça le post-communisme. L'héritage de l'expérience ratée de Lénine, on ne s'en débarrasse pas si facilement. »

Pour un discours, c'en est un, pensa Toftlund. Mais qui ne manquait pas d'intérêt. Il annonçait quelque chose de plus. Le vent saisit les cheveux rares de Samson et emporta les fils si bien arrangés sur son crâne blanc. Il ressemblait à un employé de bureau mal payé, mais Toftlund devinait un esprit à la fois dangereux et rusé derrière ce physique rassurant.

« D'accord. Notre ami polonais pensait que vous aviez quelque chose à me dire. Vos collègues de Bratislava n'ont pas été particulièrement coopératifs. »

Le petit homme eut une sorte de ricanement, en soufflant par les narines :

« Non, ils ne veulent être mêlés à rien. Ils ont peur. Comme vous le savez peut-être, la Slovaquie n'a pas de président en ce moment. Ils espèrent que Meciar remportera les prochaines élections. Dans ce cas, ils seraient assurés de garder leur poste pendant une période de plus. Si c'est l'un des autres qui gagne, qui sait ce qui va se passer ? Il se pourrait qu'un nouveau président et que le nouveau gouvernement pensent vraiment ce qu'ils disent : que les services de la sûreté et des renseignements sont là pour les citoyens et pas contre eux.

— Vous croyez ?

— Peut-être. Je ne crois pas à grand-chose. Mais j'ai deux filles adolescentes, monsieur Toftlund. Quand on a des enfants, on ne peut plus se permettre d'être misanthrope. On est obligé de croire en l'avenir. De croire que quelque part, il existe des gens honnêtes. Avez-vous des enfants, monsieur Toftlund ?

— J'attends une fille. Dans une quinzaine de jours.

— Félicitations. Et vous savez que c'est une fille. Quel progrès.

— La technique moderne.

— Elle ne devrait pas nous priver de nos surprises.

— Nous voulions savoir si tout se passait normalement », répondit Toftlund, à contrecœur, en fait. Il n'était pas de ceux qui parlent de leur vie privée avec des étrangers, d'ordinaire. Soudain, il perdit aussi le fil de la conversation, pensa à Lise au lieu de se concentrer sur son affaire et, un peu troublé, n'entendit donc pas ce que lui disait Samson. Le petit Slovaque sourit, comme s'il voyait à travers Toftlund et touchait son point faible.

« Il n'y a pas de honte à montrer que ceux qui vous sont chers vous manquent. »

Toftlund sentit grandir son irritation et sa colère.

« Ce n'est pas de cela, je crois, que nous devons parler, lança-t-il, mais Samson suivit son idée :

— Moi, par exemple. Pourquoi aiderais-je un Polonais et un Danois ? Autrefois, on m'a donné un poste dans la police des mœurs. Un service qui peut corrompre même les hommes les plus inébranlables. Le sexe, la drogue, l'argent. C'est un cocktail puissant qui détruit les volontés les plus fortes.

— Oui, pourquoi ?

— À cause de ma femme, de mes filles. Pour me venger un peu de ceux qui m'ont soufflé mon poste. Pour pouvoir me regarder dans les yeux, le matin. Parce que je suis un idiot. »

Samson avait mal compris sa question, mais au lieu de poursuivre dans ce sens, Toftlund lui dit :

« Vous ne m'avez pas l'air d'en être un. »

Ils étaient arrivés à un nouveau pont. Samson s'y engagea pour retourner sur l'autre rive. Ce pont était autorisé à la circulation et Toftlund remarqua que les vieilles voitures de l'Europe de l'Est voisinaient avec des Mercedes, des Audi et des BMW flambant neuves. Tout était pétri de contradictions, en fait. Les maisons, les voitures, les gens, l'air, la lumière, la ville et le temps.

Ils se remirent à marcher côte à côte en silence. Samson avançait à pas courts et rapides, de sorte que Toftlund devait souvent faire un chassé pour le suivre. Samson parlait un allemand rapide, précis et grammaticalement correct, un peu comme on le parlait dans l'ancienne RDA, mais pas tout à fait malgré tout.

« Vous parlez bien l'allemand, remarqua Toftlund.

— J'ai fait une partie de ma formation chez nos chers alliés dans feu la RDA, que leurs âmes pourrissent en enfer.

— Alors pourquoi l'avez-vous fait ?

— Question typiquement occidentale. Comme si j'avais eu le choix.

— Tout le monde a le choix.

— Opinion facile pour ceux qui ont grandi dans une liberté qui va de soi. C'était plus difficile que vous ne le croyez, de prendre une décision. J'ai aussi un fils d'un premier mariage. Je n'ai pas eu assez de courage pour cesser d'exister en tant que personne et pour les voir exclus, lui et ma femme de l'époque. Le communisme excluait les gens avec autant d'efficacité que les célèbres chrétiens intégristes que l'on trouve aux États-Unis. J'ai essayé de faire mon petit possible d'une autre façon. »

Soudain, Toftlund comprit. Il s'arrêta et prit Samson par le bras. Samson se tourna vers lui et le regarda en face.

« Vous avez été agent double. Vous avez travaillé pour les Américains.

— Non, c'était pour les Britanniques, sinon, vous avez raison.

— Alors, vous devriez être un héros aujourd'hui. Et recevoir des compensations. »

Samson éclata de son rire de fausset :

« La vie n'est pas aussi facile que ça. Personne n'aime les traîtres, même pas les vainqueurs. Les vainqueurs encore moins que les autres. Quand on a trahi une fois, on pourrait recommencer. Considérez-moi, Herr Toftlund, comme l'une des nombreuses épaves du ring de la guerre froide.

— Je ne peux pas vous considérer ainsi », protesta sincèrement Toftlund. La vie d'un agent double est l'enfer sur terre. Tenir constamment un discours qui ne correspond pas à ce qu'on pense. Ne jamais savoir si l'on est trahi par les aides obligeants de l'autre camp et par ceux qui ont changé de veste, dans les longs couloirs du bureau de l'officier en chef. Savoir que de même que l'on a trahi soi-même, d'autres sont aussi susceptibles de le faire. Que l'on est une marchandise échangeable. Conserver toujours une cachette où même les êtres qui vous sont les plus proches ne peuvent avoir accès. Savoir que les archives conservent votre nom. Et que ce nom et le numéro de votre dossier sont un cancer toujours prêt à se propager. Il éprouva plus de respect pour le petit Slovaque. Sous son physique falot d'employé de bureau se cachait un petit dur à cuire.

Samson s'arrêta à un café-restaurant.

« Personne ne nous suit. Puis-je vous offrir une tasse de café ?

— Très volontiers. »

C'était un petit local obscur, avec un bar en bois et une vingtaine de tables et de chaises. Trois jeunes hommes étaient attablés devant de grandes chopes de bière. Samson et Toftlund s'assirent devant une fenêtre, une bonne place d'angle, et le rideau de la vitrine dissimulait leurs visages, au cas où quelqu'un du dehors aurait eu envie de regarder par la fenêtre.

« Vous êtes slovaque...

— Je suis tchécoslovaque, en fait, répliqua Samson avec un sourire en allumant une longue cigarette à bout filtre. Ce concept n'existe plus, mais en réalité, je me sens tchécoslovaque. Ma mère était tchèque ou, pour compliquer les choses encore davantage, sudète d'origine allemande. Mon père était slovaque. Ma femme a un père tchèque et une mère slovaque. Aujourd'hui, nous sommes citoyens slovaques, et mes enfants le sont aussi. C'est un peu compliqué dans nos régions. Notre histoire est compliquée elle aussi. La connaissez-vous ?

— Pas particulièrement.

— Non. Pourquoi la connaîtriez-vous ? Pendant la Seconde Guerre mondiale, la Slovaquie était un État vassal nazi, officiellement indépendant. La Tchéquie était occupée. Après la guerre, les Tchèques ont déporté ou emprisonné les Sudètes allemands survivants. C'est un chapitre plutôt sombre. Les communistes ont perpétré leur coup en 1948. Mon père et ma mère ont miraculeusement survécu à ces tribulations et dans les années soixante, quand le moment est venu de faire mes études, cette partie de l'histoire était pardonnée. On avait besoin de cadres neufs. Le pardon n'est pas facile à accorder, d'ordinaire, mais l'opportunisme et le cynisme des communistes l'emportaient souvent sur leur soif de punir pendant plusieurs générations. Ça a été ma chance. »

La serveuse boulotte apporta le café et le posa devant eux. Il était bon et fort.

Pavel Samson se pencha sur la table :

« Vous vous intéressez à la femme de Bratislava.

— Oui, l'espionne serbe.

— Espionne, oui, mais pas serbe. Elle a travaillé pour Tito pendant des années. Depuis 1990, c'est une espionne croate, mais Belgrade l'ignorait. Ils croyaient qu'elle travaillait pour Milosevic. Depuis qu'ils ont découvert le pot aux roses, sa vie ne vaut pas beaucoup de dinars serbes dévalués. Alors, que fait une espionne quand la terre brûle sous ses pieds ? Elle vend ce qu'elle a. Soit à ceux qui lui font l'offre la plus avantageuse, soit à ceux qu'elle considère comme les vainqueurs. À l'OTAN, par conséquent. Comment ? Avec des agents serbes sur les talons. Elle est peut-être suivie ? Qui aurait confiance en elle ? Et si on lui ferme la porte au nez ? Comment trouvera-t-elle une porte d'entrée ? Elle fait appel à l'histoire, Herr Toftlund. Elle sait qu'elle a un père danois et des demi-frères et sœur danois. Qu'elle a un demi-frère dans les parages parce qu'une espionne prudente, comme un renard, s'arrange toujours pour avoir au moins une porte de sortie qu'aucun de ses employeurs ne connaît.

— Et la demi-sœur ?

— Elle était peut-être dans les archives. Elle l'a peut-être trouvée dans les archives.

— Comment le savez-vous ?

— Vous savez bien que les renseignements sont un cocktail à parts égales d'efficacité et de chance. Elle a peut-être eu de la chance en cherchant une issue.

— Peut-on le prouver ?

— Naturellement non », répliqua le petit homme avec irritation.

Toftlund attendit un moment avant de demander :

« Cette femme de Bratislava. Pourquoi savez-vous tant de choses sur elle ?

— Nous l'avons surveillée pendant plusieurs années.

— Comme tout le monde, apparemment.

— Oui, car qui possédait réellement son âme ? Le prix de la loyauté a fortement baissé, quand les communistes ont renoncé à se cramponner au pouvoir. »

Samson but son café et alluma encore une cigarette.

« Savez-vous ce qu'elle voulait vendre ?

— Non, mais je sais que c'était assez important pour que les Serbes ou les Croates essaient de s'en emparer à Budapest. Un innocent en a fait les frais, mais toutes les guerres font des victimes, diraient-ils, si l'idée leur venait jamais de songer à la moralité.

— Ce doit donc être quelque chose qui a un lien avec la guerre ?

— À coup sûr.

— Une chose de valeur ?

— À coup sûr.

— Savez-vous ce que c'est ?

— Non. C'était dans la valise que votre compatriote a perdue à l'aéroport de Bratislava.

— Elle s'est perdue en chemin. Cela peut arriver constamment.

— Non. On l'a subtilisée à l'aéroport. On a envoyé une autre valise tourner autour du globe pour l'éternité.

— Et cela, vous en êtes sûr ?

— Tout à fait sûr. Ce "on", je le connais. Il me devait un service.

— Et la femme ? »

Samson haussa une épaule et finit de boire son café :

« Elle a pris le maquis. Il paraît que les Serbes ont mis sa tête à prix. Je ne connais pas le montant, mais il est en Deutsche Mark et les Deutsche Mark valent cher, dans la Yougoslavie d'aujourd'hui, alors ils se bousculent sûrement au portillon. Elle a essayé de contacter les Britanniques et les Américains. Ils n'ont pas confiance en elle. Ils ne l'ont pas laissée entrer. Elle a placé son espoir dans les Danois. Vous êtes un petit pays. Des gens un peu sentimentaux. Elle espère aussi que vous serez un peu honorés. Et vous n'avez rien à perdre. Et il y a cette vieille relation. C'est ce qu'elle espère. »

Toftlund attendit un peu. Puis il regarda bien en face le Slovaque aux yeux calmes, froids et gris :

« Peut-être a-t-elle un nom qui a une signification spéciale pour le Danemark ? »

Samson ne dit rien, mais il soutint le regard de Toftlund.

« Le nom d'un espion danois dont nous connaîtrions peut-être le nom de code par la Stasi, mais pas le vrai nom. Un espion danois qui serait une personne assez en vue pour que sa protection justifie de tuer. Que pensez-vous de cela, monsieur Samson ? »

Le Slovaque fit un signe à la serveuse en lui répondant :

« Dans notre monde, tout est possible. Tout porte à croire, en tout cas, que la piste mène au Danemark. Qu'elle a peut-être commencé dans notre partie du monde, mais qu'elle mène au Danemark. Si vous m'offrez à déjeuner ici, dans le voisinage, je vous donnerai l'arrière-plan de cette histoire. Comme toutes choses dans ce pays, elle est liée au passé et réellement passionnante.

— D'accord », dit Toftlund, qui se sentait comme un poisson dans l'eau.

14

Pavel Samson avait choisi un drôle d'endroit pour déjeuner, pensa Toftlund. Ils auraient tout aussi bien pu se trouver à Copenhague ou à Hambourg, ou peut-être à Beijing. Un restaurant de conception américaine de A à Z. Depuis le jeune homme en chemise blanche, cravate à un seul nœud, pantalon au pli impeccable et badge de « Shiftmanager », jusqu'aux hamburgers, steaks et grillades en tout genre du menu, en passant par les petites serveuses agiles qui toutes avaient les jambes qu'il fallait pour leurs jupes courtes. Une grande salle, un long bar où trois Anglais apparemment établis ici discutaient lentement et paresseusement des handicaps de golf. Des nappes à carreaux rouges et blancs comme dans une pizzeria. Les serveuses, coiffées de petites oreilles ridicules en guise de bonnets, étaient manœuvrées par le shiftmanager. Un groupe en complet veston discutait vivement, en tchèque, d'affaires compliquées. Peut-être boursières. Il se composait de quatre hommes solides, au costume certainement coupé sur mesures, qui pourtant ne leur allait pas parfaitement bien. Une jeune blonde à la poitrine à moitié nue, assise devant son assiette pleine et un verre à la main, s'ennuyait en fumant. Les hommes l'ignoraient. La salle sentait un peu les produits d'entretien et la friture, surtout la friture. Pourtant, les gros biftecks rouges ou les hamburgers accompagnés de montagnes de frites paraissaient très appétissants. Les prix indiqués sur le menu auraient été élevés même à Copenhague, mais le restaurant affichait presque complet.

On indiqua à Samson et Toftlund une table assez proche du bar, dans l'un des petits box ouverts. Samson se glissa sur la banquette tandis que Toftlund prit une chaise. Le menu arriva immédiatement, avec un verre d'eau glacée accompagné d'un How-are-you-all-today avec l'accent tchèque. Tout était si artificiel que Toftlund ne put s'empêcher de dire :

« Très tchèque, monsieur Samson. »

Pavel partit de son rire clair :

« Les prix sont astronomiques. Pour moi, c'est exotique. C'est pour ça.

— O.K.

— En plus, cet endroit fait partie de notre histoire récente. De notre progression du communisme vers l'avenir doré du capitalisme. Ici se trouvait autrefois un bon vieux restaurant tchèque qui servait des côtelettes de porc, du chou rouge et des boulettes de pommes de terre et de farine. Des plats raisonnables à des prix raisonnables, même sous le communisme. De grands verres de pression. Et puis, tout a été privatisé, mais au cours de ce processus, certaines, comment dire, divergences ont surgi entre les partenaires de l'affaire et la mésentente a été résolue quand on a fait sauter le restaurant, tout simplement.

— Intéressant, commenta Toftlund, en attendant la suite.

— Je crois que je prendrai un gin-tonic, une soupe aux pommes de terre et un steak aux champignons, répondit Samson au lieu de continuer, en levant la tête vers Toftlund.

— La même chose pour moi.

— Et une bouteille de bon vin. Pour moi, cela représenterait un mois de salaire. Cette maison est restée vide quelques mois. Personne n'avait envie d'y faire quelque chose, puisque la mafia s'était si nettement intéressée à cet emplacement, mais un cavalier venant de la grande Amérique est entré dans la ville. Un Slovaque de la troisième génération qui a prouvé, actes en main, que sa famille avait été propriétaire de la maison jusqu'à ce que les communistes la nationalisent, en 1948. Alors, on la lui a restituée, sans lui en demander un sou, et vous voyez le résultat.

— Et la mafia ? »

Samson écarta les bras :

« Je ne sais pas, mais ça ne m'étonnerait pas qu'il l'ait dédommagée ou qu'il ait monnayé une certaine protection. L'argent, voilà ce qui compte de nos jours. Les idées et les utopies ont fait faillite, si l'on peut dire.

— Et on lui a restitué sa maison, c'est ça ?

— À condition qu'il promette de la remettre en état. Telle est la loi. Havel, le président des Tchèques et le chouchou du monde entier, est un homme très riche. On lui a restitué sa propriété familiale. Il y a beaucoup d'autres affaires. Alors, les gens qui habitent des maisons depuis cinquante ans n'ont plus qu'à emballer ce qu'ils possèdent et déménager. Ou payer le loyer fixé par le marché immobilier et très peu en ont les moyens. C'est le capitalisme, ajouta-t-il, remémorant à Toftlund une chanson oubliée de sa jeunesse.

— Vous aussi, vous avez habité dans une propriété volée.

— Peut-être, monsieur Toftlund. Peut-être. Passons-nous la commande ? »

Les plats et les boissons arrivèrent rapidement et joliment servis sur des assiettes. Ce n'était ni bon ni mauvais, cela avait de la fraîcheur. Un jeune homme aux cheveux coupés en brosse entra et s'assit au bar. Il portait une veste de cuir noir et un petit anneau à l'oreille. Il commanda une Budweiser tchèque et jeta un coup d'œil circulaire dans le restaurant. Son regard s'arrêta un instant sur la partie visible du profil de Samson et sur Toftlund, puis il poursuivit indolemment son chemin. Allumant une cigarette, il tira paresseusement son portable de la poche de sa veste. Encore un voyou tchèque, pensa Toftlund en attendant impatiemment l'histoire qu'il payait de ce repas, mais Samson parla d'abord des hommes attablés avec la blonde. Tous des célébrités de la pègre, de la mafia, en train de devenir des hommes d'affaires respectables. Cela faisait aussi partie de la nouvelle Tchéquie. Un genre qui opérait à travers tout le bloc communiste écroulé. Ils se trouvaient comme des poissons dans l'eau dans l'étrange univers hybride intermédiaire entre l'économie planifiée et l'économie de marché, où les règlements existaient pour être transgressés. Les nouveaux chevaliers du dollar et du deal, selon l'expression anglaise glissée par Samson au milieu de son allemand parfait.

« Vous aviez aussi une autre histoire à me raconter », lui rappela Toftlund, quand ils eurent presque terminé le plat principal. Tous deux mangeaient de bon appétit. Samson appréciait apparemment le repas. Toftlund, toujours affamé en général, consommait ce qu'on lui apportait. Pourvu que ce soit de la viande et des pommes de terre. Les plats fins français ne lui disaient pas grand-chose. On sortait toujours de table sans être vraiment rassasié.

« Je crois que je prendrai une grosse glace et ensuite, du café », répondit Samson comme s'il était un enfant en ville avec son père, mais il commença. Toftlund tira son petit bloc et son stylo-bille de la poche de sa veste en interrogeant du regard Samson, qui se contenta de l'approuver de la tête. C'était une histoire fascinante qu'il racontait si bien que Toftlund n'eut presque pas besoin de l'interrompre pour lui poser des questions.

« Je vais être obligé de vous fatiguer en vous parlant un peu de la marche de l'Histoire. L'Allemagne de Hitler a occupé la Yougoslavie au début de 1941. Par un parachutage très spectaculaire. Les Serbes ont résisté. La plupart des Croates ont soutenu les troupes d'occupation. Ils étaient membres du mouvement Oustachi, un mouvement fasciste nationaliste qui haïssait les Serbes. Mais tous les Croates n'en faisaient pas partie. Rappelez-vous que Tito était croate. C'est Tito qui a organisé la résistance. Efficacement et brutalement. Mais les troupes d'occupation allemandes étaient tout aussi brutales, les seuls à les surpasser étaient les hommes de main des Oustachis. Ils mettaient la Bible en pratique : œil pour œil, dent pour dent. Entre les deux, il y avait les troupes italiennes qui participaient à l'occupation de très mauvais gré. Mais, Herr Toftlund, croyez-moi, la guerre qui a eu lieu dans les Balkans a été une guerre de partisans brutale et sanglante. C'est là qu'on a semé les graines de la haine qui, vous le savez, ont attendu les années quatre-vingt-dix pour germer. »

Il fit une pause tandis que la petite serveuse aux grosses jambes et à la jupe courte desservait et prenait commande d'une glace pour Samson et de cafés pour les deux. Toftlund s'attendait à ce qu'on leur serve de la lavasse, mais on leur apporta un excellent expresso qui fleurait le bon café frais moulu.

Samson poursuivit :

« C'était un enfer d'assassinats, d'exécutions, d'emprisonnements, de tortures, d'incendies de villages, d'embuscades, de traîtres et d'agents doubles. C'est dans cet enfer qu'est arrivé un groupe de Danois, un jour de 1943. Des soldats de la Waffen-S.S.

— Des Danois en Yougoslavie pendant la Seconde Guerre mondiale ! Je l'ignorais. Jusqu'à très récemment, en tout cas.

— Eh oui. La plupart des gens choisissent de conserver la part héroïque de leur Histoire. La version des vainqueurs. La plupart des hommes préfèrent le mythe à la réalité. Il y a certaines choses que la plupart des peuples aiment mieux refouler ou dissimuler dans les bibliothèques poussiéreuses d'universitaires.

— Qui étaient ces gens ?

— Des Danois tout à fait ordinaires. Mais qui étaient aussi officiers, simples soldats ou gradés dans les troupes de choc de Himmler. Certains venaient directement du Danemark en Croatie après avoir subi l'entraînement des recrues en Allemagne, d'autres avaient eu le baptême du feu sur le front de l'Est. En 1943, la Waffen-S.S. a été réorganisée et les petites unités nationales ont été incorporées dans de plus gros régiments. Ces Danois avaient appartenu à Frikorps Danmark.

— Là, je vous suis », commenta Toftlund, bien que jusqu'ici il n'ait connu les gens de Frikorps que par les récits de son père sur ces idiots et ces ratés déboussolés, ainsi que par *Matador*, la série télévisée danoise.

« Ils avaient été incorporés au Régiment Danemark et faisaient partie de la Division Nordland. On les envoyait en Yougoslavie pour se changer les idées, engraisser un peu et s'entraîner en collaboration avec les autres étrangers de la division, avant de les renvoyer se battre contre l'Union soviétique sur le front de l'Est. Au début, ils ont adoré la Croatie. Imaginez, le soleil, la chaleur et des vivres en quantité. Eux qui venaient du froid nordique ou de l'enfer glacé du front de l'Est, trouvaient en Croatie palmiers, fruits exotiques, noix, vin, slivovic et jolies femmes. Quel paradis pour ces cochons venant du front ! »

Samson marqua une pause. Toftlund l'observait. Sa figure s'était encore plus empourprée après les verres d'alcool et de vin. Toftlund refusa de prendre un cognac, mais il attendit patiemment, tandis que le petit Slovaque commandait un grand cognac français. Le bourdonnement des conversations en plusieurs langues montait vers le plafond peint en blanc et enveloppait les affiches publicitaires de vieilles voitures américaines placardées sur les murs dans un désordre voulu. Le jeune aux cheveux en brosse et à la veste de cuir paya sa bière et sortit lentement de la salle, comme s'il avait du temps à revendre. Les quatre mafieux avec la blonde en étaient aux cigares. Penchés au-dessus des reliefs de leur repas, ils étaient plongés dans leur conversation — de quoi parlaient-ils ? La blonde alluma une autre cigarette et regarda la salle sans la voir, à travers son épaisse couche de fond de teint. Samson poursuivit :

« Les jeunes Danois, arrivés fin août 1943, ont été hébergés dans des villages comme Sisak, Glina et Petrinja, au sud de Zagreb. Certains même sur la côte Adriatique, près de Dubrovnik. En septembre, les forces italiennes ont capitulé et la première mission des Danois a été de participer au désarmement des Italiens, pour les empêcher de se rallier à l'armée communiste des partisans de Tito ou empêcher celle-ci de s'emparer de leurs armes. La plupart des Italiens n'avaient envie que de rentrer chez eux. Peu leur importait. Tito s'est emparé de beaucoup de matériel et n'a pas tardé à intensifier sa guerre de maquis. Non seulement par embuscades, etc., mais aussi par des offensives proprement dites contre les troupes allemandes et leurs aides croates. Ils ne faisaient pas de quartier. Il n'y a pas eu beaucoup de prisonniers. » Samson prit une longue gorgée de cognac et continua :

« Parmi les jeunes Danois, il y avait le Sturmbannfürher Jørgen Pedersen. Un bel homme aux cheveux châtain clair et aux yeux verts. Un vrai Aryen, nazi et S.S. convaincu. Croix de guerre après la campagne contre les Russes l'année précédente. Volontaire en 1941. Fier de combattre sous le Dannebrog et la croix gammée. Dans cet ordre-là...

— Vous avez une bonne mémoire des noms, ne put s'empêcher d'interrompre Toftlund. Dannebrog, Jørgen, et vous les prononcez presque parfaitement.

— C'est une histoire qui m'intéresse.

— Pardon de vous avoir interrompu.

— Un cognac ? Non ? Il jugeait que le drapeau danois, sur sa veste d'uniforme, était plus important que les runes des S.S. sur son col. Comme les autres, il détestait les juifs et les bolcheviks, qu'il jugeait responsables de la crise, de la pauvreté et du chômage des années trente. Les démocraties avaient fait faillite. C'était un peu l'argumentation de ceux qui devenaient communistes. Le communisme et le nazisme ont toujours été les reflets diaboliques l'un de l'autre. C'est pourquoi ils se haïssent si profondément. Le miroir leur renvoyait leur reflet, qui ne leur plaisait pas vraiment. Enfin, excusez ce détour. Mais cela fait partie de mon héritage. Ces deux sinistres idéaux. Alors, Hitler voulait créer un nouveau monde et Pedersen voulait y participer. La Croatie a changé sa vie. Il s'est trouvé confronté à deux forces contraires mais égales : la haine et l'amour. Sur la plage où ils se rendaient quand ils avaient quartier libre, il a rencontré une femme de vingt ans aux cheveux noirs éclatants, aux beaux yeux bruns et à la peau si brune et lisse que jamais ses grosses mains n'avaient rien senti d'aussi doux et délicat. La fille du boulanger local. Ils se sont rencontrés sur la plage, puis au bal — elle n'habitait qu'à dix kilomètres du village où était stationné le Danois. Le père était président de la section politique locale des Oustachis. Le coup de foudre a été réciproque. Ils ont tâché d'être ensemble jour et nuit. D'oublier la guerre. D'oublier que la fortune des armes était en train de changer de camp sur le terrible front de l'Est. Un jour où Pedersen patrouillait avec son groupe, ils ont découvert un autre groupe tombé dans une embuscade. Leurs camarades étaient couchés côte à côte, sur une pente herbue. Des Danois pour la plupart, et deux Norvégiens avec leur guide croate. Tous couchés dans la même position. À tous, sans exception, les partisans avaient coupé la queue pour la leur fourrer dans la bouche. Ils étaient couchés là, bien rangés comme pour une parade. »

Samson marqua une pause.

« Je crois que je vais quand même prendre un cognac », dit Toftlund. Il voyait beaucoup trop nettement la scène, dans sa tête.

« Volontiers. » Samson fit un signe à la serveuse, montra son verre et leva deux doigts. Le restaurant se vidait de ses clients. Il ne restait plus que quatre ou cinq tables encore occupées, entre autres celle des quatre hommes en complet veston avec la blonde, apathique et fatiguée. L'un d'eux parlait dans un portable. Les autres écoutaient avec lui, mais la femme se concentrait sur les restes de son drink et une nouvelle cigarette. Toftlund, reconnaissant, but une telle gorgée de cognac qu'il faillit s'étrangler quand l'alcool âcre lui râpa la bouche et descendit dans son gosier.

« Ce spectacle n'était pas extraordinaire, poursuivit tranquillement Samson. Parce que de chaque côté, la vengeance était le moteur principal. Pedersen et les autres du régiment ont appris par leurs espions que le groupe des partisans responsable de l'embuscade et du massacre de leurs camarades tenait ses quartiers dans un village à quinze kilomètres de là.

Les partisans y venaient furtivement la nuit et disparaissaient le matin. Les S.S. danois se sont mis en route et ils les ont attendus, tout prêts, à l'aube, mais pas un partisan n'est sorti du village qui dormait paisible et silencieux sur un méandre du fleuve. Alors, ils y sont entrés et ils ont fouillé les maisons, mais sans trouver d'armes. Malgré cela, ils se sont mis à pendre systématiquement les hommes et les garçons du village, l'un après l'autre. Comme les esclaves crucifiés après la révolte de Capoue. Ils les pendaient, en les alignant. Chaque fois, le Sturmbannführer danois posait la question : Où sont les terroristes ? Les femmes regroupées sur la place pleuraient, suppliaient, priaient en niant avoir abrité des partisans. Alors, on pendait un homme ou un garçon de plus.

— Mais c'était bien un village croate ?

— Tous les Croates n'étaient pas pro-allemands. Tito était croate, je vous l'ai dit. Rien n'est simple dans les Balkans, Herr Toftlund.

— Ensuite, que s'est-il passé ? »

Samson but encore une fois et s'essuya la bouche avec un peu d'affectation avec sa serviette à carreaux rouges froissée avant de répondre :

« Après avoir pendu tous les hommes et tous les garçons, ils ont emmené les femmes et les enfants dans l'église, ils y ont mis le feu, ainsi qu'aux autres maisons du village qu'ils ont entièrement brûlé. Un massacre parmi tant d'autres, autrefois comme aujourd'hui. Leur ivresse sanguinaire retombée, les soldats S.S. n'en menaient pas large. Ils buvaient pour oublier, mais certains n'arrivaient pas à se débarrasser de ce qu'ils avaient vu, entre autres Pedersen. Il ne s'en est jamais remis. Il ne croyait plus à la Cause.

Cela ne lui faisait rien de se battre contre les bolcheviks et de voir emmener des juifs, mais là, il avait vu les compatriotes de sa bien-aimée touchés par la haine. L'amour et la méchanceté s'affrontaient dans son âme et la bataille continua quand ils sont retournés sur le front de l'Est, en décembre, infiniment moins nombreux qu'à leur arrivée en Croatie. »

Samson vida son verre. Toftlund laissa d'abord le sien sans le toucher, puis il le poussa vers le Slovaque qui le prit et fit tourner le liquide foncé comme si c'était son premier cognac et qu'il voulait en faire sortir tout l'arôme.

« En fait, il n'y a plus tellement de choses à raconter parce qu'à partir de maintenant, il y a des trous dans ce récit, reprit Samson après une pause. La division Nordland avec le Régiment Danemark et le sergent Pedersen ont été postés devant Oranienbourg, non loin de Leningrad. Nous savons que Pedersen a participé à la retraite en direction de Narva, qu'il est allé une fois en permission au Danemark, mais qu'après, il a déserté. Nous ignorons comment il a réussi à descendre du front ou du Danemark jusqu'en Croatie. Il a marché de nuit. Quelquefois, il a été aidé par des gens qui le croyaient partisan, ou qui comprenaient qu'il était déserteur, ou peut-être parce qu'il y a de braves gens partout. En tout cas, il est arrivé dans le village un jour du printemps 1945 et il s'est assis au café. Comme s'il avait seulement fait un petit tour. Il ressemblait à un ouvrier agricole usé. Il était très maigre et il avait perdu deux dents. Quelqu'un a dû apprendre la nouvelle à sa bien-aimée, car elle l'a trouvé. Elle voulait le trouver pour lui montrer sa petite fille. Pourquoi ne l'a-t-on pas fusillé ? Qui sait ? Peut-être l'a-t-elle protégé ? Peut-être étaient-ils tous las des assassinats. Peut-être a-t-il simplement dû la vie au fait qu'il était boulanger et que la ville manquait de pain, et qu'il se trouvait là. Il y est resté six mois, la guerre était finie, puis il a disparu de nouveau, aussi soudainement qu'il était venu. Au début des années cinquante, il a réapparu et il est resté là jusqu'à sa mort. Les gens le connaissaient comme le boulanger. Rien d'autre. Peut-être comme le boulanger dont la belle-fille travaillait pour ceux que l'on ne nommait pas, à Belgrade. Le passé n'intéressait personne. Tout le monde avait un passé.

— C'est une histoire incroyable, dit Toftlund. D'où tenez-vous ces détails ?

— L'un des volontaires de sa compagnie était mon père. L'Allemand des Sudètes. Mon père m'a raconté cette histoire avant de mourir, il y a six ans. Il m'a fait promettre d'aider sa fille, si elle en avait besoin. Parce que le Danois lui avait sauvé la vie plus d'une fois, sur le front de l'Est. Parce qu'ils avaient déserté ensemble, même s'ils n'avaient pas tardé à être séparés. Parce qu'ils partageaient tous les deux le terrible secret des femmes et des enfants croates dans l'église en feu.

— Comment ont-ils eu des contacts après la guerre ?

— Ces gens se connaissent, Herr Toftlund.

— Un ancien réseau nazi ! »

Samson rit presque trop fort. Deux des hommes en costume regardèrent du côté de leur table et la blonde mit paresseusement une jambe gainée de nylon sur l'autre.

« Non, Herr Toftlund. Rien ne peut être plus faux. Ils ne sont pas nazis. Le nazisme est mort, Dieu merci. Ce qu'on appelle les néo-nazis, c'est un ramassis d'hommes frustrés, racistes, sans histoire, qui dans leur infériorité, croient vivre sur une idée historique. Les autres sont de vieux camarades, qui s'entraident parce qu'ils ont une histoire commune, qu'ils ne peuvent partager avec personne d'autre.

— Ils seront bientôt tous morts.

— Eux oui, mais leurs enfants sont en vie et c'est pourquoi je vous demande d'aider cette femme. Vous n'avez pas à le faire gratuitement. Elle vous donnera quelque chose que vous pourrez utiliser. Elle n'arrive pas les mains vides.

— Que demande-t-elle ?

— L'asile. Un permis de séjour, une croix sur son passé, la paix pour ses vieux jours. »

Toftlund resta silencieux un moment.

« La décision ne dépend pas de moi, vous le savez.

— Le Danemark est un pays ouvert et libéral.

— Plus maintenant. Mais je crois pouvoir vous le promettre. Si ce qu'elle apporte le justifie, je ferai plier le règlement. Cela nous est arrivé. Je ne peux pas promettre davantage ici et à cet instant.

— Cela doit suffire pour le moment.

— Où est-elle ? Et comment s'appelle-t-elle ?

— J'ignore où elle est. Elle est en fuite. Mais peut-être que je la trouverai. Elle a beaucoup de noms d'emprunt, mais son vrai nom est Maria Borija Pedersen. Le dernier, il va de soi qu'elle ne s'en est jamais servie.

— Et qu'est-ce qu'elle a comme monnaie d'échange ? » demanda Toftlund, même s'il le savait très bien, en réalité. Samson ne répondit pas, mais il serra les paupières. La porte s'était ouverte. Ils voyaient Toftlund de côté et Samson plutôt de dos, mais ce dernier s'était retourné. Deux hommes en blouson de cuir noir, la figure dissimulée par des casques de moto aux visières fumées, firent leur entrée. Samson et Toftlund les virent en même temps : les pistolets russes Markarov qui se confondaient presque avec les jeans noirs, tendus le long de la jambe, mais qui tranchèrent sinistrement quand les deux hommes levèrent le bras simultanément, comme guidés par le marionnettiste du pont Charles. Toftlund et Samson le virent, mais Toftlund fut le seul à réagir immédiatement. Il se jeta sur le côté pour sortir du box et se coucher par terre, en saisissant instinctivement le pistolet qu'il portait d'habitude à la ceinture. Au premier coup de feu, Toftlund se réfugia sous la table voisine. Il vit la moitié de la figure de Samson disparaître sous les grosses balles dum-dum tirées presque à bout portant. Tandis qu'il roulait sur le sol, Toftlund entendait les cris des serveuses et en levant la tête, il vit la figure stupéfaite de la blonde en train de regarder la tache rouge qui s'élargissait entre ses seins. Son voisin tomba sur elle en se tenant l'épaule. Toftlund tenta de se mettre à l'abri en avançant comme un crabe. L'un des deux hommes à visière fit deux pas en avant et visa Toftlund des deux mains, les bras tendus. Rien ne vint. Toftlund sentit qu'il faisait un deuxième essai, mais de nouveau le pistolet fit défaut. Quelque chose l'avait enrayé. Toftlund attrapa le pied de l'une des chaises les plus proches et la lança de toutes ses forces sur les genoux du tireur qui chancela et recula de quelques pas. À travers le vacarme des cris, celui-ci hurla quelque chose à son acolyte qui quitta la salle des yeux et tourna son pistolet vers Toftlund qui vit le mouvement comme au ralenti. Il voulait se sauver en rampant, mais il avait l'impression de ne pas avoir le contrôle de ses muscles, il était comme cloué au sol. Alors, il entendit de nouveaux coups. Différents. Des coups de revolver. Les claquements brefs et durs d'un Smith & Wesson. L'un des hommes à visière tourna comme une toupie et tomba sur le bar où les trois Anglais avaient paisiblement parlé de golf. L'autre tourna son visage et son bras armé du pistolet vers les deux hommes en complet veston. L'un d'eux, un revolver au nez court à la main, avait la figure crispée par la stupéfaction et l'effroi. L'autre s'accrochait au bord de la table comme à une bouée de sauvetage qui l'aurait immunisé contre les projectiles qui devaient venir. Il était livide et de la salive coulait des commissures de ses lèvres. Le revolver claqua de nouveau, mais en entendant le tintement du miroir derrière le bar, Toftlund comprit que le projectile avait raté l'auteur de l'attentat. L'homme s'immobilisa une seconde, comme s'il avait senti le déplacement d'air de la balle et s'étonnait d'être encore en vie, il jeta un coup d'œil à son camarade immobile, tourna les talons et se précipita dehors. La salle sentait la poudre plus que la friture et la fumée des cigares. On n'entendait plus que des reniflements, quelque part à l'arrière de la salle, et le sang de Pavel Samson qui coulait goutte à goutte sur le parquet neuf, soigneusement verni.

TROISIÈME PARTIE

LA VIE SECRÈTE D'IRMA

« It sounds like a thriller, doesn't it, but the thrillers are like life — more like life than you are. »

GRAHAM GREENE, *The Ministry of Fear*

« On dirait un roman à suspense, n'est-ce pas, mais les romans à suspense ressemblent à la vie — ils y ressemblent plus que vous. »

GRAHAM GREENE, *Le Ministère de la Peur*

15

Chère sœur si bonne,

je t'écris en sachant fort bien que tu n'auras sans doute jamais ma lettre, mais tu es la seule à qui je peux parler. Ils m'ont rendu mon ordinateur, après avoir copié tous mes documents, jusqu'au plus insignifiant, naturellement. Je ne peux m'empêcher de rire en pensant à ces idiots de flics sans instruction qui sont en train d'étudier mon mémoire sur « Le nouveau rôle de la femme dans l'économie planétaire du capitalisme déclinant — une perspective littéraire », sinon, rien ici ne m'incite à rire. Je t'écris en allemand, notre langue commune, et je sauve mon texte en le codant. Peut-être déchiffreront-ils mon code ? Peu m'importe, ici, j'écris comme sur du savon ou sur du sable. Quand j'aurai fini, j'effacerai ces réflexions.

Je suis dans une cellule qui doit faire sept mètres carrés, selon mes calculs. Elle contient une couchette, un lavabo et une petite table. Les murs sont laids et jaunes. Il fait nuit. Je devine la lune grâce à la clarté qui pénètre par la petite fenêtre, très haut au-dessus de ma tête. Je crois que le plafond est à trois mètres.

Je devine la lumière dorée qui baigne la prison de Vestre Fængsel, à Copenhague, prête à entrer pour me caresser, si elle le pouvait. Je suis prisonnière politique dans un pays qui se glorifie d'être civilisé et démocratique, tout en exerçant hypocritement la pire forme de torture : isoler un être humain de ses semblables.

Je suis autorisée à parler avec un membre de ma famille pendant une heure, une fois par semaine, sous surveillance, bien entendu. Fritz est venu l'autre jour et il est resté sans bouger dans la salle des visites, lourd et silencieux comme d'habitude. Il a parlé de ses pains et de ses petits pains, mal à l'aise à cause de l'agent qui surveillait notre conversation. Comme aurait pu être papa si on l'avait laissé vivre normalement. Sans le charme de papa, mais avec le même sens des affaires. Fritz donne l'impression d'avoir l'esprit lent, mais il est plus intelligent qu'il n'y paraît. Mais tu sais qu'il est impossible d'aborder avec lui des sujets personnels importants. Il traduit tout en miches et en petits pains. Pour que Fritz soit heureux, il lui suffit de gagner de quoi vivre, d'aller à la chasse, de mener une vie agréable avec sa femme, d'assurer la bonne marche de sa fabrique, de voir grossir convenablement les économies qu'il fait en vue de sa pension et de savoir que ses enfants se portent toujours bien. Teddy n'est pas encore venu. Il était en voyage quand j'ai été arrêtée. Mais il doit être rentré puisqu'il m'a procuré un avocat. Je compte voir sous peu ce petit frère superficiel, mais intelligent et astucieux.

Cela mis à part, ma vie n'est qu'interrogatoire sur interrogatoire. Leurs questions me prouvent qu'ils parlent avec toutes mes connaissances, mais ils n'ont rien à me reprocher et ils ne voient pas que le monde a changé. Ces animaux grégaires n'ont jamais compris, comme toi et moi, que le monde est un lieu injuste que seuls pourront changer les élus afin que tous les hommes aient une vie meilleure. Ce sont des marionnettes, elles obéissent au jeu sinistre du capital qui séduit le peuple avec le coca-cola et la télévision. Qui permet qu'aux États-Unis, un P.D.G. gagne autant que 479 000 ouvriers agricoles au Zimbabwe, d'après un des journaux que l'on m'autorise quand même à lire. Qui nous permet, à nous, les 10 % de l'humanité qui vivons dans le monde riche, de posséder 86 % des ressources de la planète. Ai-je besoin de te demander si c'est là l'équité du libéralisme ? Tu connais la réponse aussi bien que moi. Nous croyions en une autre société. La folie humaine a brisé nos rêves, mais faut-il, pour autant, jeter le bébé avec l'eau du bain ? Les chrétiens renient-ils Jésus parce que l'Église, au cours des siècles, a commis en son nom des crimes indescriptibles ? Faudrait-il donc renier la sagesse de nos principes parce que quelques-uns ont violé les grandes idées socialistes et communistes ? Il me semble d'ailleurs qu'une nouvelle génération de jeunes commence à comprendre la manière dont tout se tient. Libérés du traumatisme de la défaite du socialisme, ils prennent la parole et manifestent pour se remettre à protester contre cette injustice planétaire.

Je ne parlerai pas politique avec toi, ma sœur. Je voulais simplement parler avec toi dans la nuit. De toute façon, je ne peux pas dormir et le temps passe lentement. Je sais que demain, ils recommenceront à me poser leurs questions, polies, certes, mais aussi accusatrices. Ils croient qu'ils ont les réponses et ne me demandent que de les conforter dans leur ignorance, mais ils attendent en vain.

Dehors, la nuit s'est assombrie, la lune a disparu et j'entends la pluie taper sur le mur et la petite fenêtre. Le bruit de cette pluie printanière, précoce et froide, me ramène au jour où mon enfance a pris fin. Autrefois comme aujourd'hui, j'avais la même impression que la pluie aurait pu se transformer en neige fondue et même, plus tard, en neige. Comme ce faux hiver qui fait parfois irruption au cours de l'automne danois. Ou cette neige blanche et douce qui rend le monde silencieux et beau, mais on la sent mal venue quand elle tombe au moment où l'on se réjouit de l'approche du printemps.

Puis-je partager cette journée-là avec toi ?

Ce n'était pas un jour de printemps, mais d'automne. Un matin, très tôt. J'avais douze ans et je me trouvais avec d'autres enfants entre douze et seize ans dans une charrette attelée à un tracteur gris foncé. Un de ces Ferguson neufs qui commençaient à arriver au Danemark. À l'époque, en 1952, ils attiraient encore l'attention, dans ce pays toujours marqué par la guerre dans bien de domaines, où les chevaux constituaient le principal moyen de traction. Niels Ejnar conduisait le tracteur. On distinguait son cou sous sa casquette grasse, et le vent, de loin en loin, nous apportait le parfum de la fumée de sa pipe. Le parfum du tabac de Virginie qui nous frappait encore comme un peu nouveau, mais riche et sensuel, à la différence du drôle de tabac que fumaient les adultes pendant la guerre. Les grandes roues du tracteur s'enfonçaient dans les profondes ornières boueuses et la charrette tanguait comme un navire. Nous portions des pantalons, des chandails épais et des chaussettes dans nos grandes bottes de caoutchouc. La matinée était froide, mais l'air avait cette âpreté glaciale qui fait qu'on est heureux de vivre. Il faisait encore nuit, mais la lueur de l'aube formait à l'horizon une bordure délicate sur laquelle je voyais les arbres dénudés se mettre lentement à prendre forme et à revenir à la vie. La pluie guettait quelque part, sous la voûte des nuages.

Niels Ejnar, un homme robuste de trente et quelques années, avait une longue tête chauve et de petits yeux bleus. Lui et son frère possédaient une petite ferme dans les terres humides, non loin du marécage, là où les prairies se muaient en vieilles digues herbues. Apparemment, c'était l'ami de papa, parce qu'ils avaient quelque chose en commun et se regardaient souvent d'une manière particulière. Il ne disait pas grand-chose, mais les gens parlaient peu à l'époque. Il faisait son travail et trimait pour gagner sa croûte, comme on disait. Avec sa femme, grande et maigre, à la figure mince marquée par l'acné, qui nous faisait peur, à nous, les enfants, quand nous étions petits, parce qu'elle ressemblait à la sorcière du conte de Hans et Grethe.

La matinée était froide, mais prometteuse. Mon petit frère Fritz était assis en face de moi, à côté de Peter, le fils de l'avocat, qui n'avait d'yeux que pour Bente, du même âge que lui. Malgré ses neuf ans, Fritz avait eu la permission de venir avec nous pour servir de rabatteur pendant la première grande chasse de l'automne donnée par le comte. Nous étions donc dans cette charrette parce qu'on emmenait les enfants sur le lieu de la première battue, avec la promesse qu'on nous donnerait deux couronnes à la fin de la journée, et de la limonade et des gâteaux pendant le travail. J'avais chaud et j'étais excitée, et heureuse parce que j'allais voir mon père avec les autres, les notables de la région et les invités du comte, qui venaient même de Copenhague. Le comte était un homme grand et maigre, qui portait un petit bouc inhabituel à l'époque. Un homme étrange et lointain, qui vivait dans son manoir un peu en dehors du bourg. Comme tant d'autres, il avait eu des histoires pendant la guerre. Il s'était bien enrichi, je pense, comme tous les agriculteurs, en fournissant du ravitaillement aux Allemands, mais en 1944, le comte avait changé son fusil d'épaule, et comme il avait hébergé deux aviateurs anglais, il s'était tiré du règlement de comptes en sauvant les meubles, selon mon père et ma mère, puisqu'il était resté dans la région où il avait sa propriété. Nous étions venus du sud de l'île de Seeland nous installer dans la douce Fionie pour reprendre la boulangerie que nous avions eue à bon compte. « Les camarades nous ont aidés », disaient mon père et ma mère. Il valait mieux que personne n'ait vent du passé. La photo de papa portant son uniforme noir avait été cachée dès 1944, bien qu'il n'ait pas été à la maison. Jamais ils ne parlaient de la guerre ni des lieux où il était allé. Ni de la raison de sa soudaine disparition, après son retour en permission à la maison, en 1943. La naissance de Fritz résultait de cette visite. Ni de la raison de sa soudaine réapparition, fin 1947. Mon petit frère Teddy était le résultat de ce retour.

J'ai peu de souvenirs datant de la guerre. Ce qui prime, c'est un sentiment de bonheur, les uniformes, les chansons, les discours, l'odeur du tabac et du parfum entêtant des femmes, et ma mère et mon père au centre de conversations pleines d'esprit, en danois et en allemand. Cette curieuse langue à la fois dure et douce. Ma mère, surtout, par sa beauté, attirait ces hommes superbes. Mais c'était mon père que j'adorais. Mon père, grand et mince, au maintien si digne. Quoi de plus naturel que de l'entendre dire que certains étaient nés pour gouverner et que la race nordique était supérieure aux autres. Cela paraissait si vrai quand les mots sortaient de sa belle bouche, sous son nez droit. Peut-être qu'en réalité, je ne m'en souviens pas ? Peut-être est-ce simplement une chose que j'ai lue ? Ce que je sais, sur ce chapitre comme sur d'autres, est le produit de mes lectures. Mais je me rappelle quand même ce sentiment de bien-être. Peut-être n'en ai-je eu connaissance que par les lettres que j'ai trouvées, il y a bien des années, quand ma mère est entrée en maison de retraite et qu'en qualité de grande sœur, j'ai dû vider son logement. J'avais à peine quatre ans quand mon père est revenu du front. Je me souviens seulement qu'il avait maigri, qu'il avait la peau grise et que ses mains tremblaient. Et des voix qui venaient de la chambre de mes parents, dans la maison où nous vivions à l'époque. Des voix fortes et aiguës, et je me souviens des larmes de ma mère et de la toux grasse de mon père. Auparavant, voisins et amis se bousculaient chez nous pour chanter des chansons ou écouter des discours, alors que cette dernière fois, presque personne n'est venu nous rendre visite. Et malgré tout, la vie continuait.

Chacun se comportait comme d'habitude. On commerçait avec les Allemands, on faisait son travail, on obéissait au gouvernement qui demandait aux citoyens de rester calmes. Mais on eût dit que nous avions une maladie. Les beaux jours étaient loin. Alors que papa et les autres étaient partis à la guerre avec l'appui et la bénédiction de l'État, en paradant en musique et avec des discours à la radio. Plus tard, j'ai découvert toute l'histoire. Enfant, c'est plus avec mon cœur qu'avec ma tête que j'ai senti ces changements imperceptibles, lents, et la manière dont l'hypocrisie et la trahison ont fait leur apparition. La manière dont les puissants ont sorti leurs marrons du feu parce qu'ils ont réussi à sacrifier les faibles, une fois la guerre terminée, pour permettre à la populace de satisfaire sa soif de vengeance.

Mais là, sur cette charrette, en 1952, la guerre semblait très lointaine. Le pays était pauvre et marqué par elle, sans doute, mais il y avait dans l'air quelque chose d'indéfinissable. Nous avions emménagé dans cet endroit nouveau où personne ne nous connaissait et les Danois semblaient surtout avoir envie d'une vie meilleure. La plupart des prisonniers politiques avaient été libérés et si des gens de la région connaissaient le passé de mes parents, ils tenaient leur langue parce qu'ils avaient participé à la même histoire. Nous habitions dans une grande maison blanche, avec beaucoup de pièces, juste à côté de la boulangerie où travaillaient deux ouvriers et un apprenti. Nous avions un chauffeur qui livrait du pain dans les différentes fermes. Nous dirigions aussi une glacière où les gens apportaient leurs demi-porcs ou leurs porcs entiers. À Noël, toute la maison embaumait les rôtis et le canard. Non seulement les nôtres, mais aussi ceux de la boulangerie, parce que les gens venaient faire cuire leurs rôtis de Noël dans le grand four de la boulangerie. En Europe, des villes et des nations entières étaient toujours en ruine, mais le Danemark, une fois de plus, avait tiré son épingle du jeu, presque sans avoir souffert, car les Danois ont l'art de s'adapter et de tirer le meilleur parti des revers. C'était une bonne époque : ma mère redevenait coquette et sentait le parfum, et des rires et des bruits étranges, à la fois menaçants, délicieux et attirants, sortaient de la chambre à coucher de nos parents. Durant l'été qui précédait cette battue d'automne, papa avait engagé un photographe pour qu'il prenne une photo aérienne de la maison et de la boulangerie qui montrait le toit de tuiles rouges et les ormes de notre grand jardin. Je me souviens si bien de ce petit avion monomoteur survolant les murs blancs de mon enfance, ce jour d'été vraiment chaud où tout sentait bon et où l'on entendait bourdonner des nuées d'insectes. On nous avait mis en rang, et papa et maman avaient habillé Fritz en boulanger, comme papa, parce que l'on devinait déjà que Fritz serait boulanger comme son père.

La charrette avançait en brinquebalant et je regardais Fritz. Malgré ses presque trois ans de moins que moi, c'était déjà un grand garçon qui avait la large bouche et les fortes épaules de son père, et sa poitrine gonflait l'épais chandail qu'il portait sous son imperméable. Il riait sous le gros bonnet qu'à son habitude il avait tiré sur son front. Mon petit frère Theodor était resté à la maison, naturellement. À quatre ans, c'était toujours un bébé à nos yeux. Alors que Fritz et moi ressemblions à papa, Teddy, avec ses boucles blondes, ses beaux yeux et son sourire heureux, ressemblait davantage à maman. Comme elle, il pleurait facilement. Même s'il était encore petit, il suffisait d'un rien pour qu'il éclate en sanglots. Pas seulement quand il se faisait mal, rien qu'à l'idée que quelqu'un allait mourir, qu'une souris avait été prise au piège à la boulangerie ou attrapée par le chat, qu'une coccinelle était morte, sur les marches du perron brûlées par le soleil, devant la porte d'entrée, il se mettait à sangloter à fendre l'âme. On l'appelait tout naturellement Teddy parce qu'il faisait penser à un ourson câlin et que toute la famille le chouchoutait, comme souvent les petits derniers. Mon père le trouvait un peu pleurnichard, pour un garçon, mais maman le protégeait et le dorlotait. Alors qu'il arrivait à mon père de me regarder fièrement et de me dire en ôtant sa pipe de sa bouche : « Irma, ma fille, tu es un homme, ma parole. Quelqu'un sur qui on peut compter. Un camarade. Et un camarade, il faut toujours pouvoir compter dessus. Que ça aille bien ou mal. Ne l'oublie pas ! Un camarade, on ne le lâche pas. » Mon père était le centre de mon univers et je l'aimais d'un amour inconditionnel.

Il attendait avec les autres hommes à notre arrivée, quand Niels Ejnar a arrêté le tracteur maculé par la boue noire et épaisse qui se collait sur les grands pneus arrière neufs. Niels Ejnar est descendu de son siège et les a salués en portant la main à sa casquette, mais comme nous autres, les rabatteurs, sans s'approcher de ces messieurs qui, debout, une tasse à la main, buvaient du vrai café dans lequel on avait versé une goutte de schnaps, histoire de radoucir le froid matinal. « Ça réchauffe la carcasse », comme disait mon père, en faisant passer à la ronde son petit flacon d'eau-de-vie. C'étaient des hommes robustes, en gros manteaux et culottes de golf vertes qui laissaient voir les épaisses chaussettes tricotées sortant de leurs bottes de caoutchouc. Tous portaient des casquettes et fumaient la pipe, la cigarette ou le cigarillo. Auréolés de virilité, ils parlaient de la chasse à venir. On nous a aussi offert du café ou de la limonade, du vrai café avec du lait entier, du sucre et des petits pains de la boulangerie de papa, avec du vrai beurre, tartiné si épais, pour la circonstance, que cela chatouillait le palais quand on serrait les dents. Enfants de boulanger, nous ne manquions pas de beurre, mais comme tous les autres, nous mangions à la maison du pain parcimonieusement tartiné avec de la margarine. Selon les habitudes de l'époque. Papa nous a souri, à Fritz et à moi, tout en restant avec les hommes, bien entendu. Il avait repris des couleurs et du poids et il parlait sans gêne avec le comte, comme je le notais fièrement du coin de l'œil, tandis que Fritz taquinait Niels Ole, son meilleur copain. Pourtant, le père de ce dernier, pasteur, ne participait pas à la chasse, et nous n'allions jamais à l'église. « L'église a ramolli le peuple », disait toujours papa, mais nous avions quand même été baptisés et nous devions faire notre confirmation, parce que cela faisait partie de notre nationalité danoise, d'après maman, et d'après papa aussi, je crois bien. Nous grelottions de froid, mais nous étions très fiers de participer à la chasse.

L'école nous donnait tout naturellement congé deux fois par an quand le comte organisait les grandes chasses auxquelles il invitait ses amis et ses relations d'affaires. Je connaissais certains d'entre eux, des fermiers locaux, parce qu'on me permettait souvent d'accompagner Kaj dans sa tournée, quand il livrait du pain dans la région. Parfois, ils me donnaient un morceau de sucre candi ou un verre de sirop. D'autres faisaient partie de la bourgeoisie de la ville. D'autres chasseurs venaient de loin, parce que le comte était un homme connu et respecté. Maman disait que juste après la guerre, les commérages allaient bon train ; on disait qu'il avait gagné un peu trop pour commencer, en s'arrangeant pour rompre avec ses relations avant qu'il ne soit trop tard. Et que les grands, du reste, se tiraient toujours d'affaire. Même en ayant toujours été une enfant très observatrice, je ne comprenais pas toujours les allusions des grandes personnes. Ceux que tout le monde, à présent, glorifiait comme des héros, je me souvenais surtout que chez nous, on les qualifiait de crapules qui ne comprenaient pas la nécessité de fonder une Europe nouvelle gouvernée par l'Allemagne. Stauning n'avait-il pas dit en personne que le Danemark devait se rallier à l'économie planifiée allemande, qui nous défendrait également contre l'affreux capitalisme ? Mais de cela, on ne parlait plus. C'était comme s'il valait mieux l'oublier et recommencer de zéro. On ne nous le disait pas directement, à nous, les enfants, mais Fritz et moi comprenions qu'il valait mieux éviter de parler de la guerre avec les autres. Cela n'entraînerait que des ennuis. Teddy ne savait rien, évidemment, et il n'en a jamais rien su. « Quand on est né après la guerre, on n'a pas besoin de s'en embarrasser », nous disait maman, plus tard, à Fritz et à moi.

L'un des garde-chasse du comte est venu nous demander gentiment si on nous avait donné du café et du pain. Parce que si oui, le comte souhaitait se mettre en route dès le point du jour. « Eh bien, emmène-les jusqu'à la porte de Vesterås, Niels Ejnar Jensen », dit-il en touchant sa casquette verte du doigt. Comme les autres chasseurs, il portait son fusil de chasse plié sur le bras et ses cartouches dans le sac accroché à son manteau vert. Les chasseurs riaient fort, se tapaient sur l'épaule et se battaient les flancs, avec cette virilité bruyante et complice qui m'a parfois poussée à bout, plus tard dans la vie. Cette arrogance des hommes qui croient réellement que le sexe fort, c'est eux, et que le monde leur appartient.

Mais ce matin-là, je trouvais cela naturel. Nous avons regrimpé dans la charrette et Niels Ejnar nous a conduits vers le nord, jusqu'à la limite d'un champ où attendaient déjà deux autres tracteurs tirant des charrettes, venus des paroisses voisines. Devant nous, les chaumes étaient parsemés de petits fossés et de petites mares, ou plutôt de flaques d'eau nées des pluies de l'automne. Le comte laissait pousser dans ses champs des taillis et de petites bordures de démarcation à l'intention du gibier, et par endroits, il retardait les labours de l'automne jusqu'après la première battue. Plus loin, les prés s'étendaient, mouillés et fumants, derrière le premier bosquet de frênes. À l'horizon s'élevait le bois et derrière le bois, d'autres champs. Le marécage commençait à l'extrémité du terrain où l'on espérait que nous arriverions à finir la battue ce jour-là. Les garde-chasse avaient préparé les itinéraires en collaboration avec le comte, de façon que le terrain soit fouillé le plus efficacement et soigneusement possible. Les chasseurs devaient tirer le lièvre et le faisan et si l'on tirait aussi un goupil, ce n'en serait que mieux. Je savais que les chasseurs se rengorgeaient encore plus quand ils pouvaient exposer un renard parmi leurs trophées. On nous fit former un long rang qui comprenait trois garde-chasse, un au milieu et un à chaque bout, chargés de surveiller le cordon des rabatteurs, de manière à empêcher le gibier de le traverser. Les chiens brun foncé des garde-chasse tiraient sur leur laisse en gémissant à force de tension et d'excitation. Comme nous, peut-être. Pourtant, cela me crispait de voir tomber le gibier, chose que je n'aurais jamais avouée, pas plus à moi-même qu'à papa.

Les garde-chasse nous avaient mis en rang comme des soldats dans une guerre d'autrefois. Dans la lumière matinale grise et froide, nous avons vu les chasseurs former une file, au bas de la ligne de démarcation suivante, en se plaçant à bonne distance les uns des autres. Leur fusil de chasse reposait sur leur avant-bras et malgré la distance qui nous séparait, je voyais leur haleine virevolter autour de leur tête. Je distinguais papa, presque tout au bout, sur la droite. À ce moment, un cor de chasse a retenti, haut et plaintif, dans le lointain, et quand il s'est éteint, au-dessus des champs plats, les sifflets des garde-chasse ont pris le relais et nous nous sommes mis en branle en tapant des mains. Plusieurs garçons tapaient deux morceaux de bois l'un contre l'autre, mais le cordon des rabatteurs faisait un tel vacarme, en traversant le chaume cahin-caha, qu'il n'en fallait pas davantage pour lever le gibier. Les garde-chasse nous ont crié de rester alignés. Les chiens tiraient sur leur longue laisse. Moins d'un instant plus tard, le premier faisan a pris son envol, les ailes battantes, suivi de perdrix et d'autres faisans aux ailes diaprées. Comme s'ils obéissaient à un ordre, les chasseurs ont levé leur double canon vers le ciel et avant d'entendre les coups, j'ai vu sortir des fusils les petits nuages de poudre et les beaux oiseaux basculer, touchés en plein vol, pour tomber tout à coup, à l'improviste, comme des fruits durs inconnus, tandis que leurs plumes voltigeaient, chassées par le vent au-dessus de nos têtes. Alors seulement, nous avons entendu les coups de feu, comme l'écho des nuages de fumée. Deux lièvres ont aussi surgi sous mes pieds. Ils ont galopé en zigzag devant le cordon des rabatteurs, suivis de nos cris et le premier, les oreilles aplaties sur le dos, a filé directement contre les chasseurs. Touché, il a roulé sur le sol comme un ballon de football. L'autre s'est arrêté en plein saut pour faire demi-tour, apercevant un trou dans le cordon des rabatteurs, il s'est glissé dedans et il a disparu dans le champ en faisant des bonds énormes.

« Restez en ligne, les gamins, nom de Dieu ! » nous ont crié les garde-chasse simultanément. Ils n'étaient ni aussi furieux ni aussi grognons qu'on l'aurait cru en les entendant, mais ils parlaient à des enfants. Car si, de grand matin, la première battue se révélait fructueuse, cela mettait de l'ambiance. Les garde-chasse ramassaient le gibier pour le mettre dans la charrette que Niels Ejnar amenait avec le tracteur, après chaque battue, pendant que les chasseurs descendaient à travers les champs pour trouver un nouvel affût. Papa marchait à grands pas à côté du comte et d'un fermier que je connaissais parce qu'il lui arrivait de s'acquitter de sa facture chez nous en apportant un demi-porc à papa.

Quelques gouttes tombaient du ciel gris, si bien que plusieurs chasseurs ont sorti leur gourde d'eau-de-vie pour boire un coup en se dirigeant vers l'affût suivant. Arrivés là, ils ont reformé une ligne, comme précédemment, et toute la séance a recommencé.

Au troisième affût, on nous a placés juste derrière une rangée de saules malingres. Il y avait de l'eau au fond du ruisseau et la vue portait loin, au-delà des prairies toutes plates, du côté de la digue et des eaux basses du détroit. Nous devions rabattre le gibier le long de la digue et le pousser vers le cordon des chasseurs, qui paraissaient de plus en plus contents à la perspective de la légère collation que le comte faisait servir au milieu de la matinée. Les servantes apportaient du café, de l'eau-de-vie et quelques sandwiches, et à nous des saucisses chaudes et un soda. Quand elles ont soulevé le lourd couvercle de la soupière où se trouvaient les saucisses, une vapeur appétissante s'en est dégagée. Les saucisses étaient délicieuses, avec le léger fumet de vinaigre et d'oignons de leur court-bouillon. Mais s'ils avaient apprécié cette légère collation, les hommes se réjouissaient surtout du déjeuner qui allait interrompre la chasse deux heures durant. Quant aux rabatteurs, eux aussi s'en faisaient une joie. On allait nous donner du saucisson et des sandwiches au pâté de foie, de la saucisse roulée et du fromage, des oranges et de la citronnade à volonté. Et il ferait relativement chaud, dans le grand hangar où l'on servait d'ordinaire le repas des enfants, tandis que ces messieurs seraient reçus dans la salle d'apparat du comte. Les charrues, les herses et autres machines agricoles avaient été sorties pour qu'il y ait assez de place pour nous, pour les garde-chasse et Niels Ejnar. Nous sentions nos jambes. C'était dur d'avancer sur cette terre mouillée qui restait collée en paquets à nos bottes de caoutchouc. Mais je voyais que Fritz restait tendu et un peu excité par la chasse. Était-ce parce qu'il avait vu le sang couler ? Il n'avait pas l'air de souffrir quand il voyait tomber par terre, comme des pierres, les beaux oiseaux touchés en plein vol par les plombs. Ou les lièvres tournoyer si pitoyablement sur le sol, quand leur course tendue et superbe prenait fin au milieu d'un bond. On eût dit que l'odeur du sang et de la poudre lui convenait. On voyait qu'il se réjouissait en pensant qu'un beau jour, il serait à côté de papa, parmi les garde-chasse, et qu'il regarderait en l'air, tourné vers le cordon des rabatteurs, son fusil de chasse prêt à tirer.

Une seule chose nuisait un peu à l'ambiance : les vantardises de Peter qui ne pouvait pas s'empêcher de se mêler aux garde-chasse et de se glorifier de ses seize ans révolus. Son père, avocat dans la petite ville, avait été du bon côté pendant la guerre et Peter se vantait constamment de la rencontre de son père et de Montgomery, et de tous les cochons de nazis que son père avait emprisonnés les 4 et 5 mai. J'ignorais si c'était vrai. Les gens se vantaient de tant de choses qu'ils avaient faites pendant l'Occupation. Tout le pays s'était soi-disant uni pour résister aux Allemands, alors que la plupart, en réalité, sans se mêler de rien, s'étaient occupés de leurs affaires. Ou avaient collaboré. Mais en présence de Peter et des autres, il fallait tenir sa langue et tâcher de parler d'autre chose, même s'il ne se souciait guère, cela va sans dire, de discuter avec une gamine de douze ans. Pourtant, il arrivait que dans la cour de l'école, quand on était en train de bavarder à la périphérie d'un groupe, certaines choses vous tombent dans l'oreille. Le père de Peter ne se trouvait pas encore parmi les chasseurs. Il était parti à la gare d'Odense chercher un homme important qui venait de loin — de Copenhague. Ce dont Peter profitait pour nous dire que son père possédait une voiture particulière munie de plaques noires, et non jaunes comme celle de papa, par exemple. Heureusement, Peter était placé loin de moi dans le cordon et quand les garde-chasse ont sifflé pour nous remettre en branle, nous avons commencé à descendre vers la démarcation suivante, où les chasseurs attendaient impatiemment.

De nouveau, nous avons levé des faisans et des perdrix. De même que deux lièvres qui couraient ventre à terre. Le premier a été tué par papa, le second, plus intelligent, a longé le cordon des rabatteurs et il a disparu en sautant par-dessus la digue. Certains chasseurs, qui avaient sans doute un peu trop levé le coude, commençaient à manquer le gibier ou à le blesser, de sorte que les garde-chasse devaient envoyer les chiens pour le ramasser. Un nouveau lièvre a bondi de son trou. Je me demandais comment les lièvres faisaient pour se cacher, dans ce champ presque nu après la moisson. Ils restaient d'abord immobiles, se confondant avec la terre, et ils tâchaient ensuite de se sauver en bondissant, d'abord en direction des rabatteurs, puis en faisant volte-face. D'ordinaire, ils faisaient le mauvais choix et ils couraient à la mort. Celui-ci, un gros gaillard, ne semblait pas pris au dépourvu. Comme il courait droit sur moi, j'ai frappé dans mes mains de toutes mes forces en criant. Il avait une oreille qui paraissait avoir été touchée, autrefois : plus petite que l'autre, elle pendait un peu curieusement, comme alourdie par le poids d'un vieux plomb, mais il avait des pattes puissantes et une épaisse fourrure. Le lièvre s'est arrêté juste devant moi, il m'a regardée pendant une fraction de seconde, en me donnant une forte envie de m'écarter pour le laisser passer, puis il a fait volte-face et filé en direction des chasseurs, en bondissant élégamment, si vite que le vent faisait onduler sa fourrure. L'un des chasseurs, naturellement, n'a pas pu attendre que le lièvre soit vraiment à sa portée. J'ai vu qu'il le visait, j'ai vu la fumée de la poudre et entendu ensuite les deux coups de son fusil de chasse à double canon. Le lièvre a roulé sur lui-même, mais il s'est relevé. Il courait mal, en traînant une patte de devant qui rougissait de sang. Il courait entre les chasseurs et le cordon des rabatteurs, si près de nous que personne n'osait tirer. J'ai vu l'un des garde-chasse lever son fusil pour lui donner le coup de grâce, mais je crois qu'il a eu peur de toucher l'un de ces messieurs. On aurait dit que la bête blessée allait réussir à se sauver. Suivant des yeux sa course vacillante, le cordon des rabatteurs ne bougeait plus, comme si nous obéissions à un ordre, bien que personne n'ait rien dit. Nous en savions assez long sur la chasse pour comprendre qu'il fallait achever un lièvre blessé, néanmoins, j'espérais quand même — et je sentais que mes camarades rabatteurs espéraient aussi — que ce lièvre allait se sauver, qu'il bondirait par-dessus la digue et retrouverait la liberté, même si cela signifiait qu'il devrait trouver une cachette pour mourir seul et en paix.

Le tireur le plus éloigné du cordon des rabatteurs a lâché son chien, un gros chien d'arrêt danois brun, d'un beau brun mordoré, qui s'est élancé de toutes ses forces, sa queue coupée frémissante d'excitation. Il faisait des sauts énormes, colossaux, sur les chaumes argileux, en diagonale par rapport à la direction prise par le lièvre. Celui-ci a paru sentir ce nouveau danger. Il a bondi plus haut, mais je voyais qu'il souffrait de sa patte blessée. Il a changé de direction. Tout cela se passait à la fois très vite et très lentement. Je suivais le chien des yeux, je comptais les secondes et je priais intérieurement le bon Dieu de sauver le lièvre, de lui donner la force de courir plus vite que le vent. Mais Notre-Seigneur est resté sourd, ce jour-là aussi. Le chien de chasse a sauté sur le lièvre, sans le mordre la première fois. Le lièvre est tombé, s'est relevé, un peu chancelant, le chien a tourné sur lui-même, excité par la chasse, il a failli perdre l'équilibre, mais avant que le lièvre n'ait repris sa course, le chien l'avait saisi par le cou et mordu. Je ne savais pas, jusqu'à ce matin-là, que les lièvres ont une voix. Or, ce lièvre a poussé un cri, un cri déchirant, il a hurlé comme un nourrisson qui se brûle. Son cri s'est mué en un soupir sanglotant, puis le silence est retombé.

Le tireur est resté immobile. Pendant deux secondes peut-être, mais qui ont paru une éternité, personne n'a bougé. Puis, d'un coup de sifflet, le tireur a rappelé son chien. L'histoire de ce lièvre est sans importance, comparée aux bouleversements que ce jour-là a apportés dans notre vie. Pourtant, plus tard, en y réfléchissant, j'ai pensé qu'inconsciemment, dans mon for intérieur d'enfant de douze ans, j'ai su que la souffrance de ce lièvre préfigurait la mienne. Je suis rationaliste, mais il ne faut pas prendre l'inconscient à la légère. Le cri de ce lièvre contenait le germe de ma propre souffrance, physique et morale, mais aussi celui de ma rédemption, grâce à la compréhension qu'allaient m'apporter les années.

Car je me souviens comme si c'était hier des nuages bas et gris, de l'herbe fanée de la digue, de la terre noire, mouillée et froide, des gouttes de pluie qui se mêlaient aux larmes coulant sur mes joues, des rabatteurs et des chasseurs, comme deux armées se faisant face, et de l'écho du cri du lièvre, suppliant, souffrant et angoissé, comme une fausse note stridente dans l'air amer de l'automne.

16

La battue suivante a été plus silencieuse. Le cri du lièvre nous restait dans l'oreille. Seul le chien paraissait content et fier des félicitations prodiguées par le garde-chasse quand il lui avait apporté sa proie mutilée. Les chasseurs avaient peut-être été un peu touchés malgré tout. Plus patients, en tout cas, ils attendaient pour tirer que le gibier arrive plus près d'eux. Ne voulant pas avoir l'air d'une mauviette, j'avançais en battant des mains, comme les garçons à mes côtés, mais deux des grandes filles de quatorze ans avaient du mal à retenir leurs larmes. C'était étrange, en fait. Pourquoi étions-nous plus sensibles au meurtre commis par le chien plutôt qu'à ceux commis par les hommes ? Attribuerions-nous aux animaux rationalité et bonté, une humanité à rebours, que nous-mêmes ne possédons pas ?

La dernière battue n'a donné qu'un seul faisan et un lièvre, puis on nous a apporté nos saucisses et nos sodas. Nous avons retrouvé notre bonne humeur en marchant jusqu'à la voiture et en voyant les deux domestiques du château avec la grande soupière fumante et les paniers pleins de petits pains, la moutarde à côté, dans de grands verres, et le ketchup fait maison dans de vieilles bouteilles de lait en verre. Aux chasseurs qui restaient ensemble, dans une clairière du bois, à bonne distance de nous, on servait deux tranches de pain noir accompagnés d'une bière et d'un gloria. Ils n'avaient pas droit aux saucisses rouges et fermes et au soda à l'orange, délicieux dans cette atmosphère automnale grise et âpre. L'automne se sentait et se voyait partout. L'odeur des feuilles pourrissantes mêlée au relent salé de la mer, de l'autre côté de la digue. Les deux couches de nuages qui couraient au-dessus des grands arbres de la forêt dont les feuilles jaunies n'attendaient que la première vraie tempête de l'automne pour tomber. La pluie menaçait constamment, mais on ne sentait guère que quelques gouttes. Et soudain, le soleil perça, la couche des nuages se fendit comme si Notre Seigneur l'avait coupée avec un couteau à pain. Papa vint nous voir, Fritz et moi, pour nous demander comment ça allait. Si nous avions froid et si nous n'étions pas mouillés. Puis il me pinça légèrement le bras, comme s'il comprenait que j'avais été triste et qu'il savait que je savais que je ne pouvais pas le montrer, ni à lui ni aux autres. Bien que Fritz ait été le plus jeune, il avait les joues en feu et ses yeux brillaient. Il était aussi grand que moi et ressemblait très nettement à papa. Les garde-chasse sont alors venus nous dire de nous dépêcher de finir et de monter en voiture. Parce que l'on comptait bien arriver à faire encore deux battues avant le déjeuner, à une heure. Nous nous sommes installés et Niels Ejnar nous a conduits à nos nouveaux postes. De très bonne humeur, nous chantions les cantiques du matin que nous avions appris à l'école en avançant en brinquebalant sur le chemin creux. Et les choses ont continué ainsi jusqu'au déjeuner.

Quand le père de Peter est arrivé avec l'invité de Copenhague, nous étions dans la grange, debout ou assis, en train de manger nos sandwiches en buvant des sodas, tandis que les messieurs déjeunaient dans la salle des fêtes du corps de logis. La grange, vidée de ses voitures, sentait bon la graisse de machine et la paille ; on n'avait laissé dans un coin qu'une vieille moissonneuse-lieuse couverte de toiles d'araignées, comme enveloppée par une fée de la soie la plus fine. Peter s'est redressé tout à coup, incapable de résister à l'envie de signaler l'arrivée de son père. Il était littéralement bouffi d'orgueil, en tout cas, quand nous nous sommes tous précipités dehors pour admirer la voiture. Le père de Peter conduisait une Buick bleue, longue et basse, dotée de grandes nageoires caudales et d'un capot élancé. Passant lentement devant le hangar et les gamins ébaubis, il a roulé jusqu'au corps de logis. Les pneus larges, bordés de blanc, ont fait crisser le fin gravier quand il est allé tourner autour d'un vieux chêne avant de s'arrêter devant le vaste perron qui menait à une porte principale à double battant. Le comte est sorti avec sa femme, une femme maigre aux gros bracelets qui tintaient et aux cheveux roux. Le comte avait la figure rougie par la chaleur et le schnaps. Ayant posé la veste, il était en bras de chemise. De larges bretelles retenaient son pantalon sur ses hanches étroites et son petit derrière. De la voiture du père de Peter sortit l'invité, un homme entre deux âges, sec comme une trique, aux cheveux gris et aux joues ridées, en costume de chasseur :

culottes de golf vert foncé, bottes, manteau mi-long et casquette. Le comte a descendu quelques marches de manière à ce qu'ils se rencontrent à mi-chemin. Ils se sont serré la main et même sans pouvoir entendre ce que disait le comte, on comprenait qu'il souhaitait chaleureusement la bienvenue à ce nouvel invité. Le père de Peter, deux marches plus bas, faisait penser à un prestidigitateur qui par magie aurait sorti du vide cet invité distingué. Quant à nous, les gamins, nous étions intimidés par le spectacle et l'événement. Car cet homme était une véritable célébrité. Nous avions vu des photos de lui dans le journal, lu des articles sur lui et nous l'avions entendu à la radio. C'était un des vrais héros de la patrie, il avait œuvré courageusement durant les cinq années noires et été membre du Conseil de la Liberté. On disait aussi de lui qu'il avait personnellement exécuté plusieurs traîtres. La radio qualifiait cela de « liquidation des délateurs ». Il n'avait pas l'air d'un héros. Il ressemblait à un employé de banque ou à un instituteur un peu embarrassé. Du genre de ceux qui enseignent la religion ou la géographie et qui allongent volontiers une gifle sans que ça fasse mal, parce qu'ils ne tapent pas spécialement fort. Cela ne se voyait pas sur lui qu'il avait tué des hommes, et de sang-froid par-dessus le marché. Je m'imaginais, d'une certaine façon, que ça devait aussi se voir physiquement sur les gens. Une auréole spéciale de mort et de mutilation, mais ce n'était pas le cas. À ce moment-là, j'ignorais aussi que papa avait sûrement vu plus de morts et de misère à lui seul que toutes les autres personnes présentes et que vraisemblablement, il avait aussi mis fin à beaucoup plus de vies. Une idée à laquelle je continue à avoir du mal à me faire, parce qu'il semblait tellement ordinaire : un boulanger vêtu de blanc, qui dégageait une bonne odeur de farine et de fumée de pipe.

Les trois messieurs et la dame ont disparu dans le corps de logis, la porte blanche à deux battants s'est refermée derrière eux et nous sommes retournés prendre les dernières tartines de pain noir, un dernier soda, et le thé qu'on nous servait aussi pour finir. Le comte tirait gloire des bons traitements dont il gratifiait toujours ses domestiques et ses rabatteurs. Pendant la première grande chasse de l'année, d'après lui, ils ne devaient manquer de rien. Notre repas terminé, les filles ont commencé à dire des bêtises et à papoter tandis que les garçons, pour se faire remarquer, se mettaient à jouer aux résistants et aux Allemands dans la vaste grange, quand j'ai vu papa descendre l'escalier. Il était blanc comme un linge et ses mains tremblaient. Il est entré tout droit dans la grange, m'a prise rudement par le bras et m'a demandé où était Fritz, d'une voix froide et lointaine.

« Il s'amuse, papa.

— Va le chercher !

— Qu'est-ce qu'il y a, papa ?

— Va seulement le chercher.

— Tu me serres trop fort. Tu me fais mal, papa. »

Il m'a lâché le bras. Un instant, j'ai vu dans ses yeux une confusion bizarre, et puis sa figure a repris son masque gris pâle. J'ai filé au fond de la grange où Fritz, un bâton à la main qui figurait une mitraillette, était en train d'abattre un groupe d'Allemands. Les garçons imitaient le bruit des mitraillettes en hurlant de temps à autre à leur adversaire qu'il était mort et qu'il fallait qu'il se couche par terre. Les Allemands s'étaient retranchés derrière la moissonneuse-lieuse qui représentait un bunker comme ceux que nous avions vus sur la côte de la mer du Nord.

« Fritz, viens ici. »

Il jeta une grenade imaginaire sur les Allemands en faisant des bruits de tir et siffla pour faire le bruit du passage de la grenade avant d'imiter celui de l'explosion.

Je l'ai attrapé.

« Papa veut que tu viennes.

— Je joue.

— Il a dit tout de suite. »

Quand il a vu à ma figure que j'étais bouleversée, Fritz a lâché son bâton et m'a suivie en traînant les pieds. Papa, debout devant la porte de la grange, ignorait les rabatteurs aussi bien que les autres enfants. Il paraissait totalement absent. La plupart des enfants ne se sont aperçus de rien, mais je voyais bien que les garde-chasse le regardaient en dessous. Que faisait un de ces messieurs dans la grange en plein déjeuner ? La chose n'était vraiment pas ordinaire. Pourquoi cette pâleur que soulignaient nettement les poils noirs de sa barbe, bien qu'il se soit rasé soigneusement avant de partir ce matin-là. Il m'avait permis de faire mousser le savon à barbe dans le petit bol qu'il utilisait avant de se racler la figure et avait étrenné une lame toute neuve pour marquer l'occasion.

« En route », nous a-t-il simplement dit quand je suis arrivée en traînant Fritz. Il marchait le premier, si vite et à si grands pas, qu'il nous a presque fallu courir, Fritz et moi, pour le suivre jusqu'à la camionnette. Nous avons grimpé à côté de lui. Il a fait une marche arrière et il est parti. J'ai vu Fritz devenir aussi inquiet que moi. Nous savions bien que les adultes sont souvent imprévisibles et que leur humeur peut avoir des hauts et des bas, mais nous ne l'avions jamais vu aussi fermé, aussi pâle et les mains tremblantes. Il tirait rageusement sur sa cigarette, roulait beaucoup trop vite sur les petites routes, et je sentais monter mes larmes.

« Qu'est-ce qu'il y a, papa ? » ai-je demandé d'une voix faible.

— Rien. Tais-toi ! » m'a-t-il dit et je me suis mise à pleurer.

« Arrête de pleurnicher ! » m'a-t-il dit, si rudement que Fritz aussi s'est mis à pleurer, parce qu'il ne comprenait pas ce qui se passait. Un instant plus tôt, nous faisions partie du groupe qui mangeait et buvait, tandis que papa prenait du bon temps avec les autres messieurs, et l'instant d'après, on nous en arrachait sans explications. Quand papa était entré chez le comte pour le déjeuner, les joues rougies par le vent, il nous avait fait un clin d'œil assorti d'une remarque qui avait fait rire ses voisins. Et il était ressorti tout pâle et les mains tremblantes.

« Arrêtez de pleurnicher, tous les deux ! » nous a-t-il dit, avec une vraie colère dans la voix. La colère que nous connaissions quand nous avions fait une grosse bêtise ou que nous n'obéissions pas à maman. Il ne nous avait jamais battus, mais nous n'en redoutions pas moins sa colère, qui pouvait être si glaciale et si violente malgré tout, quand nous l'avions agacé ou que nous avions poussé notre mère à bout avec nos jeux bruyants. Nous avons donc retenu nos larmes, Fritz et moi, tant bien que mal, en nous essuyant le nez et les yeux et en reniflant le moins possible, mais c'était comme si nous n'existions plus, pourvu que nous ne fassions plus de bruit. Il roulait sans mot dire, la figure rigide, en fumant cigarette sur cigarette. Il sentait la bière et le schnaps et un peu l'eau de rasage, mais il n'était pas ivre. Comme dans un autre monde, simplement. Quand nous sommes entrés dans la cour, maman est sortie sur le perron en tenant Teddy par la main. C'était un large escalier qui menait à la porte d'entrée, j'aimais bien m'y asseoir avec mes poupées en été, quand le soleil grillait la boulangerie et le village. Maman l'a d'abord regardé, étonnée, et puis elle a pâli, elle aussi.

« Qu'est-ce qu'il y a, Jørgen ? C'est à cause des enfants ? »

Mais en nous voyant, elle a poussé un soupir de soulagement. Elle a noté nos yeux rougis et j'ai vu qu'elle était soulagée et inquiète à la fois.

« Montez dans vos chambres ! a dit papa. Emmenez Teddy.

— Jørgen... ? a dit maman. Qu'est-ce qui s'est passé ?

— Faites ce que je vous dis, nom de Dieu ! »

J'ai pris d'une main Fritz et de l'autre Teddy, qui hurlait parce qu'il ne voulait pas lâcher maman, et je suis montée quatre à quatre jusqu'au premier étage. Dans ma chambre, j'ai assis mon petit frère sur mon lit, j'ai pris un livre et je me suis mise à lire, de sorte que Teddy n'a pas tardé à cesser de pleurer. Il avait la larme facile mais retrouvait toujours vite sa gaieté. Même en lisant à haute voix, je les entendais au rez-de-chaussée. Leurs voix, basses d'abord, puis plus fortes, des cris de colère et à la fin maman qui pleurait et la voix de papa, à la fois coléreuse et désespérée. Comme s'il allait pleurer, mais les hommes ne pleurent pas, n'est-ce pas. Je crois que de ma vie, je n'ai jamais eu aussi peur, ni avant ni après. J'étais certaine que l'un de mes parents allait mourir incessamment. Pourquoi, je n'en savais rien, mais je le croyais. Je continuais à lire à haute voix, sans penser à ce que je lisais. Cela me permettait de retenir mes larmes, mais pas l'angoisse qui me rongeait la poitrine comme un venin.

Un moment plus tard, ma mère est montée. On voyait qu'elle avait pleuré, mais elle s'était remaquillée pour essayer de le dissimuler. Elle avait les yeux gonflés. Sur le pas de la porte, elle nous a regardés un instant et j'ai interrompu ma lecture. Nous étions tous les trois serrés sur le lit. Fritz et moi toujours en habits de rabatteurs, avec nos gros pulls, mais nous ne transpirions pas. J'avais presque froid. Nous avions seulement eu le réflexe de quitter nos bottes dans l'entrée. Elle s'est approchée et nous a pris dans ses bras sans mot dire. Les larmes ont recommencé à couler, silencieusement, sur ses joues, ce qui a fait aussi pleurer Teddy et nous a enfin permis, à Fritz et à moi, de nous laisser aller et de pleurer sur l'épaule de maman et sur son beau tablier en nous serrant contre elle.

« Qu'est-ce qui arrive à papa ? sanglotai-je après un bout de temps.

— Plus tard, ma petite Irma, plus tard.

— Oui, mais qu'est-ce que c'est ?

— Plus tard. Tout finira par s'arranger, ma petite Irma », m'a-t-elle dit d'une drôle de voix mouillée, que je n'ai pas crue une minute. Cette réponse a séché mes larmes. Que les adultes me prennent pour une fillette qui ne comprenait et ne voyait toujours rien, je le savais bien. Mais je me suis sentie trahie par le fait que ni papa ni maman ne trouvent nécessaire de me donner la raison d'un tel bouleversement de notre quotidien. Ce n'est que bien des années plus tard que maman m'a raconté toute l'histoire. Mais pendant la période qui a suivi la battue, c'est uniquement en analysant les demi-mots de ma mère et de mon père et les changements à la boulangerie que j'ai pu réunir la plupart des pièces du puzzle, de sorte qu'avant même notre déménagement, ce qui s'était passé était déjà pour moi évident.

17

Le lendemain ce fut comme si rien n'était arrivé. Si bien qu'un instant, j'ai espéré que tout cela n'avait été qu'un rêve. Je me suis réveillée comme d'habitude, en entendant le pas de mon père dans l'escalier. Il se levait toujours très tôt, descendait pour traverser la cour, se rendre à la boulangerie et commencer la cuisson des petits pains et du pain blanc. Pourtant, ce lendemain-là, il y avait quand même quelque chose de différent. Je l'ai compris tout de suite car il ne sifflait pas. D'ordinaire, il le faisait en descendant l'escalier, après que je l'ai entendu tirer la chasse à la salle de bains, juste à côté de ma chambre. Je me rendormais toujours après l'avoir entendu siffler, mais ce matin-là, je n'ai pas pu me rendormir. Dans mon lit, je sentais mon cœur battre si fort que j'avais peur qu'il n'éclate. Mais pour ne pas inquiéter maman, je suis restée couchée jusqu'à ce qu'elle vienne, comme d'habitude, me réveiller à sept heures, à temps pour aller à l'école. Les yeux fermés, j'ai entendu ses pas dans le couloir et je ne les ai pas ouverts avant de l'entendre dire, comme de coutume : « Bonjour, ma fille. As-tu bien dormi ? Alors, lève-toi. » Sa voix était presque comme d'habitude, mais pas tout à fait quand même. On eût dit qu'elle contenait des débris de verre, une fragilité toute nouvelle.

Et il fut vite évident, pour moi comme pour Fritz, que quelque chose clochait. Cela ne s'est peut-être pas passé d'un jour à l'autre, mais lentement, les clients ont cessé de venir au magasin et quand le chauffeur remplissait la camionnette des livraisons, avant de faire sa tournée quotidienne, je remarquais que les pains blancs et noirs, les gâteaux et les pâtisseries qu'il plaçait sur le rayonnage, à l'arrière de la voiture, étaient de moins en moins nombreux. Il ne sifflait plus, lui non plus, contrairement à son habitude, quand la voiture quittait notre cour. On disait, dans la région, qu'il valait peut-être mieux ne pas se servir chez le boulanger Pedersen. Enfin, on ne le disait pas vraiment, bien entendu. Les Danois, en général, ne disent pas les choses directement. Pas quand il s'agit de choses désagréables. On en parlait à mots couverts dans les petites collectivités, dans les fermes et chez les artisans et les ouvriers. Il y avait dans l'air l'idée que les gens convenables ne se servaient pas chez lui. Parce qu'il semblait qu'il ait été du mauvais côté. Il n'était pas le seul, bien entendu, mais si l'attention se concentrait sur le boulanger, les autres étaient quittes. Et si les gens s'apercevaient un peu trop tard qu'ils ne verraient pas l'avènement de la nouvelle Europe espérée, c'était une raison de plus de cesser de fréquenter le magasin et d'aller se servir chez l'un des boulangers de la ville voisine, jusqu'à nouvel ordre en tout cas. Certains clients ont continué à venir. Les gens aisés ou les indifférents, ou ceux qui refusaient d'écouter les ragots et qui ignoraient peut-être ce qui s'était passé chez le comte, pendant le déjeuner de la battue. C'étaient les gens qui se moquaient du passé. Car quoi qu'on dise, il n'y avait pas de meilleur pain, dans la région, que celui que Pedersen sortait de son four. C'était ce que disaient les gens qui, de toute façon, se moquaient des ragots et des opinions d'autrui. Mais seule une minorité, comme d'habitude, osait aller à contre-courant.

La police n'a pas tardé à venir, ce qui n'a pas arrangé les choses. Pas le gendarme Karlsen, mais deux agents qui venaient d'aussi loin qu'Odense. Bien qu'ils aient été en civil, polis et aimables, leur visite a fortifié les rumeurs. J'ignore de quoi ils ont parlé avec papa, mais ils sont restés une heure avec lui. Maman m'a dit plus tard qu'ils avaient été obligés de venir lui parler. Papa avait été dénoncé, mais bien que figurant dans le fichier et ayant combattu sur le front de l'Est, il n'avait pas commis d'actes criminels sur le sol danois. Son contentieux avec la société danoise appartenait au passé. Ses camarades avaient été condamnés à deux ans de prison mais on les avait tous libérés depuis longtemps, sauf en cas de condamnation pour des actes commis sur le sol danois. Et sur ce chapitre, ils n'avaient rien à reprocher à papa. Les agents de la police criminelle étaient donc repartis en disant que d'après eux, cette affaire était plutôt périmée et que les temps avaient changé, depuis 1945. Et puis tant de gens avaient été du mauvais côté. Enfant, je ne comprenais pas grand-chose à tout cela, car les grandes personnes en parlaient toujours à mots très couverts.

Papa et maman ont maigri tous les deux, durant cet hiver-là. Novembre a été inhabituellement doux et à Noël, il a fait un temps tout à fait étrange, pluvieux et avec des températures atteignant 15 degrés. D'ordinaire, Noël était une période de travail intense, mais cette année, il n'y avait qu'une oie, quatre canards et six rôtis de porc dans le grand four de la boulangerie. L'un des canards et l'un des rôtis étaient les nôtres. Parce qu'il fallait bien fêter Noël, disait maman. Il ne vint presque pas de clients au magasin. Les deux employés avaient été remerciés. Papa pouvait faire tout le travail, seul avec l'apprenti qui s'appelait Kurt et qui était si bête qu'il ne comprenait rien à rien. De plus, Fritz avait commencé à se rendre utile à la boulangerie. Et je donnais aussi un coup de main quand je le pouvais, mais je sentais que l'école avait la priorité. J'étais, d'évidence, douée pour l'étude et mes parents l'acceptaient sans hésitation. Papa et maman ne parlaient pas beaucoup ensemble pendant la journée, mais la nuit, je sortais souvent sans bruit de mon lit pour aller m'asseoir en haut de l'escalier et écouter leurs voix sérieuses, dans la salle de séjour. Je n'entendais pas ce qu'ils disaient, mais de temps à autre, maman se mettait à pleurer et une fois, je l'ai entendu crier que ça ne pouvait pas continuer, que les factures s'empilaient et que sous peu, on ne nous livrerait plus ni farine ni sucre ni beurre.

Papa avait toujours bien reçu les vagabonds qui venaient mendier du pain rassis et peut-être un verre d'eau-de-vie et une bière, et de loin en loin, un abri pour la nuit dans la réserve de farine. C'était comme s'il avait toujours compris leur bougeotte, leur souffrance et leur fébrilité. Ils marquaient au couteau, sur le portillon du jardin, des signes de reconnaissance pour signaler à leurs semblables que la maison était accueillante. De même, papa avait toujours fait aiguiser, pour deux couronnes, ses couteaux et ses ciseaux par différents rémouleurs, alors que dans l'arrière-cour, nous disposions d'une grosse meule manuelle. Mais à présent, il commençait à aller derrière la boulangerie ou dans la réserve de farine de plus en plus vide pour boire de la bière et du schnaps avec ces hommes barbus aux habits élimés, qui sentaient si mauvais l'urine et le tabac. J'entendais maman le gronder, mais en vain. Papa voulait rester derrière, les yeux noyés, à discuter avec ces hommes pas lavés qui nous faisaient peur, à Fritz et à moi, tandis que Teddy, avec son innocence confiante coutumière, adorait leur bonne humeur et les bonbons qu'ils ne manquaient pas d'offrir à mon petit frère aux boucles blondes.

Cela s'est vite gâté aussi à l'école. Je n'avais pas trop à me plaindre, mais c'était pire pour Fritz, obligé à la fois de se défendre et de nous défendre, papa et moi, quand Peter et les autres le traitaient d'enfant de nazi ou accusaient papa d'avoir contribué à tuer des résistants et à assassiner des millions de juifs et de Russes. Fritz rentrait souvent à la maison le nez en sang ou avec un œil au beurre noir et refusait toujours de dire à maman ce qu'ils disaient pour le taquiner, mais elle le savait bien. Papa ne disait rien ou faisait des remarques viriles idiotes : quand un garçon grandissait, il fallait qu'il apprenne à se défendre. On eût dit que papa s'en fichait, que la seule chose qui comptait était de rester derrière la maison, à boire de la bière avec les vagabonds.

Les instituteurs tâchaient de faire comme si de rien n'était, mais je sentais qu'ils avaient de plus en plus pitié de moi. Que ce n'était pas de ma faute. En outre, j'étais une bonne élève qui ne faisait jamais d'histoires et j'apprenais toujours mes leçons.

Un jour, au cours d'histoire, il a été question de l'occupation et M. Hansen a parlé en termes lyriques de Kaj Munk, le pasteur assassiné par les nazis. Kaj Munk avait été un bon chrétien danois qui s'était opposé courageusement à plus puissant que lui. Il avait regardé ses ennemis dans les yeux sans dissimuler son visage. Nous devions le prendre pour symbole afin que son esprit sain et chrétien et son patriotisme nous soutiennent dans les épreuves de la vie, ce qui nous permettrait de nous redresser sans nous laisser dominer. M. Hansen a parlé de la résistance danoise contre l'ennemi et de la façon dont les Danois avaient prouvé la force du peuple en s'épaulant mutuellement contre le joug germanique, pendant les cinq années maudites. Les Danois s'étaient battus pour leur liberté et c'est pourquoi nous mettions des bougies aux fenêtres le 4 mai, nous dit-il. C'était une belle tradition que nous devrions perpétuer chez nos enfants quand nous en aurions, pour que le souvenir des victimes et de la liberté retrouvée ne meure jamais, mais reste un témoignage de la force du peuple et des valeurs danoises.

Mes parents mettaient aussi des bougies aux fenêtres. C'était grotesque, au fond, mais ils n'essayaient pas de se démarquer de la populace, de tous les collaborateurs danois qui conservaient, dans un tiroir, des brassards de la résistance comme un précieux souvenir. M. Hansen dit aussi que la jeune génération pouvait tirer un enseignement de la résistance dont avaient fait preuve les Danois. Luttez pour tout ce qui vous est cher. Mourez, s'il le faut. Comme nous l'avions si bien chanté ce jour-là, à l'heure du psaume du matin. Ces mots-là, nous devions les emporter dans la vie. Il y avait dans la classe deux garçons de quatorze ans qui devaient bientôt quitter l'école. Ils dormaient au fond de la salle, comme d'habitude, avec une seule idée en tête : sortir de cette classe qui puait l'enseignement et les sandwiches au saucisson et aux œufs pour pouvoir travailler et gagner de l'argent. Tout le monde les avait de longue date abandonnés à leur sort.

Je n'ai pas réfléchi. Contrairement à toutes mes habitudes. Je m'efforçais d'être gentille avec tout le monde et d'être une enfant sage qui ne se faisait pas trop remarquer. D'être comme tous les autres et de ne jamais révéler que ma famille portait un secret. Que je savais qu'elle le portait, bien que mes parents n'en aient jamais vraiment parlé avec moi, même maintenant que j'étais plus grande.

J'ai levé la main bêtement et j'ai dit :

« Alors, je ne comprends pas, monsieur Hansen. Si c'était comme ça, pourquoi est-ce que le gouvernement danois a traité les résistants de criminels pendant tant d'années ? Et pourquoi est-ce qu'ils se faisaient arrêter par la police danoise ? »

Il est devenu tout pâle, il m'a tiré l'oreille et m'a donné une gifle en me disant d'une voix sifflante que je n'avais pas à être impolie en posant des questions qui ne pouvaient venir que d'un endroit précis, que je devais m'estimer heureuse de vivre dans un pays libre qui permettait même à des gens comme moi d'aller à l'école avec de bons enfants danois !

Naturellement, j'ai senti mes larmes monter, mais je n'ai pas voulu pleurer. Ma joue me cuisait après cette gifle, la première de ma scolarité. Fritz, comme d'autres garçons, en avait reçu une quantité. Mais je n'ai pas pleuré et je n'ai jamais dit à mes parents ce qui s'était passé à l'école ce jour-là. Ils avaient déjà assez de problèmes.

On entendait de plus en plus rarement la sonnette du magasin dont le tintement si plaisant annonçait l'entrée des clients. Au début de l'année suivante, Mme Sørensen, qui aidait au magasin tous les dimanches et souvent l'après-midi, a été remerciée. Maman pouvait sans peine tenir sa maison, s'occuper de ses enfants et servir des clients de plus en plus rares. Le seul à ne pas comprendre tout à fait que notre vie avait changé était le petit Teddy que l'on gâtait comme de coutume. Il n'avait que cinq ans et il suivait maman partout, s'asseyait sur une petite chaise dans un coin du magasin, allait voir papa ou jouait avec Lene, la fille des voisins. Et cela n'avait pas changé. Alors que plusieurs de mes amis et des camarades de Fritz avaient cessé de venir nous voir ou de jouer avec nous parce qu'on le leur avait défendu, on voulait épargner Teddy. Peut-être a-t-il senti, malgré tout, que quelque chose n'allait pas. Il maigrissait et pleurait encore plus facilement qu'avant. Il restait encore plus dans les jupes de maman et se serrait contre son tablier comme un vrai bébé.

J'ai compris peu à peu que le méchant de l'histoire était l'invité de marque de Copenhague, que mes parents appelaient simplement le Juif, quand ils croyaient que je ne les écoutais pas. Comme s'ils considéraient que ce mot symbolisait tout ce qui les contrait ou qu'ils détestaient. Qu'ils aient été de vrais antisémites, je n'en doute pas. Mais qu'au lieu d'être seulement anti-sionistes — une saine attitude politique, comme chacun sait — ils aient réellement considéré la race juive comme une peste sur la terre, j'ai beaucoup de mal à l'accepter. Mais ils étaient, comme nous, un produit de la société dans laquelle ils avaient grandi et où ils vivaient. Un produit des événements et du désordre capitaliste qui régissait (et qui régit) le monde. Ils avaient grandi en voyant, autour d'eux, un monde injuste, exploiteur, sans avoir, hélas, la réelle compréhension ou l'instruction nécessaires pour faire le bon choix. Les choix étaient faits pour eux par des forces indéterminées. On ne leur avait malheureusement pas assez montré de quelle façon les conditions des classes sociales modelaient leur vie et leurs idées. Ils traitaient donc de juif tout ce et tous ceux qui nuisaient à leur famille, bien que l'invité de marque de Copenhague ait été aussi danois que nous.

Pardon, ma sœur. J'avais promis de ne pas parler de politique.

Lentement, j'ai reconstitué l'histoire et je me suis fait une idée de ce déjeuner, qui m'a été confirmée plus tard, à contrecœur, par ma mère.

Le Juif s'était approché de la table bien garnie entourée des messieurs aux pommettes enflammées par la chaleur et quelques verres de schnaps. Beaucoup avaient déjà déboutonné la ceinture de leur pantalon après avoir dégusté les gros harengs, le fromage de tête, le pâté de foie, le rôti de porc, la saucisse roulée faite maison, les terrines de gibier et autres mets bourrés de graisse qui faisaient partie des célèbres déjeuners de chasse du comte. Papa avait été très honorablement placé, m'a dit maman, à deux places du comte seulement, à côté du directeur de la fabrique des machines. Ces messieurs se réjouissaient à l'idée de voir arriver le fromage, de prendre encore un petit verre de schnaps, le café et les cigares, avant de repartir, allumés, pour la chasse. Les garde-chasse ne se réjouissaient pas : la chasse de l'après-midi était toujours une affaire plus dangereuse que celle du matin.

Le Juif avait hoché la tête quand le comte l'avait présenté et conduit à la place restée libre à sa droite. Il avançait fièrement et saluait les invités du comte d'un hochement de tête courtois. Le fait d'arriver en retard faisait partie de son prestige puisqu'il était membre de nombreux comités importants. Il considérait son travail comme une vocation morale. Faire en sorte que les traîtres à la patrie soient justement châtiés, du moins dans les journaux, et que les héros ne soient pas oubliés.

Il était obligé de fréquenter les hommes politiques de retour au pouvoir qui tâchaient de faire croire que leur collaboration avec les Allemands, pendant les premières années de la guerre, avait été le fait du hasard ou qu'il s'agissait, en tout cas, d'une affaire pragmatique très danoise, qui avait évité beaucoup de souffrances à la patrie.

Le Juif avait touché la main de quelques connaissances et s'apprêtait à s'asseoir à la place réservée pour lui quand il avait aperçu papa et que papa l'avait aperçu ; leurs yeux s'étaient heurtés comme des épées dans l'espace enfumé qui les séparait. Papa avait pâli. Le Juif avait rougi et la main qu'il avait tendue pour saluer, par habitude ou par politesse, les invités du comte les plus proches de lui, s'était arrêtée en l'air, comme si elle ne savait que faire. Le Juif avait fait un pas en avant et un pas en arrière et dit d'une voix forte et tranchante qui avait attiré le regard de toute l'assemblée sur lui et sur papa :

« Nous n'avons pas coutume d'être à table avec des nazis et des assassins de juifs. Il nous déplaît de partager un repas avec des hommes qui ont revêtu l'uniforme de l'ennemi. Nous nous retirerons volontiers. Si ces messieurs préfèrent partager du pain danois avec des S.S. »

J'ignore si vous avez aussi, en allemand, l'expression « Un ange passe » pour décrire un instant où le temps s'est arrêté, où tout le monde sait qu'il s'est passé quelque chose d'important, sans avoir encore compris de quoi il s'agit. Cette phrase a été l'ange qui passe et reste en suspens un instant dans la pièce, sans qu'il soit possible de le rappeler. Ces messieurs se sentaient mal à l'aise. Alors que tout allait si bien et qu'ils prenaient du bon temps, sans femme ni enfants. Mais une telle déclaration, on ne pouvait pas l'ignorer. Une aussi grave accusation suscitait, chez certains des convives, l'appréhension de devenir aussi le point de mire, eux et leurs actions passées, puisqu'ils avaient suivi loyalement les injonctions du gouvernement, jusqu'au moment où ils avaient trouvé préférable de battre en retraite au fur et à mesure que la victoire changeait de camp sur le front.

Tu imagines sans peine que le moment qui s'est écoulé entre l'instant durant lequel cette déclaration est tombée et l'effet qu'elle a produit a été bref, mais il a paru long. Papa, qui s'était levé et avait tendu la main, l'a baissée et il a dû s'appuyer sur le rebord de la table, comme s'il était ivre ou comme si la tête lui tournait tout à coup. Le comte, debout, une main sur le dossier de sa chaise, semblait avoir été prêt à la tirer pour s'asseoir et se remettre avec bonne humeur à son agréable déjeuner. Il a regardé le Juif, puis papa, puis encore le Juif. Il a recommencé ce manège. Il attendait visiblement, comme les autres, que papa réagisse ou que le Juif s'explique davantage. Les deux hommes s'affrontaient comme deux chiens, mais papa était le plus faible. Le Juif le dominait du regard. Papa n'a rien dit. Peut-être a-t-il eu tort, mais cela n'aurait guère changé quoi que ce soit. C'est le comte, en tant qu'hôte, qui a senti qu'il devait dénouer la situation. Dès ses premiers mots, il a pris nettement parti. Sans contester l'accusation du Juif, il s'est contenté de dire :

« Vous nous devez peut-être une explication, monsieur le boulanger Pedersen... »

Papa l'a regardé, toujours pâle comme un linge. Mais la fureur se mêlait aussi à son désespoir et à sa honte. Ce qui le mettait le plus en rage, c'était que le comte laisse un nouveau venu s'en prendre grossièrement à l'un de ses invités. À un bon citoyen qui ne devait rien à personne et qui était un pilier important de la communauté locale.

« Je ne dois rien à personne », a dit papa, d'une voix qui n'était qu'un murmure, ou qui ressemblait davantage au sifflement d'un serpent, avec ces mots chargés de haine et de défi. Le Juif est resté muet, il fixait papa comme s'il reconnaissait en lui un homme qu'il avait vu sur les photos d'archives qu'il compulsait tous les jours, au nom du gouvernement, afin d'éliminer les mauvaises herbes et de ne pas laisser s'éteindre le flambeau de la liberté, comme il l'avait écrit dans *Information*, le quotidien de la Résistance. Il a fait un pas vers la droite. Il a tourné imperceptiblement la tête pour signaler qu'il retournait à Copenhague, quand le comte a prononcé :

« Peut-être vaudrait-il mieux que vous quittiez ma demeure, Monsieur Pedersen ? »

Papa l'a regardé comme s'il ne comprenait pas bien. Comme s'il ne comprenait pas qu'il venait d'être exclu de la table et de la communauté locale parce qu'un étranger venu de Copenhague formulait tout à coup des accusations concernant un passé vis-à-vis duquel les convives avaient tacitement décidé de prendre leurs distances, puisqu'on voyait que les temps étaient en train de changer.

C'est alors que nous l'avions vu sortir, avec cet air d'avoir rencontré le Diable en personne, ce qui était peut-être le cas.

Dès le début du printemps, les créanciers étaient à bout de patience et un jour de mars, un camion de déménagement est venu chercher les meubles et les ustensiles qui restaient et qu'on nous autorisait à garder pour nous permettre de vivre décemment, bien que pauvrement. Notre voiture, la plupart de nos meubles, les tableaux, les fusils de chasse de papa, ses trophées, la plupart de nos livres, les figurines de la Porcelaine Royale, tout ce qui avait été le cadre de notre vie, restaient pour faire partie de la liquidation judiciaire. Je n'ai pas voulu regarder derrière moi pour voir disparaître la maison blanche. J'ai regardé droit devant et curieusement, alors que j'ai oublié le visage du déménageur, je me souviens d'une poupée en bois représentant une Africaine nue, qui se balançait à son rétroviseur. C'était une journée grise, la pluie menaçait et il soufflait un fort vent d'ouest. Fritz, la figure pétrifiée, était assis à côté de moi sur le siège avant du camion. Lui non plus n'a pas regardé derrière lui. Il y avait juste assez de place pour deux enfants dans la nouvelle camionnette. Papa et maman ont dû prendre, avec Teddy, l'autocar pour Odense, puis le train, pour rejoindre notre nouveau foyer au Jutland. La dernière chose que j'aie entendue, ça a été Teddy qui pleurait et la voix grave de papa qui le grondait en le traitant de pleurnichard.

Fritz et moi avions eu droit à un baiser de maman et à une poignée de main de papa. Papa était pâle, mais il avait les yeux striés de rouge. Je n'avais pas voulu faire mes adieux à la maison. Je n'avais pas voulu pleurer non plus. Cette victoire-là, les méchants ne l'auraient pas. Tandis que Fritz faisait un tour dans les pièces à moitié vides, j'étais restée sur l'escalier à regarder les grands hêtres du pasteur. Les rideaux étaient tirés et le village désert. Le plus étrange, en fait, c'était le silence et l'absence d'odeur de la boulangerie. L'odeur douceâtre du sucre et de la farine et le cliquetis spécial de la plus grande des machines, quand elle pétrissait la pâte du pain de seigle et qu'elle heurtait, à chaque tour, un petit défaut de sa suspension. Les créanciers avaient cadenassé la porte de la boulangerie, une tâche que remplissait celui qu'ils appelaient l'huissier de justice. Quel nom adéquat pour quelqu'un qui représentait les agents anonymes du capital international dans une soi-disant démocratie.

Aucun voisin n'était sorti pour nous dire au revoir. J'ignorais que je voyais pour la dernière fois le père que je connaissais et dont j'allais retrouver le fantôme bien des années plus tard, quand tu nous as permis de nous tenir la main au-delà des décennies, avant que la mort ne l'emporte pour de bon.

18

Quelques jours ont passé. Ils continuent leurs interrogatoires sur ma vie et mes relations. Mais ils n'ont rien à me reprocher. Ils doivent se contenter de croire que l'Edelweiss de la Stasi et moi ne font qu'une, mais ils ne le savent pas avec certitude. C'est incroyable qu'ils puissent consacrer autant de ressources à démêler un passé qui a disparu en même temps que le communisme soviétique. Que signifie tout cela aujourd'hui ? Pourtant, c'est une situation kafkaïenne. Ils ne peuvent pas prouver ma culpabilité, il faut donc que je prouve mon innocence. Ils parlent avec tous ceux que j'ai connus dans ma vie. Je ne crains pas un éventuel châtiment. Ils m'ont déjà punie en bouleversant mon existence et en en exposant les détails les plus intimes à mes amis, à mes collègues et à ma famille. Ils m'ont marquée d'un stigmate ineffaçable, soutenus par la presse bourgeoise qui avale tout crus les renseignements fournis par la police. Mais ce n'est pas difficile à comprendre, n'est-ce pas ? Nous savons bien que la presse bourgeoise est à vendre comme une putain de Hambourg.

Ils ne cessent de revenir à cet épisode dans la Baltique. Comme cela date de 1987, ils croient que c'est assez récent pour leur permettre de formuler une accusation. Peut-être même suffisamment sérieux pour qu'il n'y ait pas prescription. Parce qu'il y avait eu mort d'homme : quelques-uns des derniers espions exécutés pour haute trahison par le régime soviétique. Ils disent que leurs espions avaient été dénoncés par un espion occidental. Cela paraît si insensé. Comme si cela pouvait avoir de l'intérêt de nos jours. Mais c'est ainsi. Les espions d'un côté de la frontière sont les traîtres à leur patrie de l'autre, et ce sont toujours les vainqueurs qui jugent. Il en a toujours été ainsi. Comme il en a été ainsi pour papa.

Je leur dis que j'ignore de quoi ils parlent. Que j'ignore qui est Edelweiss. Qu'ils font erreur sur la personne. Que je suis une chercheuse, une femme qui n'a jamais eu accès à des renseignements secrets. C'est leur point faible. Ils ne trouvent pas le lien entre ce que j'aurais fait, d'après eux, et mon travail de chercheur et de révélateur de l'oppression des femmes par le capitalisme sur son déclin. Ils ne cessent de revenir sur le fait qu'étudiante, pendant deux ans, au milieu des années soixante, j'ai travaillé comme stagiaire au ministère des Affaires étrangères. Grands dieux ! C'est si vieux ! Tant d'années ont passé depuis cette époque où j'étais une jeune femme qui recopiait des renseignements librement accessibles pour des hommes qui se considéraient importants. Cela ne suffit pas. Même un juge capitaliste n'acceptera pas qu'on mette quelqu'un en détention pour un délit aussi ancien. Alors, ils disent que j'ai peut-être fait des recrues par le passé. Ils me font bien rire. Ils ne peuvent rien prouver non plus. Mais ils ont fait une fixation sur cette période, parce que c'est le seul moment de ma vie où j'ai eu accès à autre chose qu'à des informations publiques. Ils sont en train de désespérer parce que ma garde à vue va bientôt tirer à sa fin et que je sais qu'ils savent qu'ils auront des difficultés à la faire prolonger encore une fois. C'est aussi l'avis de mon avocat qui les méprise beaucoup. Ils n'ont pas de chef d'accusation. Ils exécutent cette mascarade parce qu'ils se sentent obligés de trouver un bouc émissaire, maintenant que la droite exige dans la presse bourgeoise — c'est-à-dire tous les médias, dans le Danemark actuel — qu'ils fassent amende honorable.

En fait, il y a dix ans, lors de la chute du Mur, cela ne les intéressait pas. Pourquoi s'y seraient-ils intéressés ? Si je regarde mon entourage danois : tous mes vieux amis et collègues de combat, mes camarades des réunions, de groupes, de collectifs, de cellules de base, d'écoles du parti et de camps de pionniers sont à présent solidement installés au pouvoir et dans les médias. Le passé est oublié. Il faut aller de l'avant. Tout cela n'était qu'un jeu innocent. Je ne suis pas de ce bord-là. Des erreurs ont été commises, mais que le capitalisme soit un mal, le maquillage moderne ne peut le dissimuler. Regarde au-delà du mur d'abondance de l'Europe et des États-Unis, et la misère te fait mal aux yeux. La marche objective de l'Histoire ne se démentira pas. Plus tard, les chercheurs du futur verront l'époque du changement de millénaire comme un recul un peu inexplicable avant que les peuples du tiers-monde ne se mettent en branle pour reprendre ce que l'impérialisme leur a volé.

Il se peut donc que je sorte bientôt de ce secret inhumain qui me pousse tant à bout que je commence à me réjouir de rencontrer mes persécuteurs pour ces sempiternels interrogatoires. Voilà ce que devient l'être humain quand on l'isole de ses congénères. Il se met à aimer son bourreau parce la solitude et le manque de contact social le rendent fou. Plutôt un persécuteur comme ce con de Toftlund, qui vient de refaire surface, tracassé par ses hormones masculines qui le poussent à se pavaner comme s'il était un don de Dieu à la gent féminine, plutôt ce macho atavique que cette solitude cuisante où le temps n'avance pas et où tous les jours se ressemblent. Je parle souvent avec mon avocat, mais c'est toujours dans le cadre professionnel. Il assiste aussi aux interrogatoires, mais pas toujours. J'accepte parfois d'être interrogée sans avocat.

Parce que de temps à autre, je me surprends à trouver ces interrogatoires intellectuellement stimulants. Cela ressemble à des examens, et j'ai passé toute ma vie à la table d'examen, soit d'un côté, soit de l'autre. Comme devant le tapis vert, des affirmations sont lancées au cours des interrogatoires et je m'efforce de deviner l'argumentation, de démonter les hypothèses, de trouver les points faibles et de découvrir ce que mon examinateur ne sait pas. Les trous du bagage de mon examinateur en analysant la substance de ses questions.

Toftlund ne sait rien, lui non plus. Comme un pêcheur amateur, il jette sa ligne à tort et à travers. Il croit trouver un appât dans les archives de Berlin. Je ne peux m'empêcher de sourire de leur naïveté. Ils croient que les archives de la Stasi renferment une vérité objective. Comme s'il s'agissait de documents historiques utilisables pour des chercheurs sérieux. La Stasi n'écrivait pas la vérité. La Stasi écrivait un roman de fiction ininterrompu dans lequel agents et informateurs, espions et officiers du commandement, coupables et innocents participaient à un feuilleton bizarre, qu'ils le sachent ou non. Il ne s'agissait pas de rendre compte de la vérité mais de se rendre important et d'impressionner ses supérieurs. Un déjeuner innocent qui donnait lieu à un échange d'opinions devenait, dans leur rapport, une conversation révélatrice des réflexions stratégiques de l'adversaire. Un article de journal consacré à un futur accord défensif devenait, dans leur rapport, un compte rendu classé des plans de l'OTAN pour la région de la Baltique. Jamais personne n'a imaginé que ces rapports seraient lus. Jamais personne n'a imaginé que ces exagérations, ces manipulations, ces semi-vérités et ces gros mensonges allaient être étudiés comme des documents de recherche. Jamais un historien ne s'y risquerait. L'historien cherche les vestiges, pas les interprétations. Mais les services des renseignements ne sont pas intéressés par la vérité objective. Ce qui les intéresse, c'est d'avoir un bouc émissaire. Et c'est le rôle qu'on m'a attribué.

Toftlund a été absent pendant quelques jours, mais il est revenu et m'a posé des questions sur mon père. Je lui ai signifié que cela ne le regardait pas. Que c'était une question personnelle et privée. Ses questions m'ont inquiétée. Aussi sur toi. Ces choses-là, il n'aurait pas dû les savoir. Cela m'a fait mal, comme toujours quand on rouvre cette partie de mon passé. Il a répliqué que tout le regardait. Que lorsqu'on est accusé d'un crime qualifié, il n'y a plus de vie privée qui tienne. Ni pour l'accusé, ni pour sa famille ni pour ses amis les plus proches. Qu'un crime ne concernait pas seulement celui qui l'avait commis et sa victime. Que les secrets et les refoulements de vos proches n'étaient plus sacrés. Que même des gens pris au hasard allaient être impliqués, que l'on consignerait leurs explications et que des secrets seraient révélés. Une enquête met une vie humaine à nu de même que le chirurgien met une tumeur à nu pour pouvoir supprimer les tissus malades. C'est l'image qu'il a employée. Même ses métaphores sont mauvaises et puent le machisme.

Je lui ai dit que je n'avais rien à dire. Que mon père nous avait quittés en 1953, peu avant mon treizième anniversaire et qu'il avait été déclaré mort l'année suivante. C'est l'expression qu'ont employée les autorités : déclaré mort. C'est sur cette expression, précisément, que se fondait mon espoir de le voir revenir. Ma mère s'était remariée en 1955. Mon beau-père avait adopté Teddy, mais Fritz et moi avions refusé, nous avions pleuré à chaudes larmes et ma mère s'était inclinée devant notre souhait.

La police a naturellement interrogé maman, mais sa sénilité est si avancée que ses propos sont inutilisables. Je l'ai très bien compris à la réaction de Toftlund. Maman se contredit tout le temps et elle est incapable de dire si elle a douze ou quatre-vingt-dix ans. Elle dit d'abord que papa est sorti faire un tour ou qu'il est à la boulangerie, pour dire l'instant d'après qu'elle n'a jamais connu d'homme portant ce nom-là et que son mari est mort cinq ans plus tôt. Le fait que ses deux maris aient porté tous les deux le bon vieux nom danois de Pedersen ne facilite pas les choses. Le second nom de famille, Nikolaj, Teddy est le seul à l'avoir hérité de mon beau-père. La mémoire de maman est comme un de ces bassins pleins de petites balles de plastique colorées dans lesquelles les enfants sautent joyeusement pendant que leurs parents déjeunent ou font du shopping. Les balles de ses souvenirs sautent ainsi, en tous sens, dans son cerveau, sans système et sans ordre.

Aujourd'hui, Teddy est venu me voir. Il m'a embrassée et m'a tenu la main par-dessus la table devant laquelle on nous permet de nous parler. C'était la visite privée hebdomadaire autorisée par la mise au secret. Un agent, assis sur une chaise à haut dossier, assiste à la conversation dont je suis sûre qu'elle est aussi enregistrée. La profondeur des conversations qu'on peut avoir dans ces conditions est limitée, mais c'est mieux que rien. Sinon, je n'ai que mes persécuteurs, et les deux fois par jour où l'on me permet de me promener dans la cour grillagée de la prison, mais toujours seule. Je me considère comme une citoyenne respectueuse de la loi, pourtant, je rêve que l'on m'autorise à marcher dans cette cour avec les autres prisonniers. À faire un tour matinal avec des assassins, des violeurs et des bandits serait comme un cadeau inattendu. Prendre ses repas en compagnie d'autres personnes serait une joie, même si c'étaient des criminels. C'est dire si la compagnie des êtres humains me manque.

Teddy paraissait un peu soucieux. Il s'est plaint d'avoir mal au dos et aux gencives. A dit que c'était le prix à payer quand on devient vieux. J'ai trouvé ça un peu amusant. Les pleurnicheries masculines habituelles. J'ai huit ans de plus que Teddy et je suis en bonne santé physique et morale. Je ne sens pas mon âge, mais je me soigne. Teddy ne l'a jamais fait, et l'on commence à deviner son côté bon vivant à sa figure et à son physique, mais il n'avait pas perdu son charme coutumier. Il m'a raconté des potins universitaires : à qui on a attribué des subventions, qui est en train d'écrire une thèse de doctorat, qui se rengorge devant le succès de ses bons étudiants de 3e cycle pour avoir son nom dans les publications, qui sont ceux dont parlent les journaux, qui se montrent à la télé, qui couche avec qui. Ce beau train-train quotidien qui ne vous manque que lorsqu'on vous en prive. Il m'a fait rire plusieurs fois. Et cela m'a fait du bien qu'il m'appelle Sœurette et ma petite Irma, comme il l'a toujours fait et continue à le faire, bien que j'approche de la soixantaine. Il a toujours été la prunelle de nos yeux. Peut-être que Fritz et moi avons compensé notre amertume et nos déceptions en projetant tout l'amour que nous croyions avoir perdu sur notre petit Theodor et ses boucles blondes qui ont été si longues à foncer.

Impossible de parler, tu t'en doutes, de ce qui nous préoccupait vraiment. Teddy m'a naturellement demandé comment j'allais, j'ai haussé les épaules, et il m'a dit que j'avais maigri mais que j'étais toujours la belle Irma aux yeux perçants. Voilà bien mon petit frère, toujours prêt à faire un compliment et un petit mensonge, mais il est loin d'être bête et il savait que mieux valait ne pas mentionner certaines choses.

L'heure a passé beaucoup trop vite. Vers la fin, il n'a pas pu s'empêcher de me demander :

« Qu'est-il vraiment arrivé à ton père ? »

J'ai bien noté qu'il disait ton père. Le père de Teddy a toujours été notre beau-père. Il ne se souvient de rien d'autre et d'ailleurs, notre beau-père a gâté Teddy. De nos jours, en danois, on le qualifierait de « père sur le papier », mais pour Teddy, il en a été autrement. J'ai réfléchi un moment. Il tenait ma main sur la table, mais l'a lâchée pour allumer une cigarette et bien qu'il y ait des années que j'aie arrêté de fumer, j'ai pris une de ses Prince et je l'ai allumée. Elle avait un drôle de goût et m'a fait tourner la tête un instant. Elle m'a rappelé un tas de souvenirs de ma jeunesse. Une seule bouffée sublime m'a replongée dans des cafés enfumés, où des intellectuels aux longs cheveux, parlant fort et accompagnés de guitares, discutaient toute la nuit de la nécessité de la révolution et de la libération qui allait suivre la prise de conscience consécutive à la lutte des femmes. Et l'image d'un amant oublié et d'une matinée dans un lit, avec le soleil de mai entrant par la fenêtre ouverte accompagné du chant des oiseaux. Tout cela grâce à deux bouffées de fumée, avant que je n'éteigne la cigarette dans le cendrier en reprenant la main de Teddy.

« Je croyais qu'il était mort à Hambourg », lui ai-je dit en me penchant en avant, de sorte que nous ressemblions à deux amoureux dans un café. « C'est ce que la police nous avait dit. On l'avait trouvé dans le port. Le corps était presque décomposé après avoir séjourné dans l'eau pendant plusieurs semaines. Pourtant, d'après quelques indices, on pouvait croire à un crime. Une lésion à la tête. Le passeport de papa se trouvait dans la poche de sa veste, pratiquement dissous mais déchiffrable malgré tout. Fin de l'histoire.

Il m'a regardée :

« Mais est-ce vrai ? J'ai rencontré une femme à Bratislava, Irma.

— Inutile d'en parler maintenant.

— Elle m'a dit qu'elle était ma demi-sœur et que papa était mort il y a moins d'un an. »

Je l'ai regardé. Il m'a rendu mon regard. Il y avait du désespoir dans ses yeux. Un besoin maladif de savoir. Alors j'ai pensé qu'avec les questions que Toftlund m'avait posées, ils connaissaient peut-être une partie de l'histoire et que je pouvais aussi bien confirmer les sombres pressentiments de Teddy.

« C'est bien vrai.

— Quoi ?

— Que papa est mort il y a à peine un an et que tu as une demi-sœur.

— Merde alors. Pourquoi est-ce que personne ne m'en a jamais parlé, nom de Dieu ? Fritz est au courant ?

— Fritz est au courant depuis plusieurs années.

— Mais pas le petit frère ?

— Cela aurait signifié quelque chose pour toi ? »

Il a réfléchi un instant, inhalé la fumée et admis à voix basse :

« Non, Sœurette. Pour dire la vérité, eh bien, non.

— Tu vois bien.

— Elle m'a montré une photo de lui en uniforme de S.S. J'ai trouvé ça dégueulasse.

— Arrête de faire l'enfant. Tu es historien. Tu connais le contexte.

— Il l'a été ? Il était sur le front de l'Est. Il a emprisonné et torturé des Danois, des hommes et des femmes ?

— C'est vrai qu'il était sur le front de l'Est, ce n'est pas vrai pour le reste. Mais je pense que nous devons réserver cela pour le moment où je serai libérée.

— Tu vas l'être ?

— Certainement. Ils n'ont rien à me reprocher.

— Ils me questionnent moi aussi, et d'autres encore. Sur ton passé révolutionnaire.

— Je n'ai rien fait d'illégal.

— Et tous vos discours sur la révolution et vos bombes. Vous écriviez bien ça dans vos petits journaux, n'est-ce pas ? Vous étiez si fidèles à vos principes, tout simplement, que vous n'avez jamais laissé de place à d'autres opinions. »

Cela m'a mise en colère, il l'a vu dans mes yeux, et il a rentré ses antennes.

« Pardon, Sœurette. Mes paroles ont dépassé ma pensée. Les années soixante-dix ont été plutôt curieuses.

— Tu me redonnes une cigarette ? » et il l'a allumée. Cette fois, elle n'a eu que le goût de la fumée. Ce serait facile de recommencer à fumer, parce que cette cigarette m'a calmée et m'a occupé les mains. C'était comme si je redevenais un bébé, qui met quelque chose à sa bouche pour se consoler.

Je lui ai expliqué :

« Nos principes ont sans doute entraîné une certaine froideur sentimentale. Le but sanctifiait les moyens. Je l'admets volontiers. Certains se souviennent de la fin des années soixante comme d'un rêve, d'un espoir, d'une euphorie. Mes souvenirs, en fait, sont marqués par l'amertume due à l'intolérance dont surtout les hommes ont fait preuve. Mes bons souvenirs sont liés à la solidarité du mouvement féministe.

Qui me manque parfois. Mais les révolutionnaires masculins ? Non, merci. Je reconnais volontiers qu'un fantôme totalitaire logeait dans nos rangs, mais la révolution n'a jamais eu lieu. Nos principes n'ont pas été mis à l'épreuve comme ceux de papa. Pour l'immense majorité d'entre nous, ils sont restés au stade de la théorie. Les Danois ne voulaient pas la révolution. Nous devions éviter de prendre parti dans une guerre.

— Et c'était tant mieux.

— Tu es un vieux social-démocrate, Teddy.

— Je ne suis absolument rien, tu sais. Mollement gauchiste à tendance centriste, le modèle danois courant, c'est ce qui me va le mieux. »

J'ai souri à mon petit frère sans principes :

« En fait, tout cela était sans danger pour moi et pour les autres. Nous le prenions très au sérieux, bien entendu, mais nous savions peut-être que nous vivions une transition. Et si tu tiens à le savoir, j'ai changé d'orientation au début des années quatre-vingt-dix, après la chute du Mur. Sans doute n'y a-t-il pas d'autre voie que celle des réformes. Le totalitarisme ne sert à rien. Cela coûte trop cher. J'ai enterré le fantôme totalitaire, Teddy. Et puis, j'ai toujours été quelqu'un de convenable, j'ai fait de bonnes études, j'ai scrupuleusement exercé mon métier à l'université, je me suis occupée de mes étudiants et plus tard de mon professorat.

— Mieux vaut tard que jamais », a-t-il lancé, et j'ai senti monter ma colère devant son mépris implicite. Teddy n'a jamais eu de principes dignes de ce nom, et comme la plupart de ceux qui n'en ont pas, il en juge à la légère.

« Enfin, a-t-il conclu, ce n'est pas pour ça qu'ils peuvent te condamner. Sinon, ils pourraient aussi épingler une quantité des meilleurs éléments de la nation, des hommes et des femmes qu'ils trouveront au Parlement, à Radio Danemark, sur les fauteuils des rédacteurs en chef ou autres lieux fréquentés par l'avant-garde de la révolution, un peu défraîchie maintenant, mais bien chaussée et orientée vers l'économie de marché. Ils manqueraient de place dans cette prison. Mais je l'ai toujours dit, dans ce pays, les mots ne valent pas cher. Ils ne tirent pas à conséquence.

— Tu as certainement raison, Teddy. Mais ne te fais pas de souci. Ils n'ont rien à me reprocher. C'est la dernière vague du front lointain de la guerre froide qui a touché la rive. Je ne vais pas tarder à sortir.

— Ça fait du bien de te l'entendre dire, Sœurette. On ne peut pas se passer de toi, dans la famille. C'est toi qui nous unis. »

Je voyais qu'il brûlait de me poser une quantité de questions personnelles, mais il voyait à mon expression que c'était une mauvaise idée, avec les grandes oreilles humaines et électroniques qui nous entouraient. Nous sommes encore restés un moment à nous tenir par la main et il n'a pas pu s'empêcher malgré tout de me demander :

« Comment s'appelle-t-elle, cette gentille sœur qui me tombe dessus ?

— Mira. Mira Majola.

— C'est un beau nom, mais elle m'a dit qu'elle s'appelait Maria.

— Une autre fois, petit frère. »

Le gardien de la prison s'est éclairci la voix pour dire que l'heure était écoulée et qu'il valait mieux nous dire au revoir. Malheureusement, a-t-il ajouté, d'un ton aimable, en fait, mais que c'était le règlement. J'imagine que Toftlund, l'oreille rivée à son casque d'écoute, a maudit son respect du règlement, juste au moment où notre conversation devenait intéressante. J'aurais aimé passer tout l'après-midi avec Teddy ailleurs qu'en prison, mais je ne regrettais pas que le temps ait passé. Je ne me sentais pas d'humeur à partager nos secrets de famille avec les services des renseignements.

Nous nous sommes levés tous les deux et nous nous sommes embrassés, et Teddy m'a soufflé à l'oreille :

« Et que penses-tu de notre père à tous les deux, Sœurette ?

— Comment ça ?

— Un nazi, un bigame qui a trahi et son pays et sa famille. Peut-être un assassin. Qui est celui que l'on a trouvé dans le port de Hambourg avec le passeport de papa ? Tu as pensé à ça ? Ce ne sont pas des broutilles, nom de Dieu ! »

J'ai senti monter ma colère, mais je ne voulais pas me séparer de mon petit frère sur de dures paroles, j'ai donc ignoré cette provocation en me contentant de lui dire :

« Tu ne comprends pas, Teddy. Un jour, je te promets de t'expliquer. Et tu comprendras. Mais pas maintenant et pas ici.

— O.K., Sœurette », et il m'a serrée très fort contre sa poitrine, bien que je sente que ça lui faisait mal au dos. « Prends soin de toi. On attend ta sortie avec impatience.

— Moi aussi. Donne le bonjour à Fritz.

— Ça ne va pas tarder.

— Téléphone aussi à maman.

— Elle ne comprend rien.

— Elle reconnaît ta voix. Parle-lui du temps qu'il fait. Dis n'importe quoi, c'est sans importance. Elle a du plaisir à entendre notre voix, ça suffit.

— Qu'est-ce que tu en sais ? Sa tête est comme une carrière de craie. »

J'ai reculé d'un pas et je me suis un peu moquée de lui. Il a toujours réussi à me faire rire.

« Teddy ! Un peu de respect s'il te plaît.

— Sors d'ici, Sœurette. Tu nous manques.

— Je n'en ai plus pour longtemps. Donne aussi le bonjour à Janne.

— Je n'y manquerai pas, Sœurette, je n'y manquerai pas. »

Il est parti et on m'a raccompagnée dans ma cellule, mais curieusement, pas à l'interrogatoire. Peut-être voulaient-ils déchiffrer et analyser ma conversation avec mon petit frère avant de recommencer à me tourmenter en me posant des questions qui tournent de plus en plus en rond.

Alors, j'ai fait les cent pas dans mes sept mètres carrés en contemplant les murs jaunes et la petite fenêtre. La lumière du dehors contenait du bleu aujourd'hui, comme si le soleil d'avril allait prendre le dessus. J'ai pensé que Pâques approchait. Je me suis assise sur ma couchette, mais je me suis relevée en repensant au passé, pour tâcher une fois de plus de me rappeler.

La vérité, c'est que je me rappelle très peu de choses de la période qui a immédiatement suivi notre départ de ce village de Fionie, la nuit, comme des voleurs, dans ce camion de déménagement cahotant.

Ce sont deux années de pénombre dans ma mémoire. Une obscurité uniquement entrecoupée de quelques fragments de souvenirs, qui ne contient autrement qu'une éternelle douleur sourde et le sentiment d'une grande perte.

19

C'était parce que je me sentais trahie, mais aussi parce que étant en pleine puberté, je ressentais trop intensément l'absence de mon père. J'aurais accepté qu'il nous ait quittés volontairement. On devait me cacher quelque chose, une conspiration profonde et méchante dont les adultes refusaient de me parler. J'avais l'impression de baigner dans un crépuscule sans fin. Je ne crois pas que ma mère ait bien remarqué mon état, qu'elle ait compris à quel point j'étais malheureuse. Si elle l'a compris, elle ne l'a pas montré, en tout cas. Elle n'acceptait pas qu'on soit hystérique, comme elle disait. Elle avait d'ailleurs suffisamment à faire pour nous installer dans ce petit appartement de trois pièces d'une ville de province jutlandaise convenable et pour nous organiser une vie quotidienne normale dans ces années cinquante frugales, toujours marquées par la pénurie. Nous avions très peu d'argent. Il n'était pas facile non plus à cette époque-là d'être une mère célibataire avec trois jeunes enfants à charge.

Maman était intelligente et elle avait son brevet. Cela lui permit de trouver du travail dans une étude d'avocat, un nommé Kelstrup, à qui elle devait servir d'assistante, mais en peu de temps, son amabilité souriante et sa bonne tête devinrent indispensables à son employeur. Ce veuf gras et rougeaud, âgé de soixante-deux ans, appréciait les déjeuners fins qu'il prenait au restaurant bourgeois du siège du Syndicat des Artisans et Industriels de la ville, en laissant son fondé de pouvoir régler les affaires les plus urgentes. Kelstrup n'était pas non plus un homme ampoulé qui se laissait impressionner par des diplômes prestigieux. Maman devint donc assez vite à la fois sa secrétaire, préposée aux choses pratiques, et même une sorte de partenaire avec laquelle il discutait ses idées. À vrai dire, il n'en avait pas beaucoup, sa clientèle étant assez réduite. Son travail consistait principalement à rédiger des titres de propriété, à régler des affaires d'encaissement chez des petites gens, des successions et des affaires au tribunal en qualité d'avocat commis d'office à la défense de petits délinquants. Je ne compris que plus tard que lui aussi avait été du mauvais côté et même passé six mois au camp de Faarhus pour collaboration. Condamné avec sursis, il avait été autorisé à reprendre sa profession. Le dernier réfugié allemand était retourné chez lui depuis longtemps ou on l'avait chassé comme du bétail, la dernière exécution de traîtres à la patrie n'était plus qu'un souvenir et la plupart des habitants de la ville, qui connaissaient depuis toujours l'avocat Kelstrup, trouvaient que puisqu'il n'avait été qu'un petit poisson et que de plus, il prenait moins cher que ses collègues, alors, grands dieux... Cela n'avait pas tellement d'importance. Tant d'autres, à l'époque, avaient été séduits par l'idée d'une Neueuropa, tout était si différent, en ce temps-là. Pour peu qu'il n'oublie pas, le 4 mai, de mettre des bougies à ses fenêtres, il ne se distinguait pas de tous les autres.

Maman reçut quelques secours au début. Des dons anonymes, mais aussi des dons de Kelstrup. Ce n'était pas par hasard qu'il lui avait donné du travail, même si sa clientèle, à l'époque, ne justifiait pas l'embauche d'une employée supplémentaire. Mais maman lui amena des clients. Les gens l'aimaient bien, elle inspirait confiance et mit de l'ordre dans l'agenda de l'avocat en lui faisant respecter ses rendez-vous au doigt et à l'œil. Chose qu'il n'avait pas faite par le passé. Adolescente, je n'avais pas fait le lien. C'est plus tard que j'ai découvert que l'on s'aidait discrètement les uns les autres, même ceux qui, de longue date, avaient abandonné leurs anciennes idées, rendaient un petit service ici et là. Ainsi fonctionnait le Danemark tout entier. Et aujourd'hui, dans ma patrie, je crois que cela n'a pas changé.

Alors, maman s'acclimata. Une gentille dame que l'avocat lui procura et qui s'appelait simplement Madame Hansen, s'occupait de Teddy, et Fritz se fit un bon camarade avec qui il passait tout son temps. Toute la famille trouva assez rapidement un rythme identique à celui des autres. L'essentiel était de ne pas se faire remarquer. D'avoir les mêmes meubles et les mêmes rideaux que les autres Danois. De tenir sa maison et ses enfants propres et convenables. De suivre les normes bourgeoises de la majorité silencieuse. De ne pas se croire supérieur aux autres. D'éviter de se distinguer ou de se rendre important.

À l'école, nous nous contentions de dire que notre père était mort, en laissant croire qu'il était mort en combattant pour la libération du Danemark. Quand les garçons jouaient à la guerre, Fritz était aussi souvent résistant qu'allemand. Il fallait l'être à tour de rôle. D'ailleurs, inspirés par les westerns qu'ils voyaient au cinéma le dimanche après-midi, ils jouaient de plus en plus aux cow-boys et aux Indiens. Maman et papa n'étaient pas divorcés, en tout cas. Nous le faisions comprendre très clairement.

Les gens cessèrent assez vite de s'intéresser particulièrement aux motifs de notre installation dans cette ville. La société était en mutation. Cela ne se voyait peut-être pas encore, en cette seconde moitié des années cinquante, mais la vie de jadis se mourait et la nouvelle frappait à la porte. Lorsque Fritz eut quatorze ans et qu'il put enfin, soulagé, quitter l'école après sa septième année scolaire, M. Kelstrup le fit embaucher comme mitron chez l'un des boulangers du coin. Heureux de faire un travail exempt de complications, Fritz n'eut plus que l'idée de ressembler à James Dean, avec ses cheveux pommadés.

Teddy était trop petit pour comprendre. La seule fois où maman mentionna papa fut le lendemain du jour où elle trouva son emploi chez l'avocat Kelstrup. Elle nous assit autour de la table de la cuisine et nous dit qu'à présent, nous devions faire notre vie ici. Que nous recommencions de zéro et que tous les débuts étaient difficiles, mais que tout finirait par s'arranger. Que nous ne devions parler à personne de notre passé ni de l'endroit d'où nous venions ni de notre père. Que la guerre était finie et que les gens ordinaires ne s'en occupaient plus, même si les journaux continuaient de parler des résistants et des cinq années maudites. Que les gens ordinaires avaient autre chose à faire et qu'à présent, nous étions des gens convenables comme tout le monde. Que c'était bien ainsi, et qu'il fallait s'en réjouir. Fritz ne dit rien, comme d'habitude, mais j'ai demandé où était papa, et maman m'a pris la main et m'a dit :

« Je vais être franche avec toi, ma fille. Je n'en sais rien. Ça lui est déjà arrivé de partir, mais alors, il revenait.

— Et cette fois, il ne reviendra pas, maman ? lui ai-je demandé, les larmes aux yeux.

— Je crois qu'il ne faut pas y compter, ma petite Irma. Je crois qu'il faut que tu considères ton père comme mort.

— Il n'est pas mort. Il reviendra à la maison ! » ai-je crié en sanglotant, naturellement. Je suis allée pleurer sur mon lit et quand ma mère est venue me consoler, je l'ai grondée en lui reprochant d'abandonner papa. Elle m'a caressé les cheveux, ce qui m'a fait plaisir et m'a rendue furieuse à la fois. Elle me consolait en silence. Elle devait être aussi désespérée que moi, mais elle était femme et son premier réflexe la poussait à s'adapter au monde masculin, à baisser la tête et à accepter sa situation.

J'étais la seule, apparemment, à éprouver ce vide creusé par la nostalgie et l'abandon, auquel se mêlait l'espoir de réentendre papa siffler en montant l'escalier puis sonner, cette fois-ci à notre jolie porte d'entrée de couleur brune. On dirait que je me souviens de beaucoup de choses, mais ce n'est pas le cas. Je me rappelle ce manque, en fait, et ma profonde solitude parce que je ne me liais à personne. Je n'avais ni camarades ni amies. Je ne faisais pas partie des groupes qui riaient et se parlaient à l'oreille quand les autres, bras dessus bras dessous, arpentaient la cour de l'école en faisant semblant de ne pas voir les garçons. On ne me taquinait pas non plus. On acceptait que je sois une originale, quelqu'un qui ne s'amusait pas, et plus tard, qui ne parlait pas des garçons, mais qui lisait des livres et était rasoir. Je ne me souviens même pas du jour du mariage de ma mère, à la mairie, avec le professeur, et à peine de notre installation dans son spacieux appartement de service. Je me souviens de ma chambre, mais à ce moment-là, à presque seize ans, j'étais en train de sortir du tunnel. C'est entre treize et dix-huit ans que j'ai traversé un tunnel d'où ne me restent que quelques bribes de souvenirs et je ne sais pas trop s'il s'agit de souvenirs personnels ou de choses qu'on m'a rapportées. C'est beaucoup plus tard, quand j'ai été adulte, que maman m'a dit qu'elle avait été terriblement inquiète pour moi. J'avais fondu et j'étais devenue si maigre qu'elle craignait sérieusement pour ma santé. J'étais aussi trop en retard pour mes règles, selon maman et le docteur. Le docteur m'a prescrit une cure de crème double et des traitements réguliers de rayons, à l'hôpital. Ils auraient tout aussi bien pu me parler de papa, lui ai-je dit quand elle m'en a parlé, mais elle a eu l'air blessé et elle m'a répondu qu'elle avait refusé de gaspiller sa vie plus longtemps pour cet homme et qu'en outre, elle avait eu assez à faire pour gagner de quoi nourrir et habiller trois jeunes enfants. Son second mari avait été bon pour elle et pour les enfants, pourquoi aurait-elle dû s'appesantir sur le passé ? Il n'en sortait que de la fange. Elle n'avait plus jamais voulu parler de lui. On eût dit qu'elle niait son existence. Elle avait exigé que nous appelions le professeur papa. Fritz avait obéi pour éviter les discussions, mais j'avais refusé tout net, bien que cela m'ait valu la seule gifle que ma mère m'ait jamais donnée.

Ayant compris que je refusais de plier, ma mère m'avait laissée tranquille. Peut-être aussi parce que mon beau-père s'était accommodé sans problèmes apparents du fait que je l'appelle par son prénom. Même si je crois, à présent, que cela l'a blessé. Il s'était marié sur le tard et avait l'impression que les enfants de maman lui appartenaient. Ils n'ont jamais eu d'enfants ensemble. J'ignore si c'était trop tard ou si ma mère ne l'a pas voulu, ou si mon beau-père était impuissant, qui sait ?

J'ignore pourquoi maman a épousé le professeur. Il était très amoureux d'elle. C'était évident pour tout le monde. Il l'adorait et aurait tout fait pour elle. Maman tenait à lui pour sa patience, sa bonté et son amour désintéressé, sans être le moins du monde amoureuse de lui. Je le voyais clairement. Peut-être finit-elle par l'aimer, ou en tout cas par lui être dévouée, mais ce ne fut jamais de la passion. Maman continua d'ailleurs à travailler après son mariage. À l'époque, ce n'était pas encore spécialement courant. Elle portait déjà le nom de son mari et éprouvait une certaine satisfaction à s'entendre appeler, à la danoise, « Madame le professeur Pedersen ». Peut-être l'a-t-elle épousé parce qu'il lui promettait fidélité et lui apportait la sécurité matérielle. Les professeurs faisaient partie des piliers de la société, en ce temps-là, sans que leur autorité soit remise en cause. Peut-être l'a-t-elle épousé parce qu'il était si ennuyeux et prévisible qu'il ne l'étonnerait jamais, ni en bien ni en mal, alors que papa l'avait toujours fait, pendant les années orageuses et passionnées de leur vie commune.

Quand j'ai appris le secret concernant papa, il était trop tard pour pouvoir en parler correctement avec elle. Le cerveau de maman ne distinguait plus la réalité de l'imaginaire. Elle vivait dans son univers personnel, où je ne pouvais plus pénétrer. Peut-être avait-elle suffisamment développé cette capacité de refoulement, même pendant la sénilité, pour pouvoir préserver sa fiction d'une vie commune heureuse avec un seul homme, mon beau-père ?

Maman n'a jamais su que je menais une double vie. Que comme un agent double, j'avais une personnalité visible et une autre, ma vie secrète, où personne n'était autorisé à entrer. Bien que maussade et réputée silencieuse, j'étais une bonne élève. J'avais compris très tôt que l'instruction était la seule porte de sortie de la prison où je me sentais enfermée. Que pour me débrouiller, dans le monde brutal et oppresseur des hommes, je devais être plus intelligente et mieux formée qu'eux. Car je n'ai pas tardé à comprendre que même les hommes les moins doués et les moins instruits se sentaient le droit d'imposer leur pouvoir aux femmes uniquement à cause de leur sexe.

Il était évident que j'irais au lycée, même si ça ne l'était pas encore pour toutes les filles. Mais puisque mon beau-père, maman et mes professeurs me proclamaient tous très douée, malgré mon tempérament un peu trop introverti et le peu d'initiative dont je faisais preuve en classe, il allait de soi que j'irais au lycée. J'avais d'excellentes notes. De plus, je ne causais aucun problème — le plus haut titre de noblesse à l'époque.

S'ils avaient su ce qui se cachait en moi ! Je les détestais de tout cœur. Je détestais leur existence de petits-bourgeois, leur duplicité, leur façon de passer la vérité sous silence, leur hypocrisie et leur aptitude à remodeler le passé pour l'adapter au présent. Je voyais les êtres humains comme des insectes emprisonnés dans une bouteille sans comprendre qu'ils sont en prison. Ils voletaient de-ci de-là, en se heurtant la tête contre le verre que leur cachait leur stupide aveuglement. Tout leur vernis ne faisait que dissimuler la façon dont ces malheureux se laissaient manipuler par l'esprit du temps en se croyant heureux. L'illusion qu'ils allaient être de plus en plus heureux parce qu'ils pourraient acheter de plus en plus de choses, que les bonnes années étaient arrivées et qu'elles allaient devenir encore meilleures, me donnait la nausée. J'étais convaincue que mon père les aurait percés à jour. Qu'il n'avait pas pu supporter l'autosatisfaction de la province danoise et nous avait quittés parce que notre duplicité lui faisait mal au cœur. Je ne le savais pas à l'époque, cela va sans dire, mais je perçais instinctivement à jour la tolérance répressive et l'exploitation des gens pratiquées par le capitalisme. Je saisissais, sans pouvoir lui donner un nom, le carcan petit-bourgeois étriqué de la société.

Je cherchai refuge dans les livres et je lus de A jusqu'à Z ceux de la bibliothèque. Lire, c'était être seule. Lire, c'était avoir la paix. Lire, c'était être libre. Lire, c'était repousser l'envie de tous les tuer, momentanément en tout cas. La seule chose à laquelle je tenais, chez mon beau-père, c'était que ses revenus nous permettaient à tous de vivre dans une maison où j'avais ma chambre à moi. Où je pouvais fermer ma porte à clé. Où personne n'avait accès. Ma chambre à moi. Une évidence de nos jours, mais un rêve pour la plupart des femmes à l'époque. Car il ne s'agit pas uniquement d'une chambre sur le plan matériel, mais d'un lieu où l'on a son propre domaine. Où l'on est une femme libre.

C'est dans cette chambre que j'ai essayé de comprendre le Danemark sous l'occupation allemande. On ne trouvait pas grand-chose là-dessus à la bibliothèque, qui recevait surtout de nouveaux livres dédiés à ceux qui s'étaient courageusement battus pour la liberté et sur la résistance danoise durant les cinq années noires, pendant lesquelles le peuple se tenait les coudes. Des mètres et des mètres de rayonnage. Mais sur les autres, les collaborateurs, ceux qui avaient participé à la guerre du côté des Allemands, on ne trouvait pratiquement rien. Pourtant, entre les lignes, à travers ce qu'on passait sous silence et les récits révisés, je percevais l'hypocrisie et le faux témoignage de ces années 1940-1945. Je comprenais qu'il s'agissait d'un décalage de la mémoire collective et de la volonté commune de se cramponner à un mythe. On refusait de parler de la vérité. On trouvait des victimes et l'on inventait des boucs émissaires, dont mon père faisait partie. Que le nazisme ait été une idéologie cruelle, je le comprenais sans peine, avec mon cœur et ma raison, mais j'aurais tant voulu demander à mon père pourquoi il avait servi cette idéologie, et ce n'était pas possible. Je n'ai jamais contesté l'assassinat de six millions de juifs, mais je comprenais la thèse nazie du surhomme. Le fait que certains hommes soient nés pour diriger les masses qu'il fallait former parce qu'elles en savaient moins qu'eux. Et je comprenais que la duplicité et l'exploitation cynique de la naïveté des gens ordinaires par la société bourgeoise, dite démocratique, étaient pires que le nazisme malgré tout. J'ignore si, à l'époque, j'aurais pu exprimer mes pensées en employant ce genre de vocabulaire, mais c'était ce que j'éprouvais. J'avais été trahie par mon père, trahi lui-même par ses concitoyens, ce qui l'avait contraint à agir ainsi. Ils disaient qu'il l'avait fait volontairement. Ils voulaient nous faire croire que l'homme choisit librement. La vérité, je le sentais, c'est qu'il avait été dirigé comme une marionnette vers son inévitable destin.

Autant dire que j'étais mûre quand j'ai rencontré l'homme qui m'a rendue consciente de mon identité et de ma féminité. J'étais en philo. C'était au début du printemps, juste avant les révisions du bac. Comme si souvent auparavant, je cherchais, à la bibliothèque, un nouveau roman sur l'occupation dont j'avais lu la critique dans le journal. En fait, je n'avais pas le temps de lire des romans à ce moment-là, à la veille des révisions, mais je ne pouvais pas m'en empêcher. Le livre, paru l'année précédente, était enfin arrivé à la bibliothèque.

Je l'ai repéré tout de suite et je l'ai observé du coin de l'œil. Un jeune homme de vingt ans et quelques. Il ne ressemblait pas aux autres jeunes avec ses cheveux blonds et longs, presque sur les oreilles, sans gomina. Des cheveux qui paraissaient souples et doux au toucher. Un pantalon de velours brun et un gros pull. Grand et mince, avec des yeux bleu clair sous un front bombé, il ressemblait un peu au poète Jens August Schade, dont j'avais vu la photo dans le journal. Ils avaient tous les deux le même nez aquilin, mais le menton de E. était plus viril, avec une fossette. Presque comme celui d'une vedette de cinéma. Je voyais sa fossette à travers son collier de barbe taillé de près. Il ressemblait presque à Frederik, le duettiste populaire, partenaire de Nina. Je sentais émaner de lui une force d'attraction étrange. L'érotisme puissant que possèdent certains êtres, peut-être à leur insu. J'étais vierge et ne connaissais le sexe que par le besoin et la chaleur qui naissaient dans mon ventre aux moments les plus malencontreux. Quelque chose dont les gens bien élevés ne parlaient certes pas, ni à la maison ni à l'école. Cela semblait sale et mauvais, comme les remarques et les ricanements idiots des garçons et les dessins grossiers qui amusaient les jeunes gars des classes populaires. Sans le comprendre, je connaissais ce besoin physique qui me faisait peur, mais je n'imaginais pas qu'un homme attrayant puisse s'intéresser à moi. J'étais petite et maigre et je me sentais laide et gauche. E. m'a confié plus tard que je me trompais totalement. J'avais les plus beaux yeux, doux, malheureux et perçants en même temps, des petits seins bien faits et une peau aussi fine et délicate que de la soie thaïlandaise. Un beau visage bien proportionné qui allait parfaitement avec les longs cheveux que je coiffais en queue-de-cheval. Il m'a confié plus tard qu'il était tombé amoureux de moi en me voyant pour la première fois. À la fois pour mon rayonnement érotique, si fort bien qu'il soit caché, mais aussi parce que, inconsciemment, il sentait que nous avions un destin commun, que j'étais porteuse d'un secret, dans mon cœur brisé. E. connaissait, dès sa prime jeunesse, le pouvoir des mots.

Il s'est approché de moi. J'ai senti que je rougissais, mais il m'a pris le livre des mains comme si nous nous connaissions et il en a lu le titre :

« Tage Skou-Hansen, *Les arbres dénudés*. » Il avait la voix rauque, presque crépitante. « En fait, c'est un bon roman, bien qu'il offre aussi l'image officielle. Mais il est plus réaliste que les idioties qu'on a écrites sur cette époque. Vous pouvez tranquillement le lire. Il ne vous rendra pas plus bête. »

Ce discours m'a stupéfaite. On ne parlait pas ainsi à l'époque. Pas avec cette hauteur et ce manque de respect pour les résistants.

« Comment ça ? lui ai-je sottement demandé.

— Il est temps de considérer cette période d'un œil plus réaliste. Elle n'a pas été faite exclusivement de héros et de traîtres, mais surtout de victimes. »

De ma vie je n'avais rien entendu d'aussi étrange. Je ne savais que répondre, ni même si j'avais réellement envie de répondre à cet étrange jeune homme. Mais il m'a devancée :

« Puis-je vous offrir une tasse de café ? m'a-t-il demandé en prenant mon bras. Vous allez sûrement bientôt vous présenter au bac, alors, vous lirez des romans plus tard.

— Comment le savez-vous ?

— On voit que vous êtes lycéenne. Vous avez le regard stressé qu'on a à cette époque de l'année. Mais il ne faut pas oublier que c'est le dernier beau printemps dont vous n'allez pas profiter. Vous devez lire quelque chose de tout à fait différent. J'ai un recueil de poèmes pour vous, d'un nouvel écrivain danois du nom de Klaus Rifbjerg. Vous entendrez beaucoup parler de lui. Il fait partie de l'avenir. Les anciens n'ont plus qu'à reléguer toutes leurs histoires sur cette bourgeoisie stupide.

Tout en parlant il me guidait vers la porte d'entrée.

« Je n'ai pas les moyens d'acheter des livres. Est-ce que la bibliothèque a ce Rifbjerg ?

— Puisque je vous ai dit que vous pouviez me l'emprunter. Ou que je vous le donnerai. Si vous en avez envie ?

— Vous ne pouvez pas offrir vos livres comme ça.

— Bien sûr que si. Il ne faut pas être esclave des choses matérielles. Tout ce qui vaut d'être conservé, c'est ce qu'on a dans la tête : le savoir et la raison.

— C'est une drôle d'affirmation.

— La vérité est drôle, quelquefois, mais ça ne l'empêche pas d'être vraie. N'écoutez pas toutes les idioties dont les professeurs abreuvent les pauvres lycéens. Mais surtout, ayez votre bac, parce que, après, la vie commencera. Et qu'il est encore nécessaire d'avoir des diplômes, mais oubliez ce que vous avez appris. »

C'étaient des banalités, mais si nouvelles pour moi que je n'ai pas pu m'empêcher de rire, ce qui ne m'arrivait pas souvent. Personne ne parlait comme cela.

« Que faites-vous quand vous n'avancez pas ces drôles d'affirmations ? » lui ai-je demandé, comme s'il n'y avait rien de plus naturel au monde que de me promener avec un jeune homme sous ce beau soleil du printemps naissant, qui adoucissait un peu le vent pourtant vif qui s'engouffrait dans la grand-rue.

« Je suis étudiant à Århus, j'écris un roman. »

Cela aussi, il l'a proféré comme quelque chose de tout naturel. Comme s'il était tout naturel que quelqu'un qui se promenait avec moi écrive un roman. Pour moi qui adorais les livres, les écrivains appartenaient à une tribu divine à qui l'idée ne serait pas venue de se mêler aux gens ordinaires. Et je me promenais avec un homme qui disait qu'il écrivait un roman avec autant de naturel que s'il disait qu'il allait chez le boulanger.

« Et sur quel sujet ?

— La vérité. »

Cela m'a fait rire de nouveau. Je ne sais pas pourquoi. Car ce n'était pas drôle. Simplement inhabituel. Nous sommes allés à la pâtisserie Brodersen. Il a commandé du café et des feuilletés viennois pour nous deux. Il ne pouvait naturellement pas savoir que c'était tout nouveau, pour moi, de manger du feuilleté viennois de bon appétit, mais c'est ce que je fis en bavardant avec lui. Je ne me rappelle pas les détails de notre conversation, simplement que nous parlions sans arrêt. De livres, du printemps qui venait, de mes professeurs, dont je parlais avec un esprit que j'ignorais posséder, de mon examen proche. Une conversation tout à fait ordinaire comme je n'en avais jamais eue avec un jeune homme. Il a recommandé du café puis m'a raccompagnée à la maison. Devant le portail du jardin, il m'a demandé :

« Avez-vous envie de venir avec moi au cinéma ?

— Oui, merci.

— Que diriez-vous de ce soir ?

— Il faut que je demande à mes parents.

— Demandons-leur maintenant.

— Ils ne sont pas à la maison.

— On te le permet, ma fille », dit-il d'une voix plus grave que la sienne, ce qui m'a encore fait rire, en même temps que je me sentais rougir.

« Je ne sais même pas comment tu t'appelles. »
Il m'a dit son nom et m'a demandé :
« Comment t'appelles-tu ?
— Irma.
— Ça te va bien. »
C'est ainsi que nous nous sommes tutoyés. Il m'a serré la main, il est parti, et je l'ai regardé s'éloigner, le cœur battant. Il reviendrait me chercher à six heures et demie.

J'ai été très surprise d'obtenir sans problème la permission d'aller au cinéma. Ils m'ont naturellement demandé qui était ce jeune homme et j'ai répondu que c'était un étudiant que j'avais rencontré quelquefois à la bibliothèque. Ma mère et mon beau-père ont même eu l'air soulagés et mon beau-père m'a tendu la somme royale de cinq couronnes en ajoutant qu'il était temps qu'une aussi jolie fille que moi ait un chevalier servant. Maman a secoué la tête pour le contredire, mais elle avait l'air content, même si elle m'a recommandé de rentrer me coucher assez tôt pour suivre mes cours. Je comprenais implicitement qu'ils étaient soulagés de voir que je me comportais enfin comme une fille ordinaire que l'on invitait au cinéma, comme toutes les autres.

Ils regardaient par la fenêtre quand E. est venu me chercher pour la première séance de la soirée. Il avait changé de tenue et portait une veste de tweed, et même une cravate, et un beau pantalon gris. J'avais mis une robe à fleurs avec une large ceinture, comme l'actrice Ghita Nørby, et relevé ma queue-de-cheval. E. a fait un signe de tête en direction de la fenêtre, à ma mère et à mon beau-père, il m'a offert son bras et nous sommes allés au cinéma comme si ce n'était pas notre premier rendez-vous, mais qu'il faisait partie de toute une série, tant sa compagnie me paraissait naturelle. J'étais à la fois contente et terriblement angoissée. Je me demandais si tout cela était un rêve et si j'allais me réveiller l'instant d'après pour retrouver mon vide et ma solitude coutumiers.

J'ai oublié quel film nous avons vu. Je ne me souviens que de sa main douce, chaude et sèche, qui a pris la mienne dès que l'obscurité s'est faite dans le cinéma plein à craquer. Ensuite, nous sommes rentrés par les rues sombres, mouillées de pluie, que les réverbères éclairaient si poétiquement que seul un grand poète, ai-je pensé, aurait su décrire la magie de cette soirée. J'étais sûre que Frank Jæger aurait pu capter cette ambiance.

Nous nous sommes arrêtés dans le noir entre deux réverbères et il m'a tournée contre lui. Il fallait que je me mette sur la pointe des pieds pour atteindre sa bouche. D'abord, il m'a embrassée prudemment, puis avec la langue, et j'ai senti la chaleur se répandre en moi. Je n'avais jamais embrassé un garçon. Je croyais qu'on devait l'apprendre, mais ce n'était pas difficile. Il savait tout sur les baisers, il suffisait donc de le suivre. Nous avons réussi à nous embrasser mille fois avant d'arriver à la maison. Une expérience parmi les plus troublantes que j'aie jamais faites. Naturellement, la salle de séjour était éclairée. On apercevait les silhouettes du professeur et de ma mère derrière les rideaux. D'entrée de jeu, E. a joué sagement ses cartes, de façon que les « autorités » ne nourrissent jamais de soupçons. Il me ramenait à la maison à l'heure et ne me donnait qu'un baiser sur la joue quand nous nous disions au revoir, devant le portail peint en blanc éclairé par le réverbère, mais il savait que j'emportais dans ma chambre le goût de sa langue et de ses lèvres. Et que je sentais encore sa main sur mes seins.

Dès le début, il a su mener une vie d'agent double, sans dévoiler jamais sa véritable identité devant l'ennemi. Vivre en surface une vie adaptée aux idées périmées de la bourgeoisie sur l'ordre et la décence, et vivre une vie secrète, soigneusement cachée, à laquelle ils ne prendraient jamais part. Dans mon lit, je pensais à lui et à ce jour miraculeux en pressant mon oreiller sur mon sexe et pour la première fois depuis que papa m'avait abandonnée, j'étais presque heureuse.

20

Que te dire de plus, ma sœur ? Peut-être la dernière phase décisive. Lorsque deux êtres mettent franchement leur vie à nu. Une fois de plus, il fait nuit. Une nuit sans lune. Rien qu'une froide obscurité qui descend de la petite fenêtre, comme si c'était l'hiver et non une nuit de printemps trompeuse dehors, là où l'on est en liberté. Je compte les jours jusqu'à ma prochaine audience. Ils devraient être obligés de me laisser sortir, mais on n'est jamais sûr, dans ce système-là. Tous les moyens leur seront bons pour se protéger, même s'ils maquillent cette torture avec des phrases creuses sur le droit des États. N'est-ce pas l'essence de la société bourgeoise capitaliste que l'hypocrisie en soit le pilier principal, que le faux-semblant soit la clé du système et que son noyau soit le mensonge et l'illusion sur soi-même ? Mais ils ne me feront pas plier. Je veux être forte, comme je l'ai été toute ma vie. Comme j'ai dû l'être pour survivre dans une froide société masculine, matérialiste et brutale.

E. me l'a appris pendant ce merveilleux premier printemps de notre rencontre. Cet été 1958, si inhabituel, avec des températures au-dessous de zéro en juin et de la pluie, toujours de la pluie, tout au long de l'été. Quelle importance que cette saison ait manqué de soleil ? J'avais réussi au bac et j'ai eu dix-huit ans. Il est vrai qu'on ne devenait adulte qu'à vingt et un ans à l'époque, mais j'étais libre malgré tout. Mon beau-père et ma mère avaient accepté de me laisser vivre ma propre vie. Cela ne les inquiétait pas particulièrement, puisque j'étais une bonne fille bien élevée, qui avait eu son diplôme avec de très bonnes notes et les félicitations de tous ses professeurs. Ils avaient aussi remarqué que je m'épanouissais et que je parlais davantage pendant les cours. En outre, mon fiancé d'Århus était un jeune homme bien et poli. Quand il le voulait, avec sa veste de tweed, sa cravate et son pantalon clair au pli bien repassé, il pouvait ressembler au rêve de toutes les belles-mères. D'ailleurs, il faisait des études d'avenir. Il traitait si bien Irma et avait un langage comme il faut. On ne pouvait pas se plaindre quand on voyait ailleurs ce que les filles ramenaient à la maison, de nos jours. On n'avait pas rencontré ses parents, mais cela viendrait bien. Irma était encore un peu jeune, certes, mais il semblait bien que ces deux-là se marieraient un jour, quand le jeune homme aurait un peu avancé dans ses études. Et il avait laissé entendre que son père était dans les chemins de fer en Seeland. Il venait donc d'un bon milieu solide. C'étaient des gens convenables. La seule chose que l'on trouvait un peu étrange, c'était qu'Irma voulait faire ses études à Copenhague et non à Århus, mais de nos jours, les jeunes étaient fantaisistes et indépendants. Les gens avaient la vie facile, n'est-ce pas, dans ce petit Danemark. Les jeunes semblaient avoir déjà oublié les cinq années maudites. Ils prenaient la sécurité comme un dû, sans penser à ce qu'on avait enduré. Les jeunes n'appréciaient pas toujours ce que la génération de leurs parents avait subi, mais Irma était une bonne fille, qui savait bien dire merci. D'ailleurs, il faudrait bien qu'elle se trouve du travail, les études ne sont pas gratuites, et avec leurs revenus, ses parents ne pourraient lui verser qu'un petit supplément par-ci par-là. Mais il n'aurait plus manqué que ça. La capitale n'était pas la porte à côté, naturellement, mais on y trouvait du travail. Et c'était probablement vrai que des études de littérature, cela se faisait à l'université de Copenhague, avec ses longues et bonnes traditions. Mais on l'avait quand même aidée à trouver une chambre, pas grande, mais propre et dans une bonne famille.

Ainsi parla ma mère pendant tout l'été, fière comme Artaban de l'intelligence de sa fille et de sa beauté aussi, dont tout le monde parlait. Fritz aussi avait fait du chemin, il était grand et fort, avec son diplôme d'artisan à portée de la main, et la perspective d'un job que l'avocat Kelstrup lui avait procuré dans une grande boulangerie d'Odense. Quant à Teddy, c'était toujours ce petit chou de Teddy que tout le monde gâtait. Je sentais presque physiquement la gratitude de maman en voyant que la vie avait si bien tourné pour elle, malgré les années sombres, comme elle qualifiait sa vie avec papa.

S'ils avaient su. Ils ignoraient que j'étais sortie de mon tunnel pour vivre une existence secrète connue de nous seuls, E. et moi. En outre, maman et le professeur ne s'intéressaient qu'aux choses matérielles.

Ils ne restaient plus religieusement assis devant la radio ou plongés dans un livre, ils se tenaient figés devant l'énorme appareil de télévision dont ils avaient fait l'emplette. À regarder fixement l'image d'essai et l'horloge au cadran blanc et noir dont les aiguilles tournaient tandis que les gens attendaient les programmes. Ce nouvel autel des dieux danois entrait dans les chaumières. Ils ont acheté une petite voiture. Une Volkswagen verte qui n'était qu'à peine usagée. Comme les autres Danois de la classe moyenne, maman et mon beau-père partaient en excursion le dimanche en emportant le café et les chaises de camping. Fritz n'avait pas envie de les accompagner. La seule chose qui l'intéressait, c'était son vélomoteur au pot d'échappement perforé et les filles. J'avais aussi trouvé des excuses, mais cela amusait le petit Teddy de partir en excursion le dimanche. La petite famille allait donc boire le café au bord des fossés, pour que les autres puissent admirer leur belle voiture pendant qu'ils mangeaient leurs sandwiches et prenaient du bon temps. Ce que je hais cette expression ! Plus tard, ils ont aussi fait leur premier voyage organisé en autocar dans le Hartz, et plus tard encore, ils sont allés jusqu'en Méditerranée, avec les voyages Spies. Les bonnes années étaient enfin arrivées, soupiraient-ils, avec leur satisfaction bien danoise.

Tout cela me convenait à merveille, me permettant de suivre mon propre chemin. En fait, cela tenait du miracle que j'aie décroché mon baccalauréat aussi brillamment. Je ne pensais qu'à E. Un coup d'œil sur sa photo me bouleversait physiquement. Même en lisant mes auteurs préférés, je me surprenais soudain à rêver à notre univers commun et à regretter son absence. Je croyais connaître chaque pouce de son corps, mais il continuait à m'étonner malgré tout. Cependant j'avais récolté les fruits de près de trois années de travail scrupuleux et discipliné au lycée. Je connaissais le programme. De plus, E. exigeait que je fasse de sérieuses révisions.

L'avenir appartiendrait à ceux qui auraient une bonne formation universitaire. Nous voulions devenir les nouveaux dirigeants. L'aristocratie future, née de plus en plus de ce peuple que nous voulions guider et libérer. Lui aussi devait réviser pour se présenter à un examen partiel, alors, jusqu'aux grandes vacances, nous ne nous étions vus que le samedi et le dimanche.

Il avait une chambre de location à Århus, où j'allais le voir quand je pouvais économiser de quoi payer mon billet de train. Il venait quand nous savions que le professeur et ma mère partaient faire un tour en voiture. Nous envoyions Fritz en ville. Nous avions fait l'amour une semaine seulement après notre premier rendez-vous. J'étais naturellement angoissée et craintive, mais comme il était délicat et expérimenté, qu'il avait les doigts chauds et doux et une bouche patiente et excitante, cela ne me fit pas très mal. Et peu de temps après, je n'en avais jamais assez. Comme cela paraissait bizarre et faux que je n'aie pas eu conscience de ma sexualité ! Un Éros avait apparemment sommeillé en moi. E. le réveilla, et la découverte et l'exploration de ma sexualité furent une sorte de cadeau inattendu, nouveau, dont nul ne m'avait dit que cela faisait partie de la féminité. Plus tard, il fallut le mouvement féministe pour exprimer verbalement la sexualité féminine et l'oppression qu'elle a subie pendant des années, mais E. comprenait, jouissait et acceptait le fait que la libido de la femme soit aussi forte et aussi justifiée que celle de l'homme. Peut-être est-ce une évidence aujourd'hui, mais ça ne l'était pas en 1958. Nous l'ignorions, mais notre liberté et nos rapports mutuels nous faisaient participer à une prise de conscience qui portait le germe de la révolte contre l'hypocrisie de la société existante. Sans le savoir, nous prenions part au tout début de la révolte des jeunes des années soixante et au grand mouvement d'éveil des gauchistes des années soixante-dix. Par nos conversations et nos lectures aussi. Camus, Sartre, Henry Miller, l'écrivain défendu, Rifbjerg, nouveau et passionnant, Erik Knudsen, Marx, plus tard. Surtout par la musique que nous écoutions sur son nouveau pick-up : du jazz et du rock. La musique des temps nouveaux. E. m'a appris à distinguer les liens entre les genres et très tôt, il a fait de moi une femme, à la fois physiquement et intellectuellement.

C'est E. qui m'a envoyée chez le gynécologue pour me faire poser un diaphragme avant notre départ pour des vacances à bicyclette, en cet été pluvieux et orageux qui nous gratifia malgré tout de quelques jours de chaleur et de soleil. Nous nous moquions de la pluie. Nous plantions notre petite tente, nous nous glissions dans notre sac de couchage et nous faisions l'amour tandis que la pluie cinglait la toile. Fin juillet, E. a obtenu un job d'étudiant assistant à Copenhague, dans un ministère. Il a donc changé d'université et m'a aidée à emménager dans ma petite chambre. Nous ne pouvions pas vivre ensemble sans être mariés, et même si je suis sûre que j'aurais dit oui s'il s'était déclaré, il n'en était pas question. C'était à la fois conscient et implicite qu'un mariage nous couperait les ailes alors que nous voulions être libres. De plus, il était essentiel pour E. — et pour moi — que j'aie une formation. Je serais la première universitaire de la famille. Pas de libération sans formation. Nous voulions faire partie d'un mouvement nouveau qui nous affranchirait de nos normes bourgeoises. Peut-être nous installer à Paris pour vivre comme les existentialistes de la Rive gauche et être, comme Sartre et Simone de Beauvoir, à la fois amants, partenaires de discussions et camarades.

Dès le premier instant, j'ai adoré Copenhague. J'ai adoré être anonyme dans la grande ville, l'intensité de la circulation, la vie et les bruits de la nuit, les études, parce que je trouvais la plupart des professeurs intéressants, même s'ils étaient des dieux lointains qui prêchaient devant nous, petits étudiants. Je retournais rarement chez moi, au Jutland. Je suis peut-être retournée à la maison une ou deux fois, la première année. Je crois que ma mère en a souffert. Alors, peu importait que nous soyons toujours sans le sou. De quoi nous vivions réellement, j'ai du mal à m'en souvenir aujourd'hui, mais la plupart étaient pauvres, alors c'était sans importance. Cela faisait partie de la vie des jeunes et des étudiants. Teddy était le seul qui me manquait. Maman m'a dit plus tard qu'il avait demandé après moi presque tous les jours.

Mais ma nouvelle vie était plus importante que même mon amour pour mon petit frère.

C'est aussi E. qui a pris l'initiative d'explorer nos limites sexuelles. Je me souviens encore de la première fois où il m'a attachée en me disant qu'il fallait que je l'arrête si je me sentais offensée ou si j'avais peur, mais que la douleur me ferait jouir et éprouver une volupté plus forte que jamais. Que la douleur et la volupté sont des vases communicants. Que nos fantasmes et nos jeux défendus seraient pour nous une découverte commune, inconnue et profonde qui nous lierait à jamais l'un à l'autre. Et il avait raison. Jamais nous n'avons été tout à fait séparés. Toujours un lien a subsisté avec le passé et avec notre seconde vie, au centre de la vie ordinaire. Nous ne pouvions, évidemment, rester ensemble au sens traditionnel du terme. Ou rester fidèles l'un à l'autre, comme le prêchaient les bourgeois danois quand les changements ont commencé à se multiplier : les marches de protestation contre les armes nucléaires, la pilule contraceptive, la révolte des jeunes, la musique, la libération sexuelle, les voyages, le féminisme et la prise de conscience révolutionnaire, conséquence naturelle de notre évolution.

Jamais il ne fut question de mariage entre nous. Très jeunes, nous en parlions coquettement devant les adultes, pour qu'on nous autorise à être ensemble au sein de la bourgeoisie danoise bornée. Nous nous voulions libres, nouveaux, affranchis des liens conventionnels. Cela n'a pas été tout à fait aussi facile que je l'écris ici, mais l'évolution était nécessaire si nous voulions briser les chaînes de la société d'autrefois.

En fait durant toute notre vie, nous sommes restés fidèles l'un à l'autre sur un plan différent et beaucoup plus élevé. Fidèles à notre conviction profonde et malgré les revers, fidèles à notre idée que seule une société nouvelle est capable de changer fondamentalement l'injustice mondiale qui consiste à maintenir la majorité des peuples du globe dans une misère profonde tandis que nous nous engraissons, sous la houlette des États-Unis, grâce à notre exploitation inhumaine.

Et puis, il y avait notre secret à nous, à nous seuls, qu'E. m'a fait partager à Noël, en 1960, quand j'ai passé mes vacances à la maison parce qu'on me l'avait laissée pour moi toute seule. Fritz et Teddy étaient partis avec le professeur et maman pour voir le frère de notre beau-père à Tønder. Ils avaient pris la route dès le 22 décembre. Il faisait doux et il pleuvait, mais nous sommes restés dedans la plupart du temps. Nous avons fait la cuisine, discuté, bu des cocktails, écouté de la musique, dansé, expérimenté, et joui de ne pas être obligés de penser aux voisins, de l'autre côté des minces cloisons qui nous séparaient ordinairement des autres dans nos chambres de Copenhague. Cela nous satisfaisait physiquement et mentalement de nous dépenser ainsi et de sentir que nos corps jouaient ensemble aussi naturellement que deux instrument bien accordés. Nous avions tiré les rideaux épais, fermé les portes à clé, ouvert les radiateurs à fond et restions aussi nus que possible, et je rayonnais de bonheur. Jamais je n'ai exigé de savoir ce qu'il faisait quand il n'était pas avec moi ni s'il connaissait d'autres femmes que moi. Il ne m'a pas posé de questions non plus, mais je savais bien qu'il domptait plus facilement que moi le vilain serpent de la jalousie. Je tâchais de maintenir ce sentiment à distance, mais je souffrais à l'idée que je partageais peut-être E. avec d'autres. Les fois où malgré tout je lui ai laissé entendre que j'étais jalouse, il ne s'est pas mis en colère, il s'est borné à rire en montrant ses dents blanches, et m'a répondu qu'en ce moment, nous étions ensemble et que rien d'autre n'existait en ce monde. J'étais désespérément amoureuse de lui, mais j'avais mal parce que je savais que je le perdrais si j'exprimais cet amour en usant de tournures bourgeoises ordinaires. Je préférais l'avoir tout à moi de temps à autre plutôt que de le perdre tout à fait. J'écoutais mes sentiments. Du point de vue rationnel, j'étais d'accord sans réserve avec ses préceptes révolutionnaires sur la liberté sexuelle comme étant une conséquence naturelle de la libération à la fois individuelle et politique. Mais autrefois comme aujourd'hui, les hommes ne se débarrassent pas de leur bagage historique et de tout ce qui les a imprégnés sans en payer le prix et sans tempêtes sentimentales.

C'est la veille de Noël qu'il m'a révélé un autre de ses secrets en m'apprenant qu'il ne m'avait pas rencontrée par hasard à la bibliothèque, mais qu'il m'avait cherchée. Nous étions au lit, en train de fumer. La chambre à coucher était plongée dans une semi-obscurité, uniquement éclairée par des bougies qui dessinaient des formes sur nos corps nus et baignés de sueur. Il avait, sur la poitrine, les marques rouges laissées par le fouet et je les baisais doucement. Il était sur le dos. Je lui avais enlevé les menottes et nous étions repus et satisfaits. C'était la veille de Noël et pendant que tous nos concitoyens dansaient autour du sapin de Noël, nous avions donné libre cours à notre imagination. Nous nous sentions très élevés au-dessus de tout le troupeau des bourgeois ordinaires. Il restait du vin rouge bon marché sur la table, et bientôt, nous irions à la cuisine pour nous préparer quelque chose à manger. C'était le meilleur Noël que j'aie connu depuis mon enfance, pendant la guerre. Nous avions entamé une nouvelle décennie. Avec huit cents autres pionniers du nouveau mouvement gauchiste, nous avions participé en octobre, E. et moi, à la marche de protestation contre les terrifiantes armes nucléaires, de Holbæk à Copenhague. Je me souviens de la bise aigre et de la pluie qui tombait sur ces huit cents jeunes. Mais le temps ne nous avait pas gênés, car nous étions unis dans un mouvement nouveau, encore inconnu dans le monde. Nous ne connaissions pas encore l'expression — elle n'était pas inventée — mais nous étions le premier mouvement danois écologiste. La radio et la télévision avaient boycotté notre marche en la passant sous silence. Comme si souvent auparavant, les médias ne s'étaient pas aperçus que la marée de l'Histoire déferlait sur le pays. Je ne pouvais pas le savoir, en ces journées de Noël 1960, mais lorsque Pâques arriverait, nous recommencerions à marcher. Malgré la neige et la bruine, cette marche, qui compterait moins de deux mille participants à la levée des banderoles à Holbæk, en compterait plus de dix mille à notre arrivée à Copenhague. La campagne contre les armes nucléaires fut le premier grand commencement. En ce Noël 1960, je savais que j'étais entrée dans une décennie dont j'étais sûre qu'elle transformerait pour toujours le Danemark et le reste du monde.

E. s'est éclairci la voix pour me dire :

« Irma, je t'aime. »

Cette phrase banale m'a rendue folle de bonheur.
« Moi aussi, je t'aime.
— Joyeux Noël, Irma.
— À toi aussi.
— Parce que je t'aime, je vais te dire quelque chose. Tu ne te fâcheras pas.
— Pourquoi me fâcherais-je contre toi ?
— Je sais qui est ton père. »
Il me connaissait. Je me suis fâchée. Il forçait le secret de mon âme, s'introduisait là où même lui n'avait pas accès. Dans une intimité dont j'étais seule à avoir la clé. J'ai levé la tête et enfoncé mes ongles dans une des marques rouges de sa poitrine.
« Aïe, bon Dieu, a-t-il fait en s'asseyant d'un coup de reins et en manquant me faire tomber du lit.
— Ça m'a fait mal.
— Je croyais que tu aimais ça.
— Tu m'as promis de ne pas te fâcher. »
Il m'a adressé un regard, blessé certes, mais aussi moqueur et analytique. C'était comme si tout ce qu'il faisait dissimulait le germe d'une expérience, mettait les gens à l'épreuve, pour étudier leur instabilité et leur manque de contrôle. Déjà à cette époque, il était très charismatique et grand séducteur et manipulateur, avec peut-être, en réalité, de la froideur dans les sentiments. Cet aspect de son caractère ne m'a jamais convenu. Je comprends aujourd'hui que je n'ai peut-être jamais parfaitement compris son esprit, ni pénétré dans son moi le plus secret. À l'époque comme à présent, j'avais peine à comprendre qu'il puisse être totalement équilibré, qu'il parle bien et se contrôle dans la vie publique quotidienne, alors que dans la pénombre, dans l'intimité du lit, dans

sa nudité, il aspirait à être dominé et entièrement sans défense. Au lit, nous inversions généralement les rôles. Pas toujours pourtant. J'avais appris, moi aussi, à connaître et à apprécier le lien qui existe entre la volupté et la douleur. Mais ce n'était que de loin en loin que nous cultivions l'amour défendu. Comme si nous avions craint de tomber dans un abîme. Nous ignorions tout sur ce que nous faisions. On ne parlait et on n'écrivait pas sur ces sujets-là à l'époque. La plupart du temps, nous faisions simplement l'amour normalement, avec passion et bonheur, en ayant l'impression de n'être jamais rassasiés l'un de l'autre.

J'ai éteint ma cigarette, j'en ai allumé une autre et j'ai fumé un moment tandis qu'il me scrutait d'un œil observateur, parce qu'il savait que j'allais certainement me calmer quand sa phrase se serait décantée. Il s'est appuyé à la tête du lit, puis a sorti ses longues jambes et est allé nous chercher deux verres de vin. Il m'en a donné un, toujours sans mot dire. J'ai vidé mon verre en trois gorgées et je l'ai posé par terre. Il en a bu un doigt et a posé son verre de l'autre côté du lit. Je l'ai regardé et aimé. Nous étions assis en tailleur, face à face, comme deux Indiens et doucement, il s'est mis à me caresser le visage et les seins.

« Ma petite Irma. Toi et moi n'avons pas de secrets l'un pour l'autre, mais chaque chose en son temps.

— Tu m'as surprise. C'est tout, ai-je répondu en entendant que ma voix tremblait un peu.

— C'est parce que tu as honte. »

J'ai senti monter ma colère.

« Qu'en sais-tu ?

— Je le sais. Parce que ta honte est le reflet d'une honte que j'ai éprouvée moi-même autrefois. Parce que nous sommes stigmatisés, aux yeux de la société. Nous devons hériter des péchés de nos parents. La société l'exige de nous.

— Je ne comprends pas ce que tu dis », lui ai-je répondu en me sentant prête à pleurer.

Il m'a pris la main et l'a embrassée, s'est penché en avant, a pris ma cigarette, l'a éteinte, m'a donné un baiser sur la bouche et m'a aidée tendrement à m'étendre sur le dos pour que ma tête repose sur l'oreiller, et il a commencé à parler tandis que ses mains douces et chaudes me caressaient comme pour me guérir en me faisant un massage inédit.

« Le frère de mon père et ton père étaient ensemble sur le front de l'Est. Je ne connais pas en détails le sort de ton père, mais j'ai vu une photo de lui avec ta mère, toi et Fritz. Ton père est en uniforme. C'est une photo que j'ai trouvée au grenier après la guerre, avec d'autres vieilleries qui ont appartenu à mon père et à mon oncle. Ce n'était pas difficile de reconnaître la jeune Irma d'après la photo d'Irma enfant, et encore moins ta mère. Je t'ai reconnue tout de suite quand je t'ai vue dans la rue avec elle. Tu avais bien quinze ans. C'était une rencontre fortuite, mais en un sens, ces choses-là ne le sont pas. C'était écrit dès le début que toi et moi devions nous rencontrer. J'en suis certain. Que ma tante habite où elle habite n'est pas un hasard. J'ai découvert qui vous étiez. Et j'ai pu faire le lien entre ce que j'ai découvert par moi-même et les souvenirs de ce que mon père et mon oncle m'ont raconté dans mon enfance. Quand j'ai pensé que tu étais assez grande et que je n'ai plus pu réprimer mon envie de toi, je t'ai contactée. C'est le contact le plus heureux de ma vie. Ce que je sais, c'est mon oncle et mon père qui me l'ont dit. En plus de ce que j'ai pu lire. Comme toi, j'ai essayé de reconstituer l'Histoire oubliée et cachée. »

Il a fait une pause, bu une gorgée de vin et reposé le verre par terre. Il a allumé une cigarette et m'a laissé en prendre deux bouffées. Je restais la tête sur l'oreiller, à le regarder, captivée par le début de l'histoire, par ses douces mains dont je voulais qu'elles recommencent, par le son étrangement suggestif de sa voix, par le sentiment d'une obscurité pluvieuse, derrière les lourds rideaux, et par l'étrange silence où est plongé le Danemark le soir de Noël, quand tout le monde est chez soi.

Nous avons fumé la cigarette à tour de rôle jusqu'à ce qu'il poursuive. Nous étions seuls au monde tous les deux, et nous avions l'éternité devant nous. Il a repris :

« Mon père n'a pas été sur le front. Nous reviendrons un peu plus tard sur son sort. Mon oncle s'appelait Karl Viggo. Comme tant de milliers d'autres, lui et mon père sont partis travailler en Allemagne en 1940, après l'Occupation. Ils n'avaient pas le choix. S'ils refusaient ce travail, ils perdaient leur indemnité de chômage. Ils ont été enthousiasmés par l'ordre et la discipline des Allemands et par le fait qu'ils avaient procuré du travail à tous. En fait, il était social-démocrate, mais comme le premier ministre Stauning en personne avait parlé de l'irréversibilité du nouveau régime en Europe, ils n'avaient pas un grand pas à franchir pour devenir national-socialistes. Ils ont admis sans peine que les juifs étaient la racine de tout le mal. Les usuriers n'étaient-ils pas toujours des juifs ? Même dans les pièces de Shakespeare. Johannes V. Jensen, le grand écrivain, ne parlait-il pas de la race nordique comme de quelque chose de spécial ? Mon père, un serrurier danois ordinaire qui ne pensait qu'à son travail, à sa jeune femme et à son enfant, c'est-à-dire à moi, n'était pas intelligent. Karl Viggo s'est enrôlé dans Frikorps Danmark, mais mon père a été réformé. Il avait déjà le dos usé par le métier pénible qu'il exerçait depuis sa douzième année. Mais à partir de 1942, il est allé aux réunions du parti, a distribué des journaux et appelé, à la radio, les bons Danois à s'enrôler dans les rangs du Frikorps Danmark. Dès la fin 1943, il a perdu la foi, mais il est resté membre du parti nazi danois, surtout parce que Karl Viggo se battait sur le front de l'Est. Il refusait d'abandonner son grand frère. Karl Viggo est revenu en permission la dernière fois en mai 1944. Ils ont déjeuné ensemble frugalement. Karl Viggo était en uniforme. Ils étaient seuls. À ce moment-là, les Danois, qui s'étaient rendu compte que les Allemands avaient perdu la guerre, commençaient à prendre leurs distances et à occulter les termes de collaboration et d'adaptation. À cette époque aussi, les Danois étaient un petit peuple opportuniste. Deux jours après le départ de Karl Viggo pour le front, mon père a été abattu à Aalborg, en pleine rue. Deux hommes, qui l'avaient suivi, lui ont tiré six balles dans le dos plus une dans la tête, alors qu'il gisait dans une mare de sang. »

Un silence total régnait dans la chambre. Pas un bruit ne venait de la rue déserte. J'ai regardé E. et lu sa douleur dans ses yeux. Je me suis levée pour aller rechercher du vin pour accompagner les cigarettes que nous avions allumées.

« On a qualifié ça, après la guerre, de liquidation des mouchards, mais c'était un crime prémédité, a dit E. avec une amertume rentrée. On nous a qualifiés respectivement, maman et moi, de coureuse d'Allemands et de fils de traître à la patrie. Nous sommes d'abord partis à Århus, puis dans le Seeland avec mon beau-père, qui ignorait le passé de maman et de papa. C'est une autre histoire. J'ai fait des recherches à ce sujet. Quatre cents personnes ont été liquidées comme mon père. Ces affaires sont restées sans suite. La société bourgeoise nous a condamnés pour l'éternité. Les assassins sont devenus des héros. Les victimes des bourreaux. L'équité a disparu en même temps que la vérité, étouffée par l'hypocrisie. »

Je lui ai caressé la figure.

« Tu as perdu ton père comme moi. C'est pour ça que tu me comprends si bien.

— Pas uniquement pour ça, ma chérie. Mais c'est en partie pour ça. On ne peut pas nous rendre nos pères. On nous les a pris pour toujours, mais nous pouvons espérer qu'un jour, ils seront réhabilités. Pas parce qu'ils étaient bons, mais parce qu'ils ont été injustement traités et que nous avons souffert de ce que la société a prétendu être le crime de nos pères.

— Tu comprends ce que ça veut dire, se sentir trahi. Se sentir vide et noir, intérieurement, comme si on était en verre, entourée d'yeux qui vous regardent méchamment.

— Je comprends.

— Merci », lui ai-je simplement répondu.

Il m'a souri et j'ai pris son visage dans mes deux mains et je l'ai couvert de tout petits baisers pour finir par trouver sa bouche et sa langue voraces, il m'a couchée sur le dos et nous avons fait l'amour avec une passion silencieuse et pourtant violente, comme si nous n'allions plus jamais nous lâcher.

Le jour de Noël, E. m'a emmenée à bicyclette dans la forêt, au nord de la ville. C'était une matinée tranquille, le brouillard hivernal enveloppait les arbres nus qui paraissaient ouatés. Nous pédalions en silence. Dans la rue, les passants étaient rares, mais en sortant de la ville pour entrer dans le bois, nous avons entendu les cloches des églises sonner la messe de Noël. Le sous-bois étant humide et spongieux, nous avons dû descendre de bicyclette pour traverser les endroits les plus boueux. J'avais un peu la gueule de bois et j'étais lasse, tout en gardant la tête claire et presque euphorique. Nous avons laissé les vélos au bord d'un fourré de sapins et E. m'a fait passer entre les troncs. Des gouttes tombaient des aiguilles vertes sur mon manteau et mon bonnet. On voyait nettement des empreintes de cerfs au milieu des aiguilles de pin qui bordaient les flaques du sentier. Même sans la neige, c'était une belle et froide forêt danoise hivernale, avec sa brume blanche et humide, les gouttes qui tombaient des branches nues ou des aiguilles vertes. E. me tenait par la main et il m'entraîna à travers les sapins jusqu'à une clairière où on eût dit qu'il n'y avait pas une âme. Nous nous trouvions au cœur de la forêt. On n'entendait pas un bruit et c'était comme si le silence était épaissi par le brouillard hivernal.

Dans la clairière, un homme attendait, vêtu d'un

vieux manteau noir et d'une casquette grise élimée. De haute taille, il avait un visage étroit et marqué. Il se tenait un peu incliné, debout devant une petite pierre grise dressée au milieu de la clairière, modeste, mais qui en formait naturellement le centre. Devant la pierre, quelqu'un avait posé une simple rose de Noël. L'homme nous a regardés. Il avait la quarantaine et des yeux gris, limpides, un peu comme ceux d'E.

« Irma. Voici mon oncle », a dit E.

J'ai ôté mon gant et je lui ai tendu la main. Il avait la main ferme, sèche et froide.

« Bonjour », ai-je dit poliment, avec un sentiment bizarre, malgré tout. J'étais devant un homme qui avait connu mon père d'une tout autre façon que moi.

« C'est un plaisir de rencontrer la fille d'un brave », a dit Karl Viggo. Il avait une voix grave et râpeuse, comme s'il fumait beaucoup trop de cigarettes fortes.

« Voulez-vous me parler de lui ?

— Ce que je sais, je te le raconterai. Un jour, nous déjeunerons ensemble. Alors, je te raconterai ce que je sais. »

Je me suis avancée pour regarder la pierre. Elle portait simplement les mots : *Tombés pour le Danemark.*

« Ce n'est qu'un commencement, a-t-il dit. Un jour, nous élèverons une vraie stèle, ici et à l'endroit où nos camarades sont enterrés, là-bas, vers l'Est. Un jour, ils seront réhabilités et la justice triomphera.

— Mon oncle a été condamné à trois ans de prison, après la guerre, m'a dit E. Il a passé quelques mois avec ton père au camp de Frøslev. Ils l'avaient surnommé le camp de la bergerie. Karl Viggo et ton père ont été libérés quand la colère et la soif de vengeance ont été un peu assouvies. Mais ils étaient stigmatisés. Pourquoi les a-t-on condamnés ? Beaucoup, comme Karl Viggo et ton père, l'ont été parce qu'ils s'étaient laissé enrôler, mais c'était avec la bénédiction du gouvernement. C'est là que réside l'injustice.

— Je le vois bien, lui ai-je dit.

— De nos jours, ce camp est une caserne ordinaire. Personne n'a envie de se rappeler cette injustice. On se souvient des résistants danois, qui ont passé la dernière année de la guerre dans ce camp dans d'excellentes conditions. Mais que Frøslev soit devenue la Bergerie, le plus grand camp de déportation pour prisonniers politiques de ce qu'on appelait le Danemark libre, personne ne doit le savoir. Cela ne cadre pas avec l'idée que la nation se fait d'elle-même. »

Je comprenais ce que disait E., je comprenais pourquoi son oncle avait agi ainsi, mais je voyais aussi, en pensée, les terribles images des chambres à gaz et des cadavres ambulants des camps de concentration. Tout ce massacre épouvantable de millions d'êtres humains qui avaient péri. Comme s'il lisait mes pensées, E. a ajouté :

« Irma. Le nazisme est mort, mais ce n'est pas pour ça que la société doit mentir sur son passé et choisir une vérité adaptée aux mythes que les gouvernants veulent imposer au peuple. C'est ça qu'il faut bien comprendre. »

J'ai touché la pierre. Elle était froide et rugueuse. Mais elle avait aussi quelque chose de magique. Comme si elle possédait une force, un lien avec le passé. Quand je l'ai touchée, j'ai cru qu'on me rattachait à mon père, j'ai senti un courant faible, mais distinct, qui m'a apporté la paix parce que je n'étais plus seule au monde avec ma perte et ma douleur.

L'oncle d'E., la tête inclinée et les yeux mi-clos, semblait prier. Je sentais que l'endroit dégageait une sorte de religiosité. Mais E. gardait, comme toujours, la tête froide et analytique, sans permettre à ses sentiments de prendre le dessus. Comme d'habitude, il a exprimé ce que nous pensions :

« L'analyse que nos pères avaient faite de la société était correcte, mais ils se sont trompés quand ils en ont tiré les conséquences. Ils ont tourné leurs armes dans la mauvaise direction. Mais nous ne permettrons pas à la société hypocrite qui les a engendrés de salir leur mémoire et de les punir, nous avec, en s'imaginant qu'elle pourra dissimuler sa propre honte. C'est la leçon qu'il faut tirer de leur histoire. Il ne faut pas avoir honte, Irma. Ce sont les autres qui devraient avoir honte. »

Je l'ai regardé. Peut-être est-ce à cet instant-là que ma vie a pris un sens. En tout cas, quand il m'a prise dans ses bras et qu'il m'a serrée contre lui, je me suis mise à pleurer. Là, dans cette clairière silencieuse et nue, j'ai su que jamais je ne le trahirai.

QUATRIÈME PARTIE

POUR L'HONNEUR DU DANEMARK

« Misery acquaints a man with strange bed-fellows. »

« La misère vous fait rencontrer d'étranges compagnons de chambrée. »

WILLIAM SHAKESPEARE, *The Tempest*

21

Per Toftlund se réveilla avant la sonnerie du réveil et encore couché, dans l'obscurité matinale, il écouta Lise respirer, lentement et péniblement. Elle dormait sur le dos, son ventre énorme gonflait la couette en formant une grosse bosse. Sa figure, légèrement tachée, était couverte d'une fine sueur qui collait ses cheveux épais sur les tempes. Toftlund ne savait pas pourquoi il se sentait si las et un peu mal dans sa peau, comme s'il couvait un rhume des foins. Il le savait peut-être, pourtant. Il sentait ce malaise imperceptible au travail : soudain, il avait un trou : une phrase qui lui était adressée lui avait échappé. Ces petits passages à vide l'inquiétaient. Peut-être qu'ils se produisaient depuis le jour où il avait été pris en faute, là-bas, à Flakfortet, ou parce qu'il craignait d'être incapable d'exercer le métier auquel il était revenu. Il se surprenait aussi, durant sa journée de travail, à avoir peur de devenir père. Cela lui donnait mauvaise conscience de ne pas s'en réjouir sans réserve. Il aurait dû le faire. Était-ce parce qu'il ne savait pas ce qui l'attendait ? Impossible d'ignorer qu'il avait quarante ans passés et qu'il s'en apercevait. Cela seul aurait dû lui prouver que, biologiquement, il avait bien fait de se fixer. Peut-être sa nervosité venait-elle de ce mot-là : se fixer. Il aimait Lise, aucun doute à ça, mais le mariage lui faisait peur et son retour à la maison n'avait pas été facile. Il revoyait le sang couler lentement sur le sol du restaurant à la fois dans ses rêves et quand il ne dormait pas. Parfois l'image était réaliste, d'autres fois le sang avait une couleur orange et presque phosphorescente. Et une ou deux fois, il avait même été la victime tandis qu'une autre version de lui le regardait, un bloc-notes à la main. Lise avait été furieuse et blessée. Il avait d'abord cru qu'elle lui en voulait de ne pas avoir appelé pour avoir des nouvelles d'elle et de sa grossesse, puis il avait compris qu'elle se sentait abandonnée. Elle le voyait comme un égoïste qui ne pensait qu'à lui et à ce qu'elle appelait son maudit boulot. « Parle-moi, bon Dieu ! » avait-elle crié avant de se mettre à pleurer. Il était resté comme un piquet dans la cuisine, à regarder le jardin nu et boueux, au lieu d'aller la prendre dans ses bras. Pourquoi était-il donc si emprunté, sentimentalement, alors qu'il l'aimait tant ? Pendant ces deux jours bizarres, ils avaient cohabité comme deux étrangers. Ils n'avaient pas encore vraiment parlé ensemble, ni de son voyage ni du manque de communication entre eux pendant son absence, mais en fait, c'était leur futur enfant qui avait détendu l'atmosphère, un soir, pendant le journal télévisé, en donnant un tel coup de pied qu'ils avaient vu le contour d'un petit membre sous la peau lisse et tendue de Lise. Ensemble, ils avaient éclaté de rire, au point que le gros ventre de sa femme sautait comme un énorme ballon. L'ambiance avait changé, ils s'étaient embrassés et il avait bandé violemment, mais il ne pouvait rien faire, en ce moment.

Lise soupira et se mit à ronfler légèrement. Elle reposait, la bouche entrouverte, dans cette jeune lumière grise d'avril et il se sentit submergé par une vague d'amour et un besoin de la protéger qui relevait d'une époque révolue, mais il se connaissait suffisamment pour ne pas s'amuser à faire de fausses promesses, ni à Lise, ni à lui-même. Il était comme il était. Peut-être pouvait-il s'améliorer, du point de vue de Lise, mais fondamentalement, on ne pouvait pas le changer. D'après lui, en tout cas, même s'il était convaincu que les femmes, au fond, conservent perpétuellement l'idée qu'elles peuvent changer un homme pour qu'il concorde avec l'image qu'elles se font de lui. Pour qu'il devienne comme elles le souhaitaient. La manière dont les femmes tentaient toujours d'améliorer et de transformer leurs maris lui rappelait les sauvetages. Était-ce aussi valable pour Lise ?

Per Toftlund réagit comme toujours lorsque les idées l'envahissaient : physiquement. Il caressa doucement le ventre de Lise et l'embrassa sur la joue, ce qui la fit soupirer d'aise. Il alla faire son jogging dans la brume matinale dont la teinte claire et délicate portait des promesses de printemps, et après sa douche, il alla à la cuisine et donna à Lise un vrai baiser matinal. Debout à la cuisine, une tasse de thé à la main, son gros ventre caché par sa robe de chambre bleue, elle se tenait les reins d'une main et calait la tasse sur son ventre, sous sa lourde poitrine.

« Tu n'en as plus pour longtemps, lui dit-il.

— Je me réjouis. Tout est prêt.

— Tu as vraiment su faire ton nid.

— Qui l'eût cru d'une carriériste comme moi ? »

Il y avait du rire dans sa voix et il fut heureux de la voir de bonne humeur ce matin-là. La maison respirait la propreté et la fraîcheur. La layette qu'ils avaient achetée et que les amis et la famille leur avaient offerte attendait, lavée et repassée de frais, méticuleusement rangée dans les placards et les tiroirs, le berceau avec sa literie qui fleurait bon le savon et sa jolie petite couette, et dans le garage, la poussette, tout cela attendait aussi impatiemment qu'eux. Huit jours auparavant, comme guidée par une loi biologique, Lise avait fait le ménage à fond et tout préparé. L'aide ménagère était venue une grande journée supplémentaire et les deux femmes avaient fait disparaître jusqu'au dernier mouton dans les coins les plus reculés de la maison. Les femmes ont de nombreuses facettes qui demeuraient un mystère pour Toftlund.

Ils prirent leur petit déjeuner ensemble, lurent le journal et écoutèrent la radio. Quand le temps le permettait, l'OTAN continuait ses bombardements quotidiens sur la Yougoslavie et le Kosovo, continuant à chasser des milliers de réfugiés dans les pays voisins : la Macédoine et l'Albanie. Les réfugiés qui arrivaient mouillés, affamés et gelés, racontaient des histoires monstrueuses d'assassinats, de maisons incendiées, de tortures et de viols en série. Le reporter disait qu'à l'heure actuelle, l'Albanie, le pays le plus pauvre de l'Europe, hébergeait plus d'un demi-million de réfugiés. La situation était chaotique. Au Danemark, on discutait avec acharnement la proposition du gouvernement qui envisageait de donner asile à deux mille réfugiés albanais du Kosovo, et Per aperçut l'ancienne lueur de combat dans les yeux de Lise, mais au lieu de parler de cela, elle lui demanda :

« Au fait, comment va ton affaire ? »

Il leva la tête. Elle ne lui posait pas souvent de questions sur son travail, sachant de combien de choses il ne devait pas parler.

« Plus ou moins bien.

— Je vois dans le journal que vous n'avez rien à reprocher à celle que vous avez arrêtée. Que vous allez être obligés de la libérer.

— Ce n'est pas tout à fait faux

— Alors, on lui versera une énorme indemnité.

— Ce ne sera sans doute que justice.

— Elle est impliquée d'une manière ou d'une autre. J'en suis sûr.

— Mais tu ne peux pas le prouver ?

— Pas dans l'état actuel des choses. La piste ne tient pas assez.

— Alors, ce ne sera sans doute que justice qu'elle soit libérée. On reste innocent, dans notre pays, jusqu'à ce que le contraire soit prouvé.

— Évidemment.

— Donc, ce ne sera sans doute que justice qu'elle reçoive une indemnité, n'est-ce pas ? »

Il leva la tête :

« Tu cherches la dispute ?

— Absolument pas. Je te pose la question.

— Ce que je pense n'a aucune importance. La loi lui donne droit à une indemnité. C'est comme ça tout simplement.

— O.K., lança-t-elle d'une voix pointue en retournant à la lecture de *Politiken*.

— Elle est impliquée. Je le sais. Elle a trahi son pays. Elle a causé indirectement des assassinats. Sa place est en prison. »

Elle leva les yeux de son journal. Elle avait simplement noué ses cheveux blonds avec un élastique, mais il ne connaissait rien de plus beau qu'elle ; pourtant, ses yeux étaient ternes et un peu fatigués. Elle ne dormait pas assez, pensa-t-il.

« Alors quoi, Per ?

— Alors, il faut voir où cette piste nous mènera par ailleurs. Je n'ai pas encore lâché prise.

— Encore plus d'heures supplémentaires ?

— Ça fait partie de mon travail. Tu n'aurais pas dû épouser un policier.

— Quelle bêtise. Je connais les horaires de travail irréguliers. J'ai été journaliste, autrefois. Tu t'en souviens ?

— Tu es toujours journaliste.

— Je suis une vache pleine », répliqua-t-elle en retournant à son journal, mais il avait l'impression que l'article qu'elle lisait ne l'intéressait pas vraiment. Elle releva la tête :

« Tu m'as promis, Per...

— Je serai là, c'est sûr.

— C'est prévu pour dans moins de quinze jours.

— Je serai là. Lise. Fais-moi confiance !

— C'est notre enfant, Per. Notre miracle à tous les deux. Il est à nous. Il est à nous. Je ne croyais pas que je pourrais avoir un enfant et ça a été possible. Avec toi. Il est à nous, Per. »

Il vit qu'elle avait des larmes au coin des yeux ; il se leva, alla se poster derrière elle et la prenant dans ses bras, les mains croisées sur ses seins, il se mit à lui donner de petits baisers sur la nuque tout en caressant doucement sa poitrine et son ventre. Il sentit les mouvements et les coups de pied sous la peau, comme si l'enfant qui allait naître jouait au foot avec sa main. Lise riait et pleurait à la fois en se plaignant un peu.

« Elle tape vraiment fort, ma parole. Per, va me chercher un kleenex, bon Dieu. Je ne peux pas supporter de me voir comme ça. »

Il la lâcha et alla chercher le mouchoir en papier. Elle s'essuya les yeux et se moucha le nez. Il lui tendit un autre mouchoir et elle recommença. Elle avait les yeux rouges et gonflés et tout le visage légèrement enflé.

« Je t'aime, Lise.

— Comment peux-tu m'aimer quand je suis comme ça et que je me comporte comme une vache idiote ?

— Comme une oie.

— Comme une vache.

— Meeuuh. »

Lise se mit à rire.

« Quel idiot tu fais, Per. Ou bien c'est moi qui suis encore plus idiote. J'en ai tellement marre d'être enceinte. Je me réjouis follement et en même temps j'ai peur, naturellement.

— Je suis là, Lise.

— O.K. Ça va maintenant. Ce sont ces matinées ici. Toi, tu te barres et tu restes loin toute la journée. Je sais bien que c'est ton boulot. Alors, dépêche-toi d'attraper tes espions.

— J'aurai ma permission. Je l'ai dit à Vuldom.

— Même si vous la libérez ? C'est à ce moment-là que vous aurez à faire, non ?

— Si. Tu as sûrement raison. »

Lise montra le journal :

« Mon collègue écrit que vous n'avez absolument rien sur elle.

— C'est dans le journal ? » Il était sincèrement stupéfait, même si très peu de choses l'étonnaient encore, dans ce qu'écrivaient les journalistes.

« Pas en ces termes-là, mais c'est ce qu'il veut dire. »

Ce fut exactement ce que lui dit Vuldom une heure plus tard, à travers la fumée bleue de sa cigarette :

« La presse a raison. Tu n'as absolument rien sur elle, Toftlund. Nous n'obtiendrons sûrement pas de prolongation. Et cette petite Irma est maligne comme un démon puisqu'elle t'a signifié clairement qu'elle ne parlerait pas. Elle sait que nous ne pouvons rien prouver et que ça affaiblit beaucoup l'accusation... Monsieur Toftlund. Mais fais-moi un rapport complet, s'il te plaît, et nous reprendrons l'enquête à partir de là. »

Vuldom avait fait preuve de sympathie, quand il était rentré de Prague avec sa terrible histoire, mais si elle occupait son poste de direction, ce n'était pas parce que l'instinct maternel était le trait dominant de son caractère. Comme il avait refusé de prendre un ou deux jours de congé pour digérer le choc et ri de sa proposition à demi sérieuse d'aller voir un psychologue, Vuldom avait cessé de consacrer du temps à ce qu'elle appelait les aspects personnels de l'affaire. Les informations venant de Prague avaient été consignées dans un rapport et versées au dossier qui grossissait tous les jours grâce aux révélations et à l'inventaire des renseignements concernant la double vie d'Irma. Les mandats de perquisition leur permettaient de s'immiscer, avec la bénédiction de la justice, dans les recoins les plus intimes de la vie des particuliers, pour trouver la preuve ou la série d'indices qui pourraient entraîner, d'abord une prolongation de sa mise au secret, puis sa condamnation ultérieure qui était, en un sens, tout le but de l'opération. Le règlement de comptes de la société, la vengeance. On dévoilait aussi, en chemin, des aspects de la vie de personnes innocentes qu'ils avaient espéré garder secrets jusqu'à la fin de leurs jours. Mais les affaires criminelles font d'autres victimes que les gens qui y sont directement impliqués. Dans ce cas précis, le criminel semblait pouvoir frustrer l'État de sa vengeance, même si l'État, avec cette mise au secret prolongée, avait déjà fait connaître, par la voix de la presse, que cette citoyenne était sans doute coupable.

Le noyau de l'équipe des enquêteurs était réuni pour un bilan dans le grand bureau de Vuldom. Dehors, le soleil multipliait ses promesses de l'imminence du printemps et Toftlund se réjouissait du congé qui lui était dû et du congé parental qu'il avait demandé, malgré les rires moqueurs de ses collègues plus âgés. Pour les jeunes, ce congé allait de soi. Il se leva, fit quelques pas et regarda autour de lui. Quand c'était son tour de parler, il ne pouvait pas rester assis. Outre Vuldom et sa fidèle secrétaire, Lene Nielsen, étaient présents Bjergager, un agent entre deux âges qui coordonnait et rassemblait tous les rapports, et la plus proche collaboratrice de Toftlund, Charlotte Bastrup, qu'il en était venu à admirer et même, il le craignait, à désirer. Petite et mince, elle avait sans doute été à deux doigts d'être refusée quand elle avait fait sa demande pour entrer dans la police, faute d'atteindre le 1,65 m exigé. Elle avait des cheveux très courts, noirs et raides, et prenait grand soin de son image, de son maquillage discret à ses tenues, toujours pratiques mais élégantes, en passant par les petites boucles d'oreilles qui ornaient ses oreilles percées. Un peu ronde de visage, avec des lèvres régulières, minces et assez banales, elle avait des yeux extraordinaires, clairs et dans les tons bruns et gris. Elle avait des ancêtres polonais dans l'île plate de Lolland d'où elle venait. Elle se comportait avec une assurance sexy, sûre de son aura érotique et de ses dons d'analyste qui lui avaient valu de faire un bond spectaculaire dans sa carrière. Elle avait laissé loin derrière elle la plupart de ses camarades de promotion. Toftlund savait qu'elle vivait seule. Quelque part à Østerbro. Elle venait au travail à bicyclette, en tout cas, mais parlait peu de sa vie privée. Il savait qu'elle avait trente-deux ans et que c'était un privilège de travailler avec une enquêteuse aussi douée et aussi soigneuse. Toftlund n'avait pas le moindre préjugé contre les collègues femmes. Mais l'idée qu'il pourrait tomber amoureux de l'une d'elles l'ennuyait. Il essayait de se concentrer et d'éviter de la regarder, craignant de se voir percé à jour par Vuldom qui possédait le don de lire dans les pensées. Il était marié, nom de Dieu, avec une femme sur le point d'accoucher. Mais il était aussi un homme normal et ils n'avaient pas pu coucher ensemble, Lise et lui, depuis des semaines. La dernière fois, elle avait saigné. Cela n'était rien, au dire du service d'urgence où ils étaient allés pour se rassurer, mais le docteur leur avait conseillé de ne plus avoir de rapports. Ils n'avaient aucune raison de prendre des risques. La chose avait paru si simple et sans problème, mais cela leur manquait à tous les deux de pouvoir vraiment être ensemble. Et voilà que ça recommençait. Cette absence soudaine, d'un instant, pendant laquelle le monde qui l'entourait disparaissait, semblait s'évanouir, jusqu'à ce que quelqu'un le réveille en le rappelant à la réalité.

Ce fut la voix sarcastique de Vuldom :

« Toftlund... ? On commence ou tu préfères cogiter encore un moment ?

— Non. Je suis prêt.

— Parfait. Ça fait un moment qu'on l'est, nous autres. »

Toftlund rassembla ses réflexions et prit la parole, en tâchant de se concentrer sur l'assurance qu'il savait être la sienne :

« Nous avons établi le lien entre ces différentes personnes ; tout va dans la même direction et leurs histoires sont généralement concordantes. Irma est née en 1940, ses parents étaient pro-nazis et figurent tous les deux dans le fichier de Bovrup. Le père a été l'un des premiers à s'enrôler en 1941, à la création de l'unité Frikorps Danmark. Il a d'abord servi sur le front de Russie, puis en Yougoslavie, puis de nouveau en Russie. Il a apparemment déserté, mais nous savons qu'il a séjourné illégalement en Yougoslavie. Fritz est né en 1943, après la permission de son père au Danemark. Il n'y a pas de drames dans sa vie.

Formation de boulanger, service militaire, marié, des enfants, pas de problèmes d'argent, une grosse entreprise, c'est un pilier de la société. Une seule chose le démarque un peu : il cotise à la Fédération des Anciens combattants de Frikorps Danmark. Mais c'est à cause de son père, naturellement. Fritz est membre du Parti populaire conservateur depuis 1982. Teddy est né en 1948. Il a eu une carrière un peu instable, du désordre dans ses finances, plusieurs femmes et des maîtresses à la pelle, mais jamais rien d'illégal. Adopté par son beau-père. Je suis convaincu que ça l'a surpris d'apprendre qu'il avait une demi-sœur et que son père n'était pas mort pendant sa petite enfance. Teddy et Fritz ont coopéré tous les deux avec nous impeccablement. De même que les amis et le reste de la famille. La mère a oublié son passé. Elle vit dans une maison de santé, en Fionie, et en est à un stade avancé de la maladie d'Alzheimer. Impossible de rien en tirer de rationnel. »

Toftlund s'approcha de la table, prit une gorgée d'eau minérale et poursuivit :

« Le père pro-nazi est rentré chez lui quand les Danois ont eu assouvi leur pire soif de vengeance. Après deux mois de détention dans le camp de Faarhus, il a écopé d'une condamnation avec sursis. Rien n'a été rendu public. Il semble que personne n'ai vraiment prêté attention à lui avant qu'il soit reconnu, en 1952, au cours d'un repas de chasse. Il a quitté le Danemark pour retourner en Yougoslavie. D'après nous, il a utilisé les papiers d'un marin norvégien que l'Église norvégienne de Hambourg a porté disparu à ce moment-là. On a trouvé plus tard, dans le port, un cadavre décomposé avec les papiers du père. Nos collègues allemands pensent que le Norvégien a été assassiné. Il n'y a pas eu d'enquête à ce sujet, à l'époque. Et aujourd'hui, il ne reste que des papiers jaunis. Et puis nous avons Mira, ou Maria. Elle est née vers 1944, dans l'actuelle Croatie. Elle est le joker du jeu, pour ainsi dire. Agent de renseignements. Espionne, de toute évidence. Peut-être même agent double ou triple, comme me l'a dit mon contact slovaque, et dans l'ensemble, une femme aux talents multiples. »

Il fit une nouvelle pause.

« Cela remonte à la guerre. À la Seconde Guerre mondiale et à l'occupation, mais n'allez pas imaginer des complots néo-nazis. Ça n'a rien à voir. Charlotte a enquêté sur cet aspect de la piste...

— Dis-le-nous brièvement, Charlotte », dit Vuldom.

Charlotte Bastrup se redressa. Son chemisier gris mettait sa minceur en valeur, pensa Toftlund en se forçant à penser à tout autre chose qu'à ses lèvres, ses yeux, ses petites oreilles et son corps sous la fine étoffe qui laissait deviner son soutien-gorge. Bastrup fut brève et concise :

« Pendant la guerre, de 1940 à 1945, douze mille jeunes Danois se sont enrôlés dans les Waffen-S.S. Six mille ont servi sur le front de l'Est dans l'unité Frikorps Danmark et plus tard dans différents corps de S.S. Environ trois mille sont tombés. Ce chiffre n'est pas très sûr. Ils sont partis avec la bénédiction du gouvernement. Les officiers conservaient leur droit à la retraite, etc. Leur premier commandant avait lancé des appels de recrutement sur la radio d'État. Le jour de leur départ, ils ont eu droit aux honneurs et à une parade en musique. Quand un certain von Schalburg, leur héros, a été tué sur le front de l'Est, la famille royale et le gouvernement ont assisté au service religieux célébré en sa mémoire. Après la guerre, la plupart des survivants ont été condamnés à purger de deux à quatre ans de prison, pour s'être laissé recruter. Aucun n'a été condamné pour crimes de guerre sur le front de l'Est, bien que les S.S. aient été condamnés collectivement pour crimes contre l'humanité par le Tribunal de Nüremberg. D'anciens soldats du front de l'Est ont bien été exécutés par la police allemande, mais c'était pour des crimes commis sur le sol danois. Après la guerre, les Danois se sont efforcés d'oublier que la plupart de ceux qui étaient tombés pendant les cinq années noires, comme on dit, étaient morts en se battant pour les Allemands, et pas contre les forces de l'occupation. Il n'y a pratiquement pas un livre d'histoire qui mentionne ce fait. Je ne l'ai pas appris à l'école, en tout cas.

— Non, balayer nos ordures sous le tapis, ça nous connaît, dit Vuldom. Nous savons à merveille, en tant que peuple, refouler ce qui dérange le plus dans notre histoire collective.

— C'est aussi l'avis de Riri, Fifi et Loulou, dit Bastrup.

— De qui ? »

Toftlund vit que les lobes des oreilles de Charlotte rougissaient légèrement, mais c'est d'une voix assez assurée qu'elle continua :

« Des trois chercheurs de l'université de Roskilde avec qui j'ai parlé de ça. Ils ont des noms de famille interminables, comme tous les jeunes : Oliver Munck-

Halle Ebbesen, etc., vous voyez le genre, alors, pour simplifier, je les ai surnommés Riri, Fifi et Loulou. Ils vont bientôt publier un livre sur toute cette affaire. C'est leur projet de recherche. Ils disent aussi qu'il existe un réseau d'anciens combattants du front de l'Est et de leurs familles qui travaillent dans l'ombre à la réhabilitation des volontaires de Frikorps Danmark, parce qu'ils étaient partis avec la bénédiction du gouvernement, et qu'on le leur avait presque demandé. Qu'ils n'avaient fait que se conformer à l'esprit de la politique de collaboration. D'après eux. »

Charlotte haussa les épaules comme pour reléguer tout cela au rang de l'histoire ancienne, comme faisant partie de l'arrière-plan de l'affaire, et peut-être pas comme une piste qui les mènerait plus loin. Cela s'était d'ailleurs passé longtemps avant sa naissance et à beaucoup d'égards, elle ne comprenait pas pourquoi c'était si intéressant.

Vuldom la regarda :

« Il y a une différence, Charlotte. Entre ceux qui ont regardé de l'autre côté, pris une pelle pour construire des bunkers sur la côte Ouest, pris du travail en Allemagne pour éviter de perdre leurs indemnités, et les autres, ceux qui ont pris un fusil pour se battre pour les nazis. Ils ont fait leur choix. Dieu merci, d'autres Danois, dont mon père, ont choisi la résistance, ce qui nous a permis d'en sortir avec un semblant de dignité. Parce que d'après le petit père Staline, nous étions des collabos. Les amis de l'Allemagne. Le pays de Cocagne. Le protectorat modèle. Ils ont fait leur choix. Qu'ils aient décidé de la boucler. Ou de collaborer. Ou de partir se battre sur le front de l'Est. Ou de partir faire de la résistance. Ils ont fait un choix personnel, on ne les a pas forcés, et ils ont dû payer. Les historiens post-modernes devront respecter ces faits, quand ils réviseront l'histoire du Danemark. »

Vuldom avait parlé durement, comme si elle réprimandait. Ils la regardèrent, tous les quatre, avec une certaine stupéfaction, en digérant chacun à part soi la petite révélation faite par Vuldom, si réservée d'ordinaire, concernant sa vie privée : son père avait été résistant.

Charlotte Bastrup s'éclaircit la voix et seuls ses doigts, qui trituraient nerveusement son stylo-bille, montraient que l'espace d'un instant, elle avait fait l'expérience d'une des célèbres colères de Vuldom, qui fondaient sur ceux qui manquaient de sérieux ou de professionnalisme dans leur travail, qui lui avaient simplement marché sur les pieds, ou contredit ce qu'elle estimait juste et raisonnable.

Toftlund vint au secours de Charlotte :

« Je crois que Charlotte, comme moi, ne s'est pas rendu compte à quel point c'est un sujet qui reste sensible et controversé, toujours susceptible de faire bouillir les anciens combattants du front et les anciens résistants, leur famille et les historiens qui ne sont d'accord sur rien. C'est d'ailleurs intéressant de savoir que les trois chercheurs en question ignoraient les liens d'Irma avec le mouvement des anciens combattants S.S. Ainsi que le passé de son père, qu'elle a gardé secret alors qu'elle était leur mentor, à beaucoup d'égards. Leur patron de thèse, comme ils disent là-bas. Elle a dirigé leur projet de thèse dans le sens qui convient à sa conception de l'Histoire. »

Vuldom alluma une cigarette. Elle était toujours en colère, constata Toftlund. En colère à propos d'une chose qu'il trouvait sans importance, sauf si cela pouvait contribuer à faire condamner Irma pour haute trahison, ce dont elle était, d'après lui, coupable à coup sûr.

« Intéressant, fit Vuldom. Notre petite Irma est une manipulatrice accomplie. Elle a été l'élève d'un grand professeur, le bon Irma-Edelweiss. » La phrase resta en suspens, comme si elle attendait une suite qui ne vint pas. Toftlund attendait, debout dans la pièce, mais comme elle se taisait, il reprit :

« Né, comme on l'a dit, en 1940. Très attaché à son père. Enfance difficile à Silkeborg, où ils se sont installés après le scandale. Personne ne se souvient du jeune homme appelé E. Et la mémoire de la mère d'Irma est trop embrumée. Irma n'a jamais épousé E. Il n'existe aucun papier les concernant. Irma s'est mariée en 1989 avec un collègue mort d'un cancer il y a trois ans. Ils n'ont pas eu d'enfants. Elle a fait des études de littérature comparée et d'histoire à l'université de Copenhague et a été nommée plus tard professeur au Centre universitaire de Roskilde, après avoir rédigé une thèse de doctorat sur la description des personnages de femmes dans les classiques de la littérature danoise, erronée parce que basée sur l'image de la femme opprimée dans la société capitaliste machiste. Elle jetait pour ainsi dire au fumier toute la part de la littérature danoise écrite par des hommes. »

On sentait que Toftlund citait l'une des personnes qu'il avait interrogées, et Vuldom le releva :

« Quel laïus, commenta-t-elle, moqueuse, comme si elle savait qu'il n'était pas dans son assiette. Tu l'as lue ?

— Non, mais ça n'a pas d'importance. C'est sa vie officielle. Irma en a eu une autre. Nous avons un gros dossier à ce sujet. Elle a été particulièrement active en politique. Le féminisme était sa couverture officielle, mais elle a été membre de plusieurs groupes révolutionnaires apparentés aux Socialistes de gauche, aux Travailleurs communistes et dans leur mouvance. Elle a proclamé par écrit la nécessité de la violence. Soutenu la bande de Baader-Meinhof. A eu des contacts avec la bande de Blekingegaden. Pronazi dans sa prime jeunesse, elle est passée sans effort apparent au marxisme révolutionnaire. Sa vie a glissé sur la mauvaise pente totalitaire. La différence n'est peut-être pas énorme. Ces gens-là ont en tout cas en commun la haine de la société bourgeoise. Comme Fritz, elle a gardé un contact avec le passé de son père.

— La guerre crée d'étranges compagnons de chambrée, fit Vuldom.

— Pardon ?

— Je crois que c'est Churchill qui a dit ça », précisa Vuldom.

Bjergager toussota. Tous le regardèrent, stupéfaits. Lors de ces séances, il parlait généralement très peu. Il notait tout, se souvenait de tout, mais il prenait son temps et attendait plutôt, pour faire ses commentaires, qu'il lui soit possible d'analyser sans témoins ce qui avait été dit et les indices avancés.

« Oui, Bjergager ? » s'enquit Vuldom.

Il se pencha un peu en avant :

« Churchill a dit quelque chose comme ça, dit-il de sa voix sèche et grave. Mais c'était parce qu'il avait beaucoup lu. C'est une citation de *La Tempête*, de

Shakespeare : « La misère vous fait rencontrer d'étranges compagnons de chambrée », ou quelque chose dans ce genre-là. Churchill a modifié la citation pour expliquer son alliance diabolique avec Staline contre Hitler.

— Merci pour cette leçon, Bjergager, dit Vuldom en faisant un signe de tête à Toftlund qui reprit une gorgée d'eau et regarda Charlotte avant de continuer :

— Je crois qu'il faut chercher l'explication de sa haute trahison...

— Que nous ne pouvons pas prouver, interrompit Vuldom.

— ... de sa haute trahison dans sa jeunesse révolutionnaire. Irma n'est pas active aujourd'hui, mais nous ne l'avons pas à l'œil depuis longtemps. Elle n'a jamais été condamnée pour quoi que ce soit.

— Elle était comme les autres, commenta Vuldom. Les Danois n'ont pas initié de révolution. Il n'y a pas eu de guerre, ici. Les théories sont restées théoriques. Leurs froides considérations sur la terreur sont restées de froides considérations. Leurs sentiments apocalyptiques sont restés des sentiments. Ils ont eu la chance que leurs appels à la révolution restent sans conséquence dans cette société libérale qu'ils détestaient si farouchement. »

Toftlund, qui ignorait ce sens du mot apocalyptique, attendit une explication, mais Vuldom se contenta d'écraser sa cigarette et le regarda avant de passer à Charlotte Bastrup, qui avait une pile de rapports et son bloc-notes devant elle. Toftlund frissonna, comme si quelqu'un avait ouvert une fenêtre et qu'un courant d'air froid avait pénétré dans ce bureau moderne et tiède. Le don de pénétration de Vuldom pour les situations et les hommes était bien connu, mais elle ne lisait quand même pas dans ses pensées, bon sang ?

« Irma sait que tu lis son récit ? demanda-t-elle simplement.

— Non.

— Tu vas la confronter avec ce fait-là ?

— Oui. Elle écrit des choses qui peuvent me servir. Sur lesquelles elle doit répondre.

— Comment as-tu fait pour décrypter son texte ?

— C'est Charlotte qui l'a fait. »

Vuldom adressa un regard interrogateur à Bastrup qui leva la tête et la regarda dans les yeux.

— Elle utilise un programme Word courant. Elle avait trouvé un code. La plupart des gens n'ont pas beaucoup d'imagination. J'ai commencé par son nom, à l'envers, le nom de ses frères, de son père, etc. C'était Teddy à l'envers. J'ai piqué le document sur son PC pendant ses interrogatoires ou ses promenades.

— Ça n'est pas très inventif, ce nom de Teddy à l'envers, fit Vuldom.

— Les gens le sont rarement.

— Il pourrait y avoir une autre possibilité : qu'elle veuille que nous la lisions. Qu'elle table sur le fait que nous sommes assez malins pour décrypter son petit code tout simple. Vous y avez pensé ? Vous avez pensé que cette bonne petite Irma a voulu que nous lisions le petit roman de ses souvenirs ? »

Toftlund et Bastrup hochèrent la tête affirmativement en attendant ce que leur chef allait dire :

« Elle t'envoie donc un message, Toftlund, haut et clair. » Vuldom prit le texte imprimé du journal d'Irma et lut à haute voix : « Je l'ai regardé. Peut-être est-ce à cet instant-là que ma vie a pris un sens. En tout cas, quand il m'a prise dans ses bras et qu'il m'a serrée contre lui, je me suis mise à pleurer. Là, dans cette clairière silencieuse et nue, j'ai su que jamais je ne le trahirai. »

Vuldom leva les yeux, posa la feuille et répéta :

« J'ai su que jamais je ne le trahirai. N'est-ce pas ? C'est gros comme ficelle.

— Et c'est un aveu.

— D'accord, mais pas un aveu valable devant les tribunaux. Alors, qui est E. ?

— L'espion. Celui qui fait des livraisons aux Serbes. Ou aux Russes qui font des livraisons aux Serbes. C'est peut-être E. qui a découvert les coordonnées d'atterrissage de l'avion Stealth et leur a permis de l'arrêter. Ils ne pouvaient pas le descendre en vol puisqu'il était indétectable, bon sang. Irma n'a pas accès à ces informations-là, E. si. »

Toftlund marchait de long en large. Vuldom le suivit des yeux avant de dire :

« S'il a occupé un poste dans l'appareil militaire de l'OTAN ou aux Affaires étrangères ou dans le système de l'UE et si nous pouvons prendre ce qu'écrit Irma pour argent comptant, il doit approcher de l'âge de la retraite ou être déjà retraité. C'est un vétéran de la guerre froide. Il s'est cru tranquille parce que la Stasi a eu le temps de détruire les codes de ses agents à l'étranger. La plupart, en tout cas. Il n'avait pas personnellement accès aux documents secrets, mais il avait peut-être recruté quelqu'un qui l'avait. Et un jour, quelqu'un est venu frapper à sa porte, peut-être un Russe qui le connaît sous son nom de couverture de la Stasi et qui a exigé qu'il reprenne du service. Il lui a ordonné de se procurer les coordonnées d'atterrissage de l'OTAN pour la Yougoslavie et le Kosovo, sinon... »

Vuldom laissa sa phrase en suspens.

Bastrup s'éclaircit la voix :

« Je sais bien que dans cette affaire, les Russes sont opposés à cette guerre et amis des Serbes en un sens, mais ça ne leur ressemble pas d'aller jusqu'à risquer, d'une part de compromettre un de leurs agents, et de l'autre — et ça, c'est plus important — de nous faire savoir qu'ils disposent, en fait, de la liste complète des taupes et des informateurs illégaux de l'ancien réseau de la Stasi, c'est-à-dire d'un potentiel et d'un moyen de chantage. Mais on pourrait aussi exiger d'eux qu'ils publient cette liste. C'est ce que vous dites, patron ? »

Vuldom sourit et approuva, en institutrice qui vient d'entendre la réponse d'une bonne élève :

« Exactement. Ils devaient s'attendre à une récompense gigantesque pour prendre le risque de nous faire savoir qu'ils possèdent une copie de l'ancien réseau de Wolf. Et elle l'était. L'accès des techniciens russes à la Stealth, la technologie des avions furtifs la plus secrète des États-Unis était une récompense sans prix. Et malgré la fin de la guerre froide et tout ce qui s'ensuit, il ne déplairait pas à la Russie de maîtriser cette technologie. La connaissance des coordonnées d'atterrissage a fourni d'un seul coup de bien meilleures chances à la défense aérienne yougoslave en leur donnant l'occasion de descendre un chasseur bombardier Stealth et d'offrir aux Russes l'accès à cette technologie secrète. Et par conséquent la possibilité, pour les Russes, d'avoir leur propre avion Stealth qu'ils pourront vendre aux Iraniens ou aux Chinois, ou à tous ceux qui achètent des armes russes, de nos jours. Cela vaudrait bien de dévoiler ce qu'on sait ou de compromettre un agent. »

Toftlund intervint :

« Mais qui est E. ?

— Oui, qui est E. ? reprit Vuldom. Que disent les archives ? Sur les liquidations pendant la guerre ? Avez-vous trouvé quelque chose ? »

Toftlund alla à Bastrup qui lui tendit un papier. Il le lut brièvement et résuma :

« Les résistants ont liquidé environ quatre cents personnes en 1944 et 1945. Après la guerre, des représentants de la résistance ont étudié les assassinats non élucidés et ceux qu'ils ont qualifiés de liquidation de mouchards ont été classés sans suite. Et depuis la fin de l'occupation, ni la presse ni les historiens ni d'autres chercheurs n'ont eu envie de creuser cette affaire. Elle fait toujours l'objet d'un tabou. Personne n'est allé voir ni des témoins oculaires ni la famille des victimes. Ceux qui ont tiré et les familles touchées restent traumatisés. La majeure partie des personnes directement impliquées sont mortes. Beaucoup de familles ont changé de nom, des époux se sont remariés, etc. Ce sont des paperasses jaunies. Cela ne nous a menés nulle part. Le jeune homme dont le profil concorde avec celui d'E. tel que le décrit Irma reste introuvable. C'est un point noir de l'histoire du Danemark, tout simplement. La plupart de ces familles restent invisibles. Nous n'arrivons pas à trouver un survivant qui détienne, à l'heure actuelle, un job qui lui donne accès à des renseignements classés. La mère d'E. a pu se remarier et elle a emporté son secret dans la tombe. C'est ce qui se passait le plus souvent. »

Toftlund la regarda comme s'il voulait l'excuser.

« Alors, posons la question différemment, dit Vuldom. Qui sait qui est E. ?

— Irma. Mais elle ne veut pas le dire. Je suis convaincu qu'Irma est peut-être Edelweiss, mais que ce n'est pas elle l'espion, qu'elle est son pigeon voyageur. E. a survécu parce qu'il a constamment eu plusieurs filtres entre lui et les destinataires de ses rapports. Peut-être le KGB, peut-être la Stasi. Peut-être les deux. Irma était un de ces filtres. L'identité de E. n'était même pas connue des officiers de commandement ordinaires de la Stasi ou de l'ancien KGB. À part du directeur général, peut-être. C'était un capital que l'on ménageait. Il envoyait ses informations par le canal de pigeons comme Irma. Mais il avait plus d'une Irma dans sa vie. »

Toftlund regarda Vuldom qui approuva de la tête :

« Je suis arrivée à la même conclusion que toi, dit-elle. *E. is our man.* Il se croyait en sécurité, mais il reste toujours une mission à accomplir. Qui a vendu son âme au Diable n'a jamais rempli sa dernière mission.

— Et l'autre sœur ? La sœur secrète ? »

Toftlund attendait impatiemment de savoir si Vuldom avait tiré la même conclusion que lui. La réponse était oui.

« Je te suis, Per. Il est possible que le nom de E. ait été la prime que Mira Majola, ou Maria Bojic — quel que soit le nom de cette sœur dévouée — apportait à Teddy et qu'il a mise dans sa valise. Et que ce qu'elle voulait acheter avec, c'était un nouveau nom, naturellement, et une nouvelle identité dans notre paisible petit Danemark, parce qu'elle a brûlé tellement de ponts derrière elle qu'il n'y a plus de retour possible.

— Exactement, dit Toftlund.

— Alors, si nous persistons à inculper Irma, il faut trouver le lien entre eux. Pas dans le passé, mais à l'heure actuelle. De préférence entre tous les trois.

— Et comment allons-nous faire ? »

Charlotte leva la tête, un sourire sur ses lèvres rouges et sensuelles, en montrant une feuille de papier. Quand elle souriait, de petites rides presque invisibles se formaient au coin de ses yeux et Toftlund ressentit le désir très peu professionnel de baiser le coin de peau lisse qu'elle avait derrière les oreilles, sous ses cheveux coupés court.

« Je crois que j'y suis arrivée cette nuit », dit Charlotte Bastrup, avec cette assurance qui attirait Toftlund et l'irritait à la fois, parce qu'clle lui rappelait combien lui aussi se sentait invulnérable à son âge, avant que le monde ne devienne si compliqué. Sacrément compliqué.

22

Toftlund et Bastrup roulaient en direction du pont de Storebælt. C'était le même jour, mais le faux printemps matinal avait fait place à des nuages gris qui venaient de balayer l'autoroute d'une averse de pluie mêlée de neige. La route grise luisait et l'humidité faisait chanter les pneus qui se turent soudain en se retrouvant sur une portion d'asphalte sèche. Toftlund conduisait et Charlotte, les jambes croisées, était à côté de lui. Ils entendaient sans l'écouter la musique pop diffusée par Radio Danemark 2, libérés des bavardages permanents qui caractérisaient les programmes de la première chaîne de Radio Danemark. Toftlund sentait la présence physique de Charlotte et quand il jetait un coup d'œil en biais, il apercevait ses cuisses minces et ses genoux ronds sous l'ourlet de sa jupe. Il se disait qu'en réalité, c'était lui qui aurait dû faire les analyses qui avaient conduit au résultat obtenu par Charlotte Bastrup. En réfléchissant. En déduisant. En combinant. La trinité de toutes les enquêtes. Mais l'impact de ce qu'il avait vécu à Prague était plus fort qu'il ne se plaisait à l'admettre. Il continuait à se sentir garde du corps. Pourtant, il ne l'était pas. Alors, pourquoi ces doutes qui assombrissaient son esprit ? Il devrait peut-être en parler avec Lise. Tâcher de lui expliquer ce qu'il ressentait, mais son tempérament l'en empêchait. Il n'était pas comme Irma qui pouvait écrire des choses intimes. Il ne comprenait pas l'envie qu'ont les gens, à notre époque, de se mettre à nu et d'exposer leurs pensées. La façon dont la télé poussait les gens à dire et faire ce qu'ils faisaient le dépassait. Ils dévoilaient leurs côtés les plus intimes. Il ne comprenait pas, en général, cette nécessité de parler de soi et de ses sentiments. Lise pensait aussi que la discussion permettait d'aller au cœur de tous les problèmes. Même Vuldom avait considéré ça comme naturel, même si elle ne l'aurait jamais fait elle-même. C'est une autothérapie efficace pour beaucoup de gens, lui avait-elle dit. Il ne faut pas avoir honte d'avoir été malheureux et d'avoir souffert. Il est plus honteux de ne pas regarder son humanité en face. Il ne comprenait pas tout à fait ce qu'elle avait voulu dire. Se dévoiler, pour lui, c'était un signe de faiblesse. En quoi ses problèmes personnels et ses doutes intimes concernaient-ils autrui ? C'étaient des choses contre lesquelles on se battait seul. Puis le cours de ses pensées changea à nouveau, prenant une tangente interdite. Pour les forcer à quitter cette obsession insupportable, il s'obligea à réfléchir et à rationaliser après coup la solution à laquelle Charlotte était arrivée et qu'elle avait présentée. C'était simple, en fait, mais les solutions le sont souvent, s'il s'agissait vraiment d'une solution. Ou du moins d'un indice auquel il pourrait confronter Irma et qu'il pourrait, plus tard, faire présenter à un juge par le procureur.

Charlotte Bastrup avait étudié une fois de plus les longues listes d'écoutes qu'ils avaient captées : des relevés de comptes de la banque d'Irma, l'enregistrement de ses communications téléphoniques et de ses fax, aussi bien à l'université que chez elle et sur son portable. Ces dernières, en particulier, étaient importantes. Elles leur permettaient non seulement de détecter qui elle avait appelé et quels appels elle avait reçus, mais aussi la situation géographique des appareils téléphoniques donnés dans un rayon de quelques mètres. La dernière pièce du puzzle, Bastrup l'avait trouvée grâce à Échelon, le nom que donnaient les médias aux canaux de renseignements non officiels des États-Unis et de la Grande-Bretagne. De puissantes stations d'écoute situées en Grande-Bretagne, à d'autres endroits en Europe ainsi qu'au Groenland et aux États-Unis repéraient, écoutaient et enregistraient le flot énorme des communications électroniques par Internet et e-mail qui empruntait les autoroutes sans fil de l'espace cybernétique. Des colonnes de chiffres secs, comme des rangées de soldats, affichaient la vie électronique des hommes modernes, dévoilée et dénudée par les grandes oreilles, étalée sous les yeux qui suivent le moindre pas des hommes sur la grand-route de notre planète.

Là, son enquête avait été fructueuse. Bastrup avait remarqué, d'après le relevé du compte bancaire d'Irma, que cette dernière, pendant les semaines qui avaient précédé son arrestation, avait réglé avec sa carte bancaire des passages réguliers sur le pont de Storebælt. Ces passages coïncidaient souvent avec un appel téléphonique de l'étranger, provenant d'une cabine publique à pièces et reçus sur le portable d'Irma. Pas chaque fois, mais trop souvent pour que cela puisse être fortuit. Entre le bref appel sur son portable et le retrait sur son compte bancaire, Irma recevait un e-mail par la voie d'un serveur ordinaire comme Hotmail ou Yahoo, envoyé par un ordinateur de bibliothèque ou de cybercafé. L'adresse de l'expéditeur, créée pour chaque appel, n'était jamais la même, ce qui rendait le correspondant introuvable.

Penchée sur les longs relevés étalés sur la table de conférence de Vuldom, Bastrup avait expliqué comment les rendez-vous étaient organisés. Elle avait entouré d'un cercle quatre groupes de chiffres, parce que ceux-ci dataient de la période qui précédait l'arrestation d'Irma.

Les chiffres étaient les suivants : 1302/54, 2402/47, 0303/ 65/15. Et le dernier cercle entourait un double chiffre : 1203/30/13 et 1203/68/16. Ces chiffres avaient constitué le seul texte de l'e-mail. Chaque fois, le nom de l'expéditeur connecté à Hotmail était nouveau et choisi au hasard. Dans cet univers, les gens pouvaient s'inventer des identités et des noms pour bavarder entre eux ou envoyer des messages. On pouvait se découvrir un nouveau moi chaque fois. Devenir la personne que l'on rêvait d'être ou en choisir des aspects que l'on refoulait d'ordinaire.

Ce que Charlotte avait vu dans ces chiffres pris au hasard étaient des codes qui fixaient des rendez-vous ou annonçaient à Irma qu'elle pouvait aller chercher un document, un microfilm ou un paquet, peut-être envoyé par E. Dans cette branche, cela s'appelait *a dead-letter-drop*, une boîte aux lettres morte. Elle avait expliqué que le premier nombre indiquait la date : le 13 février. Le deuxième était celui de l'aire de repos la plus proche sur l'autoroute, dans ce cas-là, Kildebjerg, en Fionie, après la sortie 54. Le 13 février, Irma devrait aller chercher un message de son officier de commandement, ou de E., sur l'aire de repos de Kildebjerg. Ils devaient avoir précisé ensemble s'il s'agissait de celle du nord ou du sud, puisque cela ne figurait pas dans le code. Bastrup était arrivée à ce résultat parce que chaque fois, cela concordait avec l'e-mail. Elle s'était donc aussi intéressée aux autres nombres. Montrant le dernier du doigt, elle avait expliqué que 13 et 16 indiquaient les heures. Elle avait de nouveau raisonné en comparant les e-mail et les enregistrements des passages du pont de Storebælt compte tenu des distances qui le séparent de Copenhague ou de Roskilde. Chaque fois, cela concordait. De plus, Irma avait chaque fois reçu un bref appel téléphonique ou appelé elle-même d'une aire de repos. Ou en tout cas, dans un rayon qui indiquait que cela concordait.

Le 12 mars, Irma avait apparemment rencontré quelqu'un à 13 heures sur l'aire de repos la plus proche de la sortie 30. Ce qui signifiait Karlslunde Vest, au sud de Copenhague. Elle avait pris ce passager et continué sa route. Une heure plus tard à peine, elle avait payé son passage à Halsskov avec sa carte de crédit Dankort. La durée du trajet jusqu'à l'aire de repos la plus proche de la sortie 68 correspondait à celle d'un automobiliste respectueux des limitations de vitesse. Cette sortie était Ulstrup, près de Haderslev, non loin de la frontière germano-danoise. À 17 heures, en tout cas, Irma avait téléphoné de là-bas. Une conversation apparemment banale avec l'université. Qui correspondait au fait qu'elle avait annulé son cours du lendemain matin pour raison de santé. Le 12 mars, on avait entendu tonner les tambours de guerre et l'OTAN s'était préparé à déclencher sa guerre aérienne. Le 12 mars, la Tchéquie, la Hongrie et la Pologne étaient devenues membres de l'OTAN. Cette décision avait été considérée par Moscou et certains des pays occidentaux comme une démarche inutile et effrayante, qui ne pourrait qu'entraîner la Russie frappée par la crise à se replier sur elle-même et à choisir un président belliqueux et nationaliste. Les prophètes de malheur avaient parlé haut et fort. Il était tout à fait clair qu'à ce moment-là, E. avait été activé pour de bon. Cela chauffait, apparemment, selon les conclusions de Charlotte Bastrup.

Vuldom lui avait adressé un regard approbateur.

« Bien, avait-elle dit. Mais en quoi cela va-t-il nous aider très précisément ? »

Toftlund voyait sur Charlotte qu'elle avait gardé son atout pour la fin. Qu'elle s'était réjouie de pouvoir le sortir devant lui, devant Bjergager, le secrétaire muet, et devant Vuldom, qui malgré son sens de l'équité ne cachait pas que si, pour un poste donné, elle devait choisir entre deux candidats, un homme et une femme, aussi qualifiés l'un que l'autre, elle choisirait la femme.

Charlotte avait dit avec un sourire sur ses lèvres minces et rouges :

« Tous ceux qui passent par le péage de Storebælt et qui paient avec une carte de crédit sont photographiés et leurs photos sont conservées dans l'ordinateur pendant au moins trois mois. Nous connaissons le jour où Irma a payé. J'ai pensé qu'au péage, ils trouveraient peut-être la photo. Peut-être pourrions-nous voir le passager.

— Formidable. Qu'est-ce que vous attendez ?

— Les gens du péage se disent prêts à aider la police, naturellement, mais il leur faut un mandat du juge. Ce sont des informations confidentielles.

— Nous l'aurons. Je vais le leur faxer là-bas. Allez-y. Rapportez-nous une photo de la petite Irma et du grand loup qui se cache derrière le nom d'E. Et qui croit qu'il peut jouer avec nous. »

Les gigantesques pylônes du pont apparurent et disparurent de nouveau quand une nouvelle averse de pluie et de neige déferla d'un nuage noir et bas, se transforma en une pluie cinglante qui disparut aussi vite qu'elle était venue.

« Le printemps danois », dit Charlotte. Elle avait une voix nette, mais très plaisante.

« Tout juste.

— Quand on en aura fini avec cette affaire, j'irai dans le midi. J'ai un million d'heures de congé à prendre.

— Seule ? »

Elle tourna la tête vers lui et il fixa un instant ses yeux si merveilleusement clairs avant de se reconcentrer sur la route. La circulation était clairsemée, surtout des poids lourds qu'il doublait sans difficulté. De l'eau noire jaillissait chaque fois sur le pare-brise.

« Ça dépend si je trouve quelqu'un pour m'accompagner.

— Peut-être un ami ?

— Pas pour le moment, pas quelqu'un avec qui je veux voyager, en tout cas.

— On ne va certainement pas en finir tout de suite avec cette affaire, d'ailleurs.

— Et tu es pris, n'est-ce pas, fit-elle avec cette assurance naturelle qui l'attirait et l'irritait à la fois.

— Comment ça ?

— Tu portes une alliance.

— C'est juste », répondit-il et il fut sauvé par le panneau indiquant l'approche du péage. Il mit le clignotant pour sortir, monta jusqu'au rond-point et redescendit pour passer devant une station-service et prendre la direction du bâtiment administratif du pont de Storebælt. Ils longèrent les anciennes rampes d'accès des ferries où de l'herbe jaune poussait dans les lézardes du ciment gris, alors qu'il n'y avait pas un an que les files de voitures attendaient encore pour monter à bord. Tout semblait vétuste et abandonné, comme si l'on ne savait qu'en faire. Comme si cela n'avait pas servi depuis des années. Des conduites rouillées descendaient vers l'eau et le kiosque était désert et obscur, avec ses heures d'ouverture périmées depuis longtemps. Le vent fouettait l'eau des bassins où plus personne n'accostait. Presque immobiles dans le vent, les mouettes paraissaient attendre un départ, comme ignorant que le temps des ferries était révolu depuis longtemps.

« Combien de fois ai-je dû poireauter ici en attendant le bateau », remarqua Toftlund quand ils longèrent les bassins d'accostage abandonnés. Sur la droite, les voitures montaient vers l'avant-toit du péage, tendu au-dessus des voies de passage comme un tapis volant d'acier et de verre qui prolongeait le bâtiment administratif. Ils distinguaient les petites caméras orientées vers le bas et malgré les vitres fermées, ils entendaient les freins des poids lourds quand ils s'arrêtaient au péage.

« De temps en temps, je regrette les ferries. Comme s'ils avaient fait partie de l'identité danoise. De notre enfance, en fait. Des départs pour les grandes vacances, quand on montait l'escalier du bateau quatre à quatre pour avoir une place à la cafétéria et une saucisse avec un petit pain. Et un soda. Ça ne te manque pas ?

— Absolument pas, répliqua-t-il brièvement. C'est sentimental et idiot.

— Oh là là.

— Ce n'est pas ce que je voulais dire. Mais ce pont est une bénédiction. Il a facilité la vie. On dirait qu'il a toujours existé. Personne n'a jamais regretté l'existence d'un pont.

— Les gens ont pourtant assez résisté au moment de sa construction.

— Les Danois sont un peuple conservateur. Comme les enfants. Il faudrait tout laisser comme ça a toujours été. Nous sommes une nation romantique qui rêve d'un Danemark comme celui des films des années trente, qui n'a jamais été... mais dont on s'imagine qu'il a existé autrefois. Propose n'importe quoi dans ce pays, de l'UE à un pont, et quelqu'un fondera immédiatement une association pour contrer le projet. Parce qu'on refuse les changements.

— Quelle perspicacité, dit-elle ironiquement, mais en souriant, tandis qu'il garait la voiture. Je ne savais pas que c'était dans tes habitudes de réfléchir comme ça.

— Ça ne l'est pas non plus », répondit-il en tirant sur le frein à main. Il n'y avait que deux autres voitures sur l'aire de stationnement. Le vent secouait les arbres et ils entendirent la mer en sortant, frissonnant dans l'air vif. Le bâtiment administratif était massif, en acier et en béton, sous la lumière grise qui se reflétait sur les grandes fenêtres.

« Comment s'appelle la personne que tu dois rencontrer ? »

Le vent fit danser ses cheveux courts et noirs autour de sa jolie tête ronde et elle avait déjà les joues un peu rougies. Elle avait une peau très fine, presque transparente malgré son teint légèrement olivâtre. Le nez droit, mais avec une petite cicatrice blanche devant l'une des narines, comme si elle s'était coupée, autrefois. Ce petit défaut, sur une peau si nette, était extrêmement séduisant.

« Peter Svendsen. Chef des opérations et de la sécurité. »

Peter Svendsen était un grand homme maigre qui descendit par un escalier en colimaçon pour les accueillir à la réception. Il avait la quarantaine, les cheveux coupés court et un joli sourire éclairait le visage mince qui émergeait d'une chemise bleue au col ouvert. Il leur serra la main et leur demanda leur carte d'identité. « Pour la règle », ajouta-t-il en les faisant monter à son bureau par l'escalier en colimaçon. Les murs des couloirs étaient gris, le parquet de bois clair neuf et d'une propreté impeccable. Le bureau de Svendsen était grand et clair, avec une table où trônait un gros ordinateur, et des papiers sur une table de conférence. Sur les murs, de belles reproductions danoises insignifiantes. Et une belle vue, sur des voitures qui se dirigeaient vers le Seeland. Sur d'autres voitures qui montaient sur le pont.

« Asseyez-vous, dit Svendsen. Je viens de recevoir le mandat du juge, alors, ça ira. Comme je l'ai mentionné, nous aidons volontiers la police, mais je me demande dans quelle mesure cela nous sera possible. »

Svendsen avait un côté militaire. Toftlund se reconnut en lui. Dans ce comportement qui caractérise les anciens soldats de carrière. Cette assurance doublée de phrases courtes et précises.

« Dites-nous ce que vous conservez, dit Toftlund.

— O.K. Ensuite, nous monterons à la salle de surveillance. » Il croisa les bras et se mit à parler comme s'il répétait une histoire qu'il savait par cœur : « Le système n'est pas conçu pour enregistrer les gens qui passent sur le pont. La surveillance vidéo est uniquement destinée au contrôle du système de paiement. Nous sommes en ligne avec PBS et pouvons confronter la transaction effectuée au moyen de la carte de crédit avec le numéro minéralogique de la voiture, mais pas avec son conducteur. Nous conservons ces documents pendant trois à quatre mois. Ces archives sont relativement importantes puisqu'il y a près de 20 000 passages toutes les 24 heures. Alors, si vous nous apportez un nom ou un numéro minéralogique, nous ne pourrons pas repérer la personne sans faire de très longues recherches dans les mémoires des ordinateurs. Je regrette.

— Vous photographiez et conservez la photo de tout le monde ? s'enquit Toftlund.

— Pas ceux qui paient comptant. Comme je vous l'ai dit, le système est conçu pour contrôler les paiements par cartes de crédit, parce que nous travaillons sans codes secrets. Les gens qui paient en espèces ne sont donc pas surveillés électroniquement. » Il fit une pause oratoire et jeta un coup d'œil à Charlotte qui prenait des notes sur son carnet. « Les délinquants s'en sont malheureusement aperçus, poursuivit-il. Ils paient comptant en sachant qu'ils ne seront pas enregistrés.

— Alors, quel est votre but ? » s'enquit Charlotte.

Il la regarda dans les yeux et joignit les mains sur la table :

« Si des gens paient avec une carte de crédit volée, par exemple, nous avons le numéro minéralogique de la voiture et nous pouvons le faire parvenir à PBS ou à vous, si vous en avez besoin. Le compte peut être à découvert, etc. Il faut dire que c'est assez rare, compte tenu de l'importance du trafic. » Il y avait de la fierté dans sa voix. « Les ferries transportaient de huit à dix mille véhicules par jour. Maintenant, pour un jour ordinaire, la moyenne des passages est de dix-neuf mille véhicules. » précisa-t-il, comme si chaque véhicule supplémentaire représentait une victoire pour le pont.

Toftlund se pencha en avant :

« Si nous avons la date et l'heure d'un paiement par carte bancaire, que pouvez-vous faire ?

— Alors je trouverai la photo de la voiture. C'est tout à fait sûr. Mais ça ne veut pas dire que l'on distingue nécessairement le conducteur. Nous ne posons pas de pièges photographiques. Vous avez un mandat du juge qui vous donne accès aux comptes en banque de la personne que vous soupçonnez, j'imagine, et puisque vous avez un mandat qui m'autorise à vous montrer les photos, ça va pour les formalités. Si c'est de cela qu'il s'agit, je peux vous aider. »

Toftlund montra du doigt l'ordinateur de Svendsen :

« Pouvez-vous le faire d'ici ?

— Oui, mais allons d'abord dans la salle de surveillance pour que vous ayez une idée du système. »

La salle des opérations rappela à Toftlund la salle des commandes d'un navire marchand moderne. Les grandes vitres panoramiques offraient une vue étendue sur les voies qui passaient dans les deux sens sous la voûte de l'avant-toit. Sur un grand moniteur fixé au plafond, Toftlund voyait les véhicules entrer et sortir régulièrement des box de péage avant de monter sur le beau pont arqué. On voyait la circulation sur le pont supérieur et sur le pont inférieur. Quatre personnes étaient de service, trois hommes et une femme. Quand Svendsen introduisit brièvement Toftlund et Bastrup, ils les saluèrent aimablement mais retournèrent immédiatement à leurs écrans. L'un de ceux-ci changeait perpétuellement d'angle pour surveiller les barrières rouge et blanc de Sprogø qui protégeaient l'île contre les automobilistes à qui l'idée serait venue de s'arrêter pour visiter cette île sur laquelle tout le monde passait sans jamais s'arrêter. Un autre moniteur montrait les conditions atmosphériques, la force du vent et la température de la voie carrossable sur le pont. Toftlund vit que les conditions étaient normales, mais c'étaient les agents de la salle de surveillance qui réduisaient les limitations de vitesse en cas de vent violent ou interdisaient carrément la circulation sur le pont en cas de tempête.

Toftlund et Bastrup observaient les véhicules individuels et les poids lourds qui entraient dans les box et payaient soit comptant, soit en introduisant leur carte de crédit dans la fente, validaient et repartaient. Ils voyaient à l'œil nu le flot de la circulation, mais aussi la transaction bancaire sur l'écran d'un des ordinateurs qui montrait les voitures en entier ou à moitié, ainsi que leur plaque arrière. Ce système établissait donc le lien entre le mode de paiement et la plaque minéralogique. Toftlund regarda sous l'avant-toit. Trois caméras vidéo étaient fixées à chaque box, la première prenait apparemment une photo générale, la deuxième une photo un peu plus rapprochée et la troisième se concentrait uniquement sur la plaque minéralogique. Toftlund vit aussi qu'hélas, il n'était possible qu'épisodiquement de voir le conducteur ou les passagers des différents véhicules avant que l'image ne disparaisse pour être stockée quelque part, dans l'énorme mémoire du serveur, avant de faire place à une nouvelle série de photos. Il était, comme il se doit, impressionné par l'efficacité et la simplicité de toute l'opération. Dix-neuf mille véhicules pour une journée d'avril ordinaire. Et dire qu'il y avait eu des protestations contre ce pont ! Les Danois étaient fous.

« Impressionnant, dit-il.

— N'est-ce pas ? fit Svendsen en regardant fièrement son œuvre. On retourne là-bas ? »

Svendsen s'assit devant son ordinateur et entra son mot de passe. Il avait posé le mandat du juge sur le bureau, à côté du clavier.

« Ça y est, j'ai accès à la mémoire. Quelles sont vos informations ? »

Charlotte Bastrup regarda son carnet de notes et lut les renseignements qu'elle avait recopiés sur le relevé des versements de PBS. « Le 12 mars 1999, à 13 h 59. Il y a des références de terminal. Vous en avez besoin ?

— Pas pour le moment », répliqua Svendsen. Il tapa la date et l'heure. Un instant plus tard, une série de relevés de transactions apparurent, chacune sur une ligne. Treize voitures étaient passées sur le pont et avaient payé avec des cartes de crédit le 12 mars 1999, à 13 h 59.

— Un numéro de carte ? » demanda Svendsen.

Bastrup le lui lut :

« Dankort n° 4573 3002, quatre fois x, 8652. 220 Kr. Terminal 9006015-07699. Réf. n° 7799, n° 23480. Rampe 5, 2e cat.

— Merci, merci. Ça me suffit amplement », dit Svendsen en recommençant à taper, et un véhicule apparut sur son écran. C'était la copie numérique d'une photo vidéo plutôt floue, mais on voyait distinctement une Toyota Corolla bleue assez vieille, vue d'en haut.

« La voiture d'Irma », dit Bastrup, bien qu'on ne voie pas encore nettement la plaque minéralogique.

Svendsen tapa de nouveau. La photo d'ensemble disparut pour faire place à celle de la voiture prise sous un angle plus rapproché par la deuxième caméra. Ils avaient de la chance. Ils voyaient la figure d'Irma, mais uniquement parce qu'ils savaient que ce devait être elle. La photo n'était pas spécialement nette. Ils pensaient quand même pouvoir deviner une deuxième personne sur le siège avant, à côté d'elle. On voyait les mains d'Irma sur le volant et on devinait une autre main qui semblait s'appuyer sur le dessus du tableau de bord. Une main fine aux beaux ongles longs. Ils voyaient aussi une nuque avec des cheveux frisés courts et noirs, comme si la personne en question était penchée en avant. Peut-être pour ramasser un objet à ses pieds, un briquet ou une cigarette ?

« Une femme ! » s'exclamèrent Toftlund et Bastrup en même temps.

« Vous en voulez un tirage papier ?

— Oui, merci. »

Svendsen imprima les trois photos et recommença le processus pour le passage de retour, qu'Irma avait également payé avec sa carte de crédit. La transaction montrait qu'elle était repassée sur le pont en sens inverse le lendemain 13 mars. Sur ces photos de contrôle-là, on ne voyait pas son visage, mais à moins que quelqu'un ne se cache volontairement dans sa voiture, il était évident qu'elle était seule. Elle avait passé le péage à 20 h 32. Les autres photos que Svendsen fit apparaître en s'appuyant sur les notes de Bastrup montraient aussi Irma seule dans sa voiture. En tout cas, il n'était pas possible de constater avec certitude qu'elle avait transporté un passager. Mais cela concordait avec les diverses dépenses auxquelles ils avaient eu accès. Irma avait fait le plein en payant avec une carte d'abonnement un peu au sud de la frontière germano-danoise. Le même jour, le 12 mars. Le lendemain matin, elle avait retiré avec son Eurocard 300 DM d'un distributeur automatique à l'aéroport de Hambourg. Pour qui était cet argent ? On n'avait pas trouvé de reçu dans son portefeuille. Elle avait refait le plein à Kolding le 13 mars, en rentrant à Copenhague. Le 14 mars, elle avait acheté un billet pour Zürich avec son Eurocard, un billet coûteux en businessclass, avec le départ deux jours plus tard et retour par Bruxelles. Elle l'avait acheté par téléphone en donnant le numéro de son Eurocard. Elle était rentrée au Danemark le 27 mars. Il n'y avait aucune trace électronique de son séjour à Zürich. Le 20 mars, elle était déjà sous contrôle, puisque son nom avait été relié à celui d'Edelweiss la semaine précédente. On l'avait arrêtée à son arrivée à l'aéroport de Copenhague. Depuis, Irma s'était plus ou moins prévalue des droits des prévenus, soit en refusant de répondre, soit en rejetant leurs accusations avec un rire méprisant. Mais la mise au secret la marquait. Sa défense était lentement en train de s'effriter. Cela se voyait et se lisait. Sinon, elle n'aurait pas été un être humain, pensait Toftlund dans la voiture en rentrant à Copenhague, en silence pendant les cinq premières minutes du trajet.

« C'est effrayant ce que les autorités peuvent trouver sur vous, dit Charlotte. Nous croyons nos faits et gestes anonymes alors que nous laissons une série de traces électroniques. Nous sommes si nombreux que nous croyons disparaître dans la foule, alors que c'est exactement le contraire. Mais pour les gens comme nous, c'est tout bénéfice, naturellement.

— Tu as réussi une enquête formidable, dit Toftlund. Tu me rappelle Bas-de-cuir.

— Merci du compliment.

— Tu sais qui c'est ?

— J'ai un grand frère. C'est un chasseur de fourrures, dans un western. »

Toftlund se mit à rire.

« Tu brûles. C'est un trappeur. Un limier. L'observation du sous-bois lui permettait de décrire le ou les animaux ou les gens qui avaient emprunté tel et tel sentier et le moment où ils étaient passés. En palpant un morceau de bois calciné, il sentait quand on avait éteint le feu. Il voyait quand un corps humain avait effleuré une feuille en observant la sève. Tu es comme un trappeur moderne. Tu te sers de ton ordinateur, c'est tout. C'est super, ce que tu as fait là, chapeau.

— Je te remercie », répliqua-t-elle avec un sourire satisfait, sachant bien qu'il avait raison. Elle sentait aussi qu'il la comprenait. Qu'il s'agissait, naturellement, de trouver les preuves nécessaires pour que les coupables puissent être condamnés, mais que le côté le plus excitant de leur travail était en réalité la chasse en soi, et la bonne conclusion d'une affaire un bénéfice secondaire. Mais ces réflexions-là, elle les garda sagement pour elle.

Un peu après Slagelse, Toftlund arrêta la voiture sur la rampe de secours et alluma les clignotants de détresse.

« Ça t'ennuierait de conduire ? » demanda-t-il en sortant son téléphone portable. Il n'aimait pas s'en servir, mais il ne donnait jamais de noms pendant ses conversations. Vuldom répondit tout de suite et Toftlund l'informa de ce qu'ils avaient pu et n'avaient pas pu voir, en lui disant qu'il était douteux que les techniciens puissent améliorer notablement la qualité des photos. C'était plutôt un échec. Ils ne pourraient pas, en tout cas, identifier la femme sur la photo.

« Pas tout à fait un échec, répondit Vuldom. J'ai l'impression que la passagère était la demi-sœur d'Irma et qu'elle est arrivée à Copenhague par avion vers 11 ou 12 heures le 12 mars. Je vais le faire contrôler. Alors, elle a pris un taxi jusqu'à l'aire de repos de Karlslunde. C'est une course qui compte. Le chauffeur s'en souviendra. Je vais aussi le faire contrôler. Irma l'a prise là-bas pour l'emmener voir E. sur l'aire de repos d'Haderslev. J'ai l'impression qu'ils devaient parler d'une chose tellement importante, tous les trois, que la femme de Bratislava avait exigé une rencontre face à face. C'était le jackpot, pour E. et pour elle. D'une manière ou d'une autre. C'était important. Et Irma était la seule au monde à pouvoir organiser ce genre de rencontre, parce qu'elle savait que Mira Majola avait quelque chose à vendre ou qu'elle était prête à acheter.

— Je ne vous suis pas tout à fait, dit Toftlund.

— On est sur une ligne publique, alors, on en parlera plus tard. Mais on avait pris l'ordre des facteurs à rebours, dit Vuldom. On croyait que la proposition venait d'Irma, mais elle venait de Mira. C'est Mira, ou Maria, qui a la clé du mystère. Irma aussi, bien entendu. Elle est au courant de tout, mais tu sais bien que ça ne nous avance pas.

— O.K.

— Justement. Alors, rends-moi un service, Toftlund, et trouve-moi cette mystérieuse Mira. Nous savons par Teddy qu'elle est en Albanie. Je ne croyais pas que ça en valait la peine et tout le tintouin, mais on est obligés d'essayer. Et tu pourrais faire ça, n'est-ce pas ?

— Naturellement », répondit-il sans grande conviction, car il savait que cela impliquait un voyage, mais il se demandait comment il allait dire à Lise que ce voyage était nécessaire.

23

Toftlund tapa sur la touche « REC » du magnétophone et commença à dicter : « 21 avril 1999, 16 h 32. Interrogatoire d'Irma Pedersen. Présents : à part moi-même, Per Toftlund, vice-commissaire de la police judiciaire, Charlotte Bastrup, inspecteur divisionnaire. »

Il faisait chaud dans la petite pièce nue. Bastrup était adossée au mur peint. Elle portait un pantalon noir collant et un chemisier blanc sous lequel Toftlund apercevait le contour du soutien-gorge, sur ses petits seins ronds. Debout, elle avait regardé froidement Irma de ses yeux clairs sans la saluer, à l'inverse de Toftlund qui, selon la coutume, avait remercié la prévenue d'être venue, comme si elle avait eu le choix, en précisant qu'un ou deux points exigeaient une explication. Les formules d'introduction ordinaires de Toftlund et d'une quantité d'enquêteurs. Bastrup avait apporté un classeur de carton brun qu'elle gardait encore fermé. Toftlund s'était assis en face d'Irma, sur une chaise du même genre que la sienne, au siège dur et au dossier rigide. Il avait aussi devant lui un classeur de carton brun. À part ça, il n'y avait sur la table en laminé qu'un briquet jetable en plastique bleu et un paquet de cigarettes à bout filtre qu'on venait d'ouvrir, à côté d'un lourd cendrier de céramique, gris et au fond gras, maculé par d'innombrables prévenus angoissés. Toftlund détestait la fumée du tabac, en revanche, il était aussi content de voir qu'Irma s'était mise à fumer que de constater que Lise avait arrêté. Un signe de plus que la prévenue n'était pas aussi calme et aussi sûre d'elle que ses yeux verts, son petit sourire et son dos bien droit tentaient de le suggérer. Ce jour-là, elle portait un chemisier pratique et un jean bleu clair. Des vêtements de jeunes, en fait, mais les gens de sa génération n'avaient jamais dépassé le stade du jean et autres tenues fonctionnelles. Elle s'était mise en frais, arborait un rouge à lèvres d'un rose discret et s'était fait les yeux avec du noir et un peu de vert de la couleur de ses iris, qui rehaussaient la peau blanche et les rides en fait très seyantes de son visage à la forme classique. Une femme indiscutablement attrayante, bien qu'approchant de la soixantaine, pensa Toftlund. Elle était mince de nature et avait conservé, peut-être pour cette raison, une souplesse corporelle naturelle, dans sa maturité, qui lui donnait une aura érotique. Mais la vie carcérale commençait à donner une teinte grise à sa peau. Et derrière son regard froid et intelligent, il devinait l'incertitude et la fatigue. Comme si elle ne dormait pas assez. Comme si la mise au secret s'était mise à la ronger sérieusement. L'usage, répandu au Danemark, de la mise au secret des détenus provisoires se trouvait souvent critiqué par les médias et à l'étranger, mais de l'avis de Toftlund, c'était une méthode efficace pour saper les défenses des prévenus. Heureusement, il était interdit d'obtenir des aveux en utilisant la manière forte. Toftlund en était heureux. Il méprisait les collègues qui, de temps à autre, avaient recours aux serviettes mouillées. Mais ils poursuivaient le même but. Quand les délinquants refusaient d'avouer tout de suite, il fallait bien s'en remettre aux méthodes autorisées par la loi, cela économisait un temps fou à tout le monde. Et qu'Irma soit coupable, il n'en doutait pas une seconde.

Elle leva la tête en allumant une cigarette et souffla volontairement la fumée vers lui. S'il y avait des chances pour qu'il commence à lire en elle, elle savait comment s'y prendre pour l'irriter.

« Ah ah, on m'envoie à la fois Donald et Daisy aujourd'hui », remarqua-t-elle en aspirant la fumée et en gardant les yeux mi-clos. Elle avait une voix claire et mélodieuse.

« Et si on arrêtait toutes ces conneries, Irma, dit Toftlund. Il n'y a aucune raison de persister à nous répéter indéfiniment.

— Je croyais que vous étiez payé pour ça.

— Je suis payé par la société civile pour préparer des gens comme vous à se présenter au tribunal pour recevoir la condamnation qu'elle vous réserve.

— Alors, vous ne devez pas être bien payé.

— Nous avons enquêté sur tout. Nous avons prouvé que vous avez fourni des informations confidentielles à des puissances étrangères. Nous avons prouvé que vous avez nui à votre pays. Nous avons trouvé votre surnom dans les archives de la Stasi. Nous vous avons montré noir sur blanc comment tout cela est lié. Vous économiseriez beaucoup de temps en remplissant les quelques blancs qui subsistent. Je sais que ce n'est pas votre avis et que votre très médiatique avocat dit autre chose, mais les faits sont les faits.

— Vous n'avez pas de preuves.

— Puisque vous n'êtes pas encore mûre pour être raisonnable, il vaut mieux que je vous montre quelque chose », répliqua-t-il, imperturbable, bien qu'il l'ait gratifiée d'un petit sourire en coin pour sa réplique sur la modicité de son salaire. L'après-midi s'annonçait long et fatigant. Elle savait que dans huit jours au plus tard, on la présenterait devant la Cour d'appel et que s'ils n'apportaient pas de nouvel indice décisif, elle serait libérée. Son avocat lui avait certainement fait miroiter cette perspective, c'était en tout cas ce qu'il disait aux médias. Parmi les politiciens gauchistes de Christiansborg, et jusqu'au sein des partis du gouvernement, des voix de plus en plus fortes s'élevaient pour dire que le pouvoir allait sans doute trop loin. Ils étaient obligés, soit d'apporter les preuves dont ils disposaient, soit de libérer l'inculpée, uniquement coupable de porter le surnom d'Edelweiss. Toute cette affaire devenait progressivement assez embarrassante. Les médias ignoraient tout de la piste serbe concernant les couloirs d'atterrissage de l'OTAN. Pour eux, l'affaire se bornait à des délits commis il y avait plus de dix ans, pendant la guerre froide, au profit d'un pays qui s'appelait la RDA, que la plupart des jeunes actuels prenaient pour une nouvelle chaîne de télé, et non pour une nation communiste morte aussi brutalement qu'elle était née. La plupart jugeaient toute l'affaire déphasée par rapport à notre époque moderne. Laissez donc toutes ces vieilles histoires tranquilles, avait-on conseillé dans un journal.

Toftlund sortit les trois photos imprimées prises sur le pont de Storebælt.

« Est-ce votre voiture ?

— Oui, sans doute. C'est une voiture bleue de marque japonaise en tout cas.

— Savez-vous quand et où cette photo a été prise ?

— Non.

— Au pont de Storebælt, le 12 mars cette année, vers 13 heures.

— Si vous le dites.

— Je vous l'affirme. Et vous n'êtes pas seule dans la voiture, Irma !

— Par exemple ! Cela devrait me coûter au moins dix ans de taule. La présence illégale d'un passager au péage du nouveau pont de Storebælt ! Je croyais que le prix du passage incluait le véhicule, le conducteur et d'éventuels passagers.

— Vous êtes très irritante, Irma, vous le savez ?

— Alors, nous éprouvons les mêmes sentiments réciproques.

— Qui est votre passager ?

— Aucune idée. Un collègue. Un auto-stoppeur. Je ne m'en souviens vraiment pas, mais quelque chose me dit que vous avez aussi une idée là-dessus.

— C'est votre bonne et chère petite sœur », dit Toftlund en la regardant. Il sentit que derrière lui, Bastrup se penchait un peu en avant pour étudier les traits d'Irma, elle aussi. Elle les surprit en éclatant de rire :

« Vous êtes aussi prévisibles qu'un livre palpitant pour enfants », dit-elle en écrasant sa cigarette pour en allumer une autre avec son briquet et souffler la fumée vers Toftlund qui cette fois-ci, instinctivement mais involontairement, chassa la fumée âcre et grise.

« Je ne sais pas qui c'est. J'emprunte souvent ce pont. J'ai un frère et une mère de l'autre côté de Storebælt. J'ignore à quoi ça va vous servir, mais j'ai l'impression que vous désespérez un peu. Je me trompe ? »

Elle regarda Toftlund droit dans les yeux :

« Je ne me trompe pas », dit-elle simplement.

Toftlund se pencha pour se rapprocher d'elle et soutint son regard :

« Vous avez écrit une longue lettre à votre chère sœur.

— Ce n'est pas bien de lire les lettres ou les journaux intimes d'autrui. » Elle fumait avec colère, mais il voyait qu'elle n'était pas surprise le moins du monde. Vuldom avait eu raison. Elle avait écrit cette lettre parce qu'elle comptait bien qu'ils la liraient. Tracé des pistes qui pouvaient sortir de son imagination comme de sa mémoire. Tout ce qu'elle faisait avait pour objectif de les manipuler. Toftlund se remémora soudain l'expression selon laquelle les espions vivent dans un monde de miroirs. Il avait oublié d'où elle venait, mais cette image assimilait le monde de l'espionnage à la salle des miroirs du parc d'attractions de Tivoli. Ce que l'on y voyait n'était jamais l'image que l'on montrait.

« Vous êtes à ma merci. Je peux retourner chacun des éléments de votre vie. Au point où vous en êtes, la vie privée n'existe plus.

— Nous approchons de l'interrogatoire du troisième degré ?

— Cela m'est interdit.

— Je crois entendre un “malheureusement” implicite ?

— Non. Ce sont les régimes que vous avez servis qui utilisaient ce genre de méthodes. Une différence parmi beaucoup d'autres. Qui est cette sœur, Irma, à qui vous avez écrit ? »

Irma leva la tête pour regarder Charlotte qui ouvrait lentement sa chemise cartonnée. Elle déclara :

« Une sœur est une sœur. C'est Daisy qui est là, adossée au mur. Ce sont des femmes ordinaires. La seconde moitié de la population. La partie opprimée de l'humanité. N'est-ce pas ? C'est ainsi que nous nous appelions, entre féministes. Sœur. Vous comprenez ? »

Charlotte prit la parole :

« Vous êtes aussi pathétique que ma mère. Vous n'avez pas de leçons à me donner. Ni à me faire entrer dans votre jeu. C'est vous qui avez écrit, en 1978 : “L'État paysan et ouvrier de la RDA a réussi à créer, malgré l'impact de l'impérialisme, aussi bien un miracle industriel qu'une égalité entre les sexes et les classes qui sont inexistants dans l'Allemagne occidentale du capitalisme finissant.” Gardons un peu cela en mémoire. »

Irma ne dit rien. Ils attendirent, puis Charlotte poursuivit.

« Voici un autre bon morceau de votre passé totalitaire : “Peut-être que la lutte armée pratiquée par Baader-Meinhof n'est pas défendable telle quelle dans un contexte danois, mais la nouvelle gauche ne doit pas participer sans réflexion à la campagne que mène la presse bourgeoise contre la lutte équitable des forces anti-impérialistes à laquelle les contraint la tolérance répressive de la société capitaliste sur son déclin.” Je me demande comment quelqu'un comme vous a pu devenir professeur et responsable des générations futures ? »

Irma continua de se taire, mais elle écrasa sa cigarette et en alluma tout de suite une autre.

Charlotte s'avança en agitant ses papiers :

« Il y en a des tas du même tonneau. Cela remonte à votre prime jeunesse. Votre traversée facile et apparemment sans problème des totalitarismes des années cinquante aux années quatre-vingt s'est bien terminée, et au fond, elle n'a jamais représenté le moindre danger pour vous, et vous n'avez pas non plus été coincée comme vos camarades allemands, n'est-ce pas.

— Ou comme votre père, intervint Toftlund et il obtint enfin une réaction :

— Ne le mêlez pas à ça, leur cria-t-elle presque, le cou rougissant de colère. Il est mort. Il n'a rien à voir avec ça.

— Il a tout à voir avec ça, Irma, insista Toftlund. C'est votre douleur ; son destin est devenu votre moteur, sa fuite est le fardeau que vous vous sentez obligée de porter. C'est parce qu'il vous a punie en vous abandonnant que vous vous êtes crue obligée de punir la société démocratique qui l'a persécuté.

— Pourquoi est-ce que les flics se prennent toujours pour des psychologues ? » Sa voix avait retrouvé son calme, mais la rougeur de son cou descendait jusqu'au décolleté de son chemisier.

« Votre père était un salaud.

— Je vous ai dit d'arrêter.

— Un traître à sa patrie, à la solde des Allemands, un criminel de guerre comme tous les autres cochons de S.S., un nazi...

— Vous avez bientôt fini ?

— Un mauvais père, un mauvais mari, un hypocrite, un menteur, un bigame. Un débauché. Votre sœur est une fille de pute, le mariage actuel de votre mère n'est pas valable. Tout ça à cause de cette ordure que vous appelez votre père ! »

Toftlund eut le temps de baisser la tête, mais ce fut de justesse, et uniquement parce qu'il avait prévu l'explosion en voyant Irma saisir le cendrier pour le projeter sur lui d'un revers de main stupéfiant. Charlotte Bastrup n'avait pas eu cette chance. Le lourd cendrier passa juste à côté d'elle, mais elle reçut en plein visage un mégot et de la cendre qui lui entra dans l'œil. Elle se mit à tousser et à se frotter un œil. Irma se leva et repoussa la chaise à sa place. Toftlund resta assis, ignorant la toux de Charlotte. Irma poussait son dos contre le mur d'en face comme si elle avait pu le faire sauter. Les poings fermés, le visage tout blanc et contracté, elle avait peine à respirer. Toftlund vit de côté que Charlotte se frottait toujours l'œil. Elle n'aurait pas dû le faire, mais il ne pouvait pas s'en mêler. Toftlund continuait à se concentrer sur Irma. Le magnétophone tournait toujours imperturbablement. Ils allaient avoir des problèmes avec l'avocat d'Irma. Surtout si elle commençait à faire des histoires, comme ça en avait l'air. Son avocat ne manquerait pas de trouver qu'il avait dépassé les bornes, mais Toftlund s'en moquait. Il y avait enfin une grosse faille dans la défense d'Irma. Elle était restée froide et posée pendant qu'il accumulait devant elle les papiers prouvant qu'Irma était Edelweiss et qu'Edelweiss était Irma. N'avait même pas réagi en entendant que sa trahison avait coûté la vie à des gens dans les pays Baltes. Rien fait d'autre que de répéter les mêmes propos : les archives secrètes étaient des fictions, rédigées par de petits agents toujours désireux de se rendre plus importants qu'ils ne l'étaient. Un article de journal donnait matière à un rapport secret. Un innocent déjeuner se transformait en rencontre avec un informateur. En tant que chercheur, je ne croirais pas un mot des archives des services secrets. Elles ne sont pas dignes de foi, tout simplement. Elle s'en était tenue à cette litanie, mais maintenant il y avait une faille, il maintint donc la pression :

« Regardez les choses en face, Irma. Votre père était un salaud fini, qui ne pensait qu'à lui. Vous ne lui devez rien. Vous vous devez quelque chose à vous-même. Vous vous devez de soulager votre conscience et de vous débarrasser du fardeau que vous portez. »

Irma restait debout contre le mur. Elle était toujours pâle mais commençait à mieux contrôler sa respiration. Il y avait des larmes dans ses yeux verts, mais il vit que malheureusement, son regard reprenait sa dureté précédente. Charlotte tâchait de contrôler sa toux et il était irrité par son manque de présence, en même temps qu'il aurait aimé s'occuper d'elle.

« Qui est E. ?

— Un homme meilleur que vous ne pourrez jamais l'être.

— Il existe donc ?

— Contrairement à vous, c'est un homme bien. Quelqu'un qui a des principes.

— Comment s'appelle E. ? »

Elle le regarda et croisa les bras sur sa poitrine.

« Je voudrais retourner dans ma cellule.

— Bientôt, Irma. Comment s'appelle E. et où allons-nous le trouver ?

— Je n'en sais rien.

— Irma !

— Je n'en sais rien. Je ne veux plus m'exprimer. C'est mon droit en tant qu'inculpée.

— Où est votre sœur ?

— Je n'en sais rien.

— Mais c'est votre sœur ?

— Oui. C'est ma sœur, cria-t-elle presque.

— Quel est son vrai nom ?

— Mira Majola.

— Où est-elle ?

— Je n'en sais rien, je vous dis.

— Votre sœur était-elle au Danemark le 12 mars de cette année ?

— Vous le savez bien.

— Qu'est-elle venue faire ici ?

— Me voir.

— Pour que vous puissiez lui remettre des renseignements confidentiels ?

— Vous êtes complètement idiot, Toftlund. Qui aurait pu me fournir des renseignements confidentiels ?

— Pour que vous puissiez lui faire rencontrer E.

— Peut-être.

— Pourquoi, Irma ? »

Elle s'éloigna du mur et secoua ses mains comme

si elles étaient mouillées, pour les débarrasser d'une eau ou d'un liquide désagréablement visqueux.

« Parce que les deux êtres qui ont le plus d'importance pour moi devaient se rencontrer.

— Cela, je n'y crois pas, Irma.

— Croyez ce que vous voulez. Je ne veux plus m'exprimer. Je veux parler avec mon avocat. C'est de la torture mentale, ce que vous faites.

— Est-ce que Mira travaille pour les Serbes ?

— Si vous le dites.

— Elle les a trompés ? Ils la recherchent ?

— Peut-être.

— Nous pouvons l'aider.

— Je ne veux plus m'exprimer. Vous faites pression sur moi.

— Vous deviez donc l'aider, E. et vous ?

— Je n'ai plus rien à dire.

— C'est tout de même très humain. Le monde a changé, n'est-ce pas.

— Laissez-moi tranquille.

— Ou réaliser une dernière affaire ?

— Vous ne comprenez pas que je n'ai plus rien à dire ?

— Il fallait qu'ils se rencontrent, tous les deux, parce que c'était la dernière transaction, une grosse affaire, avec un gros pactole à la clé.

— Je n'ai plus rien à dire.

— C'était pour ainsi dire la pension de E. et de votre petite sœur.

— Je n'ai plus rien à dire.

— La pension de votre petite sœur Mira, parce que les jours de Milosevic et de sa bande sont comptés. Maintenant, c'est contre l'OTAN qu'il se bat, et plus contre des femmes et des enfants sans défense. Il prend le chemin de perdre sa quatrième guerre, une de trop. L'ère de ce boucher sera bientôt révolue. La petite sœur voulait que ça lui rapporte. Et E. devait avoir une part du gâteau, parce que son ère à lui aussi est révolue, parce qu'il a peur de ce qu'on trouvera dans les archives de la Stasi ou de l'ancien KGB. Pas vrai, Irma ? Cela coûte cher de vivre caché, et il subsiste peu d'endroits en ce monde où l'on accepte d'abriter les espions du passé. »

Elle soupirait, reniflait, comme si elle se résignait, et les espoirs de Toftlund grandirent quand elle releva la chaise renversée, se rassit et alluma une cigarette. Charlotte Bastrup était debout contre le mur. Elle regardait Irma d'un air furieux. Son œil gauche était rouge, un peu enflé et humide, comme si elle avait pleuré.

« Vous ne comprenez rien, dit Irma à voix basse. Pour vous, la vie est noir et blanc. Pour vous, la vie et l'existence peuvent s'expliquer rationnellement. Vous en avez une image linéaire, mais la vie n'est pas ça. La vie est compliquée et inexplicable. Vous oubliez les rêveurs et vous oubliez l'espoir. Vous croyez que la vie est une grille de mots croisés. Qu'à la fin, les gens trouvent la solution et résolvent le problème. Vous ne comprenez rien.

— Qui est E. ? »

Elle le regarda.

« Trouvez-le tout seul, même si ça vous est apparemment impossible.

— Irma, vous avez admis que E. existe. Que Mira Majola est votre sœur. Nous savons aussi par vos frères quelle vie votre père a vécue. Que vous fréquentez l'association des Vétérans S.S. Que vous avez été révolutionnaire parce que vous détestez la société bourgeoise. Nous savons que vous êtes Edelweiss. Nous savons que vous avez organisé une rencontre entre Mira, qui est un agent serbe, et E. En un sens, il ne nous manque qu'un nom, et que vous confirmiez vous-même si ce que nous savons est vrai. Et vous serez libérée. Le secret sera levé. Vous pourrez recommencer à vivre comme avant. Où travaille E. ? À l'OTAN ? À l'UE ? Est-ce un ambassadeur danois ? A-t-il un poste au ministère des Affaires étrangères ?

— Qui dit qu'il est danois ? » fit-elle. Malheureusement, ses yeux avaient retrouvé leur regard froid et moqueur.

« C'est ce que vous écrivez.

— J'écris peut-être un roman. Pour faire passer le temps.

— Je ne le crois pas.

— Simone de Beauvoir écrit-elle des romans ou des souvenirs ?

— Je ne l'ai jamais lue. Je ne sais pas qui c'est, en fait.

— Ça vous ferait pourtant du bien.

— Ce n'est pas de ça que nous parlons.

— C'est exactement de ça que nous parlons, puisque nous parlons de libération.

— Qui est-il ? »

Elle se pencha vers lui :

« Cela, Per Toftlund, vous ne me le ferez jamais dire. Mes secrets sont mes secrets. Et je les emporterai dans la tombe. Et maintenant, je n'ai plus rien à dire. Je voudrais retourner dans ma cellule. »

Toftlund soupira :

« O.K. Mais vous ne vous en tirerez pas si facilement. Nous nous reverrons.

— Vous le direz au juge dans une semaine. »

Toftlund regarda sa montre, dit l'heure qu'il était et éteignit le magnétophone. Charlotte alla tranquillement à la table et se pencha sur Irma. Elle prit rudement entre ses deux mains la figure d'Irma qui resta figée, mais dont les yeux s'emplirent d'une angoisse soudaine.

« Bitch[1] *! »* s'exclama Charlotte, et Toftlund vit qu'elle se mettait à la serrer encore plus. « Comment peux-tu te supporter toi-même ?

— Charlotte, bon Dieu », dit Toftlund.

Charlotte lâcha le visage d'Irma et se redressa.

« *Bitch*, répéta-t-elle, de la même voix glaciale.

— Il faut être quelqu'un pour connaître quelqu'un », répliqua Irma. Bastrup s'arrêta, alors qu'elle était à un pas de la table.

« Charlotte ! se borna à dire Toftlund.

— Ça va mieux », répondit-elle.

Elle le répéta quand on eut emmené Irma et qu'ils se retrouvèrent dans le bureau de Toftlund. Il avait humecté un morceau de ouate, tourné la figure de Charlotte vers la lumière et essayait d'ôter les restes de cendres logés sous sa paupière inférieure. Elle n'y avait pas réussi. Il lui tenait délicatement la figure de sa main gauche et tamponna d'abord son œil rouge et irrité avant d'essayer très doucement de faire sortir les trois petits grains qu'il voyait distinctement. Elle sentait un peu le tabac, mais surtout un léger parfum. Elle avait les lèvres humides et il voyait le bord de son

1. « Salope ! »

soutien-gorge sous son fin chemisier blanc. Il ne réussit pas au premier essai, mais au deuxième il réussit à attraper et à sortir la cendre avec le bord de la ouate humide. Il garda la figure de Charlotte dans sa main, presque comme elle l'avait fait avec Irma, mais il la tenait avec douceur et ses doigts se mirent à lui caresser la joue. Elle avait la peau douce et chaude. Elle cligna une ou deux fois de son œil irrité et le regarda. Il laissa sa main glisser sur sa nuque en contournant ses cheveux courts. Il la prit par la taille de son bras libre et quand elle tourna franchement la tête vers lui, il l'embrassa. Il sentit son désir refoulé quand elle se serra contre lui en pointant sa langue dans sa bouche. Laissant sa main glisser le long de son dos et autour de ses petites fesses, il sentit qu'elle tirait sur son chemisier pour qu'il puisse passer la main sur son dos nu. La main de Per remonta des fesses au chemisier. Elle avait la peau humide et douce et il permit à sa main de caresser ce dos et de descendre sous le slip, aussi bas qu'il pouvait, là où les fesses se rejoignaient. Il sentit sur sa joue la chaleur de l'haleine de Charlotte et quand elle commença à respirer plus fort, à rapprocher son bas-ventre du sien et à jouer de la langue, un tel désir le saisit que son membre lui fit presque mal. En même temps, il se disait : Lâche-la. Tu dois la lâcher. C'est une collègue. Tu ne peux pas faire ça à Lise. Il faut la lâcher.

Jamais il ne saurait s'il aurait eu la force physique ou morale de s'arrêter en chemin puisqu'il avait été sauvé par le téléphone qui sonna sur son bureau. Quand sa bouche quitta celle de Charlotte et qu'il tourna la tête, il vit au clignotant que c'était Vuldom qui l'appelait. Il fit un pas rapide en arrière. Elle resta plantée là, les lèvres humides et un peu enflées, le chemisier par-dessus le pantalon et la poitrine qui se soulevait chaque fois qu'elle respirait. Était-il dans le même état ? Elle lui adressa un coup d'œil à la fois excité et taquin. Comme si elle lui disait : À toi de choisir. Mais tu n'auras pas ta chance une seconde fois. Si tu réponds au téléphone, tu briseras la magie et elle ne reviendra pas.

Il souleva le combiné.

« Toftlund », dit-il en gardant les yeux fixés sur ceux de Charlotte qui essayait, avec des gestes paresseux, de rentrer son chemisier dans son pantalon. Elle y renonça, ouvrit sa fine ceinture noire, descendit son pantalon pour lui permettre de jeter un coup d'œil sur son léger slip blanc, puis remit son chemisier à sa place et resserra mollement et sensuellement sa ceinture sans cesser de le fixer de ses yeux clairs, vifs et taquins. Fais-moi un signe, disaient-ils. Fais un sourire ou un geste pour me dire de fermer la porte à clé ou que nous allons rentrer chez moi dans un moment. Envoie-moi un baiser en bouchant le combiné. Montre-moi qu'il vient de se passer entre nous quelque chose de décisif et que tu veux que ça continue. Il se détourna d'elle et se mit à expliquer à Vuldom l'interrogatoire de la journée, stupéfait de constater à quel point sa voix était calme. Il entendit le bruit de la porte quand Charlotte la ferma derrière elle, pendant qu'il donnait raison à Vuldom qui lui disait qu'ils avaient fait un pas en avant, mais qu'il restait difficile de faire tenir cela devant le juge.

« La seule chose à faire est que tu partes demain pour l'Albanie, conclut Vuldom. Je me charge immédiatement de te faire obtenir des billets. Tu te feras aider par l'OTAN ou par la Direction de la sécurité ou par un des nôtres qui fait partie, là-bas, de la police des Nations unies. Emmène Teddy.

— Et s'il refuse ?

— Il n'aura pas le choix. Je l'appelle dans un petit moment. Je l'embaucherai comme interprète. Je le menacerai de quelque chose. Je ferai appel à son sens du devoir, s'il en a un. Il faut qu'il t'accompagne. Il peut la reconnaître.

— Il y a un demi-million de réfugiés dispersés dans un pays livré au chaos.

— C'est elle qui a la clé, Toftlund.

— O.K.

— Tu penses à l'accouchement, n'est-ce pas ?

— J'y pense aussi, oui, répondit-il, surpris qu'elle y ait pensé.

— C'est pour quand ?

— Dans une semaine.

— Nous avons une réunion avec le juge dans huit jours. Il faudra que tu sois rentré. Pour la première et pour la deuxième raison.

— Et Bastrup ?

— Quoi Bastrup ?

— Est-ce qu'elle va venir aussi ? s'enquit-il, et il attendit en se demandant quelle réponse il espérait de Vuldom.

— Ça aurait ses avantages, mais tu peux te débrouiller seul. Il faut qu'elle poursuive l'enquête ici. D'ailleurs, je la crois meilleure devant un ordinateur que sur le terrain. L'Albanie n'est pas un jardin d'enfants, si j'ai bien compris.

— O.K. Vuldom », répondit-il, plus soulagé qu'autre chose.

Il appela chez lui. Lise semblait heureuse.

« Salut, mon chéri, dit-elle.

— Je rentre tout de suite. Tu as mangé ?

— Non, et j'ai envie de quelque chose de très bon.

— Et si je prenais en passant des sticks'n'sushi à emporter ? Qu'en dis-tu ?

— Tu lis dans mes pensées, mon chéri. Dépêche-toi.

— J'arrive dans trois quarts d'heure.

— On se réjouit de te voir arriver. »

Il rentra chez lui d'une humeur étrange, bourré de remords et soulagé quand même que ça ne soit pas allé plus loin, non sans être effrayé de constater la facilité avec laquelle les hommes se laissent séduire et entraîner, leur faiblesse. Il était convaincu que cela ne se reproduirait pas. Aurait-il pu tenir cette promesse si Charlotte l'avait accompagné en Albanie ? Il ne savait pas comment il allait dire à Lise qu'il partait le lendemain, ou au plus tard le surlendemain. Il ne pouvait pas lui demander de croire encore à ses promesses, mais de son côté, elle ne pouvait pas lui demander de dire à sa patronne qu'il refusait d'y aller. Il tâchait de mettre de l'ordre dans ses pensées, mais celles-ci étaient comme les cubes d'une grande caisse de Lego qu'un enfant aurait mis en un seul tas, sans comprendre pourquoi les explications des belles constructions qui figuraient sur ses boîtes de cadeaux n'avaient plus de sens.

Il ne faisait pas encore nuit quand il prit le virage qui menait à leur petite maison de briques rouges. Il ne faisait même pas spécialement froid. Le vent était tombé et le ciel était clair, on ne voyait plus à l'horizon que les restes des lourds nuages gris. Il salua amicalement leur voisin et se sentit heureux d'avoir un foyer où l'attendait une femme qu'il aimait, tout en maudissant son hypocrisie.

Assise sur le canapé, Lise regardait la télé. Il posa le paquet de sushis sur la table et l'embrassa longuement. Elle sentait bon le vin blanc dont elle avait un verre devant elle.

« Ça me fait du bien. Je crois que le vin fait du bien à la petite et ce vin-là va parfaitement avec le sushi, expliqua-t-elle.

— Qu'est-ce que tu regardes ?

— Un soi-disant programme d'actualités, mais c'est un hymne à la grande idéologie des années quatre-vingt-dix : il faut être vu à la télé, sur l'autel du narcissisme.

— Tu connais tellement de grands mots, Lise. »

Elle rit. Elle savait qu'il en connaissait davantage qu'il ne le laissait paraître. Il regarda le programme avec elle en lui caressant la nuque. Ses jolies petites mains reposaient sur son beau gros ventre. C'était une émission d'actualités, sans doute, mais on ne pouvait pas en être sûr. Un jeune homme de vingt ans environ avait remporté le titre de « Danois le plus séduisant de l'année ». Bien bâti, du genre fitness ordinaire et fade que Toftlund méprisait. On le montrait sur la scène avec d'autres hommes bien bâtis vêtus de mini-slips. On lui offrait une bouteille de Champagne et il jubilait, comme s'il avait gagné un prix extraordinaire. Les autres concurrents applaudissaient sobrement en tâchant de sourire, jaloux de ne pas être le point de mire du spectacle. Puis on montra le studio où la jeune animatrice demandait, sur le ton caressant du flirt :

qu'ils vivaient dans un quartier tout neuf, qui existait à peine sur le plan le plus récent de la ville.

Manquant d'appétit pour le plat froid que la SAS baptisait petit déjeuner ou premier déjeuner, il ferma les yeux, s'endormit et ne se réveilla qu'en sentant l'avion amorcer sa descente sur l'aéroport de Francfort. Teddy, assis près du hublot, contemplait la couverture de nuages qui ne tarda pas à envelopper l'avion d'une ouate grisâtre. Il sentait le vin rouge gratuit et un cognac consommé trop tôt mais il se taisait, et Toftlund, à qui le sommeil avait fait du bien, se promit d'être un peu plus indulgent. C'était le 23 avril et lorsqu'ils émergèrent des nuages gris et bas, ils virent que les prés avaient reverdi et que le vrai printemps ne tarderait pas et Toftlund pensa à son retour chez lui où, bientôt, ils seraient trois pour commencer une nouvelle vie de zéro parce que l'enfant changerait leur existence pour toujours.

Il eut du mal à conserver sa bonne humeur devant le chaos et la crasse de l'aéroport de Francfort, qui correspondait si peu au renom d'ordre et de propreté des Allemands.

« Francfort est un enfer. Cet aéroport a dû être conçu par un Russe détraqué d'origine italienne », commenta Teddy tandis qu'ils traînaient leurs bagages vers les escaliers roulants qui menaient à la sortie B41. Toftlund ne put s'empêcher de rire. La description était judicieuse : cette foule qui battait la semelle sur le sol crasseux, la fumée aigre qui montait d'un groupe rassemblé comme pour prier autour d'un cendrier puant placé sous la pancarte « Fumeurs ».

« Je me joins juste un instant à la parade funèbre des pécheurs, s'excusa Teddy. Puisqu'on a tout le temps. »

Il s'approcha du groupe des fumeurs, alluma une cigarette et inhala avidement la fumée. Toftlund attendit patiemment en contemplant le spectacle : tous ces gens qui cherchaient leur chemin, comme des âmes en peine, dans la jungle des pancartes : C20-98, A20-90, B20-41. On eût dit les codes compliqués d'un expert en déchiffrage délirant. La seule chose qui fonctionnait était un petit train aérien blanc qui entrait sans arrêt pour prendre des passagers. Il se sentit légèrement excité. Premièrement : il n'était jamais allé en Albanie. Il savait ce pays plongé dans le chaos, submergé par le plus grand déferlement catastrophique de réfugiés de mémoire d'homme, il le savait pauvre et usé, et porteur, comme les autres, d'un lourd héritage communiste. Un héritage encore aggravé par l'étrange version spécifique sino-albanaise imaginée par Enver Hoxha et sa folie des grandeurs. Hoxha, qui avait isolé l'Albanie du reste de l'Europe sous sa dictature paranoïaque, autarcique, laissant le pays appauvri, dédaigné et avili. L'Albanie se qualifiait maintenant de démocratie pratiquant une économie de marché, mais comme Toftlund l'avait compris après avoir lu la brève lettre d'informations du ministère des Affaires étrangères que lui avait remise une Charlotte peu loquace, froide et correcte, les Albanais avaient une idée plutôt abstraite de la démocratie et leur économie de marché était la version imaginée par un fou d'un capitalisme de brigands, dans lequel les réseaux mafieux dirigeaient des marchés gris et noirs infiniment plus importants que le marché tout court.

Deuxièmement, et cela l'interpellait : le caractère de sa mission. Trouver Mira Majola, capable d'opérer sous n'importe quel nom dans un pays livré au chaos qui abritait un demi-million de réfugiés non enregistrés, semblait être une mission impossible, mais d'après les explications du Conseil de sécurité civile, on procédait en permanence à une sorte d'enregistrement lorsque les réfugiés, épuisés, affamés et assoiffés, s'adressaient aux Nations Unies ou à l'une des nombreuses organisations humanitaires indépendantes déjà à l'œuvre dans ce pays. Il avait adressé les documents en sa possession au bureau danois de Durrës, qui coordonnait le travail des Nations Unies et de l'Aide danoise aux réfugiés.

C'était cette Albanie qu'il décrivait quand Teddy et lui atteignirent le hall de départ après avoir parcouru les couloirs embrouillés de Francfort. Ils étaient les derniers de la queue, entourés de gens aux cheveux noirs, des jeunes garçons pour la plupart. L'avion pour l'Albanie était aussi imprévisible que le temps au mois d'avril au Danemark. Ils avaient eu beaucoup de chance de trouver une correspondance par Air Slovénie qui les emmènerait de Francfort à Ljubljana, puis à Tirana. Cela leur évitait le long trajet aérien entrecoupé d'escales offert par la Défense danoise sur l'un de ses Hercules de transport.

« Tu as tout juste, Toftlund », commenta Teddy de sa voix distincte, bien modulée et légèrement traînante. « Ajoute à ça les guerres de clans et les vendetta familiales qui peuvent remonter à trois générations. D'abord le communisme idiot de Hoxha suivi d'un banditisme capitaliste galopant pendant lequel tout le monde a investi follement dans des sociétés pyramidales qui, bien entendu, se sont effondrées bruyamment. Des bandits et des voleurs partout.

Chaque homme armé du Kalachnikov qu'il a volé en 1996, quand cette saleté s'est écroulée. L'Albanie est un pays de merde, si tu veux mon avis.

— Tu y es déjà allé ? »

Teddy se mit à rire en inhalant profondément la fumée de sa cigarette. Il était interdit de fumer, mais les jeunes gens aux longs cheveux noirs ne s'en souciaient pas. Un homme moins jeune se distinguait des autres. Il ressemblait à un Serbe, avec ses cheveux blonds en brosse. Il sentait à plein nez le militaire à cause de la souplesse menaçante de son corps musclé, malgré la discrétion du complet-veston, de la chemise boutonnée et de la cravate à petits motifs. Il avait un visage carré et de petits yeux rapprochés. Une cicatrice laissée par un coup de couteau partait du nez et lui barrait la joue. Comme Teddy et Toftlund, il ne se pressait pas, laissant les autres jouer des coudes et se pousser en direction des deux cars garés devant le hall de départ. Dans les pays en guerre, on rencontre les marchands de mort, les vautours de la misère et les artisans de l'espionnage, pensa Toftlund en écoutant le bavardage ininterrompu de Teddy qui ne cessa pas pendant qu'ils roulaient, debout dans le car, en direction du grand Airbus d'Air Slovénie, lequel démontrait fièrement que la Slovénie était un nouveau pays libre européen. Un pays qui voulait être et qui était le premier des candidats à une place dans les deux clubs du Bien : l'OTAN et l'UE.

« Je suis allé en Albanie dans les années 1970, dans ma jeunesse, pour des vacances à la mer. L'Albanie n'était pas mon domaine, mais j'ai profité d'un voyage organisé par l'Amicale dano-albanaise. Une expérience surréaliste, absurde. La délégation était dirigée par un groupe de rock danois. Ils adoraient l'Albanie. C'était comme une pièce de théâtre. Quand on émettait une seule critique, on se retrouvait isolé dans sa chambre d'hôtel. Je me souviens surtout du silence, et de tous les petits bunkers, disséminés partout comme des champignons, d'où tous les Albanais, chacun armé de son petit fusil, abattraient les envahisseurs. C'était un pays de merde, mais ils ne le voyaient pas. Il n'y avait rien à bouffer, rien à lire, rien que mensonge sur mensonge, et des jardins d'enfants et des usines à n'en plus finir où des robots répétaient comme des perroquets les paroles du grand chef. Moscou sous Brejnev était un paradis libéral comparée à l'Albanie de l'époque. C'est ce que j'ai écrit en rentrant. Alors, les invitations ont cessé et depuis l'effondrement de ce pays, je n'ai éprouvé ni le besoin ni l'envie d'y retourner.

— Comment des Danois instruits ont-ils pu soutenir un pareil régime ?

— Aucune idée. Pourquoi les gens courent-ils après des utopies ? Je n'en sais rien. Ma propre sœur a toujours eu tendance à ça. Ils voudraient qu'on leur confirme que tout a un sens. Ils voudraient croire à l'existence d'une cause supérieure digne d'être servie. Si tu ne crois pas en Dieu, tu es obligé de trouver une religion de remplacement.

— Mais Hoxha ! L'Albanie !

— Ils y voyaient un pays à l'état originel, pur, anti-matérialiste. Peuplé de paysans heureux et de filles de ferme qui chantent, tu vois ça, seul dans ce monde atroce abandonné par l'Union soviétique et la Chine et menacé par les États-Unis et l'Italie. Je n'en sais rien, bon Dieu. Il y a eu tellement de versions d'idiots utiles à Lénine, mais c'est partout la même histoire. Et personne n'a plus envie d'en entendre parler. »

Teddy sortit du car le premier. Comme Toftlund, il portait des bottes confortables en goretex. On leur avait parlé de la boue qui menaçait d'étouffer les réfugiés qui dormaient en plein air ou sous les bâches en plastique des petites remorques de leurs tracteurs, quand ils avaient fui la terreur serbe. Autrement, Teddy avait revêtu ce qu'il appelait son uniforme : un pantalon gris un peu froissé et une veste de tweed sur une chemise unie et un pull léger. Il portait sur le bras un pardessus d'une couleur claire indéterminée. Toftlund était en jean bleu, chemise grise, pull bleu et veste de cuir brun usée. Tout le reste de leurs affaires tenait dans leurs sacs de sport respectifs. Toftlund était heureux, et peut-être un peu surpris de ce que Teddy, comme lui, voyage sans beaucoup de bagages. Il oubliait parfois qu'en réalité, Teddy était peut-être le plus habitué à voyager des deux, surtout dans les régions du monde qui avaient été, dix ans plus tôt, divisées par le Rideau de fer.

L'aéroport de Ljubljana n'était pas particulièrement grand mais bourré de passagers, pour la plupart des jeunes hommes au teint basané qui fumaient, buvaient et discutaient ardemment en albanais. Dans une salle carrée centrée autour d'un bar, Toftlund et Teddy payèrent 9 DM chacun pour une bière et un verre de slivovic. Cela puait le tabac noir. Deux femmes en uniforme blanc portant des badges de la Croix Rouge tranchaient sur les nombreux jeunes hommes armés. Toftlund aperçut, dans le lointain, des crêtes neigeuses recouvertes d'une couette de nuages gris. Un thermomètre indiquait 15 degrés. Ils voyageaient vers le printemps. Tous ces gens exhalaient un bruit et une puanteur démesurés. Toftlund se retira dans un coin, à la recherche d'un peu de tranquillité. Il réussit à passer un appel sur son mobile et Lise répondit tout de suite.

« Salut, ma chérie. C'est moi.

— Per ! Où es-tu ?

— À Ljubljana. On dirait que l'avion va bientôt partir. Tu me manquais.

— Tu as bien fait d'appeler. Tu nous manques aussi.

— Je ne suis pas sûr que mon portable fonctionne en Albanie.

— Ne t'en fais pas pour ça. Surtout, prends soin de toi.

— D'accord...

— Et, Per... ?

— Oui.

— Je regrette de t'avoir quittée comme ça.

— Ne t'en fais pas pour ça.

— Si, je m'en fais.

— Je serai bientôt de retour.

— Si seulement tu penses à prendre soin de toi, je prendrai bien soin de ce qui se passe ici. »

Toftlund imagina sa femme, peut-être debout dans la cuisine, à contempler les arbres et les buissons nus, et peut-être une averse, ou le soleil. Mais le printemps, comme d'habitude, mettait beaucoup trop longtemps à venir.

« Je serai bientôt de retour, répéta-t-il.

— Je le sais bien. Prends soin de toi.

— D'accord. Et, Lise... ?

— Oui.

— Je t'aime.

— Moi aussi, je t'aime. Et nous allons très bien. On n'en a plus pour longtemps maintenant. »

Sa voix grinçait un peu, mais cela fit du bien à Per de l'entendre et d'avoir, pour une fois, formulé ses sentiments. Cela faisait du bien d'exprimer ce que l'on ressentait. Quand il éteignit son portable, il vit Teddy, debout juste derrière lui.

« C'était vraiment beau, commenta-t-il.

— Merde, tu écoutes les conversations des autres, bon Dieu !

— Je suis né curieux, mon vieux. Ce tableau pourrait s'intituler : Teddy intercepte la déclaration d'amour d'un flic. Je n'étais pas ironique. C'est merveilleux quand on est amoureux de sa femme. Si c'était bien ta femme, s'entend.

— C'était elle, coupa Toftlund, irrité.

— C'est ta première ?

— Si tu tiens absolument à le savoir, oui.

— Ça passera.

— Qu'est-ce que tu en sais, bon Dieu ?

— J'en ai eu trois.

— On attend la naissance d'un enfant dans une semaine, précisa Toftlund, encore plus irrité qu'avant, mais autant par lui-même que par Teddy.

— C'est aussi ton premier ?

— Oui, nom de Dieu.

— Laisse-moi juste compter combien j'en ai et avec qui.

— Ta gueule, ce que tu peux être tête à claques.

— Exactement. Mes femmes disaient ça aussi. Et un tas d'autres choses. »

Toftlund le regarda, retourna au bar et but le reste de sa bière. Enfin, on les appela à l'avion. À part les deux infirmières ou médecins et Teddy et Toftlund, tous les sièges étaient occupés par de jeunes hommes aux cheveux noirs.

« De la chair à canon pour l'UCK, dit Teddy quand ils attachèrent leurs ceintures.

— Tu vas la fermer, pour une fois.

— Qui vont monter dans les montagnes pour tuer des Serbes, poursuivit Teddy sans se soucier de lui. Qu'on est allés chercher un peu partout, en Europe ou aux États-Unis, pour servir la grande cause du Kosovo et de l'UCK. Ils ne savent pas ce qui les attend...

— Ce n'est pas notre affaire. Notre mission est de trouver ta demi-sœur. Le reste ne nous concerne pas.

— Tu vas t'apercevoir, Toftlund, que dans les Balkans, les choses te concernent toujours, que ça te plaise ou non. »

L'avion accéléra et Toftlund se détourna ostensiblement de Teddy pour regarder à travers le hublot. L'airbus dépassa rapidement les crêtes des montagnes. À l'instant précis où le capitaine éteignit les signaux « Attachez vos ceintures » et « Défense de fumer », il crut voir un incendie se propager dans la cabine, car tous les jeunes Albanais, comme s'ils obéissaient à un ordre, allumèrent leur cigarette. C'était un spectacle incroyable. Toftlund ne se souvenait pas d'avoir pris un avion dans lequel on fumait. Teddy se mit à ricaner et à fouiller dans ses poches tandis que Toftlund sentait la puanteur de la fumée amère lui piquer la gorge et les yeux. Décontenancées, les quatre hôtesses de l'air slovènes arpentaient le couloir central en montrant du doigt le signal d'interdiction de fumer que l'on avait rallumé en essayant, en anglais, d'éteindre cet incendie et d'écarter la fumée avec des gestes terrifiés. Les jeunes Albanais discutaient et fumaient, mais un homme âgé, très droit et à la tête chauve et plate, surgit de l'arrière de l'avion. Il les gronda et les morigéna en albanais. Les jeunes, les oreilles rouges, essayèrent désespérément d'écraser leurs mégots, si énergiquement que les étincelles sautaient sur leurs mains. Teddy riait tant que Toftlund se demandait s'il n'allait pas avoir une attaque.

« Gé-gé-gé-nial ! hoquetait-il. J'adore l'Albanie, tout simplement. »

Ils survolèrent des montagnes neigeuses pour gagner l'Albanie en faisant un long détour. Les itinéraires d'atterrissage ordinaires étaient fermés pour permettre aux chasseurs F-16 de l'OTAN de transporter sans obstacles à haute altitude leur cargaison mortelle de missiles de précision guidées au laser, au-dessus de la Serbie, du Monténégro et du Kosovo. Quand l'avion approcha de l'aéroport de Rina, entre Tirana et Durrës, Toftlund vit les rubans bruns des rivières qui serpentaient en descendant des montagnes ainsi que des villages, disséminés au hasard, par petits paquets, au milieu des champs verts et bruns. Il se sentait à la fois vide et excité, dans l'ignorance de ce qui les attendait, et tâchait de se concentrer sur sa mission, selon son habitude quand il sentait qu'il perdait de son assurance. La descente commença et Toftlund montra à Teddy la longue rangée tracée au cordeau des hélicoptères américains Apaches déployés dans l'aéroport. À côté, toutes droites dans la boue, les tentes brunes bien disciplinées du camp militaire américain ressemblaient à des soldats.

« Des Apaches, précisa Toftlund. Les hélicoptères de combat les plus performants du monde. Qu'est-ce que les Serbes vont déguster.

— Ils ne les lanceront jamais, répondit Teddy ; il criait pour couvrir le vacarme des freins en se cramponnant à son accoudoir, pendant la descente prolongée qui faisait tanguer l'avion comme un bateau dans la tempête.

— Bien sûr que si. Il faut qu'ils soutiennent les troupes d'infanterie. Un jour, il faudra envoyer l'infanterie.

— Cette époque est révolue. On n'accepte pas de pertes dans notre partie du monde. Ces hélicoptères sont certainement performants., mais ils sont vulnérables. Ni l'oncle Sam ni la mère Danemark n'accepteront qu'on leur renvoie des garçons dans des linceuls. Ils sont où ils sont et ils y resteront. À haute altitude, ces courageux garçons bombarderont Milosevic pour l'obliger à se rendre. Ce n'est qu'une question de temps. On bombarde les médias, les centrales énergétiques, les ponts, les routes, les stocks de pétrole, les gens. On bombarde la Yougoslavie pour l'amener au bord du froid et de la famine. C'est comme ça qu'on fait la guerre de nos jours.

— Dans toutes les guerres, à un certain moment, l'infanterie entre en jeu. Ce sont toujours les fantassins qui font le ménage après la cavalerie. C'est comme ça et ça l'a toujours été.

— Naturellement. Mais pas avant que l'ennemi n'ait rendu les armes. Par contre, il faut qu'ils s'attendent à rester là des années. Parce qu'en bas, sur la terre, on sème les graines de la haine que les générations prochaines seront nombreuses à récolter.

— Et toi, tu sais tout, n'est-ce pas ? demanda Toftlund.

— La guerre des étoiles, c'est nous. La guerre sale, sur terre, on la laisse à l'UCK. C'est eux qui doivent regarder l'ennemi dans les yeux, dans la guerre d'aujourd'hui. Puisque je te dis que les occidentaux d'aujourd'hui ne veulent pas voir de cadavres.

— C'est toi qui le dis », conclut Toftlund sans essayer de dissimuler son irritation, quand les pneus de l'avion touchèrent la piste d'atterrissage tout en creux et en bosses et que l'engin freina, de sorte que tous les avions de transport et les Hercules apparurent lentement devant la fenêtre d'un aéroport qui n'avait jamais vu un tel trafic. Les organisations internationales d'aide humanitaire ainsi que le plus gros appareil militaire du monde, effrayant d'efficacité, pompaient des hommes et du matériel, et surtout de l'argent, dans une société restée plus ou moins en panne par ailleurs.

Le chaos régnait au contrôle des passeports, où la fumée faisait des vagues autour de Toftlund et où une seule pancarte affichait timidement une cigarette barrée d'une diagonale. Les queues n'obéissaient à aucun système, elles se formaient et se désintégraient sans arrêt. L'homme à l'allure militaire venant de Ljubljana montra un passeport américain et une feuille de papier à un moustachu en uniforme bleu qui fumait et il fut dispensé du contrôle. Les jeunes volontaires de l'UCK, l'armée de libération des Albanais du Kosovo, furent alignés comme des soldats, reçurent des ordres de marche et disparurent dans le terminal de l'aéroport. Il faisait doux, peut-être 17 degrés, mais on avait l'impression que la pluie menaçait. Les environs de l'aéroport étaient boueux, avec des flaques profondes et gargouillantes et tout était recouvert d'une couche de crasse et d'humidité.

Un homme entre deux âges, vêtu d'un jean noir collant et de bottes pointues à hauts talons, évoquait un Indien égaré ou un vestige du temps des hippies, avec sa veste de cuir beige aux franges virevoltantes et ses longs cheveux gris en queue-de-cheval. Il avait la figure très marquée par la petite vérole, une boucle en or à l'oreille droite et des bagues à presque tous les doigts. N'était-ce pas l'un des passagers de l'avion ? Il allait et venait en habitué parmi les nombreux uniformes bleus qui, à part fumer sans arrêt, ne semblaient avoir rien d'autre à faire que d'augmenter la confusion générale. Quand l'ex-hippie leva un instant les bras, pour faire un geste qui pouvait signifier tout et rien, Toftlund vit qu'il portait un pistolet dans une gaine d'épaule. Le vieil hippie albanais fouilla dans sa poche et remit des dollars à un homme en uniforme bleu, sans essayer de dissimuler sa transaction. L'agent albanais fit un signe de tête, le hippie leva le bras et quatre jeunes Albanais franchirent les barrières et soulevèrent deux grosses caisses placées contre la barrière usée. Ils les emportèrent sans que les douaniers paraissent s'en soucier.

« Bienvenue à mafialand, dit une voix en danois. Vous n'êtes pas déjà séduits par l'Albanie ? »

La voix appartenait à un homme grand, très mince, en jean bleu et chemise de cow-boy bleue. Sur le badge de sa poche de poitrine gauche, on lisait : T. Poulsen, UNHCR. Le Haut-Commissariat aux Réfugiés. Sur l'épaule droite, il portait aussi le symbole des Nations unies ainsi qu'un petit drapeau danois. Il avait un visage aimable et jeune, des yeux intelligents et des cheveux blonds coupés court. Il paraissait approcher de la trentaine, mais les petites rides, autour de ses yeux, révélaient qu'il avait probablement dix ans de plus que ce qu'on lui donnait au premier coup d'œil.

Toftlund lui tendit la main :

« La cavalerie est là, Dieu merci ! Teddy.

— Torsten Poulsen, Conseil de sécurité. Bienvenue en Albanie. »

Toftlund le regarda. Il avait déjà vu Poulsen, mais il avait oublié où. Poulsen sourit et regarda aussi Toftlund.

« Tu ne te souviens pas de moi, n'est-ce pas, Per ?

— Je ne vois pas bien...

— Langeland, il y a presque quinze ans... »

Les souvenirs affluèrent.

« Naturellement, mon lieutenant. Ainsi, tu as fini ici.

— Ici et là. Où m'envoie le Conseil de sécurité. »

Ils se serrèrent la main en se souriant largement, comme de vieux copains de l'armée.

« Qu'est-ce que ça veut dire ? » demanda Teddy.

Poulsen prit le sac de sport de Teddy en disant :

« Allons-y avant qu'il ne fasse nuit. On ne roule pas la nuit, dans ce pays. Per a fait sauter l'usine que j'avais mission de garder. On était toute une compagnie et ils étaient trois. Mais ça ne les a pas empêchés de nous prendre par surprise, de placer leurs charges d'explosifs et de disparaître sans qu'on sache comment ils étaient entrés.

— Les gendarmes et les voleurs, commenta Teddy avec indifférence.

— Per a été plongeur dans la Marine autrefois. Tu ne le savais pas ?

— Comme le prince héritier ?

— Avant le prince héritier, répliqua Toftlund.

— Il faut bien qu'il y ait des types pour défendre la patrie », conclut Teddy que le sujet n'intéressait pas, en se dirigeant vers le contrôle des passeports pour laisser ces deux cons se plonger dans les souvenirs idiots de leur passé militaire. Rien de tel qu'une rencontre avec un ancien copain de l'armée, où tout avait été viril et sans complications pour faire réapparaître le gamin qui sommeille en tout homme adulte. Teddy avait fait quatre mois dans la Sécurité civile, il s'en était donc tiré à bon compte, pourtant il se souvenait de cette période comme d'un long gaspillage ennuyeux de ses dons, période pendant laquelle il avait dû accepter d'obéir aux ordres de gens avec qui il n'aurait jamais parlé et qu'il n'aurait même jamais écoutés dans la vie civile. Il attendit patiemment qu'une femme prenne ses dix dollars américains et recopie son nom d'après son passeport sur un grand registre ligné qui lui rappela son enfance. Sa mère avait eu un registre similaire pour les comptes du ménage, il y avait si longtemps de cela qu'il n'avait pas le courage d'y penser. Il avait de nouveau un peu mal aux gencives et sentait que la station assise prolongée dans l'avion n'avait pas fait de bien à son dos.

Le trajet de plus de 20 km dans la grande Toyota blanche tout-terrain de Torsten Poulsen qui les amena au port de Durrës n'améliora pas les choses.

On avait peint sur le 4×4 les emblèmes des Nations unies et le pavillon danois, et une longue et puissante antenne destinée aux liaisons radio se balançait sur le radiateur. Le portable de Toftlund n'était plus qu'une pièce électronique quelconque sans connexion avec quoi que ce soit. La route étroite, sale et défoncée, était boueuse et trempée. On voyait partout de vieilles carcasses de voitures, comme si un géant avait joué avec un moment avant de les mettre au rebut. Des charrettes tirées par des chevaux avançaient lentement sur la route au bord de laquelle on vendait de tout, depuis des fraises jusqu'à des bouteilles de plastique transparentes remplies d'essence. Des agents de police indolents fumaient à chaque coin de rue. Même équipés d'un bâton peint d'un cercle vert en son milieu, ils ne semblaient pas se mêler au chaos de la circulation. La campagne était parsemée de maisons décrépies et de petits bunkers en béton abandonnés qui rappelaient des champignons en train de pourrir, et l'herbe et les mauvaises herbes avaient repris la garde dans les meurtrières derrière lesquelles les troupes de la révolution auraient dû défendre la patrie. Certains de ces bunkers, renversés, dressaient leurs poutrelles de fer rouillées comme des boyaux raidis, dans le gris bleuté de l'air pollué. Ainsi s'était achevée la défense héroïque de l'Albanie où la faillite du socialisme et du capitalisme pur et dur sautait aux yeux. Près d'un fleuve aux eaux basses, boueuses et malodorantes, ils virent ce qui semblait être un grand cimetière de voitures. Arrivées à différents stades de désintégration et de rouille, les épaves évoquaient des sculptures cauchemardesques ou une scène de cinéma sur la destruction totale, par l'homme, de son propre environnement. Peu après avoir quitté l'aéroport, ils passèrent devant un pont routier qui ne menait nulle part. Un peu affaissé en son milieu, on eût dit l'œuvre d'un fou : un pont jeté sur le néant. Poulsen expliqua que c'était l'un des neveux de Hoxha qui l'avait dessiné et construit. Une fois le pont presque achevé, il apparut que le neveu ignorait tout de la construction des ponts routiers. La première voiture qui était passée dessus l'avait enfoncé. Quinze ans s'étaient écoulés depuis. Rien n'avait bougé. L'Albanie s'apparentait à une grande décharge ou à un paysage de science-fiction totalement paralysé après avoir été balayé par une guerre.

Poulsen manœuvrait sûrement et prudemment entre les vaches, les charrettes à cheval, les Vespas bruyantes, les piétons et des trous qui auraient pu engloutir une Volkswagen. La route, sans doute goudronnée autrefois, avait à présent plus de trous que de bitume, mais ce qui inquiétait le plus Toftlund, c'étaient tous ces gamins en haillons et pieds nus qui s'agglutinaient autour de la voiture blanche chaque fois que Poulsen réduisait la vitesse, souvent par nécessité, de sorte que la Toyota avançait au pas.

« C'est à cause de ces maudits soldats italiens », dit Poulsen en klaxonnant violemment pour éloigner deux petits garçons aux figures et aux mains crasseuses qui essayaient de monter sur la marche de la Toyota en criant pour qu'on leur donne du chocolat. « Quand les premiers Italiens sont arrivés, ils ont jeté du chocolat aux gamins. Maintenant, ils tournent autour des voitures. Un jour, on écrasera un de ces pauvres gosses, ce n'est qu'une question de temps. Ils viennent aussi quand on circule avec les poids lourds. Les chauffeurs en perdent le sommeil. »

Durrës apparut. Ils aperçurent la mer au-delà de hautes grues, mais à part cela, le paysage ne changeait pas : épaves de voitures, bunkers effondrés, maisons délabrées, immeubles en béton inachevés. Vieilles maisons à la peinture écaillée. Et trônant sur une maison sur deux : des antennes paraboliques, parcelles absurdes de la vie moderne.

« Ça permet à ces malheureux de regarder la télé italienne, remarqua Poulsen. Pratiquement la seule distraction pour la plupart des Albanais. »

Ils passèrent devant un camp de réfugiés composé de tentes d'un vert militaire dressées en rangs rectilignes. Le drapeau italien flottait au-dessus du grouillement des réfugiés, surtout des femmes et des enfants. Le camp était entouré d'une clôture et on en gardait l'entrée. Face au camp se trouvaient peut-être cinq cents personnes qui campaient sur la terre nue, sous de grands morceaux de plastique transparent et des couvertures mouillées. Ils attendaient d'être enregistrés ou autorisés à entrer dans l'enclos surpeuplé.

Poulsen expliqua que de nouveaux réfugiés arrivaient chaque jour. S'il n'en mourait pas davantage, c'était uniquement grâce à l'hospitalité sans limites des Albanais et au printemps qui arrivait. Si l'on avait été en février, il n'osait pas imaginer ce qui se serait passé.

« Hourra pour les bombardements de l'OTAN, dit ironiquement Teddy.

— Qu'est-ce qu'on aurait dû faire, nom de Dieu ? demanda Toftlund. Laisser Milosevic continuer son épuration ethnique ? Jusqu'à ce que le dernier Albanais du Kosovo ait été chassé ou exécuté ?

— Maintenant, c'est l'OTAN qui le fait pour lui. Qu'en pensez-vous, Poulsen ?

— Que j'ai pour mission d'accueillir ceux qui arrivent, quelle que soit la raison de leur arrivée. Ma liste de priorités est très simple et par conséquent très compliquée. C'est celle des besoins fondamentaux des êtres humains. Il faut que je trouve, pour les réfugiés, des abris contre les intempéries. Que je leur fournisse des aliments et de l'eau potable. Un endroit pour déféquer. La sécurité pour eux-mêmes et plus tard, une certitude sur le sort de leurs proches. Tout le reste est de la politique et je ne m'en mêle pas.

— C'est trop facile, bon Dieu.

— Ça m'occupe largement 24 heures sur 24. Mais O.K. Je vais vous dire ça comme ça : C'est Milosevic qui est coupable, mais c'est nous qui sommes responsables, alors, c'est notre devoir, O.K. ?

— Là, je suis d'accord avec toi », dit Teddy.

Poulsen manœuvra pour traverser des rails de chemin de fer rouillés et bosselés placés sur la route en guise de défense anti-chars. Sur leur droite se dressaient encore d'autres bunkers superflus bâtis pour un seul homme. Sur leur gauche, ils distinguaient l'Adriatique, couleur gris vert derrière de grands entrepôts, sous des grues jaunes. Ils virent un ferry en train d'accoster. Le vaisseau ouvrit sa grande porte avant et des véhicules militaires débarquèrent, des voitures blindées pour les troupes et ce que Toftlund reconnut comme de l'artillerie automobile. On eût dit qu'ils préparaient une invasion. Le gros châssis puissant de la Toyota éclaboussait sur son passage en traversant les trous pleins de boue.

« Nous avons un convoi dans le nord du pays, expliqua Poulsen. Nous avons donc une ou deux chambres vides à l'hôtel. Sinon, impossible d'en trouver. Vous allez être obligés de vous en contenter.

— Ce sera parfait », dit Toftlund.

Ils pénétrèrent jusqu'au centre de la ville. Les maisons étaient toujours décrépies, mais aussi bizarrement jolies. Comme des femmes très belles étant jeunes, elles avaient de beaux restes. Une foule de gens prenaient l'air, des jeunes et des moins jeunes, étonnamment bien vêtus, dans des tenues de designers italiens et français, les jeunes femmes surtout, en pantalons collants, aux lèvres peintes, aux longs cils et aux chemisiers provocants. Elles flânaient deux par deux, comme des amies, souriaient et faisaient des signes de la main en balançant des hanches quand elles repéraient le véhicule blanc des Nations unies. Une jeep italienne ouverte avec quatre soldats italiens arrivait juste en face de la Toyota. Trois des soldats sifflèrent et crièrent en direction d'un couple d'amies particulièrement belles.

« Ah ah, fit Teddy. Les choses ont vraiment changé pour les jeunes dames, depuis mon dernier séjour ici. »

Poulsen rit :

« Beaucoup sont d'une beauté extraordinaire. Mais je préfère vous dire ce que je dis à mes chauffeurs : Toutes ces belles jeunes femmes ont au moins trois frères, huit oncles et un père irascible, et vous n'avez que deux solutions : ou bien vous épousez la fille, ou bien vous finissez dans la mer. Ici, les gens prennent au sérieux l'honneur, la honte et la vengeance par le sang. Alors, si vous voulez penser à elles, d'accord, mais pour autre chose, non, merci. »

Ils rirent tous les trois.

Poulsen manœuvra la Toyota pour s'engager dans une ruelle étroite, non goudronnée, à travers les flaques et la boue, et monta entre les maisons jaunes dont la peinture s'écaillait. Des vêtements bariolés séchaient sur des ficelles tendues et deux petits gamins leur firent le signe du V de la victoire. Deux antennes paraboliques étaient fixées au mur sous des fenêtres aux volets fermés. Des fils électriques emmêlés comme des écheveaux de laine serpentaient au-dessus de la ruelle. Poulsen gara la voiture à côté de trois autres véhicules peints en blanc des Nations Unies. Teddy s'extirpa avec difficulté du siège arrière et saisit son sac.

« Un instant, dit Poulsen en mettant la main sur l'épaule de Toftlund. Je ne savais pas ce que je pouvais dire devant ce maître de conférences.

— Il est impliqué dans l'affaire, répondit Toftlund.

— O.K. Nous avons reçu des plus hautes instances danoises l'ordre de vous assister. Comme si on n'avait rien d'autre à faire, bon Dieu. Enfin. Ne te fâche pas. On ne peut pas trouver cette femme avec notre système habituel. Ça ne veut rien dire pour le moment. Tout est chaotique de toute façon. Alors il y a une deuxième possibilité : la mafia...

— Qu'est-ce que tu as à faire avec elle ?

— Officiellement rien. Mais écoute-moi. La mafia contrôle le port de Durrës. Je suis le responsable de l'UNHCR pour le transit de tonnes de provisions qui arrivent tous les jours au port et qui ne doivent pas finir dans un entrepôt à cause de problèmes douaniers. L'Albanie est un pays souverain qui nous a invités, ainsi que l'OTAN, mais il est conscient de ne pas être occupé. C'est un pays capitaliste, où les transitaires, les douaniers, les fonctionnaires, la police, veulent faire fortune en profitant du boom engendré par la guerre. C'est comme ça. Si mes marchandises n'entrent pas, les gens vont mourir de faim et de froid. Tant que nous n'avons pas assez de soldats pour permettre à l'OTAN de prendre la direction du port, tout simplement — à condition que le gouvernement de Tirana l'y autorise —, je suis obligé de me débrouiller en utilisant les méthodes nécessaires au service d'une bonne cause...

— Tu n'as pas besoin de te défendre devant moi.

— Tu m'as posé la question.

— Ce n'était pas pour te critiquer.

— Quand la misère est là, les vautours y sont aussi », dit Poulsen, et Toftlund nota la fatigue de ses yeux et la teinte terne de sa peau. Ce n'était pas le job le plus facile au monde que d'être un fer de lance dans une situation catastrophique qui menaçait d'échapper au contrôle des pays riches.

« Je ne voulais pas dire ça.

— O.K. Je leur ai fait comprendre que tu aimerais les rencontrer. J'ai donné à certains contacts les renseignements que tu m'as donnés. Comme tu m'as dit que ça urgeait...

— C'est très bien.

— On va voir s'ils réagissent. Mais tu penses bien que ce n'est pas exempt d'un certain risque.

— J'aurai besoin d'une arme, dit Toftlund en le regardant dans les yeux.

— Je suis un civil et je travaille pour les Nations unies. Fais comme si je n'avais rien entendu.

— Allons donc, bon Dieu ! »

Poulsen le regarda d'un œil scrutateur.

« Fais comme si je n'avais rien entendu, répéta-t-il d'une voix neutre. Mais je ne peux pas t'empêcher de rencontrer un autre vieux copain de l'armée, le major C. Sørensen, du Corps des Chasseurs.

— Ça alors, C. est ici ?

— La compagnie de première ligne danoise est arrivée il y a deux jours. Ils ont dressé leur camp non loin d'ici. C'est une vraie guerre qui s'organise, ou en tout cas l'occupation du Kosovo.

— C'est parfait, Torsten.

— Tu trouves ? Je n'en sais rien. Mais je dois dire que l'idée de t'envoyer tout nu dans le lit du Diable ne me dit rien non plus. Parce que c'est ce que tu vas faire.

— Qu'en sais-tu ?

— Je dors avec lui partout où il y a des gens qui lui obéissent, comme ici, dans ce coin maltraité de l'Europe. Je le connais. Je le vois tous les jours. Je fais le ménage après lui. Et je n'aurai pas le temps de faire le ménage après toi.

— Ce ne sera pas nécessaire.

— J'espère que tu as raison et que tu as assez d'argent », conclut Poulsen en quittant le siège du chauffeur pour rejoindre Teddy qui attendait en fumant, les pieds solidement plantés entre deux flaques d'eau, en contemplant les maisons délabrées avec leurs paraboles si étrangement déplacées, la boue, deux enfants qui jouaient au foot dans la fange, la lessive qui séchait et un petit kiosque où un vieillard édenté souriait bêtement en faisant signe à

Teddy de s'approcher pour regarder son étal. Teddy paraissait fatigué. Comme s'il s'était rendu compte, tout à coup, qu'il était ici pour aider à faire condamner sa propre sœur. Peut-être qu'il n'était qu'épuisé et troublé de voir que l'Europe pouvait aussi avoir cette image-là. Peut-être qu'il avait simplement mal au dos.

Teddy leva la tête et jeta son mégot dans la flaque gris-brun recouverte d'une pellicule de pétrole qui jouait avec les couleurs de l'arc-en-ciel. Le ciel s'assombrissait, de grosses gouttes se mirent à tomber, et ils entendirent des roulements de tonnerre sur l'Adriatique.

« Vous n'adorez pas l'Albanie ? demanda Teddy en écrasant son mégot du pied.

— C'est l'amour de ma vie », répliqua Poulsen.

25

Deux jours passèrent avant qu'on ne leur fasse savoir que quelqu'un, appelé avec respect Don Alberto, voulait leur parler parce qu'il avait des nouvelles d'une certaine femme. Le message leur fut transmis par un petit garçon qui guettait Toftlund sur le front de mer de Durrës. Comme tant d'autres gamins dépenaillés, il vendait des cigarettes de contrebande, mais quelque chose dans son regard empêcha Toftlund de le chasser. Le gamin le regarda fixement dans les yeux, lui tendit un paquet de cigarettes et lui dit lentement, en anglais, que Don Alberto rencontrerait les messieurs danois ce soir, et dans le paquet qu'il échangea contre un billet de dix dollars, Toftlund trouva, avec une dizaine de cigarettes, le nom d'un restaurant et le nombre 20 qu'il considéra comme l'heure du rendez-vous. Toftlund connaissait le restaurant pour y avoir déjeuné une fois. Il se trouvait sur le port, à quelques centaines de mètres de l'hôtel.

Il était temps, d'ailleurs. Toftlund et Teddy se morfondaient à attendre et se disputaient comme un vieux couple soit en grognant l'un contre l'autre, soit en restant muets tout en bouillant intérieurement, dans la petite chambre qu'ils partageaient à l'hôtel, une chambre meublée de deux lits étroits, d'une petite commode brune et de deux chaises à haut dossier qui avaient été rembourrées il y avait bien longtemps. Teddy n'était plus tout à fait aussi coopératif qu'au début. On eût dit qu'il regrettait toute l'affaire, se sentant maintenant coupable d'aider la police. Toftlund dut donc prendre un ton menaçant pour lui expliquer qu'il avait le choix entre coopérer de son plein gré ou voir ce que cela signifiait de coopérer en ayant les droits d'un prévenu. Teddy répliqua d'une voix sifflante qu'il était coincé dans le trou du cul du monde, sans sœur, sans femme, sans argent et bientôt sans travail, qu'il avait mal au dos et aux gencives et qu'il voulait rentrer, nom de Dieu.

« Qui s'intéresse à un ancien espion d'une guerre froide tombée dans l'oubli depuis belle lurette ? La moitié des rédacteurs en chef danois et jusqu'au directeur de la télévision de Radio Danemark ont suivi les cours de l'école du parti en RDA ! Et alors ? Ça n'a aucune importance aujourd'hui. Tu chasses des fantômes, Toftlund. Et tout le monde s'en fout. Tu déterres des squelettes et ça n'intéresse personne que tu les trouves ou non. Laisse le passé tranquille. Rentre chez toi et attends la naissance de ton enfant. Ça rimera au moins à quelque chose. »

Toftlund n'avait pas trouvé de réponse. Il était aussi las de cette ville que Teddy, et Lise lui manquait plus qu'il ne l'avait cru possible. Ce printemps avait été maudit, irréel comme la guerre irréelle de l'OTAN, baptisée action humanitaire dans le nouveau jargon des hommes politiques, alors que l'on massacrait des gens tous les jours et que le flot des réfugiés n'arrêtait pas de grossir, tandis que les chasseurs gris et minces de l'OTAN ou les lourds bombardiers avec leurs bombes à fragmentation, leurs projectiles d'uranium et leurs missiles dirigés au laser, tournaient paresseusement sous la voûte céleste pour déverser leur chargement sur les positions chimériques des Serbes ou des ponts bourrés de civils en fuite. Et c'était vrai, il chassait un fantôme et devait continuer à le faire. Il devait obéir. Contre toute attente, en effet, Vuldom avait réussi à faire prolonger d'une semaine la détention préventive d'Irma, lui avait-elle dit par le canal du téléphone satellite de l'Aide aux réfugiés, mais le juge lui avait signifié on ne peut plus clairement que c'était pour la toute dernière fois, à moins que les preuves ne changent radicalement en faveur du ministère public.

Cela s'était passé la veille. Ensuite, ils étaient allés au bar-restaurant de l'hôtel pour prendre de grands bocks de bière pression bon marché. Toftlund n'en avait pris qu'un, mais Teddy, qui en était à son quatrième, commençait à chercher chicane, Toftlund l'avait donc laissé pour descendre faire encore un tour en ville, au port et longer la côte de l'Adriatique gris sale, sur laquelle une large bordure de crasse gluante mêlée de vieilles bouteilles en plastique, d'autres déchets non périssables et de déjections humaines lessivait les gros blocs de pierre au rythme des vagues qui arrivaient en lents rouleaux de la civilisation italienne, sur l'autre rive. C'était aussi de là-bas que venait un flot régulier de ferries roll-on roll-off crachant des hommes et du matériel : de la quincaillerie militaire et les soldats de l'OTAN qu'elle requérait, ainsi que des quantités énormes de secours de première urgence, des couvertures aux aliments en passant par les serviettes hygiéniques, qui s'entassaient dans les entrepôts crasseux et délabrés du port. Les Serbes avaient tout pris aux réfugiés, tout, de leurs logements au droit des femmes d'être propres, en passant par leurs papiers.

Torsten Poulsen se battait, de plus en plus las, pour transférer cette aide des entrepôts à la campagne, où attendaient les masses des réfugiés, dans des tentes provisoires, des usines désaffectées ou des écoles abandonnées. Il disposait de suffisamment de camions et de chauffeurs, en réalité, mais faire fonctionner le système des Nations unies, multiculturel et inefficace, était une tâche infernale. Chacun avait une opinion sur tout. La paperasserie pesait aussi lourd que la boue albanaise. Les routes embouteillées par la circulation des militaires et des trains de camions des organisations non gouvernementales, qui voulaient aider, elles aussi, mais qui apportaient souvent des provisions inadéquates aux endroits inadéquats. Et comme un essaim d'abeilles, les gens des médias fourmillaient ; ils gênaient les autres, se poussaient partout sur le devant de la scène, achetaient des interprètes et des intermédiaires coûteux qui faisaient flamber les prix de tout, depuis l'essence jusqu'aux connaissances en anglais. C'était un mal nécessaire. S'ils ne glissaient pas des photos des yeux hagards et suppliants d'un enfant affamé et gelé au milieu des journaux télévisés, les moyens des organisations pour les réfugiés se seraient rapidement taris. Torsten savait que les gens des médias ne resteraient en Albanie qu'un bref laps de temps, qu'eux-mêmes et leurs rédactions se lasseraient vite de ces histoires de meurtres, de viols, de crimes, de terreur, d'épuration ethnique et de souffrances des réfugiés pour se jeter sur une autre affaire qui retiendrait aussi brièvement leur attention.

« Quand les journalistes et l'attention du public auront disparu, je serai toujours là », leur avait-il dit le lendemain de leur arrivée, quand Toftlund était allé avec lui à Tirana, la capitale de l'Albanie, pour rencontrer C. Tandis que Torsten se battait avec une patience angélique avec et contre la bureaucratie des Nations Unies pour procurer des transports de marchandises à ses chauffeurs, Toftlund avait eu une brève rencontre avec le major Carsten Sørensen. Assis à la terrasse d'un restaurant de la rue principale de Tirana, ils avaient profité d'un temps superbe, ensoleillé et d'une température de près de 20 °. Tirana était une ville bizarre, avec de grandes avenues socialistes, des maisons délabrées, des temples à moitié finis en verre et en béton, des publicités criardes, des étals de vendeurs partout et des vaches qui paissaient le long d'un canal, sorte d'égout à ciel ouvert au milieu de la ville. Leur terrasse faisait face à l'Opéra et au grand hôtel International. Tirana rappelait Istanbul à Toftlund, en plus pauvre, avec ses petits garçons qui mendiaient ou vendaient des cigarettes dans de vieux cartons usés. Partout s'étalaient des publicités pour Marlboro ou pour un jeu appelé le Télé-bingo, qui promettait à l'heureux gagnant soixante millions de leks albanais. Comme à Durrës, des jeunes gens incroyablement chics arboraient de nouveaux modèles italiens et l'on voyait un mélange contre nature de charrettes tirées par des chevaux et de vieilles Mercedes couvertes de boue, dont nul ne savait comment elles entraient dans ce pays. La guerre semblait avoir apporté une aisance soudaine à une minorité, à moins que les mieux lotis ne soient des survivants des grandes vagues du capitalisme albanais ou des représentants de cette mafia active et omniprésente.

Carsten Sørensen et Toftlund buvaient du café et du jus de fruit. Comme tout le monde en Albanie, C. (son nom de toujours dans l'armée) paraissait fatigué. Il tendit à Toftlund un petit sac de sport bon marché :

« C'est un Beretta 927, courant dans les armées française et italienne, à trois crans d'arrêt supplémentaires. Avec un étui d'épaule. Tâche de me le rapporter.

— Merci, C.

— Tu ne dois pas circuler tout nu dans ce pays. Tirana est une ville morte après 22 heures. Même nous, nous ne sortons pas. Ça tire de partout. Il y a à la fois des règlements de comptes mafieux et des luttes de clans. Ils se battent à main armée, ou à l'aide de voitures piégées ou avec des bombes dans leurs sacs. Ce pays croule sous les armes. Tout le monde en a et ils n'ont pas peur de s'en servir. Ils ont fait exploser ce restaurant il y a un an, lors d'un règlement de comptes entre bandes.

— Je ne savais pas que tu étais déjà venu ici.

— Comme inspecteur de l'armement pour le compte des Nations unies. Il y a des munitions et des armes partout dans ce pays, stockées dans des conditions que tu ne peux même pas imaginer. L'objectif était que chaque Albanais devait pouvoir se ravitailler au cas où les Italiens ou les Russes, et plus tard les Chinois, envahiraient l'Albanie.

— Je crois que tout est possible, ici. De l'hospitalité la plus large à la pire violence. »

C. alluma une cigarette et souffla la fumée loin de Toftlund.

« C'est exactement ça. Ils sont hospitaliers, comme partout dans les Balkans, et violents, comme partout dans les Balkans. Modelés ainsi par leur histoire. Le pire, en réalité, avec le communisme, ça n'a pas été l'idiotie de leur doctrine mais le fait qu'ils ont brutalisé des millions de gens par mépris de l'individu. L'individu était un boulon dans la grande usine de la révolution, je crois que c'est Staline qui a dit ça. Je peux t'en donner un exemple : j'ai parlé avec une femme ce matin même. Elle est arrivée du Kosovo il y a une semaine à peine, avec sept autres femmes et enfants. Le reste de son village a disparu. La milice serbe est arrivée, a séparé les hommes des femmes, les vieux des enfants, et a dit aux hommes : creusez un fossé. Ils ont obéi. Puis ils ont donné l'ordre suivant : ceux qui ont de l'argent, partez, ceux qui n'en ont pas, restez, puis ils ont pris leur argent, tué ceux qui avaient de l'argent et les autres et ils les ont jetés dans le fossé, ils ont violé les femmes et les ont chassées, elles et les enfants dans les montagnes avant d'incendier le village. Ce n'est déjà pas rien, mais sais-tu ce qu'il y a de pire ? »

Toftlund fit non de la tête.

« Le pire, ce n'est pas que des histoires comme celle-là, il y en a par milliers, c'est que quand on aura fait un sort à Milosevic, les Albanais reviendront et rendront aux Serbes la monnaie de leur pièce sans qu'on puisse les en empêcher. »

Pendant qu'ils revenaient à Durrës, Toftlund raconta cette histoire à Torsten Poulsen. Tirana n'était qu'à 40 km du port, mais sur cette route défoncée, boueuse et à grande circulation, où la Toyota tanguait comme un bateau en péril, le trajet leur prit plus de deux heures.

« Ces histoires-là, j'en entends tous les jours, répondit-il. Je vais t'en raconter une autre qui illustrera peut-être le fait qu'il y aura du pain sur la planche, ici, pendant des années et des années. Enver Hoxha était un dictateur. Tout le monde le sait, mais c'était aussi un fou. Dans ce pays où les gens avaient à peine de quoi manger, il exigeait que dans son grand palais, tout le monde parle français. Un jour, il a décidé qu'il voulait un sosie. Sa police secrète a trouvé un petit dentiste, dans le nord du pays, qui ressemblait à Enver, que certains Danois considéraient à l'époque comme un grand héros de la révolution. Enver Hoxha a alors réuni les dix à douze chirurgiens esthétiques qui existaient en Albanie et ils se sont mis à opérer le dentiste pour créer le parfait sosie d'Enver Hoxha. Ils y ont réussi. Le dentiste pouvait donc remplacer le dictateur quand ce dernier craignait un attentat ou n'avait pas envie de serrer des mains ou d'inaugurer un nouveau bunker. Une fois l'opération menée à bien, Hoxha a fait venir les chirurgiens et les infirmières et leur a annoncé que pour les remercier de leur travail révolutionnaire, il les récompenserait en leur offrant des vacances dans les hôtels les plus luxueux existant en Albanie. J'ignore s'il y en avait. En tout cas, on les a emmenés dans l'autocar le plus moderne du pays. Et on les a conduits directement dans l'Adriatique, avec le car et tout le reste, et ils y sont toujours, là-bas, au fond de la mer. »

Toftlund, son petit sac de sport sur les genoux, regarda Torsten qui manœuvrait pour éviter un âne arrêté au milieu de la route et qui refusait de bouger, malgré les coups qu'un vieillard barbu lui administrait sur le dos avec un long bâton.

« Excellente histoire, mais est-elle vraie ? s'enquit Toftlund.

— Aussi vraie que tout le reste, dans les Balkans.

— D'où la tiens-tu ?

— De quelqu'un qui a écrit la biographie de Hoxha.

— Elle n'a pas l'air vraie.

— L'Albanie, le passé, les Balkans, cette guerre-ci, Toftlund. Tout est en même temps terriblement vrai, avec de vrais problèmes, et en même temps tout à fait irréel, presque comme un cauchemar, comme l'image inversée de la méchanceté que nous portons tous en nous. Dans notre partie du monde, ce n'est que depuis cinquante ans que nous avons réussi, à force de chance et d'habileté, à mater la bête qui est en nous.

— Quel philosophe tu fais », remarqua Toftlund, et il regretta tout de suite sa phrase. Il voyait qu'il avait vexé Torsten en se moquant un peu de son sérieux, mais comme Lise le disait toujours, Per battait en retraite dès qu'il était question de sentiments ou de réflexions sérieuses.

« Je lis, Per. Tu devrais essayer d'en faire autant. C'est mieux que ce que tu as dans ce sac. Ça ne résout rien », avait répliqué Torsten quand ils eurent, non sans peine, atteint la périphérie de Durrës.

En arpentant le front de mer, Toftlund jouissait malgré tout de l'impression de sécurité que lui donnait le pistolet dans son étui d'épaule. La nuit, quand il scrutait l'obscurité, debout à sa fenêtre, il entendait des coups de feu qui venaient d'en bas, des coups de feu toujours suivis d'aboiements de chiens, qui commençaient dans un coin du quartier et se répandaient dans la ville. Une nuit, il s'était réveillé en croyant que la guerre avait touché Durrës, mais c'était le tonnerre qui roulait sur la mer, avec des éclairs qui illuminaient le ciel et la ville comme de gigantesques flashes. Peu après, la pluie était tombée à verse, et dans sa chambre d'hôtel modeste, mais propre, il avait pensé aux milliers de réfugiés qui dormaient toujours en plein air avec pour seul abri une couverture ou un morceau de plastique. La pluie martelait le toit et de petits torrents descendaient dans les rues non goudronnées. Un énorme éclair avait encore zébré la nuit et ciselé un instant sur le firmament le minaret de la mosquée voisine.

Le soir, il vérifia son pistolet dans sa chambre avant d'aller chercher Teddy qui jouait aux dés avec trois chauffeurs en partance le lendemain. Toftlund admirait le don qu'avait Teddy de parler avec la plupart des gens. Presque tous les chauffeurs, sans aucun doute, trouvaient ce charmant petit homme à la fois drôle et sans façons. Pas snob pour un sou, même s'il était maître de conférences et tout, de l'avis des chauffeurs de poids lourds qui avaient vu beaucoup trop de choses, ces dernières semaines.

« Tu viens, Teddy ? » appela Toftlund.

Ils descendirent la ruelle en silence et débouchèrent dans la rue principale de Durrës qui menait au front de mer d'un côté et à la mosquée de l'autre. Toftlund, venu en reconnaissance, avait prospecté le quartier du petit restaurant, et Teddy, dont le haut front recelait une somme de savoir incroyable, lui avait raconté l'histoire de la ville. Durrës était une vieille ville, la deuxième de l'Albanie en ce moment, avec ses 85 000 habitants. Située dans une baie de l'Adriatique, elle reflétait partout l'influence italienne, depuis les vieilles ruines romaines jusqu'à la présence militaire qui dominait aujourd'hui. Les troupes de Mussolini étaient les dernières d'une longue série d'armées qui avaient envahi Durrës — Durazzo en italien — en avril 1939 et rencontré une vive opposition. Toftlund et Teddy passèrent devant le monument élevé à ces premiers martyrs de la guerre de libération nationale. En Albanie, on honorait les morts. Peut-être à cause de leur nombre. Et en 1991, l'histoire s'était déroulée en sens inverse. Des milliers de désespérés qui avaient tout perdu avaient essayé de fuir sur toutes sortes d'esquifs pour passer en Italie et dans le pays de cocagne de l'UE. Il ne restait plus qu'à les renvoyer d'où ils venaient, en faisant le nécessaire pour qu'ils y restent.

Quand ils arrivèrent sur la promenade, la nuit tombait et il faisait étonnamment doux, avec de la pluie dans l'air. Des gens flânaient encore, mais ils rentreraient bientôt chez eux pour laisser la nuit aux gangsters. Deux soldats d'infanterie italiens mangeaient chacun un hamburger en buvant une Löwenbrau dans un restaurant en plein air, leur fusil d'attaque appuyé contre la table de bois neuve. La viande préparée sur le grill ouvert sentait bon. Deux légionnaires français qui passaient, leur arme automatique sur la poitrine, saluèrent leurs alliés italiens.

Toftlund et Teddy longeaient la côte ; ils contemplaient un ferry qui quittait le goulet du port pour partir vers le large. Un réverbère sur deux était allumé, mais il y avait encore des gens derrière les fenêtres des restaurants. Leur lieu de rendez-vous, situé un peu en retrait, en haut de la promenade, était un nouveau restaurant italien bâti avec de grosses poutres brunes, comme si le maître d'œuvre avait voulu qu'il rappelle une cabane du temps des pionniers, aux États-Unis. L'enseigne en néon était éteinte, mais Toftlund distinguait une faible lumière derrière les rideaux à pois. Tournant le dos à la rive, il sortit son pistolet, ouvrit le cran d'arrêt et le remit dans son étui d'épaule sans en fixer la bride. Il laissa son blouson de cuir ouvert.

« Je n'aime pas ça, fit Teddy.

— Ça ne fait rien. Tu n'as qu'à rester avec moi et tout ira bien.

— Pourquoi ne t'es-tu pas fait aider par tes vieux copains de l'armée ? Je ne vaux pas grand-chose comme garde du corps.

— Ils ont leurs problèmes. Nous avons les nôtres.

— Tu as les tiens. Je suis venu pour me baigner. Il ne faudrait pas l'oublier.

— Considère ça comme une expérience », répliqua Toftlund, avec plus de nonchalance qu'il n'en ressentait. Son cœur battait la chamade et c'était tant mieux, pourvu que ça n'aille pas trop loin. Les sens en alerte, il avait l'impression de tout entendre, voir et sentir avec plus de netteté. Le bruit d'une voiture dans le lointain, les cabots qui aboyaient et glapissaient sans cesse là-haut, dans la ville, des pas rapides sur les dalles de guingois et l'odeur des algues pourries et du mazout venant de la mer. Le calme plat régnait dans la nuit noire, tombée brusquement, qui les enveloppait d'une cape encore tiède, mais il savait que la température ne tarderait pas à baisser.

Toftlund ouvrit la porte, Teddy sur ses talons. D'abord ils ne virent ni personnel ni clients. Seules deux lampes de table éclairaient la pièce, plongée dans une semi-obscurité. Ils attendirent un moment et Toftlund distingua enfin un homme attablé au fond du restaurant. Il venait apparemment de manger des pâtes, puisqu'on voyait devant lui des restes de fettucini dans une assiette à côté d'un bol de parmesan râpé et d'un verre à moitié plein de vin rouge. Ils reconnurent l'homme à la figure marquée de petite vérole et sa longue queue de cheval grise, qui descendait sur sa veste de cuir bordée de ses bizarres franges hippies. Deux jeunes gens aux visages inexpressifs, en jean bleu et blouson de cuir noir, prenaient un expresso à une table d'encoignure.

« Monsieur Toftlund, please, sit down with your friend and have some wine, monsieur Toftlund, je vous en prie, asseyez-vous avec votre ami et prenez un peu de vin », dit l'homme de l'aéroport dans un anglais distinct, un soupçon d'accent américain dans sa prononciation traînante.

Ils s'assirent. Toftlund fit en sorte que Teddy se trouve sur sa droite, entre les deux gardes du corps et lui, ce qui pouvait lui laisser les quelques secondes nécessaires en cas de bagarre. Son cœur battait très fort quand il pensait à cette éventualité, mais il espérait l'éviter, estimant que ce n'était qu'une affaire parmi d'autres. Ni plus ni moins.

L'homme qui portait l'étrange veste indienne leva la main et durant un instant, la lumière fit étinceler toutes ses bagues. Une femme entre deux âges, en chemisier blanc et jupe noire, émergea de la pénombre du bar. Elle posa sur la table deux verres et une deuxième bouteille de vin rouge et enleva l'assiette sans regarder personne dans les yeux. Une main couverte de bagues remplit les deux verres, l'homme leva le sien en faisant un signe de tête. Toftlund et Teddy firent le même signe et burent. Teddy soupira d'aise, dit un « vous permettez », tourna la bouteille et regarda l'étiquette.

« Du Barolo ! Permettez-moi de vous remercier pour ce vin de choix, déclara-t-il en anglais. J'ai dû enfreindre, ces derniers jours, l'un de mes principes pourtant fondamentaux. Alors, je vous remercie.

— Et quel est le principe que l'Albanie vous a fait enfreindre ? demanda l'homme de sa voix traînante, presque américaine.

— Que la vie est trop courte pour boire du mauvais vin. Que la vie est trop courte pour boire autre chose que des premiers crus. »

L'homme les regarda fixement, de ses yeux presque noirs dans son visage plat. Toftlund pensa soudain que le temps s'est arrêté. C'était idiot, mais il en avait l'impression. Le temps avait gelé comme un fleuve sibérien ; à ce moment-là, la bouche, sous les yeux noirs, s'ouvrit soudain pour émettre un rire caverneux, glapissant, presque féminin, avant de se tourner vers les deux gardes du corps, et peut-être vers la serveuse qui guettait quelque part, dans la pénombre du bar, apparemment pour leur traduire et leur expliquer, en albanais, la remarque de Teddy.

Les deux gardes du corps rirent complaisamment, mais sans grand enthousiasme et la bouche, sur le visage couvert de cicatrices, se ferma puis se rouvrit pour dire :

« Très beau. Je m'en servirai. Excusez-moi de vous recevoir si mal. Voudriez-vous manger ?

— Non merci, dit Toftlund. Nous vous remercions, mais nous sommes un peu pressés par le temps.

— La malédiction de l'homme moderne, mais je vous comprends, monsieur Toftlund. Je sais ce que c'est, croyez-moi. En ces temps de guerre, les hommes d'affaires sont confrontés à... comment dire, à un véritable défi. Alors, trinquons à la conclusion rapide et satisfaisante pour tous de notre petite affaire. »

L'Albanais leva son verre et Teddy et Toftlund firent de même, mais Toftlund s'arrêta juste avant que ses lèvres ne touchent le verre et fixa franchement l'homme aux yeux noirs :

« Vous connaissez mon nom. Puis-je avoir l'honneur de connaître le vôtre ? »

Les lèvres minces se permirent d'esquisser un sourire et dirent :

« *Preferisco usare un nome italiano. Chiamami Don Alberto*. »

Toftlund ne comprit rien, mais Teddy le surprit de nouveau en lui traduisant en anglais :

« Le gentleman préfère utiliser un nom italien. Appelez-moi Alberto, c'est ce qu'il a dit.

— J'ignorais que tu parlais l'italien, dit Toftlund en danois, mais Teddy poursuivit en anglais :

— Je ne parle pas bien l'italien, Don Alberto, mais autrefois, dans mes jeunes années, j'ai eu une amie italienne. Une Napolitaine, belle et intelligente. »

Don Alberto leva ses mains fines aux grosses bagues et aux bracelets cliquetants, sourit à nouveau et répondit :

« Vous êtes un connaisseur des vins italiens. Vous êtes un connaisseur des femmes italiennes qui vous ont appris la langue au lit, le seul endroit où il vaut la peine de l'apprendre, en faisant l'amour et pendant les minutes délicieuses qui suivent les étreintes, où l'on est plus proche que jamais l'un de l'autre, avant que l'ennui ne s'installe, puis-je avoir l'honneur de connaître votre nom ?

— Chiamami Teddy.

— Teddy ? répéta Don Alberto en goûtant ce nom étrange. Très honoré. Au vin et à l'amour ! »

Ils vidèrent leur verre et Toftlund, qui estimait que la danse rituelle était terminée, voulut se permettre d'ouvrir les négociations, mais ce fut de nouveau Teddy qui prit l'initiative, en l'étonnant par sa sagacité. Peut-être craignait-il simplement par-dessus tout que Toftlund se comporte comme un éléphant dans un magasin de porcelaine, en se laissant aller à son tempérament viril, au lieu de faire appel à l'intelligence dont il se sentait doté alors que Toftlund en manquait.

« Je vous remercie de votre hospitalité, Don Alberto, mais surtout parce que vous voulez m'aider à retrouver ma sœur.

— Votre sœur ! Quelle surprise. Je croyais qu'il s'agissait uniquement d'aider nos vaillants alliés dans cette guerre contre ce fils de pute de Milosevic — que ses fils restent impuissants et ses filles stériles pendant des générations. Ma joie serait grande comme

Allah si je pouvais contribuer à réunir un frère et une sœur.

— Le pourriez-vous ? »

Don Alberto reprit une gorgée de ce vin moelleux. Toftlund pensa que l'ambiance s'était détendue. Sans pouvoir définir pourquoi, sans aucun changement concret, la sourde agressivité de la salle s'était atténuée.

« Votre sœur...

— Ma demi-sœur, en fait.

— Vous êtes du même sang. C'est la seule chose qui compte. Votre sœur est une femme recherchée que beaucoup veulent courtiser. Les services de sécurité serbes — que le sperme de ces barbares impies reste stérile jusqu'à la fin des temps — veulent parler avec elle, mais ces chiens ont assez à faire à lutter contre nos vaillants alliés — qu'Allah tout-puissant les protège —, et contre les fiers fils de l'UCK — qu'Allah les protège et leur donne des forces pour qu'ils puissent mourir en martyrs. Votre sœur se cache aussi pour échapper à des impies albanais qui ne comprennent pas cette lutte héroïque pour laquelle nous devons tous faire des sacrifices, et qui collaborent avec des athées moscovites.

— Que lui veulent les Serbes ? demanda Toftlund et il se hâta d'ajouter : Don Alberto.

— Les traîtres doivent mourir. C'est la loi de la vie. Elle a pris des documents pour les remettre à l'ennemi. Des papiers russes qui prouvent qu'ils occupent la station de radar de Pristina et que les Russes parlent deux langues, comme d'habitude. Parce qu'elle projetait de vendre, à son profit personnel, l'agent des Russes à l'OTAN — qu'Allah protège et fortifie nos vaillants alliés. Pour sauver sa peau.

— Mais n'est-elle pas surtout croate ? demanda Teddy.

— Elle était yougoslave du temps où ce mot signifiait quelque chose et elle est toujours titiste au fond du cœur. Mais là n'est pas la question. Nous connaissons Mira Majola. Nous ignorions qu'elle avait un frère ou de la famille au Danemark, et cela nous a stupéfaits que des Danois, nos alliés dans notre grand combat, nous parlent d'elle et de son histoire. La sagesse d'Allah est impénétrable, mais ce doit être à lui, qui voit tout, que nous devons notre rencontre. Nous avons fait de petites affaires avec elle, mais le monde a changé. Des scélérats tentent aussi de s'approprier notre monde. Des hommes qui ne connaissent pas l'histoire et la loyauté au sein des familles et des clans, qui ne savent pas apprécier le bon vin et les belles femmes, les accords entre gentlemen, des gens qui ne sont pas des hommes d'honneur, comme nous les connaissons de l'autre côté de la mer. »

Il leva de nouveau les mains, comme si ce geste allait mieux leur faire comprendre combien le monde était devenu déraisonnable et immoral. Toftlund regarda Teddy. Loin d'être bête, ce dernier suivait le raisonnement de l'Albanais qui se faisait appeler Don Alberto. La mafia russe arrivait aussi dans ces régions, comme partout en Europe de l'Est et en Europe centrale. La vieille Cosa Nostra italienne se voyait acculée par ces nouveaux collègues brutaux et riches, venus de l'empire effondré. Mira avait vendu l'argenterie de famille et profité de ses contacts pour amasser un pactole qui lui permettrait de quitter le navire en détresse avant qu'il ne soit trop tard, en entraînant celui qui se cachait, quelque part dans la vaste bureaucratie de l'OTAN ou de l'UE. Soit dans sa chute, soit parce qu'ils voulaient, ensemble, commencer une nouvelle vie dans un pays éloigné de l'Europe.

Don Alberto resservit du vin et alluma une cigarette après avoir tendu le paquet rouge et blanc à Teddy et à Toftlund. Toftlund secoua la tête en signe de dénégation alors que Teddy, à qui cela fit plaisir, accepta la flamme du briquet et contribua à la pollution de la pièce, mais les deux gardes du corps allumèrent aussi leurs cigarettes. Toftlund le remarqua parce que cela leur occupait les mains. Ce qui détendit encore un tantinet l'atmosphère.

Don Alberto se pencha en avant et se mit à parler à voix basse. Abandonnant ses expressions théâtrales, il adopta le ton d'un homme d'affaires tout à fait ordinaire, avec son accent américain un peu forcé :

« Pendant ces cinq dernières années, votre sœur a surtout séjourné à Budapest. Elle y a organisé l'une des meilleures affaires qu'on ait montées dans le monde post-communiste. Les Hongrois l'ont baptisée la grande fraude du pétrole. Nous sommes nombreux à en avoir profité. Il y a une autre raison pour laquelle je vous aiderai volontiers, signor Teddy. Tout a son temps, et le temps de cette affaire est révolu, mais quoi, même de nos jours, quatre cents millions de dollars de bénéfices c'est une jolie somme, n'est-ce pas ? Ces bénéfices ont été bien investis dans des technologies nouvelles, dans le lancement d'une collaboration entre des entreprises soi-disant légales et d'autres qui sont plus entreprenantes, si vous me permettez ce mot.

— Alors, il s'agit uniquement de gros sous ?

— Comme la plupart des choses en ce monde, signor Teddy », dit Don Alberto.

Teddy murmura, presque à part lui :

« Peut-être, mais Irma ne s'est jamais intéressée à l'argent. Ça n'a jamais été ça qui l'a motivée.

— Qui est Irma, signor Teddy ?

— Mon autre sœur.

— Si elle est ainsi, elle est trop bonne pour notre monde, dit Don Alberto.

— Alors, c'est pour cette raison que, disons, certains de vos concurrents cherchent Mira ? s'enquit Toftlund.

— Oui, signor Toftlund. Ils la cherchent parce que s'ils la trouvent, ils croient qu'elle pourra leur montrer sur la carte l'endroit où le trésor est enterré. Tout l'argent qu'elle a emporté quand la terre a commencé à brûler sous ses pieds et qu'il s'est agi de s'assurer une bonne retraite.

— Pourquoi ne la trouvent-ils pas, puisque vous dites que vous, vous l'avez trouvée, Don Alberto ? »

Don Alberto sourit et reprit son masque théâtral :

« Ce territoire est le mien. Je suis comme un vieux chat. Je ne permets pas aux autres chats de venir pisser là où je me promène le soir. »

Son expression se refroidit et ses lèvres s'amincirent de nouveau :

« Mira Majola est dans un camp de réfugiés, à la fabrique de tabac désaffectée de Shkodra. Elle est sous ma protection, mais elle a accepté de vous parler. Vous, c'est-à-dire son frère et l'agent des services de sécurité danois. Mais, mes chers amis, puis-je vous appeler ainsi, maintenant que nous avons ouvert nos cœurs les uns aux autres ? Mes chers amis, cette chère sœur est sous ma protection, concluons donc en trinquant et en souhaitant qu'elle reste en bonne santé. »

L'audience était terminée. Toftlund et Teddy rentrèrent à l'hôtel en trébuchant sous les rares réverbères allumés. Il n'y avait presque plus personne dehors à part, dans la rue principale, deux agents en patrouille et quelques rares piétons. La rue principale était plus éclairée ; ils avaient marché en silence jusque-là et Toftlund se sentit sur un terrain un peu plus sûr que dans l'obscurité du front de mer.

« Ça se comprend, dit-il.

— Quoi ?

— La mafia, ou appelle-la comme tu voudras, a cru que ta demi-sœur t'avait donné des renseignements sur le lieu où se trouve la fortune qu'elle a volée. Ils ont cru qu'ils étaient dans les papiers qui se sont perdus.

— Il n'y avait pas d'argent dans cette enveloppe. Absolument rien qui ressemble à une fortune.

— On ne cache pas de l'argent comme ça, de nos jours. Il est placé sur des comptes occultes dans les îles Caïmans ou autres paradis fiscaux du même genre. Il faut avoir le numéro, et un nom de code, pour pouvoir les transférer ailleurs. C'est ce qu'elle t'avait donné. Pour plus de sécurité. En les cachant dans les papiers concernant ton père. De vieux papiers sans importance qui dataient de la guerre. Elle s'est servie d'un ordinateur et d'Internet. L'argent est placé sur plusieurs comptes, sûrement dans différents pays. Elle avait caché dans ces papiers les numéros, les codes et les faux noms de ces comptes en banque. Crois-moi.

— Astucieux. Quand on vole de l'argent à des voleurs, à qui les voleurs iront-ils déclarer ce vol ? »

Ils poursuivirent leur chemin en silence en humant les embruns, et comme d'habitude, le tonnerre se mit à rouler à l'horizon. Bientôt, de grosses gouttes de pluie commenceraient aussi à claquer. Les chiens fous aboyaient dans le lointain, mais ils en entendirent aussi un grogner à proximité et virent luire une paire d'yeux jaunes qui disparurent dans la nuit, quand Toftlund tapa du pied sur le ciment fissuré.

« Pays de merde, dit-il en frissonnant.

— Un homme intéressant », commenta Teddy tranquillement. Il avait trouvé une sorte de calme, comme si sa peur s'était dissipée pendant la conversation. Comme s'il était arrivé à la conclusion qu'il évoluait dans un monde surréaliste, où chaque nouvelle information paraissait éliminer ou contredire la précédente, et que puisque l'on participait de toute façon involontairement à une tragédie moderne absurde, mieux valait accepter son destin et ne pas se laisser déprimer. Peut-être perçait-il à jour quelque chose que Toftlund ne voyait pas ? Peut-être était-il simplement soulagé que la rencontre se soit bien passée ? Peut-être était-il simplement heureux d'avoir bu du très bon vin pour la première fois depuis plusieurs jours ?

« C'est sûr qu'il était intéressant, mais en quoi spécialement ? demanda Toftlund, irrité.

— Par la mise en scène, le choix des mots, jusqu'à son nom. Rien n'était fortuit.

— Comment ça, son nom ?

— Don Alberto, pas signor Alberto. Les Italiens n'emploient pas le mot "don". Ils ne disent que “signor”, ce sont les Siciliens qui emploient le mot “don”. Tu ne vois pas ? Il te dit qui sont ses amis. Parle juste avec ma sœur, Toftlund, mais si j’étais toi, je ne toucherais pas à un seul de ses cheveux. »

Teddy gloussait comme s’il ne pouvait pas s’empêcher de rire, mais Toftlund ne voyait pas tellement de raisons de rire.

« Ça t’amuse, hein ? » remarqua-t-il, tandis que la fatigue familière qui suivait une poussée d’adrénaline commençait à se faire sentir.

Teddy ricana et alluma une cigarette avant de répondre :

« Au plus haut point. Parce que tout cela n’est qu’un cirque post-communiste où il n’y a ni héros, ni traîtres, seulement des fraudeurs et des escrocs. Ce qui prouve que tous ces discours sur un nouvel ordre du monde étaient une grande illusion. C’est quand même marrant. Et tu sais quoi, Toftlund ?

— Non, Teddy, mais je suis sûr que tu vas me le dire.

— Toftlund, mon vieux. Je vois un tableau de tout ça. Qui pourrait s’intituler : “Teddy à fond de cale en Albanie”, mais peu importe.

— Quelquefois, je ne comprends pas ce que tu dis.

— Et par-dessus le marché, tu sais quoi ?

— Non.

— Par-dessus le marché, j’adore l’Albanie, tout simplement », dit Teddy en pressant le pas, en secouant la tête et en rigolant, si bien que Toftlund eut peur qu’il ne soit en train de perdre la boule.

26

Le convoi quitta Durrës au point du jour. Il avait plu et tonné dans la nuit, et les fondrières, pleines d'eau brune et argileuse, reflétaient la douce lumière matinale. C'était un matin gris, avec des nuages bas et lourds et un vent doux venant des rouleaux de l'Adriatique. Le convoi se composait de six camions et d'un 4×4. Tous les véhicules, y compris celui qui tirait une remorque, étaient peints en blanc, la couleur des Nations unies. Outre le logo de l'UNHCR, trois camions arboraient aussi un pavillon danois, les trois autres, conduits par des chauffeurs britanniques, venaient de Grande-Bretagne. Toftlund et Teddy avaient eu de la chance. Trouver un transport en Albanie était presque aussi difficile que de gagner la paix, mais Torsten Poulsen devait envoyer à Shkodra un convoi transportant des couvertures, des tentes et des serviettes hygiéniques, et s'ils acceptaient de voyager dans les mêmes conditions que les chauffeurs de l'aide d'urgence et même de dormir sur la marchandise, ils seraient les bienvenus. Détail tout à fait extraordinaire vu son job, Poulsen devait diriger personnellement le convoi, parce qu'il n'avait tout simplement trouvé personne pour le faire. En effet, la bureaucratie des Nations unies à Tirana lui avait donné sans préavis l'ordre de charger et de partir pour Shkodra, située à un peu plus de 100 km au nord, plus loin que Tirana et par-delà les collines. C'était une ville que les guides déconseillaient aux touristes depuis plusieurs années, au cas où quelqu'un aurait souhaité se promener dans ce paradis du banditisme qui abritait pourtant des milliers de réfugiés, comme d'autres villes pauvres et usées des Balkans. Les conditions climatiques aidant, Poulsen espérait pouvoir arriver à Shkodra en quatre à cinq heures, décharger en deux heures et rentrer à Durrës juste avant la tombée de la nuit. Il ferait le voyage lui-même, en laissant son assistant albanais répondre au téléphone. Il enfreignait peut-être le règlement, mais Poulsen faisait toujours passer les réfugiés en priorité.

Le convoi sortit de Durrës comme un escargot, au milieu des premiers autobus brinquebalants, des grosses Mercedes boueuses, des premières charrettes à cheval, des vélos rouillés de fabrication chinoise et des vieilles femmes traînant sur le talus une vache, un mouton ou un cochon pour permettre à l'animal de trouver de quoi se nourrir un peu.

Toftlund avait pris place à côté de Poulsen dans la Toyota, laissant Teddy grimper dans l'une des grosses Volvo, à côté d'un de ses copains de jeu de dés, qui avait déclaré qu'il autorisait avec grand plaisir Teddy à fumer dans son camion. Le convoi rampait comme un long serpent en direction de Tirana, à travers la campagne brun-vert avec ses petits bunkers et ses bizarres immeubles incendiés ou corrodés, qui ressemblaient à des usines bombardées et abandonnées. Comme si des envahisseurs avaient traversé le pays en le pillant pour ne laisser que pauvreté derrière eux. La route était pleine de fondrières et pas plus les bêtes que les hommes ne semblaient connaître la différence entre la droite et la gauche. Il fallut un temps infini pour manœuvrer et traverser ce chaos. Toftlund entendait les gros camions qui suivaient la Toyota, quand ils changeaient péniblement de vitesse, et quand il tournait la tête pour regarder derrière lui, il voyait le premier camion tanguer et faire des détours pour éviter les plus gros cratères remplis d'eau, comme un coureur de slalom géant. Après quelques kilomètres de route, les flancs des véhicules blancs étaient aussi gris que les nuages bas.

« C'est Johnny qui conduit juste derrière moi, dit Poulsen. J'ai déjà travaillé avec lui en Irak et en Bosnie. C'est le meilleur. Il déchiffre la route, tout simplement : les autres comptent sur lui, ils ne le quittent pas des yeux et le suivent au zigzag près. Il faut tout le temps maintenir la vitesse. »

Par ailleurs, Toftlund ne pouvait guère parler avec Poulsen, il s'accrochait donc à la poignée en se laissant ballotter par la Toyota qui roulait lentement sur la chaussée étroite et en lacet. Après avoir tourné vers le nord à la hauteur de Tirana, on traversait de petits villages décrépits qui fourmillaient de gens, de vaches, de chevaux, de cochons, de moutons et d'enfants, et de jeunes qui leur faisaient signe, se réjouissaient et formaient le V de la victoire en apercevant le serpent blanc. Car Toftlund se rendit vite compte que Poulsen, en tant que chef du convoi, représentait les yeux, les oreilles et la boussole du serpent. La longue et grosse antenne montée sur l'avant de la Toyota constituait une ligne vitale pour les radios VHF des camions qui la suivaient, et Poulsen, de sa voix calme, leur indiquait sans arrêt les obstacles qu'ils rencontreraient après les tournants suivants : maison ou fondrière.

« Un homme et une chèvre sur la droite, des gens sur la gauche, attention à un enfant, une vache détachée à droite, au tournant, circulation en sens inverse, quatre véhicules, le dernier est une Mercedes rouge, maintenant la voie est libre, Johnny, troupeau de moutons sur la gauche, charrette à cheval à droite, la voie est très bosselée, ralentissez, avancez au pas, stoppez tout à fait, repartez, contrôle de police en vue, des enfants des deux côtés, une vache en liberté sur le talus, la voie redevient très bosselée, est-ce que les Anglais ont suivi après le croisement ? »

C'était monotone et néanmoins stimulant, pour Toftlund qui savait que ce repérage permanent exigeait l'attention la plus concentrée, et il pensa que les vrais héros de cette guerre comme des autres étaient les civils des camions, qui formaient le seul lien avec les autres civils souffrants. Il ne fut pas long à éprouver le même soulagement que Poulsen quand la voix de Johnny ou celle d'un des autres chauffeurs répondait en crachotant dans le haut-parleur de la radio VHF, pour dire qu'ils avaient traversé un croisement, négocié un tournant sans encombres et que le camion à remorque suivait aussi. Le temps passait comme le voyage, lentement, mais Toftlund, confiant, se sentait étrangement optimiste. Le voyage tirait à sa fin. S'ils ne trouvaient pas cette femme à Shkodra, ils n'auraient plus rien à faire. Il s'efforçait de refouler l'idée qui lui revenait sans cesse à l'esprit : comparée au bourbier de misère qu'il découvrait autour de lui et au fait qu'un million de fuyards étaient disséminés dans ce pays boueux et effondré, sa mission devenait ridicule et sans importance. On avait peine à la prendre au sérieux. Que des Danois nantis aient joué à la révolution et au communisme vingt ou trente ans auparavant, cela prenait soudain l'allure d'une bagatelle. Il devait pouvoir, en un sens, constater la complicité d'Irma, mais il avait du mal à démêler ses motifs et leurs effets. Était-ce l'oppression serbe qui avait déclenché cet enfer de réfugiés ? Ou la guerre de l'OTAN qui avait généré cette marée humaine ? Et qu'étaient Irma et son mystérieux commanditaire ou son officier en chef, sinon des pions minuscules qui n'avaient pas eu la moindre influence sur la situation ? Mais cela n'avait rien à voir, naturellement. Il fallait qu'il trouve cette femme. Pour que l'affaire continue, ensuite ce serait à l'accusation de jouer. Sinon, il pourrait rentrer et retrouver Lise, assister à la naissance de leur enfant et commencer une nouvelle vie, car dans ce cas, la Cour d'appel mettrait fin à l'affaire en libérant Irma. Et il était bien obligé de reconnaître à part lui que ce serait un gros soulagement, car il ne savait plus du tout ce qui était bien et raisonnable. La sécurité résidait dans le poids et la présence du pistolet qu'il portait sous l'aisselle, et bien qu'il ait noté le coup d'œil rapide et réprobateur de Torsten quand celui-ci avait pris place dans la voiture et remarqué cette bosse sous sa veste, le Beretta tranquillisait Toftlund et lui permettait de se sentir sûr de lui.

Il se cala aussi bien que possible sur le siège confortable et se laissa bercer par le flot continu des messages de Torsten comme par une musique de fond, tout en contemplant la campagne albanaise détruite. Les flancs des collines se dressaient, verts et gris, vers le ciel printanier plombé. Les maisons, en général, étaient petites et délabrées, mais on avait parfois la surprise d'apercevoir en un éclair, derrière une haie ou une barrière, une grande maison au toit de tuiles rouges sous surveillance vidéo avec, naturellement, des antennes paraboliques. À son grand étonnement, beaucoup de petites masures misérables arboraient aussi des paraboles neuves, montées sur le côté. On voyait, sur de petites crêtes, les ruines de ce qui pouvait avoir été des châteaux forts. Ils passèrent devant une vieille usine incendiée et recouverte de mauvaises herbes, qui paraissait s'étendre à l'infini sur le méandre d'un fleuve. On eût dit qu'un beau jour, tout le monde était parti sans avoir jamais eu l'idée de revenir. Partout, des épaves de voitures rouillées dont Toftlund ne comprenait pas comment elles s'étaient échouées en Albanie, ni comment elles avaient fini par devenir ces tas amoncelés dans chaque fossé ou dans chaque petit champ. Poulsen lui dit que la plupart des Mercedes qu'ils voyaient étaient des voitures volées, arrivées ici en empruntant des voies mystérieuses. La végétation était basse, à la fois dans la plaine et sur les monts brun-vert qui s'élevaient à l'horizon. Toftlund vit plusieurs mosquées et fut étonné de découvrir des églises que l'on venait de peindre en or, étrangement propres et virginales, parmi les bâtiments voisins désordonnés. Ils longèrent sur quelques kilomètres une voie de chemin de fer rouillée et purent voir une vallée où la fumée des cheminées montait des petites maisons de bois pour rester dans le ciel, presque sans bouger. Un marché quelconque y battait son plein. Des tas de stands, une foule de gens grisâtres et une foule d'animaux. Poulsen ralentit encore, mit le clignotant, se gara sur le bord de la route et arrêta le moteur.

« Pause pipi », dit-il en étirant les bras au-dessus de sa tête et en arrière pour soulager ses épaules et ses bras ankylosés.

Teddy sortit et se redressa en se tenant les reins. Il s'approcha de Toftlund qui s'écartait de la route, mais Teddy le suivit. En haut d'une courte pente s'élevait une sorte de raffinerie ancienne qu'on avait abandonnée à son sort. Des poutrelles métalliques tordues et rouillées entouraient un vieux fourneau de fusion, des restes de mazout irisaient l'eau des flaques et entre les gravats, les premières mauvaises herbes du printemps se mêlaient aux plantes vivaces de l'année dernière. Cela sentait le mazout, l'essence, le goudron et l'urine.

« Robert Jacobsen aurait adoré ce coin-là, remarqua Teddy.

— Qui ?

— Peu importe. »

Toftlund et Teddy ajoutèrent à la puanteur ambiante. Soulagés, ils restèrent debout côte à côte.

« Merde, mon dos, fit Teddy et ajouta : Ah, ça fait du bien.

— Qu'est-ce que c'est que ça ? questionna Toftlund.

— Sûrement un projet de développement chinois. Hoxha s'est fâché avec les Chinois après 1978, quand les Chinois ont mis fin à la révolution culturelle de Mao. Du jour au lendemain ou presque, les Chinois ont quitté l'Albanie. Depuis, ce qu'ils avaient en train est resté tel quel, ou a empiré. De grands complexes industriels, des voies de chemin de fer qui ne mènent nulle part. Puisque l'Albanie voulait le communisme pur et dur. Jusqu'en 1990, toutes les routes, toutes les usines, tous les ponts, toutes les écoles, etc., étaient dédiées à la mémoire du vieux Josef Staline.

— Staline ! Même les Russes avaient lâché Staline.

— Le père Staline. Hoxha a reçu le pouvoir en 1944 et il a glorifié Staline jusqu'à sa mort, en 1985. Le communisme pur. C'étaient les autres dirigeants communistes qui trahissaient la ligne pure et dure. Les malheureux Albanais ont vécu leur propre révolution culturelle au milieu des années soixante. Aussi insensée que celle des Chinois. Instituteurs, professeurs, intellectuels, ils sont tous allés cultiver la terre. Interdiction de lire toute littérature ou presse occidentales. Suppression, interdiction, destruction de la religion. Les églises et les mosquées transformées en cinémas ou démolies à l'explosif. Plus de services religieux. Dieu était mort, exécuté, pour ainsi dire. L'Albanie a été le seul pays européen officiellement athée de 1967 à 1990. Pourquoi crois-tu que les gauchistes danois les plus extrémistes adoraient cet endroit ? C'était la pureté même. Ils venaient racheter leur culpabilité protestante. Quand la grande machine de l'économie de marché a fait son entrée, au début des années 1990, la population n'y était absolument pas préparée. On mettait une vierge, en quelque sorte, dans le lit d'une star du porno. »

Toftlund se mit à rire.

« C'est ce que tu dis à tes étudiants ? »

Teddy referma sa braguette :

« Non, je suis très sérieux dans mon enseignement.

— Tu sais beaucoup de choses, en tout cas, mais j'ai tout de même vu plusieurs églises, remarqua Toftlund en fermant aussi son pantalon.

— Naturellement. Ce pays est surtout musulman, mais comme nous l'a prouvé Don Alberto, beaucoup ne prennent pas les préceptes du Coran très à la lettre en ce qui concerne l'alcool et le reste. L'Italie n'est pas loin et l'église catholique est très active, elle construit des églises et des écoles partout. Comme les Turcs et les Saoudiens, bien entendu, mais eux construisent des mosquées. Sans oublier ces toqués de prédicateurs américains qui ont la Bible dans une main et un sac de première urgence dans l'autre. Dans le chaos ambiant, il y a beaucoup d'âmes à collecter et il faut se battre pour les avoir, mon ami. Et c'est ce qu'ils font. Aide-moi à descendre, veux-tu ? Ce tableau-ci pourrait s'intituler : "Teddy, qui a mal au dos, peine à descendre d'une montagne albanaise avec ancienne usine chinoise à l'arrière-plan." »

Toftlund rit de nouveau, prit Teddy par la main et le soutint pour lui permettre de redescendre la pente en marchant et en glissant pour regagner la route où les attendait le serpent blanc. Les chauffeurs buvaient le café de leur thermos et Teddy et Toftlund acceptèrent avec gratitude du café fumant dans des récipients en plastique. Un flot constant de vieilles bicyclettes chinoises massives passait en sens inverse, avec sur leur porte-bagages des caisses où l'on entendait glousser des poules. Beaucoup étaient aussi à pied, des paysans pauvres aux visages profondément burinés, qui allaient au marché en tirant un cochon ou une chèvre par le licou. Les gens aisés avaient une petite charrette tirée par un cheval au mors écumant, avec de la boue jusqu'en haut des jambes. Dans la voiture, outre le cocher, on voyait souvent une femme, quelques enfants et un cochon ou deux moutons. Ou une voiture avec une vache, ou une vieille femme portant un panier contenant quelques pommes tachées. Dans une petite voiture aux pneus usés s'entassaient un cocher debout, deux jeunes femmes sur le siège, un veau et deux chèvres aux cornes en spirale. D'autres arrivaient à pied sur la voie ferrée qui donnait l'impression de n'avoir pas vu de train depuis des années. Tous étaient pauvrement vêtus, mais la plupart avaient assez de tonus pour sourire, saluer de la main et faire le V de la victoire en passant devant le convoi des voitures blanches. Cela ne faisait pas penser à l'Europe de la fin du millénaire, mais à des scènes d'un tiers-monde inconnu, que Toftlund n'avait pas imaginé aussi proche des frontières de l'UE.

Teddy vint contempler la scène à côté de lui.

« Quand on voit ça, c'est comme si les discussions danoises sur la lutte anti-tabac, les services à domicile et la pré-retraite perdaient de leur signification, hein Toftlund ?

— On croirait que c'est l'Albanie qui est en guerre.

— Elle se bat contre elle-même depuis 1944.

— La pauvreté albanaise n'a rien de pittoresque, en tout cas.

— Elle ne l'est jamais. Pas quand on la voit avec les yeux de ceux qui regardent les visiteurs.

— Encore ta philosophie. Tu ne peux pas t'en empêcher.

— Ce tableau pourrait s'intituler : "Désespoir du philosophe Teddy devant la misère albanaise."

— À quoi riment ces histoires de tableaux ?

— C'est un petit jeu, mon vieux. De temps en temps, quand on se voit de l'extérieur, c'est difficile de se prendre trop au sérieux.

— Souvent, je ne te comprends pas.

— À chacun son fardeau. »

Toftlund le regarda, irrité, prêt à grogner, mais il secoua la tête et s'approcha de Poulsen. Teddy lui cria :

« Toftlund, on ne pourrait pas échanger nos places ? Mon dos me tue.

— Il ne veut pas que tu fumes.

— Plutôt mon dos que la cigarette. C'est le nouveau mot d'ordre de Teddy. »

Toftlund fit le reste du chemin sur la banquette avant du camion Volvo de Johnny. La voix de Poulsen, qui lui parvenait désormais par le haut-parleur, donnait les mêmes indications routières précises et monotones. Il comprenait ce que Teddy avait dit à un certain moment aux chauffeurs, pendant la pause, que ça lui rappelait un de ces poèmes modernes en prose, que Lise aimait tant. Teddy avait appelé ça des vers de mirliton, ce que n'avaient compris ni Toftlund ni les chauffeurs. Poulsen avait ri et remercié du compliment. Johnny parlait à bâtons rompus des nombreuses missions qu'il avait effectuées ces dernières années, pour l'Aide aux réfugiés danoise, les Nations unies et la Croix Rouge, en ajoutant qu'il s'ennuyait de sa famille du Vendsyssel, là-bas, au nord du Danemark, mais qu'il ne pouvait pas non plus se passer de l'excitation et des défis de son travail. Maintenant, ce n'était pas seulement l'argent qu'il gagnait qu'il avait dans le sang, même si ses indemnités journalières étaient O.K. Toftlund le comprenait parfaitement, il aurait eu les mêmes sentiments : ce n'était pas du cynisme, mais peut-être bien de l'égoïsme qui faisait dire à Johnny qu'il se réjouissait toujours quand le téléphone sonnait à l'aube et que la Direction de la sécurité faisait une fois de plus appel à lui.

Ils quittèrent les petites villes appauvries et arrivèrent dans une vallée recouverte de prairies vertes. Toftlund fut étonné par la beauté soudaine de cette large vallée majestueuse bordée de montagnes à pic brun noir qui portaient leurs sommets enneigés comme des toques blanches. On eût dit une vallée fertile, mais le sol n'était presque pas cultivé. Seuls quelques petits jardins ou des jardins ouvriers paraissaient bénéficier d'un semblant de culture. Peut-être des rizières. Sinon, c'étaient l'herbe, l'eau et le vide, à part un berger avec ses moutons et quelques vaches dans le lointain. La rivière coulait lentement et lourdement, comme un ruban brun dans ce paysage grisvert, quand le convoi, une heure plus tard, s'engagea dans un tournant pour entrer dans les faubourgs de Shkodra et s'arrêta parce qu'un agent en uniforme bleu leur barrait le chemin de son bâton cerclé de vert.

Toftlund descendit, s'étira et observa. Il voyait que Poulsen tâchait de se faire comprendre des agents. Peut-être voulaient-ils de l'argent ? Peut-être demandait-il simplement son chemin ? Ils étaient garés devant une station-service Agia flambant neuve aux couleurs italiennes, située juste en face d'une église entièrement neuve elle aussi dont la croix brillait sous le soleil qui commençait à percer la couverture de nuages. Deux de ces chiens galeux omniprésents couraient peureusement en tous sens, la queue entre les jambes.

Poulsen secouait la tête, donnait apparemment des explications et montrait des papiers, mais les quatre agents secouaient toujours autant la tête. Ce qui devait être la rue principale de Shkodra s'ouvrait devant eux. Aux terrasses des cafés, un nombre stupéfiant de clients buvaient du café ou de la bière. Beaucoup étaient bien vêtus, et Toftlund admira de nouveau les belles jeunes femmes qui allaient et venaient, conscientes de leur charme, en jetant des coups d'œil appuyés en direction des jeunes gens et des étranges chauffeurs barbus des camions blancs aux plaques minéralogiques du Conseil de sécurité. Après des décennies d'isolement, leur pays fourmillait à présent d'étrangers, ainsi que d'idées et d'influences aussi menaçantes qu'attrayantes.

Deux Mercedes zébrées de boue arrivèrent et six hommes en sortirent. Deux d'entre eux portaient une veste noire en simili cuir et un jean usé bleu ou noir, les autres un complet-veston mal coupé. Cinq étaient d'un âge indécis, entre trente et quarante ans, avec des cheveux noirs, pommadés et lissés en arrière. Le sixième, un peu plus âgé, avait des cheveux gris et une grosse moustache. Quand ils sortirent des voitures, Toftlund vit qu'ils étaient tous armés d'un pistolet à la ceinture. On eût dit à la fois des agents en civil et des gangsters, et ils étaient peut-être les deux, pensa Toftlund. Les complets étaient repassés, mais les chaussures boueuses. Les Albanais s'approchèrent de Poulsen. Toftlund n'entendait pas ce qui se disait, mais cela ressemblait à de l'albanais, même quand Torsten essaya de parler anglais. Toftlund avança d'un pas et s'appuya à la Toyota de Poulsen. Il vit que les deux hommes en veste de cuir l'observaient et fut heureux de voir que leurs mains descendaient vers leur ceinture. Tant mieux s'ils comprenaient qu'ils avaient affaire à un homme qui pouvait représenter un risque. Qu'ils n'avaient pas le champ libre.

Poulsen s'approcha de lui :

« Est-ce que Teddy parle l'albanais ?

— Non, répliqua Teddy en sortant de la Toyota. Que veulent ces gentlemen albanais qui se comportent si poliment ?

— Je n'en sais rien. Sûrement de l'argent. Ils disent qu'ils font partie des services de sécurité. Si je comprends bien. Ils peuvent aussi bien faire partie de la mafia. Où est passé le représentant de l'UNHCR ? Je l'ai appelé il y a une heure. »

Un 4×4 blanc aux plaques italiennes arriva à toute vitesse et freina en faisant jaillir la boue avant de s'arrêter devant la station-service. Le chauffeur était un homme grand et maigre, aux traits coupés au couteau, dont les cheveux noirs coiffés en arrière soulignaient la hauteur du front. Son pantalon gris était bien repassé, sa cravate assortie à sa chemise blanche, sous sa veste coûteuse en cuir brun, et ses bottes neuves sous leurs taches de terre. Il ignora les six hommes, alla droit vers Poulsen et lui serra la main.

« O.K. Torsten, dit-il en anglais. Je vais m'occuper de ça. »

Il se dirigea vers les hommes et leur dit quelque chose. Ils ne protestèrent pas, mais jetèrent des coups d'œil en dessous avant que quatre d'entre eux ne retournent dans une des Mercedes et s'en aillent. Les deux autres allèrent à l'autre voiture mais ils ne partirent pas.

Poulsen dit à voix basse :

« Il s'appelle André. Professeur de littérature à l'université de Pristina, au Kosovo. Réfugié maintenant, naturellement. C'est le coordonnateur de l'UNHCR de cette région. Très habile. Toute sa famille a disparu, son père, sa mère, sa femme qui était institutrice, deux enfants en bas âge. Il admire l'hospitalité des Albanais, mais leur niveau culturel le met quand même un peu mal à l'aise. Les Kosovars sont un peu plus développés que leurs voisins albanais. C'est une nation cultivée, en fait. Elle l'était en tout cas, avant que les Serbes n'enclenchent leur nettoyage ethnique et l'élimination de la mémoire de la nation. »

André revint. Il n'avait pas le temps d'être poli et ignora Teddy et Toftlund, les prenant peut-être pour des journalistes.

« Ils veulent trop d'argent, mais ils vont vous montrer le chemin du campement. Qu'est-ce que tu apportes ?

— Des couvertures, des tentes, du papier hygiénique, des serviettes hygiéniques, des conserves, des cachets désinfectants pour l'eau, des bâches en plastique.

— Combien de véhicules ?

— Six, un avec remorque. Ce sont les tentes.

— J'ai demandé au moins le double.

— Adresse-toi à Tirana, André.

— O.K. Allons-y. Les tentes et le camion à la bâche en plastique n'ont qu'à suivre la Mercedes, et vous allez venir avec moi à la fabrique. »

Il y avait plus de dix ans qu'on avait roulé la dernière cigarette dans cette vieille manufacture de tabac. Située dans la boue des faubourgs de la ville, clôturée, elle offrait un raccourci de toute la situation, désespérée, et surpeuplée de gens qui paraissaient tous avoir plongé au cœur du mal et ne jamais pouvoir oublier la tête de ce monstre. Il n'y avait ni ordre ni désordre, rien qu'un chaos sans but, comme lorsqu'un enfant pique avec un bâton dans une fourmilière, par une chaude journée d'été, rompant le rythme de travail régulier de ses habitantes qui courent en tous sens, désorientées et épouvantées, pour détecter quelles sont les forces puissantes qui ont envahi leur maison et détruit leur existence. Mais les garçons adolescents coururent aux camions, si vite que, d'évidence, ce n'était pas la première fois que cela leur arrivait, pour former une longue queue et faire passer les cartons de main en main, depuis les camions jusqu'aux quatre étages des bâtiments de la manufacture. Ceux-ci, autrefois rouges, mais de couleur caca d'oie à présent, exhibaient des fenêtres sans vitres. Un relent étrange, lourd et fade, de corps malpropres et d'urine, s'exhalait des nombreux et grands bâtiments entre lesquels le sol pétri se réduisait à une boue noire et gluante. Toftlund vit une vieille femme à la fenêtre, le regard absent. À une autre fenêtre, un petit garçon qui suçait son doigt le regardait de ses grands et beaux yeux bruns. Il n'y avait presque pas d'hommes adultes. Les rares hommes que vit Toftlund étaient vieux. L'un d'eux, petit, maigre, à la casquette grasse et rigide et aux poils de barbe gris et raides, un long bâton à la main, tapait sur le dos des enfants qui bavardaient et riaient, en les grondant quand il trouvait qu'ils mendiaient avec trop d'insistance du chocolat ou du chewing-gum. Nul ne s'en souciait. Du reste, ses punitions n'obéissaient à aucun système. Certains gamins mendiaient, riaient, sautaient et insistaient sans qu'il réagisse, tandis que d'autres écopaient d'un coup rien qu'en s'approchant du chocolat ou du chewing-gum. Quand un enfant était touché, il poussait un petit cri ou un hurlement, se baissait et se sauvait. Et ils évitaient habilement les coups cinglants du bâton. Mais cette petite violence inutile, dans la situation désespérante qui résultait de la violence systématique dominante, accrut la colère de Toftlund. Un gosse chaussé de bottes beaucoup trop grandes pour lui, la morve au nez, se poussa au milieu des grands et réussit à parvenir devant un des chauffeurs anglais qui distribuaient des morceaux de chocolat. Le vieux au bâton le vit et essaya plusieurs fois de le taper, mais le petit était trop agile. Il atteignit son but et reçut un morceau de chocolat et un paquet de chewing-gum. Sa figure s'éclaira d'un grand sourire. Le vieux fit deux pas en avant et leva son bâton, alors Toftlund éclata. Il saisit le bâton au moment où il s'abattait, sentit que sa main lui cuisait quand il l'arracha des mains du petit homme et il le cassa sur son genou avant d'en jeter les morceaux. Le vieux se retourna et le regarda, stupéfait et effrayé, tandis que les enfants faisaient cercle et fixaient craintivement le visage furieux de Toftlund, son regard bleu glacial et son poing levé pour frapper.

« Laisse-les tranquilles, salaud, siffla Toftlund. Laisse-les tranquilles, nom de Dieu ! Tout ce qu'ils veulent, c'est un peu de chocolat. »

Le vieux regarda Toftlund, fit quelques pas en avant, ramassa les bouts de son bâton et se mit à marmotter quelque chose d'incompréhensible en secouant la tête et en tremblant de tout son corps. Il sortit du groupe, s'éloigna de la chaîne humaine qui s'était arrêtée comme une chaîne de montage et s'appuya au mur en tremblant, les larmes coulant sur ses joues. Trois femmes allèrent le consoler en jetant des regards furieux à Toftlund.

Toftlund sentit une main sur son bras et ses muscles se contractèrent tandis qu'il faisait un demi-tour sur lui-même. Il se détendit en voyant la figure mélancolique d'André.

« Venez, monsieur Toftlund. Venez, laissez-les tranquilles. »

Toftlund le suivit. Teddy, à quelques pas de là, avait vu toute la scène. Il souriait, sarcastique. Dès que Toftlund fut calmé, les cartons de serviettes et de papier hygiéniques recommencèrent à cheminer, les enfants élevèrent la voix et le vieux revint, avec les restes de son bâton.

« Pourquoi les frappe-t-il ? Il n'y a aucune raison », dit Toftlund, d'une voix un peu tremblante. Il ne comprenait pas sa réaction. Chaque jour, des gens étaient assassinés, brûlés vifs, torturés, volés, violés et chassés et il se laissait irriter par un vieil homme qui frappait des gamins déjà grands.

Comme s'il avait lu dans ses pensées, André expliqua :

« Arrivés à un certain point, tous les gens en ont marre, alors, on fait quelque chose dont on verra le résultat sans attendre. On veut être bon. On croit qu'une bonne action concrète va neutraliser la grande méchanceté abstraite qu'on ne peut pas empêcher. On croit se décharger de sa responsabilité par ce genre d'exorcisme. Vous n'avez rien à faire ici, monsieur

Toftlund. Je sais que vous cherchez quelqu'un. Regardez autour de vous. Ils sont cinq mille, ici, et il en arrive tous les jours des centaines, mais essayez. Et puis rentrez chez vous et laissez-nous faire notre travail aussi bien que nous en sommes capables, O.K. ?

— O.K. Mais pourquoi les frappe-t-il ? Pourquoi le lui permet-on ?

— C'est le seul homme survivant de son village. Tous les autres adultes sont dans une fosse commune. Il n'était rien de spécial, plutôt une sorte d'idiot du village. Alors, il se prend pour le doyen et il croit que c'est à lui d'assurer la décence, l'ordre et l'éducation. Il ne frappe pas tous les enfants. Seulement les enfants survivants de son village à lui. Il ne frappe que ceux qu'il aime.

— Cela n'a aucun sens.

— Pas dans le monde riche. Ici, oui. Cela a énormément de sens.

— Que disent les mères ?

— La plupart des enfants sont séparés de leurs parents. La plupart des hommes ont été tués, la plupart des femmes violées, beaucoup sont mortes, d'autres se sont enfuies dans les montagnes, d'autres sont peut-être dans d'autres camps de réfugiés, ici ou en Macédoine. Personne n'a plus rien, les vieux sont ceux qui ont de la chance. Quelques vieux. Trouvez cette femme, Toftlund, et retournez dans votre petit pays riche. Vous n'avez rien à faire ici. »

André aperçut Torsten Poulsen, alla vers lui en faisant un signe de tête à Teddy et ils disparurent dans le camp de réfugiés.

« Quand on voit ce qui se passe ici, ton affaire

prend un peu l'allure d'une broutille, tout d'un coup, n'est-ce pas, Toftlund ? dit Teddy.

— Ta gueule, Teddy.

— Ah, on a touché le nerf.

— Et puis quoi ?

— Rien. L'agent secret commence à faire preuve d'un peu d'humanité, et des fissures apparaissent dans la cuirasse officielle, un petit point d'interrogation se faufile derrière l'évidence du pouvoir, la nécessité de tout montrer au grand jour. L'obligation de punir les effrontés.

— Il ne s'agit pas de ça.

— De quoi s'agit-il, Toftlund ?

— De justice. La loi est faite pour être respectée.

— Vraiment ? La justice ? La loi. Très bien. Et la vengeance ?

— Toute punition contient une vengeance.

— Eh oui. Mais maintenant, tu n'es plus sûr que cela vaille la peine de poursuivre ma chère sœur, qui a fait je ne sais quelle saleté il y a tellement longtemps que personne ne s'y intéresse plus réellement. Et tu n'es plus sûr parce que les horreurs actuelles, qui te crèvent les yeux ici, font pâlir encore davantage les petits péchés du passé.

— Je ne peux pas discuter avec toi.

— Tu n'as pas besoin de le faire non plus. »

Teddy tapa sur l'épaule de Toftlund qui le regarda, stupéfait.

« Je t'aime bien, tu sais, mon vieux Toftlund. Tu es un sacré buffle incapable de s'exprimer, mais quelque part dans la poitrine de l'homme de bois, il y a un bon cœur qui bat. Ce tableau-là, on peut l'intituler :

“Teddy montre son affection d’une tape virile sur l’épaule.” »

Toftlund secoua la tête avec résignation :

« Je ne te comprendrai jamais. Tu es un peu toqué, tout simplement. Essaie plutôt de trouver ta demi-sœur. Essaie de voir si elle est là, et on pourra rentrer chez nous. Parce que ça n’aura bientôt plus d’importance. Essayons de voir si elle est là. »

Teddy regarda Toftlund en souriant et se délecta de la stupéfaction qui se peignit sur la figure de ce dernier quand il lui dit :

« Je sais qu’elle y est. Elle lavait du linge là-bas. Elle s’est sauvée en apercevant son cher petit frère. Ou peut-être parce qu’elle reconnaît un flic rien qu’à son odeur. »

27

Teddy essaya d'expliquer à Toftlund l'Enfer de Dante, mais comme Toftlund n'avait visiblement aucune idée de ce dont il parlait, il y renonça. Mais c'était ainsi qu'il concevait ce camp de réfugiés installé dans l'ancienne manufacture de tabac socialiste désaffectée de Shkodra. Comme un supplément aux sept étages de l'Enfer de Dante. Il lui rappelait aussi un camp de concentration. Ces grands bâtiments rouges de quatre ou six étages aux fenêtres grillagées. Le fourmillement des gens dans la boue noire et les étranges yeux morts des enfants qu'on apercevait sous les bâches de plastique des camions qui les avaient amenés jusqu'ici des champs en friche et des maisons incendiées du Kosovo. Il avait vu Mira, ou Maria, vêtue d'une veste blanche et d'un pantalon noir, ses cheveux courts teints châtain, devant la pompe à eau alimentée par le UNHCR à l'aide d'un long tuyau de pompe à incendie. Les femmes lavaient le peu de vêtements qu'elles avaient pu emporter. C'étaient les femmes, comme toujours, qui se chargeaient de rendre la vie aussi supportable que possible, même dans les conditions les plus difficiles. Des petits et des grands enfants tournaient autour d'elles, les harcelaient, se faisaient consoler et donner un morceau d'une chose ou d'une autre. Les rares adultes ou jeunes gens les regardaient en allumant des cigarettes à la chaîne. Il ne faisait ni froid ni chaud, mais humide et moite dehors et dedans. Toftlund et Teddy restèrent un moment immobiles, sans bien savoir comment ils allaient s'y prendre. Ils entendirent un bruit d'hélices et trois hélicoptères de l'OTAN apparurent entre les montagnes et survolèrent la vallée. Cela réveilla les enfants qui sautèrent de la boue en levant les bras, soit pour montrer le poing, soit pour faire le V de la victoire en criant en anglais, avec un fort accent : « Go, go, go ! Tuez les Serbes. Tuez les Serbes. »

— Doux Jésus, fit Toftlund.

— Ça m'étonnerait qu'il soit dans les parages, dit Teddy. Qu'est-ce qu'on fait ? »

Toftlund réfléchit un moment :

« On cherche chacun de son côté. Il vaut peut-être mieux que tu trouves ta sœur. Dis-lui que je veux lui parler. Dis-lui qu'elle n'a pas de raison d'avoir peur.

— O.K. »

Les hélicoptères survolèrent la manufacture de tabac à basse altitude. Les enfants sautaient, dansaient et jubilaient. Les rares hommes serraient les poings et souriaient, cigarette au bec. Les femmes baissaient la tête sur leur lessive et détournaient les yeux de ces machines de guerre sur lesquelles on distinguait sans peine le gros canon et les missiles qu'on y avait montés. Ils ressemblaient à de méchants insectes démesurés qui passaient au-dessus du camp de réfugiés en cliquetant bruyamment pour survoler

Shkodra, et descendre vers leur base de Durrës. En dehors de la clôture, deux étals offraient des fruits, des conserves, du chewing-gum, du chocolat, de l'eau-de-vie et de la bière, mais pas de clients, les réfugiés n'ayant pas d'argent, si bien que même les Albanais qui s'efforçaient de gagner ici un petit supplément levèrent la tête et firent des signes aux hélicoptères, avec de grands sourires qui montraient leurs dents aux plombages en acier gris, jusqu'à ce que les hélicoptères ressemblent à de petits oiseaux de proie dans le lointain. Une voiture blanche, la marque de la Croix Rouge peinte sur le côté, passa devant les étals et poursuivit sa route jusqu'au portail d'entrée. Deux hommes encore jeunes, en veste blanche, étaient assis sur le siège avant tandis qu'on en devinait un autre sur le siège arrière, à travers les vitres fumées de la land-rover à peine repeinte.

Teddy désespérait de plus en plus, à mesure qu'il arpentait le vaste périmètre de la manufacture aux murs rouges décrépis. Il y avait des gens à tous les étages, tantôt couchés, tantôt assis sur les lits à barreaux que les Nations unies avaient fait dresser. Des couchettes les unes sur les autres. Empilées. Des gens entassés comme du bétail en cage. Mais même dans cette misère, les gens essayaient de se créer un peu de vie privée en inventant quelque chose qui leur appartenait en propre. Avec une couverture colorée, deux coussins, une photo ou deux de leurs absents, une autre couverture comme tenture, pour avoir au moins l'impression d'un minimum de vie privée, bien qu'elle soit plus que factice. Ainsi tâchaient-ils de se créer une niche. Les Nations unies avaient installé une série de toilettes chimiques qui dégageaient une puanteur fade de pisse et de merde, mais les gens muets qui faisaient la queue restaient indifférents, le visage inexpressif. Cette odeur n'était rien comparée à la puanteur de la première montée d'escalier, qui prit Teddy à la gorge quand il entra. C'était là que les premiers milliers de réfugiés avaient eu leurs toilettes, avant l'arrivée des systèmes chimiques, quelques jours plus tôt. Les camps de réfugiés le confirmaient dans son idée des besoins absolument fondamentaux de l'être humain. Il sentit monter la nausée et se hâta de ressortir. Il prenait chaque montée d'escalier, l'une après l'autre, incapable de les différencier les unes des autres à mesure qu'il montait et descendait systématiquement, en passant en revue les mêmes vieilles salles rectangulaires de la manufacture, qui contenaient les mêmes couchettes et l'odeur des corps non lavés dégagée par les gens pelotonnés et gris, et les mêmes murs de béton gris, crasseux et froids. Si bien qu'il n'en crut pas son propre odorat quand il huma soudain la bonne odeur du pain frais, si forte que d'un seul coup, cela lui rappela sa toute petite enfance. Ou tout au moins l'odeur du pain qui lui donna l'eau à la bouche et refoula la puanteur des selles et de l'urine. Son cœur battit plus vite et il renifla comme un chien en sentant cette odeur, tant il fut frappé de se souvenir de la boulangerie de son père, qu'il avait oubliée par ailleurs. Soudain, il s'y retrouva et vit avec une netteté absolue le dos blanc de son père penché devant le four, en train de retirer les pains blancs sur une plaque, au bout d'un long bâton.

Teddy entra dans la pièce, vide comme les autres, mais où se trouvait, le long d'un mur, une longue table sur laquelle s'empilaient des pains blancs et noirs.

Devant, il y avait une autre table tout aussi longue. Entre la table du pain et la table vide, deux femmes travaillaient. Les gens formaient une queue qui avançait lentement, surtout des grands enfants et des femmes. Quelques petits gamins. Chacun avait droit à deux pains qu'il emportait comme un précieux trophée. La bonne odeur couvrait celle des gens. Une adolescente qui portait un jean moderne collant et un sweat-shirt orné d'une publicité absurde pour un Hard Rock Café à Los Angeles, prenait les pains empilés et les tendait à une autre femme qui les remettait à un réfugié. Teddy regarda cette silhouette toujours mince, dans le pantalon noir, et le visage mélancolique et mince, sous les cheveux châtains. Toute l'opération se déroulait tranquillement et mécaniquement, sans désordre ni soupçon de chaos et quand le dernier pain fut parti, les gens qui faisaient la queue restèrent patiemment debout. L'adolescente dit quelque chose en albanais, et Teddy jugea que cela signifiait qu'ils devaient simplement attendre, qu'on apporterait d'autres pains. Ils devaient la croire, car il n'y eut pas la moindre velléité de lutte désespérée pour un seul pain telle qu'il en avait observé un mois plus tôt, à la télévision danoise. Teddy alla jusqu'au début de la queue, se posta juste devant sa demi-sœur et lui dit :

« Dobryj den, moja sestra. »

Elle lui sourit et lui répondit, aussi en russe :

« Bonjour, Teddy. Je pensais bien que tu me trouverais. Sortons. De toute façon, le prochain arrivage de pains ne sera pas là et encore moins déchargé avant une heure ou deux. »

Ils s'assirent sur deux petits tabourets, adossés à un mur blanc et la bonne odeur dans les narines. Ils étaient seuls, un peu à l'écart, à un endroit où Teddy pensa que le personnel se ménageait une pause de temps à autre. Ils fumaient et profitaient du soleil qui avait miraculeusement percé, comme si Notre Seigneur, comme un metteur en scène, avait ouvert le rideau de nuages. Le soleil les réchauffait et ils tournaient la figure vers sa lumière qui faisait briller comme du cristal les crêtes lointaines des montagnes. Ils continuèrent à parler en russe. On aurait dit que cette langue créait une sphère intime autour d'eux, parce qu'ils pensaient que les autres ne comprendraient pas leur conversation. Elle inhala profondément la fumée et cligna des yeux sous la lumière crue du printemps.

« Le mois de mai sera bientôt là, alors, ce sera l'été dans cette région. Ça n'arrive pas comme chez toi, lentement. Tout d'un coup, le printemps est là, simplement, dit-elle. Et la paix sera là aussi.

— Tu le crois.

— Je veux le croire. »

Teddy fit un grand geste, entraînant la fumée de sa cigarette qui forma un fin ruban gris-blanc, une miniature des gaz d'échappement des avions de l'OTAN qui attaquaient à haute altitude.

« Alors, ils rentreront tous chez eux.

— Certainement. Pour retrouver leurs maisons incendiées, leurs champs incultes, sans papiers dans un pays détruit. Avec toute leur haine. Ce sera aussi votre problème.

— Je croyais que tu marchais avec les Serbes.

— C'est ma quatrième guerre en dix ans, Teddy. Je ne marche plus avec personne. Il n'y a personne pour qui marcher. Tout est fini. Tout est démoli. Si je marchais pour quelqu'un, ce serait pour ceux qui ont du cœur dans tous les camps. Il en existe aussi en Serbie. Ils vont peut-être avoir une chance maintenant.

— C'est pour ça que tu t'es lancée dans ce trafic de mazout ?

— The big oilscam », dit-elle en anglais avec un sourire avant de poursuivre en russe : « C'est comme ça que les médias ont titré. Est-ce pour ça ? Sans doute. Les anciennes alliances n'avaient plus de sens, il fallait que je pense à moi et à ma retraite. Ça a commencé comme un corollaire de mon job, parce que nous étions de plus en plus obligés de nous autofinancer. Nous n'étions pas payés, et cette affaire rapportait trop pour être laissée en friche. Puisqu'on était perdant sur le front idéologique, il fallait être gagnant sur le front capitaliste. Si tu veux me juger, ne te gêne pas. Cela fait plusieurs années que je n'ai plus les moyens d'avoir une morale.

— Teddy ne juge personne. On ne jette pas la pierre quand on vit dans une maison de verre. »

Il essaya de la regarder dans les yeux, mais elle regardait droit devant elle.

« Comment t'appelles-tu réellement ? »

Elle tourna la tête vers lui, le regarda dans les yeux et sourit de nouveau. Quand elle souriait, elle lui rappelait Irma. Elles avaient les mêmes traits et les mêmes yeux verts intelligents et expressifs :

« Mira. Je m'appelle Mira.

— Et tu es ma sœur ?

— Cette partie de l'histoire est bien vraie, Teddy. Nous avons le même père. »

Teddy resta silencieux un moment. Il jeta son mégot et alluma tout de suite une autre cigarette avant de lui en offrir une, mais Mira refusa d'un signe de tête.

« Comment as-tu rencontré Irma ? » questionna-t-il alors.

Mira leva les bras derrière sa tête et réfléchit :

« Étant jeune, Irma était très révolutionnaire. Elle a participé à l'un des camps d'entraînement du PLO au Liban. C'est là que je l'ai repérée. De mon côté, j'étais une révolutionnaire yougoslave qui voulait aider les camarades palestiniens dans leur juste combat contre le sionisme. Les jeunes ne comprendraient pas ce dont je parle. J'ai vu en elle un matériau, bien qu'elle ait été trop révolutionnaire, trop maoïste, en un sens. Mais une formation pouvait corriger ça.

— Savais-tu que c'était ta sœur ?

— Pas la première fois, au Liban. Mais je l'ai vite découvert quand nous avons vérifié son passé, et Berlin m'a donné le feu vert pour essayer de la recruter. Et j'ai demandé à papa. »

Teddy se redressa, stupéfait :

« Berlin ! Qu'est-ce que Berlin vient foutre là-dedans ?

— Teddy... Toutes ces années durant, mon chef a été Markus Wolf. Je travaillais pour la HVA, qui dépendait de la Stasi. Alors, quand la rumeur s'est répandue que les Américains avaient brisé le code qui nous protégeait, j'ai senti que ça commençait à mal aller pour moi. Nous étions au moins trois cents à nous croire en sécurité, parce que nous savions que Wolf ne révélerait jamais nos noms.

— Diable, fit Teddy en danois.

— Oui, c'est presque Satan, ses pompes et ses œuvres », dit-elle avant de poursuivre en russe. Elle parlait froidement, à voix basse et en femme d'affaires, tandis que Teddy fulminait tant intérieurement qu'il bredouillait presque en demandant :

« Alors, tu as peur que tout le monde ne soit plus ou moins après toi, maintenant ? »

Elle rit :

« Plus ou moins. Des Serbes, des Croates, l'OTAN, les Russes, les Danois à présent, et par-dessus le marché, une branche très en colère de la Mafia. J'ai trahi tout le monde. Je suis l'espionne absolue, le tout dernier agent double, ou triple, absolu. Ou quelque chose en plus. Le dernier vestige d'une organisation préhistorique qui est née et morte au cours du siècle que nous allons bientôt quitter. »

Elle rit, étonnamment, comme si toute cette situation lui semblait comique.

« Alors, rien d'étonnant à ce que je pense pas mal à l'Australie, depuis deux ans. Je crois qu'ils s'en moquent, là-bas. C'est loin de l'Europe, mais avec la guerre, en ce moment précis, je ne peux pas traverser les frontières sans danger.

— Je ne comprends pas, Mira. Comment as-tu fini par travailler pour la RDA et aussi Irma, si c'est vraiment le cas ?

— C'est très facile, Teddy. Les alliances personnelles sont décisives, en réalité. Après la Seconde Guerre mondiale, une partie du réseau de l'ancienne Gestapo et des S.S. a été reprise d'abord par les Russes, puis par la Stasi. Les nouveaux ennemis étaient le capitalisme et l'impérialisme. Le passé ne comptait plus autant. Si tes ennemis actuels étaient les ennemis de tes nouveaux ennemis, cela comptait davantage qu'une vieille guerre. Ils ont fait la même chose en

Occident. Plusieurs des camarades de front de papa ont fait partie des services secrets pour se battre et pour défendre la RDA. Ils connaissaient le métier. La différence entre les deux systèmes n'existait peut-être pas. C'est comme ça que j'ai été contactée, courtisée et recrutée. Comme ça que j'ai entendu parler d'Irma, de Fritz et de toi, mais Irma était évidemment la plus apte à comprendre que le socialisme exige aussi de la discipline. Et que cette discipline n'existe pas dans de petits partis gauchistes sectaires, mais au sein du parti communiste qui sait qu'en fin de compte, c'est le pays de Lénine qui brandira le drapeau. Je me suis arrangée pour la rencontrer de nouveau à un soi-disant séminaire à Rostock, auquel participait une quantité de Danois. Le reste fait partie de l'histoire, si l'on peut dire. »

Teddy secoua la tête, résigné, jeta son mégot, ralluma une cigarette et cette fois, Mira en accepta une. On entendait distinctement le brouhaha des réfugiés, mais il se réduisait déjà à un arrière-plan de voix, de cris, de pleurs, d'eau qui coulait et de bottes qui clapotaient dans la boue. Le soleil brillait vraiment, à présent, et avec le soleil, le vent apportait de nouvelles odeurs par-dessus la clôture du camp, l'odeur de l'herbe mouillée et peut-être de fleurs naissantes. Un sentiment de chaleur particulier, indéfinissable, qui venait des tuiles usées, rappelait l'été à Teddy et il lui sembla entendre des oiseaux chanter.

« Pourquoi es-tu venue me voir à Bratislava ? »

Elle fumait tranquillement. Son visage avait pris une expression lointaine. Elle devait avoir été exceptionnellement belle, étant jeune, pensa Teddy. Irma était belle, elle l'avait toujours été, mais Mira, par son sang croate, avait hérité d'une beauté et d'une douceur, sous sa dureté extérieure, qui manquaient totalement à Irma.

Elle le regarda :

« Un renard a toujours deux portes de sortie. Je voulais que tu sortes quelque chose pour moi.

— Des numéros de comptes en banque.

— Quelque chose dans ce genre-là, mais il y avait plus que ça.

— La valise a disparu, dit Teddy, déçu qu'elle ne lui ait pas remis des documents personnels.

— C'est ce que j'ai compris. Je me les suis aussi envoyés à moi, poste restante.

— Mais tu ne sais pas si on a touché à ta fortune ?

— Je ne peux pas le savoir. »

Elle marqua une pause, comme si elle hésitait à lui dire la suite, mais se décida quand même à poursuivre :

« Je t'ai donné des notes et des renseignements en les dissimulant dans l'histoire de notre famille. En utilisant un système très vieux jeu, Teddy. J'ai écrit à l'encre invisible sous le texte visible. Des noms d'agents, des transferts d'argent au cours des années. Des gens qui se croient en sécurité aujourd'hui, mais dont je sais qu'ils sont ce qu'on appelle des traîtres. Toutes sortes de choses que je pensais pouvoir vendre au cas où j'en aurais besoin.

— Tu traversais les frontières. Pourquoi fallait-il soudain que tu me confies ta police d'assurance-vie ?

— Bonne expression, Teddy. Une police d'assurance-vie. J'étais poursuivie. Par un tas de gens. Mais je ne craignais pas mes différents collègues. Je craignais ceux que vous appelez la Mafia.

— Comment les appelles-tu, toi ?

— La Mafia. »

Ils rirent tous les deux. Un trait qui plaisait à Teddy, chez elle, c'était cette faculté de rire, y compris de se moquer d'elle-même.

« Je t'ai suivi, mais avec l'impression que quelqu'un me suivait. Je n'ai pas confiance dans les douaniers, dans cette partie du monde. On les achète pour un billet de dix dollars, alors j'ai pensé qu'il valait mieux confier ma petite collection de secrets concernant d'autres personnes et leur passé à quelqu'un à qui personne ne reprochait rien. Toi. Si tout s'était passé autrement, je serais sans doute venue te voir à Copenhague. Je sentais que pour moi, les choses tournaient mal. Il fallait que je me déleste de mon plus lourd bagage.

— Pour en charger cette vieille mule de Teddy. Comme si j'étais un passeur. »

Elle lui mit la main sur le bras :

« J'avais aussi envie de voir mon frère. Après les changements, j'ai été tiraillée pendant plusieurs années par mes sentiments. Je ne savais pas quoi faire, en fait. J'étais morte de peur, Teddy. On ne plaisante pas avec la mafia russe, elle est partout, à l'est et à l'ouest, ici aussi, à l'est — ou dans les Balkans — elle a les coudées très franches. J'avais peur, Teddy. Je la sentais sur mes talons et je n'osais pas prendre le risque d'avoir ces renseignements sur moi en traversant encore une frontière où un douanier sous-payé allait me regarder d'un drôle d'œil avec un air très significatif. J'ai commencé par t'observer un peu. Également pour vérifier si d'autres que moi t'observaient. Ce que j'ai vu m'a plu. C'était peut-être un rêve idiot, au milieu de ce chaos, de trouver un point d'attache dans sa famille. En plus de tout le reste.

— Ça me paraît un peu sentimental.

— Le sentiment de la famille, je n'ai jamais eu les moyens de le montrer, mais j'en rêve peut-être quand je rêve d'une vie normale. »

Teddy lui prit la main :

« C'est certainement irrationnel, mais en fait, je suis content de t'avoir rencontrée.

— C'est gentil de me le dire.

— Titre évident du tableau : "Teddy fait du sentiment en Albanie en revoyant sa sœur disparue."

— Je ne comprends pas ce que tu dis.

— Nous avons le temps. Je te l'expliquerai à l'occasion. »

Teddy lui lâcha la main, se leva, s'étira le dos et massa ses reins douloureux.

« Tu as mal au dos ?

— Ce n'est pas si terrible que ça.

— Penche-toi un peu en avant, comme ça, en appuyant les mains contre le mur. » Il fit ce qu'elle lui disait, debout, les jambes un peu écartées et les paumes des mains contre le dur crépi, comme si on allait le fouiller. Il sentit que ses mains le soulageaient en massant ses reins douloureux, d'abord sur sa veste, puis dessous.

« Tu fais ça très bien. Mira, dit-il et il poursuivit : Pourquoi n'es-tu pas revenue me voir ?

— Pour te protéger.

— Contre qui ?

— Appelons-les seulement les bandits. J'en ai trompé quelques-uns. J'avais un vieil ami à Prague et à Bratislava. Il a tendu un voile de fumée pour moi, par loyauté envers notre amour de jeunesse et ce que nous avions d'autre ensemble, mais ils l'ont abattu. Je crois qu'ils avaient peur qu'il en dise trop long à ton policier danois. Ils ne connaissaient pas mes liens avec Pavel.

— Tu es entourée par la mort, Mira. »

Elle cessa de le masser un instant puis recommença à le pétrir doucement du haut en bas du dos.

« C'est pour ça que je veux partir. C'est fini.

— Irma devait t'accompagner ?

— Non, pourquoi donc ?

— Irma est une espionne. Irma est Edelweiss. C'est clair, je n'en doute plus à présent.

— Oui et non. Irma était un passeur. Edelweiss est plus qu'une seule personne. Edelweiss est la meilleure opération que nous ayons montée. Sans Irma, pas d'Edelweiss. Sans Edelweiss, pas d'Irma. Mais Edelweiss est aussi la plus vaste opération danoise que nous ayons eue. Elle impliquait un plus grand nombre d'officiers de commandement différents, un plus grand nombre d'agents. Nous avions plusieurs agents au Danemark et Irma était la personne capable de coordonner leur travail. Cela n'avait pas été difficile d'infiltrer le Danemark. Il y avait beaucoup d'Irma au Danemark.

— Alors qui est-ce ? Cet homme mystérieux ? L'amant secret d'Irma ? »

Mira se remit à rire doucement et il sentit ses mains qui le massaient tranquillement.

« Je n'en sais rien. Peut-être n'est-ce pas un seul homme. Peut-être que je le sais, mais que je refuse de le dire, si Irma refuse de le dire. Et elle le refuse. Il est Edelweiss, mais c'est aussi un rêve. Peut-être le rêve de notre sœur d'un amour qui dure toute la vie.

Peut-être son rêve de la possibilité de réaliser une société équitable, d'inventer Utopie. Peut-être que cet homme n'est qu'un mirage. Achève toi-même cette histoire, Teddy. Prends ce qui te convient le mieux. Choisis ta fin.

— Comme Keyser Soze.

— Qui ?

— Quelqu'un qui fait peur à tout le monde, qui est partout, que personne n'a vu. Le personnage mystérieux d'un film intitulé *The Usual Suspects*.

— Je ne l'ai pas vu.

— Alors, il faut le voir. C'est un film formidable. Tu le verras chez Teddy, en buvant un verre de vin pendant qu'il pleut dehors. Je l'ai enregistré. Tu l'adoreras, c'est un film fantastique. » Il fit une pause et dit sans changer de ton : « La police pense que tu as rencontré l'ami secret d'Irma. »

Ses mains s'arrêtèrent. Il se redressa et se retourna pour découvrir son sourire et la froideur de ses yeux. « Ils le disent ?

— Ils disent qu'ils peuvent pratiquement le prouver.

— Il est d'ailleurs possible que ce soit vrai.

— Comment est-ce possible, Mira ? »

Elle lui sourit de nouveau et il trouva ce sourire si sympathique qu'il regretta de ne pas l'avoir rencontrée plus tôt. Il sentait d'emblée qu'il s'entendrait avec elle. Il avait du mal à considérer comme une demi-sœur quelqu'un qu'il connaissait si peu et qui était si femme.

« Tant pis, dit-elle. Je l'ai vu une fois. Juste avant notre rencontre. Je l'ai rencontré au Danemark avec Irma. Elle avait insisté.

— Une dernière affaire.

— Non, Teddy. E. a un cancer. Il n'en a certainement plus pour longtemps. Irma voulait que les deux êtres qui ont eu le plus d'importance pour elle se rencontrent avant qu'il ne soit trop tard. Nous avons cédé tous les deux, chacun pour nos motifs personnels.

— C'était à la fois sentimental et risqué. »

Bizarrement, elle reprit sa main et la garda dans la sienne.

« Teddy, au début, Irma était une relation d'affaires, ensuite, nous sommes devenues des sœurs. Toutes ces dernières années, nous n'avons pas eu de contacts professionnels, mais nous nous sommes écrit, nous nous sommes rencontrées deux fois par an à Zurich, cette ville si agréablement anonyme et neutre. Nous avons marché dans les montagnes, bavardé, rêvé, nous nous sommes raconté ce que se racontent des frères et sœurs. Irma ignore tout de mes contacts avec la pègre. Après la chute du Mur, il n'y a plus eu personne pour le compte de qui espionner, mais ça n'a pas voulu dire que nous avons cessé de nous aimer, n'est-ce pas ? Au contraire.

— Je trouve ça bien compliqué. Je n'y comprends rien, bon Dieu.

— En un sens, tu n'as pas besoin de le comprendre, Teddy.

— À t'entendre, c'est à la fois compliqué et terriblement banal. Comme une chanson populaire. Je t'aime et je te pardonne, et tu me manqueras, tout ce bazar-là. »

Elle éclata de rire :

« C'est peut-être ça. Parce que l'amour est banal,

mon frère. C'est pour ça qu'il est si grand et si imprévisible. »

Il se rassit prudemment sur le tabouret en tenant toujours sa main et il l'attira à côté de lui.

« Alors, tu sais qui est E. ?

— Je sais comment il est physiquement.

— Les Danois aimeraient avoir des détails là-dessus.

— N'en parlons pas. Cela ne mène à rien.

— Je ne suis pas sûre que les Danois accepteront ça.

— Oh, les Danois. Ils sont un peu naïfs, ils montent comme un soufflé et ils retombent. Les Danois privilégient la bonne vie, sans trop de difficultés ni de conflits. Vous êtes très forts pour vous tirer d'affaire et manœuvrer dans un monde dangereux. Les Danois veulent d'abord s'en tirer à aussi bon compte que possible. C'était ainsi quand papa était soldat et c'est ainsi aujourd'hui. En réalité, personne n'a envie, au Danemark, de revisiter le passé récent. Vous n'avez pas eu de révolution. Vous n'avez pas eu de violences. Ces jeunes, hommes et femmes, sont devenus de bons piliers de la société. C'est un phénomène très danois. Ce n'était pas sérieux, en réalité. En tout cas, ça ne l'est plus. Alors, passons à autre chose.

— Edelweiss est dans les archives. »

Elle se remit à rire. Il était content de l'entendre rire, pensant que si elle pouvait rire si facilement dans sa situation, elle devait être une femme gaie dans des conditions normales. Ce don-là, ni Irma ni Fritz ne le possédaient. Chez eux, pas le moindre humour. Il avait enfin trouvé quelqu'un de sa famille doué du sens de l'humour et voilà qu'elle voulait émigrer en

Australie, ou dans quelque pays asiatique totalement différent, très éloigné de l'Europe. C'était agréable, en tout cas, de l'entendre et de sentir sa main chaude et ridée avec ses fines veines bleues dans la sienne et d'entendre dans sa voix une gaieté qui apparut dans ses yeux, dont il se souvint soudain qu'il les avait comparés à un lac de montagne glacé, lors de leur première rencontre.

« Les archives ! Tu es historien, Teddy, et tu es forcé de croire à la valeur d'authenticité des archives. Quelles autres sources aurais-tu pour tes recherches ? Mais que trouves-tu dans les archives des services secrets, sinon les espoirs vaniteux de gens vaniteux, leurs efforts pour se rendre importants, leur soif d'être aimés et pris au sérieux. Les rapports des services secrets se composent de quatre-vingt-dix pour cent de merde ou d'évidences banales, de dix pour cent de mensonges et de cinq pour cent de vérité, et peut-être, de temps à autre, d'un petit secret.

— Cela fait plus de cent pour cent.

— Soustrais quelque chose où tu voudras. »

Teddy rit de bonheur. Il était sûr qu'ils s'amuseraient bien ensemble. C'était une sœur selon son cœur.

Elle lui lâcha la main, sourit au ciel presque tout bleu à présent, étira ses bras au-dessus de sa tête et secoua ses cheveux courts. Teddy la regardait presque en amoureux, ce qui fit qu'il vit d'abord le petit trou rouge et entendit le bruit sourd du projectile contre son sein droit, et qu'il vit la tache rouge sur le mur, derrière le trou beaucoup plus grand, dans son dos, avant d'entendre le coup de pistolet, suivi d'un autre, puis d'un troisième, qui arracha le crépi du mur à cinquante centimètres seulement de sa propre figure paralysée et choquée. Mira émit alors un gargouillement et les yeux grands ouverts, elle se mit à glisser sur le côté et finit par tomber du tabouret dans la boue, d'où n'émergeaient que quelques brins d'herbe verts.

Per Toftlund était arrivé trop tard, de quelques secondes décisives.

Comme Teddy, il avait parcouru cette manufacture désaffectée et désolée en essayant de faire abstraction de la misère, le désespoir et la puanteur pour chercher une femme dont il n'avait physiquement qu'une vague idée, quand il avait été arrêté, devant le bâtiment le plus éloigné, par deux hommes en pantalon blanc, veste blanche et emblèmes de la Croix Rouge. Sur leur poche poitrine gauche, ils arboraient de petits drapeaux norvégiens. Ils lui avaient tout simplement demandé en norvégien s'il était l'un des Danois arrivés avec le convoi de Durrës. Les deux hommes formaient un drôle de couple : le premier, un grand flandrin aux yeux bleus de poisson et aux cheveux hirsutes qui se hérissaient sur sa tête comme un tas de genêt, le second, un garçon trapu aux cheveux bruns, du même brun que ses yeux, avec de petites lunettes et un sourire immaculé qui rappelait la neige des montagnes norvégiennes. Il s'était présenté : Per Samuelsen, médecin, en demandant à Toftlund s'il connaissait les trois hommes qui s'étaient fait passer pour des membres de la délégation de la Santé danoise, mais qui n'avaient pas paru le comprendre quand il était passé en souriant au beau parler chantant norvégien pour faire appel à leur sentiment communautaire scandinave.

« Je n'ai quand même jamais rencontré de Danois qui ne comprenne pas ne serait-ce qu'un peu de norvégien, lui avait dit Samuelsen. Ils ne se comportaient ni en médecins, ni en Danois, alors j'ai appelé les soldats français », avait-il dit en caressant affectueusement le nouveau petit téléphone satellite qu'il avait dans la main, comme si c'était une serviette de médecin d'une valeur inappréciable. Toftlund s'était contenté de faire un signe pour demander quelle direction prendre, ils la lui avaient montré du doigt en indiquant, dans leur dialecte de Bergen, le lieu de distribution du pain. Toftlund était parti au pas de course, en faisant gicler la boue sur son pantalon, le cœur galopant dans la poitrine. Les enfants et les femmes le regardèrent avec terreur quand il sortit prestement son pistolet de son étui, enleva le cran de sûreté en continuant à courir comme un fou, sans se soucier de renverser des gens effrayés portant un pain ou une misérable boîte de conserve. Ils s'écartaient sur son passage en reconnaissant sur son visage la violence qu'ils avaient fuie.

Toftlund arriva au coin du dernier bâtiment qui le séparait de celui de la distribution du pain, le plus proche de la clôture. Il vit l'un des deux jeunes gens du restaurant de Durrës, les jambes légèrement écartées, qui tenait son pistolet des deux mains. Toftlund poussa un cri et au même instant, l'homme tira, et Per constata du coin de l'œil qu'il avait touché sa cible, alors il leva son propre pistolet, le prit des deux mains, visa et tira trois fois coup sur coup. Le premier toucha l'épaule du jeune homme aux cheveux noirs et rougit sa veste blanche, Le second le toucha juste au-dessus de l'œil gauche et fit exploser son crâne dans un nuage de sang et de débris cervicaux, le troisième passa par-dessus la clôture pour aller se perdre quelque part en direction des faubourgs de Shkodra.

Comme à travers un tunnel, Toftlund vit la femme commencer à tomber et à glisser sur le côté et Teddy tenter de la retenir en criant, et Toftlund entendit les femmes et les enfants se mettre à crier autour de lui quand une violente douleur au bras gauche lui signifia qu'il était touché. Le projectile avait traversé le haut de son bras gauche, déchirant sa veste et sa manche de chemise en emportant un gros morceau de son triceps. D'abord, la douleur fut telle qu'il n'en avait jamais connu de pareille, mais sous l'effet du choc, elle s'atténua suffisamment pour qu'il lève la tête et se mette à genoux pour regarder autour de lui.

Comme dans un brouillard, mais aussi nettement que s'il avait été éclairé par un projecteur, il vit le second jeune du restaurant, à vingt mètres de lui, peut-être, qui hésitait. En visant Toftlund, il regardait la femme et Teddy. Il se tourna vers eux. La femme était tombée dans la boue et Teddy, couché sur elle, avait pris son visage dans ses mains et criait dans sa langue incompréhensible. Toftlund qui sentait son bras le brûler, faillit s'effondrer dans la boue, mais en s'appuyant sur sa main gauche en feu, il se redressa, se remit à genoux et visa. C'était comme un film au ralenti. Il vit le jeune se retourner de nouveau, vit son regard angoissé quand il comprit, en une fraction de seconde, qu'il aurait dû s'en tenir à Toftlund. Il prit la position du tireur, en tenant son pistolet des deux mains et parvint juste à le lever quand Toftlund lui tira trois balles dans la poitrine, et il fut projeté en arrière, comme si un taureau fou lui avait donné un coup de sabot dans la poitrine.

Toftlund ne retrouvait pas sa respiration. Il sentait sa gorge nouée et sa bouche pleine de sable. Il ne pouvait pas respirer, tout simplement, et il sentait que son cœur le tuait en battant à un rythme trop rapide pour sa circulation. À genoux, il sentait la bile lui monter dans la gorge et sa vue se brouillait, mais dans ce brouillard, il vit venir un homme aux cheveux gris à queue-de-cheval et en veste blanche, avec des bagues aux doigts qui tenaient encore un pistolet. Un vieux Markarov russe, pensa machinalement Toftlund en essayant de faire obéir son bras, de le lever, de viser et de tirer sur la gâchette. Mais son bras ne lui obéit pas. Il vit celui qui s'était fait appeler Don Alberto, dans sa blouse blanche déplacée, beaucoup trop petite pour lui, s'approcher et lever son pistolet après avoir jeté un coup d'œil indifférent à Mira qui agonisait, et Toftlund pensa : Mais fais quelque chose. Lève ton arme. Lève ton arme, répéta-t-il vainement. Alors, la poitrine de Don Alberto se transforma en une énorme tache rouge, sa veste blanche changea de couleur, comme si un artiste pris de folie avait jeté dessus ce qu'il avait sous la main. Toftlund eut l'impression de voir ressortir les projectiles déformés de la poitrine d'Alberto pour tomber dans la boue devant le vieux gangster, qui finit par tomber en avant, avec l'expression du plus profond étonnement, dans la boue dont le noir se colora lentement de rouge avant de passer au brun.

La dernière chose que vit Toftlund fut l'arrivée des deux légionnaires français, avec leur gilet pare-balles et leur fusil d'attaque levé. Des gaz de poudre sortaient de l'un des canons. Les deux jeunes soldats étaient d'une pâleur telle qu'un instant, il eut peur de voir des fantômes, mais un souvenir d'enfance lui revint, celui de la visite d'une mine de craie, où il avait eu peur du noir, du même noir que celui qui l'envahissait maintenant, en le remplissant d'une terreur plus grande encore, car il eut la certitude, tout à fait comme autrefois dans cette mine de craie, que jamais plus il ne sortirait de ce noir.

28

Per Toftlund observait avec intérêt le ministre de la Justice. Il paraissait aussi jeune en réalité qu'à la télévision, mais on aurait eu tort de se laisser leurrer par ses traits enfantins, sous sa chevelure blonde, et par sa bouche aimable et délicate. Toftlund savait que ce politicien connaissait son métier et devait sa position à sa capacité à manœuvrer, doublée sur le plan politique d'une bonne part de brutalité. Sans ces atouts-là, mieux valait oublier toute ambition. Il n'avait pas de formation juridique, mais cela ne voulait rien dire. Il dirigeait un ministère lourd et disposait de fonctionnaires pour les affaires juridiques. Sa mission était de faire toujours primer la politique sur le droit et d'éviter de créer des problèmes inutiles au Premier ministre.

Ils se trouvaient dans le bureau du ministre. La secrétaire avait posé devant eux trois tasses à café et une cafetière, ainsi que de la crème et du sucre, que peu de gens prenaient de nos jours, et elle avait quitté la pièce. Cette réunion serait confidentielle. Toftlund avait le bras en écharpe et les yeux cernés, mais en fait, son bras ne lui faisait pas très mal. Vuldom était assise de l'autre côté de la table et le ministre présidait en bout de table. Elle avait été autorisée à fumer. L'affaire était sur la table, devant le ministre, aussi bien le gros dossier que la feuille qui, d'après Toftlund, devait être la recommandation du procureur général. Le ministre s'était amicalement enquis de son état et comme il lui avait répondu O.K., cet homme pressé s'apprêtait à liquider la réunion le plus vite possible.

« Nous renonçons à poursuivre l'affaire, dit le ministre de la Justice en tapotant légèrement la feuille de papier posée devant lui.

— C'est ce que recommande le procureur général. Les preuves sont insuffisantes pour une accusation. Il est certain que le rapport de Toftlund mérite mes compliments, mais le procureur général et moi sommes d'accord pour penser qu'il ne suffira pas à la Cour puisqu'il s'agit uniquement d'informations de seconde main. »

Toftlund comprenait ce qu'il disait, mais même en se concentrant, il fut hors d'état d'écouter ce que disait Vuldom, peut-être davantage par routine et par devoir que par conviction, quand elle entreprit d'éclaircir les aspects les plus embrouillés de l'enquête. Il s'agissait toujours de montrer l'importance des moyens engagés dans l'affaire et l'importance de ceux qu'exigeraient les affaires futures. Toftlund reconnaissait la danse rituelle habituelle dans le Danemark d'aujourd'hui. Et en pensée, il revit l'Albanie.

L'hélicoptère français, arrivé rapidement, avait atterri en rebondissant au milieu des réfugiés adultes effrayés et des enfants fascinés. Il se rappelait le bruit de la respiration gargouillante de Mira, à travers le masque à oxygène, pendant le transport à l'hôpital de campagne français. Les blouses blanches penchées sur elle et le médecin qui s'était redressé et avait secoué la tête. Teddy ne l'avait pas embrassée, il avait caressé ses joues ridées comme si Mira avait été un petit enfant. Quant à lui-même, son bras saignait abondamment et il souffrait le martyre, mais le projectile n'avait fait que le traverser, sans abîmer l'os. Ils lui avaient fait une piqûre de morphine en lui bandant le bras. Sa blessure n'avait pas la priorité absolue puisqu'ils devaient s'occuper de Mira mourante. Les Albanais, on les avait laissés sur place, abandonnant à la police locale et aux Nations unies ces cadavres sans intérêt de mafieux. Mais en réalité, c'est à Teddy qu'il rendait vraiment les honneurs. Teddy s'était redressé et de toute sa hauteur, qui n'était pas particulièrement impressionnante, il avait déclaré que s'il ne pouvait pas emporter sa sœur avec lui dans un cercueil et l'enterrer en un lieu où une personne honnête et sans arrière-pensées pourrait se rendre sur sa tombe, il ne dirait pas un seul mot sur ce qu'elle avait dit avant de mourir. Teddy resterait aussi fermé que la chatte d'une prude, avait-il déclaré, sur un ton tel que ni Torsten Poulsen ni Toftlund n'avaient pu s'empêcher de sourire, au beau milieu de cette tragédie. Torsten avait tout arrangé, avec assez de tact pour ne pas mentionner qu'il était quand même obligé de faire le ménage derrière Toftlund, et ils avaient repris l'avion pour rentrer chez eux, en brinquebalant pendant des heures dans l'Hercule de l'armée de l'air. Il avait souffert de son bras mais surtout souffert moralement parce qu'il savait par

Torsten que Lise avait été hospitalisée, les douleurs ayant commencé. Ils avaient appelé de Copenhague en utilisant le téléphone satellite.

Toftlund avait pensé à ça pendant tout le voyage de retour. Qu'il arriverait de nouveau trop tard. Teddy n'avait pas dit un mot, il était resté près du bodybag anonyme à le caresser, à se parler quand même à mi-voix, sans que Toftlund, au début, ait compris un mot de ce qu'il disait à cause du bourdonnement du moteur. Mais peu à peu, il l'avait mieux compris. Il partageait la douleur de Teddy. Car Teddy avait raison. Ils avaient guidé les gangsters albanais vers Mira. La mafia trompée, furieuse, savait à peu près où elle se trouvait sans savoir précisément à quoi elle ressemblait. Teddy et Toftlund, entrés avec leurs gros sabots dans leur piège et leur double jeu, avaient directement mené à Mira Don Alberto et ses tueurs à gages. Les gangsters albanais avaient manipulé Teddy et Toftlund comme les touristes naïfs qu'ils s'étaient révélés être. Désignés pour être des appâts, ils avaient été des appâts. Don Alberto avait feint de jouer une belle comédie sicilienne au son d'accords honorables en se targuant de ses liens avec la Cosa Nostra classique, alors qu'il était un homme de main et un bourreau à la solde de la mafia russe, moderne et brutale. Ce n'était pas agréable, ce sentiment d'avoir été berné et mené en bateau, sans avoir, par-dessus le marché, soupçonné une seule seconde le piège dans lequel il tombait. Même le fait d'avoir personnellement tué deux d'entre eux ne le consolait pas, car il ne pouvait tuer sans souffrir ni se sentir coupable d'une mauvaise action. Un voyage pénible à tous les égards, au cours duquel l'image de

Lise n'avait cessé de l'accompagner et s'était même mêlée à celle de Mira tombant lentement de côté dans la boue, et aux derniers gargouillements désespérés de sa respiration.

Toftlund revint à l'heure présente en entendant Vuldom déclarer, de son ton de patronne :

« Elle est coupable. Cent fois coupable, nom de nom.

— C'est vrai, mais vous ne pouvez pas le prouver. Pas sans avoir trouvé, comment dire, ce personnage, qui demeure un mystère, hélas, dit le ministre de la Justice. C'est une histoire un peu compliquée, n'est-ce pas.

— Alors, elle s'en sort. »

C'était une constatation, et le ministre le comprit. Il se pencha vers elle :

« Elle sort de prison, oui.

— Comment ça ?

— Elle est protégée par l'interdiction de mentionner son nom, mais nous avons déjà pris la peine de prévenir les médias que l'audience aurait lieu demain. Ils seront sur place, avec leurs caméras et leurs microphones, au moment où elle sera libérée.

— La presse n'est toujours pas autorisée à mentionner son nom, intervint Vuldom.

— C'est vrai, mais on ne l'empêchera pas de s'exprimer, et je crois qu'elle le fera.

— Et alors ?

— Alors, le procureur général et moi-même dirons nettement à tous les Danois que pour nous, Edelweiss est cent fois coupable. Mais qu'il y a prescription et qu'il est impossible de juger l'affaire. Demain, je donnerai une conférence de presse et le procureur général ne refusera pas de faire des commentaires. »

Vuldom éteignit sa cigarette et sourit :

« Ce sera donc un jugement public. Elle en gardera les stigmates pour le restant de ses jours.

— Les médias sont la version moderne de l'ancien pilori des villages, ajouta le ministre de la Justice avec satisfaction. Le reste sera du ressort de la commission d'enquête sur la guerre froide, si elle parvient jamais à produire quoi que ce soit.

— Vous ne le croyez pas ?

— Elle exhumera quelque chose. Pour le moment, c'est le problème de l'Institut danois de Politique étrangère, mais selon moi, c'est la génération de nos enfants qui tirera le vrai du faux sur ceux qui ont fait le mauvais choix pendant la guerre froide, de même que c'est la génération de l'après-guerre qui a commencé à explorer les pages sombres de l'histoire de l'occupation. Tous les pays ont besoin de quelques mythes positifs sur la période qu'ils sont en train de vivre. Et aujourd'hui, il y a encore trop, disons, de squelettes vivants datant de la guerre froide dans les placards danois, pour que quelqu'un ait intérêt à des révélations complètes. Que cela reste dans les archives. Entre-temps, les journalistes pourront s'en occuper, ce qu'ils écrivent n'est pas valable bien longtemps. On peut donc s'en contenter. »

C'était presque un discours politique, pensa Toftlund, soit un effort pour se justifier, soit une échappatoire pour faire comprendre que la société n'était pas mûre pour un vrai règlement de comptes avec un passé encore trop récent que la plupart des gens préféraient oublier.

« Et l'officier qui commandait Irma ? Le personnage mystérieux qui était ambassadeur ou occupait un autre poste important ? Son existence ne fait aucun doute, il me semble », intervint Toftlund.

Ils le regardèrent, stupéfaits. Sa présence se justifiait parce qu'il avait été chargé de l'enquête et qu'ils lui devaient la fin de l'histoire, mais il n'était pas censé sortir de son rôle et prendre la parole.

Le ministre de la Justice soupira et croisa les mains sur le dossier de cette affaire bouclée.

« Toftlund, vous avez fait un très bon travail et j'espère que Vuldom va vous récompenser en vous accordant un congé. Et j'espère que l'on vous a aussi proposé l'assistance nécessaire d'un psychologue.

— Toftlund ne l'a pas souhaitée, dit Vuldom, comme si le ministre avait vexé l'un de ses collaborateurs.

— Ah ah, bon, bon. Je suis au courant de votre passé militaire. Mais cette offre tient toujours, bien entendu. Il ne manquerait plus que ça. Et mes félicitations pour la naissance. C'est merveilleux d'avoir des enfants, vous pouvez vous réjouir de la vie qui vous attend, c'est tellement positif. Quant à ce mystérieux ambassadeur... Existe-t-il réellement ? Ou est-ce un mirage, un miroir dans l'imagination de cette Mira Majola ? Existe-t-il réellement quelqu'un qui ait dit la vérité dans cette histoire ? Si cet homme existe, il sera bientôt à la retraite. Ou il mourra ? La nature ou Notre Seigneur le puniront à notre place. Nous gagnerons la guerre dans les Balkans. C'est certain. C'est une question de jours. Maintenant, il s'agit de gagner la paix. »

Il fit une pause, réfléchit et poursuivit :

« Nous aurons un référendum sur l'euro avant un an. C'est écrit dans le ciel. Nous devons le remporter, il a la priorité. Dans deux ans, nous aurons la présidence de l'UE. C'est extrêmement important pour le Danemark. Notre seule chance, d'ici des années, d'imprimer une solide marque danoise sur l'avenir européen. Qui sait ? Peut-être ne nous redonnera-t-on jamais la présidence. Avec l'élargissement de l'UE, je ne crois pas que ce soit évident.

— Alors, il s'en tire, c'est ce que vous êtes en train de dire ? » insista Toftlund.

Le ministre de la Justice regarda Vuldom qui se chargea de répondre. En fonctionnaire dévouée, elle ne s'engageait pas dans des conflits voués à l'échec :

« Nous y avons réfléchi, Toftlund. En prenant une fourchette assez large pour dessiner un profil, nous avons le choix entre au moins une dizaine de candidats. En incluant aussi les politiciens de la commission de Contrôle, de la commission Européenne ou des Affaires étrangères qui ont eu accès aux renseignements classés, la liste devient un peu plus longue.

— Aussi avec son cancer ?

— Ce paramètre-là ne fait pas partie de notre modèle de recherche. On considère que ce ne serait ni décent ni opportun.

— Peut-être y aura-t-il un jour une nécrologie dans le journal. »

Elle le regarda :

« Je crois que ceux qui ne considéreraient pas toute l'affaire comme une nécrologie sont rares, dans notre pays, n'est-ce pas, Toftlund ?

— Alors, nous trahissons nos agents de la Baltique qui ont été exécutés en 1987 ? » Toftlund ne pouvait réprimer un certain accent de colère, bien qu'il ait remarqué le regard sévère de Vuldom.

Le ministre de la Justice s'interposa :

« L'époque était différente. C'est regrettable, mais en tant que politiciens responsables, nous devons d'abord privilégier les intérêts de la nation. Nous devons réfléchir dans ce sens. Le Danemark se trouve dans une situation décisive. Ces pauvres gens ont été pour ainsi dire les dernières victimes de la guerre froide. C'est peut-être un peu pathétique, mais je crois qu'il est permis de dire que malgré tout, ils ne sont pas morts pour rien. Nous avons vaincu.

— Pour une victoire, c'en est une, lança Toftlund.

— Cette fois, ça suffit, Per ! » fit Vuldom d'une voix nettement glaciale, mais le ministre de la Justice poursuivit sur le même ton tranquille et crédible :

« On ne gagne rien à creuser davantage. Précisément pas en ce moment. Nous enterrerons donc cette affaire dans les archives et les générations futures verront si elles peuvent en tirer une leçon. Irma va recevoir sur les doigts un coup public qui lui prouvera que nous n'avons ni oublié ni pardonné les péchés du passé, mais nous considérons qu'il n'est pas dans l'intérêt du Danemark d'engager une enquête officielle qui révélerait qu'un Danois disposant d'un accès privilégié aux documents confidentiels soit du ministère des Affaires étrangères, soit des services secrets de la Défense, de l'État-major de la Défense, ou du Folketing, a été un traître autrefois ou pendant la première guerre offensive à laquelle participe le Danemark depuis...

— 1864, dit Vuldom.

— Ce n'est pas dans l'intérêt de la nation. Il faut aller de l'avant, continua le ministre de la Justice.

— O.K., dit Vuldom. La facette serbe de l'histoire ne sera donc pas mentionnée du tout dans le communiqué à la presse, ni par vous, ni par le procureur général ?

— Il y a prescription, par conséquent, le procès est abandonné. Les délits commis par Edelweiss sont si anciens qu'il est impossible d'intenter un procès. C'est la conclusion évidente. Tout le reste sera considéré comme des spéculations.

— C'est compris.

— Enterrez cette affaire, Vuldom.

— Elle disparaîtra », répondit-elle ironiquement, et Toftlund se réjouit malgré tout de ce sarcasme quand il serra la main du ministre, selon le protocole danois, afin de le quitter poliment.

Ils se retrouvèrent dans la rue, devant le ministère. Il faisait un temps quasiment estival, avec un ciel sans nuages et une douce brise qui sentait bon la mer.

« Et voilà, dit Vuldom. Que va-t-elle faire ? Tu le sais ?

— Partir pendant quelque temps, selon Teddy.

— Où ?

— C'était prévu depuis quelques mois. Elle doit aller en Estonie avec quelques-uns des anciens combattants camarades de son père. Et quelques sympathisants.

— C'est évident. Pour les Estoniens, ce sont des héros, bien entendu. Puisqu'ils ont abattu des Russes.

— Et l'autre histoire, leurs nouveaux amis estoniens ne la connaissent pas, n'est-ce pas.

— Non. Elle est enterrée, Toftlund.

— Le monde est bizarre.

— Il l'a toujours été, mais quelle drôle d'alliance totalitaire, liée par son mépris pour une démocratie négligée et imparfaite. Pour ça, tu as raison. Que veulent-ils faire en Estonie ?

— Selon Teddy, ils vont encore mettre une plaque commémorative pour les soldats danois tombés sur le front de l'Est.

— Teddy les accompagne ?

— Il m'a dit mot pour mot : “Pas de risque que je participe à leur trip nostalgique et que je pose une sale plaque pour commémorer une bande de crapules et de criminels de guerre.”

— Bravo, Teddy.

— Bravo.

— Comment va-t-il ?

— Il est sous le choc, désemparé, fatigué, il se sent coupable. Comme moi.

— Tôt ou tard, ça serait arrivé.

— Quand même. Enfin quoi, Teddy est ce qu'il est, vous le savez, alors il dit qu'il est O.K. Il a ramené Mira au Danemark. Il va l'enterrer. Il veut aller de l'avant. Il est comme ça. Comme il me l'a dit mot pour mot : “Teddy va partir à l'aventure dans le gai mois de mai pour voir si la montée de la sève ne fera pas tomber quelqu'un du sexe opposé sous le charme d'un maître de conférences qui a vécu des choses dramatiques dans le vaste monde.” Et il a ajouté : “Le titre du tableau est évident, Toftlund : Des femmes se pâment d'admiration devant le courageux Teddy rentrant de la bataille.”

— Il est vraiment spécial.

— Il est O.K. Il a aussi ajouté que si ces femmes en pâmoison ne se matérialisent pas, il espérait que j'inviterais au baptême des femmes seules, de préférence divorcées sans enfants. »

La brise qui soulevait les cheveux de Vuldom les ramena un instant sur son visage. Elle les releva et son regard se radoucit :

« La mère et l'enfant vont bien ?

— Vraiment bien.

— Tu n'es pas arrivé à temps, n'est-ce pas ? »

Il la regarda et s'étonna de sa question, mais le souvenir lui revint de son entrée dans la chambre de l'hôpital, avec quatre heures de retard, de la façon dont il était passé devant sa belle-mère, qui l'avait salué froidement, pour trouver Lise, ses cheveux humides et ses yeux fatigués, mais éclairés d'un beau sourire, avec son ventre qui paraissait presque plat, sous la couette, et un petit paquet blanc dans les bras. Tout en haut du paquet, il y avait une petite figure fripée avec une houppe de cheveux noirs et des yeux plissés. Il aurait voulu s'excuser, mais il ne savait pas comment s'y prendre, alors elle avait dit :

« Quel bonheur, Per. Te voilà. J'ai eu si peur que tu ne reviennes pas vivant. Viens voir notre fille. Je crains qu'elle ne te ressemble, la pauvre, alors, je ferais mieux de m'y habituer. »

Les larmes lui étaient montées aux yeux et il les avait laissées couler tout simplement, sans honte, sentant qu'en réalité, cela le libérait de pleurer.

Vuldom se racla la gorge.

« Et le père ? Comment va-t-il ? »

Il la regarda. Et il finit par dire ce qu'il pensait. C'était le plus facile, en fin de compte, même avec Vuldom.

« Il est tout étonné de voir combien il aime déjà une si petite chose.

— Bon.

— Ces petits pieds, ces petits doigts, ce petit derrière, et ces grands yeux... Je sais déjà très bien changer les couches.

— Ne deviens pas trop sentimental. Mais tu vas prendre ton congé parental, si je comprends bien ?

— Tout à fait.

— Ça ne m'étonne pas. Ajoute un mois de plus. En plus de tes vacances. »

Toftlund l'observa. Ses yeux intelligents souriaient plus que ses lèvres.

« À quelle condition ? »

Elle rit et contre toutes ses habitudes, lui posa la main sur le bras :

« Que tu resteras chez moi. »

Il ne répondit pas tout de suite.

« Quand voulez-vous une réponse ?

— Tout de suite.

— O.K.

— O.K. quoi ?

— O.K. Je reste au PET.

— Tant mieux. C'est là que tu as ta place. »

Elle lui tendit la main et il la serra. Elle s'éloigna sur le trottoir et il suivit des yeux cette femme très droite, mince, qui avançait à pas rapides, presque dansants. Sans se retourner, elle lança :

« Bonjour à la mère et à l'enfant. »

Il sourit en lui faisant signe de la main, mais elle ne tourna pas la tête. Toftlund alla à sa voiture. Avec son bras, il n'aurait pas dû conduire, mais même si c'était un peu difficile et quelque peu douloureux, ça allait. Il ne se rappelait pas s'être jamais senti aussi heureux, depuis son enfance, qu'à l'idée de rentrer chez lui et de retrouver Lise et la petite et ce ne fut, en fait, qu'à cet instant-là qu'il se rendit compte du changement irréversible de sa vie. Au lieu d'être seul, il faisait partie d'une famille et à sa grande surprise, cela l'angoissait un peu tout en le rendant plus heureux qu'il ne l'avait jamais cru possible.

Épilogue

On était le 10 juin. Toftlund courait dans le bois, au nord de Ganløse en poussant devant lui le baby-jogger spécial dans lequel il avait investi. Le bébé dormait, mais il avait choisi les sentiers les plus plats avant d'atteindre le repère qui marquait ses cinq kilomètres et de faire demi-tour. La blessure de son bras était guérie et les points de suture ôtés depuis longtemps, mais quand il courait, il ressentait quand même une légère douleur. Il conserverait cette cicatrice comme un désagréable souvenir. C'était un beau jour d'été, bien que le soleil ait du mal à percer. Le bois était reverdi et la lumière claire et belle venait d'un ciel semi-nuageux, mais c'était des odeurs qu'il voulait se souvenir. Elles avaient encore une délicatesse et une fraîcheur indescriptibles, et contenaient le parfum des fleurs nouvelles et des anémones fanées du sous-bois. En arrivant à la lisière du bois, il s'arrêta, regarda Freya qui dormait comme un loir et s'étira contre son chêne habituel. C'était le petit matin et l'on n'entendait que le chœur des oiseaux, aussi sursauta-t-il lorsqu'une voix étrangère et pourtant familière lui dit en anglais :

« Rien qu'à te voir on se fatigue, Per. »

Toftlund s'arrêta au milieu d'un mouvement, se retourna et aperçut Gelbert. Konstantin Gelbert, qui portait comme de coutume son jean de designer, une veste, une chemise et une cravate bleue, avait des chaussures poussiéreuses. Un sourire éclaira le visage de Toftlund :

« Konstantin ! » s'écria-t-il en tendant la main, mais Gelbert ne se contenta pas de la lui prendre, il la tira à lui pour étreindre Toftlund, comme on le fait en Europe centrale.

« Content de te voir heureux, Per. »

Toftlund, encore haletant, lui répondit non sans peine :

« Quelle surprise, Konstantin. Viens prendre une tasse de café à la maison. Je te présenterai ma femme.

— Je l'ai déjà vue. Ta jolie femme m'a servi du café en me disant où te trouver. Tu as de la chance, Per.

— Je sais.

— Je l'espère.

— Que fais-tu ici ?

— Une visite de routine chez cette chère Mme Vuldom. Nous ne manquons pas de sujets de conversation avec l'intégration de la Pologne au reste de l'Europe.

— Viens quand même à la maison pour reprendre du café.

— Ma voiture est garée devant chez toi, mais j'ai un avion à prendre. Alors, si tu veux m'accompagner à la vitesse d'un homme ordinaire, je te raconterai le dernier volet de l'histoire.

— Bien », répliqua Toftlund sans conviction. Cette histoire, il essayait depuis longtemps de la repousser dans le passé. Le bébé lui tendit la perche en commençant à vagir et à le contempler de ses yeux bleus, merveilleux et pour lui incomparables. Elle avait perdu sa sucette. Il la lui fourra dans la bouche, lui caressa la joue, et il l'entendit téter, satisfaite.

« Ça te va bien d'être père », remarqua Gelbert.

Toftlund leva la tête. Il se sentait vulnérable, en short et tee-shirt humide de sueur, devant la fraîcheur de Konstantin Gelbert, patron du contre-espionnage polonais.

« Merci.

— Je ne dis pas ça en l'air.

— Re-merci. »

Gelbert le regarda et il saisit la poussette qui s'était transformée en une petite voiture où Freya pouvait dormir :

« Tu permets ? Cela nous permettra d'aller moins vite.

— Je t'en prie.

— Très américain ce genre d'instrument, Per. Comment s'appelle-t-elle ?

— Freya.

— Très nordique. Très beau. »

Ils s'étaient mis à marcher, mais Toftlund s'arrêta pour le questionner :

« Ça fait plaisir de te voir, Konstantin, mais qu'est-ce que tu me veux réellement ? »

Freya avait recommencé à vagir quand ils s'étaient arrêtés, mais Gelbert se pencha sur la poussette, dit quelque chose en polonais, et quand il se remit à pousser, Freya cessa de pleurer.

« T'apporter un morceau de ce qui est à présent la

fin de l'histoire, dit-il en poursuivant : La campagne des bombardements va s'arrêter aujourd'hui.

— J'écoute la radio, Konstantin.

— C'est le commencement de la fin pour Milosevic. Les forces de la paix entrent au Kosovo. Je suis sûr que la prochaine fois, les Serbes éliront un autre président et que Milosevic devra abdiquer. Après quatre guerres et quatre défaites, même ses partisans en ont assez. Peut-être que ça va tarder un peu, mais c'est comme ça. Je dois d'ailleurs te saluer de la part de la bonne Mme Vuldom.

— Merci, mais viens-en au fait, Konstantin ! »

Ils sortirent du bois et marchèrent sur la route jusqu'à la maison de Toftlund. Une voiture passait de temps à autre mais la circulation était clairsemée. Les oiseaux chantaient comme si on les avait payés pour ça, et Toftlund se sentait léger et frais et dispos, même si le gros bouclier de sa transpiration, sur sa poitrine, se refroidissait un peu quand il ne faisait pas la fin de son parcours à petites foulées.

« Ton enquête avait un volet serbe. Nous ne croyons plus que cela ait quelque chose à voir avec ta petite espionne, son passé et sa demi-sœur. C'est l'avis qu'on a en haut lieu.

— Je ne comprends pas.

— Nous avons gagné la guerre. Maintenant, il faut gagner la paix. L'alliance n'est pas en posture de souhaiter que l'on expose une pomme pourrie dans les médias. L'affaire est enterrée. La position des États-Unis, et par conséquent de l'OTAN, est qu'il n'y a pas eu et qu'il n'y a pas d'espion serbe dans cette affaire.

— Et tu y crois ? »

Gelbert poussait la voiture d'enfant sur le bord de

la route et semblait être dans son élément. Il regardait autour de lui, apparemment heureux de voir ce qu'il voyait. Ce paysage joli et doux. Les feuillus reverdis de frais, les buissons fleuris. Les petites orties qui poussaient. Cette campagne danoise, paisible et bien ordonnée, avec ses maisons neuves, rouges, fonctionnelles et une ferme au pied d'une colline. Comme s'ils faisaient une promenade tout à fait ordinaire, par une matinée d'été danois tout à fait ordinaire.

— Il n'y a pas si longtemps que j'ai ce job, Per, mais j'ai admis que l'idéalisme et la moralité sont une chose et que la politique pragmatique en est une autre. Nous sommes des nouveaux dans cette assemblée distinguée. Si Washington et Bruxelles disent que les choses sont ainsi, je dois l'accepter.

— Ce doit être facile.

— Non, c'est difficile. Mais c'est réaliste. Nous opérons dans le monde réel, régi par ses propres lois. Je dois soit les accepter, soit retourner à la sécurité et à l'absence de responsabilités de mon job d'universitaire.

— Et Pavel Samson ? »

Gelbert s'arrêta, mais Freya se mit à vagir. Il se pencha sur la poussette et redit quelque chose dans son polonais de toute évidence apaisant puisque de nouveau, Freya cessa de pleurer. Il se remit à marcher tranquillement :

« Je sais que tu te sens coupable. Il ne le faut pas. Je me suis demandé si en réalité, ce n'était pas toi qu'on visait. Ou vous deux. Pavel a essayé de protéger celle qu'il avait aimée en te dirigeant sur une fausse piste. Mais pour la mafia russe, c'est sans importance. Vous étiez tous les deux des gens dont on pouvait se passer. Pour ces gens-là, la vie ne signifie rien. Mieux vaut s'en débarrasser plutôt que de prendre des risques. Tu ne tues pas une mouche quand tu veux qu'elle s'arrête de bourdonner ou de se multiplier ?

— Tout de même.

— Ce n'était pas de ta faute, Per. »

Ils continuèrent à marcher en silence. Toftlund avait d'autres questions à poser, mais ça lui était égal, en un sens. Il vivait selon un tout autre rythme où tout gravitait autour de Lise et de Freya. Il importait de mener une petite vie quotidienne, de s'assurer assez d'heures de sommeil, avec un bébé dans la maison.

Il ne pensait pas tellement à l'affaire, mais Gelbert avait touché le point sensible : il se sentait coupable d'être arrivé trop tard. Trop tard pour plus d'une chose.

Ils arrivèrent chez lui. Lise les attendait dehors. Toftlund lui fit signe de la main. Soudain, il se rendit compte à quel point elle était jolie. Depuis combien de temps l'avait-il regardée comme une femme ? En la désirant au lieu d'éprouver un sentiment de protection ou d'inquiétude ? Elle portait un tee-shirt blanc, un short bleu et retenait ses cheveux blonds avec un serre-tête. Les pieds nus dans des sandales. Elle paraissait jeune, vulnérable et très attrayante, et il se sentit à la fois fier et heureux. Gelbert lui rendit le babyjogger, s'avança et baisa galamment la main de Lise avant de serrer celle de Toftlund en lui disant :

« À bientôt, Per. Tu es un homme privilégié. Sache l'apprécier. »

Per sortit le bébé de son harnais et le tendit à Lise.

Freya recommença à vagir mais se calma en sentant Lise, qui glissa la sucette dans la petite bouche.

Le chauffeur de la BMW neuve à plaques bleues de l'ambassade de Pologne mit le contact. Gelbert ouvrit la portière pour s'asseoir sur le siège arrière. Toftlund le suivit des yeux et soudain en un éclair, sans savoir d'où cela lui venait, il comprit. Souplement, en deux enjambées, il alla jusqu'à la voiture et prit Gelbert par le bras :

« Tu sais à quoi je pense, Konstantin ?

— Non, Per. À quoi penses-tu ?

— Que c'est étrange qu'il y ait eu tant de spéculations à propos d'un espion serbe quelque part, dans l'appareil de l'OTAN. Qui était-ce ? Où est-il ? Nous ne sommes pas les seuls à avoir cherché. On a pris ça au sérieux. Mais maintenant que nous avons gagné la guerre, on est pressé d'enterrer cette histoire. »

Gelbert restait la main sur la portière. Le chauffeur regardait droit devant lui en se conduisant comme les trois singes qui ne veulent ni voir ni entendre ni parler.

« Pour moi, tu ferais mieux de t'occuper de ton enfant et de ta femme, Per. »

Toftlund le retint solidement par le bras :

« Et si cet espion existait ?

— Alors, quoi ?

— Alors il se pourrait, théoriquement, qu'un service quelconque ait un intérêt particulier à enterrer l'affaire. Et qu'il soit suffisamment astucieux pour former un écran de fumée sous le couvert d'une toute autre enquête. Même si cela pouvait coûter la vie à un innocent comme Pavel Samson. C'est ce que j'ai pensé, tout d'un coup. Ce n'est peut-être qu'une théorie.

— Les théories, les universitaires sont payés pour

les avancer. Nous vivons dans une réalité un peu plus concrète, toi et moi. »

Il voulait retirer son bras, mais Toftlund tenait bon, bien qu'il voie dans les yeux de Gelbert qu'ils arrivaient à un point où le chauffeur allait devenir autre chose qu'un simple chauffeur.

« Tu as été universitaire, autrefois.

— C'est un luxe que je n'ai plus.

— Alors, si toute l'histoire d'Irma et de Mira n'était qu'une vieille affaire sans importance actuelle, mais que soudain, simplement par hasard, elle était redevenue actuelle ou se révélait utile, la Pologne, nouveau membre de l'UE, aurait pu s'en servir, pour ne pas tomber elle-même dans le pétrin. C'est à ça que je pense, Konstantin. Tu n'es pas à ton poste depuis assez longtemps pour nettoyer toutes les cruches cassées dont tu as héritées. Et ça ne serait pas très souhaitable qu'on puisse s'interroger sur sa loyauté à l'heure actuelle, juste avant les négociations de l'UE et l'intégration de la Pologne à l'OTAN. Personne n'a besoin de ça, n'est-ce pas ?

— Il ne faut pas que je rate cet avion. Il n'existe aucun espion serbe. Lis les journaux. Ils l'ont dit officiellement à Washington.

— Et naturellement, nous les croyons, toi et moi.

— Oublie toute cette histoire, Per. La guerre est gagnée, le passé est mort, c'est l'avenir qui importe. Il s'agit de construire une nouvelle Europe. Une Europe différente et meilleure. Et pour nous tous. »

Toftlund tenait fermement le bras de Gelbert et il le pinça un peu :

« Est-il polonais, en réalité, celui qui a fourni les renseignements aux Serbes ? L'est-il, Konstantin ?

Est-ce quelqu'un qui n'avait absolument rien à foutre de tout ce dont je m'occupais, mais qui, grâce à mon affaire, a pu détourner l'attention de ce dont il s'agissait vraiment. Ce n'est qu'une idée qui m'est venue tout d'un coup. Que dans la phase finale, tu pourrais avoir dirigé plus de choses qu'on ne le voit à l'œil nu. »

Gelbert libéra son bras, s'assit ostensiblement sur le siège arrière et saisit la poignée tout en gardant la porte ouverte :

« Cette chère Mme Vuldom m'a dit la même chose. Elle m'a dit de te donner le bonjour. En espérant que tu profitais de tes vacances.

— Merci. À quoi avez-vous abouti ?

— Au souhait de continuer à collaborer fructueusement. À une compréhension commune du fait que nous vivons à une époque difficile, où il importe de consolider le bonus de paix que nous avons atteint par miracle. Que la paix créée par les hommes peut facilement être détruite par les hommes.

— Cela paraît très facile.

— Joues-tu aux échecs, Per ?

— Mal.

— Je joue bien. C'est un jeu pour les gens qui prévoient plusieurs coups d'avance. Quand on y joue, on sait qu'il est parfois nécessaire de sacrifier un ou deux pions, quand ce n'est pas un cavalier.

— Tu joues pour la Pologne.

— Je t'ai dit à Varsovie qu'on nous a donné une vitrine de possibilités. Je ne suis pas chargé de la fermer, mais de faire en sorte qu'elle reste ouverte. »

Il tira la porte que Toftlund tenait bon, mais Gelbert lui dit :

« On se reverra, Per. Alors, on pourra parler de ce

qui est possible, de ce qui peut être atteint, des rêves, de ce qui est réalisable, de la corruption du pouvoir et de la nécessité philosophique et pratique de discuter, pendant ses loisirs, des grandes questions de la vie et de la nécessité de la moralité au service du pouvoir. Mais pour l'instant, il faut que j'attrape mon avion.

— C'est une saloperie, Konstantin. Qu'est-ce que vous allez faire de lui ? Si vous savez qui c'est ?

— Oh, on le sait. Aujourd'hui, on le sait.

— Et alors ?

— Alors, l'affaire est classée. Il disparaît.

— Et qu'est-ce que ça te fait ?

— Quelle question enfantine ! Je ne suis pas moi. Je suis les intérêts de la Pologne. Tout le reste touche mon jardin, dont j'ai rarement le temps de m'occuper, en ce moment. Mais toi, juste maintenant, tu as le loisir de le faire. Alors, mon ami, occupe-toi de ton petit jardin. »

Toftlund lâcha la porte, Gelbert la tira et elle se ferma avec un léger claquement luxueux. Toftlund suivit des yeux la voiture qui descendit la petite route, traversa le rond-point et disparut de l'autre côté de la petite colline. Il revint à Lise qui berçait le bébé.

« Un type bien, dit Lise.

— Oui. Un type bien.

— Comment ça ?

— Rien. C'est un type bien. De quoi avez-vous parlé, tous les deux, pendant que je courais ?

— De différentes choses. Konstantin sait beaucoup de choses et il a beaucoup d'éducation.

— Écoute, de quoi avez-vous parlé ?

— De la guerre qui est finie. Un peu de littérature. Et de toi, naturellement.

— Et ?

— Nous étions d'accord pour trouver que tu n'es pas mal, Per, mais que tu as besoin d'un peu de vernis et d'éducation. Que tu es franc comme l'or, mais que tu n'es pas spécialement sophistiqué. Qu'en fait, tu es un sage qui s'ignore. Que tu comprends beaucoup de choses sans être capable de les exprimer. C'était formidable. Voilà un mois que je ne parle que bébé avec Freya, technique d'allaitement avec Pernille et maman, et sommeil et courbes de poids avec mon mari. Je n'ai rien contre, mais c'est un peu monotone de ne parler que des selles d'un bébé. »

Toftlund ne put s'empêcher de sourire et il caressa d'abord la joue de Freya puis celle de Lise. Il adorait les toucher.

« C'était facile de parler avec lui », dit Lise en secouant ses cheveux, comme si son serre-tête la serrait un peu.

Freya se mit à vagir. Elle perdit sa sucette et se mit à pleurer.

« Je crois qu'elle a faim. Ça lui donne faim de courir », dit-il en ramassant la sucette. Il la garda à la main, et fut tout contre Lise.

Elle se haussa sur la pointe des pieds, l'enfant dans ses bras, et embrassa Toftlund sur la bouche. D'abord doucement, puis il sentit sa langue et ses seins se presser contre lui. Elle quitta sa bouche.

« Tu n'es pas mal, Per. En fait, tu es formidable et nous t'aimons, mais parfois, il t'arrive quand même de dire les pires bêtises.

— Il n'est pas si simple qu'il en a l'air, Konstantin, je veux dire.

— Il n'y a pas beaucoup de gens qui le sont. »

Serrant l'enfant contre elle, elle se serra contre lui et l'embrassa de nouveau en disant :

« Je n'ai plus envie d'entendre parler de cette affaire. Tu vas rentrer, prendre un bain, pendant ce temps je nourrirai cette petite gloutonne et tu viendras me retrouver au lit. »

Il la regarda :

« On peut ?

— Per, quel idiot tu fais ! Je ne suis pas malade. J'ai été enceinte et j'ai accouché. Je suis rétablie. Je suis une femme. Mon mari me manque. Je suis toujours ton épouse et je te désire. Pour dire les choses comme elles sont, je meurs d'envie de faire l'amour. »

Elle tenait le bébé sur son bras et de sa main gauche restée libre, elle lui soupesa les testicules et le fit sursauter, tant il fut étonné de ce qu'elle lui disait et de ses caresses qui lui manquaient depuis si longtemps.

« Enfin, si tu peux ? lui dit-elle en le regardant et en le bécotant sur la bouche.

— Si je peux !

— On dirait. Mais si tu me le montrais ?

— Tout de suite ?

— Quand elle aura mangé. Après, avec de la chance, elle dormira pendant au moins deux heures. Je me réjouis de voir combien je t'ai manqué.

— C'est beaucoup.

— Alors, montre-le-moi, Per. Montre-le-moi, mon chéri. »

REMERCIEMENTS

J'avais imaginé dès l'hiver 1998-1999 le personnage de Teddy et ses tableaux, mais je voudrais remercier M. Uffe Ellemann-Jensen[1], d'avoir attiré mon attention sur la pierre commémorative de Narva ; c'est la question de savoir qui l'avait érigée qui m'a mis sur la piste de cette histoire. J'ai une dette de reconnaissance envers les collaborateurs de l'Aide danoise aux Réfugiés et de la Direction du dispositif militaire qui m'ont donné en Albanie, au printemps 1999, une idée des difficultés de leur tâche dans ce pays tourmenté. Sans les explications sur les systèmes de sécurité fournies par les agents aimables et compétents du centre de Contrôle de Halskov, cette histoire n'aurait pas pu avancer. J'adresse aussi ces remerciements à Jørgen Anton, à qui je dois davantage qu'il ne le croit peut-être lui-même, ainsi qu'à Jan Stage pour l'histoire concernant Hoxha, à Otto pour sa lecture et ses conseils, à Hans Henrik, qui est un si bon rédacteur, et comme toujours à Ulla, dont l'aide et le soutien sont inappréciables. C'est naturellement à moi que revient toute la responsabilité de ce roman, dont il serait absurde de prétendre qu'il ne prend pas sa source dans des faits réels, mais qui demeure une œuvre de fiction ; mes personnages imaginaires évoluent dans un décor qui pourrait être réel, mais qui a été créé par moi.

1. Uffe Ellemann-Jensen, ministre des Affaires étrangères du Danemark de 1982 à 1993, faisait partie du gouvernement conservateur de M. Poul Schlüter.